KB240191

판소리의 전승과
재창조

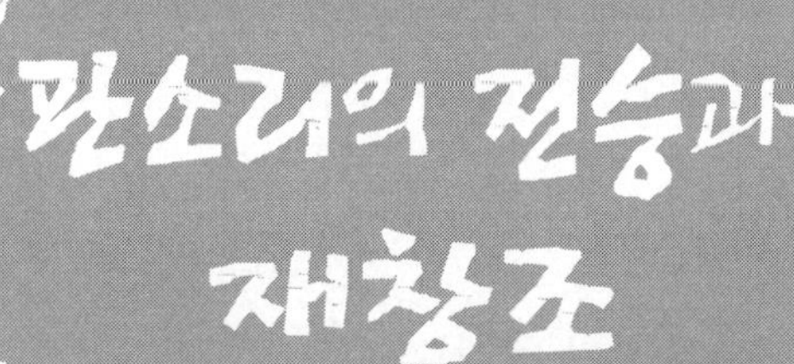

판소리학회 엮음

도서
출판 박이정

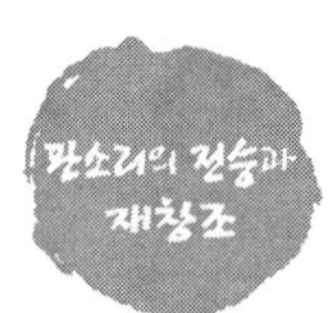

초판 인쇄 2008년 10월 20일
초판 발행 2008년 10월 27일

엮은이 판소리학회
펴낸이 박찬익
편집책임 이영희
책임편집 김민영

펴낸곳 도서출판 박이정
주소 서울시 동대문구 용두동 129-162
전화 02)922-1192~3
전송 02)928-4683
홈페이지 www.pjbook.com
이메일 pijbook@naver.com
온라인 국민 729-21-0137-159
등록 1991년 3월 12일 제1-1182호

ISBN 978-89-6292-010-9 (93810)

* 책값은 뒤표지에 있습니다.

서문

　판소리학회는 1984년 23명의 회원으로 조촐하게 출발하였다. 그 동안 판소리학회는 초대 회장 강한영 박사 이후 13대 회장을 거치면서 비약적인 발전을 하여, 이제 회원 300여 명이 활동하는 견실한 학회가 되었다. 59회의 학술발표대회와 25권의 학회지 발간으로 대표되는 연구 성과 또한 대내외적으로 자랑할 만한 결과가 아닐 수 없다. 이 모든 것이 회원들의 뜨거운 연구열과 전임 회장들을 비롯한 임원진의 헌신적인 노력의 결실 아닌 것이 없다.

　그 동안 판소리학회는 문학 연구 중심이었던 판소리 연구를 음악, 연극 등의 타 분야와 융합하려는 노력을 계속해 왔다. 물론 이러한 노력은 판소리가 지닌 복합장르적인 특성에 기인한 바 크지만, 학회의 개방적인 성격 또한 크게 영향을 미쳤다고 생각된다. 판소리학회는 또한 판소리 작가론이라고 할 수 있는 판소리 명창론을 적극적으로 개척하였다. 판소리 명창론은 오래 전부터 있어왔지만, 촌평이나 감상, 일화 중심의 소박한 형태에 머물러 있었다. 판소리학회는 명창론에 특히 주목하고 이를 학문적 수준으로까지 끌어올리고자 노력하였다. 이러한 학회의 노력은 이제 괄목할 만한 진전을 이루어 그 성과를 사회적으로 공유해야만 할 필요성을 느끼게 되는 단계에 이르렀다.

　이번에 발간하는 두 권의 책 〈〈판소리의 전승과 재창조〉〉와 〈〈판소리 명창론〉〉은 25년간에 걸친 판소리학회의 연구 성과를 정리하면서, 그 결과를 사회적으로 공유하고자 하는 강력한 의지의 표현이다. 따라서 딱딱한 연구 논문을 그대로 재수록하지 않고, 읽고 이해하기 편하게 손을 보았다. 전체적인 체계를 생각해서 새롭게 집필된 논문들도 있다. 이제 이 두 권의 책을 통해서 그 동안의 판소리 학회의 연구 성과와 수준을 한 눈에 볼 수 있을 뿐만 아니라, 판소리 연구의 미래 까지도 가늠해 볼 수 있을 것이다.

이 책들은 전임 정병헌 회장 때 기획되었다. 그러나 논문들을 수정하여 모으는 데 시간이 많이 걸려 이제야 햇빛을 보게 되었다. 그 동안 이 책의 기획과 편집을 위해 수고하신 판소리학회 전임 정병헌 회장님과 임원들께 감사드린다. 특히 편 집 실무를 맡아 수고하신 박일용 부회장님, 류수열 이사님과 새 원고를 집필하거 나 수정하는 수고를 마다 않으신 필자 여러분께도 감사드린다. 그리고 이 책의 출판을 기꺼이 맡아주신 '도서출판 박이정'의 박찬익 사장님과 편집진 여러분께도 감사의 말씀을 드린다. 이러한 여러분들의 헌신과 열정이 바로 학회 발전의 든든 한 초석이 아니겠는가.

유난히도 무더운 여름, 판소리를 사랑하는 모든 이들과 함께 〈〈판소리의 전승 과 재창조〉〉, 〈〈판소리 명창론〉〉의 발간을 자축하면서, 앞으로도 학회의 연구 성과를 사회와 공유하기 위한 노력들을 지속적으로 펼쳐나갈 것을 다짐한다.

2008년 9월

판소리학회장 최 동 현

제一부 판소리의 역사적 변모

춘향전 주제의식의 역사적 변모양상
- 완판 계열 이본을 중심으로 -

신동훈

1. 머리말

19세기에서 20세기 초에 이르는 시기에 걸친 판소리문학의 역사적 전개를 어떻게 볼 것인가 하는 문제는 현재 국문학계의 주요 쟁점으로 자리잡고 있다. 전승5가 및 실전판소리를 대상으로 한 수많은 논의를 통해 이 문제에 대한 다양한 관점이 제시돼 왔다.

그 논의의 중심에 놓여 있는 작품은 뭐니뭐니해도 〈춘향전〉이라 할 수 있다. 논쟁에 참여하고 있는 많은 연구자들이 〈춘향전〉을 기본 텍스트로 삼아서 판소리사에 대한 관점을 입론해 왔다.[1] 이처럼 〈춘향전〉이 집중적인 관심대상이 되

---

[1] 〈춘향전〉을 주요 분석대상으로 삼아 판소리사에 관한 관점을 제시한 논문들 가운데 주요한 것을 발표 순으로 제시하면 다음과 같다. 김흥규, 「신재효 개작 춘향가의 판소리사적 위치」, 『한국학보』 10, 1978 봄. 김흥규, 「판소리의 사회적 성격과 그 변모」, 『세계의 문학』, 1979 가을. 정하영, 「춘향전 개작에 있어서 신분문제」, 『한국언어문학』 17 · 18집, 1979. 정병헌, 「춘향가를 통해 본 신재효의 작가의식」, 『국문학연구』 제45집, 1979. 박희병, 「춘향전의 역사적 성격 분석」, 『전환기의 동아시아 문학』, 창작과비평사, 1985. 박희병, 「판소리에 나타난 현실인식」, 장덕순 외, 『한국문학사의 쟁점』, 집문당, 1987. 김흥규, 「19세기 전기 판소리의 연행환경과 사회적 기반」, 『어문논집』(고려대) 제30집, 1991. 김종철, 「19세기−20세기초 판소리 변모양상 연구」, 서울대 박사학위논문, 1993. 김현양, 「19세기 판소리사의 성격」, 『민족문학사연구』 제3집, 1993.

고 있는 것은 이 작품이 지니는 역사적 무게 때문일 것이다. 〈춘향전〉은 현실적 삶의 양상을 다른 어떤 작품보다도 리얼하고 생동감 있게 형상화하고 있으며, 그에 걸맞게 오랜 세월 동안 사람들의 전폭적인 호응을 얻으면서 자기 변신을 거듭해 온 작품인 것이다.

〈춘향전〉 분석을 통하여 도출된 판소리사에 대한 관점은 가지각색이다. 19세기 이래로 판소리가 서민층은 물론 양반층의 의식까지 포용함으로써 국민문학으로 부상했다는 종래의 교과서적 관점에 대하여, 19세기 이래로 판소리가 양반 취향에 맞게 변질되는 가운데 본래의 민중문학적 생동감을 상실했다는 주장과 이 시기에 판소리가 민중문학으로서의 특성을 유지 내지는 강화해 왔다는 주장이 맞서 있다. 여기에 19세기말 20세기초를 거치며 판소리의 민중성이 근대적 시민성으로 전화되었다고 하는 견해도 제출된 바 있다.

이제 이 쉽지 않은 문제에 대하여 하나의 논의를 보태려 한다. 논제는 〈춘향전〉 주제의식의 역사적 변모양상이다. 〈춘향전〉의 주제 및 그 구현양상이 사적으로 어떠한 변모를 겪었는지를 주요 이본을 통해 추적함으로써 판소리사에 대한 새로운 관점을 탐색하는 것이 이 글의 목적이다. 필자는 이전에 '신학균본 별춘향가'를 텍스트로 삼아서 〈춘향전〉의 주제구현 양상을 해명하는 작업을 작품론 차원에서 수행한 바 있는데,[2] 이번 논의는 그 관심을 역사적 전개 쪽으로 확대하는 작업에 해당한다.

이 글에서 특별히 주안점을 두는 것은 무엇보다도 작품의 문학적 성취를 제대로 분석하고 평가하는 방향에서 문제를 다루고자 한다는 것이다. 그 동안의 많은 논의들이 '어느' 주제가 '얼마나' 부각되는가를 다룬 데 대하여, 이번 논의에서는 작품에 내재한 주요한 의미의 '속성'(질)에 주목하면서 그것이 문학적으로

정출헌, 「춘향전의 인물형상과 작중역할의 현실주의적 성격」, 『판소리연구』 제4집, 1993. 박일용, 「판소리계 소설 춘향전의 사실적 성격」, 『조선시대의 애정소설』, 집문당, 1993. 김종철, 「19세기―20세기 초 판소리 수용양상 연구」, 『판소리사 연구』, 역사비평사, 1996.

2) 신동흔, 「평민독자의 입장에서 본 춘향전의 주제―신학균본 별춘향가를 중심으로」, 『판소리연구』 제6집, 1995.

실현되는 양상을 분석하는 데 관심을 돌리려 한다.

그 구체적인 논의 대상은 완판 판본들 및 이와 긴밀한 연관을 지니는 주요 이본들로 한정하며, 경판 계열(남원고사계) 이본들은 논외로 한다. 서로 역사적 관련이 있는 이본들을 대상으로 하여 구체적 분석을 진행하는 것이 보다 유효한 결론을 도출하는 길이라고 보기 때문이거니와, 이 때 완판 계열을 우선적인 논의 대상으로 삼는 것은 당연한 선택일 것이다. 경판 계열보다 완판 계열의 이본들 속에 판소리의 숨결이 더 잘 새겨져 있기 때문이다.

분석대상으로 삼을 구체적인 텍스트는 모두 7종이다. 완판29장본, 완판33장본, 신재효본(남창), 완판84장본, 신학균본, 박순호99장본, 장자백창본 등이 그들이다. 이 중 신학균본과 99장본, 장자백본 등은 기존 논의에서 그리 주목되지 않았던 것들인데, 이번 논의에서 비중 있게 다루게 될 것이다.

2. 〈춘향전〉 주제에 대한 시각

널리 알려져 있듯이, 〈춘향전〉의 주제는 단일하지 않다. 여러가지 중요한 의미들이 작품 속에, 각 이본 속에 다각적으로 얽혀 있다. 이러한 특징은 '주제의 양면성'이나 '다양성', '다층성' 등으로 규정돼 왔다.

〈춘향전〉의 주제에 관해서는 그간 아주 많은 논의가 이루어졌거니와, 그 논의 결과를 무리를 무릅쓰고 단순화하면 이 작품에서 주제로 부각되고 있는 주요한 의미는 크게 네 가지 정도로 집약된다. '사랑', '정절', '신분갈등', '관민갈등' 등이 그것이다. 이 네 의미요소가 여러 〈춘향전〉 이본들에서 다양하게 변주되면서 한데 얽히고 있다고 할 수 있다.

〈춘향전〉의 주제를 살핌에 있어 중요한 것은 각 이본에서 나타나는, 또한 이 본의 각 서사적 국면에서 나타나는 의미의 '속성'을 분석하는 일이다. '사랑'이나

'정절' 등의 의미요소가 구체적 속성 면에서 다양한 편폭을 지닐 수 있다는 전제가 필요하다. 다양한 이본을 놓고서 문면을 세심히 살펴보면 그러한 차이가 실제로 포착이 된다. 〈춘향전〉에 있어 '사랑'이나 '정절', 그리고 '신분갈등'이나 '관민갈등'이라는 의미는 어느 것 하나도 그 속성이 단일하지가 않다.

(1) "춘향아 우리 두리 업움질이나 좀 ㅎ여보자." "익고 잡성시러워라. 업움질을 엇더케 ㅎ잔 말리요." "너와 나와 활신 벗고 등도 딕고 빅도 딕면 마시 흐숫나제야." "나는 붓그려워 못ㅎ것소." "어서 버셔라. 어서 버셔라." "나는 붓그려워 못 벗것소." "에라 이 게집아 안될 말리로다. 어셔 버셔라. 어셔 버셔라." 만첩청산 늘근 범이 살진 암킈 무러다 노코 이는 쌘져 먹던 못ㅎ고 흐르렁 흐르렁 어루난듯, 북힉상의 황용이 여의주를 물고 칙운간의 넘노난듯, 도련임 급흔 마음 와락 달여들어 츈향의 가는 허리을 후리처안고 저고리 풀며 바지보션 다 벗겨노와써니 춘향이 못이긔여 이민젼의도 구실쯤이 송실송실 "익고 잡성시러워라." "네가 뉘 간장을 녹일나고 이리 곱게 싱겨난야. 여부라 츈향아 이리와 업피여라." 오슬 버신 게집아라 엇절주를 몰나 붓그려워 못젼딕는 아히를 업고 못홀 소리가 업다. "익고 춘향아 네가 닉 등의 업퍼쓰니 네 마음이 엇더흔야." "흔정이 업시 좃소." ― 33장본, 9~10장

(2) 도련님 기가 막켜 우룸이란계 말이난 사람이 잇시면 더 우던 거시엿다. 춘향 홰를 닉여 "여보 도련임 아굴지 보기 실소. 그만 울고 닉력 말리나 ㅎ오." "사쏘계옵셔 동부승지 ㅎ계시단다." 춘향이 조와ㅎ여 "딕의 경사요. 그레서 그러면 웨 운단 마리요." "너을 바리고 갈터인니 닉 안이 답답흔야." "언계는 남원 쌍으셔 평싱 사르실 줄노 알어겟소. 날과 엇지 함기 가기를 바릭리요. 도련임 먼저 올나가시면 나는 예서 팔 것 팔고 추후에 올나갈 거시니 아무 걱경 마르시요. 닉 말딕로 ㅎ엿스면 군속잔코 졸 거시요. 닉가 올나가드릭도 도련임 큰딕으로 가셔 살 수 업슬 거시니 큰딕 각가이 조구만한 집 방이나 두엇 되면 족ㅎ오니 연탐ㅎ여 사 두소서. (…)" "그게 일를 말인야. 사정이 그러켜로 네 말을 사쏘계난 못 엿주고 딕부인젼 엿자오니 쑤종이 딕단ㅎ시며 양반의 자식이 부형

싸라 하힝의 왓다 화방작첩ᄒ야 다려간단 마리 젼졍으도 고이ᄒ고 조졍으 드러
벼살도 못ᄒ다던구나. 불가불 이벼리 될박그 수 업다.” 춘향이 이 말을 듯더니
고닥기 발연 변ᄉ익이 되며 요두졀목으 불그락 푸르락 눈을 간잔조롬ᄒ게 쓰고
눈셥이 꼭꼿ᄒ여지면서 코가 발심발심ᄒ며 이를 쌘도독 쌘도독 갈며 온 몸을
쑤순입 틀덧ᄒ며 믜 씽 차난 듯ᄒ고 안던이 “허허 이게 웬 말이요.” 왈칵 쮜여
달여들며 초믜자락도 와드득 좌루욱 찌져 바리며 머리도 와드득 쥐여쓰더 싹싹
비벼 도련임 앞푸다 던지면서 “무어시 엇져고 엇졔요.” — 84장본, 36~38장

(3) “늬의 ᄒᆞᆫ 말 들어보시요. 첩의 즁심 원ᄒ기을 유졍낭군 귀니 되야 이 셜치
을 ᄒ여 쥴가 쥬야축수 발리던니 졀엇타시 글읏되야 결긱으로 와셧신니 니도
쏘ᄒᆞᆫ 늬 팔ᄌᆞ라 한탄ᄒᆞᆫ들 어니ᄒ며 이통ᄒᆞᆫ들 무엇ᄒ리. 여보시요 어만니 니졔
는 하일업시 십분구ᄉ 되얏씨니 목슘 ᄒ나 크잔ᄒ오나 씰의든 금봉치을 자기함
의 너헛신니 시문 늬여다가 되는듸로 팔어셔 셔방님 관망근과 의복을 날 본다
시 ᄒ여쥬고 월광단 남식쥬먼니 당팔ᄉ 벌믜답 ᄉᆞ고 일광단 홍식엽낭 경팔ᄉ
ᄉᆞ고 영초쌈지 ᄒ여 ᄌᆞ기함의 넛니 늬여쥬시오. 나는 이무 쥭건니와 어만니가
아무쫄록 시시공양 씬맛츄어 착실리 밧들의시고 쳔힝으로 도령님니 귀니 되면
셜마 괄셰ᄒ올잇가. (…)” 한숨짓코 안는 모양 아물리 쳘셕인들 안니 울고 젼들
숀야. 잇쩌의 어삿도니 마음니 긔가 믹켜 동원을 바리보며 어언간의 쏙 일리
나것고 츈힝모와 상단니며 눈이 붓게 울고 어삿도는 엇지 울엇던지 눈이 붓고
목니 슈여 ᄉᆞ름 졍싱은 못볼네라. (…) 잇쩌의 어삿도니 곰곰 싱각ᄒ니 졀긔잇
는 계집니라 밤일을 알슈업셔 단단이 부탁ᄒ되 “여바라 츈힝아 늬가 셔울셔
네 쇼식을 듯고 훌연듸장과 병죠판셔 두 듸신젼의 편지을 맛더다가 슈영무의다
붓치고 왓신니 늬일 오시면 너을 빅방으로 노흘리라. 울리 둘리 다시 맛나 ᄒᆞᆫ업
시 이 말 일으고 살어야졔 죽어셔야 씰 일리야.” — 99장본, 84~88장

이는 모두 춘향과 이도령의 사랑의 역정과 관련되는 낯익은 대목들이다. (1)
은 춘향과 이도령이 처음 만나 사랑을 나누는 장면이고, (2)는 이도령이 춘향에
게 이별을 고하는 장면이며, (3)은 걸인 행색의 이도령이 옥에 갇힌 춘향을 만나

는 장면이다. 우리가 유의할 것은 이들 각 장면에서 두 인물이 빚어내는 사랑의 성격이 서로 동일하지 않다는 사실이다.

(1)에서 부각되고 있는 것은 '풍정(風情)' 차원의 분방한 사랑이다. 아직 세파를 겪지 않은 철없는(?) 청춘남녀가 본능으로서의 애욕을 마음껏 발산하면서 희열을 찾고 있는 모습이다. 이해관계라든가 윤리의식 등에 앞서는 원초적 차원의 사랑이다. 이에 대하여 (2)에서 우리는 두 인물의 애정 속에 이해관계가 얽히고 있음을 본다. 자신의 앞길을 위하여 춘향을 떼치는 이도령의 모습이나, 물정 모르고 장밋빛 계산을 하고 있다가 그것이 오산이었음을 알고 펄쩍 뛰는 춘향의 모습은 현실적이고 자기중심적이다. 좀 과장해서 말한다면, 이도령은 무책임하게 애욕을 채워 왔고 춘향은 나름의 계산속에서 애정행각에 동참했다고 생각해 볼 수도 있다. (3)에 형상화되고 있는 사랑은 또 다르다. 모진 형벌을 당한 몸으로 옥중에서 참혹한 고통을 당하고 있는 상황에서 오히려 상대방을 걱정하고 있는 춘향의 사랑은 이해관계를 초월한 순수한 사랑, 상대방을 나의 소중한 일부로 삼는 자타합일적 사랑의 면모를 보여준다. 그러한 춘향의 마음에 감동하여 울면서 춘향을 위로하는 이도령의 모습을 통하여 자타합일의 사랑은 서로의 것으로 완성이 되고 있다.

'사랑'을 하나의 예로 들었지만, '정절'이나 '신분갈등', '관민갈등'의 의미요소 또한 작품 속에서 그 속성이 다양하게 변주되어 나타나고 있다. 춘향이 지키는 정절은 유교적 이념의 의식적 구현으로서의 정절일 수 있는 한편으로, 그와는 차원이 다른 자연적·자발적인 신념으로서의 정절로 구현되기도 한다. '신분갈등'의 의미는 특수한 개인의 '신분상승'을 문제삼는 차원에서 표출되기도 하고, 사회의 제도적 불평등을 문제삼으면서 '인간해방'을 지향하는 방식으로 부각되기도 한다. '관민갈등' 또한 변학도에 대한 춘향이라는 인물의 개인적 저항으로 그려지기도 하고, 부정한 관권에 대한 민중의 집단적 저항으로서 구체화되기도 한다. 이러한 차이들은 본질적인 것으로서, 〈춘향전〉 주제 논의의 필수적 분석

대상을 이룬다.

그런데 그 의미의 속성이란 특정 장면을 따로 떼어가지고 따질 성질의 문제는 아니다. 그것은 작품의 서사적 맥락 속에서만 제대로 규명될 수 있다. 한 예로 (1)에서의 춘향과 이도령의 사랑의 행위를 '풍정(風情)'으로 규정한 것은 그에 앞선 두 인물의 만남의 과정 및 작가의 서술시각 등을 고려함으로써 비로소 가능한 것이었다. 요컨대, 작품의 주제에 대한 올바른 인식은 의미가 '서사적으로 실현되는 양상'을 종합적으로 고찰하는 작업을 필요로 한다.

중요한 것은 의미의 서사적 실현 과정에서 그 속성의 질적 변화가 나타날 수 있다는 점이다. 앞에서 서로 속성이 다른 '사랑'의 양상을 제시했거니와, 그 차이는 서로 다른 이본이 아닌 동일 이본 내에서도 나타나고 있다. 전반부에 있어 다분히 철없고 자기중심적으로 그려지던 이도령과 춘향의 사랑이 작품 후반에 있어 순수하고 성숙된 자타합일적 사랑으로 변화되는 양상이 여러 편의 이본에서 뚜렷이 확인된다. 서사적 전개 과정에서 나타나고 있는 이러한 의미의 질적 변화는 작품의 의미를 역동적으로 상승시키는 효과를 낳고 있다.

의미요소의 속성이 질적으로 변화하는 양상은 '신분갈등' 및 '관민갈등'의 요소에서도 뚜렷이 나타나고 있다. 필자는 신학균본을 대상으로 하여 그 의미의 변전 양상을 상세히 살핀 바 있다. 독자와 작중인물의 정서적 거리가 훌쩍 좁혀지는 가운데 작품의 의미가 신분상승으로부터 신분해방으로, 개인적 항거에서 집단적 항거로 확장돼 나가고 있다는 것이 그 논의의 결과였다.

작품 전반부에 형상화된 춘향과 이도령의 형상은 본질적으로 '솜씨 좋은 기생'과 '부귀있는 양반자제'의 그것으로서, 평민 독자들의 전폭적인 공감을 얻기에는 특수하고 이질적인 것이다. 그들의 만남과 결연은 독자들에게 '한가한 사랑놀음'으로서 부정적으로 받아들여질 만한 면모를 지니고 있다. 그러던 중 갑자기 닥친 이별을 통해 춘향의 가련한 신세가 부각되면서 중요한 공감의 계기가 마련되지만 이 장면에서의 공감은 아직 부분적이고 밀도가 낮은 것이었다.

　그러던 중 작품 중반에서 발생하는 '춘향 사건'을 통해 그 양상은 결정적으로 변화한다. 춘향은 수청을 거부한 결과 변학도로부터 참혹한 형벌을 받거니와, 이 지점에서 변학도의 탐관으로서의 본질이 폭로되면서 민심이 이반함과 동시에 춘향은 관권에 의한 억울한 피해자의 표상, 저항의 화신으로 떠오르게 된다. 독자들은 이 장면에서 눈물 속에 춘향과 하나가 되는바, 이때의 일체감은 그야말로 전폭적이라 할 수 있다. 그러한 일체감 속에서 한편으로 관권의 부정한 횡포에 대한 저항의식이라는 의미가 구현되며, 또한 춘향의 신분상승과 사랑에 대한 지향이 '반봉건적 인간해방'으로서의 의미를 부여받는 가운데 사람들의 가슴 속에 각인된다.[3]

　필자는 이와 같은 '의미의 질적 비약'의 문제가 〈춘향전〉 이본의 문학적 가치를 가늠하는 중요한 지표가 된다고 믿고 있다. 과연 그러한 의미의 비약이 나타나고 있는지, 그것이 얼마나 필연적·역동적으로 부각되면서 사람들의 마음에 문학적 감동으로 각인되는지 가려 따져야 한다. 이어질 이본 대비는 이 점에 눈을 돌리게 될 것이다.

3. 주제의식의 변모양상

3.1. 본래의 구도 – 완판29장본, 33장본

　〈춘향전〉은 판소리로서의 오랜 구비적 전승과정을 거쳐, 19세기 중엽부터 활발하게 국문 텍스트로 정착되기 시작하였다. 완산에서 '별춘향전'이라는 표제가 붙은 29장본의 판각본이 나온 것이 이 무렵의 일이며, 33장본 열녀춘향수절가가 그 뒤를 이었다. 이 이본들을 통하여 우리는 완판 계열 〈춘향전〉의 '본래의 모습'과 만날 수 있다. 자료들이 나온 시기가 이른 것도 그렇지만, 이들이 모종의

---

3) 신동흔, 앞의 논문, 217면.

‘의도적인 개작’의 세례를 입지 않은 ‘순수한’ 이본들이라는 점이 더욱 중요하다.

완판29장본과 33장본은 뚜렷한 친연성을 지니는 이본이다. 인물의 성격이나 서사적 골격이 유사하며 행문이 그대로 겹치는 부분이 많다. 이는 33장본이 29장본의 내용을 수용한 결과로 이해가 된다. 그렇지만 두 작품은 그 구체적 장면에 있어 크고작은 차이를 보이며, 그것은 주제 구현양상의 차이로 이어지고 있다.

3.1.1. 완판 29장본

완판29장본에 있어 작품의 주요한 의미요소들은 이도령과 춘향의 만남 부분에서 두루 그 모습을 선보이고 있다. 두 인물의 대면은 다음과 같이 그려진다.

> (4) 이도령의 거동보소. 단슌호치 반기ᄒᆞ야 웅ᄉᆞ교담으로 말슴ᄒᆞ야 일은 말니 "네 얼골 보와ᄒᆞ니 일국의 졀ᄉᆡᆨ미라. 네 밧비 올으거라." 츈향니 거동보소. 츄파를 잠간 드러 이도령을 살펴보니 당셰의 호걸니요 진셰간 기남ᄌᆞ라. 쳔졍니 놉파시니 소년공명 ᄒᆞᆯ기시오 오악니 조구ᄒᆞ니 닐국츙신 ᄒᆞᆯ거시미 츈향니 흠모ᄒᆞ야 익미을 슈기고 넘슬단좌쌴니로다. 이도령 ᄒᆞ난 마리 "네 연셰 얼마며 네 셩은 무어신다." 츈향니 엿ᄌᆞ오ᄃᆡ "년셰ᄂᆞᆫ 십뉵셰요 셩ᄌᆞᄂᆞᆫ 셩가라 ᄒᆞ나니다." 이도령 거동보소. "어허 그말 반갑도다. 네 연셰 드르니 날과 한ᄃᆡ 동갑니요 셩ᄌᆞ를 드르니 니셩지합니라. 쳔연일시 분명ᄒᆞ다. 날 셤기미 엇더ᄒᆞ요." 츈향니 엿ᄌᆞ오ᄃᆡ 팔ᄌᆞ청산 쯩긔며 쥬순을 반기ᄒᆞ야 간은목 계우 여러 엿ᄌᆞ오ᄃᆡ "츙불ᄉᆞ이군이요 열블경이부졀은 옛글의 일너ᄉᆞ오니 도령님은 귀공ᄌᆞ요 쇼녀ᄂᆞᆫ 쳔쳡니라. 한번 탁졍흔 후 인ᄒᆞ야 바리시면 독슈공방 누어 우ᄂᆞᆫ 닉 안니고 뉘가 할고. 그런 분부 마옵소셔." 이도령 니른 마리 "네 마를 드러보니 어이 안니 긔특ᄒᆞ리. 우리 두리 인연 믹질졔 금셕뇌약 믹지리라. 네 집니 어ᄃᆡ믹요." 츈향이 거동보소. 셤셤옥슈 놉피 드러 한곳 넌즛 갈으치되 (…) ― 5장

이 대목에서 우리는 사랑, 정절, 신분갈등의 여러 의미를 한꺼번에 접할 수 있다. 춘향과 이도령이 상대방에게 연심을 품는 모습이 보이며, 춘향의 대사를

통해 '열불경이부절'의 정절에 대한 지향과 함께 '천첩'으로서의 신분의식이 표출되고 있다.

이 여러 의미요소 가운데 두 사람의 만남의 성격을 규정하는 핵심 요소는 '사랑'으로 판단된다. 춘향에 대한 이도령의 '풍정'이 일종의 연심이라 할 수 있는데 더하여, 춘향의 심리에서도 이도령의 빼어난 풍모에 대한 흠모의 감정이 두드러져 보인다. 이도령이 '금석뇌약'을 맺겠다고 하는 말에 춘향이 선뜻 자기 집을 가르쳐주는 것은 이미 마음이 이도령에게 이끌렸다는 증좌다.

일단 실마리를 찾은 둘의 사랑은 쾌속으로 진행된다. 춘향의 집을 찾은 이도령을 춘향이 반갑게 이끌어들이고(춘향모의 개입이 전혀 나타나지 않는다), 이도령의 언약과 함께 술자리가 펼쳐지며, 첫날밤의 사랑의 행위가 이어진다. 양반자제와 기생 사이의, 특별히 거리낄 것 없는 '평범하고 순탄한' 사랑이다.[4]

춘향과 이도령의 이별은 그 만남과 마찬가지로 자연스럽게, 손쉽게 이루어진다. 이도령은 별다른 고뇌 없이 춘향에게 이별을 통고하며, 춘향은 이를 현실로서 받아들인다. 미혼의 양반자제와 기생 간 결연의 예정된 행로인 셈이다. 춘향이 "날갓턴 ᄒ방천첩니야 숀톱만치나 싱각ᄒ릿가. 날만날만 달리가오" 하고 한탄하는 대목에서 천민의 설움을 공감하게도 되지만, "엇다 이년아 우리ᄂ 너만할 씌 行娼으로 열어번 ᄒ여시되 져다지 ᄒ여본 일이 업다"하고 춘향을 꾸짖는 춘향모의 모습은 그 이별을 '억울한 것'이 아니라 '어쩔 수 없는 것'으로 되돌리고 있다.

작품의 의미는 춘향이 변학도와 싸우는 과정에서 전환의 계기를 맞는다. 춘향이 수청을 거부하다 옥에 갇혀 시련을 겪는 일련의 과정에서 작품의 의미가 다각적으로 확장 내지 심화된다. 이도령에 대한 춘향의 깊은 사랑이 확인되는 한

---

4) 29장본에서 춘향은 '기생'으로 설정돼 있으며, 실제 기생으로서의 행동양상을 보이고 있다. 그리하여 이도령과 춘향의 결연은 관습을 넘는 자유 연애로서의 파격성을 잘 갖추지 못하고 있다. 또한 29장본은 초야 사설이 아주 간략하여, 십여줄의 사랑가가 전부이며 업음질 등의 질탕한 사랑놀음이 전혀 보이지 않는다. 청춘남녀의 분방하고 흥성한 환락적 사랑이 드러내는 파격성이 보이지 않는 것이다. 둘의 사랑을 '평범하다'고 표현한 것은 이러한 특성에 따른 것이다.

편으로, 춘향이 절개가 매우 뛰어난 인물임이 천하에 드러나면서 정절의 의미가 선양된다. 이와 함께 자신을 천시하여 모욕하는 변학도에 맞서 항변하다가 엄중한 형벌을 당하는 춘향의 모습을 통하여, 신분차별의 부당성에 대한 인식과 함께 관의 횡포에 대한 불만과 저항의식이 환기된다.

그러나 그 싸움의 과정에서 작품의 의미가 확산되고 비약되는 데는 일정한 제한이 있다고 판단된다. 춘향에 대한 주변인물의, 나아가 독자의 공감의 계기가 마련되나 그것이 충분히 서사적으로 실현되지는 못하고 있다. 29장본의 십장가 대목은 아주 소략하며, 춘향이 받는 모진 형벌에 대한 사람들의 감응의 과정이 제대로 살아나지 못하고 있다. 남원부민이나 기생들이 악형을 받는 춘향에 대하여 심정적 일체감을 나타내면서 관에 대한 저항감이나 천민의 설움을 표출하는 장면이 보이지 않는다. 남원 한량들이 찾아와 소동을 피우면서 춘향을 위로하는 장면이 들어 있을 뿐이다.

(5) 열치고 희박홀가 삼십도을 밍즁ㅎ아 칙가엄슈 영니 난니 연약흔 즈로셔 호흡니 막킨 즁의 정신을 찰릴손야. 고즁의 큰닥헌 젼목칼을 옥갓턴 목의 무릅시고 항시 슈시 쥭시ㅎ고 칼머리예 닌봉ㅎ고 검멀못 쳘박ㅎ야 옥으로 늘러온니 춘향니 통곡ㅎ며 일은 말리 "국곡투식ㅎ야던가 엄형즁슈 무슴일고. 살닌죄안니여든 항시 쥭시 무슴일고." 슈졍니 등의 업피여셔 긔싴ㅎ야 나올적의 잇쩌 남원 흔냥 거슥이 무슥이 평슥이 진슥이 여슥이 부슥니 츠문쥬가 ㅎ올적의 잇쩌 춘향이 즁장ㅎ고 나오물 보고 쌈작 놀닉 달녀들여 춘향손 덥벅 잡고 "업다니 어닌 일이나. 정신츠려 진졍ㅎ라." "동변을 들리라." "쇼합환 들리라." "쳥심환 들리라." 무슥이 썩 닉다라 "닉 쥼지여 잇던니라." "그려면 속히 닉소." 한쥼을 쥐여닐제 톡기똥이 분명ㅎ다. — 17~18장

요컨대 29장본에서 변학도와 춘향의 싸움은 변학도의 횡포에 대하여 춘향이 한 개인으로서 맞서는 양상을 나타내고 있다. 깊은 사랑과 절개심을 지닌 여인

이 그것을 깨뜨리려는 방해자와 맞서 자신의 신념을 지키고 있는 모습이다. 그 과정에서 구현되는 사랑과 정절의 의미는 중요한 것이지만, 그 의미가 독자들에게 '나의 것', '우리 모두의 것'으로 실현되지는 못한다는 한계를 지니고 있다. 신분 차별의 현실과 관권의 부정한 횡포에 대한 저항이라는 의미가 제대로 살아나지 못하고 있다는 것 또한 문제점이 된다.

그러나 이 이본에서 작품 주제가 단순히 개인적인 차원에 머무르고 있다고 단정할 만한 것은 아니다. 비록 그 변전의 과정이 구체적으로 그려져 있지는 않지만, 우리는 작품 후반부에서 변학도에 대한 춘향의 싸움이 어느 사이에 남원고을 백성 전체의 문제로 확산돼 있는 양상을 발견하게 된다.

> (6) 어스의 일른 말리 "이 골 스쏘 정체 엇써흐고." 농부 뒤답하되 "우리 스쏘 정체 엇써할 것 닛쇼. 원임은 노망이요 좌슈은 쥬망니요 아젼는 도망이요 빅셩은 원망인니 사망니 물미듯 흐지요." 어스 다시 무르되 "들른니 춘향이가 스쏘 슈청들시 분명헌가." 니 농부 뒤골리 츌흐야 흐난 말리 "옥갓턴 츈향몸의 누츄흔 말 어니 함난닛가. 구관스쏘 즈제 니도령닌가 난졍의 아들린가 춘향과 빅연가략 미졋쩐지 니도령 오기만 기다리고 독슈공방 빈방안의 슈졀흐던니 신관 도님쵸의 급피 불너 슈쳥들나 흐니 슈졀리 졍졀리라 슛쳥 안니 든다 흐고 무죄흔 춘향을 옥갓턴 달리의 쇄골되기 빅여도 밍장흐야 항쇄슈쇄에 금슈옥즁흐야 명지경각흐엿쓰니 셰상의 그릭키 원통흐고 불상흔 니리 닛시이요." — 21~22장

춘향이 억울하게 매를 맞고 옥에 갇힌 일은 벌써 시골의 농부들에게까지 퍼져 관에 대한 원망의 한 자리를 차지하고 있다. 이른바 '춘향 사건'[5]이다. 이 사건을 둘러싸고 백성들이 표현하는 '원통함'은 일차적으로 관의 부당한 횡포에 대한 불만이지만, 그 속에는 신분제하 하층민의 억울한 처지에 대한 저항감이 담겨 있다고 할 수 있다. 이러한 의미는 대다수 서민 독자(청자)에게 있어 문면에 나

---

5) 필자는 변학도가 춘향을 잡아들여 치죄하고 하옥한 일이 하나의 중요한 사회적 사건으로서의 의미를 지닌가고 보아 이를 '춘향 사건'으로 칭한 바 있다. 신동흔, 앞의 논문, 196면.

타난 것 이상으로 묵직하게 다가왔을 것임이 분명하다.

작품에 내재한 다양한 의미는 옥중재회와 어사출도 대목을 거치며 완결된다. 걸인행색의 이도령을 맞이하여 "죽어도 한이 없다"면서 죽어서 오히려 상대방을 걱정하는 춘향의 모습을 통하여 이도령에 대한 춘향의 사랑 또는 정절6)은 최고조에 이른다. 그리고 어사출도를 통한 재상봉의 장면에서 그 사랑―정절은 사람들의 축복 속에 완성이 된다. 그 축제의 장은 사랑과 정절의 가치를 선양하는 장인 동시에 관(官)에 대한 하층백성의 불만과 저항감이 승리감으로 바뀌는 장이기도 하다.

정리하면, 완판29장본은 춘향과 변학도와의 싸움을 계기로 하여 사랑과 정절, 신분갈등, 관민갈등 등의 여러 의미가 확산 내지 격상되는 기본 구도를 갖추고 있다. 그러나 그 의미들이 뚜렷하게 부각되지 못한 면이 있는 것 또한 사실이다. 사랑과 정절의 의미에 비하여 신분갈등이나 관민갈등의 의미는 부수적이고 희미하다. 의미의 변전 과정을 생동감있게 살리지 못함으로 해서, 질적 비약과 확산을 동반한 의미의 통합을 그리 효과적으로 구현하지 못하고 있다. 독자를 문학적 감동으로 이끌기에 부족함이 있다는 뜻이다.

3.1.2. 완판33장본

완판33장본의 전반부는 29장본과 흡사하다. 춘향과 이도령의 결연 과정은 그 구체적 행문까지도 거의 일치한다. 당연한 결과로, 의미요소의 표출 양상 또한 서로 통하고 있다. 사랑, 정절, 신분갈등 등의 의미요소들이 드러나는 가운데 특히 사랑의 의미가 크게 부각되고 있으며, 그 사랑은 양반자제와 기생 사이의 그리 특별할 것 없는 사랑으로서의 면모를 드러낸다.

두 이본은 첫날밤 사랑 대목에서 큰 차이를 나타낸다. 29장본에서 이 대목이

---

6) 자발적인 인간 본연의 마음으로서의 참다운 사랑과 참다운 정절은 그 자체 둘이 아니라고 할 수 있다. 이 지점에서 양자를 분간한다는 것은 불가능하고, 무의미하다.

아주 소략하게 그려진 데 비하여 33장본의 사랑놀음 대목은 아주 길고 흥성하다. 권주가와 사랑가에 이어 업음질, 탈승자 놀음 등이 상세하게 그려진다. 앞의 인용 (1)에 업음질과 탈승자 놀음의 일부를 옮겨놓았거니와, 앞서 설명한 대로 이 대목은 청춘남녀의 풍정으로서의 질탕한 사랑, 원초적인 사랑의 형상을 잘 그려내고 있다. 그 사랑의 의미는 29장본에 비하여 더욱 강하고 파격적이다.

중요한 것은 이 대목이 단순히 의미를 강화하는 데 그치지 않고 인물의 성격을 구체화함으로써 작품에 리얼리티를 부여하는 역할을 하고 있다는 점이다. 29장본에 있어 다소 불투명하던 이도령과 춘향의 성격이 33장본에서는 질탕한 사랑놀음의 과정에서 보다 구체적으로 부각되고 있다. 그 드러난 모습은, 이도령은 바람기 있는 양반자제이고 춘향은 '솜씨 좋은 기생'이라고 할 수 있다. 사랑 대목에서 보이는 두 인물의 형상은 군자나 요조숙녀와는 상당한 거리가 있다.

이러한 인물형상은 주변인물의, 나아가 독자들의 시각을 규정한다는 면에서 의의가 있다. 그들의 파격적인 자유분방함은 물론 긍정적 가치를 지니는 것이지만, 그리하여 사람들에게 즐겁고 흥성하게 받아들여질 수 있는 것이지만, 다른 한편으로 그 질탕한 사랑놀음이란 고단한 생활에 지쳐있는 사람들에게는 한가한 남의 일로 받아들여질 소지가 있다. 특히 작중의 주변인물에게 있어 양반자제가 기생과 눈이 맞아 벌이는 사랑놀음은 눈살을 찌푸릴 만한 마땅치않은 일일 수 있다. 춘향을 잡아들이라는 명령이 내렸을 때 사령들이 보이는 다음과 같은 태도는 그러한 시선의 반영으로서, 리얼리티를 지니고 있다.

> (7) "걸이엿다 걸이엿다 춘향이가 걸이엿다. 조을시고 조을시고. 양반셔방
> 어던노라 ᄒ고 도고홈도 도고ᄒ고 도량터니"   – 15장

이와 같은 솜씨 좋고 콧대 높은 기생으로서의 춘향의 이미지는 변학도와의 싸움의 과정에서 일대 전변을 겪게 된다. 그 전변의 과정은 33장본에 있어 29장본보다 훨씬 리얼하게, 긴박감있게 형상화되고 있다.

신관이 부임하여 위의있게 거조를 차리는 상황. 그 자리에 끌려나온 춘향은 구경꾼들의 속된 예상에 반하여 변학도의 협박과 회유를 단호히 뿌리치고 수청을 거부한다. 그 결과는 유혈이 낭자한 악형이다. 그럼에도 춘향은 이를 악물고 형벌을 견디면서 '십장가'로써 더욱 매몰차게 항변을 한다. 사람들은 이 장면에서 일종의 충격 속에 춘향의 진면목을 발견하게 된다. 춘향의 사랑은 한순간의 풍정이 아니었고, 정절은 말로만의 정절이 아니었다. 그것은 참다운 인간적 요구이며 신념이었던 것이다. 사람들은 이제 일종의 경애감 속에 춘향에 대하여 정서적 일체감을 경험하게 되고, 그 과정에서 사랑과 정절의 의미는 비약적으로 확산된다.

한편, 변학도는 어떠한가? 순간의 모욕을 설치하려고 연약한 여인에게 눈뜨고 보기 힘든 악형을 내려 부임 첫날을 피로 물들이는 인간이다. 그 한 가지 행위를 통해 그는 탐관으로서의 본질을 여실히 폭로하고 만다. 그리고 민심은 한순간에 그를 떠난다. 다음 대목은 이를 웅변으로 보여준다.

> (8) 말못ᄒ고 기절ᄒ니 업제엿던 형방도 눈물지고 믹질ᄒ던 집장사령도 서를 쓸쓸 "사름의 자식은 못 보것다." "모지도다 모지도다 우리 사쏘 모지도다. 저 것슬 씌리면 쌍이나 치제 저것 몸의 믹질ᄒ다니 모지도다 모지도다 우리 사쏘 모지도다. 가시 가시 어서 가시 사름은 차마 못 보건네." ― 17장

민심의 이반과 함께 신분문제에 대한 새로운 각성이 이루어지는 점 또한 주목할 만하다. 남원기생들이 떼지어 나와 춘향을 붙들고 울부짖는 눈물겨운 모습을 통하여 기생 춘향의 설움은 그 혼자만이 아닌 천민 전반의, 상민 전반의 설움으로 뚜렷이 부각된다. 그와 함께 봉건적 신분차별의 부당성에 대한 인식이, 부당한 차별로부터의 해방에 대한 지향이 자연스럽게 각인된다. 의미의 질적 비약이다.

(9) 이쩌 남원 기싱드리 츈향이 민맛고 죽게 되얏단 말을 듯고 찔찔리 동무지
여 일홈 불너 나오난듸 "이고 형임" "이고 동싱" "이고 츈향아." 조고만흔 동기
는 "이고 션싱임. 청가묘무를 뉘흔틔 빈울잇가." 흔참 이러흘제 엇던 기싱 흐나
춤추며 나오난듸 "얼시구 절시구 조을시구." 여러 기싱 듯더니 "저년 밋쳐쑤나.
춘향은 민를 맛고 거의 죽게 되여난듸 너는 무삼 혐우 잇셔 춤을 추고 길기난
야." "형님네 드러보소. 히셔기싱 농션이는 동설영의 죽어잇고 평양기싱 월션
이는 소셥의 목을 베여 김장군게 드리고 쳔추혈식흐엿고 진주기싱 논기는 왜장
의 목을 안고 남강의 써러젓긔로 쳔추의 힝사흐여쓰니 우리 남원도 현판감이
삼겨쑤나." 흔참 이리흐더니 와락 달여드러 츈향의 목을 안고 "이고 셔울집아.
불상흐여라."   - 18장

일련의 '춘향 사건'이 사람들의 마음속에 자리하면서 관에 대한 저항의식을
환기함은 29장본에서도 보이는 특징이지만, 33장본에 있어 훨씬 뚜렷하게 부각
되고 있다. 춘향 사건은 농부가의 한 사설을 이룰 정도로[7] 사람들 마음속에 크
게 자리잡고 있다. 그것은 백성에 대한 관의 횡포를 대변하는 상징적 사건을
이루고 있다고 할 수 있다. 춘향의 훼절을 운운하는 이어사에 대한 농부들이
민감한 반응을 보이는 것은 물론이거니와,[8] 그러한 반응에서 우리는 남원 백성
들의 춘향에 대한 강한 정서적 일체감을 확인할 수 있다. 그 일체감 속에서 한편
으로 춘향이 지키고 있는 참사랑과 정절의 의미가 선양되며, 다른 한편으로 억
울하게 핍박받아야 하는 하층민의 설움과 권력의 부당한 횡포에 대한 저항감이
라는 의미가 구현된다. 의미의 통합이 이루어지고 있는 모습이다.

이어지는 옥중상봉 및 어사출도 대목 역시 33장본이 29장본보다 훨씬 상세하
고 리얼하다. 옥중상봉 장면은 앞의 인용(3)과 흡사하거니와, 옥중 춘향의 참혹
한 정경과 어진 마음씀이 독자를 눈물짓게 한다. 이도령이 '눈이 붓고 목이 쉬도

---

7) "모지도다 모지도다 우리골 사쏘가 모지도다. 월삼동취 독흔 형벌 몹시도 쌍쌍 찍려셔 거의
  죽게 싱겨쓰되 종시훼절 안이흐고 죽기로만 결단흐니 그런 열녀 어듸 잇나. 어이여여루 상사뒤
  오." - 23장
8) 이 대목은 앞에 인용한 (6)과 유사하게 그려지고 있다.

록' 우는 것도 당연한 일이다. 이 장면에서 실현되는 정절 또는 사랑의 의미는 지극히 순수하고 아름답고 숭고하다. 그 의미가 이별 전의 질탕한 사랑놀음에서 표출되던 그것과 질적으로 다름은 두말할 필요도 없다.

한편, 어사출도 장면에서 혼비백산하는 관장들의 모습, 춘향이 기꺼워하고 춘향모가 즐거워 춤추는 등의 모습 또한 29장본에서보다 더욱 흥취있고 생동감있게 표현되고 있다.

> (10) 이렁저렁 훗터질 제 칙방이 눈치치고 삼반ㅎ인 수군수군, 예서 수군 제셔 수군, 셔리는 눈을 씀적. 청비역졸 거동 바라. 달갓탄 마픠를 히갓치 둘너메고 삼문을 닙더치며 "암힝어ㅅ 출도야." 흔번을 고함ㅎ니 강산이 문어지고 두번을 고함ㅎ니 초목이 쩌난 듯, 셰번을 고흠ㅎ니 남원이 우군우군. "공형 공형." "공형이 드러가오." 등치로 휘닥싹, "이고 허리야." "공방 공방." 공방이 자리를 둘둘 모라 엽푸씨고 "안할나고 ㅎ는 공방을 부득이 하라더니 저 불 속의 엇지 드러가랴." 등치로 휘닥싹, "이고 박 터젓네." — 31~32장

이처럼 부당한 횡포를 부리던 관원이 된서리를 맞는 장면을 통하여, 그리고 뒤이어 춘향과 이도령이 상봉하고 백성들이 모두 하나가 되어 축복하고 즐기는 흥성한 축제의 장면을 통하여 작품의 의미는 절정에 이른다. 진정한 사랑과 정절의 가치가 한껏 선양되고, 봉건적 권력의 부당한 횡포에 대한 저항감과 승리감이 확인되며, 신분해방과 인간해방의 정신이 구현된다. 환희와 감동의 마당이다.

애초에 한 인물을 중심으로 하여 개인적이고 특수한 차원에서 제기되던 사랑과 정절, 신분갈등의 의미가 권력의 부당한 횡포에 맞서 유발되는 싸움과 시련의 과정에서 관민갈등의 의미와 맞물리면서 질적 비약과 확산, 통합이 이루어지는 것, 필자는 이것이 완판 계열 〈춘향전〉 주제의 본령에 해당한다고 보고 있다. 완판 33장본은 그러한 주제를 안정감 있게, 감동이 우러나도록 구현해내고 있다.

3.2. 개작의 방향 – 신재효본, 완판84장본

그 동안 〈춘향전〉에 관한 논의에서 가장 많이 거론된 이본은 아마도 신재효본 남창 춘향가와 완판84장본일 것이다. 이들은 독특한 개작의식에 의해 이루어진 이본으로서, 또는 〈춘향전〉의 사적 변모에 큰 영향을 미친 이본들로서 주목을 받아 왔다.

그러나 우리는 과연 이들이 주목에 값할 만큼의 문학적 가치를 지니고 있는가를 좀더 냉정히 따져볼 필요가 있다. 얼핏 눈에 띄는 서사적 안정감이나 합리성, 또는 디테일의 수려함과 풍성함 등을 가지고 문학적 가치를 평가할 수는 없다. 작품의 주제의식 및 그 구현양상에 대한 엄정한 분석이 필요하다.

3.2.1. 신재효본 남창 춘향가

신재효가 엮은 판소리사설은 판소리사에서의 신재효의 위치 때문에 많은 관심을 끌어 왔다. 그 중에서도 남창 춘향가(이하 ‘신재효본’으로 지칭)는 독특한 개작의식으로 인하여 많은 논란을 불러 일으켰다. 〈춘향전〉에 합리적 현실성을 부여했다는 긍정적 평가와 작품의 민중문학적 발랄함을 훼손했다는 부정적 평가가 교차적으로 속출하고 있는 형국이다.

신재효본에 있어 내용의 변개는 작품 전반에 걸쳐 이루어졌지만, 특히 전반부에 있어 두드러진 것이었다. 그 변개의 핵심은 애초에 아리땁고 솜씨좋은 기생의 형상을 지니고 있었던 춘향의 모습을 요조숙녀에 가깝도록 바꾸어 놓은 점이다. 춘향은 천상 도화(桃花)의 화신으로 세상에 태어난 인물로 그려지며,[9] 이도령을 만날 당시 대비 넣고 정속하여 규방 행실을 닦고 있던 인물로 설정돼 있다.

---

9) “春香어모 退妓로서 四十이 너문 后어 春香을 쳐음 빌 제 꿈 가온듸 엇썬 仙女 桃花李花 두 가지를 두 숀의 갈나줘고 흥날노 늬려와셔 桃花를 늬여쥬며 「이 꼿슬 잘 각고와 李花接을 부쳐 씨면 모연힝낙 죠흘이라. 이화 갓다 젼홀 곳이 時刻이 急흥긔로 忽忽이 써나노라.」” 김진영 외 편저, 『춘향전전집』 1, 박이정, 1997, 11면. 이하 신재효본의 원문은 이 책에 실린 가람본 자료를 인용하기로 한다.

그리하여 이도령과 춘향의 결연은 양반자제와 여염집 규중 처자의 결연으로서 그려진다. 이는 단지 신분과 처지가 그렇게 설정되어 있을 뿐이 아니고 구체적 행동양상이 또한 그렇게 돼있다. 춘향과 이도령의 언행은 품위와 격조를 지닌 것으로 가다듬어져 있다.

> (11) 방즈놈 바다들고 번기갓치 건네가셔 편지 닉여 春香 준이 春香이 회피 부득 편지바듯 쎄여본이 아무 말도 안이ᄒ고 五言 흔 귀쑌이로다. "녹쥬(綠珠)가 우셕슝(遇石崇) 홍불(紅拂)이 슈이졍(隨李靖)" 春香이 안마음의 "지죠 잇난 사람이라 이 일을 엇지할쇼." 良久의 싱각다가 셜화지 쎄여닉여 잠깐 젹어 근봉ᄒ야 방즈 쥬며 ᄒ는 말이 "閨中의 處子 몸이 쇼믜 平生 도련임께 편지히긔 不當ᄒ되 有文不答할 슈 업셔 부득니 답장ᄒ이 갓다가 딀인 후의 닷시난 오지 마라." 방즈놈 다힝ᄒ야 셰거름의 쒸어와셔 도련임께 올이온이 도련임 쎄여본이 당신 편지 쏜이여든 '文王이 求呂尙 皇叔이 訪公明'이라 하엿씬이 도련임이 무릅치며 "지여로다 민여로다. 경각간의 씬 答狀이 이러케 통창하리."
> ― 『춘향전전집』 1, 17면.

이와 같은 결연의 장면에 있어 두드러지게 부각되는 것은 다름 아닌 '연애의 감정'이다. 상대방의 용모와 글솜씨를 확인하면서 이도령과 춘향이 서로를 연모한 끝에 결연에 이르게 되는 일련의 과정은, 연애를 주제로 한 한편의 전기소설(傳奇小說)을 연상시키고 있다.

춘향과 이도령의 사랑의 격조는 작품 속에서 시종일관 유지된다. 첫날밤의 사랑의 정경은 흥성하지만 난하지 않으며, 이별의 모습 또한 슬프지만 경박하지 않다. 앞의 인용 (2)에서와 같이 춘향이 이도령에게 대들면서 따지는 장면은 신재효본에는 당연히 들어 있지 않다. 서로 헤어짐을 서러워하면서 훗날을 기약할 뿐이다.

　(12) 도련임이 흔삼으로 春香 눈물 씻긔면셔 "우지 마라 우지 마라. 네 셔럼이 그리할 제 닛 마음이 엇쩌컨나. 우리 정지 의논ᄒ면 결발의 부부로셔 이질 길이 잇쎳난야. 네 의심 그리ᄒ니 後日 가고 信物 쥬마." 錦囊을 션뜻 푸러 面鏡을 닛여 쥬머 "大丈夫 平生 마음 셕경빗과 갓튼지라. 몟 ᄒ가 지닉가되 변치 안이할 쩌신이 깁피 깁피 갈마두고 닛 싱각 날 제마닥 날 본다시 여러 바라." 春香이 셕경 밧고 쪘든 玉指環을 한 짝 버셔 듸리면서 "女子의 정졀힝이 白玉無瑕 갓싸온이 賤妾의 一片丹心 일노 信物 삼무시요." —『춘향전전집』1, 26면.

　춘향과 이도령이 이루는 이와 같은 애틋하고 격조있는 사랑의 모습은 작품의 중·후반부로 자연스럽게 연결돼 나간다. 이도령이 떠난 뒤 춘향이 수절하는 것은 이미 예견됐던 것이며, 변학도의 수청 요구를 거부하는 것 또한 뜻밖의 일이 아니다. 사랑하는 이와 백년가약을 맺고서 훗날을 기약한 '규중 처자'의 입장에서 관장의 수청 요구를 거부하는 것은 당연한 일인 것이다.

　신재효본에서 이루어진 이와 같은 변개는 인물의 성격 및 작품의 서사적 전개에 합리적 일관성을 부여하기 위한 것으로 이해된다. 아마도 신재효는 〈춘향전〉 전반부에서 춘향이 솜씨 좋은 기생으로서 행하는 질탕하고 파격적인 사랑과 후반부에서 춘향이 정숙하고 도덕적인 여인으로서 나타내 보이는 숭고한 사랑과 절행 사이에 나타나는 불일치를 서사적 모순으로 본 것으로 생각된다. 그리하여 작품 전반부를 대폭 변개하여 후반부의 형상과 나란하게 맞춤으로써 그러한 모순을 해소하려 했던 것이다. 이러한 신재효의 의도는 실제 작품에서 무리없이 잘 실현되었다고 평가된다. 인물의 성격이 그가 뜻한 대로 재창조되었고, 서사적 전개에 있어 전후반부의 불일치가 해소되면서 일관성과 합리성이 갖추어졌다. 판소리를 무척이나 아끼고 사랑했던 신재효의 뛰어난 작가적 능력을 보여주는 대목이 아닐 수 없다.

　문제는 그가 〈춘향전〉 전·후반부의 불일치를 모순으로 보았을 뿐 발전적 변화로 이해하지 못하였다는 데 있다. 앞서 살폈듯이 〈춘향전〉의 서사적 전개의 묘미는 변학도의 출현과 '춘향사건'을 축으로 한 상황의 극적 변전 및 의미의 질적 비약에 있다. 전반부에 솜씨 좋은 기생으로 등장하여 행동하던 춘향이 이별을 겪고 변학도와 싸우는 일련의 과정에서 참사랑과 정절의, 저항의 화신으로 변모하는 데에 〈춘향전〉의 탁월함이 있는 것이다. 그런데 신재효는 이 점에 눈을 돌리지 않은 채로 작품에 손을 댔다. 그리하여 그의 개작은 평면적 일관성을 획득한 대신, 춘향전이 본래 지녔던 역동적 발전성은 상실하는 결과를 낳고 말았다.

작품 중반에서 이루어지는 극적 변전 과정의 소거는 변학도와 춘향의 싸움에 얽힌 의미를 개인 차원의 특수한 것으로 머물게 하는 결과를 가져왔다. 신재효본에 있어 춘향사건은 춘향의 견고한 정념과 변학도의 불같은 성질이 부딪쳐 발생한 하나의 특수한 사단으로 형상화되고 있다. 그 내용을 보면, 변학도가 춘향에게 엄형을 내린 것은 춘향의 '두 임금' 소리에 격노한데다가 춘향이 십장가로 대꾸하는 데 대하여 더욱 화가 난 때문으로 돼 있다. 변학도의 일방적 횡포보다는 춘향의 지나친 정심(貞心)과 경솔한 부추김이 문제를 낳고 있는 것이다. 그에 따른 결과인지 모르겠지만, 사령이나 구경꾼, 기생 등이 엄형에 쓰러져 유혈이 낭자한 춘향을 동정하며 변학도를 원망하는 등의 삽화는 신재효본에서 전혀 보이지 않는다. 사람들에게 있어 춘향은 남다른 정절행을 지닌 고귀한 인물로, 특수한 타자로 남는다. 그리고 '춘향 사건'은 하나의 특수한 사건으로 남는다.

변학도와 춘향의 싸움이 지니는 이러한 성격은 작품 후반부에서 일관되게 이어진다. '춘향 사건'은 민원의 중심에 있지 않고, 변두리에 있다. 그것은 관민갈등의 축이 되지 못하며, 주인공과 주변인물을, 또한 작중상황과 독자를 역동적으로 엮어주는 중심축 역할을 하지 못한다. 그리하여 작품의 의미는 애정의 삼각관계라는 개인적 차원의 문제로 축소되고 만다. 이러한 특징은 서술자가 이도령과 춘향이 만백성 앞에서 재결합하는 일을 우세스런 일로 보아 그 만남을 뒤로 미루는 장면에서 명명백백하게 드러난다.

> (13) 어스쏘 안마음의 아무리 귀ᄒ긔로 닉가 네의 낭군이다 정당으로 불녀 올여 두리 셔셔 되면ᄒ면 쇼즁ᄒ신 봉명힝ᄎ 그 우세가 엇써컨나. 다시 分付ᄒ시기를 "네 말만 가지고난 쥰신을 못할테니 다시 염문 작쳐ᄒ게 아직은 방숑하라." 관문 박긔 물너나니 잇씌으 춘향어모 어스쏘 츌도후의 제의 쌀를 올여씬이 혹장을 쏘 마지면 빅활이나 ᄒ여볼가 관문의셔 바장이다 다힝이 白放된이 오죽키 죷컨난야. — 『춘향전전집』 1, 59면.

〈춘향전〉에 있어 본래 이도령과 춘향의 재결합이란 어떤 것이었던가. 그것은 춘향과 더불어 남원부민들이 겪어 온 아픔과 고통을 씻어버리고 다 함께 기쁨을 나누는 일종의 숭고한 의식이다. 온갖 의미가 한데 어우러지며 구현되는 작품의 클라이막스다. 그러나 신재효는 그것을 희생하고서 굳이 이도령과 춘향의 결합을 백성들의 눈으로부터 떼어놓았다. 이 대목에 있어 춘향은 백성의 소중한 일부가 아니라 이도령이라는 개인의 애인일 뿐이다.

이처럼 춘향을 특수한 인물로 그려 나간 결과, 곧 춘향과 사람들 사이의 정서적 일체화를 차단한 결과, 신재효본에 있어 작품의 의미는 그 편폭이 현저히 좁아지고 말았다. '양반자제와 여염처자 간의 가연(佳緣)' 내지는 '한 미천한 여인의 가상한 정절' 정도로 이 작품의 최종적 주제가 귀결되었다.[10] 좀 극단적으로 말한다면, 신재효본의 주제의식은 양반과 여염 처자의 결연을 소재로 하는 야담 수준의 주제의식을 크게 뛰어넘지 못하였다고 할 수 있다.

---

10) 작품 후반에서 관에 대한 백성의 원성이 두루 나타나지만, 작품의 서사적 줄기와 역동적으로 맺어지지 못한 채 제시되는 이러한 삽화들에 담긴 의미는 수단적이고 부차적인 것으로 작품 주제로서의 자격을 갖지 못한다.

3.2.2. 완판84장본

완판84장본은 완판 29장본, 33장본의 흐름을 이으면서 또 한편으로는 신재효본의 영향을 적지 않게 입은 이본이다. 물론 거기에 더해 그 나름의 특유한 개성을 나타내고 있기도 하다. 이러한 특징은 주제의식의 측면에 잘 나타나고 있다.

29장본이나 33장본과 비교할 때 84장본 역시 신재효본과 마찬가지로 작품 전반부에서 중요한 변개가 나타나고 있다. 그 변개의 방향은 춘향을 출천열녀로서 이상화하는 쪽이라고 할 수 있다. 이러한 특징은 작품 첫머리에서부터 뚜렷이 보인다. 84장본은 춘향의 출생을 거창하게 그리는 데서부터 출발하는데, 그 내용이나 표현이 신재효본에서 한 걸음 더 나아간 양상을 보인다. 춘향은 성참판의 서녀이고, 기자 정성을 통해서 태어난 인물이며, 선녀가 적강한 인물이다. 여러 차례 지적됐듯, 춘향의 출생담은 영웅소설 주인공의 탄생담과 흡사한 모양을 갖추고 있다.

춘향을 정절심을 지니고 있는 열녀로 부각시키고자 하는 의도는 작품 전반부에서 곳곳에 나타나고 있다. 방자는 처음 이도령에게 춘향을 소개하면서 그녀를 다음과 같이 여중 군자로 칭송하고 있다.

(14) 도련임이 엉겁절의 한는 말이 "장이 좃타. 홀융하다." 퇴인이 알외되, "제 어미는 기싱이오나 춘향이는 도도하야 기싱 구실 마다하고 빅화초엽의 글 즈도 싱각하고 여공지질이며 문장을 겸젼하야 여렴처자와 다름이 업는이다." 도령 허허 웃고 방자을 불너 분부하되 "들은즉 기싱의 쌀이란이 급피 갈 불너오라." 방즈놈 엿자오되 "셜부화용이 남방의 유명키로 방첨수 병부수 군수 현감 관장임네 엄지발가락이 두 쎔 가옷식 되난 양반 외입징이덜도 무슈이 보려 하되 장강의 식과 임스의 덕힝이며 이두의 문필이며 티스의 화순심과 이비의 정절얼 품어스니 금천하지절식이요 만고여즁군자오니 황공하온 말삼으로 초립하기 어렵닉다." — 9장

이러한 태도는 방자뿐만 아니라 수로(首奴)이나 사령 같은 인물에게서도 나타난다. 변학도가 춘향에 대해서 묻자 수로는 춘향이 "덕싀이 장한" 인물로서 수절하고 있는 중이라고 한다. 그리고 춘향 촉래의 명을 받은 사령들 또한, 33장본에서와 같이 힘을 뽐내며 춘향한테 달려드는 것이 아니라, 춘향의 정절을 생각하며 그녀를 걱정해 주는 모습을 보이고 있다.

> (15) 육방이 소동 각청 두목이 넉실 일러 "김번수야 이번수야 일런 별이리 쏘 잇난야. 불상ᄒ다 춘향 정절 가련케 되기 쉽다. 사쏘 분부 지엄ᄒ니 어셔 가자 밧비 가자." — 51장

이렇게 춘향을 열녀로서 이상화하는 양상에 대하여 그것을 시민문학적 지향의 하나로 보아 긍정적으로 평가한 견해도 있지만, 이는 기본적으로 작품의 현실성을 떨어뜨리는 요소로 작용하고 있다는 것이 우리의 생각이다. 서사의 맥락상 사람들이 춘향을 열녀로 받아들일 만한 상황적 근거가 마련돼 있지 않은 상태에서, '춘향은 열녀다'라는 관념이 서술자에 의해 일방적으로 작중인물들에게 투사되고 있는 것이다.

주목할 것은 작중에서의 춘향의 실제의 행동양상이 이러한 서술자의 의식적 관념과 어긋나고 있다는 사실이다. 춘향이 방자와 주고받는 말수작도 그러하거니와, 이도령의 부름에 자존심을 내세우면서 집으로 돌아왔다가 다시 광한루로 그를 만나러 가는 모습은 아무래도 어색하다. 33장본에서보다 훨씬 더 길고 자세하게 묘사돼 있는 첫날밤의 질탕한 사랑놀음 또한 '열녀'의 형상과 어울리지 않으며, 이도령이 이별을 선언할 때의 발악에 가까운 행동 역시 그러하다. 그 대목을 앞서 인용 (2)에 제시하였거니와, 여기 나타난 춘향의 형상은 절개 있는 요조숙녀의 모습과는 거리가 멀다고 할 수 있다.

84장본의 서술자가 춘향을 처음부터 열녀로 부각하려고 한 것은 후반부에서의 춘향의 모습을 염두에 둔 선택이라고 생각된다. 신재효본과 성격이 통하는

요소다. 그러나 신재효본에 있어 인물의 성격과 행동 양상이 서술자의 의식에 따라 새롭게 창조된 데 비하여, 84장본에서는 실제 형상화된 양상이 서술자의 의도를 따르지 못하고 있다. 춘향의 구체적 행동 양상은 33장본 등에서 보이는 바와 같은 '솜씨좋은 기생'의 모습이 많은 부분 그대로 유지되고 있다. 이러한 의도와 실제의 불일치는 어색한 양면성 속에 현실성의 약화를 가져오고 있다.

그 과정이 어떻든, 84장본은 신재효본과 달리 작품 전반부에서의 인물의 행동 양상에 있어 〈춘향전〉 본래의 모습—말하자면, 양반자제와 기생 딸의 자유분방하고 질탕한 애정행각—이 유지되었고, 그러한 모습은 작품 후반으로 넘어가면서 변모를 겪는다. 변학도와의 싸움을 계기로 하여 춘향은 진정한 열녀로 드러나게 되고, 신분차별이나 관의 횡포에 얽힌 의미 등이 부각되면서 의미의 확산이 이루어진다.

문제는 그 변화의 과정이 얼마나 문학적으로 잘 살아나고 있는가 하는 데 있다. 앞서 이 작품 전반부에 투사되고 있는 서술자의 관념을 지적했지만, 84장본에 있어 의미의 질적 변전이 이루어지는 양상은 33장본과 비교할 때 어색한 면이 많고 긴장감이 떨어진다고 하는 것이 우리의 판단된다. 관청에서의 사건이 일어나기 전에 이미 춘향이 이미 열녀로 내세워지고 있었으니, 사람들의 시선에 있어서의 역동적 변화와 그에 따른 의미 비약이 제대로 살아나지 못하는 것은 자연스러운 일이 될 것이다.

84장본에 있어 변학도와 맞서는 춘향의 모습은 아주 '장하게' 그려진다. 변학도의 수청 요구에 대하여 춘향은 한치도 굽히지 않고 허유와 백이·숙제에 자신을 비교하면서 '정절'의 가치를 내세우고 있다. 일개 아녀자로서 관장의 권위에 당당히 맞서고 있는 이러한 춘향의 형상은 말 그대로 '정절의 화신'으로서 부족함이 없다. 그렇게 강렬히 맞서다가 악형을 당하는 춘향에게 사람들은 큰 애정과 지지를 보내는데, 주목할 사실이 이본에 있어 사람들이 춘향과의 정서적 일체감을 형성하는 과정이 33장본과는 아주 다른 뉘앙스를 지닌다는 것이다.

(16) 말 못하고 기절ᄒ니 업젓던 형방 퇴인 고기 드러 눈물 쏫고 미질하든
져 사령도 눈물 쏫고 도라셔며 "사람으 자식은 못하건네." 좌우의 구경하난 사
람과 거힝ᄒ는 관속드리 눈물 쏫고 도라셔며 "춘향이 미맛는 거동 사람 자식은
못 보것다. 모지도다 모지도다 춘향 정졀리 모지도다. 출천열여로다." 남여노소
업시 셔로 낙누하며 도라셜 졔 사똔들 조흘 이가 잇스랴. "네 이연 관정의 발악
ᄒ고 마지니 조흔 계 무어신야. 일후의 또 그런 거욕관장할가." 반싱반사 저
춘향이 졈졈 포악 ᄒ는 마리, "여보 사또 드리시요. 일런 포한 부지상사 어이
그리 모르시요. 계집의 곡흔 마음 온유월 셔리 침네. 혼비즁천 단이다가 우리
셩군 좌졍하의 이 원졍을 알외오면 사똔들 무사흘가. 덕분의 죽여 주오." 사또
기가 미켜 "허허 그연 말 못할 연이로고. 큰 칼 쓰여 하옥하라."   ─ 59장

어떤가 하면 84장본에 있어 사람들의 관심은 완연히 '춘향의 절개'에 집중되
어 있다. 서술자는 변학도의 형벌을 춘향의 포악이 유발한 것으로 설정하고 또
한 변학도의 마음도 좋지 않았다고 함으로써 그의 악형에 상당한 면죄부를 주
고 있다. 그런 한편으로 사람들이 탐관의 모진 형벌에 저항하기보다 '출천열녀'
춘향의 모진 정절에 찬탄을 나타내고 있는 것으로서 장면을 구체화하고 있다.
작품 전반부에서 그랬던 것처럼 '정절'의 관념에 대한 경도가 나타나고 있는 것
이다.

이 장면에서의 춘향의 정절행은 작품 전반부에서 이미 서술자가 예고했던 것
으로서, 의미의 질적 변전은 역동적으로 이루어지지 못한다. 그리고 관심의 초
점이 춘향의 '특출한 정절'에 맞추어짐으로써, 부정한 권력의 횡포에 의해 고통
을 받는 운명공동체로서의 춘향과 사람들의 정서적 일체감은 제대로 구현되지
못한다. 사건의 정황은 그러한 일체감을 형성할 만한 것이되, 서술자의 관념적
편향이 이를 방해하고 있는 형국이다. 서술자의 의도는 춘향을 지고지순의 숭고
한 인물로 부각하고자 한 것이겠지만, 결과적으로 그것은 춘향에 대한 거리감을
유발하고 있다고 하는 시각이다.

이러한 전개 양상은 작품 후반부에서도 그대로 이어진다. 남원부민들은 '춘향 사건'에 깊은 관심을 나타내며 그 추이를 주시하지만, 그것은 '나 자신의 일'로서 살아나지는 못하고 있다. 본래 춘향 사건은 변학도가 저지르는 갖은 수탈과 횡포의 상징적 표상으로서 민원의 중심에 놓이는 것인데, 84장본에서는 그러한 구도를 갖추지 못하고 있다. 변학도의 학정의 흔적은 작품 문면에 거의 나타나지 않는다. 오히려 농부들은 대풍을 이룬 농사를 돌보며 태평하게 일하고 있는 것으로 돼있다. '춘향 사건'이 농부들의 삶과 역동적으로 맺어지지 못하고 있음을 볼 수 있는 대목이다.

그럼에도 농부들은 다음에서 보듯 춘향의 정절에 대해서 칭탄을 아끼지 않는다.

> (17) 어사쏘 반말ᄒ기ᄂ 공셩이 낫졔. "져 농부 말 좀 무러보면 조커쑤만." "무삼 말." "이 골 춘향니가 본관의 수쳥드러 뇌물을 만이 바더묵고 민졍의 작폐한단 말이 올흔지." 져 농부 열을 ᄂ여 "게가 어듸 삽나." "아무듸 사든지." "아무듸 사든지란이. 게난 눈콩알 귀쏭알리 업나. 지금 춘향이를 수쳥 아니 든다 하고 형장 맛고 갓쳐쓰니 창가의 그런 열여 세상의 드문지라. 옥결갓튼 춘향 몸의 자늬 갓턴 동낭치가 누셜을 지치다는 비러먹도 못ᄒ고 굴머 뒤여지리. 올나간 이도령인지 삼도령인지 그놈의 자식은 일거후 무소식하니 인사가 그러코는 벼살은컨이와 늬 좃도 못하졔." — 72장

어떤가 하면 백성들이 춘향에 대하여 나타내는 경애의 감정은 그것이 백성들 자신의 삶과 역동적으로 연결되지 못하고 있음으로 해서 현실적 생동감이 떨어지고 있다. 그리고 서사적 전개의 긴장감이 대폭 약화되고 있다. 이몽룡에게 주어진 일은 관에 대한 백성의 원성을 다스리고 민심을 다독이는 일이 아니라 단지 춘향을 구하여 그 정절을 기리고 전날의 가연(佳緣)을 잇는 일일 뿐이다. 그리하여 84장본의 어사 출도 장면에는 긴박감이 잘 살아나지 않는다. 오히려 관헌에 출도하여 본관을 봉고파직하는 행위가 춘향이 당한 고통에 대한 설치

내지 보상 이상의 명분을 제대로 갖추지 못한 양상이다. 탐관의 횡포 밑에서 말 못할 고통을 겪고 있던 백성들이 춘향과 더불어 축제의 한마당을 벌이는 모습을 형상화한 33장본에 비하여 상황적 진실성이, 또한 의미와 감동이 대폭 축소된 모습이다.

84장본은 장점이 많은 이본으로서, 주제의식에 있어서도 전보다 진전된 측면이 없지 않다. 예컨대 84장본은 춘향의 신분적 자의식이나 고귀한 정절의 가치 등을 이전 이본들보다 뚜렷하게 부각시키고 있다. 그러나 전체적으로 볼 때, 진전보다 후퇴가 두드러지다는 것이 우리의 결론이다. 서술자가 '정절'의 관념에 경도된 결과는 득(得)보다는 실(失)을 더 많이 가져왔다. 상황의 극적 변전에 따른 의미의 질적 비약과 확산을 감당해내지 못하였으며, 그 결과 의미의 편폭이 좁아지고 그 문학적 실현이 제대로 이루어지지 못하였다.

84장본에서의 이러한 개악과 관련하여 필자는 그것이 판각본 업자의 어설픈 개입에 의한 것이 아닐까 하고 추측하고 있지만, 확인할 수는 없는 일이다. 어떻든 작품의 문학적 성취도라는 측면에서 볼 때 84장본이 완판 〈춘향전〉의 대표 판본이 되기 어렵다는 사실만큼은 분명하다고 하겠다.

3.3. 저변의 흐름 – 신학균본, 박순호99장본, 장자백창본

그동안 학계에서는 신재효본과 완판84장본을 19세기말 20세기초 〈춘향전〉의, 나아가 판소리문학의 향방을 대변하는 이본들로 받아들여 왔다. 그러한 관점을 받아들일 경우, 앞 절의 논의 결과는 이 시기 판소리가 주제의식 면에서 질적으로 후퇴하였음을 드러내 준 셈이 된다.

그러나 우리는 신재효본이나 84장본이 이 시기 춘향전의, 나아가 판소리문학의 성격을 대변한다고 보지 않는다. 그것은 단지 하나의 특수한 단면을 보여주고 있을 뿐이다. 이제 20세기초에 나온 또 다른 춘향전 이본을 통하여, 특히 판소리적 성격을 짙게 지닌 필사본 자료들을 통하여 이 시기 판소리 문학의 또 다른 모습을 보기로 한다. 문학사 표면에 요란하게 떠오르지 않았던, 저변의 흐름이다.

3.3.1. 신학균본

신학균본 별춘향가[11]는 필자가 20세기 초의 춘향전 이본들 가운데 특히 주목하고 있는 자료다. 주제의식을 포함한 작품성 면에서 완판 계열 춘향전의 정점에 놓인다고 감히 평하고 싶다. 판소리적 흥취를 적절히 살리면서도 삶에 대한 진지한 자세를 유지하고 있는 이 이본은, 정곡을 찌르는 섬세하고 날카로운 표현을 통하여 심도있는 현실인식과 함께 문학적 감동을 전해주고 있다. 이 이본의 주제 구현양상에 대해서는 필자가 이미 상세한 분석을 수행한 바 있거니와,[12] 이를 길게 되풀이하는 것은 생략한다. 단지 이 이본이 나타내는 주제구현상의 주요한 특성을 요약하여 소개하기로 한다.

신학균본의 주제의식은 본질적으로 완판33장본의 맥을 잇고 있다. 변학도와의 싸움을 계기로 한 의미의 비약과 확산을 주제구현의 기본 축으로 삼고 있다. 초반부의 흥성하고 분방한, 이기적 요소가 있는 사랑이 후반에서 아름답고 숭고한 사랑으로 비약해 가는 과정이 뚜렷이 부각되며, 춘향사건을 축으로 하여 사람들이 춘향과 한몸이 되어 부정한 권력에 맞서는 양상이 잘 그려지고 있다. 부언하자면, 신재효본이나 84장본에서 보이는 바와 같은 변개는 신학균본에 있어 전혀 수용되지 않고 있다.

신학균본의 장점은 풍부하고 섬세한, 정곡을 얻은 장면묘사를 통하여 작품의 의미를 훌륭하게 형상화하고 있다는 데 있다. 이 이본에 있어 인물의 행동과 심리는 33장본과 비교할 때 훨씬 생동감 있게 살아나고 있다.[13] 이와 함께 신학

---

11) 이 이본은 김동욱 선생이 『문학사상』 1974년 2월호에 소개한 자료로, 기유년에 납품된 것으로 돼있다. 1909년에 필사된 것으로 이해된다.

12) 신동흔, 앞의 논문.

균본은 다양한 의미의 복합적 제기와 종합적 통일이라는 측면에 있어서도 33장본보다 주제의식을 진전시키고 있다. 특히 신분갈등 문제가 잘 부각되고 있다는 점을 주목할 만하다. 신학균본은 33장본과 달리 작품 전반부에서부터 '사랑'에 대한 지향과 함께 신분제의 불합리성이 낳는 고통을 뚜렷이 부각하고 있다. 춘향의 신분적 자의식과 신분상승 의지가 뚜렷이 나타나며, 기생이라는 천한 신분 때문에 춘향의 겪는 아픔이 리얼하게 살아나고 있다.[14] 이렇게 부각된 신분갈등의 의미는 작품 중반 '춘향 사건'의 전개과정을 통해 더욱 강화되고 확산되며, 종국적으로 '인간해방'의 구현 차원에서 사랑·정절의 의미와 하나로 맺어지게 된다.

필자가 〈춘향전〉 서사적 구성의 관건이라고 보고 있는, '춘향 사건'을 축으로 한 의미의 변전 양상을 신학균본은 다른 어떤 이본보다도 잘 살리고 있다. 신학균본에 있어 변학도가 춘향에게 매질을 가하는 것은 단순한 순간적 분노에 의한 것이 아니라 백성을 힘으로 다스리겠다는 의지의 표현으로 그려지고 있다. 그 억울하고도 참혹한 형벌을 보면서 남원부민들은, 바로 전까지만 하더라도 양반 서방 얻고서 잘난 체한다고 춘향을 모욕하던 그 모습에서 급변하여 춘향과 한몸이 되어 변학도의 횡포에 함께 저항하게 된다. 그들에게 있어 춘향의 일은 곧 '나 자신의 일'이 되는 것이다.

(18) 애고애고 우는 소리 동정추수 넓은 물에 짝 잃은 원앙조요, 목단화 웃분 장에 나비 잃은 꽃이로다. 춘향이 거동 보소. 정신이 캄캄 살아날 길 전혀 없다. 도화 같은 두 귀 밑에 흐르느니 눈물이요, 백옥 같은 두 다리에 솟느니 유혈이

---

13) 신학균본은 작품 분량이 33장본은 물론 84장본을 훨씬 능가하는 대작이다. 이러한 양적 확대는 기본적으로 장면묘사의 확장에 따른 것이라 할 수 있다. 주목할 것은 그 장면묘사가 거의 군더더기라고 할 만한 것 없이 인물의 성격 창조 및 의미의 서사적 실현에 효과적으로 기여하고 있다는 점이다. 자세한 논의는 위의 논문 참조.

14) 춘향과 춘향모는 '하방 천첩' 또는 '하방 기생'의 설움을 자주 토로하고 있다. "하방천첩 내 딸 춘향 일분 생각 하오리까."(372면), "내 팔자는 어이하여 하방 기생 되어 나서 임이별이 웬일인고"(373면), "내 아무리 기생인들 기생마다 기생인가"(373면) 하는 등이다.

라. 하나 치고 그만둘까 둘 치고 그만둘까, 별전 삼십도에 남원 읍내 남녀노소 이른 말이 "불쌍하다 열녀춘향 저 매 맞고 어찌 살리." 여기저기 손가락질 구석구석 닦는 눈물, 우는 기생 몇명이며, 집장사령 잡은 형장 내던지고 군복자락 들어다가 얼굴을 체면 불구하고 눈물을 씻으면서 하는 말이 "못하겠네, 못하겠네 사령구실 못하겠네. 다시 이런 매 잡는 놈은 제밀 붙고 밟고 갈 놈일세." (…)

사장이 분부 듣고 커다란 삼목칼을 춘향의 가는 목에 함빡 씌워 칼머리 인봉 치고 삼문 밖에 끌어내니 남원 왈자 모였으되 호가각제 노는 사람 이호장 승방 공방 굵직굵직한 통인 방자 여러 기생이 모였으되, "산월아 옥낭아 청심환 이리 내어라." "냉수는 금한단다. 따뜻한 물 떠오너라." 중놈이는 대접 들고 정신없이 오락가락, 계심이는 청심환을 옥수로 덥석 잡고 비죽비죽 우는 눈물. 군분이는 숟가락 들고 춘향 입에 떠넣는데 칠선이는 부채질과 공형들은 들락날락. "부디 찬물 권하지 마라. 중장 끝에 죽느니라." 행수군관 왔다갔다 "너무 과히 헌화 말라."

한참 이러할 때 춘향어멈 거동 보소. 백발머리 뒤흔들며 거문 대문 땅땅 몸부림을 드러내며 "의쇼의쇼 이 사람들 속이 내워 나 죽겠네. 늙은년이 살았다가 청춘딸을 잃게 되니, 형문에도 법이 있지 불효강상 범하더냐 남의 굴총 하였던가. 천신만고 곱게 길러 음식이며 바느질과 온갖것을 가르쳐도 뺨 한번을 아니 친 걸 저 매 맞고 어찌 사리. 아가 정신차려라." "헌화를 금하라." 사장이 재촉하니 향단은 춘향 업고 여러 기생 칼머리 들고 옥으로 내려갈 때 춘향 어멈 달려들어 얼굴을 한테 대고 목탁입을 비죽비죽 검버섯 돋은 귀밑에 눈물이 그저 좔좔. ─「신학균본 별춘향가」, 381면.

신학균본에 있어 관민간의 갈등과 대립은 다른 어떤 이본보다도 날카롭게 부각된다. 백성에 대한 변학도의 위세가 등등하며, 백성들의 반발 또한 그에 비례하여 전면적이다. 흉흉한 민심이 일촉즉발의 형세를 이루고 있는 형국이다. 민란의 기운이 감돌기까지 하는 이러한 긴장된 상황에서 어사의 파견과 출도가 이루어진다. 그것은 민심을 가라앉히기 위한 최선의 선택이었다. 나라에서 민의

(民意)에 부응하여 관의 부당한 횡포를 징치함으로써, 관과 민의 첨예한 갈등이 해결되는 것이다. 권력의 횡포에 대한 민의의 승리다.

권력에 대한 민중의 항거라는 의미는 물론 신학균본에 있어 여타의 의미요소와 분리되어 따로 구현되는 것이 아니다. 33장본에서 그랬던 것처럼, 그것은 사랑, 정절, 신분갈등의 의미와 한데 맞물려 있다. 이해관계를 뛰어넘는 참사랑, 인간적 신의와 자존심으로서의 정절, 부당한 신분적 차별로부터의 탈피, 권력의 부당한 횡포에 대한 항거, 이 모든 의미는 궁극적으로 '인간 해방'의 차원에서 하나로 만난다.

신학균본을 통하여 우리는 20세기초의 〈춘향전〉이, 나아가 판소리문학이 그 본래의 주제의식을 더욱 강화하면서 현실성을, 문학성을 확대하고 있는 모습을 단면적으로 볼 수 있다. 신재효본에서 완판84본으로 이어지는, 그리고 대중적 활자본으로 이어지는 표면의 흐름 뒷면에서, 아랫면에서 가꾸어져 온 〈춘향전〉의 참모습이다.

3.3.2 박순호99장본, 장자백창본

박순호99장본과 장자백창본은 1910년대 이후 판소리문학의 향방을 가늠할 수 있게 해주는 자료로서 중요한 의의를 지닌다.[15] 이 두 이본은 대목마다 장단이 명시돼 있는 등 판소리 창본으로서의 성격을 지니고 있거니와, 이들을 통하여 이 시기 대중적 소설본과 구별되는 '판소리' 춘향전의 흐름을 읽어낼 수 있다.

99장본과 장자백본은 둘 다 창본이라는 것 외에 구체적 내용 면에서 깊은 친연성을 지니고 있다. 전체적인 서사적 전개는 물론 행문까지도 상당 부분이 서

---

15) 박순호 99장본은 1917년에, 장자백창본은 1925년에 필사된 것이다. 장자백창본에 대해서는 1865년 필사의 가능성이 제기되고 있으나, 그 가능성은 거의 없다고 본다. 장자백의 활동기간과 맞지 않을 뿐 아니라, 내용상으로도 신재효본이나 84장본보다 앞선 것으로 보기 힘들다(춘향이 성참판의 서녀로 돼있는 점 등). 참고로, 두 자료의 원문은 김진영 외 편, 『춘향전전집』 1, 박이정, 1997에 실려 있으며, 장자백창본의 경우 김진영 외 역주, 『춘향가—명창 장자백 창본』, 박이정, 1996에 원문과 함께 해제, 주석까지 이루어져 있다.

로 유사하다. 이제 이 둘을 한데 묶어서 그 주제구현상의 특성을 살펴보기로
한다.

이 두 이본에서 우리가 눈여겨볼 것은 완판84장본과의 밀접한 관련성이다.
앞서 두 이본의 행문이 유사하다고 했지만, 그 유사한 행문은 기실 완판84장본
에서 온 것이라 할 수 있다. 두 이본의 사설 가운데 아니리를 제외한 '창' 부분은
84장본에 크게 의존하고 있다. 하지만 이 두 이본은 84장본의 아류가 아니다.
이들은 84장본이 범했던 무리를 답습하지 않고 있다. 오히려 그것을 극복하여
높은 문학적 성취를 이루어내고 있다.

우선 두 이본은 작품 첫머리에서 춘향을 천상 선녀의 적강으로 설정하는 거추
장스러운 영웅소설식 서두를 걷어내 버렸다. 작품 전반부에 있어 춘향은 관념적
으로 이상화되지 않는다. 다시 말해, 요조숙녀 내지 열녀로 그려지지 않는다.
서술자는 춘향과 이도령의 성격을 미화하는 대신 오히려 골계적이고 비속한 대
사와 언행을 되살림으로써 이들을 발랄하게 살아 움직이는 인물로 부각시키고
있다.

> (19) "아나 엿싸 이익 츈향아." (말노) 불러 논이 츈향이 깜짝 놀닉여 근의
> 아릭 쑥 써러지며 "익고 호겁시럭게 삼긴 직식. 너의 션산의 불이 낫는야. 눈깔
> 치 싱긴 것이 어름의 밋쓰러져 쥭은 거멍쇠 눈깔쳐로 싱긴 즈식 한마트면 낙상
> 할 변 보왓짜." (…) "엇짜 그 즈식 밋친 즈식일시. 도련님이 날를 엇지 아라
> 부른단 말린야. 네가 도련님 틱 밋틱 안져 춘향인지 난양인지 긔싱인이 비상인
> 이 네미니 네 할민이 죵죠리식 열씨 까듯 죠랑죠랑 외야 밧치라든야. 이 긔씹의
> 로 나셔 쇠졋 먹쏘 도야지 등의 업피여 즈라난 이 두덕이 잠연네 즈식가."
> — 장자백본, 6장

이와 같은 인물의 발랄한 성격은 첫날밤의 질탕한 사랑놀음 장면과 자연스럽
게 어우러지고 있다. 그러면서 파격적이고 흥성한 사랑이라는 의미가 자연스럽

게 구현된다. 84장본에서 보이는 바와 같은 어색한 이중성이 해소된 양상이다.

작품 전반부가 이렇게 되돌려짐으로 해서 작품 전반부에서 후반부로 넘어가는 과정에서의 상황의 극적 전변이 되살아나고 있다는 점도 주목할 만하다. 솜씨 좋은, 도도하고 자존심 강한 기생으로만 알았던 춘향이 뜻밖에도 사랑과 정절의, 저항의 화신으로 새롭게 살아나면서 사람들이 춘향과의 정서적 일체감 속에 관의 횡포에 맞서게 되는 식의 변화다. 이러한 변화는 84장본에서 생동감 있게 살아나지 못하고 있던 것인데, 99장본과 장자백본에서는 그 변전의 양상이 아주 잘 형상화되고 있다. 힘을 뽐내며 춘향을 잡으러 나가는 사령의 모습과, 악형으로 처참한 몰골이 된 춘향을 보며 눈물을 삼키는 사람들의 모습이 다음과 같이 선명한 대비를 이룬다.

(20) 굴노 스령니 나온다. 굴노 스령니 나온다. "예바라 짐변슈야." "워야 워야." "예바라 니변수야." "글예셔야." "예바라 빅번슈야." "멋홀난야." "걸니 엿다 걸니엿다." "뉘가 뉘가 걸니여." "춘힝니가 걸니엿다." "올타 올타 그연 일 잘 되얏다. 신통ᄒ다. 구관 ᄌ제 셔방ᄒ야 울니 보면 괴가 만ᄒ아 솟딩혜을 싹싹 슬며 거만실엽게 걸음 걸턴니라. 늬민 돌의 졍 맛는니라. 그물코가 천 코 되면 걸일 코가 잇는이라. 우리 동관 슈삼인 즁의 일분 사졍 두는 놈은 난졍 급살 식니리라. 어셔 가즈 어셔 가즈." — 99장본, 47장

(21) 말 못ᄒ고 긔졀ᄒ니 업졋든 형방도 누물짓코 미질ᄒ든 집장ᄉ령도 발굴 니며 셔도 슬슬 치며 "사름의 ᄌ식은 못 보겟다." 좌우 틈셕의셔 남여노쇼 업시 구경ᄒ는 ᄉ름덜도 "아셜라. 츈힝 미맛는 거동은 ᄉ름의 ᄌ식은 못 보겟다. 모 지도다 모지도다 우리 골 샷도가 모지도다. 독ᄒ도다 독ᄒ도다. 나는 간다 나는 간다 썰썰거리고 나는 간다." (말노ᄒ라) 샷도 니글너 분니 덜 풀녀셔 "네 그연 항시 죡시ᄒ고 큰 젼목칼 씨여 장방굴리ᄒ라." 슬어다가 삼문간의 늬다 논니 잇쩌여 남원 긔싱덜리 츈힝니 미맛고 죽게되야단 말을 듯고 씰씰리 동무지어 각각니 일홈을 불너 나오며 일언 야단니 업는 것시엿다. "익고 형임." "익고

동싱.” “이고 츈힝아.” — 99장본, 59장

이와 같은 역동적 전변의 과정을 통하여 의미의 확산과 비약이 이루어지고 있음은 앞서 살핀 33장본이나 신학균본 등에서와 유사하다. 참사랑과 정절의 의미가 선양되며, 이와 맞물려 신분제의 모순과 관의 부당한 횡포에 대한 저항감이라는 의미가 부각된다. 그 의미요소들이 부각되는 정도를 굳이 다른 이본과 비교해 본다면, 신학균본에 비하여 다소 약한 듯하나 33장본에 비하면 더 뚜렷한 쪽이라고 할 수 있다. 신재효본이나 84장본은 물론 비교 대상이 되지 못한다.

그런데 99장본과 장자백본은 작품 후반으로 나아가면서 주제의식상 하나의 중요한 차이를 나타낸다. 그것은 바로 관민갈등의 문제와 관련이 있다. 99장본이 관민갈등의 의미요소를 약화시키고 사랑 내지 신분갈등이라는 의미를 핵심 주제로 부각시키는 쪽으로 작품을 귀결시킨 데 비하여, 장자백본에서는 관민갈등의 요소를 뚜렷이 의식하면서 다른 의미와 더불어 작품의 핵심 주제로 부각시키고 있다.

앞에 인용한 대로 99장본에는 춘향이 받는 악형에 대하여 남원부민들이 함께 눈물지으면서 변학도를 욕하는 내용이 나와 있다. 관의 횡포에 대한 저항감을 내면화하는 양상이다. 그러나 서술자는 뒤이은 서사적 전개 과정에 있어 관에 대한 저항감보다는 춘향에 대한 경애감에 초점을 맞추고 있다. 어사의 민정시찰 과정에서 ‘춘향 사건’ 이외의 관의 횡포는 따로 문제시되지 않고 있다. 춘향의 훼절을 운운하는 춘향에 대한 농부들의 반응이 무척이나 과격한 데서 사람들의 울분을 감지하게 되지만,[16] 그것이 곧 관에 대한 저항감이라고 단정하기는 어렵다. 무엇보다도 이 이본의 서술자가 작품 말미에서 변학도를 용서하는 쪽으로 문제를 결말짓고 있다는 사실이 이러한 판단을 뒷받침한다.

---

16) 농부가 어사의 멱살을 잡고 덤비면서 이도령을 ‘빗꼽 찌져 쥭일 놈’, ‘쌔말국 먹여 쥭일 놈’으로 욕하고 있다.

　　(22) 본관니 들어와 절을 쌍의 코가 닷커 ㅎ고 인병부을 끌너 올니며 ㅅ죄을 ㅎ는듸 "과연 악정티민ㅎ고 호열을 몰나 죄을 지엿씨니 죄당만ㅅ로쇼니다." ㅎ고 묵묵키 안젓거늘 어삿도 ㅎ는 말리 "일을 싱각ㅎ면 본고파직ㅎ고 왕명을 보고자 ㅎ나 글어티 안니ㅎ고 그져 ㅅ죄을 ㅎ니 글니 알고 이후로는 티민ㅎ되 션티션졍ㅎ거을 심씨쇼셔. 본관니 안니면 호열을 엇지 알고. 그간의 슈고가 듸단ㅎ오. 감ㅅ 감ㅅㅎ니다." 춘향어모 ㅎ는 말니 "어삿도 부듸 본관은 ㅅ죄ㅎ어 쥬시오." — 95장

이 대목에서 변학도의 횡포는 단지 춘향의 정절을 드러내준 수단 정도로 격하되고 있다. 이러한 변개는 관민갈등의 의미요소를 크게 약화시킨 84장본의 전례에서 한 걸음 더 나아간 것으로, 거의 그것을 무화하는 지경에 이르고 있다. 작품을 떠받치고 있는 하나의 중요한 의미요소를 스스로 약화시킴으로써 의미의 편폭을 좁히고 있는 모습이다.

99장본 말미에서의 다소 뜻밖이라 할 수 있는 이러한 변개는 서술자가 '민중의 항거'보다는 '사랑' 내지 '신분갈등' 쪽에 의미의 무게중심을 둔 데 따른 것이라 할 수 있다. 이 점 서사의 일관성 면이나 의미의 효과적 통합이라는 측면에서 아쉬움이 있지만, 서술자의 선택을 존중하고 싶다는 생각이다. 적어도 이 이본에 있어 참사랑과 신분 해방이라는 의미요소는 사람들과의 정서적 일체감 속에서 잘 구현이 되고 있는 것이다. 앞서 춘향과 이도령의 옥중상봉 대목을 인용 (3)에 제시하였거니와, 그 순수하고 숭고한 사랑이 주는 감동은 다른 어느 이본에 못지 않다.

99장본과 달리 장자백본은 작품 후반부 및 말미에서 관민갈등의 요소를 오히려 뚜렷이 되살리는 방향을 선택하였다. 장자백본에 있어 '춘향사건'은 관과 민의 갈등과 대립을 상징하는 사건으로서의 요소를 선명히 갖추고 있다. 변학도는 '저승차사 강림'하듯이 부임하여 첫 사업으로 춘향을 잔혹하게 다스린다. 춘향은 "팔도방빅 각읍수령 치민하려 보늬셧게 학졍ㅎ려 보늬셧쇼." 하면서 폭력에 정

면으로 항거한다. 그 참혹한 정경에 백성들이 너나없이 눈물짓고 통곡함은 물론
이다. 이 장면을 통해 예고된 변학도의 횡포는 어김없이 백성에 대한 수탈로
이어지고, 민원은 고조된다.

(23) "여보 농부덜 말 듯쑈. 우리 남원이 ᄉ판일네. 어이ᄒ여 ᄉ판인가. 우리
골 원님은 농판이요 상청좌 슈난 퇴판이요 육방관속은 먹을 판 낫씬이 우리 빅
셩들은 죽을 판니로디. 얼널널 샹ᄉ뒤." ― 49장

(24) 어ᄉ쏘 보시다가 "농부 한나 이리 오면 말 좀 무러보게." 한 농부 나오며
"무신 말삼 무를남나." "원의 정체가 엇쩌한고." 져 농부 디답ᄒ되 "ᄉ망이 물
밀 듯ᄒ지요." "ᄉ망이란니 무신 말린지." "원님은 쥬망이요 좌 슈는 노망이요
아젼은 도망이요 빅셩은 원망 그리ᄒ여 ᄉ망이요." 어ᄉ쏘가 실금이 싼견을 보
것짜. "본관이 호싁ᄒ여 춘향이란 긔싱을 작쳡ᄒ여 두고 쥬야로 호강만 한단이
그 말이 오른지." (휘모리) 져편의 엇썬 농부 우루루 펄젹 쑤여 나와 거문 낫빗
변싁되며 운에눈을 부름쓰고 "군쇼리 분한 말이. 용심불칙 져 거린아 본관의
편역인가. 열여 춘향 몰나보고 거짓쌕리 츄런ᄒ야 무암잡는 져 쥬둥이 쿡쿡 씨
여 벙어리 되게 ᄒ싀." 왈칵 쒸여 달여든이 (말노) 늘근 농부 말니는 말리 더
밉것짜. "마라 마라. 네 쥬먹의로 그 ᄉ람 디강이넌 말고 도야지 디강이라도
씌리면 터지것짜." ― 49장

흥미로운 것은 이처럼 민심이 들썩이는 가운데 어사가 났다는 소문이 떠돈다
는 점이다. 임금은 이도령을 전라어사로 삼으면서 "학졍ᄒ난 탐관덜"을 "임의
휘지쳐참"하는 권한을 주거니와, 이도령이 민심을 탐지하는 대목에서 어사가 내
렸다는 소문에 고을이 떠들썩하다는 사실이 밝혀진다. 남원고을 백성들은 불안
한 긴장감 속에서 어사의 출두를 기대하고 있는 것이다. 나라에서 개입하여 관
권의 부당한 횡포를 바로잡아야 된다는 여론이다. 그러한 민심은 마침내 반영이
되어서 어사가 출도하고 변학도가 추출된다. 그리고는 그 동안의 온갖 시련과

고통을 딛고서 춘향과 이도령, 남원부민, 독자들이 모두 다 함께 기쁨을 나누는 축제의 한 마당이 펼쳐지는 것이다. 그 축제의 마당 속에 참사랑과 인간해방의 의미가 구현되고 있음은 물론이다.

장자백본은 99장본보다도 여러 해가 더 지난 뒤에 나온 이본이다. 장자백본이 나온 1926년 무렵은 이미 〈춘향전〉이 대중적인 소설본으로, 창극으로 개작되면서 두루 변질되고 있던 시점이다. 그렇지만 그 격랑의 세월 속에서도 판소리가 그 본래의 주제의식을 힘있게 지켜오고 있었다는 사실을 장자백본은 단적으로 증명해 주고 있다.

4. 맺음말

이 논문에서는 완판 계열에 속하는 〈춘향전〉 주요 이본들을 대상으로 하여 작품의 주제의식 내지 주제 구현양상의 변모 양상을 살펴보았다. 그 결과 우리는 19세기에서 20세기 초에 이르는 시기의 판소리문학의 전개양상에 대하여 하나의 새로운 관점을 얻을 수 있었다. 19세기말 20세기초를 거치면서 판소리 본래의 주제의식이 변질되어 나가는 것이 하나의 흐름을 형성하는 가운데 그 저변에는 본래의 모습을 유지하거나 더욱 강화하는 또 하나의 흐름이 이어지고 있었다는 것이다.

이 논문에서 자료를 분석한 기본 관점은 작품의 문학적 성취를 제대로 고려하자는 입장이었다. 그 주요 잣대로서, 작품 중반의 '춘향 사건'을 축으로 하여 의미의 질적 비약과 확산이 이루어지는 양상을 중점적으로 고찰하였다. 애초에 개인적이고 불완전한 형태로 제기된 사랑과 정절, 신분갈등 등의 의미요소가 '춘향 사건'을 계기로 춘향과 사람들의 정서적 일체감이 형성되는 가운데 관권의 횡포에 대한 항거라는 의미요소와 맞물리면서 참사랑과 인간해방의 의미로 격상돼 나가는 것이 〈춘향전〉 주제 구현양상의 핵심 줄기라는 것이 우리의 관점이었다. 그 구도를 완판29장본과 33장본, 특히 33장본을 통하여 확인할 수 있었다.

〈춘향전〉의 대표적인 개작본으로 손꼽히고 있는 신재효본이나 완판84장본은 그러한 구도를 뒤바꾸거나 흩트린 것으로 나타났다. 서사적 전개에 나름의 일관성과 합리성을 부여하고자 한 신재효의 개작은 결과적으로 서사 전개의 극적 전환을 소거함으로써 의미의 질적 비약과 확산을 약화하는 결과를 가져왔다. 이에 더하어 춘향의 형상을 일반 백성과 구별되는 지점에 있는 특수한 개인으로 부각한 것 또한 의미 확장에 걸림돌로 작용하였다. 한편, 완판84장본에서는 서술자가 정절의 관념에 경도된 결과, 의미 변전의 구도가 약화 내지 와해되고 말았다. 작품 전반에서부터 춘향을 무리하게 열녀로 부각시키고자 한 의도는 실제 인물형상과의 어색한 불일치를 가져왔고, 작품 중반에서 이루어져야 할 진정한 열녀로의 극적 변전을 희생하고 말았다. '열녀 춘향'에 대한 서술자의 집착은 작품 후반에도 계속 이어져서, 작품의 의미를 '가상한 정절'이라는 좁고 특수한 것으로 몰아가는 양상을 나타냈다. 그 결과 참사랑이나 신분해방, 권력에의 항거 등과 같은 의미들이 온전히 살아나지 못하고 퇴색되었다.

이에 대하여 20세기초의 이본들인 신학균본이나 박순호99장본, 장자백본은 오히려 춘향전 본래의 주제의식을 유지 내지는 진전시킨 것으로 나타났다. 특히 신학균본은 '춘향 사건'을 축으로 한 의미의 질적 비약과 확산이라는 구도를 다른 어떤 이본보다도 잘 살린 수작으이라 할 수 있다. 현실적 생동감을 살린 세심한 디테일이 안정된 서사적 구도와 더불어 이 이본의 문학적 성취를 뒷받침하고 있다. 99장본과 장자백본 역시 상황의 극적 변전과 의미의 질적 비약을 잘 살리고 있는데, 그것은 완판84장본의 영향 속에서 그 한계를 극복하고서 얻은 성과라는 점에서 큰 의의를 지닌다. 특히 장자백본은 관민갈등을 포함한 제반 주제 요소를 통합하며 생동하게 부각하는 양상을 나타내고 있어 주목된다. 장자백본은 20세기가 시작되고 상당한 세월이 흐른 뒤에까지 판소리가 그 본연의 문학적 생명력을 온전히 담아내고 있었음을 잘 보여준다.

우리가 내린 이상과 같은 판단은 아직 완전한 것이라 하기 어렵다. 다수의 이본을 대상으로 하여 그 주제의식의 허실을 한꺼번에 가려 따지겠다는 것이 지나친 욕심이었음을 인정한다. 필자는 이번 논의의 의의를 문제를 새롭게 제기한다는 데 두고 있다. 이 글에서의 문제 제기가 판소리문학의 역사적 전개에 대한 활발한 논쟁을 되살리는 데 이바지할 수 있게 되기를 기대한다.

가사체 심청전과 판소리체 심청전의 관련 양상
―초기 가사체 심청전 이본과 판소리체 심청전 이본의 비교를 중심으로―

박일용

1. 서 론

그간 심청전 연구에서는 판소리 심청가 선행설, 경판 한남본계 심청전 선행설이 대립적으로 제시된 가운데, 박순호 소장 필사본 19장본을 위시한 초기 창본 이후 현전 창본들의 형성설이 제기되었다.[1] 그러던 중 필자는 박순호본 19장본을 위시한 몇 이본이 과연 창본이었을까 하는 의심을 가지고 이들을 분석하여, 초기 창본으로 분류되던 이들 이본이 내용상으로는 현행 창본의 모태에 해당하지만 오늘날의 판소리와 같은 더늠형 사설을 지니지 않는다는 점을 들어, 그것들을 가사체 심청전으로 규정한 바 있다. 그리고 이들 가사체 심청전이 오늘날의 판소리와 달리 낭송 또는 음영 정도나 가능한 것이 아니었나 하는 추정을 하였다.[2]

그런데 이러한 추정은 이들 가사체 심청전에서 창본 심청가로 이행해 가는 과정을 확실히 보여주는 실증적 자료를 통해 검증될 때 보다 설득력을 배가할 수 있을 것이다. 이러한 생각에서 이들 초기 가사체 심청전 가운데 박순호 19장

---

[1] 유영대, "심청전의 계통과 주제," 고려대 박사논문, 1990.
[2] 박일용, "심청전의 가사적 향유 양상과 그 판소리사적 의미," 판소리연구 5집, 1994.

본과 최재남본을 선택하여, 이들 이본의 사설 가운데 일부 대목이 더늠형 사설 형태로 확장되는 모습을 살펴봄으로써, 가사체 심청전이 판소리체 심청전으로 변이되는 양상을 추적해보고자 한다.

한국학중앙연구원에는 여러 잡다한 글들과 합철되어 있는 심청전 이본이 있는데,3) 이 이본은 박순호 소장 19장본 심청전과 삽화의 차원에서는 일부 대목을 제외하고는 일치하며, 문장 차원에서도 몇몇 대목을 제외하고는 거의 일치한다. 이를 보면 이들 이본은 동일 모본을 바탕으로 하여 생산된 이본이거나, 아니면 직접적인 선후 관계를 보이는 이본으로 파악된다.

한편, 초기 가사체 심청전의 특징을 드러내면서 박순호 19장본과는 계통을 달리하는 이본 가운데 최재남 소장본 "심천전이라"가 있다. 또한, 이와 삽화 및 행문 차원에서 직접적인 영향 관계를 확인할 수 있는 이본으로 박순호 필사본 고소설 전집 73권에 수록되어 있는 43장본 "심천젼이라"를 들 수 있다. 이 이본은 최재남본과 영향 관계가 확인되면서도 몇 대목에서는 최재남본과 달리 더늠형 사설 형태로 사설이 확대되는 양상을 드러낸다.

본 고에서는 이처럼 직접적인 영향 관계를 확인할 수 있으면서도 더늠형 사설 형태의 유무의 차이를 보이는 이들 이본을 비교 분석함으로써, 초기 심청가의 형성 과정을 추적해낼 수 있을 것이다. 그리고 이를 통해서 적어도 판소리 심청가가 사설 창작자의 매개 과정 없이 광대의 구비적인 적층 과정만을 통해 형성된 것이라고 믿어온 종래의 통설에 반성을 촉구할 수 있으리라 생각한다.

기존의 판소리 연구에서는 김동욱 교수의 만화본 춘향가에 대한 언급 이후 명확한 논증 과정 없이 광대에 의해 설화 또는 무가에서 곧바로 판소리가 형성된 것으로 믿어왔다. 그런데 이러한 가설이 설혹 옳다 하더라도 적어도 이 때

---

3) 한국학중앙연구원의 마이크로필름 목록에는 R16N-001136-26 분류번호 620으로 되어 있으며, 99장본으로 기록되어 있다. 그러나 여기에는 역딕가, 권힝효예가, 아히 명닛기의 제일 방문 등 가사와 잡다한 글들이 합철되어 있으며, 실제 심청가의 분량은 31장이다. 이렇게 이 이본의 경우는 장수로 분류 명칭을 표기하기 힘들기 때문에 편의상 마이크로필름 분류 번호인 620을 취하여 정문연 620본으로 부르고자 한다.

형성된 초기의 판소리가 더늠형 사설이 축적되고 아니리가 확대된 19세기 이후의 판소리와 사설의 형태, 그리고 나아가서 음악의 형태에 있어서는 판이할 것임은 분명하다. 그런데도 현금의 판소리 연구에서는 이러한 점을 간과하고 판소리 형성기의 작품과 후기의 작품을 동질적인 것으로 파악하는 시각이 지배적이다.

본고에서는 이러한 통념을 수정하여 심청전의 경우 애초의 심청 이야기가 어떠한 형태로 향유되있든 간에 그것이 오늘날과 같은 판소리 심청가로 정착되는 과정에는 개별 사설 변개자의 역할이 훨씬 강조될 수밖에 없는 초기 가사체적 심청전의 단계가 존재함을 논증하려 한다. 이를 통해 초기 삼청전사의 정밀한 한 단면이 드러날 것이다.

2. 박순호 19장본과 정문연 620본의 관계

1) 두 이본의 관계

박순호 19장본과 정문연 620본은 모두 동일한 삽화를 지니고 있으며, 일부 대목을 제외하고는 행문이 거의 같은 이본으로서, 동일 원본에서 직접 파생된 것들이라 할 수 있다. 그러면서도 일부 대목의 삽화와 행문 구성 방식의 차이를 통해 가사체 또는 판소리 창본으로서의 성격적 차이를 드러낸다. 먼저 이러한 이들 사이의 관계를 살펴보기로 한다.

다음은 후대의 창본에 공통적으로 등장하는 기자치성, 태몽, 태교 장면이다.

> 양씨 부닌 이날붓틈 신공ᄒ기 일솜더니 명산딕쳔 영신당의 셕불미력 션는
> 고딕 순제 불공 일등 시쥬 일솜더니 공든 탑이 문어지며 신든 남기 쩍거질가
> 쳔신이 감동ᄒ스 갑자년 오월 십오일의 심봉스 닉외 비몽간의 오싴 치운이 영

농ᄒ며 향닉 진동ᄒ더니 션녀가 손의 계화을 들고 심봉ᄉ 닉외 압페 안지며
ᄒ난 마리 나ᄂ 쳔상 틱을션관의 쌀리넌니 상제계 득죄ᄒ고 닌간의 닉치시민
갈바을 모르기로 쌀되쟈고 왓ᄉ오니 어엿비 여기소셔 말을 마치고 문득 놀릭
쌔다르니 남가일몽이ᄅ 슴ᄉ일만의 양씨부닌 포틱ᄒ니 심봉ᄉ 히락ᄒ야 쥬야
로 즐거홀 제 열녀의 졀힝을 쏜바다셔 입불필ᄒ며 좌불변ᄒ며 불식ᄉ미ᄒ며
식부정부좌ᄒ며 할부정불식ᄒ며 목불시악식ᄒ며 이불쳥음셩ᄒ야 십식이 찬 연
후의 슌산으로 탄싱ᄒ니

(박순호 19장본)

　양씨 부인 그달부터 ᄌ식을 보랴 ᄒ고 진합틱슌 모흔 돈을 불과 졍셩드려
명ᄉ닉쳔지하 셕불미력 셧ᄂ 곳과 삼신산죤 불젼의 안구?시 지극ᄒ고 황촉시쥬
관쳐? 영쥬진상 일부일의 홀제 공듬 탑이 문어지며 신든 남기 썩거질가 쳔지들
무심ᄒ리 갑자이월 십오야의 비몽간 쑴을 쑤어 오식치운 영농ᄒ며 향닉 진동ᄒ
더니 반공으로셔 션인 옥녀가 계화 일지을 썩거 쥐고 심봉ᄉ 닉외 젼의 안지면
셔 나도 션관의 쌀일너니 상제계 득죄ᄒ와 인간의 닉치시민 갈바를 모로더니
슴심산 붓쳐임니 지시ᄒ여 왓사온이 어엿비 여기소셔 언필의 잠을 쌔니 남가일
몽이ᄅ 심봉ᄉ 부인계 그 몽ᄉ를 ᄌ랑ᄒ고 이삼식 지닌 후의 양씨 포틱ᄒ여
불식ᄉ미불필을년 본을 바다 십삭을 당흔 후의 슌산으로 히복ᄒ니 일여을 나아
시되 션녀가 분명ᄒ다.　　　　　　　　　　　　　　　　　　　　(정문연 620본)

　인용한 대목의 내용과 분량은 비슷하다. 그런데, 박순호본에서는 한문 문장으
로 되어 있는 태교 대목이 비교적 정확한 표현으로 길게 서술되는 한편, 기자치
성 대목은 비교적 간단하게 서술되어 있음을 볼 수 있다. 반면, 정문연본에는
태교 내용이 부정확하게 표현되는 한편 짧게 축약되고 있다. 그리고 치성대목은
부정확한 표현을 보이면서도 상대적으로 길게 부연되어 있다.

　이는 이 이본들에 나타나는 필체, 표기법의 정확도, 용어의 구사 내용 등의
차이와 그대로 대응되어 나타난다. 박순호 19장본의 필체는 달필은 아니지만
해서체로 또박또박 쓴 숙련된 필체인 반면, 정문연 620본에는 해서체의 비교적

숙련된 필체와 숙련되지 못한 치졸한 필체의 글씨가 반복되어 나타난다. 그리고 박순호 19장본의 경우에 한문어구가 빈번하게 사용되는 한편 비교적 정확하게 표기되고 있는데 반해, 정문연 620본에서는 한자어구의 탈락과 부정확한 표기가 상대적으로 빈번하게 나타난다. 그리고 박순호본의 경우 4.4조적 율조를 고르게 유지하는데 반해, 정문연본에서는 이러한 율조의 규칙성이 상대적으로 느슨해진 것을 볼 수 있다.

박순호 19장본과 정문연 620본의 이러한 차이를 통해 전자가 비교적 지식 수준이 높은 계층에 의해 가사체적인 기록 문학 형태로 기술된 이본인데 반해, 후자는 상호 영향 관계에 있으면서도 구비전승 단계를 거친 이본으로 볼 수 있다. 즉, 후자는 박순호 19장본과 뚜렷한 영향관계를 확인할 수 있으면서도 박순호본이 드러내는 가사체적 성격을 일탈하여 보다 초기 창본적 성격을 강하게 드러낸다. 이러한 추측의 설득력을 확보하기 위해 이 두 이본 가운데 비교적 뚜렷하게 차이를 드러내는 대목들을 비교해 보기로 한다.

2) 620본에 창의 더늠 형태로 확장된 대목

① 유언 장면

낭군 손을 잡고 낙루하여 하는 말리 앞 못보는 ???? ?? 두고 가단말가 황천질리 지쳔되야 속졀업시 죽사오나 못다 살고 가는 명을 낭군님이 바드시고 어린 자식 고이 키워 만세나 사웁다가 후세예 만닉 보세 (박순호 19장본)

봉스 낭군 손을 줍고 이통ᄒ여 우넌 말리 ᄒ날가탄 가장임을 빅년 희로 ᄒ지더니 간고흔 살림스리 압못보는 낭군님을 지셩으로 이리져리 스직더니 자식 흔 번 나코 황쳔으로 도릭가니 잇달고 슬운지라 나 죽고 엽신 후의 비러먹고 단니다가 갈혈 든실을 뉘릭 즁이 알고 뉘릭셔 위로ᄒ리 병든 가장 손목 잡고 혀희 툰식 우는 말이 고왕 속의 씰은 쏠 히복쌀노 두어더니 못다먹고 죽스오니

나 죽은 후의 행상 밥 쓸 하오 진어사된 관되 흔 벌 압 뒤 흉비 학을 놋타가
미테 농의 너허시니 나 죽은 츌상 후의 츠질어 오거던 의심 말고 늬여주오 수부
강영 노흔 괴불 져ᄌ식 죽지 안코 슬거든 나 본드시 치워주오 못다 먹고 못다
ᄉ는 나의 명을 져자식의 명을 이어 동방삭의 명을 바다 셕슝의 복을 주옵쇼셔
나는 이별ᄒ고 환쳔긱이 되는이다. (정문연 620본)

이 대목은 후대의 판소리에서 진양조와 중머리 장단으로 나누어 부르는 곽씨
부인 유언 내용에 해당한다. 후대의 창본에서는 곽씨 부인이 자신의 죽음을 애
통해 하는 내용과 심봉사 및 심청의 미래에 대한 근심을 이야기하는 내용은 진
양조로, 그리고 실제생활과 관련된 유언 내용은 중머리로 나누어 부른다. 이 가
운데 박순호 19장본에는 전자에 해당하는 내용만 간단하게 축약되어 있음을 볼
수 있다. 그런데 정문연 620본에는 후자의 내용이 제법 장황하게 확대되어 있다.
이들 이본에 나오는 내용이 현재 전창되는 창본들에 그대로 나오지는 않지만,
완판본계 이본 또는 흔히 심정순 창본이라고 하는 강상련계 이본에들에는 그
내용이 훨씬 확장되어 등장한다.
예컨대 완판본계 이본인 사재동의 이본에서 이에 해당하는 행문만을 찾아보면
다음과 같다.

가군의 손을 잡고 우리 두리 서로 만나 해로 백년 ᄒ랴 ᄒ고 간구흔 살님ᄉ리
압못보는 가장 아모조록 뜻슬 바더 가장 공경 ᄒ랴 ᄒ고 충한서슴 가리잔코
남촌북촌 품을 팔어 ―중략― 극진 경대 ᄒ옵더니 천명이 그쑨인지 인연이 씬
쳐진지 ᄒ릴 업시 눈을 엇지 감고 갈가 뉘라셔 헌옷 지어쥬며 마진 음식 뉘라셔
권하오릿가 내가 흔번 죽어지면 눈어둔 우리 가쟝 사고무친 혈혈단신 의탁흘
곳 없서 박아지 손의 들고 집팡막되 부어잡고 씬맛침 추워 나가다가 구렁의도
써러지고 돌이도 치여 업프러져 신세자탄 우는 양은 눈으로 보난듯 가가문젼
차져가서 밥달나난 슬픈 소리 귀에 쟁쟁 둘이난듯 ―중략― 쏘 장안의 약식
흐복 쌀로 두엇스니 못다먹고 죽어가니 늬의 사정 결박ᄒ네 첫 쌍망이나 지닌

후의 두고 양식ᄒ옵고 진어ᄉ딕 관복 ᄒ 별 흉빅 학을 못다 ᄒ고 보의 싸서
밋틱 농의 넛씨니 나 죽어 초상 후의 차지려 오거든 염여 말고 닉야주오 ─중략
─ 익고 익고 내가 이졌소 져 아희 일흠은 심청이라 지여두고 나 씨던 옥지환도
함 쏙의 너엇스니 심청이 자려나가든 날본다시 닉여주고 날라의셔 상사ᄒ신
돈 수복강영 태평 안락 양편의 식인 돈을 고흔 홍젼 게불 줌치 주홍 당사 벌믹
답의 ᄯᆫ을 다러 두엇스니 그것도 치여주오 (사재동 소장 44장본 심청가)

위에 인용한 내용은 완판본계인 사재동 44장본 심청가 가운데 앞에서 살펴본
정문연본에 나타나는 대목만 추출한 것이다. 이처럼 후대의 창본계 이본에 장문
연 620본의 이 대목 행문이 거의 그대로 등장하고 있음을 볼 수 있다.

심청과 심봉사, 그리고 그의 부인의 비극적인 처지와 그것에서 우러나는 자탄
이 작품의 핵심적인 구성 축을 이루기에 심청가를 '눈물 타령'이라고 까지 부르
기도 한다. 이렇게 볼 때 오늘날 심청가에서 진양조로 불려지는 "가군의 손을
잡고"로 시작되는 곽씨부인 유언 대목은 심청가의 전반부에서 중요한 역할을
한다고 할 수 있다.

그런데 박순호 19장본에서는 아직 이 대목이 진양조의 슬픈 맛을 낼 수 있을
정도로 확장되지 않고 있다. 반면 정문연본에는 그 맛을 낼 수 있을 정도로 확장
되어 있다. 이렇게 볼 때 성급한 결론을 내리기에는 이르지만 이 대목에서는
일단은 박순호본과 같은 단순한 모티프 제시 형태에서 정문연본과 같은 장면으
로의 확대, 그리고 후대 완판본계 심청전에서와 같은 더욱 확장된 장면으로의
변화 과정을 거친 것이라 추측할 수 있다.

② 치상 대목

동닉 ᄉ람 모든 즁의 좌상의서 공ᄉᄒ되 심봉ᄉ 그동 본니 춤혹ᄒ고 비감ᄒ
다 동닉 공사 ᄒᄂ 마리 호상을 슈히 치고 가가호호 돌여가며 어린 익기 졋을
먹여쥬자 ᄒ니 그마리 올타 ᄒ고 염습ᄒ야 츌ᄉᆼᄒ니 심봉ᄉ 가궁흔 신세 춤혹

ᄒ기 되야더라 (박순혼 19장본)

　동늬 머든 존위 좌상 심봉ᄉ 거동 보고 춤혹ᄒ기 층양 업셔 동늬 공ᄉ ᄒ는
말이 져 송장을 봉사만 미드면 구둘 송장 될거스니 심봉ᄉ 구산ᄒ의 영장ᄒ여
준 후의 어린 딸 슬여줌이 엇쩌흘고 그 말이 올타 ᄒ고 동늬 모와 염십 관곽
모도 ᄒ여 소방순의 메고 갈제 존위 좌상 호상ᄒ고 희자 일곡조의 북망순 도ᄅ
갈제 심봉ᄉ 거동보소 두건 신 들ᄋ 씨고 어린 쏠 품의 품고 상부 두취 휘여
줍고 짜라 가며 우넌 말니 어니 흘고 익고 답답 이러트시 울고 가니 뉘 아니
낙루흘고

　산상의 다달나셔 염군들과 호상군이 추추로 느러 안즈 무들 공논 할제 계
산상으로셔 ᄒ 즁이 나려오되 저즁의 거동보셰 딕숫갓 철죽장의 바랑을 둘너
메고 흔들 흔들 나려와서 소승 문안드리오 소승 ᄉ옵기ᄂ 도볼암 즁으로셔 산
듕의 몸이 잠계 두루 단니드니 순즁의 다달ᄂ 심봉ᄉ 망극ᄒ옴을 풍편의 잠간
듯고 문상초로 왓ᄉ오나 순지을 구ᄒ신디ᄂ 구순ᄒ와 스즈ᄒ돌 월견니 푼편되
고 위의다 쓰즈ᄒ덜 역장되고 할일 업셔 모도다 피ᄒ고 며만침 나려다가 져
봉으로 안을 ᄒ고 져 편으로 빅 삼고 이 산으로 쳔용 삼아 극진이 장ᄉᄒ면
이십디 무현관의 왕후가 날거시오 황후가 아니ᄂ면 ᄒ다 못ᄒ여도 궁여가 ᄂ리
로다 ??의 인홀불견 간디 업다 동늬 어른들이 그말이 올타 ᄒ고 그디로 완중ᄒ
니 (정문연 620본)

　후대의 창본에서는 이 대목을 동네 사람들의 치상공론은 아니리로, 그리고
상두가와 심봉사의 울음으로 이루어진 운상장면은 중머리로 부른다. 그런데 박
순호 19장본에는 마을 사람들의 치상공론과 치상을 하였다는 사실, 그리고 심봉
사의 처지가 가긍하게 되었다는 사실만이 간략히 제시된다. 반면 정문연 620본
에는 부분적으로나마 운상 장면이 나타난다. 대부분의 후대 창본에 나타나는
상두가는 나타나지 않지만, 심봉사의 울음 장면은 미흡하나마 설움을 유발할
수 있을 정도로는 확장되어 있다.

　그리고 특이한 점은 중이 나타나 묘터를 잡아주는 장면이 등장한다는 것이다.

중이 묘터를 잡아주는 장면은 후대의 완판본계 심청전이나 강상련계 심청가 그리고 현전 이날치판, 정재근판 창본 등에는 등장하지 않고, 폴리돌판 심청가전집 가운데 김창룡의 창, 그리고 김광순 소장 심청전 31장본, 김광순 소장 41장본 등에 등장하는 삽화이다.[4]

이렇게 볼 때 곽씨부인 유언 장면에서 살펴본 바처럼 서사적 이야기의 전개에 필요한 단순한 치상 사실의 보고에서 소박하나마 치상 장면에서 표현할 수 있는 심봉사의 비극직인 저지의 묘사로 판소리적 장면의 확대가 이루어진 것이라 해석할 수 있을 것이다. 그리고 곽씨부인 안장 장면은 서사구조의 전개상 반드시 필요한 것은 아니나 복선적 기능을 수행하기 위해 일부 판소리 창에서 확인할 수 있는 바처럼 판소리의 더늠 첨가 방식으로 첨가된 것이다.

③ 인당수 고사축원

젼죠단발 신영빅모 지성으로 꾸러 안즈 북 둥둥 두다리며 고사축원 ᄒᆞᄂᆞᆫ 마리 심낭자을 재촉한다. (박순호 19장본)

지셩으로 꾸러 안져 고ᄉᆞ축원 ᄒᆞ년 말리 주유 천지 풍운 일월은 보옵소셔 삼왕 오제 우탕문무 주공 공ᄌᆞ 안즁 신농씨 상빅초 의약토여 입고 노롱씨 빅을 무어 이졔물통ᄒᆞ여 ᄒᆞ온 후의 후셰의 본을 바ᄃᆞ 만경 쳥파 왕늬ᄒᆞ여 슐로 철이 만만 길의 즁ᄉᆞ초로 왕늬흘 제 인당수 요왕님이 지물을 밧치기로 십오셰 되는 쳐ᄌᆞ 유리국 심청이을 제물로 ᄃᆞ려 왔사오이 물우의 용요 부인 물아래 ᄒᆞ슈 용왕임이 사망 잇게 겸지ᄒᆞ여 주옵쇼셔 ᄒᆞ고 북을 울니며 심낭ᄌᆞ을 직촉ᄒᆞ니 (정문연 620본)

인용 내용에서 볼 수 있듯이 정문연본에 등장하는 고사축원 장면이 박순호본에는 나타나지 않는다. 박순호본에서 "고사축원 ᄒᆞᄂᆞᆫ 마리 심낭자을 재촉한다"

---

4) 김광순 소장 심청전 이본들은 가사체적 성격을 강하게 드러내지만 기본적으로는 창본을 바탕으로 하여 가사체로 변개된 것으로 추정할 수 있는 이본이다.

라는 문장이 자연스럽지 않은 것은 애초에 있던 고사축원 내용이 생략되었기 때문이다. 그런데 만일 필사자가 이 내용이 자신의 취향에 맞지 않아서 의도적으로 생략한 것이라면 생략에 따라 어색하게 된 문장을 바로 잡았을 것이다. 필사자가 선행 모본에 있는 정문연본에서 볼 수 있는 바와 같거나 그보다는 축약된 고사축원 내용을 빠뜨린 채 이 부분을 필사한 것이다. 그런데 설혹 19장본의 선행본에 620본에서처럼 이 대목이 확장되었었다 할지라도 이처럼 19장본에서 이 대목이 빠뜨려지는 반면, 620본에는 생략되지 않은 것은 박순호본이 기록문학적 향유본인 반면, 620본은 판소리적 연행본임을 말해주는 것이다.

④ 의복 구걸 대목

심봉수 그동 보소 신관 압헤 업드려셔 흐는 마리 명감흐온 삿도임게 옷셜 츠자 쥬옵쇼셔 어이흐야 일어느야 심봉수 흐는 마리 모욕흐다 일여이다 수쏘 흐신 말슴 무엇실 일어느야 봉수 그동 보소 바지와 골리 보션 힝젼 관망 도포 지팡 막듸 안경조차 일어스오니 츠자 쥬옵소서 수쏘 이방 불너 흐신 말슴 밧비 바지 져고리 보션 주고 퇴인 불어 관망도포 늬여주고 형방불너 지팡막듸 내여주고 돈 이십냥 늬여주라 (박순호 19장본)

올타 쎄나 좀 써보리라 흐고 부즈지을 벗석 쥐고 나셔면셔(*)니 네가 무어설 일어느냐 당수초 겹져고리 빅숙갑사 겹바지 비단 요듸 젼쥬머니 하도낙서 금거북 조션 통? 졈등 셔픈는 치일 삼고 석경 망근 팔즈 당쥬 괴알 것튼 졍쥬 탕건 금픠 품즘 산호 동곳 졔머리 통양 썽고쥴 변즈 신 흔 켸리 쎄여 일습고 풍치 휘양 학실 안경 다 알어습나이다 그놈 밋친놈이로고 이 더위의 풍치가 어인거시며 소경놈이 학실 안경은 원 거시냐 심봉사 원정 올니니 관힝차 츠근니 여게 토인 불너 의복주고 급장불너 갓 늬주니 (정문연 620본)

이 대목은 후대의 창본에도 등장하는 것으로, 심봉사가 목욕을 하다 옷을 잃고 관장에게 하소연하여 옷을 얻는 장면이다. 박순호본의 내용에는 과장이 그리

크지 않은데 반해 정문연본에서는 판소리 사설의 더늠 창작 방법에서 정형적으로 사용되는 반복적 나열과 과장이 이루어지고 있다. 그리고 그러한 과장을 통해서 골계미를 창출하고 있다. 이 장면에서 이처럼 과장이 이루어지는 이본으로는 김광순소장 31장본, 김광순소장 41장본 등이 있다. 이처럼 이 대목에서 심봉사의 과장을 통해 창출되는 골계미는 후대의 창본에서는 그대로 나타나지 않고, 심봉사가 옷과 신을 얻은 후에 염치없이 담배 또는 어죽까지 얻어먹는 것으로 비뀌어 나타난다. 이렇게 볼 때 이 장면의 확대도 현전 창에서 직접 확인되지는 않지만 정문연본이 판소리적 성격을 강화시키면서 나타난 것으로 해석할 수 있을 것 같다.

그런데 여기서 특기할 것은 정문연 620본 가운데 위에 (*) 부분에서 처럼 필사 과정에서 일부 내용을 빠뜨린 흔적이 나타난다는 점이다. 이 부분에서는 앞 뒤의 내용으로 보아서는 심봉사가 관장 앞에 나서서 자기가 무엇을 잃어버렸다고 원정하는 말을 하자 관장이 '잃어버렸다'니 정도의 심봉사의 말을 확인하면서 화두를 꺼내는 정도의 말이 삭제되었음을 짐작할 수 있다. 이로써 정문연본도 판소리 창본적 성격이 강화된 이본이지만 구술된 것을 받아 적은 것이 아니라 선행 모본을 필사한 것이라 추측할 수 있다.

3) 아니리적 확장을 보이는 대목

① 권선장면

심봉ᄉ다려 ᄒᄂ 마리/ 엇지 ᄒ야 밍닌 되야/ 이런 욕이 무슈ᄒ오/ 봉ᄉ 답왈 / 팔ᄌ 기박ᄒ야 십세젼 밍인으요/ ᄉ십젼 숭체ᄒᄒ니[5]/ 우리 부체님게 시쥬ᄒ오/ 무슴 시쥬 ᄒ라 ᄒ오/ 고양미 ᄉ빅석만 불젼의 시쥬ᄒ면/ 싱젼의 눈을 써서/

---

5) 문맥상으로 보아서 심봉사의 말의 끝 부분과 그것을 받는 화주승의 운을 떼는 말의 내용이 탈락되어 있음을 알 수 있다. 이로 볼 때 박순호본은 구연되는 내용을 기록한 것이 아니라 선행 필사본을 모본으로 하여 필사한 이본임을 알 수 있다.

천지 만물 보리이다/ 심봉스 반게 듯고/ 가난흔 형세 아조 잇고/ 고양미 숨빅셕을/ 권션의 적어쥬고/ 집으로 도라와셔/ 혼즈 안즈 싱각ㅎ되/ 무남독여 쌀을 씨겨/ 걸식으로 스는 신세/ 고양미 숨빅셕이/ 어듸셔 나단 말가/ 노망ㅎ야 일여흔가/ 지품 긱쳔 진흑 쏙의/ 아죠 풍던 졋구러져서/ 죽을지경 되야씰제/ 넉셜 일코 일어흔가/ 쌀을 식여 밥을 빌여/ 목슘을 보죤ㅎ는 형세/ 고양미 삼빅셕이/ 어듸셔 나단말가/ 허망흔 니일이야

(박순호19장본)

셜운?? 불상ㅎ고 압못보기는 언졔부터 그러ㅎ오잇가 심봉사 정신 츠려 딕답ㅎ되 아이 아이 계 뉘신지 모로거이와 죽을 사람 살여쥬니 은혜 빅골이 진퇴된 들 엇지 이질잇가 승이 딕왈 슬기는 모은사 슬거이와 죽을 스람 살여쥬니 은혜 빅골이 진퇴 된 들 엇지 이질잇가 ─중략─ 우리 불전의 고양미 삼빅셕만 불젼의 제쥬ㅎ면 싱젼의 눈을 써셔 천지 만물을 보오리다 그러면 권션 긔록ㅎ옵쇼셔 심봉스 싱각ㅎ되 빈흔ㅎ믈 싱각지 못ㅎ고 목슘만 싱각ㅎ고 은혜을 져발이지 못하여 시쥬ㅎ면 눈 쓰기소 소승이 딕왈 그러면 적어쥬소 심봉사 거동 보소 공양미 삼빅셕을 적어주고 집의 도러와셔 싱각ㅎ니 문암동녀 외 쌀을 걸식으로 스는 형셰 고양 삼빅셕 어듸 판츷 흘랴 노망ㅎ여 그러흔가 진흑물 진흑속의 풍덩 쩌구러져 혀여나지 못ㅎ고 죽게 되여더니 넉을 일코 그러흔가 허망흘 손 니일이야

이 대목 역시 정문연본에서 분량이 확대되어 있다. 여기서 주목할 점은 박순호본에는 위의 인용문에 사선을 그어서 표시해 놓았듯이 대체로 4.4조적 율조를 고르게 유지한다는 점이다. 이 대목은 심봉사와 화주승의 대화 장면으로서 서술자의 의식적인 노력이 전제되지 않으면 고정적인 율조를 맞추기 힘들게 되어 있는 대목이다. 그런데도 박순호본에서는 의식적으로 4.4조적 율조를 맞춘 것이다. 이러한 내용은 창으로 부를 만큼 압축적인 정조를 드러내거나 극적인 성격을 드러내는 장면이 아니다. 그렇기 때문에 후대의 판소리에서는 이 대목의 전반부는 아니리로 연행하는 한편, 후반부의 자탄 장면만을 확장하여 중머리 장단

의 창으로 연행한다. 그런데 박순호본이나 620본에서는 이 후반부가 아직 창으로 부를 만큼 확장되지는 않고 있으며, 620본에서는 전반부의 아니리적 대화 부분만이 확장되고 있다. 이처럼 창으로 부르기 힘든 대목인데도 억지로 4.4조적 율조를 유지하는 양상을 보이는 것은 박순호본이 낭송이나 음영에 편한 가사체 이본임을 보다 분명히 드러내주는 징표라 할 수 있다.

반면 정문연본에서는 두 사람의 대화가 산문적인 형태를 보이면서 권선 장면이 사실적으로 묘사되고 있다. 서사적 전개의 생동감과 사실성을 확보하려는 장면제시적 아니라 형태로 확장된다. 그 결과 박순호본에서와 같은 고정적 율조가 깨뜨려진 것이다. 이는 아니리 대목에서는 둑이 자수율을 맞추지 않는 판소리 창본적 이본 서술자의 의식을 반영한 것으로서, 초기 판소리 창본에서의 창과 아니리의 분화 양상을 보여주는 예라 할 수 있을 것이다.

② 심봉사 꿈과 안씨부인 해몽 대목

부부간 질건 마음 웃지 다 칭양ᄒ리 심봉ᄉ 잠을 깨야 질을 ᄎᄌ 갈야 흘 제(박순호19장본)

부부지정을 질길ᄉᆡ 엇지 다 측낭ᄒ리 심봉ᄉ 잠을 ᄭᆡ여 탄식 ᄒᄂᆞᆫ 말이 몽ᄉ도 고이하다 나무입 ᄶᅥ러져 덥혀 뵈이고 ᄂᆡ 몸 가죽이 벗겨 북가죽 하여 뵈니 나 죽을 ᄭᅮᆷ 아닌가 안ᄆᆡᆼ인 이 ᄒᆡ몽ᄒ되 −중략− 그게 다 헷말일세 이러틋 말흘 적의 (정문연620본)

박순호본 19장본에는 심봉사의 꿈과 안씨 맹인의 해몽 대목이 나타나지 않는다. 그런데, 정문연620본에는 심봉사가 불속에 들어가고 가죽이 벗겨져서 북이 되고 나뭇잎이 떨어져서 뿌리를 덮는다는 심봉사의 꿈과, 심봉사가 잃었던 자식을 만나 귀하게 될 것이라는 안맹인의 해몽이 등장한다. 이러한 내용은 심봉사가 심청을 만나 귀하게 될 것을 암시하는 복선에 해당하는 것으로서, 구성에서 반드시 필요한 것은 아니다. 그런데도 이 대목은 후대의 창본에 그대로 등장하여 아니리로 연행된다. 이를 보면 이 대목은 정문연 620 본에서부터 등장하여 후대의 창본까지 이어진 것임을 알 수 있다.

③ 정문연 620본에 축소되어 나타나는 대목

이상에서 살펴본 것처럼 정문연 620본에는 판소리의 창과 아니리적 연행에 적합하게 확대된 대목들이 나타난다. 그러나 이 이본의 모든 대목에서 이러한 확장이 나타나는 것은 아니다. 오히려 대폭적인 축소가 이루어지기도 한다. 다음에 예시한 강상풍경 대목이 그 대표적인 예이다.

① 문치 조흔 오싴돗쳘 돗디 우의 번듯 둘고 텰렁 텰렁 써나갈제 이 씨 맛츰 삼츈이라 계화는 잔잔ᄒ고 두견 접동 실피 울고 녹슈니 ??듸 고향이 어듸믜요 운심 슈빅 요망흔듸 빅구 빅노 쑌니로다 강순을 발리보니 님지 업는 갈가막구 짝업시 홀노 셔셔 심청 마음 위로흔다. 실푸다 이 닉 신세 —중략— 통곡ᄒ며 써나가며 써나골제 공산야 발근 달의 실피우는 져 두견은 심청을 위로ᄒ야 지음으로 우름 운다 나도 본듸 촉나라 망제로서 —중략— 심낭자는 고향부친 ᄒ직ᄒ고 천추원혼 되로 ᄀ니 슘츈 북비 져 기력이 심청의 그동 보고 두 나릭을 훨훨 치며 심청의 머리 우의 둥뎡실 노피 써서 오도 ᄀ도 아니ᄒ고 진 목을 질기 쎄여 게욱 게욱 우는 소릭 심청이 이러서서 문는 마리 져 기럭은 쇼상으로 향ᄒ는야 북히로 향ᄒ는야 너 나라 가는 길의 니 닉 말을 부탁ᄒ니 유라국 오류 촌의 지닉거든 우리 부친 심봉스게 이 닉 쇼식 전히다고 심청이는 인당슈 풍낭 즁의 죽음을 당ᄒ오니 부듸 싱각 말르시고 만셰무양 ᄒ옵소셔 부듸 부듸 전ᄒ 여라 쏘 흔편 바릭보니 슘쳘리 요지연의 셔왕모 편지 전튼 청조 일 쌍 나라든다 북편을 바릭보니 청천 삭출 금부용은 영주봉닉 만천봉의 젹션이 기경 승천ᄒ고 져계가는 져 선관은 —하략—

(박순호 19장본)

② 잇씨 심낭즈는 쏫봉 속의 홀노 안즈 인당슈 풍낭 즁의 둥덩실 높피 써셔 삼슌을 바릭보니 청쳔외예 버려 잇고 이슈은 즁분ᄒ야 빅조쥬을 갈여왓다. ᄒ ᄀᄒ 초강에 부충월 실노 ᄀ는 비요 우후 창강 조흔 흥은 쌍거 쌍늬 빅구로다 —중략— 쇼샹강 바릭보니 엇써흔 두 미닌이 손을 잡고 풍낭즁의 실피울고 ᄂ 오면서 ᄒ는 마리 져게 가는 심낭즈는 무슴 덕이 잇습기로 귀히 되야 가나닛가 우리는 무슴 죄로 창오산 모운즁의 슌임군을 이별ᄒ고 이 물의 풍덩 쌔져 —중략— 어강 연월야의 돗듸치고 가는 빈는 어션이 이 안니며 화병을 축겨 달고 강동으로 가는 거시 장흔이 이 아닌가 범범 즁유 씌워 노코 살썬가치 오난 빅을 이윽키 바릭보니

(박순호 19장본)

만경듸히 청파즁의 범범 즁유 놉피 써셔 지향 업시 써나갈졔 심쳥이 이러나 셔 고향을 발아보이 쳡쳡 즁산은 심부지쳐릭 녹슈 곡곡ᄒ고 고향이 어듸믹요 운심만봉 젹막흔데 빅구홍안 쑨이로다 심쳥이 일어 안져 ᄒ년 말이 샹츈 북방 져 기럭기 소상강을 향하넌냐 북희상을 향ᄒ넌냐 두어말 부탁ᄒ자 유리국 시상 촌의 사년 심봉스 젼의 흔 말만 젼ᄒ여라 불효 심쳥은 인당슈 풍낭즁의 죽기을 당ᄒ고 만경창파 듸히즁의 지향업시 가더릭고 그 말슘 장간 일너다고

(정문연 620본)

이 대목은 오늘날에는 송광록의 더늠으로 알려진[6] 범피중류와 함께 불려지는 인당수의 풍경이다. 이 가운데 정문연 620본에는 박순호 19장본의 심청이 투신 하기 전의 내용 가운데 기러기에게 소식 전할 것을 부탁하는 내용만이 축약되어 등장한다. 반면 박순호19장본에는 위에서 1), 2)로 구분해 놓은 것처럼 심청이 투신하기 직전 대목과 환생하는 대목 모두에 이러한 풍경 묘사가 나타난다. 투 신하기 전에는 갈가마귀, 두견새, 기러기, 청조, 선관을 만나 심청이 이들에게

---

6) 이보형, 고음반에 제시된 판소리 명창제 더늠(2), (한국음반학 4집, 한국고음반 연구회 1994). 이보형은 Columbia 40279−A 음반에 김창룡이 창한 범피중류에 "광록씨 송선생 소상팔경 어부 가였다"는 소개가 있음을 찾아 내어 이 더늠이 송광록의 더늠인 것을 최초로 확인하였다. 배연 형, 유성기 음반 판소리 사설, (판소리연구 5집, 1994)에서 재인용.

자신의 슬픈 소회를 이야기하면서 자신의 소식을 부친에게 전해줄 것을 부탁하는 내용이 장황하게 전개되고, 환생을 한 뒤에는 심청이 소상팔경을 구경하면서 백구에게 자신의 심사를 이야기하며 이어서 아황과 여영, 굴원 오자서를 만나 이들의 원정을 듣는 내용이 장황하게 펼쳐진다.

그런데, 여기서 먼저 주목할 것은 박순호본에서 심청이 환생 후에 아황과 여영 굴원 등을 만나서 그들의 원정을 듣는 장면이 정문연본에는 나타나지 않는다는 점이다. 이는 박순호본이 정문연620본에 선행하는 이본임을 말하는 증표이다. 일반적으로 초기 이본에서는 박순호본처럼 혼령을 상봉하는 대목이 심청의 환생 장면에 등장하는 데 반해 후대의 창본에서는 이 대목이 심청이 투신을 하려 가는 대목으로 옮겨지는 양상을 보인다. 그런데 정문연620본에서는 이처럼 위치를 옮기는 과도기적 형태로서 혼령 상봉 장면을 생략하는 양상을 보인 것이다.

또, 주목할 것은 정문연 620본의 경우 앞에서와 달리 이 대목이 간략하게 축약되어 나타난다는 점이다. 이러한 축약 현상이 뜻하는 바가 무엇일까. 이는 620본이 아직 심청가의 강상풍경 대목의 더늠이 확정되기 전 단계의 소리본으로서, 심청가의 구성 원리를 소박하게 따르려는 서술자의 의도가 드러나는 초기본임을 말해주는 것이라 할 수 있다.

위에 인용한 박순호본의 사설을 보면 심청이 기러기, 청조를 상대로 거듭 자신의 소식을 부친에게 전해달라고 이야기한다. 그리고는 다시 비슷한 내용을 선관에게 하소연함으로써 독자에게 지루함을 느끼게 한다. 그리고 하소연의 내용과는 문맥이 동떨어진 한문어구를 사용하여 풍경을 묘사한다. 또, 심청의 환생 대목에서는 열과 충을 위해 죽은 아황과 여영 오자서 굴원 등을 등장시켜 자신들의 억울함을 하소연하는 장면을 연출한다. 이는 심청가 가운데 가장 탈맥락적 형태로 확장되면서도 상층 사대부에게 인기 있었던 이른바 '범피중류' 대목의 초기적 모습에 해당하는 것으로서, 이 대목의 확장이 판소리 연행과 관계없이 이본 서술자의 현학 취미와 관련하여 이루어진 것임을 짐작케 해주는 것이다. 서술자는 당대까지 상층 문화에서 상투적 형태로 등장한 소상팔경 모티프나 굴원 오자서 고사 등을 끌어들여 자신의 식견을 드러내면서 장면을 장황하게 확대한 것이다. 이러한 박순호본 이본 서술자의 취향은 송광록의 더늠이라 불리는 '강상풍경대목'으로 이어져 오늘날까지 전승된다.[7]

반면, 정문연620본에서는 이러한 반복적 사설이 축약되어 간명해짐으로써 서사적 구성이 설득력을 얻는다. 이는 이 대목이 더늠으로 정착하지 않은 단계에서, 정문연 620본 서술자가 자신의 식견과 취향에 부합하지 않은 장황한 사설을 삭제하고, 심청의 내면을 표현하는 데 적당한 정도의 사설만을 남겨놓음으로써 얻은 효과라 할 수 있다.

3. 최재남본과 박순호 73권 43장본 심청전이라

1) 최재남본과 박순호본 43장본의 특징

최재남 소장 "심쳥전이라"는 심청이 황후가 됭 맹인 잔치를 여는 대목 이하는 낙장이 된 이본이다. 그런데 이 이본은 박순호 소장 팔사본 전집 73권에 수록된 43장본 "심쳥전이라"와 행문 차원에서 영향 관계를 직접 확인할 수 있는 동일 계통 이본들이다.

---

7) 판소리의 장면확대 원리까지 더해져서 훨씬 장황해진 오늘날의 '밤피중류' 대목은 단순한 서사적 구성 논리로만 보면 탈맥락적 성격이 강하게 느껴지는 내용이다. 황주 도화동에서 배를 타고 인당수로 향하는 심청이 소상팔경을 지난다는 것이 애초 논리에 맞지 않을 뿐 아니라, 밥을 빌어 아비를 봉양하는 심청이 바라보는 풍경이 중국의 시인 묵객들이 노래하던 시구를 빌어 형상화된다는 것이 터무니없다고 여겨질 수도 있기 때문이다. 물론, 박순호본에서는 이 장면이 이처럼까지 확대되고 있는 것은 아니다. 그렇지만 이 이본의 경우에도 이 장면의 묘사에서 식자취향의 탈맥락적 구기가 짙게 느껴지는 것은 사실이다.

> 각셜 송나라 직위초의 유리국 힝화촌의 한 사람니 이시되 성은 심이오 명은
> 핑구라 팔즈 무상ᄒ야 압 못보는 밍인으로 천지 일월 발근 세상 <u>흑빅 차단 고는</u>
> <u>빗과 황국 단풍 조흔 물싴 고은 줄을 몰나보고 면난한 새상스을</u> 밤중가치 지닉
> 더니 부모 은덕으로 십오세의 취쳐ᄒ여 <u>부부 동낙 ᄒ엿던니 시운니 불힝ᄒ야</u>
> <u>부모 상후 삼연 졔사 정성으로 위로ᄒ이</u> 부인의 어진 힝실 세상의 무쌍이라
> (최재남본)

> 각셜 잇씨 송나라 시졀의 유리국 힝화촌의 한 사람니 이시되 성은 심씨오
> 명은 핑규라 가산이 요부ᄒ되 팔즈가 무상ᄒ야 압 못보는 밍인이 되여 천지
> 일월 발근 세상 밤중가치 지닉간니 엇지 안이 원통ᄒ리 부모어 은덕으로 십오
> 세의 취쳐ᄒ니 그 안히 곽씨 부인 정성이 어질기로 (박순호43장본)

위에서 확인할 수 있는 것처럼 이 대목은 밑줄 친 부분을 제외하고는 행문
차원에서 거의 일치하는 모습을 보이고 있다. 그런데, 이들 이본에서는 이러한
정도의 행문의 일치를 보이는 대목이 많은 비중을 차지한다.

그리고, 삽화 차원에서는 차이를 발견하기 어려울 정도로 일치를 보인다. 그
러면서도 이들 두 이본은 심봉사의 처지 설정, 출산, 태몽 등의 장면에서는 공히
대다수 판소리계 심청전 이본과 다른 특이한 모습을 보이고 있어 그 친연성을
짐작하게 해준다.

예컨대, 이들 이본은 심봉사의 이름이 초기 이본에 공통적으로 등장하는 핑규
로 설정된다. 그리고 이들에서는 '핑규가 가산이 요부ᄒ다'고 이야기되면서, 나
머지 집안 형편에 대해서는 언급이 없다. 그리고 그에 상응하여 핑규가 부모의
은덕으로 십오세에 취처하는 것으로 그려진다. 한편 최재남본에는 "시운니 불힝
ᄒ야 부모 상후 삼연 졔사 정성으로 위로ᄒ이 부인의 어진 힝실 세상의 무쌍이
라"고 되어 있으며, 박순호43장본에는 "그 안히 곽씨 부인 정성이 어질기로 압
못보는 보아 가쟝 지셩으로 공경ᄒ져"로 되어 있다. 심봉사의 형편이 애초에는
그리 어렵지 않았는데, 자식 낳기를 기원하느라 가산을 탕진하는 것으로 그려진

것이다. 그리고 다음에 볼 수 있는 바처럼 가산을 탕진한 후 곽씨부인이 품을 팔거나 동냥을 하여 가장을 공경하는 것으로 그려진다.

셕순갓튼 부지라도 제 엇지 젼딕니리 그러구로 탕진ᄒ고 움막집을 의지ᄒ여 죠셕 난기로 못ᄒ여 곽씨부인 어진 마음 혼자 나가 밥을 어더 압못보난 봉사 가장 지셩으로 공격할쳐(박순호43장본)

셕슝닌들 젼딜소야 이령구로 탕식ᄒ고 초막밤의 으지ᄒ야 곽씨부인 거동 보쇼 압못보난 가쟝 공경이 이졔난 할 슈 업서 품파라 살이라고 수졀 졍졀 젼폐ᄒ고 이집 져집 단이면서 품팔기만 ᄊᆞ을 실졔 초상 상자 져복 벽기 서리 앗침 물니기과 입만 먹고 동재ᄒ기 밍인 가쟝 밥 멱기기 쥬야로 한 살ᄒ이(최재남본)

이처럼 기자치성으로 가상을 탕진하고 품팔이나 걸식을 하는 신세로 전락했다는 설정은 앞에서 살펴본 박순호19장본이나 정문연 620의 내용과는 크게 다른 것이다. 이들에서는 심봉사가 '천생 맹인으로 부모를 조실하고 가긍히 지내다가 아내를 얻는' 것으로 설정된다. 그래서 아내는 결혼 직후부터 품을 팔아 가장을 봉양할 수밖에 없었다고 한다. 반면, 후대의 창본에는 심봉사가 "누대 명문으로 가운이 불행하여 이십에 안맹하고 가운이 영체한" 것으로 그려진다.

한편 이들 이본에서는 기자치성 이후에 태몽을 꾸는데 꿈에 삼신이 나타나 태을선관의 막내딸이라 하면서 아이를 안겨주고 가는 것으로 그려진다. 이러한 태몽 내용도 선녀가 계화를 손에 들고 찾아와 자신을 소개하는 박순호19장본 이후 대다수 판소리 창본의 꿈 내용과 차이를 보인다.

그리고, 이들 이본에는 박순호 19장본을 위시한 대부분의 심청전과 달리 태교 대목이 나타나지 않는 대신 입덧하는 모습과 뱃속에서 아이가 성장하는 모습을 그린 대목이 등장한다.

> 그달붓틈 슈틱 이셔 이삼신이 다르니 업난 것맛 씩각 난다 시금텁텁 기살구
> 와 포도 다래 능금 등뭘 유월 복성 모기 팔월 선유 졋틱 두고 안쥬난듯 사오식
> 의 몸니 붓고 칠팔식 댜댜르니 복즁의셔 애기 논다 장포 바다 잉어 노듯 구름
> 속이 쌍용니 논듯 구비 굼실 노난고나 (최재남본)

> 그달붓틈 틱기 잇셔 슘스식이 지니미 몸이 졈졈 뇌곤흐고 구미가 졀로 업셔
> 군임셕이 먹고지고 시금텁텁 기살구와 모기 셕유 잉도 복성 참외 수박 포도
> 달리 온갖 실과 졋틱 두고 안이 주난듯 울걱 식이 지니가미 온갖 음식 마시
> 읍다 밥에는 물니나고 국에는 장니 나고 물에는 물니 나고 팔구식이 다다런이
> 말런 몸이 불러 온다 쥼안에 더든 허리 아람 박기 버셔나고 쥼 안에 더든 숀목
> 쥼 박게 버셔난다 복즁의 든 아기는 자연이 노라난니 만경 충파에 잉어 노더시
> 굼실굼실 노라난다 (박순호 43장본)

위에 인용한 입덧과 신체의 변화, 태내에서 아기의 성장 과정에 대한 묘사는
직접 체험하지 못한 사람이라면 그려내기 힘들 만큼 구체적이다. 이로 보면 이
들 이본은 직접 아이를 출산해 본 경험이 있는 부녀층에 의해 서술된 것이라
추정할 수 있다. 그리고 입덧을 하는 모습이 박순호 43장본에서는 보다 생생하
게 확장되고 있는데, 이는 이들 이본이 부녀층의 내방가사 형태로 향유되는 과
정에 수용층에 의해 부분적으로 확장 변개되어 가는 모습을 보여준 것이다.[8]

앞에서 살펴본 바 박순호 19장본이 상당한 식견을 지닌 남성층에 의해 정착된
가사체 심청전으로서 후대의 판소리 심청전의 모태가 된 이본이라면, 이들 이본
은 부녀층에 의해 정착되어 향유된 초기 가사체 심청전 이본이라 할 수 있다.

---

8) 최재남본이나 박순호 43장본에는 모두 경상도 방언이 나타나고 있다. 특히 최재남본의 경우가
　더욱 심한데, 이 이본의 언저리에는 이 이본이 유전된 곳으로 보이는 경상남도 합천군 배포리라
　는 주소가 기록되어 있다.

2) 최재남본과 박순호 43장본의 판소리와의 관계

앞에서 살펴본 바처럼 최재남본 등은 현전 판소리 심청가의 직접적인 선행 형태의 심청전이라 추정되는 박순호 19장본 심청전과는 계통을 달리하는 이본들이다. 그러면서도 이들은 박순호 19장본의 창과 아니리처럼 사설의 형태가 분화되지 않았으며, 또한 전편에서 가사와 같은 평면적 율조가 유지된다. 이를 통해 이들 또한 박순호 19장본처럼 가사체 심청전 이본임을 짐작할 수 있다.

그런데, 이들 이본은 앞에서 살펴본 박순호 19장본에서보다는 장면 확대가 이루어진 대목이 많이 등장한다. 예컨대 최재남본에서 심핑규 부부가 아이를 낳기 위해 치성을 드리는 장면을 보면 다음과 같다.

> 그달붓틈 치성홀 제 상탕의 모옥ᄒ고 즁탕의 세슈ᄒ고 ᄒ탕의 손발 씻고 명
> 산 딕쳔 ᄎᄌ 가서 퇴락흔졀 즁슈ᄒ기 희포며 금불 붓체 항금 올여 키금ᄒ기
> 북두칠성 삼틱성과 이십팔수 청제ᄒ기 동서 남북 용신제와 천틱산 산신제와
> 팔만사천 죠왕제 싱기 쥬난 산신제 물내주난 제석당과 싱기 복득 날을 바다
> 조상딕위 굔 굿ᄒ기 딕강슈의 다리노와 만인 동늬 시쥬ᄒ기 연일 불식 즙파슈
> 팔밥며기 젹션ᄒ기 노방 긱사 죽은 스람 온양 양지 무더쥬기 쥬야로 심을 씨니
> 셕슝닌들 젼딜소야 (최재남본)

여기서 서술자는 치성 내용을 반복적인 병렬 형태로 열거하면서 4·4조의 율조를 맞추고 있다. 중중머리나 자진머리로 창을 하기에 알맞은 형태와 내용, 그리고 사설 구성의 형태를 보인 것이다. 그런데 이 대목이 박순호본 43장본에는 다음과 같이 약간 변개되어 나타난다.

> 명산대천 퇴락흔딕 직물 드려 식로 집을 짓고 구죠 금부쳐을 신금으로 도금
> ᄒ고 풍마우세 돌미력 시졀 지여 져만ᄒ고 동셔남북 칠셩져와 당산 쳥용 지신
> 져와 부와 쥬난 젹셕져와 싱기 쥬난 삼신당의 모욕 직기 졍이 ᄒ고 지셩으로

발원ᄒ면 싱기 복덕 날을 바다 죠상 딕위 축원 후의 무지 고혼 위로ᄒ고 비
업ᄂᆞᆫ 대강슈의 다리 노와 시쥬하고 배곱판 사람 밥쥬기와 차운 사람 옷 쥬기와
미셩 남녀 가취셩에 날마당 일사무니 셕슌 갓튼 부지라도 제 엇지 져딕내리
(박순호 43장본)

형태는 유사하지만 구체적인 축원 내용은 상당히 달라져 있다. 그런데 이러한
내용은 후대의 창본에 거의 전승되지 않는 것이다. 현전 판소리 심청가에서는
다음과 같이 박순호 19장본에 나오는 치성 장면의 내용을 확장한 더늠이 중머리
장단으로 불리워진다.

명산대편 영신당과 삭불미력 션난 고딕 슨제 불고 인등 시주 일슴더니 공든
탑이 무너지며 심든 남기 썩거질가 (박순호 19장본)

명산딕찰 영신당과 고뫼총사 성황사며 제불보살 미럭님과 칠성불공 나한불
공 신중마지 노구마지 탁의시주 인등시주 창오시주 갓갓지로 다지닉고 집의
드러 잇난 날은 조왕 성주 지신제를 극진이 공드리니 공든탑이 무너지며 심든
남기 썩거질까 (완판본)

위에 인용한 것처럼 후대의 기자치성은 신재효본을 제외하고 대부분 박순호
19장본의 경우처럼 "명산대찰"로 시작하여 "심든 남기 꺽거질까"로 끝난다. 이
는 모태가 되는 사설에서 시작하여 판소리의 더늠형 사설로 확장된 이후에는
극히 부분적인 어구의 출입을 제외하고는 사설의 변동이 크지 않음을 말해준다.
그런데 최재남본과 박순호본에서는 형태는 유사하면서도 사설의 내용이 완전
하게 바뀌어져 있다. 이는 이들 대목의 사설이 비록 판소리의 더늠처럼 창으로
불려질 수 있는 형태이긴 하지만, 아직 창에 의한 구속력이 거의 없어 사설의
가변성이 후대의 창본에서 보다 훨씬 큰 상태에 있음을 말해준다. 이는 이들의
변이가 가사적인 변이에 해당되는 것임을 뜻하는 것이다.[9]

다음으로 주목할 대목은 박순호 43장본의 말미 부분에 나타나는 삽입가요들
이다. 박순호 43장본에는 사설 형태가 이본 전체의 사설 형태와 다르며, 서사적
사건의 진행에 장애로 느껴지기도 하는 몇몇 확대된 더늠 형태의 사설이 돌출적
으로 등장한다.

> 오음 육율 풍악성이 오리정의 쌍쌍이요 신여 쌍쌍 시위하고 동자 쌍쌍 선비
> 로다 왕비가 영접하아 궁궐의 좌기하니 (최새남본)

> 용왕이 마자 전상의 안치고 수궁 풍악 갓초와 온갓 화초와 온갓 선미을 실토
> 록 권ᄒ고 풍악소리 낭자ᄒ다. 고고힁츨 정힁구의 흔신의 북소리머 역수 숭딕
> 연셕의 졈이 타든 축소리머 만운전 명월야의 딕슌 타던 거문고며 디명슌 추야
> 월의 종야 부던 옥통쇼며 황악누 놉헌 집의 청연거사 풍월 쇼리머 빅용퇴 져문
> 날의 소군 타든 비파 소리 궁상각치우 오음 육율 곡마당 화답ᄒ믜 웃지 안이
> 장할손야 (박순호 43장본)

위의 내용은 용궁 풍경이다. 그런데 최재남본에는 장면 확대가 이루어지지
않고 있는데 반해, 박순호본에는 장면 확대가 일어나고 있다. 그리고 사용되는
어휘들은 오늘날의 판소리 사설이나 단가에 상투적으로 등장하는 고사들이다.
이것이 후대의 용궁 풍경처럼 엇모리 장단으로 연행하기에 꼭 적절한 것은 아니
지만, 그것은 중국 고사에 바탕을 둔 명사어구의 반복적 나열을 통해 장면을
응집적으로 묘사함으로써 중간층 이상의 식자층에 의해 창출되는 후대의 판소
리 더늠 확대 방식을 그대로 보여준다. 이러한 사설 구성 방식이 이 이본의 앞부

---

9) 특히 박순호 43장본의 사설은 "싱기 쥬난 삼신당의 모욕 직기 졍이 ᄒ고 지셩으로 발원ᄒ면
 싱기 복덕 날을 바다 죠상 딕위 축원 후의 무지 고혼 위로ᄒ고"처럼 4·4조적 율조를 맞추고는
 있지만 수식어와 서술어를 확장적으로 사용함으로써, 판소리 더늠에서 볼 수 있는 바와 같은
 명사 어구의 반복을 통해 얻을 수 있는 장면 묘사의 응집력을 이완시킨다. 이처럼 부녀층에
 의해 수용된 가사체 심청가에서는 대부분 장면이 확대되면서도 장면묘사의 응집력이 떨어지는
 한편, 서술자의 주관적인 감상이 확대 강화되어 나타난다.

분에서는 거의 등장하지 않다가 이 대목에 이르러 등장하는 것을 보면, 이 대목이 이미 판소리 더늠 형태로 정착된 사설이 삽입가요 형태로 차용된 것임을 추측할 수 있다.

한편, 이처럼 더늠이 삽입되는 모습은 황제의 침실 묘사에서 더욱 선명하게 나타난다.

① 장흐고 거록흐다. 불근 산호 드리 진동 호박 난간 물이씨며 적대모 구문 현함 수정염을 가라두고 팔간 병풍 온갖 기럼 갓갓쥐 부쳐더라 흔편을 도라보니 한 종실 유현덕이 와룡 선싱 보려 흐고 거럼 죠흔 적토말을 지척 지척 모라 님양 초당 풍셜 중의 지셩으로 가난 양과 부춘산 엄자룽이 간의딕부 마다흐고 양구을 털쳐 입고 동강 칠이탄이 낙슈쥴 썬진 경기 역역히 기려시며 진쳐사 도연명은 핑틱영을 마다흐고 올기쵼 드라와셔 무현금 비계 놋고 둥덩실 타난 모양을 역역히 기려시면 시쭁 천자 리틱빅은 포도쥬을 취키 먹고 일렵편쥬 비겨 안자 물속의 빈진 달을 건지라고 물 밋틱 손 엿난 거동과 상산 사호 네 노인은 바독판 압폐 놋코 흔 노인은 흑기를 들고 흔 노인은 빅기를 들고 흔 노인은 훈수를 흐다가 무안보고 저만침 물너 안자 구벅구벅 자부난 모양이며 흔 노인은 걸난 메고 비운 홍수 집흔 골의 치귀가 불은 곡조 은은이 들이난듯

② 또 흔 편 바리보니 온갖 김싱 다 그럇늬 적벽강 츄야월의 앞연 징명 빅학이며 남운젼 탄금중의 쇼쇼 구성 봉황이며 쇼즁낭이 북히상의 쇼식 젼턴 기력기며 셔왕모 요지연의 편지 젼턴 쳥죠시며 황금갓튼 져 쇠꼬리 셔류영을 너며 들겨 수창이 잠든 쑴을 요셔의 못이러 끼어난 아히쳐 날이노비 입심상 빅셩가의 연자 싴기 반갑흐다 츔 잘츄난 학두름미 호박싴 쥬류류 방울싴 덜넝 낫낫치 기려 잇고

③ 또 흔 편을 둘너 보니 온갖 화초 기려난딕 화중 부긔 목당화며 쥬렴계의 군즈연과 도연명어 은일 국화 명수십이 히당화며 월됴 공산 쳐스믹와 긱스 쳥쳥 버들 나무 목동 요지 살긋곳과 무릉도원 복셩 곳과 빅곳흔 노인이요 셕유곳

흔 쇼연이라

　④ 심낭주을 얼넌 보니 아름답고 고흔 틱도 무산 넌녀 구름 타고 양대상의 나려온 덧 진황여은 봉을 타고 옥경의 오르난 듯 고소딕 노푼 집의 화쵸구경 셔시로다 잉순 호치 양주빈들 여계 쏘흔 나실 손야.

　장황하게 인용한 내용은 심청이 꽃봉 속에서 바라본 궁정의 풍경이다. 그런데 이 대목이 최재남본에서는 단지 "잇찍의 심낭주 꼿봉 쏙의 몸니 나시 황제 진실로 귀경흐니 용국인가 세숭인지 수륙 분별치 못흐더니라"로 되어 있다. 삽입가요 형태의 내용이 전혀 등장하지 않는 것이다. 그리고 이러한 황실의 풍경은 후대의 어느 이본에도 등장하지 않는 내용이다.

　그러나 박순호 43장본에서는 위에 ①, ②, ③, ④로 번호를 붙여 구분해 놓은 것처럼, 춘향방 사벽도, 새타령, 화초타령, 그네타는 춘향의 모습 등 잡가 또는 판소리의 더늠 형태로 독립되어 불려지는 판소리 사설을 그대로 삽입하여 황실의 경치와 심청의 모습을 장황하게 묘사하고 있다. 황실의 방 풍경을 이처럼 사벽도 풍경 형태로 그린다는 것은 물론 자연스럽지도 않거니와 그것이 너무 장황하여 서사적 진행을 가로막는 장애물로 느껴지기도 한다. 그런데도 서술자는 이러한 내용을 억지로 삽입시키고 있는 것이다.

　이를 통해 우리는 박순호 43장본이 판소리 창본이 아니라 가사체본임을 분명히 확인할 수 있는 것이다. 즉, 여타 부분의 박순호 43장본이나 최재남본은 이 대목을 제외하고는 전체가 고른 율문체 형태를 유지하는 한편, 특정 장면이 돌출하여 서사적 흐름을 차단하는 현상이 나타나지 않는다. 개별 서술자에 의해 단일 호흡에 따라 서술된 이본인 것이다. 그러면서도 박순호 43장본의 경우 이 대목에 이처럼 돌출적으로 삽입가요가 나타나게 된 것은 이 이본의 서술자가 가사체 형태로 심청전을 재창작하다가 당시에 독립적인 가요 형태로 향유되던 판소리 더늠을 차용하여 이 이본에 삽입시켰기 때문이라 추정된다.

예컨대 게우사에서 초기 판소리사에 등장하는 명창들의 더늠과 소리의 특징을 이야기하면서 "화초타령", "새소리" 등의 독립적인 더늠을 거론하듯이,[10] 이미 이 시기에 위에 살펴본 바 새타령이나 화초타령은 독립된 잡가 형태로, 춘향 방사벽도나 춘향의 그네타는 모습은 가장 이른 시기에 정착된 판소리 더늠으로서 독립적인 가요 형태로 향유된 것이라 추측할 수 있다. 박순호 43장본 서술자는 이와 같은 독립적인 가요 형태의 더늠형 사설을 가사체 심청가에 삽입시킨 것이다.

4. 결론 – 초기 가사체 심청전과 초기 판소리 심청전의 관계

이상으로 초기 심청전을 박순호본 19장본계와 최재남본계로 나누어 봄으로써, 초기 가사체 심청전이 판소리 심청가와 관련을 맺는 두 가지의 경로를 살펴보았다. 박순호 19장본에서 정문연 620본으로의 변이는 오늘날 전창되는 판소리 심청가가 형성되는 초기의 양상에 해당하는 것으로서, 심청전 전편이 가사체에서 판소리체로 바뀌어가는 양상을 보여준다. 또, 최재남본에서 박순호 43장으로의 변화는 심청전이 여성들에 의한 내방가사체의 형태로 재창작되는 과정을 보여준다. 그리고 동시에 이들 부녀층의 가사체 심청전에 당대에 유전하는 독립적 성격이 강한 명창들의 더늠이 삽입가요 형태로 수용되는 모습을 보여준다.

이러한 분석 결과는 심청가의 형성 과정에 대한 기존의 통념과는 사뭇 다른 것이다. 기존의 연구에서는 판소리 심청가가 경판 한남본과 같은 소설에서 출발하거나, 아니면 판소리 광대가 애초부터 현전 심청가와 유사한 판소리 심청가를 창출한 것이라는 전제 아래 판소리사를 해석하여 왔다.

---

10) 명창 광대 각기 소장 느는 북 드려노코 일등 고수 삼사인을 팔 가라쳐 느갈제 우춘딕 화초타령 권오성의 원담소리 하언담의 옥당소리 … 님만엽의 시소리며 모홍갑의 아귀성 김제철니 긔화요초…

그러나, 앞에서 살펴보았듯이 박순호 19장본과 정문연 620본을 비교해 보았을 때, 박순호 19장본은 중국의 고사에 밝고 한자 숙어를 상당한 정도로 구사할 수 있는 중간층 이상의 식자층에 의해 가사체로 창작된 것인 반면, 정문연 620본은 하층 광대에 의해 구전 과정을 거치면서 박순호 19장본의 내용을 확대 또는 축소시키면서 파생된 것이라 추정된다. 이러한 변이 과정은 판소리의 형성과정에 대한 기존의 통념과는 상당히 다른 것이다. 그리고 한편, 후자는 중간층 이상의 여성 부녀층에 의해 창작된 가사체 심청전이 역시 부녀층에 의해 수용되면서 나타나는 변화의 양상이라고 할 수 있다. 이러한 현상도 심청전의 전승 향유 방식을 단선적으로 파악하던 기존의 통념과는 사뭇 다른 것이다.

이렇게 보았을 때 판소리 심청가가 기존의 통념처럼 초기에는 오로지 광대에 의해 형성되다가 후에 양반층의 개입에 의해 변모된 것은 아니라고 생각된다. 물론 본고에서 분석한 박순호 19장본이나 최재남본 이전에 심청 이야기가 어떠한 형태로 향유되었는가는 지금으로는 알 수 없다. 그러나 앞의 분석에서 볼 수 있듯이 이들 이본 이전의 판소리가 민중층에 의해 구송되는 것이었다면 그것은 적어도 오늘날 우리가 알고 있는 형태의 판소리와는 형태가 다른 것이었으리라 추측할 수 있다. 즉, 오늘날 우리가 알고 있는 판소리 심청가의 모습은 박순호 19장본과 같이 적어도 중간층 이상의 식자층이 기존의 심청 이야기를 재창작한 가사체적 심청가로부터 비롯되었다고 추측할 수 있는 것이다.

한편, 기존의 연구에서는 초기 심청가에서는 심봉사 및 심청의 신분이 하층민으로 설정되어 심청의 비극적인 특성을 드러내는데 초점을 맞추다가, 후대의 심청가에서는 심청의 신분을 상승시키는 한편 관념적인 효 이념의 표현에 초점을 맞추는 쪽으로의 변화를 보였는데, 이러한 변화가 후기의 판소리에 양반층이 참여하면서 나타나는 변화라고 단선적인 해석을 하였다.[11] 그런데 이와 같은 해석은 앞에서 말한 바 심청전의 형성과 수용과정에 대한 단선적 이해를 바탕으

---

11) 유영대, 앞의 논문.

로 한 것이라 할 수 있다.

예컨대 앞에서 살펴본 바, 여성 부녀층에 의해 창작 수용되던 최재남본이나 박순호 43장본에서는 박순호 19장본과 달리 애초 심봉사의 처지가 부유하던 것으로 설정되고 있다. 그의 몰락 이유를 기자치성에서 찾은 것이다. 그리고 최재남본이나 박순호 43장본에는 박순호 19장본에서 볼 수 있는 바, 심청이 구박을 받으면서 동냥을 하는 대목도 등장하지 않는다. 이렇게 볼 때, 초기 심청전이 심청의 비극적 처지를 부각시키려는 민중적 광대의 시각을 강하게 드러낸 것으로 해석하는 한편, 그러한 민중적 광대의 시각이 후대 양반 좌상객의 개입으로 인해 변질되었다는 단선적인 해석은 수정되어야 할 것으로 생각한다.

그러나, 중간층 이상의 식자층과 판소리 광대의 지속적인 개입은 오늘날과 같은 판소리 심청가 사설의 형성에 핵심적인 두 축을 이룬다고 할 수 있다. 오늘날 우리가 볼 수 있는 심청가의 여러 더늠형 사설들은 중간층 이상의 판소리 애호가들에 의해 확장된 사설을 판소리 광대가 소리에 맞게 응축 변개시킨 것이거나, 애초 판소리 광대에 의해 소리 또는 아니리와 함께 창출되어 고정된 것이다.

이렇게 볼 때 심청전의 사설이 전적으로 민중적인 하층 광대에 의해 창작된 것으로 파악하는 현금의 일부 판소리 연구자들의 통념은 수정을 요하는 것이라 생각된다. 물론 이는 심청 이야기의 골격이 형성된 "판소리"이전 단계의 문제는 이와는 차원을 달리하는 별개의 문제이다. (판소리연구 7집에 발표된 논문을 재수록함)

〈토끼전〉 이본 계열의 존재양상

최광석

Ⅰ. 문제 제기

어떤 문학 텍스트가 〈토끼전〉이 되려면, 그 텍스트는 ①'수궁의 용왕이 병이 든다', ②'용왕은 토끼 간을 먹어야 산다', ③'별주부가 토끼 간을 구하러 간다', ④'별주부가 토끼를 유인하여 수궁으로 데려온다', ⑤'용왕이 토끼에게 속아 풀어준다', ⑥'토끼가 육지로 도망간다', ⑦'용왕은 죽거나 소생한다'는 사건 전개를 갖추고 있어야 한다. 이렇게 사건이 전개되는 〈토끼전〉에는 판소리 공연에서 창자에 의해 악곡에 얹어 불려졌던 노랫말인 판소리 사설과 판소리 사설(창본)과 일반 고전소설의 문체를 가진 문장체 소설, 그리고 이들의 성격을 공유하는 이본이 모두 포함된다. 이들 〈토끼전〉에 대한 이본 분류는 두 방향에서 이루어 졌다. 화소의 공유 여부에 따른 계열 분류와 결말 부분의 변이양상에 따른 계열 분류가 그것이다.

초기의 연구에서는 내용 대비와 성립 연대 추정을 통해 이본의 계보를 세우려 하였다. 계보 세우기는 계열과 달리 이본 상호간의 혈연 관계나 직접적 영향 관계를 따지는 작업이다. 활자본 계열, 판소리본 계열, 소설본 계열, 기타 계열로 나누어 각 계열별 계보를 그려 보인 것이 대표적 예이다. 여기서 판소리본인가 소설본인가 하는 기준은 체계성이 있으나, 활자본 계열은 기록 형태를 기준으로

한 것이어서 기준의 일관성이 흔들렸다. 또한 계열 내 이본의 관계가 실상과 부합하지 않고 개별 이본의 계열 귀속이 적절하게 이루어졌는가도 의심스럽다. 이러한 문제 인식에서 결말 부분이 매우 다양한 변이양상을 보인다는 점에 착안하여 이를 토대로 이본을 계열화하는 작업을 진행하여 토생전계, 수궁가계, 별토가계, 한문본계로 계열화하는 결과를 이끌어내기도 했다.

〈토끼전〉의 결말 부분은 매우 다양한 양상을 띤다. 이 점에 착안하여 이본을 분류하려는 시도가 이루어졌다. 그 가운데 '용왕과 토끼의 맞섬과 성패', '용왕과 별주부의 어울림과 어긋남', '토끼와 별주부의 맞섬과 어울림'이라는 세 유형으로 분류한 것이 주목된다. 첫째 양상은 용왕의 패배와 토끼의 승리를, 둘째 양상은 용왕과 별주부의 어울림 현상에 초점을 맞추어 별주부의 충신화를 지향한다고 보았다. 그런데 셋째 양상은 첫째 양상만큼 용왕과 토끼의 대결이 지속적이지 않고, 둘째 양상만큼 별주부와 용왕의 어울림이 뚜렷하지 않아 위상이 분명하지 않다. 또한 한 유형이 다른 유형의 특성을 배제할 수 없고 한 이본이 여러 유형에 귀속될 수 있다는 문제점을 안고 있다.

한편, 특징적 화소의 공유에 따라 이본을 계열 분류하는 방법이 있을 수 있다. 이러한 접근 방법은 후속 논의와의 연관성을 염두에 두고 이루어질 수 있다는 점에서 이본 연구를 단순히 분류 그 자체에서 끝나지 않게 하는 장점이 있다. 그러나 특징적 화소의 공유가 이본의 계통과 무관할 수 있어서 이본 분류가 이본의 계통과 무관하게 이루어질 수 있다는 문제점이 있다.

특징적 화소의 공유 뿐만 아니라 공통적 화소의 공유까지 함께 고려하는 방법이 더욱 적절해 보인다. 단락 대비의 전통적 방식을 취하면서도 공통 단락을 1차적 기준으로 삼고 고유 단락을 2차적 기준으로 삼아 이본 계열을 분류하는 것이다. 최근의 연구에서 용왕득병, 명약 지시, 어족회의, 결말 단락을 공통단락으로 설정하여 각 단락의 득병 원인, 토간 지시자의 정체, 사신 택출 방법, 토끼 도망 후의 용왕에 있어서의 차별성에 주목하고, 고유 단락은 짐승 만남, 암자라

동침, 암토끼 등장, 없음의 네 유형으로 구분하였다. 이들 공통 단락과 고유 단락을 하나로 통합하여 토끼전의 주요 이본을 〈가람본별토가〉 계열, 〈신재효토별가〉 계열, 〈수궁가〉 계열, 〈경판토생전〉 계열, 〈중산망월전〉 계열, 〈가람본토끼전〉 계열로 유형화하였다. 이상과 같은 이본 유형 분류는 선행 논의가 공통단락 또는 특징적 화소 중 어느 하나를 중심으로 분류한 것과 달리 두 가지를 모두 고려하여 엄밀성을 기하였다는 점에서 의의가 있다. 다만 논문에서 설정한 공통 단락과 고유 단락은 이본의 구조와 의비에 미치는 영향이 극히 미약하며, 이본 계열 분류 결과를 구조와 의미 논의와 연결시키기 어려운 점이 있다.

요컨대, 선행 연구에서는 이본 계열 분류의 뚜렷한 표지와 타당한 기준을 찾지 못하고 있으며, 연행물인지 독서물인지는 고려의 대상이 되지 않거나 중요시되지 않았다. 결말 부분의 사건 전개가 매우 다양하고 중요함에도 불구하고 전혀 다른 방향으로 사건이 전개되는 이본을 같은 계열에 넣기도 하였다.

이와 같은 선행 연구를 통해 우리는 다음과 같은 몇 가지 시사점을 얻을 수 있다. 첫째, 판소리 〈수궁가〉의 사설은 〈수궁가〉 연행에서 악곡에 얹혀 제시되든 문자로 기록되어 제시되든 문학적 구조물 그 자체의 본질은 변하지 않을 것이므로 이본 그 자체가 지닌 성격을 기준으로 계열을 분류할 필요가 있다. 둘째, 이본의 계열과 계통을 함께 고려할 필요가 있다. 셋째, 공통단락과 고유단락을 함께 고려할 필요가 있다. 넷째, 결말 부분의 변이양상을 주목할 필요가 있다. 다섯째, 이본 분류가 구조나 의미 연구와 연계되어야 한다.

이 글에서는 이와 같은 문제점과 시사점을 인식하면서 〈토끼전〉의 이본 계열을 분류하고자 한다.

Ⅱ. 계열 분류의 방법

이본 분류 작업은 이본의 공시적 존재양상을 체계적으로 유형화할 수 있어야 한다. 그런데 이본의 존재양상을 파악하는 작업은 역사적 전개 과정을 거쳐 형성된 〈토끼전〉의 이본을 공시적 관점에서 검토하는 일이어서 그 형성 과정을 드러낼 수 없다는 한계가 있다. 〈토끼전〉 이본의 역사적 전개에 따른 변모 양상을 드러내는 방향으로 계열을 분류할 수 있다면, 이 작업은 결정적인 성과에 이를 수 있다.

이러한 판단에 따라 이 글에서 이본의 공시적 계열 분류가 이본의 계통을 세우는 작업과 연계될 수 있는 방법을 모색하고자 한다. 이본 계열 분류의 기준을 타당성 있게 마련한다면 가능성이 있는 일이다. 〈토끼전〉이 판소리 연행의 환경 속에서 판소리 사설로서 전승·변모해 온 자취를 밝혀주는 잣대와 판소리 사설이 읽을거리로 정착되는 과정에서 판소리 사설과는 다른 지평을 열어간 방향을 밝혀주는 잣대를 마련한다면 해답을 찾을 가능성이 있다. 두 잣대에 의한 이본 계열 분류가 작품의 구조적 특성과 밀접한 관련이 있다면 그 의의는 더욱 증폭될 것이다.

이상의 목적 달성을 위한 분류의 기준으로 해당 이본이 연행물인가 독서물인가, 결말 부분의 사건이 {육지위기}로 전개되는가 {토끼포획}으로 전개되는가 하는 두 잣대를 설정하고자 한다. '연행물/독서물'은 〈토끼전〉뿐만 아니라 모든 판소리 문학에 적용될 수 있는 기준이라면, '{육지위기}/{토끼포획}'은 〈토끼전〉에만 적용될 수 있는 기준이다.

'연행물/독서물'과 '{육지위기}/{토끼포획}'이란 기준이 이본 존재의 실상을 변별할 수 있는 잣대인지, 서로 다른 서술 양상을 보이는 이본을 통해 살펴보기로 한다. 먼저 '연행물/독서물'이란 기준이 이본 존재의 실상을 변별할 수 있는 잣대인지 검토해 보기로 한다.

(가) (아니리)별주부 모친이 세상 간다는 말을 듣고 **한번 만류를 해 보는데**, (진양)**여봐라 주부야. 여봐라 주부야.** 네가 세상을 간다 허니 무엇하러 가랴느냐. 삼대독자 네 아니냐. 장탄식 병이 든들 뉘 알뜰히 구완허며, 네 몸이 죽어져서 오연의 밥이 된들 뉘라 손뼉을 두다리며 휘여쳐 날려줄 이가 뉘 있더란 말이냐. **가지 마라 주부야. 가지를 말라면 가지 마라.** 세상이라 허는 데는 수중 인간이 얼른허면 잡기로만 위주를 헌다. 옛날에 너의 부친도 세상구경을 가시더니 십리사장 모래 속에 속절없이 죽었단다. **못 가느니라 못가느니라. 나를 죽여 의 자리에다 묻고 가면 네가 세상을 가지마는 살려두고는 못가느니라. 주부야, 위방불입에 가지를 마라.** (박초월 창, 〈수궁가〉)

(나) ①나라에 사은하고 조정의 작별하고 집에 돌아와서 사당에 하직하고 모친전의 배퇴(拜退)하니 주부 모친 나앉으며 ②여봐라 주부야 니 내 말 들어라. 내 나이 칠십인데 삼대독자 너를 두고 사후종신 믿었더니 험한 세상 네가 가니 어찌 아니 민망하랴. 너의 조부 시아버님 식탐이 만하야 철낙시 목얼 꿰여 속절없이 죽어 있고, 너의 부친도 세상에 나갔다고 쇠꼬지의 등을 꿰여 속절없이 죽었으니 내력이 그러한지 너도 출세하려 하니 이 아니 민망하냐. 제발 덕분 가지 마라. (국립도서관 소장 〈별주부전〉 16~17면. 현대 활자로 바꿈)

(다) ①주부 용왕께 하직하고 집으로 돌아오니 주부 약 구라러 간단 말을 집안에서 벌써 듣고 주부의 대부인이 주부를 경계한다. ②너의 부친 식욕 많아 낚시밥을 물려다 청년 기세(棄世)하였기로 독수공방 나의 설움 너 하나를 길러내여 불면 날까 쥐면 꺼질까 주옥같이 길러낼제 출입 가서 더디 어면 문의 비겨 기다리고 주야 염려 무궁터니 네가 지금 벼슬하여 임금을 섬기다가 임금이 병환 계셔 약 구하러 간다하니 신자 도리 당당한 직분이라. 지극 정성으로 구하다가 만일 약을 못 얻거든 골폭사장(骨暴沙場) 게서 죽지 돌아오지 **말지어다** 대대로 충신 집의 선영누덕(先塋累德) 될 것이니 **무엇하리** (〈권영철 소장 〈토끼전〉 23 ~24면, 현대 활자로 바꿈)

(라) 자라 하직하고 나와 처자에게 이별하고 만경창파를 순식간에 나와 인간

지경에 다다르매(국립도서관 소장 〈토생전〉 4면, 현대 활자로 바꿈)

　(가)는 판소리 연행 현장에서 가감 없이 그대로 쓰일 수 있는 연행의 대본이다. 아니리 끝 부분의 "한번 만류를 해 보는데"는 창에서 불릴 내용을 미리 제시하면서 창으로 넘어가는 것을 분명히 알리기 위한 선행발화(先行發話)이다. 선행발화는 아니리에서 창으로 넘어가기 전에 아니리 부분에서 곧 창이 시작될 것임을 알리거나 창으로 불릴 부분의 내용까지 제시하는 구실을 하는 발화를 의미한다. 화자(창자)는 선행발화를 통해 연행하려는 대상에 대해 일정한 관점이나 태도를 노출시키기도 한다. '길짐승 상좌다툼'에서는 길짐승들이 상좌에 앉기 위해 다투어 나이자랑을 늘어놓음으로써 장면 극대화가 이루어진 뒤 "이리 한참 노닐 적에"(한국브리테니커 판소리 감상회본 박초월 창 〈수궁가〉, 17면)라는 후행발화(後行發話)도 나타난다. 후행발화는 창에서 다시 아니리로 넘어가면서 아니리 부분에서 화자(창자)가 앞서 창화된 내용이나 서사세계에 대해 행하는 발화를 의미한다. 이처럼 (가)에서는 아니리에서 창으로, 창에서 아니리로 전환되면서 그 전환을 뚜렷이 드러내기 위한 발화들이 빈번히 나타난다. 이뿐만 아니라 밑줄 친 부분에서 특히 잘 드러나듯이, 같거나 유사한 구절의 반복과 비교적 짧은 율문적 문장 구조를 통해 창으로 부르기 적합한 형태를 잘 갖추고 있다.

　판소리 창자는 판소리 한 바탕의 사설을 모두 기억하였다가 판소리 공연의 현장에서 부분 또는 전체를 악곡에 얹어 발림을 곁들여 가며 풀어낸다. 그런데 판소리 공연 현장에서의 즉흥성과 개방성으로 인하여 창자가 기억하고 있는 사설에서 부분적 변이가 일어나기도 하고 공연 현장의 상황을 반영하기도 한다. 예컨대, (가)에서는 〈토끼전〉의 서사세계와 관련이 없는 언급이나 실제 연행 현장의 상황에 관한 창자의 언사가 개입될 수 있다. 다음과 같은 경우가 그 사례가 될 것이다.

(가)-ⓐ ①술잔이나 먹은 짐에 앞발을 번쩍 추켜 들어노니 묏산자가 되얐는디, ②옛날에 각도에서 팔명창이 각도에서 났단 말여. 경기도에서 안성 염계달씨라고 참 봉건시대 양반이신디 팔자로 그냥 팔명창이 되얐거든. ③팔명창이던 염계달씨 이 양반 추천목으로 퇴끼란 놈이 한번 놀아보는디 (임방울 창 〈수궁가〉)

(가)-ⓑ 물 한 모금 마시고 헐랍니다. (물을 마심) 목이 풀리오? (청중의 박수, 고수의 추임새와 북소리) 목이 인자 풀린다 한께 좀 좋을라 혀요. 내 별호가 목대장인디 감기에는 별도리가 없소. (남해성 〈수궁가〉 실황 공연)

(가)-ⓐ의 ②와 ③은 〈토끼전〉의 서사전개와는 아무런 상관이 없는 말로서, 서사세계의 전달 기능을 하는 것이 아니라 〈토끼전〉의 특정 더늠 자체에 관한 정보 전달의 기능을 한다. (가)-ⓑ는 '고고천변(杲杲天邊)'이란 유명한 대목을 부른 후 창자가 자신의 소리를 듣고 있는 청중을 향해 건네는 말이다. 이 또한 〈수궁가〉의 서사세계와는 전혀 무관한 부분으로 서사문맥에서 일탈하는 이런 현상은 공연 현장을 그대로 반영한 창본에서 나타날 수 있다.

(나)는 (가)와 거의 차이가 없는 것처럼 보이지만, 세밀히 검토해 보면 미세하면서도 중요한 차이를 발견할 수 있다. (가)와 견주어 볼 때 ①은 아니리로 전달되고 ②는 창으로 불릴 만한 부분이다. 그러나 ①의 "나안지며"라는 말은 아니리와 창을 분명히 경계짓는 발화로서의 구실이 (가)의 "만류를 해 보는디"보다 약화된 형태이다. ②의 "녀바라 주부야"로 이어지는 말 때문에 "나안지며"와 경계가 생기게 된 것이지, "나안지며" 그 자체로서는 선행발화의 구실을 충실히 하지 못하고 있다. 또한 (가)에서 보이던 반복적 나열과 율격적 문장의 특성이 현저히 줄어들었다. 뿐만 아니라, (나)에서는 창자로서 청중을 의식하면서 하는 말 등 연행 현장을 그대로 반영한 발화가 나타날 수 없다. 따라서 (나)는 (가)와 달리 판소리 연행 현장에서 공연되었거나 되고 있는 그대로의 창본은 아니다. 물론

과거 어느 시기에 실제로 불렸던 판소리 사설의 정착본일 수는 있으나 문자로 기록되는 과정에서 독서물적 성격을 덧입으면서 변모가 일어난 것이다.

이런 변화는 (나)를 그대로 창화하기 어렵게 만든다. 그러나 (가)와 (나)의 차이는 서사물의 본질을 바꿀 정도는 아니다. 본질적으로 다르지 않다는 것은 (나)가 독서물적 성격을 덧입기는 했지만 그것은 부분적인 것이고 연행물적 성격이 전반적으로 우세하다는 말이다. (나)를 판소리 공연의 대본으로 사용하고자 할 때에는 판소리 연행원리에 맞게 창화하기 쉬운 형태로의 변모가 일어난다. (가)처럼 창에서 아니리로 또는 아니리에서 창으로 넘어가는 것을 분명히 하기도 하고, 같은 구절을 반복적으로 제시하든가 문장을 짧게 끊으며 율문화하는 변화를 통해 창화가 비교적 쉽게 이루어질 수 있다. 쉽게 창화될 수 있다는 것은 (나)가 (가)와 같지는 않지만 동질성이 강함을 반증한다.

(다)는 (나)보다 독서물적 성격이 더욱 강화되어 연행물적 성격보다는 독서물적 성격이 더 우세하다. (가), (나)와 견주어 볼 때 ①은 아니리에, ②는 창에 대응되는 부분이다. 그러나 ②로 넘어가기 직전에 있는 ①의 "경계흔다"는 판소리 화법과 닮아 있으나 대화체의 흔적인 별주부를 부르던 말이 사라졌음은 물론, 아니리에서 창으로 넘어갈 때 (가)의 "만류를 해 보는디"나, 후행발화인 "이리 한참 노닐 적에"와 같은 언표가 보이지 않는다. 별주부를 만류하려다가 잘 다녀오라는 말까지 단숨에 해 버리는 서술형의 긴 문장과 "말지어다", "무엇흐리"와 같은 문어체 종지형이 사용되고 있다. 율격적 문장이 거의 나타나지 않고 문장의 호흡도 매우 길다. (다)도 판소리로 부를 수 없는 것은 아니지만, 판소리 공연물에서 서술의 비례적 균형을 깨뜨리고 특정 부분을 극단적으로 확장하는 장면극대화와는 그 성격이 다르다. 이런 성격의 이본에서는 빠른 서사 진행을 위해 연행물에 적합하도록 확장된 부분을 삭제하거나 독서물에 적합하도록 확장하는 경우도 있다. 독자의 흥미를 불러일으키기 위해 새로운 인물과 사건을 첨가함으로써 서술을 확장시키는 것은 보편적 현상이다.

　(라)는 (가)와 가장 먼 거리에 있는 이본 계열로서 순전히 독서물의 성격만 갖고 있는 문장체 소설의 일부분이다. 창과 아니리를 구분할 수 없으며 "쳐자에게 이별하고"란 말만 기술되어 별주부가 모친과 이별했다는 말조차 언급되어 있지 않다. 따라서 (라)는 창화가 가능하다 하더라도 판소리 사설이 갖고 있던 삽입가요나 더늠이 완전히 삭제되거나 극도로 축소되어 창화될 때 판소리다운 맛은 거의 찾아볼 수 없을 것이다. 이런 이본은 판소리와 무관한 일반 고전소설의 서술 기법과 전혀 차이가 없다. 이런 성격의 이본에서는 신속한 서사 진행을 방해하는 요소나 구성적 긴밀성이 부족한 부분은 거의 나타나지 않는다.

　(가)는 판소리 연행의 대본이 되는 창본(판소리 사설) 계열이다. (나)는 연행물적 성격이 우세한 계열이다. 이 계열에는 창본이 기록물로 정착되면서 독서물적 성격이 부분적으로 첨가되었다. (다)는 독서물적 성격이 우세한 계열이다. 이 계열에는 연행물적 성격이 완전히 제거되지 않고 부분적으로 남아 있다. (라)는 문장체 소설 계열이다. 이 계열에서는 연행물적 성격이 완전히 제거되고 독서물적 성격만 남아 있다. 그러므로 (가)와 (나)는 연행물 계열로, (다)와 (라)는 독서물 계열에 속한다.

　지금까지 논의를 진행하는 과정에서 연행물과 독서물의 변별을 위해 연행문법과 서사문법이란 개념을 도입할 필요성을 느낀다. 연행문법은 연행물적 성격을 갖게 하는 원리나 방법이고 서사문법은 독서물적 성격을 갖게 하는 원리나 방법이다. 〈토끼전〉의 모든 이본은 연행문법과 서사문법 적용의 강약에 따라 생성된 이본들이다. 그러므로 어떤 이본이 있을 때 연행문법이 그 이본을 지배하는 원리인가, 아니면 서사문법이 그 이본을 지배하는 원리인가를 따져서 귀속시켜야 할 것이다. 연행문법과 서사문법은 텍스트의 성격을 상반되는 방향으로 바꾸기 때문에 연행문법이 강하게 작용하면 독서물에서 멀어지고 서사문법이 강하게 작용하면 연행물에서 멀어지게 된다. 〈토끼전〉 이본의 생성에서 판소리 연행을 먼저 생각하지 않을 수 없다. 창본은 판소리 연행 현장에서 연행문법에 의해 생성된 이본이고, 이것이 문자로 기록된 이본들은 그 과정에서 서사문법이 적용되는 정도에 따라 (나), (다), (라)의 단계적 양상으로 구체화된다.

다음으로 〈토끼전〉 결말 부분의 변이양상이 이본 계열 분류의 중요한 지표가 된다. 〈토끼전〉은 토끼가 용왕을 속이고 육지로 귀환한 후 벌어지는 결말 부분에서 다른 어느 부분보다 큰 변이를 보이고 있으며, 이 변이가 〈토끼전〉에서 중요한 의미를 갖는다. 선행 논의에서 결말 부분을 주목한 것은 이런 맥락에 기인한다. 결말 부분의 가장 중요한 지표가 무엇인가를 찾아서 그것을 이본을 분류하는 기준으로 삼아야 할 것이다.

우선 별주부와 용왕의 운명을 어떻게 처리하는가를 주목해 볼 만하다. 대체로 판소리 사설에서는 "(엇중몰이)독수리 그제야 돌린 줄을 알고 훨훨 날아가고, 별주부 정성으로 대왕병 직차하고, 토끼는 그 산중에 완연히 늙더라. 그 뒤야 뉘가 알리. 더질더질."(한국브리테니커 판소리 감상회본 박초월 창 〈수궁가〉, 48면)과 같은 방식으로 끝난다. 이것은 토끼가 '독수리위기'를 극복한 직후에 이어지는 대목으로, 〈수궁가〉에서 창으로 제시되는 마지막 대목이다. 토끼가 도망간 이후 이 부분까지 별주부 또는 수궁에 대한 언급은 전혀 없었으며, 여기서 처음이자 마지막으로 언급된다. 하지만 이들의 운명 처리는 작품의 맨 끝 부분에 서술자의 설명적 진술이나 인물의 극도로 축약된 발화를 통해 후일담의 형식으로 언급되는 수준에서 그치기 때문에 작품 구조에 결정적인 변이를 가져오지는 않는다. 암토끼 삽화를 중요한 지표로 삼아 이것을 공유하는 이본을 한 계열로 설정하는 것도 생각해 볼 수 있으나, 암토끼 삽화 역시 작품 구조에 미치는 영향이 미약하다.

여기서 우리는 작품의 구조를 크게 변화시키는 구실을 하는 결말 부분의 사건 전개 양상을 주목하는 것이 더욱 타당할 것이라는 결론에 이르게 된다. 이본을 두루 검토해 보면, 〈토끼전〉의 결말 부분은 매우 뚜렷한 사건 전개 양상을 갖고 있는 두 유형의 이본군으로 대별됨을 알 수 있다. 토끼가 육지로 귀환한 후 초동이 쳐 놓은 그물에 걸렸다가 꾀로 도망치는 '그물위기', 그물에서 벗어난 기쁨에 들떠 방심하다가 독수리에게 낚아 채이는 '독수리위기' 등 거듭되는 위기를 겪는 이본군과 토끼에게 속은 수궁에서 토끼를 잡기 위해 토끼포획론을 제기하는 이본군이 그것이다. 전자를 육지위기 계열, 후자를 토끼포획 계열이라 부르기로 한다.

육지위기 계열과 토끼포획 계열 간에는 중요한 차이가 존재한다. 전자의 경우 결말 부분에서 토끼와 수궁의 대결 관계가 종결되고 토끼의 이야기로만 사건이 전개되는 양상을 보이는 반면, 후자의 경우 지금까지 전개되었던 대결 관계가 결말 부분에 와서도 지속되는 양상을 보이고 있다. 이런 작품의 구조적 변이가 작품의 의미에 지대한 영향을 미치기 때문에 주목해야 마땅하다.

Ⅲ. 이본 계열의 존재양상

위에서 설정한 '연행물/독서물'과 '육지위기/토끼포획'의 두 기준을 함께 적용하면 연행물-육지위기 계열, 연행물-토끼포획 계열, 독서물-육지위기 계열, 독서물-토끼포획 계열로 분류된다. 토끼의 육지 귀환 이후 부분이 존재하지 않아 '{육지위기}/{토끼포획}'의 기준에 따른 분류가 곤란한 경우 존재하지 않는 이유를 파악하여 다음과 같이 처리한다. 현재 남아 있는 부분만 여타 이본과 친소관계를 비교하여 육지위기 계열인지 토끼포획 계열인지를 가늠할 수 있을 것이다. 훼손이나 낙장으로 인하여 파악이 불가능한 경우, 해당 이본이 연행물적 성격의 이본이라면 육지위기 계열에 소속시켜도 문제가 없을 것이다. 왜냐하면 연행물이면서 토끼포획인 계열은 존재하지 않는 것으로 판단되므로 토끼포획 계열의 낙장본일 수 없기 때문이다. 독서물적 성격인 경우 다른 이본과의 대비를 통해 친연성이 있는 이본 계열 쪽에 귀속시킨다. 유사 이본이 전혀 없는 경우에는 '연행물/독서물'로만 구분지을 수밖에 없다. 육지 귀환 후의 부분이 없는 까닭이 필사자가 의도적으로 삭제했기 때문이라면, 필사자의 의도를 존중하여 연행물인가 독서물인가만 구분한다. 주요 이본을 중심으로 분류한 결과를 제시하면 다음과 같다.

성격 \ 결말부분의 사건전개		{육지위기}	{토끼포획}
연행물	창본	〈이선유창본〉〈임방울창본〉〈정광수창본〉〈박초월창본〉〈박봉술창본〉〈정권진창본〉 외	
	연행물적 성격 우세	〈가람본별토가〉〈국도본별주부전〉〈박순호35장본〉〈하버드대본별주부전〉 외	
		〈신재효토별가〉 외	
독서물	독서물적 성격 우세	〈중산망월전〉〈김동욱본토별산수록〉〈수궁별주부산중토처사전〉 외	〈가람본토끼전〉
		〈김동욱20장본〉 외	
	문장체 소설	〈박순호15장본〉〈임명덕본토선생전〉	〈국도본토생전〉〈고대본토공전〉〈임형택본토공전〉〈정문연본토생전〉 외
		〈나손6장본〉	

위의 이본 계열 분류표를 보면, 이본의 수효에 있어서 연행물 계열과 독서물 계열이 어느 정도 균형을 유지하고 있으나, 육지위기 계열이 토끼포획 계열에 비해 압도적으로 많고, 연행물－토끼포획 계열이 존재하지 않는다는 사실을 발견할 수 있다. 독서물－토끼포획 계열은 수량적인 면에서 이본의 주류적 위치에 있지 않지만 이본적 가치가 클 뿐만 아니라 작품구조나 문제의식 등 여러 면에서 중요한 의미를 내포하고 있어서 작품적 가치도 매우 크기 때문에 계량적 수

치가 작더라도 주목해야 마땅하다.

한편, 연행물인가 독서물인가와 결말 부분의 사건 전개가 {육지위기}인가 {토끼포획}인가를 기준으로 계열을 분류하였으므로 계열 명칭이 이본의 성격과 사건 전개 양상을 드러내 준다. 이본의 성격에 따른 분류와 결말 부분의 사건 전개 양상 사이에는 긴밀한 연관성을 갖고 있다. 연행물 계열은 모두 육지위기 계열이며, 토끼포획 계열은 모두 독서물 계열이다. 이런 상관성은 {육지위기}가 연행물 계열에 적합한 부분이며, {토끼포획}이 독서물에 적합한 부분이기 때문에 생긴 것이다. {육지위기}는 연행 현장에서 연행문법에 따라 생성된 이본이고 {토끼포획}은 독서물로 정착되는 과정에서 서사문법에 따라 생성된 이본이다. 그 결과 육지위기 계열이 토끼포획 계열보다 연행물적 성격이 강하며, 토끼포획 계열은 육지위기 계열보다 독서물적 성격이 강하다. 독서물-육지위기 계열은 두 계열의 중간적 성격을 갖는다. 왜냐하면 연행물을 서사문법에 따라 독서물화하였기 때문에 독서물적 성격을 지니지만, 연행문법에 의해 생성된 {육지위기}을 가지고 있기 때문이다.

Ⅳ. 이본 계열의 파생과정과 파생원리

이본 계열의 존재양상을 통해 이본 계열의 파생과정을 파악할 수 있다. 연행물-육지위기 계열은 〈토끼전〉 이본 계열 가운데 가장 먼저 생성되었으며 이본 계열의 주류를 형성하고 있다. 이 계열이 가장 먼저 파생된 까닭은 〈토끼전〉이 '설화→판소리→소설'의 과정을 거쳐 형성되었기 때문이다. 이 계열이 이본의 주류를 이루고 있는 까닭은, 창본이 이 계열에 포함되며, 판소리 〈수궁가〉의 역사적 전개와 더불어 다수의 기록물들이 파생되었기 때문이다. 연행물-육지위기 계열 안에서도 창본 계열이 먼저 파생되었고, 이것이 기록되면서 독서물의 성격을 덧입은 연행물적 성격이 우세한 계열이 파생되었다.

독서물-육지위기 계열은 연행물-육지위기 계열의 이본이 독서물화 되면서 파생된 이본이다. 그러므로 독서물화 정도에 따라 독서물적 성격이 우세한 계열과 연행물적 성격이 완전히 제거된 문장체 소설 계열로 나눌 수 있다. 독서물-육지위기 계열에서 독서물적 성격이 우세한 계열이 주류를 이루고 문장체 소설 계열은 한문본을 제외하면 〈박순호15장본〉이 유일할 정도로 매우 드물다.

독서물-토끼포획 계열은 {육기위기} 부분이 토끼포획론으로 대체되면서 생성된 이본이다. 그러므로 연행물을 독서물화하는 변이와 {육지위기} 부분을 {토끼포획}으로 대체하는 변이가 병행적 또는 순차적으로 일어나야 하기 때문에 이 이본 계열이 파생되는 데는 더 오랜 시간이 소요되었을 것이다. 이 계열에서 독서물적 성격이 우세한 이본은 〈가람본토끼전〉 정도가 있을 뿐, 문장체 소설 계열이 주류를 형성하고 있다.

연행물-토끼포획 계열은 현재로서는 존재하지 않는다. 그 까닭은 {육지위기}를 확장하는 것이 판소리 연행원리에 부합했기 때문에 실제 소리판에서 {육지위기}를 확장하는 방향으로 발전하였으며, {토끼포획}은 독서물적 성격에 부합하는 부분으로서 연행문법에 따라 파생되는 이본에 수용되기 어려웠기 때문이다. 연행물 계열은 모두 육지위기 계열이며 토끼포획 계열은 모두 독서물 계열인 까닭은 바로 여기에 있다.

연행물-토끼포획 계열은 아직 등장하지 않았지만 등장할 가능성은 열려 있다. 〈정권진창본〉, 〈토별산수록〉(박순호 소장본과 김동욱 소장본), 〈경판토생전〉이 그런 가능성의 일단을 보여준다. 이를 통해 이본 계열의 파생 과정에 대한 위의 논의를 보강할 수 있다.

〈정권진창본〉은 연행물-육지위기 계열이면서 {토끼포획}의 흔적을 간직하고 있다. 즉, 용왕이 진세(塵世)의 산신에게 공문을 보내 토끼를 잡아 보내 달라고 청하자 산신이 수국과 진세의 화친을 생각해 토끼를 잡아 보낸다는 내용이 보인다. 이것은 독서물-토끼포획 계열이 생성된 이후 이 계열의 {토끼포획}을 수용하여 첨가시킨 것으로 판단된다. 〈정권진창본〉이 판소리 여러 계보 가운데 가장 후대에 파생된 강산제를 잇고 있다는 사실과 구체적 서술이 결여된 채 극도로 축약된 형태의 아니리로 제시된다는 점과 공문 내용이 한문 문장 형태로 되어 있다는 점이 이를 뒷받침한다. 〈토별산수록〉도 독서물-육지위기 계열이면서 {토끼포획} 삽화의 흔적을 간직하고 있다. 〈토끼전〉이 설화→ 소설→ 판소리가 아니라 설화→ 판소리→ 소설의 형성 과정을 거쳐 왔기 때문에 그 반대일 가능성은 희박하다. 〈토별산수록〉에서 독서물적 성격을 강화하기 위한 일환으로 {토끼포획}을 축소된 형태로 수용한 것으로 추정되므로 〈토별산수록〉은 독서물-토끼포획 계열의 파생 시기보다 후대에 생성되었을 것으로 보인다. 〈토별산수록〉은 표기 형태 등 여러 면에서 후대적 모습을 보여주며, 특히 〈박순호본토별산수록〉은 필사시기가 1929년으로 추정되므로 이본 계열의 파생과정을 이렇게 추정하는 데 신빙성을 더해 준다. 한편, 〈경판토생전〉은 독서물-토끼포획 계열이면서 {육지위기} 가운데 '그물위기'의 흔적을 보이고 있다. 이것은 연행물-육지위기 계열 또는 독서물-육지위기 계열에서 독서물-토끼포획 계열을 파생시키는 과정에서 저본에 존재하던 '그물위기'를 완전히 삭제하지 않고 극히 축약된 형태로 남겨 두어 현재의 모습을 갖게 된 것으로 보인다. 〈경판토생전〉의 저본이 된 필사본에 '독수리위기'가 있었을 것이나 극도의 축약을 지향하는 이본의 특성상 이를 삭제한 것으로 보인다.

{토끼포획}과 {육지위기}가 함께 들어 있는 이본이 후대적 교섭 양상이 아니라 {토끼포획}이 {육지위기}로 대체된 흔적일 가능성을 생각해 볼 수 있다. 즉, 과거 어느 시기 창본에 {토끼포획}이 있었는데 {육지위기}가 생성되면서 {토끼포획}이 밀려나고 {육지위기}가 세력을 얻어 오늘날 우리가 볼 수 있는 〈수궁가〉 형태로 남게 되었을 가능성을 완전히 배제할 수 없다는 것이다. 그러나 필자는 독서물

계열이 파생되는 과정에서 독서물의 구조에 적합한 {토끼포획}이 생성·확대되어 나갔을 가능성이 더 클 것으로 본다. 왜냐하면, 비교적 이른 시기의 창본을 반영한 것으로 보이는 이본에 {토끼포획}이 포함되어 있지 않은 반면, 비교적 후대의 이본으로 보이는 창본에 포함되어 있다는 점, 〈정권진창본〉을 제외하고 연행물적 성격의 이본에 {토끼포획}의 흔적이 전혀 보이지 않는 반면에 독서물적 성격의 이본에 두루 포함되어 있으며 독서물적으로 크게 확장되어 있다는 점으로 볼 때 {토끼포획}은 창본과는 무관한 지평이었던 것이 아닌가 생각된다. 즉, {토끼포획}은 {육지위기}로 확대 발전되던 창본이 독서물로 정착되면서 독서물적 성격을 강화하기 위한 차원에서 확대 부연되어 나갔던 것으로 판단된다. 〈정권진창본〉의 {토끼포획}은 보수적 성향을 강화하기 위한 일환으로 후대에 수용한 것으로 보인다.

이상의 논의를 통해 〈토끼전〉 이본 계열은 연행물-육지위기 계열, 독서물-육지위기 계열, 독서물-토끼포획 계열의 순서로 파생되었음을 추정할 수 있다. 연행물-육지위기 계열에 들어있는 {토끼포획}의 흔적이나 독서물-토끼포획 계열에 들어 있는 {육지위기}의 흔적은 두 계열의 후대적 교섭 양상이거나 변이 양상이라 할 수 있다. 〈토끼전〉은 연행의 현장에서는 판소리적 성격을 강화하는 방향으로 이본이 파생되어 나갔고, 판각 또는 필사의 과정에서는 독서물적 성격을 강화하는 방향으로 파생되어 나갔음을 알 수 있다. 파생의 중심에 {육지위기}와 {토끼포획}이 자리하고 있다.

여기서 {육지위기}와 {토끼포획}의 성격을 살펴보자. {육지위기}와 {토끼포획}이 함께 구체화되어 나타나는 이본이 존재하지 않는 이유를 생각해 보는 것이 성격 파악의 확실한 방법이 될 것 같다. 결론부터 말한다면, {육지위기}는 연행물에 적합한 구조를 갖고 있고 {토끼포획}은 독서물에 적합한 구조를 갖고 있기 때문이라고 할 수 있다. 연행물 계열이 모두 육지위기 계열이고, 토끼포획 계열이 모두 독서물 계열이 이유도 이 때문이다. 독서물-육지위기 계열에는 독서물적 성격이 우세한 이본이 대다수이고, 독서물-토끼포획 계열에는 문장체 소설이 대다수인 것도 {육지위기}가 갖는 연행적 특성과 {토끼포획}이 갖는 독서물적 특성 때문이다.

토끼가 수궁과 무관한 {육지위기}를 거듭 겪고 나서 또 다시 수궁과 대결하는 {토끼포획}으로 사건이 전개되기는 어렵다는 것도 {육지위기}와 {토끼포획}이 동시에 장면화·구체화되기 어려운 이유이다. {육지위기}와 {토끼포획}의 대결 관계의 양상이 전혀 다르기 때문에 {육지위기}는 {토끼포획}을 지양하게 되고 {토끼포획}은 {육지위기}를 지양하게 되어 한 이본에 서로 지향성이 다른 두 부분이 함께 나타나기 어렵다. 연행물-육지위기 계열을 지양하면서 독서물-토끼포획 계열이 파생된 〈토끼전〉의 역사적 전개가 이것을 증명하고 있다. 연행물-육지위기 계열에서 파생된 독서물-육지위기 계열에서 {육지위기} 부분이 축약되는 것도 이런 맥락에서 이해할 수 있다.

이본의 존재양상과 파생과정을 통해 이본 계열의 파생원리를 파악할 수 있다. 〈토끼전〉 이본 계열의 파생원리 탐색 작업은 {육지위기}를 첨가·확장하거나 삭제·축소하는 동인, {육지위기}를 지양하고 {토끼포획}을 생성시키는 동인이 무엇인가를 찾아내는 일이기도 하다.

〈토끼전〉 이본 계열은 연행 현장에서 연행문법에 따라 끊임없이 성장·변모하는 과정에서 파생되었다. 이처럼 연행문법에 따라 삽화(화소)나 가요를 첨가·확장하는 과정에서 이본을 파생시킨 원리를 연행물화의 원리라 할 수 있다. 연행물-육지위기 계열의 {육지위기}는 연행물화의 원리에 따라 생성된 부분이다.

연행 현장에서 불려지던 판소리 사설이 문자로 정착되면서 독서물적 성격이 가미 되어 독서물이 파생되기도 한다. 이처럼 연행문법에 의해 확장된 삽화(화소)나 가요를 서사문법에 따라 축소·삭제하거나 새로운 삽화(화소)를 첨가하면서 이본을 파생시킨 원리를 독서물화의 원리라 할 수 있다. 독서물화의 원리는 연행물을 서사문법에 따라 독서물화하거나, 독서물화된 이본을 母本으로 하여 필사하는 과정에서 서사문법에 따라 독서물적 성격을 강화하면서 이본을 파생시켜 나간 원리이다. 연행물-육지위기 계열에서 독서물-육지위기 계열을 파생시키고, 연행물-육지위기 계열 또는 독서물-육지위기 계열에서 독서물-토끼포획 계열을 파생시킨 것은 독서물화의 원리에 의한 것이다. 연행물-육지위기 계열 내에서도 독서물화의 원리가 적용되었으나 연행물을 독서물로 바꿀 만큼 독서물화가 진행되지 않아 연행물로 남아 있다.

화자 또는 창자가 어떤 인물이나 사건에 대해 서술시각을 어떻게 설정하는가 하는 것과 서술초점을 어디에 두고 있는가 하는 것도 이본 파생의 중요한 원리로 작용한다. 이것을 서술시각[서술초점]의 원리라 부를 수 있다. 〈토끼전〉의 중심인물들은 각 계급 또는 계층을 대표하는 전형성을 띠고 있기 때문에 서술자(화자)는 이들의 대립에 대해 이념적 기반에 입각하여 서술하는 경향이 강하다. 이에 따라 토끼에게 서술초점을 맞추면서 토끼를 긍정하는 시각이 강한 이본은 결말 부분의 사건이 [육지위기]로 전개된다. 수궁에 대한 부정적 시각이 강할 때 수궁 인물이 죽음으로 처리되고 이들에 대한 긍정 또는 연민의 시각이 강할 때 수궁 인물은 소생하거나 충신으로 형상화된다. 별주부에게 서술초점을 맞추면서 별주부를 긍정하고 토끼를 부정하는 시각이 강한 이본은 [육지위기] 부분을 의도적으로 삭제하는 경향이 있다. 한편, 용왕과 토끼의 대립에 서술초점을 둔 이본은 토끼포획 계열로 전개된다. 그러므로 결말 부분의 사건 전개는 연행물인가 독서물인가와도 관련이 있지만, 서술시각의 설정이나 서술초점의 대상과도 밀접한 관련이 있음을 알 수 있다.

〈신재효토별가〉, 〈토의간〉, 〈신명균본토끼전〉 등이 서술시각[서술초점]의 원리에 의한 이본 파생의 적절한 예가 될 것이다. 신재효는 토끼와 별주부 모두를 긍정하는 방향으로 서술시각을 설정하고 별주부에 서술초점을 맞추려 하였기 때문에 [육지위기] 부분을 삭제하였던 것으로 보인다. 〈신명균본토끼전〉도 이런 서술시각[서술초점]에 따라 〈가람본토끼전〉을 변모시켰다. 〈토의간〉의 경우도

서술의 초점을 별주부에게 맞춰 별주부에 대한 서술량을 팽창시키고 서술시각
도 별주부를 긍정하는 방향으로 변모시켜 보수적 지향성이 강한 이본으로 태어
났다. 이처럼 서술시각과 서술초점이 {육지위기}의 확장, 삭제 또는 축소하거나,
{토끼토획}의 생성을 결정하는 동인으로 작용하고 있음을 알 수 있다. 그 결과
서술량의 확장과 축소가 인물을 중심으로 나타나고 인물에 대한 긍정과 부정의
시각 변화가 초래되면서 이본의 성격이 달라진다.

　이본 계열의 파생원리를 〈토기선〉 이본 파생과 연결시키면, 연행물─육지위
기 계열의 파생 동인으로 연행물화의 원리를, 독서물─육지위기 계열과 독서물
─토끼포획 계열의 파생, {육지위기}의 축소·삭제와 {토끼포획}의 생성 동인으
로 독서물화의 원리를 들 수 있다. 서술시각[서술초점]의 원리는 독서물─육지위
기 계열, 독서물─토끼포획 계열의 파생에 관련되어 있다.

Ⅴ. 마무리

　이 글에서 필자는 이본의 계열 분류는 공시적 존재양상을 체계적으로 드러낼
수 있어야 할뿐만 아니라 이본의 형성과정까지 밝혀 줄 수 있는 방향으로 이루
어져야 한다는 기본 전제 아래 이본 계열 분류를 시도하였다. 이 작업은 다음과
같은 몇 가지 전망을 확보하고 있다.

　먼저 이본 계열 분류를 통해 이본 계열에 따른 구조적 특성과 주제적 의미에
차별성에 관한 논의가 가능할 것으로 보인다. 연행물─육지위기 계열은 판소리
연행에 적합하도록 구조화되어 있으며, 독서물─토끼포획 계열은 독서물에 적
합하도록 대립 관계를 단순화하고 인과관계를 긴밀히 하는 변모가 일어나고 있
다. 이런 구조적 변모는 주제적 의미의 변화를 초래하게 된다.

　다음으로 〈토끼전〉의 형성과 후대적 변모에 관한 논의가 가능하다. 형성기의

〈토끼전〉은 {수궁위기}만 갖추었을 것으로 추정되며 {육지위기}는 연행문법에 따라 후대에 생성된 부분이다. 그러므로 {육지위기}가 없는, 연행물—육지위기 계열 이전의 〈수궁가〉를 상정할 수 있다. 또한 연행물 계열인 〈가람본별토가〉, 〈박순호35장본〉, 현행 창본에 설정된 수궁 인물의 운명은 〈토끼전〉 이본의 역사적 전개를 반영하고 있다. 이들 이본들을 통해 〈토끼전〉의 변모에 관한 논의가 가능하다. 한편, 연행물 계열의 일부 이본군이 독서물로 전환되었으므로 연행물 계열과 독서물 계열의 영향 관계를 파악할 수 있다. 〈가람본별토가〉와 〈중산망월전〉의 관계가 그 예이다.

이 글에서 살핀 파생원리가 개별 이본의 파생원리가 될 수 있을지 좀더 고찰이 필요하다. 서술시각[서술초점]의 원리는 개별 이본의 파생과 밀접한 관련이 있을 것 같지만, 앞의 두 가지는 너무 포괄적이어서 구체화가 필요하다. 또한 〈토끼전〉이 아닌 다른 판소리 문학의 파생원리가 될 수 있을 것인가 하는 문제에 대해서도 판단을 유보한다. 인물에 대한 서술초점이나 서술시각과 〈토끼전〉 결말 부분의 사건 전개 양상 사이의 상관성에 관한 보다 자세한 논의 또한 차후의 과제이다.

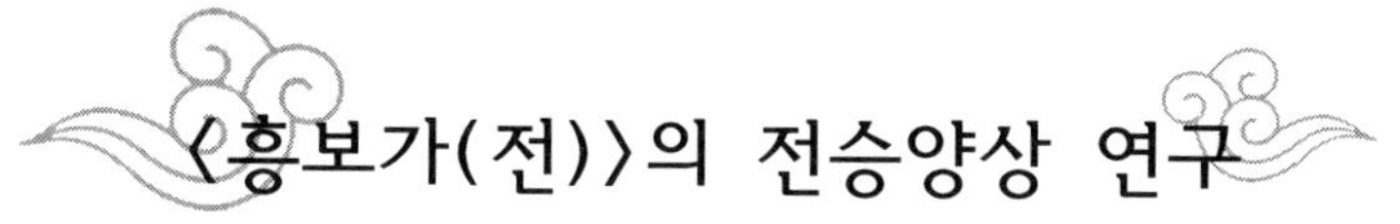

〈흥보가(전)〉의 전승양상 연구

정충권

1. 서론

　본고는 〈흥보가(전)〉의 전승양상을 살펴보는 데 일차적인 목적이 있으며, 이 작업을 통해 〈흥보가(전)〉의 동적인 실상을 드러내는 한편 궁극적으로는 〈흥보가(전)〉이 지닌 판소리사상의 독특한 위상을 찾는 데 이르고자 한다.

　그 간의 연구를 통해 〈흥보가(전)〉과 관련한 핵심적 사항들은 어느 정도 규명되었다고 볼 수 있다. 특히 흥보·놀보의 인물 형상 및 작품 주제 문제에 대해서는 높은 수준의 논의가 이루어진 바 있다. 따라서 이제는 〈흥보가(전)〉을 대상으로 하여 뭔가를 논한다는 것 자체가 새삼스럽다는 느낌까지 갖게 한다. 그럼에도 불구하고 여기서 다시 〈흥보가(전)〉에 주목하고자 하는 것은, 〈흥보가(전)〉에 관한 제반 문제를 '傳承'이라는 動的 시각을 통해 다시 점검해 볼 필요가 있으리라는 생각 때문이다. 곧, 기왕의 연구에서는 경판본이나 세창서관본 같은 특정 기록본(소설본)들만을 대상으로 한 결론을 〈흥보가(전)〉 全般에까지 확장 대응시켰고, 그에 따라 〈흥보가(전)〉의 기본 바탕이었다고 할 수 있을 창본 〈흥보가〉를 고려하지 않았을 뿐 아니라 여러 이본을 지닌 〈흥보가(전)〉 자체의 전승과 변이도 그리 중요시하지 않았다는 판단 때문이다. 이제는 唱 〈흥보가〉를 중심에 둔 상태에서 〈흥보가(전)〉 전승[1]의 제반 문제들을 검토하는 작업이 필요할 때라 본다.

이미 알려져 있는 바와 같이, 〈흥보가〉는 전승 판소리 중에서도 가장 외곽에 위치한다. 유파에 따라 전승되지 않기도 하며, 전승되는 경우에도 중요한 일부가 불리지 않는 경우가 있기 때문이다. 이렇게 된 배경에는, 〈적벽가〉는 높이 치는 반면 〈흥보가〉는 재담소리라며 멸시한 사대부 청중의 취향이 자리잡고 있다(이보형). 〈흥보가〉는 傳承5歌에 포함되었기는 하나 오히려 失唱된 판소리와 더 친연성을 지닌다는 것이다. 이러한 시각에는 판소리가 하층을 기반으로 하여 출발하였으나 양반 청중이 등장하면서 향유층 중심이 이동하고 그에 따라 판소리사도 굴절되었다는 그 간의 통설이 담겨 있다. 굴절의 각도에 대해서는 이견이 있을 수 있으나 거시적인 구도에서 볼 때 이런 식의 설명이 가능하다고 본다. 그러나 그렇다 하더라도 각론의 차원에서는 검증해야 할 문제가 아직 너무나 많이 남아 있다. 그 중에서도, 판소리사 자체의 구도와 판소리 사설 및 소설의 상관관계 문제는 현재 판소리 사설(소설) 연구에 있어 가장 중요한 과제일 것이다. 본고에서는 기왕의 거시적인 구도를 염두에 두고 〈흥보가(전)〉의 위상을 점검하면서 이러한 과제까지를 감당해 보고자 한다.

이를 위해 본고에서는 논점을 다음 두 가지 사항에 맞추고자 한다. 그 하나는 〈흥보가〉가 재담소리라면 왜 실창7가처럼 진작 탈락되지 않고 살아 남을 수 있었겠는가 하는 점이다. 이는 〈흥보가〉가 그 나름대로 양반 청중의 기대에 부응하면서도 유동적인 현실을 수용하여 작품내적인 변화를 지속적으로 꾀했기 때문일 것이다. 이러한 변화를 파악할 필요가 있다.

다른 하나는 그럼에도 불구하고 전승5가 중 당시 가장 전승력이 약화된 이유가 무엇인가 하는 점이다. 본고에서는 이 문제를 〈흥보가〉 자체의 변화가 하층의 취향과 거리를 두어 갔을 가능성을 상정하여 논의를 풀어가고자 한다. 이와 관련하여 본고에서는 〈흥보가(전)〉의 경우 완판본이 아예 출판되지 않았을 가

---

1) 이 자리에서는, 〈흥보가〉의 전승 계보와 그 음악적 특성에 대한 것은 다른 논의들에 미루고, 〈흥보가(전)〉 사설의 내용에 초점을 맞추어 그 전승양상을 따져보고자 한다.

능성이 높을뿐더러 경판본과 구활자본이 창본과 계보를 달리한다는 점도 유념할 것이다. 이는 〈춘향가(전)〉과 〈심청가(전)〉처럼, 창본과의 밀접한 관련 아래 기록 전승이 이루어져 완판본 및 초기 구활자본이 창본과 높은 친연성을 지니게 된 경우와는 다른 점이다.

이상의 논점을 중심으로, 여러 이본들을 토대로 하여 〈흥보가(전)〉의 전승양상을 추론해 보기로 한다.

2. 19세기 중엽 〈흥보가(전)〉의 양상

이 작업을 충실히 수행하기 위해서는 먼저 현전 이본(각편)들을 토대로 하여 현재로서 소급할 수 있는 가장 이른 시기의 〈흥보가(전)〉의 면모를 어느 정도는 그려낼 수 있어야 한다. 따라서 1860년대에 출판되었을 것임이 유력한 경판본 〈흥부전〉과 1870년경에 지어졌을 것으로 보이는 신재효의 〈박타령〉에서 본 논의를 출발할 필요가 있다. 〈흥보가(전)〉의 후대적 전승양상 규명의 단서는 경판본과 신재효본 속에 이미 내포되어 있다고 해도 과언이 아니다. 필자는 다른 자리에서 이에 대해 살핀 바 있어, 여기서는 간략히 그 결과만을 제시하고자 한다.

신재효는 〈박타령〉에서, 당대 〈흥보가〉를 염두에 두고 개작하였음을 곳곳에서 밝히고 있다. 아닌게 아니라 신재효의 〈박타령〉에는 현전 창본과 유사한 대목들이 적잖이 발견된다. 경판본의 경우도 기록적 윤색을 겪은 흔적이 보이기는 하지만, 그 점을 제외한다면 이 역시 당대에 전승되던 판소리 〈흥보가〉에 연원을 둔 이본이다.

그렇다면 일단 이 두 이본에서 공히 발견되는 대목은 그 이전부터 이미 불리던 대목이었을 가능성이 높다. 따라서 현전 〈흥보가〉에서는 잘 불리지 않는 사설이지만, 흥보부부의 품팔이사설이나 흥보 자식 키우는 사설, 흥보가속이 놀보로부터 쫓기어 난 후 정착한 집에서의 수숫대집 사설 등도 애초에는 불리었을 것이라 보아 무방하다.

그러나 두 이본은 이러한 유사 대목들을 보유했으면서도 그 의미 부여의 측면에서는 큰 차이를 보인다. 이 차이를 주목할 필요가 있다.

흥보부부 품팔이사설의 경우 경판본에는 이에 이어 매품을 팔려다가 실패하는 대목이 나오고 보다 나은 날이 올 것이라며 흥보가 아내를 위로하는 모습이 그려져 있는 반면, 신재효본에서는 품팔이사설에 이어 설움사설이 나오고 둘이 서로 자결을 시도하는 극단적인 형상이 그려져 있음을 볼 수 있다. 그렇다면 같은 품팔이사설이라 하더라도 경판본의 경우는 현실을 타개하려는 흥보의 주체적인 노력에 비중이 두어지는 반면, 신재효본에서는 흥보의 주체적인 노력쪽보다는 현실의 무게에 짓눌린 가련한 형상쪽이 더 부각되고 있다고 하겠다.

또한 흥보가 놀보에게 쫓겨난 후 정착하는 과정에서도 두 이본은 미묘한 차이를 담고 있다. 경판본의 경우는, 수숫대로 만든 집이지만 집을 짓고 정착하려는 의지를 보인다. 그러나 신재효본의 경우는 쫓겨난 흥보가 여러 곳을 전전할 뿐 정착하려는 의지를 전혀 보이지 않는다. 신재효본의 흥보는 오히려 아내가 구걸해 온 음식에 대해 투정이나 부리며 정작 자신은 낚시질이나 하는 부정적인 형상을 보이기까지 한다. 그러다가 우연히 빈 집을 발견한 후 그곳에 머물 뿐이다. 따라서 경판본의 경우 흥보를 따스한 시선을 바탕으로 형상화하고 있다고 한다면 신재효본의 경우는 냉소적 시선을 바탕으로 형상화하고 있다고 볼 수 있다. 그러한 냉소적 시각 속에는 그만큼의 계층적 취향 내지는 현실에 대한 감각이 스며 들어 있다고 생각된다.

놀보의 형상에서도 차이가 발견된다. 우선 경판본은 두 인물의 선악을 분명히 가린다. 경판본에서는 놀보가 "흥부갓튼 어진 동싱을 구박ᄒᆞ여 건넌산 언덕 밋히 닉쩌리고 나가며 조롱ᄒᆞ고 드러가며 비양ᄒᆞ"는 악인으로 설정된다. 반면 신재효본에서는 놀보가 흥보를 쫓아내는 데 어느 정도의 합당한 명분을 마련해 둔다. 흥보는 그래도 될 만한 인물이라는 것이다. 그리고 주지하다시피 신재효본의 놀보는 경판본의 놀보에 비해 상대적으로 선진적 경제관의 소유자로 그려져 있다.

이러한 차이는 놀보박사설대목에서 더욱 명료히 드러난다. 경판본의 놀보박사설에서는 놀보에 대한 육체적 징벌이 중요한 비중을 차지한다. 초란이패가 일시에 내달아 놀보를 거꾸로 떨어뜨리기도 하며 양반들의 명으로 하인들이 놀보의 뺨을 눈에 불이 번쩍 나도록 치기도 한다. 또한 사당 거사도 놀보를 헝가레쳐 五臟이 튀어 나올 듯한 상황에 이르게 하기도 하며 장비는 그 나름대로의 해괴한 요구로 놀보를 괴롭힌다. 무당조차 장구통으로 놀보의 흉복통을 친다. 여기서 작가(창자)의 설화적 상상력은 최대한으로 발휘된다. 이러한 일련의 징치와 놀보의 몰락으로 경판 〈흥부전〉은 마무리된다.

반면 신재효본에서는 이러한 육체적 징치는 전혀 발견되지 않는다. 철저히 경제적 몰락으로 설정하고 있는 것이다. 게다가 장비로 하여금 놀보를 설복케 하여 흥보와 화해하도록 하기도 한다. 결말 대목이 악인의 징치쪽보다는 형제의 화해쪽으로 이끌어지고 있는 것이다. 이 점, 두 이본에서 발견되는 중요한 차이점이다.

도승 등장 有無도 인물 형상화에 영향을 미치는 주요 단락이다. 경판본의 경우는 도승이 등장하지 않는다. 흥보부부는 서로를 위로하고 그저 묵묵히 새 봄을 맞을 준비를 할 뿐이다. 이때 제비가 찾아오는 것이다. 반면 신재효본의 흥보부부는 새 봄을 맞을 여력도 없는 것으로 설정된다. 이골이 난 궁핍 속에서 정신적으로 너무나 지쳐 있었고 그래서 급기야는 자결을 시도하기까지 한다. 이때 도승이 등장한다. 여기서의 도승 등장은 극적인 사건임은 분명하다. 하지만 그것은 역설적으로, 궁핍으로부터의 탈출이 불가능하다는 것, 그리고 그만큼 흥보의 삶도 극단으로 치닫고 있었다는 것을 반증한다.

결국 경판본의 경우 선악의 구도로써 사건을 이끌어나가고 흥보를 선한 인물로 그리면서, 비록 실패할 수밖에 없었지만 그 나름대로 난국을 타개하려는 적극적인 인물로도 형상화한 반면, 신재효본에서는 선악의 경계를 허물면서 흥보의 부정적인 형상과 놀보의 다소 긍정적인 형상을 덧붙였다고 할 수 있다. 또한 경판본이 따스한 시선으로 흥보를 그리고 있는 반면, 신재효본은 제3자의 냉소적 시선으로 흥보를 바라다 본다. 따라서 경판본의 경우 흥보 놀보의 인물 평가가 엇갈릴 가능성이 그리 높지 않은 반면, 신재효본에서는 그것이 엇갈릴 수 있을 단서들을 많이 담고 있는 셈이다. 후자의 경우 그만큼의 현실의 무게가 담겨 있거나 인물을 보는 관점이 다른 데 연유한다 할 수 있다. 인물을 그려내는 시각면에서 두 이본 간에 큰 차이가 있었던 것이다.

두 이본의 이러한 차이는 인물 형상과 세계관의 측면에서 볼 때 비교적 일관되게 드러난다. 19세기 중엽에서 후반으로 넘어갈 무렵의 〈흥보가(전)〉은 이러한 극단적인 두 모습을 지니고 있었다고 생각된다. 게다가 이러한 두 계열의 〈흥보가(전)〉은 각각 서로 다른 행로를 걷고 있었다. 후대의 〈흥보가(전)〉 이본들은 각각 唱 전승 우위의 양상과 기록 전승 우위의 양상으로 확연히 구분되고 있기 때문이다. 바로 여기에 〈흥보가(전)〉 전승의 특수성이 자리잡고 있다.[2]

---

2) 결국 본고는 〈흥부전〉 이본의 계열별 체계화 문제도 다루는 셈이 될 것이다. 물론 기왕의 이본 연구에서 이러한 시도가 없었던 것은 아니다. 기존 이본 연구들(김태준, 홍현식, 강용권, 권영호, 유광수 등의 논의)을 참조하고 여기에 이본들을 더 포괄하여 보다 완전한 계열화를 시도하였던 김창진에 따르면, 〈흥부전〉 이본들은 경판본 계열, 신재효본 계열, 창본 계열, 오영순본 계열, 연의각 계열 등 다섯 계열로 파악될 수 있다고 한다. 그 주된 근거는 '흥부가 놀부를 찾아가다'는 단락과 '흥부가 살기 위해 애쓰다'는 단락의 뒤바뀜과 '도승이 집터를 잡아주다'는 단락의 첨가에서 마련한다. 이러한 근거는 충분히 이본 계열을 나눌만한 근거가 된다고 본다. 그리고 이에 입각한 계열화 작업 자체는 물론 의의가 있다고 생각한다. 하지만 그러한 다섯 계열 각각은 작품 의미상 어떠한 변별점을 지니고 있는지, 그리고 그 각각이 〈흥부전〉의 전개 과정상 어떠한 위상에 놓여 있는지 언급이 없어 유감이다. 본고에서는 〈흥부전〉 이본들을 입체적이고 통시적으로 파악함으로써 기왕의 이본 연구를 극복하고자 하는 의도도 지닌다. 이본의 연구가 "문자 표기의 차이나 화소의 유무, 계통에 대한 낭만적인 추정에 의존하는 한 이본 연구의 학술적 의의는 점차 축소되고 말 것"이라는 김진영의 지적을 유념할 필요가 있었다.

3. 〈흥보가(전)〉의 전승양상

1) 唱 전승 우위의 양상

먼저 창 전승 우위의 〈흥보가(전)〉, 곧 창본 〈흥보가〉의 모습부터 살펴 보기로 한다.

현재 전승되는 〈흥보가〉로는 김창환 비디의 서편 〈흥보가〉와 송만갑 바디의 동편 〈흥보가〉가 있다. 이들 사설을 경판본 및 신재효본과 비교해 보면 신재효본쪽에 훨씬 더 가깝다는 점을 알 수 있다. 이에, 신재효가 참조했던 母唱本과 신재효본, 그리고 후대 창본에 이르는 전승의 줄기를 창 전승 우위의 〈흥보가(전)〉로 규정하고 그 전승양상을 개략적으로 살펴 보기로 한다. 다만 여기서는 흥보와 놀보의 인물 형상에 초점을 맞추어 서술하고자 한다. 그것만으로도 창 전승 〈흥보가〉의 전승양상을 드러내기에 충분하다고 생각되기 때문이다.

① 흥보의 형상에 나타난 지속과 변화

먼저 흥보쪽부터 보기로 하자. 다음은 경판본에는 발견되지 않는 것들로, 신재효 〈박타령〉에서 뽑아본 사설들이다.

가) 一年 二年 넘어가니 빌어먹기 수가 터져 興甫는 邑內에 가면 客舍에나 射亭에나 坐起를 높이하고, 外村을 갈 양이면 물방아집이든지 堂山 亭子 밑에든지 舍處를 定하고서 어린 것을 옆에 놓고, 긴 담뱃대 붙여 물고 솔솔을 매든지, 또아리를 겯든지, 냇가나 防죽이나 가까우면 낚시질을 앉아 할 제, 興甫의 마누라는 어린 것을 등에 붙여 새끼로 꽉 동이고 바가지엔 밥을 빌고 호박잎에 건건이 얻어 허위허위 찾아오면, 廉恥 없는 興甫 所見에 家長態를 하느라고 家屬이 늦게 왔다고 짚었던 지팡이로 매질도 하여 보고, 입에 맞는 飯饌 없다 앉았던 물방아집에 불도 놓아

보려 하고.(신재효 〈박타령〉)

나) 치마 끈으로 목을 매니 興甫가 울며 말려, 「여보소, 아기 어멈, 이것이
웬일인가. 자네가 살았어도 내 身勢 이러할 제 자네가 죽으면 내 身勢는
어떠하고, 子息들은 어찌 될까. 夫人의 百年身勢는 家長에게 매였는데
薄福한 나를 얻어 이 苦生을 하게 하니, 내가 먼저 죽으려네.」 허리띠로
목을 매니 興甫 아내 怯을 내어 家長 손목 붙들고서 둘이 서로 痛哭하니
아주 初喪난 집 되었구나.(신재효 〈박타령〉)

이 사설들을 창본의 다음 사설들과 비교해 보자.

다) 【아니리】 그렁저렁 돌아다닐 적에, 고을에를 찾아 들면 객사, 동대청에
도 좌기를 하야 보고, 빈 물방아실에도 좌기를 하야, 마누라 시켜 밥 얻어
오면 고초장 아니 얻어왔다고 담뱃대로 때려도 보고.(····) (박봉술
〈흥보가〉)

라) 【잦은몰이】 흥보 마누라, 이 말 듣고 떴다 절컥 주저앉으며, "허허, 강정
모퉁이 도적놈이라니. 이것이 모도 다 거짓말이네. 이런대도 내가 알고
저런대도 내가 아네. 여러해 못 본 동생, 전곡은 못 주나마 몽둥이로 때리
다니, 태산같이 쌓인 곡식, 누기 주자고 아끼어서 이리 몹시 때렸는가?
차라리 내가 죽어 이런 꼴 저런 꼴을 안 보는 것이 옳지. 내 살아 쓸데없
다.", 허리띠를 끌러내어 서까래에다 목을 매니, 흥보가 달려들어, "여보
소, 마누라. 여보소, 이 사람아. 자네가 살아서도 내 신세가 이런듸, 만일
자네가 죽고 보면 내 신세가 어떻겠나? 죽지 마소, 죽지 말어. 죽지 말고
이리 오소. 이리 오라면 이리 오소."(박봉술 〈흥보가〉)

가)와 다), 나)와 라)가 각각 대응된다. 가)와 다)에서는 흥보가 놀보로부터
쫓기어난 직후 자신은 빈둥거리면서도 가속들은 아무 이유 없이 구박하는 일그

러진 가장으로서의 모습이 발견되며, 나)와 라)에서는 어떻게 해도 생계 문제가 해결되지 않자 아예 자결하려 하는 극단적 일탈의 모습이 그려져 있다. 이러한 모습들은 경판본의 흥보가 사회적 억압을 최소한 가정 내에까지는 연장시키지 않으면서 서로 위로하기도 하던 모습과는 전혀 다른 모습이다.

이러한 극단적 일탈의 모습이 창본을 통해 계속 이어진 것은 그것이 그 나름대로 현실의 문제를 적절히 반영한 데 따른 것일 수 있다. 물론 이는 그 자신이 요호부민의 일원이기도 했던 신재효 개인의 '흥보 흠집내기'(정양)에 연원을 두었다고 볼 수도 있다. 그러나 설혹 이것이 그의 개인적 개작에 의거했다 하더라도 이러한 형상이 후대본에서 지속적으로 전승되고 있다는 것은 이러한 흥보의 형상이 그 나름대로 당대 현실과 상관성을 지녔기 때문임을 뜻한다고 보아야 한다.

후대 창본에서는 위 나)와 라)에서 보는 것과 같은 자학적 형상이 신재효본에서보다도 더 많이 발견된다.

> 【진양】 섰던 자리 주저앉으며, 허허 세상사람들 다 들어보소. 형수가 시아재 뺨치는 법은 고금천지 어디서 보았소. 여보시오, 형수씨. 나를 이렇게 치지를 말고 살지중치(殺之重治) 능지(凌遲)시켜서 아주 박살 죽여주오. 아이고 하느님. 살기도 나는 귀찮허고 배가 고파서 못 살겠소. 흥보를 이 자리에서 벼락이나 때려 주시거드면, 염라국을 들어가서 부모님을 뵈옵거든, 세세원정(細細原情)을 아뢰련마는, 어찌하여서 못 죽는고. 매운 것 먹은 사람처럼 후후 불며 제 집으로 건너간다.(강도근 〈흥보가〉)

흥보가 놀보집에 구걸 갔다가 쫓기어나면서 부른 자탄사설이다. "아주 박살 죽여 주오", "살기도 나는 귀찮허고" 등의 매우 과격한 표현에서 극단적인 자학의 형상이 발견된다. 자학이란 황폐해진 내면이 충동적으로 표출될 때의 양태 중 하나이다. 그리고 흥보의 경우는 그것이 사회적 일탈과 관련되고 있는 경우이다. 점차 품팔이사설이 사라지게 되었던 것도 이와 관계가 있다. 어차피 하층 빈민의 정신적 황폐함에 초점을 맞추게 되었다면 각종 품팔이사설은 그리 요긴치 않았을 것이다.

흥보는 이제 적극적으로 삶을 개척하려는 의욕을 상실해 가고 있었다. 경판본에서 보이던, 수숫대를 재료로 하여 집을 짓는 행동이라든지, 이웃집 김동지에게 찾아가 짚을 얻어 신을 삼으려 하는 대목이라든지, 서로를 위로하는 인간적 면모라든지 등도 이와 반비례하여 아예 탈락되거나 축소되어 갔다. 후대 창본에서 도승이 반드시 등장하는 것으로 설정하고 있는 점도 이와 무관하지 않다. 도승의 등장은 흥보의 어찌해 볼 수 없는 궁핍한 삶을 역설적으로 부각시키는 효과를 가져온다. 기왕의 흥보의 형상에다 신재효본 즈음의 〈흥보가〉에서는 이러한 형상이 추가되었고 그러한 형상은 후대 창본에서 더 강화되어 갔던 것이다.

결국 경판본에서 보이던 흥보의 적극적 형상과 더불어, 신재효본에서 나오던 품팔이사설도 후대 창본에서는 약화되거나 사라져 갔다. 그리고 흥보는 삶의 자신감을 잃어버리는 한편, 실없는 자의식만 남게 되었다. 세상이 자신을 외면하고 있다는 생각이 들면 제 아무리 聖人이라 하더라도 그렇게 될 수밖에 없었을 것이다.

흥보의 이러한 면모는 흥보박사설의 후대적 변모와도 긴밀한 관련을 지닌다. 흥보박사설은 애초에는 각종 집치레, 세간치레, 노적치레 들로 이루어진 〈성조가〉가 그 모델이었다. 그러다 점차 비단이나 종문서·논밭문서와 같은 교환가치 우위의 富로 변모해 간 것으로 추측된다. 흥보박사설대목은 흥보의 소망 세계, 나아가 당대 하층이 소망하던 부의 형상이 그려진 대목이다. 그렇다면 그러한 소망 세계의 질적인 변화는 흥보(혹은 당대 하층)의 생활 감각의 변화와도 깊은 관련을 지닌다 할 수 있을 것이다. 그러한 변화에는 당대 사회의 변화를 매개로 한 가치관의 변화가 그 밑바탕에 깔려 있으리라는 것이다.

다음 강도근 창본 〈흥보가〉 흥보박사설의 내용물들을 주목해 보자.

제1박 : 쌀궤, 돈궤
제2박 : 비단
제3박 : 목수, 집치레(논·밭·종 문서), 사랑치레

이러한 양상은 경판본과는 물론이고 신재효본과도 차이를 지닌다. 애초에 흥보 박사설은 노적과 함께 커다란 규모의 정원을 지닌 큰 집과 풍부한 세간들이 주요 구성 요소였다. 하지만 위 강도근 창본 흥보박사설에서는 쌀궤, 돈궤와 비단, 논·밭·종 문서들로 단순화되어 있음을 볼 수 있다. 노적은 등장하지 않는다.

강도근 창본의 제2박과 제3박의 톱질사설에 나타나는 흥보의 소망도 이러한 변화와 함께 이해되어야 한다.

제2박 톱질사설 : 실근 실근 시리릉 실근 톱질이야. 이 박을 타거드면은 아무 것도 나오지 말고 은금보화만 나오너라. 시리릉 실근 톱질이야. 강상에 둥실 뜬 배 수천 석을 실었은들 자기만 좋았지 내 박 한 통을 당할손가. (…)
제3박 톱질사설 : 시리릉 실근의 톱질이야 당기여라. 좋을씨고 좋을씨고 밥 먹으니 좋을씨고. 만승천자라도 식이위대라 하였으니 밥이 아니면 살 수가 있 나. 시리릉 실근의 톱질이야, 당기여라. 이 박통에 나오는 보화는 김제만경 오 얏들을 억십만금을 주고 사자, 충청도 소새들을 수만금을 주고 사면 부익부(富 益富)가 되리로다. 시리릉 실근의 톱질이야 당기여라. (강도근 〈흥보가〉)

이제 흥보의 소망은 먹을 것보다는 금은보화쪽에 더 비중이 놓여져 있음을 볼 수 있다. 게다가 흥보는 그 금은보화로 엄청난 논밭을 살 것을 떠올린다. "강상에 둥실 뜬 배 수천 석을 실었은들 자기만 좋았지 내 박 한 통을 당할손가" 라는 데에서는 쌀 수천 석이라는 양적 우위보다 박 속에서 나온 금은보화가 훨 씬 가치가 있다는 인식이 나타나 있다. 흥보가 그리던 富의 성격이 이렇게 교환

가치 우위의 것으로 완전히 변화한 것이다. 화폐 경제 하에서는 곡식보다는 금은보화가 더 높은 교환가치를 지닐 것이다. 애초에 흥보가 각종 품팔이를 하며 느꼈던 사회란 바로 이러한 사회였던 것이다.

이처럼 흥보의 삶의 감각은 달라져 갔다. 한 끼의 식량보다는 그것을 살 수 있는 화폐가 더 필요하다고 느꼈으리라는 것이다. 그러나 그 화폐란, 자신의 농토 속에서 나오던 곡식과 달리, 인간의 또다른 인간에 대한 착취의 매개물이다. 그렇다면 흥보가 그것의 소유자가 되기란 지난한 일일 수밖에 없었을 것이고 그 속에서 흥보는 더욱 깊은 좌절감과 허무감을 맛볼 수밖에 없었을 것이다. 이는 당대 하층의 실상이 어느 정도는 반영된 것이다. 〈흥보가(전)〉의 주축 갈등으로서의, 흥보의 생존과 당대 현실의 대결 양상(서대석)이 더욱 극명해졌다 하겠다.

이러한 관점에서 본다면 다음 가난타령도 새롭게 다가온다.

【진양】 가난이야 가난이야. 원수녀려 가난이야. 잘 살고 못 살기는 묘 쓰기에 가 매였는가. 삼신 제왕님이 집자리에 떨어질 적에 명(命)과 수복을 점지를 하였나. 어이하면 잘 살드란 말이냐. 박복헌 년의 내 신세야. 다른집 여인들은 어린 자식을 곱게 곱게 입혀 선산 성묘를 보내는데, 이놈의 팔자는 무슨 년의 팔자간듸 삼순구식(三旬九食)을 못허고 사니 이런 팔자가 또 있을까.(강도근 〈흥보가〉)

뿌리깊은 좌절감이 배어 있다. 이는 가난 그 자체보다는 그로부터 벗어나려는 노력의 지속적인 실패가 가져다 준 자포자기에 말미암는다. 특히나, 경판본과 신재효본에서는 놀보로부터 쫓기어나 빈 집에 정착할 때 가난타령이 나오지만, 후대 창본에서는 매품팔이에 실패하고 마지막 남은 희망이었던 형으로부터도 아무 도움을 받지 못하던 극단적인 상황 속에서 토로되고 있어 더 실감이 난다. 이에 따라 흥보부부의 내면도 더 강하게 울려 온다.

결국 홍보는, 세계의 구조적 억압 속에서 점차 삶의 자신감을 잃어버리고 내면에 더 침잠하는 모습을 보여 갔다. 그 과정에서, 왜곡된 自意識도 몸에 배어 갔으리라 추정된다. 아내에게 위세를 부리는 서민 가장으로서의 의식과 아전 앞에서 체면을 유지하고자 하는 몰락양반으로서의 의식이 공존할 수 있었던 것도 이 때문일 것이다. 다음과 같은 사설도 후대 창본에서 더 명확한 형태를 띠게 된 사설이다.

> (아니리) 홍보가 가다가 한 생각이 났것다. 내가 반남(潘南) 박가 양반인데, 저 다려 허소, 하기는 그렇고. 내가 반말로 웃음으로 따질 밖에 수가 없구나. 대문을 시르르 밀며, 호방 계신지 모르제. 호방이 나오며, 아, 여 박생원 아니시오. 하하하, 참 알아맞췄구만. 박생원 이게 어쩐 일이시오. 호방한테 아쉬운 말 할 일이 있어 왔지만 들어주실란지 모르제. 무슨 말씀이시오.(‥‥)(강도근 〈홍보가〉)

애초에는 유식한 면모로만 나타나던 홍보의 몰락양반적 형상이 이제 이처럼 더 뚜렷해졌다. 그것은 당대 사회로부터 소외되었다는 홍보의 자의식이 그 강도가 높아지면서 내면 속에 더욱 깊이 자리잡아 갔기 때문이라 보아야 한다.

일찍이 임형택 교수는 조동일 교수의 견해에 대해 반박하며 홍보와 놀보는 같은 서민층의 인물이라고 하면서 "가령 홍부가 양반 신분의 반영이었다면 양반의 신분에 손상이 되는 일을 하게 되는 경우 마땅히 양반으로서 내적인 갈등이 없을 수 없었을 것이다."라고 한 바 있다. 따라서 홍보는 양반 내지는 양반의식을 지닌 존재일 수 없다는 것이다. 하지만 이는, 경판본을 주텍스트로 삼은 결과로서, 바로 그 내적인 갈등이 후대 창본에는 이렇게 덧붙어져 갔음을 무시한 데 따른 오류라는 점이 분명해진다. 판소리 같은 구비 서사 작품 속의 한 인물이 표상하는 전형은 그 내포의 실질이 이처럼 변모할 수도 있었던 것이다. 撞着도 이에 연유하는 바 적지 않을 것이다.

② 놀보의 형상에 나타난 지속과 변화

그렇다면 놀보의 경우는 어떻게 되었는가? 신재효본에서 놀보의 재화에 대한 욕심은 거의 집착으로까지 나아가고 있음을 볼 수 있었다. 부모의 제사상에 놓을 祭需를 돈으로 대신하게 하고 그것도 꿰미째 두게까지 하고 있는 것이다. 또한 놀보박사설에서 놀보는 모든 위기를 화폐로써 벗어난다. 여기에는 신분의 가치, 명당의 가치까지 화폐라는 교환가치로써 대체되는 세계가 그려져 있으며, 놀보는 그러한 사회 속에서 화폐경제적 가치관을 체득한 賤富로 등장한다. 신재효본의 놀보의 이러한 형상은 후대 창본에서까지 지속된다.

놀보의 형상과 관련하여 또 하나 주목할 점은 신재효본에서 보이던, 경제적으로 몰락한 놀보를 포용하는 삽화가 후대 창본에서 고정 전승되게 되었다는 점이다.

주지하다시피 〈흥보가(전)〉의 놀보박사설에는 장비가 등장한다. 그런데 장비가 애초부터 놀보를 개과시키고 우애를 회복하게 하는 역할을 한 것 같지는 않다. 경판본이나 연경도서관본의 경우처럼 놀보박사설에 등장하는 여타의 군상들과 별 차이가 없는 것으로 그려졌었을 가능성이 높다. 그러나 신재효본에서는 그 매개적 역할이 강조되어 장비가 놀보에게 일종의 友愛論을 설파하고 이에 결정적으로 놀보가 개과천선하는 것으로 되어 있다. 현전 창본에서는 여기서 더 나아간다. 아예 흥보를 놀보쪽으로 오게 하여 장비에게 사정을 하게 하고 이를 들은 장비가 물러나는 것으로 설정된 경우가 많다.

【아니리】 놀보 기가 맥혀 정신이 하나도 없어 죽은 듯기 나보시 엎져 혼불 불신되야 폐져 있을 적에, 그 때에 흥보가 이 말을 풍편에 들었던가 보더라. 천방지축 건너와서 장군 전에 비는듸,
【중몰이】 "비나니다, 비나니다, 장군님 전으 비나니다. 우리 형님 지은 죄를 아우 제가 대신 받겠사오니, 형님은 부디 살려주오. 만일 형님이 죽거드면 동생

저 혼자 살어 뭣허겠소? 우리 형님 살려주시오. 우리 형님 살려주면, 높고 높은
장군 은혜, 혼귀 고향 돌아가서 호호 만세를 허오리다." 장군이 더욱 감심하야,
"네 이 놈, 놀보야. 네 죄상을 생각허면 당장으 죽이고 갈 일이로되, 너그 동생
어진 마음으로 보아 살려두고 가거니와 차후는 개과천선을 허렷다." 두어 말을
이르더니 인홀불견 간 곳 없다. (박봉술 〈흥보가〉)

장비가 흥보의 정성에 감심하여 돌아가는 것으로 되어 있다. 이러한 변모는
놀보쪽의 감화에 의해 둘이 화해하는 것보다는 흥보가 적극적으로 놀보를 포용
하는 것이 정황에 맞다고 보았던 데 말미암은 것으로 보인다.

어쨌든 〈흥보가〉의 결말은 놀보 스스로의 감화에 의해서든 흥보의 적극적인
행위에 의해서든 점차 놀보를 포용하는 쪽으로 변모했음이 분명하다. 그에 따라
〈흥보이야기〉의 결구는 이념의 층위로 끌어올려지게 되었다. 물론 선/악에 대
한 각각의 보상/징벌만으로도 흥보 이야기는 완결성을 갖추는 것이 될 터이다.
하지만 기본 설정 자체가 형제로 이루어진 이상 그것만으로는 부족하다고 여겨
갔던 것이다. 놀보를 포용하게 되고 그것도 흥보의 적극적 행위에 의한 것으로
설정한 것은 단순 심성론을 사회적 차원으로 끌어올리려는 의도의 소산이라 생
각된다. 이는 후대의 〈흥보가〉가 구비해야 할 요소로서 형제 간의 友愛가 의미
있으리라 본 의식적 청중을 상정하게 한다.

그러나 이러한 시도는 그리 성공적이었던 것 같지는 않다. 곧 〈흥보가〉의 결
말에 해당하는 놀보박사설 자체가 점차 그 전승이 약화되어 갔고 심지어는 아예
탈락되는 경우도 있었기 때문이다.

놀보가 악질 지주의 형상을 띠고 있음은 분명하다. 그리고 이러한 악질 지주
에 대한 징치는 허구적 설정을 통한 복수 내지는 울분의 해소에 대응하는 것이
었을 수 있다. 최소한, 선악의 구도와 하층 대 악질 지주의 대립 구도가 분명했
을 경우는 특히 그러했을 것이다. 경판본에서의 육체적 징치와 그로 인한 통쾌
감은 그 나름대로의 의의가 있었던 것이다.

그러나 이러한 놀보박사설이 후대 창본에서는 점차 약화되어 갔고 심지어는 불리지 않게 되기도 했던 것이다. 그 동인으로는 여러 가지가 거론될 수 있겠다. 우선 통설대로 여성 창자들이 속된 표현과 재담을 배우기에 적합치 않다고 생각한 창자들의 관례에 말미암았을 수 있다(이보형). 또한 수준 높은 판소리를 지향하는 미의식에 이 대목이 어울리지 않는다고 보았기 때문이었을 수도 있다. 그런데 이와 함께 청중의 호응도도 고려할 필요가 있다. 놀보가 몰락하는 대목이 그리 큰 흥미를 자아내지 못한다는 공감대가 형성되었을 수도 있기 때문이다. 이에 입각해 볼 때 놀보박사설의 전승 약화는 하층의 일원인 흥보와 악질 지주이자 부농인 놀보와의 갈등 자체가 時效를 상실한 데 기인한다는 설명도 가능하다. 흥보조차도 순수한 하층만의 형상을 더 이상 지니지 않게 되었고 놀보 역시도 계층적 내포가 더 넓어졌다면 애초의 〈흥부전〉이 지니던 두 전형적 인물 간의 갈등은 다소 희석되었으리라는 것이다. 최소한, 놀보로 전형화된 인물에 대한 징치가 별 의미를 지니지 못한다고 보았으리라는 것이다.

이때 〈흥보가〉는 다시 善惡의 심성론으로 되돌아 가려 했을 수 있다. 그 증거를 하나만 들어 보면 다음과 같다.

> 【아니리】 "여보, 마누라. 마누라 손으로 술 한 잔 정히 부어서 형님 전으 올리시오." 흥보 마누라 술을 부어, "옛쇼, 아지버니. 약주 드십시오." 놀보 흘긋흘긋 쳐다보더니마는, "네 이 놈, 흥보야. 내가 수 초상 마당에서도 권주가 없이 술 못 먹는 줄 너 잘 알제, 잉? 권주가 하나 시켜라.", "아이고, 형님. 이 좌석에서 누가 권주가 할 사람이 있습니까?", "아이, 이놈아, 네 여편네 울긋불긋허니 잘 입혀 갖고 술잔 들렸은께 권주가 하나 시켜." 흥보 마누라 이 말을 듣더니,.(박봉술 〈흥보가〉)

여기서의 놀보는 동생의 아내로 하여금 勸酒歌를 부르게 하는 몰지각한 행태를 보이고 있다. 이 대목은 동서편을 막론하고 후대의 〈흥보가〉에 첨가되어 간

대목이다.

이러한 놀보의 형상은 악질 지주의 횡포와는 거리가 있다. 신재효가 드러냈던 요호부민의 시각도 전혀 느껴지지 않는다. 그저 동생이 부자가 된 사실에 배 아파하며 심술을 부리는 평범한 인물로 나타나고 있을 뿐이다. 이러한 놀보에게 서 어떻게 가진 자의 체취를 느낄 수 있겠는가?

결국 놀보의 형상 역시 흥보의 형상 못지 않게 창 전승 〈흥보가〉에서는 그 변이의 폭이 컸었음을 일 수 있다. 아울러 그에 대한 평가도 마찬가지였을 것이다.

이상으로 살핀 것처럼 창 전승 우위의 〈흥보가(전)〉, 곧 창본 〈흥보가〉는 신 재효본 계열의 사설본을 모본으로 하여 19세기 후반에서 20세기 초엽에 이르기 까지 끊임없는 변화의 과정을 겪었다. 이는 판소리 현장이라는 역동성을 바탕으 로 가능한 것이었다. 다만 이러한 과정 속에서 〈흥보가〉는 자신의 살을 깎아 내야 하는 축소 전승의 길을 걸었다. 이에는 통속적 취향보다는 고급스런 취향 이, 그리고 인물들에 대한 재평가가 자리잡고 있었다.

2) 기록 전승 우위의 양상

그렇다면 경판본 계열의 〈흥보가(전)〉은 후대에 어떻게 이어졌을까? 앞질러 말한다면 이 계열의 〈흥보가(전)〉은 상대적으로 기록 전승이 우위에 놓이다가 결국에는 唱을 잃고 독서물로만 읽히게 된다. 그 과정을 짚어 보기로 한다.

경판본 계열의 〈흥보가(전)〉이 창으로 불리지 않은 것은 아니었다. 그것은 이해조에 의해 〈연의각〉 혹은 심정순 창본 〈박타령〉으로 20세기 초엽에 그 모 습을 드러내고 있기도 하다.

〈연의각〉이 경판본의 맥을 잇고 있다고 보는 근거는 다음과 같다. 우선 흥보 가, 비었던 묘막에 있다가 수숫대로 집을 짓는 대목의 사설이 경판본의 것과 유사하다.

> 【자진모리】 대청 삼 간 안방 이 간 부억 삼 간 고ㅅ간 이 간 문ㅅ간 ㅅ 간 힝랑이 ㅅ 간이오 건넌방이 이 간이오 차ㅅ방 한 간 뒤ㅅ방 이 간 큰 샤랑이 여듧 간 자근 샤랑 두 간 반 슈청방이 이 간이오 찬간이 이 간 반 쌀ㅅ고가 여듧 간 방아ㅅ간이 이 간이오 외양ㅅ간이 삼 간이오 고용방이 두 간이오 이리 짓고 뎌리 짓고 함부로 짓고 휘쭈루 짓고 아쥬 짓고 보니 슈슈ㅅ되 한 아름 반에셔 반 아름 넘어 늡엇것다 외올ㅅ고 벽 치고 방을 갓츄 슈쟝흔 후에 방이라 드러가 잠을 자다 쳐다본 즉 들보 위 지붕 마루로 별 난 것이 화안히 뵈고 발을 쌧으랴 발길을 늬밀면 발목이 벽 밧그로 나가니 착고 찬 놈도 갓고 방안에서 맛 모로고 이러셔면 목아지가 집웅 밧그로 나가니 후쥬에 잡혀 칼 쓴 놈도 갓고 게지기만 켜노라 힘을 쓰면 두 쥬먹이 집웅 밧그로 쑥 나가니(심정순 〈박타령〉)

수숫대를 재료로 한 것이어서 현실과의 괴리를 느끼게 하고는 있지만, 놀보에게서 쫓겨난 흥보는 손수 집을 지음으로써 삶의 터전을 마련하려는 적극적 면모를 보인다. 이는 경판본 계열 〈흥보가(전)〉의 중요한 특징이다.

수숫대집 사설은 흥보부부의 품팔이사설, 이웃으로부터 짚을 얻어 품을 팔려는 삽화 및 아내에 대한 흥보의 위로 대목 등과 함께 이해되어야 한다. 이러한 일련의 사설·삽화들은 닥쳐온 현실의 문제들을 해결하기 위한 흥보의 노력을 구체화한 것들이다. 경판본에서 보이던 이러한 사설들이 〈연의각〉에 그대로 이어지고 있는 것이다. 〈연의각〉에 도승이 등장하지 않음은 물론이다.

또한 놀보박사설도 경판본의 면모에 가깝다. 현전 창본에서처럼 경제적 몰락을 겪기만 하는 놀보의 형상보다는, 육체적 징벌에 의해 고통 받는 놀보의 형상이 더 부각되고 있는 것이다. 〈연의각〉에서는 제1박의 경우 양반이 놀보를 결박하여 높이 매달고 심문을 하는가 하면 제2박에서는 키가 구척이나 되는 사람이 나와 놀보 상투를 휘어잡고 이리 저리 끌고 다니며 때린다. 제7박에서 나온 왈자들이 놀보처에게 수청들 것을 요구하는가 하면 제8박의 장비 역시 놀보와 씨름을 하자고 한다. 결말 대목에서도 놀보와 홍보의 화해는 별로 관심거리가 되어 있지 않다. 장비로부터 도망쳐 숨어 있다가 들켜, 살려 달라고 애걸하고 이에 장비가 똥물을 퍼 먹이는 데서 끝이 난다. 이어서 놀보가 개과천선했다는 매우 간략한 언급이 있을 뿐이다.

따라서 〈연의각〉은 현전 〈홍보가〉와는 다른, 경판 계열 〈홍보가(전)〉의 맥을 잇고 있다고 생각된다. 세부적인 삽화의 면에서 경판본과 차이가 없는 것은 아니지만, 인물 형상 및 주제의식은 경판본의 그것이 '지속'되고 있는 것이다.

이러한 심정순 창본이 실제로 불리던 바디의 것인가 하는 점은 그 비교의 준거가 없어 명확히 입증해내기가 어렵다. 하지만 실제 불리던 사설의 전사본임이 분명한 이선유 창본 속에 경판본 〈홍부전〉 및 〈연의각〉과 유사한 사설이 발견되고 있음을 무시할 수 없다. 다음과 같은 대목이 그 한 예이다.

> 【진양조】 홍보 신세 볼작시면 현손백결 흔옷 입고 마른 날에 나묵신 진 날에 집신 신고 오유월에 핫옷 입고 동지 숫달 베옷 입고 긔한으로 지낼 적의 집으로 볼작시면 정수광여공장이라 집웅 말낭 별이 돗고 청천 세우 중에 우다 형방중이라 문밧긔 세우 오면 방안에 큰비 오고 황전 문밧 채복피라 풀는 쓸에 쎄목우는 배까죽을 침질하고 페석조갈 찬 배석에 흔 자리 별윽 빈대 야 운 둥에 피를 쌀고 공부자에 진채유풍 쎠쏙까지 차개 분다 (···) (이선유 〈박타령〉)

홍보가 놀보로부터 쫓겨나서 복덕촌의 어느 빈 집에 있을 때의 정황을 묘사한 것으로, 홍보의 비참한 현실을 극단적으로 제시함으로써 청중으로 하여금 웃음과 함께 동정을 유발하고 있는 대목이다. 이 대목은 경판본과 〈연의각〉에서도 공히 발견된다. 그러나 후대 동편제 〈홍보가〉에서는 전승되지 않는다. 동편제 〈홍보가〉에 비해 신재효본의 사설을 더 많이 받아들이고 있는 서편제 〈홍보가〉와 김연수 창본에서 유사한 내용이 발견되기는 하지만 사설 자체는 이와 달리 짜여져 있다.

또한 이선유 창본 〈박타령〉에서는 같은 동편제의 다른 창본에서는 전승되지 않는 흥보부부의 품팔이사설이 발견되며 흥보자식 기르는 대목도 그 묘사 방법이 신재효본쪽보다는 경판본쪽에 더 가깝다. 그리고 매품을 팔려 했으나 나라에서 방송령이 내려 실패한다는 내용도 경판본의 설정과 같다. 현전 〈흥보가〉에서는 매품을 먼저 팔고 놀보에게 구걸을 가는 것으로 되어 있지만 이선유 창본에서는 먼저 놀보에게 구걸을 갔다 오고 매품을 뒤에 파는 것으로 되어 있다. 이러한 일련의 양상이 〈연의각〉과도 통함은 물론이다.

그렇다면 이선유 창본에서 발견되는 이러한 면모를 어떻게 이해해야 할 것인가? 우선 이선유의 창 자체가 일단은 中古制와 모종의 관련이 있기 때문이라는 추정이 가능하다. 실제로 이선유의 소릿길이 김성옥의 계보를 잇는 중고제 명창인 김창룡과 매우 유사하다는 논의가 있었으며(배연형), 이선유의 소리가 송만갑 이전의 동편제 소리를 담고 있다는 지적(노재명)도 있었다. 그렇다면 이선유 창본에 보이는 경판 계열적인 면모는 그 계열 〈흥보가〉의 창 전승 과정을 통해 수용된 것일 가능성을 높게 한다.

결국 〈연의각〉도 실제 불리던 것일 가능성이 어느 정도는 상정되는 셈이 된다. 이 자리에서는 다만 이 정도의 가능성만을 제시해 두고자 한다. 본고에서 중요시하고자 하는 것은 설혹 경판 계열의 〈흥보가〉가 창으로 전승되었다 하더라도 궁극적으로는 기록 전승이 훨씬 우위에 놓이게 되었다는 사실이기 때문이다. 실제로 이 계열의 〈흥보가(전)〉으로 〈연의각〉 이후의 것으로는 기록 정착본만이 발견될 뿐이다.

물론 기록 정착본이라고 하여 경판 계열의 것만 있는 것은 아니다. 필사본으로 전하는 〈흥보가(전)〉의 경우는 신재효본 계열의 것들도 있다. 하지만 필사본에 비해 더 많은 독자를 확보했을 구활자본의 경우는 경판 계열의 〈흥부전〉들만이 발견된다. 이 점을 주목하고자 한다.

〈연의각〉은 新舊書林, 永昌書館, 京城書籍, 世昌書館 등에서 장단 표시를 소거한 채 계속 출판된 바 있으며 신문관본도 사실은 경판본의 전사본이다. 경판 계열의 〈흥보가(전)〉은 점차 기록 전승으로만 남게 되었고 특히 구활자본으로서는 완전한 우위를 점하게 되었다. 부분적으로는 창본을 수용한 경우도 실은 경판 계열 〈흥보가(전)〉을 근간으로 한다. 이 점을 세창서관본 〈흥부젼〉을 텍스트로 하여 확인해 보기로 한다. 이 세창서관본은 기록 전승 〈흥보가(전)〉의 마지막 모습을 담고 있다는 점에서 특히 중요한 이본이다.

세창서관본 〈흥부젼〉에 대해서는 창본과 경판본 및 〈연의각〉을 교묘하게 짜집기하듯이 結構한 이본이라는 견해(유광수)가 있었다. 그러나 엄밀히 말한다면 그 중에서도 경판 계열 〈흥보가(전)〉이 근간을 이루고 있다고 보아야 한다.

우선 세창서관본에서 도승이 등장하지 않는다는 점이 중요한 판별 기준이 된다. 도승이 등장하지 않는다는 것은, 가난으로부터 벗어나려는 흥보의 의지가 그 나름대로의 의미를 지닌다는 징표이다. 따라서 세창서관본 〈흥부젼〉에서도 그에 부합하는 사설·삽화들이 모두 발견된다. 흥보가 놀보에게 쫓기어난 뒤 수숫대로 집을 짓는 사설, 흥보부부의 품팔이사설, 이웃으로부터 짚을 얻어 품을 팔려는 삽화, 흥보가 고사를 들며 아내를 위로하는 사설 등이 역시 세창서관본에서도 발견되고 있는 것이다. 흥보의 매품팔이도 나라의 방송령이 내려 실패하고 있고 매품 파는 대목이 놀보에게 구걸하러 가는 대목보다 뒤에 나온다는 점도 이 이본이 경판 계열에 속한다는 점을 말해 주는 근거들이다.

또한 세창서관본에서는 놀보를 경제적 감각이 뛰어난 인물로서보다는 심성이 악하며 심술궂은 인물로 그려놓고 있고 흥보가 장비에게 형을 살려달라고 비는 삽화는 없다. 부자가 된 동생 집에 찾아 온 놀보가 장판을 칼로 긋는다든가 침을 벽에다 뱉는다든가 밥상을 발로 차는 삽화도 〈연의각〉의 것을 그대로 따 오고 있다.

놀보박사설의 경우는 경판본의 것을 거의 그대로 가져 온 경우이다. 다만 경판본의 놀보박사설에서 제7박에 등장하던 옛 상전들을 제1박으로 옮겨 두고 있다는 점만이 다를 뿐이다. 이는 합리성을 지향한 결과이다. 제3박 혹은 제4박에 등장하는 상여는 바로 그 옛 상전의 상여이기 때문이다. 합리성의 추구는 '기록적 인식(literacy)'의 중요한 특징이다. 세창서관본 〈흥부전〉은 이처럼 철저한 '기록적 인식'에 의해 형성된 이본으로 여겨진다. 세창서관본에서 이러한 방식으로 가다듬어진 부분들을 더 들어 보기로 한다.

매품팔이 대목의 경우, 〈연의각〉에서는 흥보가 김동지집에 가서 짚신이나 삼겠다고 하고 떠난 것으로 되어 있음에도 불구하고 흥보처가 남편이 탈없이 잘 다녀 오기를 축원하는 장면이 아무런 언급 없이 설정되어 있으나, 세창서관본에서는 그 사이에 "흥보안해난 가군이 감영에 감을 알고 후원의 단을 모고 정안슈 길어다가" 축원했다고 되어 있다. 또한 세창서관본에서는, 신재효본에서 보이던, 祭需를 돈으로 대신하는 사설을 흥보가 놀보집에 구걸하러 가는 대목이 아닌, 놀보심술사설쪽에 위치시키고 있다. 이 사설 역시 놀보의 심술스런 면모가 담겨 있는 것이므로 여타의 것과 함께 묶여야 한다고 보았던 것이다.

그 외에도 세창서관본에는 '기록적 인식'이 우위에 놓인 대목들을 얼마든지 더 발견할 수 있다. 돈타령의 경우도 "여보 마누라 도라보아라 녯날 리션이난 금돈 쓰고 한나라 관공님은 위나라에 가셧슬제 상마의 천금이오 하마에 백금을 말노 되여 드럿스되 이러한 소쟝부난 읍내 한번 쑴적 하면 돈삼십냥이 우슈슈 쏘다진다"와 같이 되어 있어 거의 단위사설로서의 성격을 잃고 단순 서술을 지향하는 면모를 보인다. 또한 흥보복색치레도, 2회에 걸쳐 제시되고 있기는 하지만 사설이 전혀 다르다. 이 점, 박녹주 창본에서 2회에 걸쳐 같은 흥보복색치레가 운용되고 있는 것과는 차이가 있다. 흥보박사설이 다섯 개의 박으로 늘어나 있는 것도 시간에 구애받지 않는 '기록적 인식'에 말미암은 현상이다.

따라서 세창서관본은 거의 소설본으로 새로이 정립된 듯한 느낌을 준다. 그 근간 서술방식 자체가 판소리 사설로서의 성격으로부터 어느 정도 멀어져 있는 것이다. 이는 이 계열의 〈흥보가(전)〉이 기록 전승 과정을 지속적으로 겪었음을 입증한다. 따라서 세창서관본은 창으로 간혹 불리기도 하던 경판 계열 〈흥보가(전)〉의 마지막 모습이라 할 수 있을 것이다.

결국 우리는 기록 우위 전승의 〈흥보가(전)〉이 실재했음을 알 수 있었고 이는 창 우위의 전승과는 전혀 다른 전승 맥락 속에 놓여 있었음도 알 수 있었다. 〈흥보가(전)〉은 어느 시기부터인가 그 전승 방법이 이원화되어 갔고 〈연의각〉이 연재되던 즈음 경판본 계열 〈흥보가(전)〉은 거의 기록 전승만으로 향유되었으리라 추측된다.

4. 〈흥보가(전)〉의 二元的 전승양상의 함의

〈흥보가(전)〉은 이처럼 서로 다른 경로를 통해 이원적으로 전승되어 왔음을 알 수 있었다. 각각의 바디 자체도 서로 다른 것이었다. 이는 여타 바탕의 전승 양상과 견주어 볼 때 특수한 현상으로 파악된다. 이제 그러한 전승양상의 함의를 따져 보기로 한다.

먼저 앞서 살핀 내용들을 정리해 보자. 〈흥보가(전)〉의 후대적 전승은 창 전승과 기록 전승으로 뚜렷이 양분되고 각각의 계열이 전하는 작품 내용까지도 차이가 있었다. 그 차이는 다음과 같이 요약할 수 있을 것이다.

唱 전승 〈흥보가(전)〉의 특징으로 두드러진 것은 신재효본 계열의 〈흥보가〉를 근간으로 하면서도 흥보와 놀보의 인물 형상이 변화해 갔다는 점이다. 흥보의 경우는 경제적 궁핍을 겪는 기존 형상에다 화폐 경제라는 새로운 환경에 적응하지 못해 간 데 따른 내면적 자의식이 부각되어 갔으며, 놀보의 경우는 기존의 형상에다 변화하는 사회경제적 현상 속에서 화폐 우위의 경제관을 확고히 다진 인물로서의 형상이 더욱 강화되어 갔다. 또한 놀보에 대한 징벌이 그리

중요시되지 않게 됨으로써 오히려 놀보 포용으로 결구되는 경향이 많아졌다. 이러한 변화 속에서 창 전승 〈흥보가〉의 근간 대립은 흥보와 놀보의 직접적 대결로부터, 사회를 매개로 한 간접적 대립의 양상을 취하여 갔다. 사회의 구조적 모순이 실감나게 반영되게 되어 갔던 것이다. 이 점은 여타 失唱 판소리가 성취하지 못한 점이다. 그러나 다른 한편으로는 놀보박사설처럼 세속성이 두드러진 대목은 그 전승이 점차 위축되어 갔다.

반면에, 기록 전승 우위의 〈흥보가(전)〉에서는 경판본에서의 흥보와 놀보의 형상이 거의 그대로 이어졌다. 궁핍으로부터 어떻게든 벗어나 보려는 흥보의 형상과, 육체적 징벌까지 당하며 완전히 몰락하지만 포용되지는 않는 놀보의 형상이 후대 기록 전승본들에서 여전히 발견되고 있는 것이다. 이 계열 〈흥보가(전)〉 전승 속에서 급기야는 세창서관본 〈흥부전〉의 경우처럼 기록적 성격이 특히 두드러진 이본이 출현하기도 했다. 이는 이러한 하층 취향의 기록 전승본들이 지속적으로 읽혔음은 물론, 독자들의 기대 지평도 어느 정도는 충족시켰음을 뜻한다고 생각된다.

결국 창 전승 〈흥보가(전)〉은 청중의 취향에 따라 또는 시대에 따라 그 모습을 바꾸어 간 반면 기록 전승 〈흥보가(전)〉은 큰 변화 없이 후대에까지 지속되었음을 알 수 있었다.

그런데 여기서 우리는 의외로 顚倒된 현상을 발견한다. 일반적으로 非文字를 통한 전승은 하층의 문학 향유 방식이다. 따라서 여기에는 하층의 세계관이 반영된다. 그러나 실상 〈흥보가(전)〉의 후대 창 전승은 오히려 고급스런 성향을 띠어 갔다. 당대 하층이 가장 흥미로워했을 놀보박사설대목의 경우는 아예 전승 표면에서 사라지기도 하였던 것이다. 이러한 현상은, 판소리가 애초의 계층적 제한성을 탈피하고 그 향유 범위를 넓혀 감으로써 결국에는 상층 양반까지 끌어들이게 되고 그들의 이념적 요구까지 수용하게 되었다는 기왕의 견해를 어느 정도 입증해 주고 있는 셈이다. 창본 〈흥보가〉의 이러한 변모는 〈흥보가〉가 여타 실창 판소리와 다른 길을 걸었음의 징표이다.

반면 기록 전승의 경우는 경판본에서 보이던, 거칠긴 하지만 애초의 민중적이고 세속적인 〈흥보가(전)〉의 면모가 그대로 이어졌다. 놀보박사설대목 역시 확장된 형태 그대로 향유되면서 독자들의 호응을 받았던 것으로 보인다. 경판본의 모본이었을 〈흥보가〉를 즐기던 하층은 기록본들을 통해, 특히 경판본과 구활자본들을 통해 애초의 그들의 기대 지평을 계속 충족시켜 갔던 것이다. 여기에는 후대로 접어들면서 문사를 해독할 수 있는 계층이 늘어나게 된 문화적 맥락도 고려해야 한다. 교육 기관이 점차 증가하고 교육의 수혜자 계층이 더욱 확대되면서 문학 작품의 독자층도 더 두터워졌음은 이미 알려진 바와 같다. 이들은 새로운 시대의 문제를 다룬 독서물을 원하기도 했겠지만 판소리의 재미를 충분히 만끽하는 것도 원했을 것이다. 물론 기록 전승본은 그 정서적 감응력의 측면에서 판소리에 훨씬 못 미쳤을 것이다. 하지만 그것이 지닌 나름대로의 특성은 그러한 〈흥보가(전)〉을 원하는 청중의 욕구를 어느 정도 충족시켜 주었으리라 여겨진다.

〈흥보가(전)〉의 향유 양상은 이렇게 역전되어 갔다. 唱을 통한 구비 전승이 오히려 보수화되고 기록 전승이 민중적 색채를 유지하게 되었던 것이다. 이 점, 〈화용도〉와 〈적벽가〉의 관계와는 사뭇 다르다. 〈흥보가(전)〉의 후대적 전승에 나타난 역전은 오히려 이 시기의 이행기적 성격과 긴밀한 관련을 지닌다고 볼 수도 있을 것이다.

게다가 창 전승 및 기록 전승 〈흥보가(전)〉이 각기 서로 별 교섭 없이 후대로 이어지고 있음도 눈여겨 보아야 할 점이다. 이 점은 〈춘향가(전)〉 및 〈심청가(전)〉과 다른, 〈흥보가(전)〉만의 특징이다. 여기에는 전승5가 중에서도 가장 외곽에 놓인 〈흥보가〉만이 갖고 있는 특수성이 놓여 있다고 생각된다.

19세기 중엽 판소리에는 유파의 개념이 등장한다. 이는 청중의 기호에 따라 판소리의 내질도 분화된 데 따른 현상이다. 〈흥보가〉 역시 이러한 흐름 속에서 통속적이고 민중적인 내질을 갖춘 것과 합리적이고 현실적인 내질을 갖춘 〈흥보가〉가 분화되었으리라 추측된다. 하지만 판소리 창의 전승에서는 새로이 등장한 후자쪽이 우위를 점하게 되고 전자쪽은 열등한 상황에 놓이게 된 것으로 추정된다. 이는 점차 취향이 고급화해 간 판소리의 역사와 깊은 관계가 있다.

그러나 그렇다고 해서 전자의 경우가 완전히 사라지지는 않았었다. 경향 간의 떠돌이 광대들이 여전히 이를 전승했을 수도 있고 또한 그러한 판소리를 원했던 하층이 지속적이고 잠재적인 향유층을 이루고 있었을 수도 있다. 어디까지나 추정이지만, 그 결과 기록 전승 〈흥보가(전)〉이 이미 널리 읽힘으로써 창 전승 〈흥보가〉의 정착본으로서의 완판본은 그 설 자리를 잃었을 가능성이 있다. 20세기 이후 구활자본으로 유통된 〈흥보가(전)〉이 전부 경판 계열의 것임이 그 단서이다. 창 전승과의 관계를 일정 정도로 유지하면서 하층 대중들에게도 창의 느낌을 갖게 하던 완판본의 자리는 빈 칸으로 남아 있게 되었던 것이다. 이는 〈흥보가〉 자체의 전승 약화를 반증하는 한 예일 것이다. 이 점, 〈춘향가(전)〉과 〈심청가(전)〉과 다른 〈흥보가〉 전승상의 특징이다.

결국 20세기로 접어들면서 극장을 통해 다시 대중과 호흡해야 했던 창자들은, 자신들이 보유한 〈흥보가〉와 대중들의 〈흥부전〉의 틈을 극복해야 하게 되었다.

이러한 전승상의 특수성은 〈흥보가(전)〉이 여타의 전승 판소리와는 다른 행로를 걷고 있었음을 잘 드러내어 준다. 그리고 그것이 전승5가 중에서도 〈흥보가〉가 놓였던 위상이었다. 당시 〈흥보가〉 창자들은 아예 〈흥보가〉를 부르지 않음으로써 대중을 외면하거나, 아니면 경판 계열 〈흥보가〉 혹은 기록 전승본 〈흥부전〉에 익숙한 대중들의 취향에 조금이나마 다가서거나 해야 했다. 여기서 정응민의 경우는 전자의 길을 택했으며, 그 외 창자들은 후자의 길을 어느 정도는 의식했을 것으로 추측된다.

5. 결론

본고에서는 경판본 〈흥부전〉과 신재효본 〈박타령〉 간의 차이를 염두에 두고 〈흥보가(전)〉의 전승양상을 재구해 본 후, 이를 통해 〈흥보가(전)〉이 지닌 판소리사상의 위상을 찾아 보고자 하였다. 그 결과를 간략히 요약해 보면 다음과 같다.

본 논의는 19세기 중엽 이전 〈흥보가(전)〉에는 경판 계열과 신재효본 계열 등 두 계열의 것이 있다는 데서 출발했다. 이 중 후대 창본 〈흥보가〉의 주류를 차지하게 된 것은 신재효본 계열의 것이었다. 이 계열의 〈흥보가(전)〉에서는, 화폐 경제라는 새로운 환경에 적응하지 못하고 일탈해 가는 흥보의 내면적 자의식을 부각시키는 한편, 선진적 경제관을 소유하고는 있지만 윤리관 자체에는 문제가 있는 놀보를 포용하는 것으로 설정되어 있었다. 그에 따라 한편으로는 현실적 감각을 유지하면서 다른 한편으로는 당위로서의 계층적 화합도 지향해 갔다. 다만 놀보박사설과 같이 민중성이 짙은 대목은 전승이 약화되어 갔다.

반면 기록 전승 우위의 〈흥보가(전)〉에서는 경판본에서의 흥보와 놀보의 형상이 그리 큰 변화 없이 지속되었다. 궁핍으로부터 어떻게든 벗어나 보려는 흥보의 노력에도 관심을 기울이고 있었으며 놀보의 패망을 보는 민중적 시선도 이어졌다. 그러나 이 계열의 〈흥보가(전)〉은, 창으로 간혹 불리기도 했겠지만 결국에는 기록 정착되면서 독서물로 널리 향유되었다. 세창서관본 〈흥부전〉은 그러한 기록 전승의 마지막 모습이라 할 수 있었다.

이러한 이원적 전승양상은, 〈흥보가(전)〉 자체가 청중의 기호에 따라 통속적이고 민중적인 내질을 갖춘 것과 합리적이고 현실적인 내질을 갖춘 것으로 분화된 후, 후자쪽이 우위를 점하면서 전자쪽은 창의 경쟁에서 밀려나 기록 전승의 길을 택하게 된 데 말미암는다고 보았다. 여기에는 판소리가 점차 고급스런 취향을 지닌 청중을 의식해야 했던 사적 맥락이 담겨 있다고 생각된다. 하지만 기록 전승본 〈흥보가(전)〉은 그 나름대로 독자층을 확보하면서 널리 읽히게 되었고, 20세기 초엽 극장을 무대로 하여 다시 하층을 주된 청중으로 받아들이게 된 창자들은 이 점을 어떻게든 의식해야 하게 되었다. 〈흥보가(전)〉이 전승5가에 포함될 수 있었던 것, 전승5가 중에서도 가장 외곽에 놓일 수밖에 없었던 것은, 〈흥보가(전)〉 전승에 나타난 이러한 특수성과 맞물린다고 생각된다.

이상으로, 〈흥보가〉를 중심에 놓고 창본·소설본을 포괄한 〈흥보가(전)〉의 전승양상을 재구함으로써 〈흥보가(전)〉을 더 입체적으로 조명할 수 있었으며 판소리사 전개에 있어 〈흥보가(전)〉이 지닌 위상도 새로이 점검해 볼 수 있었다. 하지만 본고는 20세기 초엽에 등장한 새로운 형식으로서의 唱劇 〈흥부전〉을 고려하지 않았으며, 창 전승 내에서의 유파 간 창자 간 편차를 깊이 있게 따져 보지는 못했다. 이에 대해서는 차후에 보완할 기회를 가지고자 한다.

적벽가(赤壁歌)의 형성과 판소리사

정병헌

1. 왜 적벽가인가

적벽가는 삼국지연의(三國志演義)의 적벽대전 대목을 판소리화한 작품이다. 이 대목은 오·위·촉 삼국의 수많은 영웅이 한 곳에 모여 자신의 용맹과 지략을 분출시켰던, 삼국지연의의 압권이라 할 수 있는 대목이다. 여기에는 몸과 몸의 부딪침뿐만 아니라, 역사의 정통성과 이념의 논리성을 개진하는 말의 성찬, 승리를 위하여 속고 속이는 권모술수 등 모든 것이 동원되어 있다. 따라서 영웅의 실상과 허상이 여실하게 드러나 있으며, 이러한 이유에서 이것은 남녀의 사랑이나, 한 인간의 성장을 그린 여타 작품들과는 그 규모나 사고의 폭이 다를 수밖에 없다.

이러한 사건의 집약적 모습에 대처하는 인간의 모습은 판소리 사설로 변용할 때에도 그대로 나타나 있다. 즉 판소리로 변화하는데 있어 이미 선행의 기록물이 있기 때문에 이 적벽가는 그 변화의 정도에 있어 제약을 가질 수밖에 없는 것이다. 결코 원전의 사건이 왜곡되거나 변질될 수는 없기 때문이다. 물론 판소리화하면서 그 실현에 합당하도록 판소리적 관습을 받아들이는 것은 당연한 현상이라고 할 수 있다. 그런데 이 판소리적 관습은 때로는 원전의 지향과 대립되기도 하지만, 구성이나 사건의 최종적 전개에 있어서는 원전의 틀에서 벗어날 수 없다는 제약을 지니고 있다. 따라서 판소리적 관습과 관련된 것은 대체로 부분적 차원에서 이루어지는 '장면 극대화 원리'와 관련된다고 할 수 있다.

선행의 기록물인 삼국지연의의 견고한 제약이 있기 때문에, 적벽가는 판소리화의 본질과 의미를 살피는 데 있어 중요한 가치를 지니는 작품으로 인정된다. 다른 판소리 작품의 경우는 판소리 사설이나 그 사설을 가능하게 한 설화 모두가 유동적인 구비문학 형태이기 때문에 그 비교의 준거를 마련하기가 쉽지 않았다. 그러나 적벽가의 경우는 그 근원이 되는 작품이 기록물로 고정되어 있어 그 준거의 설정이 가능하다. 적벽가에 대한 관심의 확대는 이러한 점에서 설명될 수 있을 것이다.

그러나 적벽가의 의미는 이에서 한정되지 않는다. 적벽가가 지향하는 세계관은 여타의 판소리 작품과는 구별된다. 춘향가나 심청가가 기본적으로 결핍된 상황의 극복을 목표로 하고 있는 데 반하여, 적벽가는 이와는 달리 충족된 자의 자기 방어와 이의 극복을 다루고 있기 때문이다. 결핍의 해소를 목표로 하는 것과, 충족된 상태에서의 이념을 견지하는 태도는 기본적으로 그 출발에 있어 이질적일 수밖에 없다. 이러한 이유에서 적벽가의 등장은 기존의 판소리 향유에 있어 배제되었던 집단을 판소리에 끌어들이는 역할을 하였다고 볼 수 있다. 그렇다면 적벽가는 판소리사에 있어 대단히 의미 있는 작품으로 볼 수 있으며, 따라서 적벽가가 차지하는 판소리사적 위상을 점검하는 것은 판소리의 본질적 측면을 드러내는 중요한 작업이라고 할 수 있을 것이다.

2. 판소리의 형성과 장르적 성격

모든 존재는 상호 영향을 주고받으면서 존재한다. 그 영향은 공간적·시대적으로 가까우면 가까울수록 더 커지는 것이 일반적이다. 이 영향에 의하여 한 존재는 자신의 영역을 살찌우기도 하고, 또 반대로 자신의 존재를 소멸시키기도 한다. 그러한 상호 영향 관계에 의하여 한 존재의 탄생과 소멸, 그리고 성장, 부침을 살필 수 있다는 점에서, 상호 관련 양상을 살피는 것은 그 정체성(正體性)을 살피는 데 있어 대단히 필요한 일이라고 할 수 있다.

우리가 대하는 판소리 양식은 대체로 17세기에 완성되었다. 판소리라는 새로운 양식의 출현은 그 공간과 시간적 관계로 볼 때, 그와 근접한 문화 양식과의 관계에서 설명될 수 있다. 이에는 문학만이 아니라, 당시의 음악과 이 문화를 향유하던 집단의 성격도 포함된다. 그리고 이러한 영향 관계를 파악하기 위하여 우리는 성글게나마 판소리의 장르적 정체성을 점검할 필요가 있다.

발생적으로 볼 때, 판소리는 조잡한 이야기로부터 시작되었다. 이것이 현재의 예술 형태인 판소리로 변화되는 데에 결정적 기여를 한 것은 그 이야기가 시가(詩歌)와 결합하였기 때문이다. 판소리의 예술성은 그 이야기의 진지성이나 흥미 때문이 아니라, 대부분 시가와 결합된 음악의 차원에서만 논의되고 있다. 판소리의 명창이 되는 가장 중요한 요건으로 득음(得音)이 거론되는데, 득음의 요체는 바로 음악적 실현으로 요약될 수 있다. 요컨대 판소리가 예술 장르로 확립되는 데 있어 음악과 관련되는 시가와의 결합은 결정적인 영향을 끼쳤다고 할 수 있는 것이다.

이러한 이유에서 이야기가 시대의 변화에 부응하면서 자신의 생명력을 키워나가기 위한 선택이 바로 시가와의 결합으로 나타났고, 그것은 새 시대 예술장르를 만드는 절묘한 전략이었다고 할 수 있다. 이때 이러한 선택을 가능하게 하고 새로운 장르로의 변화를 가능하게 한 것이 당시의 음악계와 관련되는 전문 가객들인 창우(倡優) 집단이다. 그들은 단순한 이야기 문학을 시가와 결합시키면서 새로운 예술 형태의 가능성을 실험하였고, 그러한 실험이 현재의 판소리를 가능하게 하였던 것이다. 처음에는 단순히 기존의 시가를 받아들여 이야기 문학을 풍요롭게 하는 데 그쳤지만, 선택된 시가는 자신의 영향을 주변의 서사(敍事)

에까지 확대시켰다. 그 결과 본래 이야기로 된 부분까지도 음악에 얹혀 음악적 문화로 이행할 수 있었다. 그리하여 판소리는 음악과 결합된 시가의 만화경적 (萬華鏡的) 표현으로 인식될 만큼 다양한 예술 형태를 포괄하게 되었던 것이다.

판소리의 창(唱)은 장단과 창조가 결합되어 음악적으로 실현되고, 말로 이루어지는 아니리는 일상적 어투로 이루어진다. 그러나 일상적 어투라고는 하지만, 아니리는 판소리 문맥에 적합하도록 변용된 것이어서 음악과 결합되지 않았을 뿐, 일상적 구어와는 구별되는 판소리의 독특한 언어 표현이라고 할 수 있을 것이다. 아니리는 판소리의 세계를 청중에게 전달하기 위하여 특정한 장소에서 특정한 방법으로 사용하는 언어 기법이기 때문에, 그것이 일상적 언어와 차이를 보이는 것에 대하여 비판하는 것은 옳지 않다. 아니리는 단순한 일상적 언어 정보를 전달하는 것이 아니라, 창과 함께 판소리의 세계를 환기시키는 예술적 언어로서의 기능을 갖는 것이기 때문이다. 아니리와 창의 긴밀성은 판소리 언어 일반에서 잘 드러난다.

(아니리) 그때으 춘향이는 군로가 오는지 사령이 오는지 아무런 줄도 모르고 도련님 생각이 간절하여

(늦은중머리) "갈까부다, 갈까부다. 임 따라서 갈까부다. 천리라도 따라가고 만리라도 갈까부다. 바람도 쉬여 넘고, 구름도 쉬여 넘는, 수지니, 날지니, 해동청, 보라매 다 쉬여 넘는 동설령 고개라도 임 따라 갈까부다. 하날으 직녀성은 은하수가 막혔어도 일년 일도 보련마는, 우리 님 계신 곳은 무슨 물이 막혔길래 이다지도 못 보는고. 이제라도 어서 죽어 삼월 동풍 연자 되어 임 계신 처마 끝에 집을 짓고 노니다가 밤중이면 임을 만나 만단정회를 허고지고. 누 년의 꼬염 듣고 영영 이별이 되려는가?"

(아니리) 그때여 춘향이 문 밖을 내다보니 벙치 쓴 사령들이 이리저리 야단이 났거늘, 춘향이 그제야 깜짝 놀래난 체허고,

(김세종제 춘향가, 조상현 창, 김진영 외 편저, 춘향전 전집 2, 도서출판 박이정, 1997, 164쪽)

기본적으로 창과 아니리는 상호 교체되어 나타난다. 그러나 그 교체는 형식적일 뿐, 질적으로 동일한 것은 아니다. 중머리 장단의 창이 나온 뒤 중중머리 장단의 창이 나오기도 하며, 한 단위의 아니리가 끝난 뒤 또 아니리가 계속되기도 하는 것이다. 이렇게 장단과 창조의 교체, 그리고 창과 아니리의 교체를 통하여 연창자 혼자서 여러 배역을 할 때 나타나는 혼란은 방지되기도 한다. 위의 사설에서 늦은 중머리로 실현되는 '갈까부다 ……'는 사건의 진행만으로 볼 때는 단순히 '이리저리 뒤척이며' 정노로 요약될 수 있는 내용이다. 이야기로 진행되던 상황이었다면 서술자의 간단한 요약으로 이루어질 수 있었는데, 서사의 진행을 정지시키면서까지 노래로 실현시켰던 것이다. 이 노래를 통하여 서술자는 자신을 최대한 감추고 청중들을 작중 상황과 대단히 근접한 위치로 끌어들이고 있다. 그렇다면 우리는 서사적 상황에 걸맞는 기존의 가요를 이야기 속에 끌어들인 정도의 모습으로 초기의 판소리를 예측할 수 있을 것이다.

위의 사설 늦은중머리에서 채택된 '바람도 쉬여 넘고 ……'는 다음의 사설시조를 차용한 것이다.

> 바룸도 쉬여 넘는 고기 구름이라도 쉬여 넘는 고기
> 산(山)진이 수(水)진이 해동청(海東靑) 보리미 쉬여 넘는 고봉(高峯) 장성령(長城嶺) 고기
> 그 넘어 님이 왓다 ᄒ면 나는 아니 ᄒ 번도 쉬여 넘어 가리라. (악학습영, 樂學拾零)

그렇다면 늦은중머리 대목은 '이리저리 뒤척이며' 정도의 간략한 사설에 기존의 사설시조를 끌어들이고, 이를 문맥적 상황에 맞게 확장시켜 간 것으로 이해할 수 있다. 사설시조는 판소리 속에 차용되면서 그 음악적 현상이 변하였지만, 기본적인 모습은 그대로 유지한다. 이를 부르는 연창자나 듣고 있는 청중은 그것이 시조창으로부터 비롯되었음을 알고 있기 때문에, 전혀 이질적인 모습으로

의 변용은 허용되지 않는다. 더구나 그것을 차용한 중요한 이유가 기존 예술 형태인 시조를 끌어들임으로써 판소리를 풍요롭게 하고자 하는 의도를 지니고 있기 때문에, 시조창의 원형을 이유 없이 해체할 까닭은 없는 것이다. 이 대목을 들으면서 시조를 떠올리는 것은 그 사설의 유사성과 함께 음악적 유사성도 큰 몫을 하고 있으며, 이러한 효과가 판소리에서 시조를 차용한 의미인 것이다.

또한 늦은중머리 대목에서 시조를 차용하여 이루어진 부분과 그 밖의 부분은 기능상 중요한 차이를 보이고 있다. 시조 이외의 부분은 그 앞, 뒤의 상황과 언어적으로 긴밀한 관련을 맺고 있다. 즉 춘향이 도령 그리워하는 심사를 직설적으로 보여 주고 있는 것이다. 따라서 음악과 결합되었기 때문에 진행의 속도만 느려졌을 뿐 서사의 진행이 정지되었다고는 할 수 없다. 그런데 '바람도 ……' 부분은 기존의 시조가 지니는 정서가 춘향의 심정과 유사하기 때문에 여기에 차용된 것일 뿐, 앞뒤의 서사 문맥과 관련지어 선택되어야 할 필연적 이유는 발견되지 않는다. 이와 유사한 정서를 드러내는 시가가 있다면 얼마든지 그 시가로 대치될 수 있는 여지를 판소리는 지니고 있는 것이다.

도령과 방자가 대화하는 대목에서도 기존의 시조가 채택되고 있다.

> 도련님 하는 마리 금이냐 옥이냐 방즈놈 엿즈오되 금싱여슈 아니어든 금이
> 엇지 그 잇시며 옥츌곤강 아니어든 옥이 엇지 그 잇시리 도련님 그러ㅎ면
> (박기홍 춘향가, 김진영·김현주 편저, 춘향전 전집 1, 도서출판 박이정,
> 1997, 258쪽)

금옥사설에서 채택된 작품은 춘향가의 정서와는 전혀 이질적인 것이라고 할 수 있다. 방자가 도령을 희롱하기 위하여 채택된 시조의 정서는 본래 이러한 상황과는 거리가 먼 것이기 때문이다.

> 금생여수(金生麗水) l 라 흔들 물마다 금(金)이 남여
> 옥출곤강(玉出崑崗)이라 흔들 뫼마다 옥(玉)이 날쏜야
> 암으리 사랑(思郞) l 중(重)타 흔들 님마다 좃츨야 (해동가요, 海東歌謠)

이 작품은 박팽년, 또는 무명씨의 작품으로 알려져 있는데, 그 정서의 곡진함이라는 측면에서 이 시조는 대단히 효과적으로 사용되고 있다. 춘향의 정체를 빨리 알고 싶어 하는 도령과, 이를 알면서도 도령의 조비심을 더욱 북돋우는 방자의 대화를 통하여 춘향은 섣불리 접근할 수 없는 상대라는 사실을 환기하고 있는 것이다. 본래의 시조가 가지는 비장감이 여기에서는 춘향에 대한 애정으로 치환되었고, 그런 점에서 차용된 시조의 정서는 대단히 기능적으로 작용하고 있다.

판소리에 채택된 기존 가요는 판소리를 개발하고 전승시킨 향유층의 기호(嗜好)와 밀접한 관련을 가질 수밖에 없다. 새로운 예술 장르를 개발하는 데 있어 가장 큰 자산(資産)은 바로 자신들의 역량 속에서 찾아야 할 것이기 때문이다. 한 조사에 의하면 춘향가에 차용된 기존 가요의 장르는 시조가 12편, 십이 가사에서 8편, 잡가에서 13편, 가면극에서 21편, 민요에서 20편, 무가(巫歌)에서 18편, 그리고 다른 판소리에서 형성된 가요가 26편이다.[3] 이 결과는 판소리 향유층이 어떤 음악과 깊은 관련을 맺고 있었는지를 단적으로 보여주고 있다. 다른 판소리에서 차용되었다고 보여지는 작품을 제외하면, 농부가나 창부타령과 같은 민요가 가장 높은 비율을 차지하고 있다. 또한 무가도 이와 비슷한데, 이는 판소리 향유층의 예술적 위상을 보여주는 증거라고 할 수 있다. 더구나 다음의 상여소리와 같은 의식요(儀式謠)의 차용은 그러한 생활과 밀착된 경우라야 가능한 것이라고 할 수 있다. 상여소리는 심청가의 곽씨부인 장례 대목에 삽입되어 있다.

---

3) 전경욱, 춘향전 사설 형성 원리(고려대민족문화연구소, 1990), 40쪽.

(잦은중머리) "어허넘차 너화넘." 땡기랑, 땡기랑, 땡기랑, 땡기랑. "어허넘차 너화넘." "현철허신 곽씨부인, 행실도 음전허고 재질이 특수터니마는 어느 사이에 죽었네그려.", "어허너 어허너 엄차 어이 가리 넘차 너화넘." 땡기랑, 땡기랑, 땡기랑, 땡기랑. "허넘차 너화넘", "북망산이 머다더니 건너 안산이 북망이로구나." "어허너허허넘차 어이 가리 넘차 너하넘." 땡기랑, 땡기랑, 땡기랑, 땡기랑, 땡기랑. "허넘차 너하넘." "남문을 열고 바루를 치니, 계명 산천에 해 밝아온다." "허너허 허허허넘차 어이 가리 넘차 너화넘." "새벽 종달새 지지 울 제 계명 산천에 달이 지는구나." "어허넘차 너허남 어허넘 어허넘차 어이 가리 넘차 너화넘." 그때여 심봉사는 굴관 제복 정히 허고 상두대를 검쳐 잡고 아이고 아이고 울고 가며, 상두 뒷채에다 목도 달려 보고, 손뼉 치고 하하 웃어도 보며, "아이고, 여보, 마누라. 무정허고 야속허네." "어허넘차 너하넘." "아이고 여보, 마누라. 나도 가세, 나도 가세. 눈 먼 가장, 갓난 자식 불고, 인정을 바리시고 영결 종천을 허네그려. 산 첩첩 노 망망의 다리 아퍼 어이 가리. 일 침침 월 명명으 어느 곳에를 가서 쉬어 갈까. 부창부수, 우리 정곡, 날과 둘이 함께 가세. 아이고, 마누라." 생여는 그대로 나가면서, "어허넘차 너허넘." 도화동 남녀노소, 호상으로 따라가며 심봉사를 만류허는듸, 앞에 상두꾼이 선소리헌다. "먼산 호랑이 술 주정허고 물가 가제는 사두 걸음친다." "어허넘차 너허넘 어허너 어허넘차 어이 가리 넘차 너화넘." "여보소, 상두꾼, 말을 듣소. 너도 죽어 이 길이요, 나도 죽어서 이 길이라. 인간 세상을 떠나는 것은 우리가 모두 다 일반이로구나." "어허너 어어허넘자 어허넘차 너화넘."

(아니리) 향양지 가리어 안장을 지은 후에, 봉사으게 무슨 축이 있겠느냐마는, 중간봉사라 식자가 넉넉하던가, 축을 지어 읽는듸, "차호, 부인, 차호, 부인. 요차요조숙녀혜여, 상불구혀고인이라, 유치자영세허여, 이걸 어찌 길러 내리. 백양모으 일락헌듸 격유현이로수혜여, 무슨 말을 허자 헌들 게 뉘라 대답허리. 선래상지상봉하야. 산은 첩첩, 밤 깊어, 어추추 두루하야, 차생에는 하릴없네."

(김채만제 심청가, 한애순 창, 김진영 외 편저, 심청전 전집 2, 도서출판 박이정, 1997, 194─195쪽)

이 상여소리는 그 노래가 들어갈 수 있는 상황이 마련되면, 언제든지 들어갈 수 있도록 준비되어 있다. 마치 상여소리를 삽입하기 위하여 일부러 그러한 상황을 만들어 놓은 느낌이 들 정도로 상여소리를 이 장면은 꼭 필요로 하고 있다. 상여소리가 삽입되니 그 이하에 연속될 수 있는 성격의 노래 또한 본래의 모습을 변용시켜 지속되고 있다. 실제 사건의 소요 시간보다도 더 길 정도로 여기에서 상여와 관련되는 것은 모두 동원되고 있다. 청중들은 사건의 진행과 관련없이 이 부분에서 심봉사와 갓 태어난 심청의 비극적 상황에 흠뻑 젖어들게 된다. 사건과 청중은 여기에서 대단히 밀착되어 여기에서의 서술자는 노래 속에 숨어 있다. 심봉사, 상두꾼의 노래만이 존재할 뿐, 서술자가 배역 속에 숨어 있기 때문에, 이 장면에서 판소리의 극적 성격은 더욱 강화된다. 그런데 이 극적 성격은 판소리가 지니는 오락 지향의 원리와 깊이 관련된다. 판소리의 판짜기 원리에는 정보 지향과 오락 지향의 두 축이 있는데, 여기에서 드러나는 특성은 바로 오락 지향과 관련되는 기존 가요의 광범위한 차용에서 찾을 수 있는 것이다[4]. 줄거리로 요약될 수 있는 서사의 핵심은 이미 청중에게 있어서는 잘 알려져 있는 사실이다. 그 정보가 전혀 다르게 전달되지 않는 한, 청중은 이미 알고 있는 심청가의 범위 안에서 그 내용을 이해하는 것이다. 청중과의 이러한 약속 때문에 연창자는 자신의 능력을 발휘하기 위하여 기존 가요를 광범위하게 채택하는 것이다.

이러한 기존 가요의 채택이 파급하는 효과는 상당히 큰 것으로 보인다. 연창자에게 요구되는 음악적 재능은 기존 가요의 채택만으로 끝나지 않기 때문이다. 서사 진행과 관련되어야 한다는 점에서 기존 가요의 채택은 나름대로의 한계를 지닌다. 서사적 진행과 밀접한 관련을 맺는 판소리 자체 내의 사설을 음악에 얹어 부른 것은 이러한 이유 때문이다. 그리고 여기에서 이른바 연창자의 역량을 진솔하게 드러낼 수 있는 더늠이 가능하게 되었다. 더늠은 기본적으로 기존 가요의 채택과는 관계가 없다. 연창자가 스스로의 음악적 역량을 발휘하여 주어

---

4) 김대행, 시조·가사·무가·판소리·민요의 교섭 양상, 한국학연구 7(고려대학교 한국학연구소, 1995), 174쪽.

진 사설에 곡을 붙이고, 이것이 대중적 승인을 받은 경우만을 더늠으로 인정하기 때문이다. 판소리를 더늠의 적층 예술이라 하고, 또 연창자를 단순히 노래 부르는 사람으로 제한하지 않는 이유가 여기에 있다. 이렇게 지속적으로 시가를 확장시킴으로써 판소리는 스스로 변화하는 상황에 대처하며 살아남을 수 있었고, 이것은 장르의 확대와 새로운 소재의 발굴을 가능하게 하였다.

이야기가 시가와 결합되면서 이야기나 시가라는 단일 성격은 각각 판소리 속에서 화학 반응을 일으켜 복합적 성격을 지니게 되었다. 따라서 이야기가 추구한 사실성의 구현이나 모방을 원론적으로 거부하는 것이 노래의 흡수로 이루어졌던 것이다. 따라서 판소리의 문자적 정착인 판소리계소설에서 현실의 반영이나 시대적 성격을 살피고자 하는 것은 대단한 모험을 수반한다고 할 수 있다. 동헌에서 춘향이 곤장을 맞는 장면에서 십장가(十杖歌)가 튀어나오는 것은 이야기의 성격으로 볼 때는 불가능한 결합이다. 사실적인 표현을 위하여 그 사설의 양을 줄인다는 것은 이 대목이 사실성을 지향하지 않는다는 점에서 수사에 불과한 것이다. 십장가에 의하여 춘향의 고난은 정지되고, 확대되어 사실성과 거리를 갖는다. 또 쑥대머리에 이르러 서사의 진행은 한없이 정지되고 있다. 서사의 진행만으로 본다면 이는 대단히 비경제적이다. 그러나 여기에서는 서사의 숨가쁜 진행이 목표가 아니기 때문에, 정지되어 춘향의 고난을 확대하는 것은 오히려 지극히 생산적이고 기능적이라고 할 수 있다. 그 목표에서 벗어나 사건의 전개를 촉급하게 진행하는 것은 그 목표와 관련지어 볼 때는 오히려 비생산적이다. 그렇다면 시가를 받아들이면서 이루어진 판소리는 이야기 문학의 서사 진행과는 다른 목표를 추구하는 상이한 장르로 변화되었다고 보아야 할 것이다. 판소리의 장르에 대한 논의가 아직도 그 해결을 보지 못하고 있는 것은 이러한 이유 때문이다.

판소리 향유자는 사건의 진행이 정지된 십장가를 통하여 더 진한 감동을 느낀다. 그것이 사실성을 구현한 것인가 아닌가 하는 논의는 전혀 제기할 필요가 없다. 이야기가 시가와 결합되면서 이야기와는 다른 판소리의 관례(慣例)가 이루어졌기 때문이다. 그리고 그 관례는 본래의 이야기가 노래와 결합하면서 노래의 중요한 속성, 시적 성격을 본질적인 것으로 받아들였다는 것으로 생각할 수 있다. 따라서 이러한 노래로의 실현을 현실성의 결여로 파악하는 것은 판소리의 관례를 거부한 것이라고 할 수 있다. 관례는 존중되어야 한다. 그 관례의 차이가 장르의 차이를 가져오는 것이고, 그래서 우리는 시(詩)는 시로 접근하고, 소설(小說)은 소설로 접근할 수 있는 근거를 마련할 수 있다. 시를 소설로 접근하여 그 형태를 기형적(畸形的)이라고 말하는 것은 그 시의 잘못이 아니라, 그것을 소설로 접근한 사람의 문화적 문맹(文盲)으로 치부하여야 할 일이다.

여기서 우리는 시와 시를 포함하는 문학의 속성에 대하여 정리할 필요가 있다. 문학은 현실을 기반으로 하여 이루어지지만, 문학의 현실은 실제의 현실과 다르다. 이것이 관념적으로는 문학과 역사를 구별하는 징표이고, 문학이 문학일 수 있는 진정한 이유이다. 작가는 현실을 기반으로 하여 작품을 쓰되, 작품 속의 세계는 작가의 허구적 상상력에 의하여 창조된 또 하나의 세계인 것이다. 작가의 창조 행위란 바로 이러한 이유에서 그 의미를 획득하는 것이고, 따라서 작품이 현실을 반영하고 있다는 것은 작가에 의식에 의하여 형상화된 세계가 역사적 추진력과 밀접하게 연관되고 있을 때, 가능한 말이라고 할 수 있다. 이것이 현실 세계와 작품 세계의 거리를 형성하는 것이고, 그 정도의 차이는 있지만, 모든 문학은 이러한 거리에 의하여 장르의 차이를 드러내게 된다고 할 수 있다. 서사가 보다 사실적인 경향을 띠는 데 반하여 서정은 시인의 의식에 의하여 창조된 또 하나의 세계이다. 따라서 서정의 세계에서 드러나는 현실은 시인에 의하여 재구성된 하나의 세계인 것이다. 그렇다면 서정은 표현의 문제에 있어 서사보다 세계의 실상에서 더 멀리 떨어져 있다고 할 수 있다.

이야기문학이 판소리로 변모하면서 삽입가요를 통하여 서정을 흡수하고 그 흡수된 서정을 자신의 중요한 한 본질로 드러내게 되었을 때, 판소리는 바로 이러한 현실의 모방이나 사실성의 구현이라는 서사의 중요한 한 특성은 포기하였다는 것을 의미한다. 이러한 것이다. 받아들이면 또 잃는 것이 있는 법이다. 우리가 세계의 질서를 받아들이면서 동시에 시간과 공간의 제약을 감수할 수밖에 없었던 것처럼, 이야기는 자신이 시대와 적응하며 살아가기 위하여 시가를 받아들였고, 그리하여 생명력을 획득하면서 동시에 서사가 지니는 중요한 성격들은 또 스스럼없이 포기하였던 것이다. 이러한 이유에서 본다면 춘향이 십장가를 부르고, 흥보가 돈타령을 부르는 것은 판소리로서는 전혀 이상한 일이 아니다. 오히려 슬픔이나 감격의 순간을 실제의 모습 그대로 표현하는 것이야말로 가장 판소리에 반(反)하는 것이라고 할 수 있다.

3. 적벽가의 판소리적 성격5)

적벽가에서 일관하여 사건을 주도하고 계획하는 인물은 제갈공명이다. 제갈공명은 모든 사건을 통찰하고 주재하는 초월적 위치에 놓여 있는 것이다. 공명의 등장에 의하여 적벽가의 사건은 개막되고, 모든 사건은 조직되며 일사불란한 진행이 이루어진다. 따라서 공명에 대한 작중 태도는 지극히 경외(敬畏)스러운 모습으로 나타난다. 이는 공명에 대한 기술이 항상 존칭어를 수반하는 것을 보아서도 알 수 있다. 그리고 이러한 태도는 작품의 결말까지 일관되어 나타난다. 따라서 공명과 대립되는 인물에 대한 태도는 상대적으로 폄하(貶下)될 수밖에 없다. 공명은 동남풍을 빌기 위하여 남병산에 단을 묻고 머리를 풀어 헤친 채 하늘과 직접 대면하는데, 이를 통하여 공명이 하늘과 맞닿아 있다는 인식을 보여주고 있다. 따라서 공명이 하늘에 빌고, 서성과 정봉의 추격을 피하여 조자룡

---

5) 적벽가의 판소리적 성격은 정병헌, 신재효 판소리 사설의 연구(평민사, 1986)의 해당 부분을 논지에 맞게 보완 정리하였다. 신재효 판소리 사설이 발생기의 판소리 현상을 구체적으로 보여주고 있다는 점, 그리고 판소리의 기본 인식에 대한 접근이라는 점에서 기존의 논의를 광범위하게 인용하고자 한다.

과 함께 본진으로 귀환하는 대목은 적벽가의 핵심적 부분이요, 이른바 적벽가의 '눈'이 되는 대목이다.

그러나 판소리 사설에서 나타나는 공명에 대한 태도는 이미 삼국지연의에서도 표현되어 있었다. 또한 적벽가에서 표현되는 영웅의 활약이나 태도도 결코 원전의 모습에서 일탈되지 않았다. 다만 조조의 모습은 지나치게 팽창되어 있는데, 이는 판소리로 바뀌면서 나타난 중요한 변화라고 할 수 있다. 즉 판소리의 판짜기에 있어 고려되는 요건으로 비장과 해학의 동시적 추구가 거론되는데, 기본적으로 비장의 연속일 수밖에 없는 적벽가에서 골계화의 대상은 조조와 조조를 중심으로 하는 집단으로 선택되었던 것이다. 이와 함께 전쟁에 참여한 이름 없는 병사들의 개인적인 감정 토로가 강조되어 있는데, 이 또한 조조 집단의 골계화에 기능적으로 기여하고 있다.

원전에 비해 확대된 이러한 부분들이 사건의 전개에서 차지하는 비중은 극히 미미하며, 오히려 급박한 사건의 전개를 정지시키는 부정적 기능을 가지고 있다. 그러나 앞에서 언급한 바와 같이 판소리화의 관습은 사건의 전개와 관련되는 것은 아니다. 그것은 각 장면의 심리적 상황에 맞는 극대화 과정, 또는 질펀한 놀이 과정을 연출하는 다양한 삽입가요의 경연 등을 통하여, 영웅들의 사건 전개에 묻혀 없는 것처럼 보였던 또 하나의 세계를 보여주는 것에 그 본질적 의미가 있는 것이다. 적벽가는 적벽대전의 급박한 사건 전개를 전달하는 목적으로 판소리화한 것은 아니다. 그러한 서사 전달을 위해서는 원전인 삼국지연의를 읽는 것이 더 유용한 것이고, 판소리 향유자들은 이미 이러한 판소리 관습에 익숙해 있다고 보아야 할 것이다.

서사적 전개에서도 판소리가 담당하는 몫은 오히려 이름 없이 사라져 가는 병사들의 모습을 통하여, 수많은 인명의 희생 위에서 얻어지는 영웅들의 공명과 전쟁에 대한 부정적 시각을 드러냄으로써 기존의 서사 진행과는 별개의 방향을 보인다. 그리고 이러한 점은 원전의 인식과는 전혀 대립적인 시각의 것으로 보인다. 실제로 판소리 현장에서 불리어지는 것도 정서나 사건이 극대화된 장면의 것으로 한정되기 마련이고, 이는 대체로 원전과는 거리가 먼 것들이기 일쑤이다. 이처럼 적벽가는 기본적인 큰 틀을 원전에서 받아들이면서 그 내면에서는 끊임없는 변화를 추구하고 있는 것이다.

원전에 기초한 서사적 전개와 판소리화의 과정에서 삽입된 부분이 병렬되어 나타나는 양상은 다음과 같다.

① 영웅의 봉기
② 병사들의 신세타령
③ 적벽대전의 준비
④ 병사들의 죽는 모습
⑤ 조조의 패전
⑥ 병사 점고
⑦ 장비의 등장과 조조의 패배
⑧ 새타령과 장승의 하소
⑨ 조조의 웃음과 관우의 등장
⑩ 조조의 비굴한 구생 도모

①③⑤⑦⑨는 원전을 요약 전달하고 있는 부분이다. 여기에서는 적벽대전의 표면에 등장하는 영웅의 활동상이 주축을 이루고 있으며, 이에 대한 작가의 개입은 극히 미미하다. 설사 그 개입이 있더라도 그것은 결코 원전의 의미를 일탈하지 않는다.

②④⑥⑧⑩은 원전에 드러나지 않은 부분으로 적벽가의 형성 과정에서 삽입된 것이다. 여기에서 사건은 정지하고 작자의 시선은 병사 하나하나의 개인적인 모습과 감정에 머물고 있다. 따라서 이 단락은 영웅의 용맹이 오히려 덧없음을 드러냄으로써 그 왜소화(矮小化)를 추구하고 있다. 병사들의 신세타령은 전쟁

에서 무시될 수밖에 없었던 부모 생각, 아내 생각, 자식 생각, 신방의 아쉬움, 형제애를 중점적으로 거론하고 있고, 심지어는 '두고 온 까치 새끼에 대한 그리움'을 곡진하게 드러내고 있다. '아내 생각'이 추상적인 그리움의 표출임에 비하여, '신방의 아쉬움'은 아내와의 성애 그 자체에 초점을 맞추어 개인 생활의 가장 비밀스러운 부분에 대한 심각한 고려를 강요하고 있다. 이에 이르러 우리는 개인의 삶에 있어 과연 전쟁이 무슨 의미를 지니는가에 대한 깊은 성찰을 강요당하게 된다.

병사들의 죽는 모습을 보여주고 있는 단락에서는 각 개인들의 죽음에 대한 직접적인 언급을 하고 있다. 원전에서는 영웅의 휘두르는 장창에 사라져 가는 '추풍낙엽(秋風落葉)'의 하나였고 그래서 영웅의 영웅성을 강조하는 역할에 머물렀던 병사들이었다. 그런데 사람마다 처한 처절한 모습을 육성으로 들려줌으로써 영웅이 아닌 평범한 인간의 생명과 생활에 시각이 주어졌던 것이다. 죽는 모습은 다음과 같이 제시되어 있다.

> 불 속에 타서 죽고 물 속에 빠져 죽고 총 맞아 죽고 살 맞아 죽고 칼에 죽고 창에 죽고 밟혀 죽고 눌려 죽고 엎어져 죽고 자빠져 죽고 기막혀 죽고 숨막혀 죽고 창 터져 죽고 등 터져 죽고 팔 부러져 죽고 다리 부러져 죽고 피 토하여 죽고 똥 싸고 죽고 웃다 죽고 뛰다 죽고 소리 지르다 죽고 달아나다 죽고 앉아 죽고 서서 죽고 가다 죽고 오다 죽고 장담하다 죽고 부기 쓰다 죽고 이 갈며 죽고 주먹 쥐고 죽고 죽어보느라고 죽고 재담으로 죽고 하 서러워 죽고 동무 따라 죽고 수 없이 죽은 것이 강물이 피가 되어 적벽강이 적수강 군장 복색 다 타진다
>
> (강한영 교주, 신재효 판소리 사설집, 민중서관, 1972, 489쪽)

여기에서 죽는 양상은 무려 34가지이다. 이 34가지는 다시 각각 2가지씩 짝이 되어 대응된다. 즉 불과 물, 총과 살, 칼과 창 등의 대응이 나타나는 것이다.

죽음에 있어 사실적일 수 있는 불, 물, 총, 활 등에서 마지막에 나오는 서러움, 동무 따라 죽음 등에 이르는 죽음의 양상은 자연 현상에서 무기에 의한 죽음, 인간과의 부딪힘, 감정의 흐름으로 향하는 일정한 방향을 가지고 있다. 이러한 방향은 외적 현상이 한 인간의 내면에 어떤 결과를 초래하는가를 보여주고 있다. 따라서 여기에서 중요한 것은 전쟁의 결과가 아니라, 그 과정에서 일어나고 있는 요모조모한 것들이다. 죽음의 반복적인 나열을 통하여 죽음을 초래한 전쟁에 대한 증오(憎惡)와 죽어가는 생명에 대한 한없는 안타까움을 드러내고 있는 것은 이 때문이다.

⑥의 병사 점고는 이미 죽음의 직전에 이른 병사들과 그러한 병사들 앞에서도 호기를 보이려다 망신을 당하는 조조의 모습이 해학적으로 그려져 있다. 여기에서 중요한 것은 ⑤에서부터 조조와 밀착되어 있던 정욱이 조조와 대립되며 조조의 허상을 드러내고 있다는 점이다. 이러한 이유에서 정욱은 춘향가나 배비장타령에 등장하는 방자와 같은 성격을 지니고 있다는 평가를 받기도 한다. 정욱은 조조의 측근이면서 조조의 허세를 청중에게 드러내 주는 역할을 하고 있기 때문이다. 만약 정욱의 이러한 성격 변모가 없었다면 적벽가는 〈열사가〉의 경우처럼 비장의 연속으로 이어질 수밖에 없었을 것이다. 열사가는 정욱이나 조조와 같은 골계의 대상을 선정할 수 없기 때문에 비장과 골계의 교차라는 판소리의 중요한 원리를 실현하지 못하고 있는 것이다.

그런데 정욱의 변모는 ④의 실상에 대한 파악의 결과로 나타난다. 정욱은 영웅들의 싸움에서 이름 없이 죽어가는 병사들의 실상을 보고, 그러한 결과를 초래한 조조의 편에 더 이상 설 수 없다는 인식을 갖게 된 것이다. 여기에서 상층부의 하층부에 대한 인식은 자신의 과오(過誤)의 인정에서 비롯된다는 점에서 특별히 지적하여야 할 사항이다. 병사들과 대립되는 계층에 속하면서 현실을 인식하고 자신의 계층에 속하는 존재를 비판함으로써 자신을 대립되는 계층의 모습으로 변화시키기 때문이다. 이것은 상층부 자체 내의 분열이라고 할 수 있다.[6]

따라서 적벽가에서 정욱이 보여주는 중간자적 성격은 〈춘향가〉나 〈배비장타령〉의 방자가 보여주는 신분적인 고착성과는 구별된다. 정욱은 하층부와 대립되는 상층부에 속하였다가 하층부의 실상을 파악한 뒤에 변모한다. 그런데 방자는 그 본래적 성격이 양측의 중간에 위치하기 때문에 이에서 파생되는 진폭은 차이가 드러나는 것이다. 이러한 이유에서 정욱의 변모와 방자의 대상에 대처하는 방식은 구별이 된다. 더구나 정욱은 자신의 계층에 대한 인식이 결코 단독적이지 않고 하층과의 관계 속에서 정립된 것이기 때문에 오히려 체제 내의 비판적 역할을 수행하고 있다. 〈춘향가〉에서 탐관오리를 징치(懲治)하는 존재로 상층부에 속하는 이몽룡을 내세웠던 방식은 여기에서도 다시 반복되고 있는 것이다. 이러한 체제 내의 분열을 통해서 의식의 개혁이 가능하다는 생각은 지금도 사회 변화에 있어 온건한 개혁주의자들에게 이어지고 있다.

상층부 자체 내에 비판적 존재가 형성되고, 이와 함께 죽음의 경계를 넘어선 군사들의 조조에 대한 반발이 직설적으로 드러난 것이 병사 점고 대목이다. 상층부의 권위를 내세우는 조조는 그 권위를 인정하지 않는 군사들에 의하여 지속적으로 낭패를 당한다. '국가를 구하고 역적을 토벌하는' 영웅적 행위가 군사들에 의하여 한없이 왜소화되는 것이다. 병사 점고 대목은 화병(火兵)에게 밥을 짓게 하다가 핀잔과 비판을 당하는 장면으로부터 시작된다. 각각의 병사들은 전쟁 상황에서는 무시될 수밖에 없었던 개인의 감정을 직설적으로 표현한다. 같은 계층 내에서 반발하는 세력의 제유적(提喩的) 표현이라고 할 수 있는 정욱에게서 비판을 받았던 조조는 이제 대립적인 계층인 군사들의 직설적인 비판에 직면하게 되었던 것이다. 그리고 이러한 비판의 현장에 조조를 지원하는 세력은 이미 존재하지 않는다.

---

6) 이러한 점에서 정욱의 변모는 적벽가 변모 과정에서 보다 후기에 일어난 현상으로 볼 수 있다. 뒤에 상론하는 것이지만, 적벽가의 형성은 대립되는 계층을 판소리에 끌어들이기 위한 전략적 측면에서 이루어진 것이다. 그러나 이미 판소리의 세계에 들어선 적벽가는 또한 판소리의 관례를 수용할 때만 그 존재를 지속시킬 수 있다. 조조의 희화화, 특히 정욱의 변모를 이러한 관점에서 설명할 수 있을 것이다.

이러한 완전한 패배의 상황에서 조조는 관우를 만난다. 관우의 의로움과 아량이라는 원전의 의식은 적벽가에서도 그대로 수용된다.

> 얼레설레판에 조조와 제장들이 다 살아 도망하니 관공의 높은 의기 천고에 뉘 당하리 …… 이러한 장한 일을 사기로만 전하오면 무식한 사람들이 다 알 수가 없삽기로 타령으로 만들어서 광대와 가객들이 풍류 좌상 장 부르니 늠늠한 그 충의가 만고에 아니 썩을까 하노라
> (강한영 교주, 신재효 판소리 사설집, 민중서관, 1972, 529쪽)

여기에서 상층의 지속성을 대변하는 공명과 관우는 대립되어 있다. 앞에서 우리는 공명이 적벽가의 중심부에 놓이는 역할을 담당하였다고 하였다. 그런데 이 장면에서 대립되어 있던 공명은 사라지고 조조의 생환에 기여하는 관우로 그 무게 중심이 이동하고 있다. 작가는 관우의 행동을 의(義)로 해석하고 따뜻한 시선을 보임으로써, 조조를 다시 원래의 상태로 회복시키고 있는 것이다. 관우는 전락된 조조를 다시 체제와 이념 속으로 끌어올리는 역할을 함으로써 체제의 변화에 대한 강한 우려와 방어 욕구를 드러낸 것으로 파악할 수 있을 것이다.

4. 출발의 논리 - 적벽가의 판소리화와 그 의미

판소리 형성에 간여한 계층은 민담적 세계관과 밀착되었던 서민 계층이었다.[7] 그런데 양반층이 판소리에 참여하면서 민담적 세계관에 기초한 사설들은

---

7) 윤분희는 미천한 인물의 낭만적인 꿈과 성취를 그리는 소설을 '민담적 전통을 기반으로 한 소설'로 파악하였다. 이에 의하면 민담적 전통을 기반으로 하는 소설은 '미천한 인물이 기존의 윤리 규범을 깨뜨리고 자기 방식의 새로운 윤리를 세우는 형식'이다. 윤분희, 한국 고소설의 서사구조 연구(박사 학위논문, 숙명여자대학교대학원, 1997), 122-164쪽.
　이러한 이유에서 민담적 전통을 기반으로 하는 판소리계소설과 기존의 권위 회복을 목표로 하는 영웅소설은 그 형성과정이나 향유층에 있어 변별된다. 적벽가는 삼국지연의를 원전으로

상당한 정도의 변모를 거치게 되었다. 판소리에 나타난 주제의 양면성은 판소리 향유에 있어 이질적인 또 하나의 계층을 포용하기 위한 결과로 해석할 수 있는 것이다. 그 양면적 성격에서 보다 근원적이고 바탕을 이루는 것이 민담적 세계 관에 기초한 서민들의 의식임은 물론이다. 충과 효, 우애로 감싼다 하더라도 그 것은 결코 결핍된 자의 충족을 추구하는 성향을 제거하면서 이루어지지는 않기 때문이다. 현실이 이념을 받아들이고 포용하는 모습을 이에서 볼 수 있다.

그런데 적벽가의 경우는 기존의 판소리와는 구별되는 것으로 보인다. 적벽가 는 삼국지연의의 적벽대전 대목을 판소리적으로 확장한 것인데, 여기에서 전체 를 통어하는 기본적 흐름은 명분과 이념의 확보 여하이다. 조조가 풍자의 대상 으로 전락하는 것도 유비나 제갈공명이 명분의 편에 서 있기 때문에 가능한 것 이었다. 이미 삼국지연의에서 확보된 촉의 정통론은 적벽가에서도 그대로 적용 되는 것이다. 그리고 적벽가는 판소리의 틀이 이미 확보된 뒤에 이루어진 작품 이다. 적벽가의 초기적 명칭은 화용도타령으로 추정되는데, 명칭이 바뀐 것은 그 담고 있는 내용의 변모까지도 수반하는 것으로 본다. 즉 화용도타령은 조조 의 화용도 패주 장면이 보다 강화된 것이고, 적벽가는 적벽대전 대목을 보다 강화한 것으로 추정할 수 있는 것이다. 조조의 화용도 패주 장면은 관우와 조조 의 관계를 통하여 조조의 희화화가 보다 두드러졌을 것으로 추정된다. 관우희에 그려진 적벽가는 명백하게 화용도 패주 장면이 중심으로 설정되어 있다.

> 궂은 비에 화용도로 도망친 조조
> 관운장은 칼을 쥐고 말에서 볼 뿐
> 군졸 앞서 비는 꼴은 정녕 여우라
> 우습구나, 간웅들 모골이 오싹
> (윤광봉, 개정 한국 연희시 연구, 도서출판 박이정, 1997, 150쪽 재인용)

하고 있다는 점에서 이러한 민담적 전통에서 벗어나 있다고 보는 것이 본고의 입장이다.

화용도의 패주 장면에서 적벽대전 장면으로 작품의 중심이 이행한 것은 적벽가의 향유층에 대한 고려 때문으로 추정된다. 적벽가의 눈이라 할 수 있는 부분이 적벽강 불 지르는 대목으로 변모하는 것도 이념의 지향을 선호하는 향유층의 기호에 영합한 것이라 할 수 있다. 즉 적벽가는 춘향가나 심청가, 특히 흥보가와 수궁가가 추구하는 바와는 달리 그 출발부터 명분과 이념에 기반하여 그 서사가 진행되고 있는 것이다. 물론 적벽대전에서 신분이 낮은 병사들에게 초점을 맞추기도 하였고, 참담한 전쟁의 분위기를 골계적으로 희화화하기도 하였다. 이렇게 영웅만의 활약이 아니라 그것을 가능하게 한 이름 없는 개인에게 초점을 맞추기도 한 것은 삼국지연의에서는 볼 수 없는 일이다. 이름 없이 사라져가는 병사들의 모습을 통하여 수많은 인명의 희생을 바탕으로 이루어지는 영웅들의 공명과 전쟁에 대한 부정적 시각이 드러나고 있기 때문이다.

그러나 이러한 변개는 앞에서 춘향가나 심청가, 흥보가 수궁가가 대립되는 계층을 포용하기 위하여 변화하였던 것과 같은 의미로 파악할 수 있다. 흥보가나 수궁가가 흥보가, 수궁가로 남을 수 있는 최소한의 여건은 현실에 기반을 둔 것이었고, 그것은 다른 어떤 것을 포기하여도 괜찮을 만큼 강력한 것이었다. 마찬가지로 적벽가가 적벽가일 수 있는 최소한의 요건은 이념과 명분에 기반을 둔 것이었고, 그것은 다른 어떤 것을 포기하여도 괜찮을 만큼 강력한 것이다. 따라서 19세기 후반에 긍정적 영웅의 현상이 강화된 것은 새로이 판소리 향유층으로 편입된 양반 식자층의 요구를 적극적으로 반영한 결과라고 할 수 있는 것이다.

이러한 점에서 적벽가가 지향하는 바는 이념과 명분을 중요시하는 계층의 욕구와 일치하는 것으로 보아도 무방하다. 이념과 명분의 중시는 기본적으로 기존의 체제 유지를 목표로 한다. 이념 지향의 좌상객이라 할 또 다른 향유층이 적벽가를 선호한 것은 다음의 증언에서도 확인된다.

　옛날에 대갓집에서 소리할 적에는 첫 번에 이럽니다. 소리하러 딱 들어가잖
아요, 광대가. 들어가면, 저 소리하러 왔습니다, 이럽니다. 지금은 레파토리를
짜 가지구 가지만, 어림없어요, 옛날에는. 적벽가를 할 줄 아시오, 이래 물어요.
적벽가 잘 못 헙니다. 춘향가 헐 줄 아는가, 이래거든요. 말이 떨어지지요. 잘못
하면, 심청가 할 줄 아냐, 이러고. 대번에 격수가 탁 낮아집니다.
　(박동진, 판소리 인간문화재 증언 자료, 판소리연구 2, 판소리학회, 1997, 228쪽)

　새로운 향유층으로 편입된 이념 지향의 좌상객들은 기존의 판소리를 자신의
취향에 맞게 개작하도록 유도하였을 뿐만 아니라, 기본적으로 자신들의 세계관
과 일치하는 적벽가가 판소리의 중요한 레퍼토리로 정착되도록 영향을 끼쳤던
것이다. 이렇게 되어 판소리는 현실에 기반한 작품만이 아니라, 이념과 명분에
기반을 둔 작품까지도 그 레퍼토리로 확보하게 되었다. 이것은 판소리의 중요한
향유층으로 영입된 양반층의 세계관까지도 판소리가 포용하게 되었다는 것을
의미한다. 조선 후기에 팽배했던 소설 배격론이 바로 이러한 민담적 세계관에
기반한 작품들을 주 공략 대상으로 설정한 것에서도 볼 수 있듯이, 양반층들은
흥보가나 수궁가의 지향을 잘 알고 있었다고 보아야 할 것이다. 이러한 이유에
서 판소리는 주제의 양면성과 같은 작업을 통하여 그 파괴력과 공격성을 감추고,
동시에 적벽가와 같은 작품을 등장시킴으로써 모든 계층을 아우를 수 있는 국민
예술로 성장하였던 것이다. 또한 이를 통하여 호남을 중심으로 하여 이루어진
형성기의 지역적 기반은 서울, 그리고 전국으로 확산될 수 있었다.
　모든 존재는 변화하는 주변 여건에 적응하지 못할 때, 필연적으로 도태의 길
을 걷게 된다. 판소리는 자신의 존속을 위하여 끊임없는 변신을 도모하였다. 때
로는 이질적인 장르를 수용하면서 수용한 장르와 화학적 반응을 일으키기도 하
였고, 또 때로는 대립되는 계층의 세계관을 수용한 작품을 포괄하기도 하였다.
그러나 이것이 결코 자신의 정체성을 해치는 것으로 확대되지는 않았다. 끊임없
이 대상을 포용하면서 그 대상을 자신의 것으로 편입시킴으로써 자신을 살찌웠

던 것이다. 이렇게 세계의 변모에 능동적으로 적응할 수 있는 역량을 가졌기 때문에 판소리의 생명은 지속될 수 있었다. 적벽가의 등장은 판소리의 엄청난 잠재력을 확인시켜 준 사건이라고 할 수 있을 것이다.

판소리 단가에 나타난 신재효의 세계인식

서종문

1. 논의의 성격

신재효가 판소리의 작품을 개작하여 정착시키면서 그가 처한 세계에 대한 이해나 현실에 관한 인식을 남겨두었다는 사실은 이모저모로 밝혀졌다. 여기에 포함되는 작품은 〈춘향가〉, 〈심청가〉, 〈토별가〉, 〈박타령〉, 〈적벽가〉, 〈변강쇠가〉 등의 판소리 공연 레파토리 여섯마당에 속하는 작품으로 그 논의의 주된 대상이 되었다.

신재효는 이밖에도 짧은 형태의 작품을 남겼다. 〈허두가〉, 〈광대가〉, 〈치산가〉, 〈오섬가〉, 〈도리화가〉, 〈단잡가〉 등등이다. 이들 작품이 신재효의 세계인식을 드러내고 있다는 점도 확인되었다. 적지 않은 작품이 이렇게 짧은 형태로 남아 있기에 이를 대상으로 이 문제를 포괄적으로 살펴볼 필요가 있다. 이들 작품들은 그 길이가 제 각각이기에 이들을 포섭하여 명명할 명칭이 마땅하지 않다. 그런데 이들 작품들은 앞에 든 판소리 여섯마당보다는 그 길이가 현저하게 짧은 것이다. 그러하기에 이들을 두루 이름하여 판소리 단가라 부르기로 한다.

이들 작품을 지금까지 이런 저런 논의가 이루어져 왔다. 이러한 논의가 진행되면서 신재효가 창작하거나 개작한 판소리 단가 작품 속에 갈무리하고 있는 세계인식 문제가 어느 정도 해명되었다고 볼 수 있다. 그렇지만 신재효가 남긴 단가 작품 전체를 살펴서 여기에서 그가 어떠한 세계인식을 남겨두었는가를 두루 살펴볼 필요가 생긴다. 이는 신재효가 판소리의 여섯마당을 가다듬으면서 드러내었던 세계인식과 연계하여 이해할 수 있는 일이기도 하다.

어떤 사람이라도 그가 살아갔던 시대와 사회에서 벗어나서 생각하고 행동할 수는 없는 일이다. 신재효의 세계인식도 그가 살아갔던 사회와 시대의 틀 안에서 형성된 것이다. 이러한 세계인식이 그가 창작하거나 개작한 판소리 단가에서 어떻게 반영되어 나타나는가를 따지는 일은 쉽지는 않다. 왜냐하면 대부분의 작품은 당대의 문학적 관습과 일반화된 관념에 속박되고 이에 따라 상투적인 표현물로 고착되는 경향을 보여왔기에, 신재효 개인이 투사한 특정한 부분을 찾아내어 해명하는 일은 매우 어려운 과업이 될 것이기 때문이다.

이미 이루어진 작업의 성과를 참고하면서 신재효가 판소리 단가를 창작하거나 개작할 때에 어떠한 세계인식의 토대 위에서 이러한 작업을 진행하였는가를 살펴보고자 한다. 여기서는 신재효의 판소리 단가의 전반적인 성격을 검토하지는 않는다. 작품 안에 갈무리된 그의 세계인식 문제에 집중하여 논의를 전개하려고 한다. 따라서 개별 작품의 논의나, 작품의 형식 검토 등은 관심있게 다루지 않고 전체적인 시야에서 이 문제가 검토될 예정이다.

2. 신재효 판소리 단가의 양상

신재효가 남긴 단가는 적지 않은 작품이 전해져 온다. 작품수가 많을 뿐만이니라, 작품들이 내보이는 양상도 다양하다. 작품의 명칭이 표기되어 있는 것도 있지만, 작품의 이름을 그 내용으로 미루어 짐작할 수 있는 것도 많다. 작품의 길이도 일정하지 않아서 그 형태를 규정하기가 쉽지 않다. 더구나 이들 작품이 어떤 기능을 지녔는지를 따져보기는 매우 어려운 상태이다.

흥미있는 것은 작품의 명칭이 명명되어 있는 작품들 가운데서 작품의 기능이 뚜렷하게 드러나는 면모가 보인다는 점이다. 〈광대가〉와 〈치산가〉와 〈도리화가〉가 그 대표적인 사례에 속하는 작품들이다. 〈오섬가〉와 같은 작품은 그 기능이 무엇인지 풀어내기가 어려운 작품이지만, 잘 살펴보면 그 기능이 설명될 수도 있을 터이다. 〈허두가〉라는 명칭으로 묶인 열 세편의 작품은 목푸는 소리의 기능을 지닌 것으로 이해되지만[1], 그 내용은 다양하다[2].

이러한 삭품들을 놓고 거기에 반영된 신재효의 세계인식 문제를 밝히려면, 몇 가지의 작업이 필요하다. 먼저 이들 작품은 신재효의 개작 작업이나 창작 작업에 의해서 나타났는가 하는 점이 검토되어야 한다[3]. 다음으로는 그의 개작 작업과 창작 작업에서 어떠한 세계인식을 드러내고 있는가를 따질 수 있다. 이 때에도 신재효가 의도적으로 이러한 의식을 드러내고 있는가, 자연스럽게 그것이 노출되고 있는가도 관심의 대상이 되게 마련이다. 그가 드러내려고 했거나 드러내었던 세계인식의 양상도 개인적인 성향을 지닌 것과 집단적인 성향을 지닌 것으로 나누어질 수 있을 터이다.

전해오는 신재효의 판소리 단가 작품이 기존의 작품과 비교할 수 없이 독자적인 내용을 지니고 있다면, 이것은 이런 문제를 집중적으로 해명해낼 수 있을 대상이 된다. 그가 남긴 판소리 단가 작품 중에는 이런 작품이 적지 않아서 그런 점에서는 낙관적인 전망을 확보할 수 있을 듯하다. 〈도리화가〉나 〈광대가〉가 그 대표적인 사례에 속한다.

기존에 전해오는 작품을 개작했을 경우에도 신재효는 개작작업을 통하여 그

---

1) 장석규, 신재효의 허두가에 나타난 문제의식, 「신재효 연구, 태학사」, 1997, 337면.
2) 허두가의 생성경로와 표현방식과 내용과 기능에 대한 전반적인 검토는 아래의 논의에서 이루어진 바 있다.
   이원수, 판소리 허두가의 성격과 기능, 「한국 판소리, 고전문학연구 아세아문화사」, 1983.
3) 신재효의 단가작품을 창자의 득음을 위한 교재로, 또는 그의 현학적 취향과 대중적 흥미 지향을 함께 실험한 결과로 이해하려는 논의(김수연, 〈동리 가사〉의 성격과 기능, 판소리연구 9, 판소리학회, 1998.)는 신재효의 단가작품을 적극적인 창작행위의 결과로 해석하려는 관점을 보이고 있다.

의 세계인식을 일정하게 반영하였을 것으로 추정된다. 이점이 어느 정도 해명된 사례도 있다. 〈치산가〉가 그러한 과정과 결과를 잘 보여주고 있다. 이는 기존의 〈치산가〉 작품과 신재효가 남긴 작품을 비교하면 분명해진다[4].

3. 판소리 단가를 통해본 신재효의 세계인식

한 개인이 그가 살아갔던 시기와 사회를 어떻게 생각하고 있었던가, 또 그를 둘러싸고 있는 시대와 현실을 어떤 방식으로 이해하면서 일정한 대응을 해나갔는가는 그가 남긴 발자취를 따라가면서 알아볼 수밖에 없다. 신재효의 경우는 그가 고치고 다듬어 쓴 판소리 사설과 단가 작품에 이러한 흔적을 남겨 놓았다. 여기서는 단가를 중심으로 그의 세계인식의 흐름을 크게 네 가지로 나누어 살펴보려고 한다.

1) 세계의 중심축으로서의 인간 인식

세계인식 문제에서 가장 중심 되는 관점은 주체와 객체의 설정에서 드러나고, 그것은 주체와 객체의 관계의 이해가 어떻게 이루어지는가에 따라서 결정된다고 볼 수 있다. 신재효도 그가 남겨놓은 판소리 단가 작품에서 인간과 사회나 역사의 이해를 보여주고 있다. 인간을 주체적 세계로 볼 때에 사회나 역사가 부여하는 바는 객관적 세계로 파악된다. 신재효는 판소리를 통하여 인간의 주체를 세계의 중심에 놓는 이해를 곧잘 보여주곤 하였다.

〈광대가〉에서 신재효는 판소리의 문학적 구성요소인 사설과 음악적 구성 요소인 창곡이라는 객체적 세계가 소리꾼의 풍채와 연기능력으로 구현된다는 이

---

4) 서종문, 판소리에 나타난 신재효의 세계인식, 동리연구 1, 동리연구회, 1993.

해를 보여주었던 바, 이는 판소리의 주·객체적 구성요소가 소리꾼이라는 공연 주체의 중심축에 결집되어야 한다는 인식을 보이는 일이다. 신재효는 〈광대가〉에서 판소리라는 공연예술을 공연주체라는 소리꾼에 의해서 열리는 예술세계라는 인식과 함께 객관적으로 구현되는 소리세계를 세계의 중심에 놓고 바라보는 이해도 동시에 드러내었다.

〈광대가〉를 통해서 신재효는 그의 세계인식의 중심축에서 인간의 주체적인 의식과 활동이 기존의 가치지향과는 다르게 새로운 예술적 성취를 추동해야 한다는 인식을 드러낸 셈이다. 즉 판소리의 예술세계는 소리꾼이 사설과 소리를 엮어서 그의 풍모와 연기력을 통해서 빚어내는 세계라는 점과 그것이 높은 예술적 성취를 획득하면 중국의 유명한 문인들이 형상화한 세계와 같은 높이를 지닌 예술세계가 된다는 인식이 그것이다[5]. 이 두 가지의 인식은 겉으로는 서로 다른 지향성을 지니는 것으로 보인다. 그러나 깊이 들여다보면 이는 공통된 인식의 틀 안에서 생성되어 나온 것이라 판단할 수 있는 것이다.

세계의 중심축이 주체적인 것이라는 신재효의 생각은 소리판을 구성하는 소리꾼을 소리세계의 중심에 세워둔 점과 함께 예술적 세계의 중심에 우리의 판소리의 예술세계를 놓아두게 만들었다. 앞쪽에서는 인간이 그 주체가 되는 것이라면, 뒤쪽에서는 소리세계가 그 중심에 놓인다는 점에서 그 중심축의 개별성은 달라지긴 한다. 또한 앞쪽이 소리꾼을 주체에 중심으로 삼았다면, 뒤쪽에서는 소리세계를 중국의 문학적 성취보다 더 세계의 중심에 두었던 셈이다. 그런데 신재효가 〈광대가〉에서는 주체적 인간과 객관적 세계가 하나로 통합되어 완결된다는 생각 위에 서 있기에 결과적으로는 세계의 중심축에 발현되는 것은 인간의 주체적 행위라고 봤던 것이다.

---

5) 이것을 신재효가 '중국은 과거의 나라이고 조선은 새로이 떠오르는 나라"라는 인식을 보여주는 점으로 해석하는 관점이 주목된다.(장석규, 허두가에 나타난 문제의식, 「서종문·정병헌편, 신재효연구」, 태학사, 1997, 409면.) 이러한 관점은 최혜진의 논의(신재효의 〈허두가〉에 나타난 세계인식과 그 의미, 판소리연구 8, 1997.)에서도 공통되게 나타난다.

판소리가 소리세계로 구현될 때에 그 중심축에는 소리꾼이라는 주체의 축이 놓여야 한다는 신재효의 세계인식은 그가 고치거나 가다듬어 쓴 판소리 사설 곳곳에서 드러나고 있다는 점이 확인된다. 〈춘향가〉와 〈심청가〉, 〈박타령〉과 〈토별가〉, 〈적벽가〉와 〈변강쇠가〉 등 여섯마당의 곳곳에 이점을 드러내었다. 여기서는 공연주체인 소리꾼과 북잡이뿐만 아니라 감상주체인 좌상객까지 소리 판의 중심축에 놓아두는 관점을 드러내면서 판소리 사설을 재조정하였다. 더 나아가서 작품에 등장하는 인물과 이를 표출하는 소리꾼 사이에 사설과 창곡과 장단을 매개로 두고 이를 소리세계로 통합하려는 의도를 보여주는 시도에서 이러한 인식은 더욱 선명해지고 있다[6]. 〈박타령〉에서 이런 인식을 드러내는 전형적 부분을 하나 볼 수 있다.

> 흔 놈은 시죠청으로 울어 흔 놈은 슌타령으로 울어 흔 놈은 벙 애타령으로 울어 흔 놈은 흣 울어셔 목이 죠금 쉬여씌로 목은 아여 아니 씨고 즈진머리 안일이로 남을 일슈 우씌것다[7]

이 부분에서 우리는 신재효가 소리꾼이 작중에 등장하는 인물과 작품에 나타나는 상황을 너름새와 소리와 사설에 결합시켜서 적실하게 표출해야 된다는 생각을 드러내고 있다는 점을 알아차릴 수 있다. 이는 다른 곳에서 그가 감상자나 이론가의 위치에서 단순하게 더늠을 제시하거나 기능이나 방법을 표시했던 점과도 다르다. 여기서는 판소리의 세계가 소리꾼의 주체적 활동을 통해 구현되어 다양하게 나타나는 세계라는 점이 역동적이고 구체화되어 드러나고 있다. 이것은 그가 〈광대가〉에서 보여주었던 세계인식을 판소리 사설 속에 구현한 사례로 볼 수 있는 셈이다.

---

6) 이러한 사례에 대한 분석은 다음에서 참고할 수 있다.
   서종문, 신재효의 세계인식과 판소리 이론, 판소리의 역사적 이해, 태학사, 2006, 329–332면.
7) 강한영 교주, 신재효 판소리 사설집(전), 1971, 민중서관, 436면.

2) 합리주의적 세계 이해와 구현

신재효는 판소리 사설을 고쳐서 가다듬어 쓸 때에 그 준거를 합리주의적으로 세계를 이해하려는 지향점에서 찾았다. 합목적적이라고 생각하는 방향으로 어떤 상황이나 사태를 정리하고 재배치하려는 의도와 사유방식은 합리주의적 세계인식의 근간을 이루는 것이다. 주어진 세계가 합목적적인 것이라고 전제하고 그 범주와 가치 기준을 그 속에서 찾을 때에는 보수주의적 합리주의기, 새로운 세계로 변화해야 할 방향에서 합목적적인 준거를 찾으려고 할 때에는 진보주의적 합리주의가 성격을 달리하면서 드러날 수도 있을 터이다.

〈춘향가〉를 소리꾼의 성격에 맞추어 사설을 고쳐 나누어야 한다는 신재효의 개작작업에서 이러한 합리주의적 세계인식이 그 방향타가 되고 있다는 점이 확인되었다[8]. 그가 춘향이 신관사또의 수청을 거절하고 매를 맞는 대목에서 부르는 '십장가'가 길어서는 정황에 어긋나기에 이를 짧게 고친다거나, 〈심청가〉에서 심청이 눈먼 아버지의 눈을 뜨게 하기 위해 바다에 뛰어 들 때에 죽음 앞에 두려워하는 모습을 보이는 것은 효의 화신으로는 걸맞지 않다고 비판하고 당당하게 죽음에 맞서는 자세로 바꾸어서 형상화했던 작업에서도 이러한 합리주의적인 세계인식의 잣대가 개작 방향을 설정하는 준거가 되었다는 점도 밝혀졌다.

신재효의 판소리 단가 작품에서 이러한 세계인식이 어떻게 드러나고 있는가. 여기서 우리는 다소 모험적인 추론과 논의가 필요하다는 생각이 드는 것이다. 신재효가 남긴 판소리 단가 작품 중에서 〈오섬가〉는 매우 독특한 세계로 구성된 내용을 담고 있다. 이 작품은 두 개의 축으로 구성되어 있다. 하나는 중국을 중심으로 하고 하나는 우리나라를 중심축으로 삼고 있다. 또 다른 축은 남자와 여자라는 축이다. 물론 남녀 간의 사랑과 이별이라는 또 다른 축을 찾아낼 수도 있다. 구체적으로는 순과 아황·여영, 걸과 매희, 주와 달기, 항우와 우미인, 한

---

8) 이러한 작업의 구체적인 내용과 분석은 아래에서 찾아볼 수 있다.
　서종문, 판소리사설 연구, 형성출판사, 1984, 68－83면.

태조와 척부인, 원제와 왕소군, 성제와 반첩여, 현종과 양귀비 등등의 인물의
사랑과 이별이 제시되는가 하면, 춘향과 이도령, 애랑과 정비장, 매화와 골생원
이 짝으로 등장한다.

　이렇게 제시된 작품세계에서 우리는 그의 합리주의적 세계인식을 어떻게 읽
어낼 있는가. 우선 이 작품의 첫머리를 주목할 필요가 있다.

> 　고왕금너의 괴이한 일도만코 허망한말도 만커니와 이일과 이말은 기이할쌴
> 아니라 허망한일 아니엇다 되져 가마귀와 두덕이와 문답수작 한단마리 황당한
> 말이기로 속모르고 듯는니난 허망타 하려니와 속알고 듯거듸면 다른사셜 듯건
> 난야[9]

　위의 서술은 다음과 같은 의미로 조직되어 있다. 1) 옛날부터 기이하고 허망
한 일이 많았다. 2) 여기 구성된 내용은 기이하나 허망하지 않다. 3) 가마귀와
두꺼비가 문답수작한다는 것은 황당하다. 4) 속뜻을 모르기에 허망하다 여길 수
있다. 5) 속뜻을 알고 나면 다른 사설보다 높이 사게 된다. 이런 전제는 신재효가
펼치는 세계가 합목적적이라는 점을 강조하기 위해 놓아둔 장치라는 점이 점차
밝혀진다.

　우리는 〈오섬가〉를 구성하는 내용이 역사적 사실과 허구적 세계의 두 축 위에
서 있다는 점을 유의할 수 있다. 즉 중국을 중심축으로 전개되는 세계는 역사적
사실의 바탕 위에 서 있다면, 우리나라를 중심축으로 짜이는 내용은 허구적 세
계를 토대로 삼고 있다. 이것은 '허망하지도 않으면서 기이한' 세계를 독자적으
로 구성하려는 신재효의 의도를 구현하고 있는 것이다. 신재효는 앞쪽의 역사적
사실은 기이하지만, 뒤쪽의 허구적 세계는 허망한 것은 아니라는 생각을 바탕으
로 이러한 이질적인 세계를 통합할 수 있었던 셈이다. 그의 합목적적인 준거에
따라 합리적으로 재구성한 〈오섬가〉가 지향하는 것은 무엇인가.

---

9) 강한영 교주, 신재효 판소리 사설집(전), 1971, 민중서관, 678면.

〈오섬가〉를 구축하고 있는 축의 하나는 남녀 간의 사랑과 이별이다. 신재효가 긍정적으로 이해하는 사례도 있고 부정적으로 평가하는 사례도 있다. 그렇지만 매우 적나라한 표현을 통하여 이러한 사례를 예시하는 태도는 상식적인 이해를 넘어서는 것이다. 이를 통해서 신재효는 인간의 기본적인 욕구인 성애를 긍정하는 의식을 보여주려고 한 점[10]도 있을 것이다.

그런데 〈오섬가〉의 결사 부분에서는 '셰샹의 음양정욕 여천지무궁이라 금할 슈는 업긴이와 이ᄉ랑 이셜음을 억졔ᄒᄉ ᄒ량이면 부동심이 졔일이라……셰샹 ᄉ람 씌우라고 칠정중에 이두가지 특별이 기록ᄒᄉ 허실을 분각ᄒ고 포렴이 분명ᄒ니 남녀간 무론ᄒ고 이ᄉ셜 들은후에 각기알아 ᄒ옵시오 무궁ᄉ셜 그만져 만[11]'라고 하여 남녀간의 사랑과 이별 문제조차도 합리적인 관점에서 처리하려고 하는 관점으로 이 작품을 끝맺는다. 즉 1) 남녀간의 사랑과 이별의 다양한 양상 인정 2) 극단적인 반응과 양상은 조절이 필요함 3) 사랑과 이별의 주체가 결단할 사항으로 요약할 수 있는 바, 1)과 2)의 기술 태도에서는 존재하는 현상을 인정하고 그것의 자체적인 조정은 그것의 내재적인 요인을 적절하게 조절하는 것으로 해결될 수 있다는 인식을 드러내는 셈이다. 3)의 경우에서는 세계의 중심축인 사람 자신의 주체적 결단에 내맡기는 신재효 세계인식의 측면이 드러나고 있는 것이다.

더 나아가 생각해 본다면, 신재효는 이것을 그가 지원하는 판소리 교육에 참여하고 있었던 일부 창자에게 실험적으로 교육하는 텍스트로 마련한 게 아닌가 하는 생각도 드는 것이다. 이로 미루어 보면 이러한 작업은 새로운 판소리 공연의 텍스트를 염두에 두고 신재효가 시도하는 작업의 결과로 판단하게 만든다.

---

10) 김기형, 신재효 작 가사체 작품의 장르 귀속문제와 작가의식, 상산 정재호박사 화갑기념논총, 1995, 태학사, 536면.
11) 강한영 교주, 신재효 판소리 사설집(전), 1971, 민중서관, 685면.

3) 현세적 현실주의적 관점으로 대상 인식

신재효가 현실을 어떻게 이해하고 있었는가에 대해서는 이미 상당한 논의가 진행되었다. 그가 당대의 현실을 어떻게 인식하고 대응해 나갔는가라는 점에 대한 논의와 그가 살아가는 현실을 어떤 세계인식의 틀 안에서 바라보았는가라는 점에 대한 논의는 상당한 수준에서 전개되어 왔다. 여기서는 이러한 과제를 그가 남긴 판소리 단가 작품을 중심으로 알아보는 작업이 진행될 것이다.

조선조가 그 활력을 소진하고 멸망을 향하여 나아가는 시대를 신재효가 살아갔다고 할 때에 그가 그 시대와 사회에 대한 관심을 표명하지 않을 수 없었을 터이다. 아닌 게 아니라, 그는 판소리 작품의 곳곳에 이러한 관심을 직접적으로, 또는 우회적으로 표명하고 있었다는 점이 확인되었다. 〈토별가〉에서 당대의 세도정치를 비판하면서 왕권의 강화와 중간계급의 역할이 필요함을 강조하는 관점을 보이고 있었던 점이 그 대표적인 사례이다[12]. 필자는 신재효의 〈박타령〉과 〈심청가〉 및 〈적벽가〉에서 이러한 현실인식을 찾아내어서 그것을 중인적 비판주의라고 명명한 바 있다.

판소리 단가에 나타나는 신재효의 현실인식 문제를 당대 정치와 역사에 대한 인식 문제 속에서 다룬 조동일의 논의는 이 문제에 대해서 한 측면을 선명하게 밝히고 있다. 〈십보가〉에서 신재효는 우리나라를 침노하는 위기국면을 '이천만 동포'가 수난의 주체로서가 아니라 자각의 주체로서 동질성을 확보하면서 대처해야 된다는 생각을 드러내고 있었다는 점을 주목하였다[13]. 이점은 신재효가 판소리 작품을 통해서 당대 사회적 상황과 역사적 위기를 주시하면서 이에 대해 일정한 인식을 드러내었던 것을 잘 보여준다.

〈치산가〉에서 신재효가 현실에 대응하는 방식을 표명하였던 바는 필자가 이

---

12) 〈토별가〉에 나타난 신재효의 현실인식은 아래 부분에서 자세하게 논의된 바 있다.
　　서종문, 판소리의 역사적 이해, 태학사, 2006, 463-494면,
13) 조동일, 신재효·유인석·김중건의 구국노선, 「한국시가의 역사의식」, 문예출판사, 1994(2쇄), 289-339면. 참고.

미 논의한 바 있다. 〈치산가〉에서 '이몸이 싱긴후에 스르스 명이되고 먹어야 복이로다 효양도 의식이요 예절도 의식이라'[14)노래하고 있는 부분에서 그는 먹는 것이 복이며 효양(孝養)과 예절(禮節) 같이 소중하게 여기는 가치조차도 의식(衣食)이라는 생활의 필수조건에 매여 있다는 생각을 드러내었다. 더 나아가서 그것의 토대가 되는 재부(財富)는 자신을 편안하게 하고 이웃과 친척과의 관계를 돈돈하게 만드는 데에 유효하게 쓰인다고 노래하여 그것이 목적적인 가치를 지닌다는 인식을 보여주었다. 이를 필자는 신재효가 현세적 현실주의라는 세계인식을 보여준 것으로 판단하였다.

허두가 중에서 명산답유(名山踏遊)하는 내용을 담은 가사 중에서 다음과 같은 부분도 신재효의 현세적 현실주의를 지향하는 세계인식을 보여주고 있다.

> 먼나리난 길슘ᄒ고 숀ᄌ난 글비오고 노쳐와 승되ᄒ여 획지위국 바돌둘졔 희
> 당화ᄒ 팔십노옹 아숀을 히롱ᄒ여 셔와쥰 탁쥬 걸너노코 반춰케 먹은후에 농담
> 야서 흔가ᄒ다 쳔승션 뉘보앗노 지승션이 뇌안니야 졔불졔쳔 모와시니 명슌으
> 로 돌너보싀[15)

위의 내용에서는 신재효가 〈치산가〉에서 보인 바와 같이 현실적 토대를 생활과 밀접한 사안에서 찾으면서 여기서 자족하는 자세를 드러내고 있는 점이 나타난다. 며느리의 길쌈노동과 손자의 글공부, 늙은 처와의 놀이, 마련된 술상 등에 대한 서술은 마치 조선후기의 풍속화의 한 장면을 연상하게 만든다. '쳔승션 뉘보앗노 지승션이 뇌안니야'라고 자부하는 목소리 속에는 현실적 자족이 충만한 세계가 지상낙원이고 그 속에 있는 사람은 천상선인을 부러워할 것 없는 지상선인이라는 생각을 드러내었다. 여기에서 우리는 신재효의 현세를 지향하는 의식과 현실주의적 관점[16)을 다시 확인할 수 있는 법이다.

---

14) 강한영 교주, 신재효 판소리 사설집(전), 1971, 민중서관, 674면.
15) 강한영 교주, 신재효 판소리 사설집(전), 1971, 민중서관, 658−659면.

4) 주정적 감성으로 세계 이해

신재효의 판소리 단가 작품 중에서 또 하나 주목할 수 있는 것은 〈도리화가〉이다. 이와 유사한 작품이 전승되지 아니한 점과 작품 안에서 확인되는 작가의 서정적 노출의 성격을 함께 검토해보면 이 작품도 신재효가 창작한 작품으로 판단할 수 있는 것이다.

이 작품에서 신재효는 여성창자로 교육시킨 진채선을 서정적 자아의 소통대상으로 삼고 스승과 제자라는 일반적 관계를 사랑과 연모로 애정의 관계로 전환시키면서 찬미와 연정의 연애문학[17]의 전형으로 구현해내었다. 이러한 작업은 당대 지식인의 관습적 표현도구인 가사를 통해서 사랑하는 여인에 대한 구애의 감정과 이별에 대한 상실감을 드러내었다는 점에서 매우 파격적인 측면이 드러난 것으로 일이라 할 수 있겠다. 우리는 여기서 이 작품이 단선적이지 않는 세계인식을 보여주는 사례로 이해할 수 있을 터이다. 이러한 논의에서 우리는 신재효가 〈도리화가〉에서 내보였던 정서가 그의 세계인식의 단면의 표출로 주목하고 깊이 살펴보아야 할 필요를 느끼게 된다.

이에 대한 논의는 신재효가 〈도리화가〉의 시간과 공간 속에 그의 자아의식을 특수화시킨 개아적 정서(個我的 情緖)가 가득찬 세계를 보여줌으로써 개인적 주정주의를 드러낸 것[18]으로 전개된 바 있다. 이러한 세계인식을 보다 정밀하게 이해하기 위해서는 같은 시대에 살아갔던 양반사대부들의 정서 표출방식과 비교해서 살펴볼 필요가 있다. 일반적으로 양반사대부들이 기녀들과의 애정행각은 일시적이거나 일 상적인 정서교류의 수준에 머물고 있다는 점이 확인된다.

---

16) 최근의 학술 발표에서 〈치산가〉에 나타나는 작가의 의식에 대한 세밀한 논의가 더 필요하다는 문제제기(박연호, 〈치산가〉의 창작 기반과 지향, 제 51회 전국 국어구문학회 학술대회 발표문, 국어국문학회, 2008, 5. 23.)에는 전적으로 동의한다.

17) 정병헌, 도리화가의 관습과 일탈, 서종문·정병헌편, 「신재효연구」, 태학사, 1997, 424-425면, 참고.

18) 서종문, 판소리에 나타난 신재효의 세계인식, 「판소리의 역사적 이해」, 태학사, 2006. 351면.

조선후기를 살아간 양반사대부 중에서 여성편력을 공개적으로 노래한 사람이 있다. 신재효와 동시대를 살아간 사람으로 그의 백부인 유후조(柳厚祚)가 북경으로 사행하는 데에 자제군관으로 따라 갔다온 유인목(柳寅睦)(1839-1900)이 사행체험을 〈북행가〉라는 가사로 노래한 바 있다. 여기에서 그는 국내에서는 여러 관기와 애정행각을 벌이고 북경에 가서는 서양 창기까지 구경하고 돌아오는 체험을 적나라하게 서술하였다. 서양 창기를 만나고 난 뒤의 소회를 노래하는 부분에서부터 이를 살펴보기로 한다.

> 그길노 셔양초기 ᄎᄌ가니 졀대가인 허다ᄒ고 복식도 능ᄂ터라 언어가 다르기로 슈작이야 잇슬소냐 무미ᄒ기 극진ᄒ여 아ᄉ라 바리두고[19]

위의 부분에서 우리는 유인목이 서양 창기를 호기심 가득찬 눈으로 바라보는 시선을 확인할 수 있다. 이는 김인겸이 〈일동장유가〉를 통해 일본 창기를 바라보는 시선과 다르지 않다[20]. 여기서는 여성이 편력의 대상으로 객관화될 뿐만 아니라[21], 위에서 내려다보고 일반물물(物物)로 대상화하는 관점이 드러나 있다. 이는 〈도리화가〉에서 신재효가 내보였던 관점과는 대조되는 것이다.

〈도리화가〉에서 진채선은 극상으로 미화되어 신재효가 우러러 보는 대상으로 표출된다. '가븨야이 발을옴겨 거름거름 연꼿치라'라고 그 자태를 묘사하면서 '칙익으로 옷슬ᄒ고 신션되야 우화ᄒ니'[22]라고 천상의 존재로 신비화하기까지 한다. 이에 비해 자신의 모습을 '나웃기젼 졔ᄀ웃ᄂ'라고 자조하면서 '진이업던

---

19) 홍재휴, 북행가연구, 효대출판부, 1991, 142-143면.

20) 〈일동장유가〉에서 '왜녀들 모다와셔 졋내야 ᄀᄅ치며 고개조아 오라ᄒ며 볼기닉어 두다리며 쳥도ᄒ고 옷들고 아릭뵈며 브르기도 ᄒᄂ고나'(심재완 교주, 일동장유가·연행가, 1984, 교문사, 134면.)라고 서술된 부분은 김인겸이 더욱 적나라하게 관찰하고 있다는 점을 드러내 보인다.

21) 가령 〈일동장유가〉에서 왜녀들의 행위를 객관적으로 묘사하거나 적나라하게 폭로하는 관점을 사실성과 해학성이라는 본질을 바탕에 깔려 있는 것으로 이해(이성후, 일동장유가연구, 형성출판부, 2000, 101-102면.)도 이러한 맥락을 달리 읽어낸 것으로 보인다.

22) 강한영 교주, 신재효 판소리 사설집(전), 1971, 민중서관, 687-688면.

져얼골의 검은점은 어이나며 아츰의 풀은 실이 흰눈이 흐터지니'라고 자신의 늙은 얼굴 모습을 구체적으로 묘사하여 이와 대조시키고 있다. 이것은 그가 진채선을 위로 치어다 보면서 자신을 저 아래로 던져버리는 관점을 드러내는 일이 아닐 수 없다[23].

이것은 신재효가 진채선에 대해서 지극한 애모의 정념을 표현하는 일로 단순하게 받아들일 수도 있는 표현이다. 이는 신재효의 유별난 자아의식이 진채선이라는 애모의 대상과 조우하여 피어나는 개아적 정서로서 그의 주정주의적 세계인식의 한 단면을 보여주는 일이다. 진채선이 대원군의 부름을 받아 떠난 후의 상실감을 노래하는 〈도리화가〉의 후반부에는 그의 심리적 고통이 매우 탁월하게 형상화되어 나타나기도 한다[24]. 몇 차례의 상처를 겪은 그의 개인적 불행과 향리직임이 위치한 사회적 조건이 엮어져 매우 크게 울려 퍼졌을 개아적 정서가 짤막한 구절에 압축되어 나타나고 있다는 점은 눈여겨 볼 일이다.

4. 오늘의 판소리 현실과 신재효 판소리 단가의 세계인식

오늘날 인문학이 고사의 위기에 처해 있다는 소리가 공공연하게 나돌고 있다. 이것은 크게 보아서 판소리와 같은 전통공연예술이 그 활력을 잃어가고 있다는 진단과 맥락을 함께 하는 사태이다. 실용성과 효율성, 이익의 실현성 등을 최고의 가치로 두고 이에 어긋나는 것은 무참하게 도태시키는 요즈음의 상황과 무관하지 않은 일이다. 인문학이나 판소리 등은 그러한 가치의 실현과는 거리가 먼

---

23) 이는 〈북행가〉에서 유인목이 관기인 국심과 하루밤을 보낸 후에 '금갓탄 짠머리 농봉잠 비겨고야 호탕한 뉴진수가 네셔바이 되단말가'(홍재휴, 북행가연구, 효대출판부, 1991, 80면.)라고 호기있게 노래하는 점과 비교된다.
24) 이는 '쏫피즈 바람불고 달쓰즈 구룸이니'라는 표상으로 드러나고 이것이 '외로온 숀의회포 이젼병이 더흥고나 다른이는 병이낫고 나난엇지 아니낫노'라고 직정적으로 서술하는 부분과 연결되어 그의 심리적 고통이 표출되었다.

것이기 때문에 이러한 세태에서는 살아남기 힘든 법이다.

신재효가 판소리 단가에서 드러내었던 세계인식이 오늘날의 판소리 현실에 대응할 수 있는 전망을 마련할 수 있을 것인가. 신재효도 19세기이라는 시간대와 조선이라는 공간을 벗어나는 전망은 제공하기 어려웠을 터이니, 우리는 그가 판소리 단가에서 드러내 보인 세계인식을 타산지석으로 대안적 전망을 마련할 수 있을 뿐이다.

판소리 단가에서 신재효가 보인 세계인식 중에서 우리가 가장 주목해야 할 것은 그가 세계의 중심축에 인간을 놓는 점이다. 주어진 세계가 아무리 어려워도 인간의 주체적 극복의지에 따라 어떠한 성취를 획득할 수 있다는 생각을 여기서 이끌어낼 수 있다. 그는 19세기 조선에 닥친 서양인들의 침략을 이천만 동포가 자각의 주체로서 물리칠 수 있다는 생각을 단가에서 노래한 바 있는 데, 이러한 인식이야말로 판소리의 불투명한 미래를 개척해나가는 자세를 가리키는 푯대가 될 수 있을 터이다.

그가 판소리 단가를 통하여 구현하려했던 바의 바탕을 이루는 실험정신이야말로 우리가 타산지석으로 삼아 나가야 할 방향타가 될 수 있다. 그는 〈오섬가〉에서 동서고금의 사랑과 이별을 열거하면서 사실과 허구를 엮어 짜서 새로운 공연텍스트로 제시하였다. 이는 〈춘향가〉를 동창과 남창, 여창으로 분화시킨 일과 함께 그의 실험정신을 구현한 대표적 사례로 볼 수 있는 일이다. 오늘날 판소리의 레파토리가 전승의 다섯바탕에 머물고 있어야 하는가, 판소리의 미래를 위하여 확대재생산을 시도해야 하는가는 선택의 문제가 아니라, 보완적 대응의 문제이다. 이 경우에 신재효가 그의 세계인식의 바탕 위에서 내보인 실험정신은 우리에게 더욱 절실하게 요청되는 것이라 생각한다.

신재효가 개작하여 정착시킨 판소리 작품에서 개작방향을 결정짓는 그의 의식의 지향점은 합리주의적 관점에서 찾을 수 있다는 점은 명백하게 밝혀져 있다. 어떤 일을 추진하는 데에 가장 기본적인 관점은 합리주의에서 찾아야 한다는 말은 어느 경우에도 정당성을 획득한다. 왜냐하면 어떤 사태나 사물을 보고 사리를 판단하는 데에 합리성의 잣대야말로 매우 온당한 전망을 확보해 주기 때문이다. 현재에서 판소리의 장래를 모색할 때에 주어진 상황과 조건에 따라 적절하게 대응하는 방안도 합리적인 사고를 통해서 가장 효과적인 모델이 탐색되어 나오는 법이다.

이와 함께 현실에 주어진 여러 사항들을 점검하면서 대안을 모색할 때에 현실주의적 해결태도가 필수적으로 요청되는 바이다. 흔히들 어떤 분야이든지 현실적 문제를 해명하고 그 처방을 제시하려는 이론적 대안이 순수하게 이론적 체계 속에 함몰되어 있거나, 지나치게 이상적인 방안 쪽으로 나아간 경우를 자주 볼 수 있다. 이런 경우는 그 실용성이 담보되지 않는다. 신재효의 현세적 현실주의적 세계인식은 이런 문제점에 어떤 시사점을 던지는 안목을 갈무리하고 있다. 우리가 신재효의 판소리 단가에 나타나는 세계인식을 검토하면서 여기서 판소리의 미래에 어떤 방향을 암시받고자 목말라 하는 것은 그만큼 판소리의 현실이 어두워지고 있다는 문제의식에 휩싸여 있기 때문이다. 여기에 그의 세계인식은 하나의 등대처럼 우리 앞의 어둠을 헤쳐 앞길을 비추고 있다.

제2부

판소리의 문학적 자장

〈춘향가〉의 환유적 문체와 그 시대정신

김현주

1. 머리말

〈춘향가〉 사설을 있는 그대로 보면 웃기기도 하고 엉뚱하기도 하다. 상황을 해학적으로 바라보고 과장되게 포장하여 재미있게 문답을 주고 받기도 하고, 음이 비슷한 어휘로 패러디함으로써 말놀이를 지향하기도 하며, 서술상황과는 어울리지 않게 잔뜩 주변 사물들을 늘어놓기도 하고, 진지한 국면에서 갑자기 분위기를 해치는 말이 불쑥 등장하기도 하며, 서술 층위가 다른 메타적 언술이 등장하여 연행 상황을 급변시키기도 하는 등 이전의 전통적인 서사체들에서 보던 언술방식과는 사뭇 다른 언술방식을 보여준다. 이런 언술방식은 다른 판소리 작품에서도 나타나는 것이지만 〈춘향가〉에 보다 강도 높게 나타나는 것으로 보인다. 이 글에서는 이러한 언술방식을 묶어 환유적 문체로 보고 그 성격을 구명해보고자 한다. 이러한 환유적인 성격의 언술방식이 〈춘향가〉에 구체적으로 어떻게 실현되어 있고, 이러한 환유적인 언술은 당시의 시대정신과는 어떤 관련이 있는지에 대해 고찰하고자 한다.

이 글은 이러한 작업을 문체의 범주 속에서 수행하고자 한다. 하지만 전통적인 의미 맥락에서의 협의의 문체 개념과는 다른 시각이다. 여기에서의 문체는 단어나 문장 단위의 언어적 쓰임새에 국한되지 않으며, 수사법이나 비유법의 형식에 한정되지 않는다. 그보다는 여기서의 문체적 입장은 일정 패턴의 서술방식이나 이야기 구성방식을 화두로 삼아 그 이면에 녹아 있거나 연관을 맺고 있는 작가의 의도와 서술적 효과, 이데올로기적 정향 등과 연결시킴으로써 의사소통의 방식이나 의사소통에 간여하는 집단의 문제, 그리고 시대적인 제반 사회문화적 문제들까지 다룰 수 있는 시각을 담보하는 거시문체론적인 입장인 것이다.[1] 다시 말하자면 문체가 지엽적인 표현 방식에 그치지 않고 텍스트 전체를 구성하는 기저의식 내지는 근본정신과도 연결되고, 텍스트 전체의 의미와도 무관하지 않다고 보는 시각인 것이다. 그러므로 여기서의 문체론은 음운론이나 형태론이라기보다는 다분히 통사론적이고, 그것도 통사론이긴 하되 언어학적인 분석 단위를 뛰어넘는 초언어학적인 시야 속에서 통사관련성을 추구하는 것이다. 그런 점에서 볼 때 여기에서 말하는 문체는 문채(文彩)이기도 하고, 언어직조방식이기도 하며, 사유체계나 세계관을 조직하는 방식이기도 하다.

　문체를 보는 이러한 입장은 비유 형식의 하나인 환유를 〈춘향가〉 내외의 맥락들을 모두 포괄하는 메카니즘으로 보려고 하는 이 글의 또 다른 시각과 서로 통한다. 환유를 은유의 대립쌍으로서 두 사물 사이의 인접성을 기저로 한 비유로 보는 것은 작품 내적 수사법 차원에서의 일이지만, 환유를 문학 장르나 관습 내지는 전통과 연결시키거나, 역사적 상황이나 사람들의 인식론적 경향과 연관시킨다면 그것은 작품 외적 맥락의 일이 된다.[2] 환유는 이와 같이 언어적인 현

---

1) 거시문체론에서 문체는 그저 언어적 속성을 담보하는 존재에 그치는 것이 아니라 언어 속에 함축된 사회문화적 맥락이라든지 이념적 정향 등까지 담보하는 존재이다. 그러므로 거기에는 시점이나 거리, 서술방식과 구성방식, 통사적인 결합방식 등 넓은 표현 영역들을 다루게 된다. 그런 점에서 주변 맥락들이 총체적으로 감안된 언어의 측면을 다루는 담화분석(discourse analysis)이라든가, 사회문화적 제경향이 언어에 반영된 양상을 다루는 사회언어학, 그리고 당대의 이데올로기가 반영된 언어의 측면을 다루는 바흐친의 담론이론 등은 모두 거시문체론의 기제가 된다.

2) 로만 야콥슨은 은유와 환유를 문학 장르와 전통과 연관시킨다. 예컨대 시가 은유적이라면 소설은 환유적이다. 같은 시에서도 은유와 환유는 구별될 수 있다. 서정시는 은유적 성격이 강한 반면, 영웅서사시는 환유적 성격이 강하다고 할 수 있다. 그는 은유와 환유를 사조의 흐름과도 관련시킨다. 낭만주의가 은유적이라면, 사실주의는 환유적이라고 할 수 있고, 다시 상징주의에

상일 뿐만 아니라 외적 현실의 함축체이기도 한 것이다. 일반적인 다른 담화 형식보다 환유는 의식과 사회와 역사가 초점화되어 있는 장소로 볼 수 있다.

이와 같이 이 글은 '문체'와 '환유' 개념을 넓은 영역의 현실맥락으로 끌고 나와 〈춘향가〉의 담화방식을 당대의 사회문화와 당대인의 의식구조와의 관련 속에서 조망하고자 한다.

2. 〈춘향가〉에서 환유적 문체의 실현 양상

문체는 사람마다 다른데, 그것은 개인의 언어사유적 취향에 따라 결정되기 때문이다. 문체는 대체로 어휘나 구절의 위치상 또는 의미상의 유사성과 인접성의 관계에 따라 선택되고 결합됨으로써 그 성격이 형성된다.[3] 그런 점에서 문체를 은유와 환유라는 두 개의 큰 틀로 볼 수 있다. 은유가 의미론적 내적 유사성에 따라 어휘나 구절을 수직적으로 선택할 때 나타나는 현상이라면, 환유는 외적 인접성에 따라 수평적으로 결합할 때 나타나는 현상이다. 은유와 환유를 수사법적인 차원에서 사유적이고 담화적인 차원으로 이동시켜 바라본다면, 우리는 보다 넓은 맥락에서 은유와 환유를 말할 수 있게 된다. 그럴 때 환유란, 논리적인 유추보다는 자유분방한 연상이 주로 작용하는 것이며, 맥락간의 시간적인 관계보다는 공간적인 관계가 문제되는 것이다. 그리고 관념이나 사물에 대한

서는 은유적 성격이 강화된다. 야콥슨의 논의를 더 밀고 나가면 모더니즘이 은유적이고, 포스트모더니즘은 환유적이라고 할 수 있을 것이다. 폴 드만은 은유와 환유를 철학적인 논리적 연관관계 차원에서 논의하기도 한다. 그에 의하면 은유가 필연적인 본질을 지향한다면 환유는 우발적이고 우연적인 것에 관심을 둔다. 달리 말해 환유는 좀더 구체적이고 현실적이며 특수하고 개별적인 것을 강조한다. 김욱동, 『은유와 환유』, 민음사, 1999, 253−271쪽 참조.

3) 로만 야콥슨, 「언어의 두 양상과 실어증의 두 형태」, 『문학 속의 언어학』, 문학과지성사, 1989, 111쪽 참조. 오두막집에 대해 한 사람은 '불타버렸다'라는 반응을 보였고, 다른 한 사람은 '초라한 작은 집'이라는 반응을 보였다면, 전자는 위치적 인접성에 따라 환유적 사유를 한 것이고, 후자는 의미적 유사성에 따라 은유적 사유를 한 것이다.

추상적이고 보편적인 시각이라기보다는 구체적이고 개별적인 시각을 위주로 하는 것이며, 본질적이고 필연적인 맥락을 추구하기보다는 주변적이고 우연적인 맥락을 추구하는 것에 가깝다고 할 수 있다.

이런 관점에서 〈춘향가〉의 문체적 자질을 볼 때 환유적 성격이 이전 서사체에 비해 증대되어 있음을 알 수 있다. 그리고 그것이 〈춘향가〉에서 의미있는 색채를 드러내는 부분이되고 있다. 그렇다면 〈춘향가〉에서 환유적 문체가 실현되는 양상을 몇 가지로 나눠 살펴보기로 하자.

1) 수수께끼 문답형 말놀이

〈춘향가〉에는 수수께끼 문답 형식을 채용한 사설들이 종종 삽입되어 있는데, 이들은 대체로 흥미 위주로 짜여져 있다. 이도령과 방자 사이의 대화 한 토막을 인용해보자.

"얘 방자야." 방자 눈치 선뜻 채고, "예—이." "이놈, 나는 떠는 곡절이 있어 떨지만 너는 어찌해서 떠는고?" "예 상탁하부정이라 윗양반이 떠시기에 소인놈이 부조로 떨었습니다." "그러나 저러나 저 녹림간 수풀 속에 오락가락 얼른 햇뜻 허는 게 저게 무엇이냐?" 방자 얼른 보니 '춘향과 향단이 나와 추천허는 걸 보고 도련님 눈이 확 뒤집혔구나. 요런 때 양반을 좀 골려 먹으리라' 생각허고, "소인놈 눈에는 고런 것이 안뵈라우." "이놈아, 자세히 좀 보아라." "자시 아니라 축시래도 안뵙니다." "이 부채발로 보아라." "부채 발이 아니라 미륵님 발로 뵈도 안뵙니다." "이놈아, 똑똑히 보아." "똑똑이 아니라 두 번 부러지게 보았사와도 안뵈누망." "얘, 방자야. 네 눈은 상놈에 눈이라 거 발사태 티눈만도 못하다더니 너를 두고 한 말이로구나." 방자란 놈 기가 막혀, "그래 소인놈 눈은 상놈의 눈이라 거 양반에 꼬랑내나는 발사태 티눈만도 못하다 그 말씀입니껴." "그러나 저러나 네 눈에는 안 보이고 내 눈에 보이는 것은 내가 탐심이 없는고로 금이 화하야 보이나보다." "금이란 말이 당치 않소. 금이란 말씀이 당치 않

어. 금은 옛날 초한시 육출기계 진평이가 범아부를 잡으려고 황금 사만을 흩었
으니 금이 어찌 있으리까.”

이 사설은 수수께끼 문답 형식 내지는 정체 확인형 담화 방식을 채용하고 있
다. 실제로 수수께끼를 내고 푸는 형식은 아니지만 그 바탕 원리는 오답을 자꾸
내면서 정답에 도달해가는 수수께끼의 담화 방식이며, 대상의 정체를 하나하나
물으면서 확인해가는 담회 방식인 것이다. 이 수수께끼 문답은 내체로 의미적
유사성이 아니라 음성적 인접성에 의해 확장된다는 측면에서 볼 때 그 성격이
환유적이라 할 수 있다. ‘자세히’()‘자시’)/‘축시’(丑時), ‘부채발’()‘부처발’)/‘미륵
님발’, ‘똑똑히’/‘두 번 똑똑’, ‘눈’/‘티눈’ 등은 모두 의미상으로는 유사함이 전혀
없으나, 발음이 비슷한 주변의 것으로 연상이 이동하는 양상을 보여준다. 이 사
설의 환유적 성격은 앞뒤에 포진해 있는 담화에서도 발견된다. 같이 몸을 떠는
행위를 상탁하부정(上濁下不淨)과 연관시키는 것도 논리적 유추에 의해 추출된
의미상의 유사관계가 아니지만, 떠는 행위를 부조삼아 할 수 있는 것은 더욱이
나 아니다. 그것은 인접한 사물로 연상이 전염되고 있음을 나타낸다는 점에서
전형적으로 환유적이다. 그리고 금이 있을 수 없는 이유를 옛날 중국에서 황금
을 많이 소비해서 그렇다고 하는 것 또한 직접적인 연관관계라기보다는 배경이
되는 맥락들 중 먼 거리에 있는 현상 하나를 가지고 전체를 대변시켰다는 점에
서 환유적이다.

수수께끼 문답형 담화 방식에서 사용된 환유적 문체는 대체로 흥미를 유발하
는 말놀이를 지향한다. 기표가 의도한 기의를 낳지 못하고, 엉뚱한 기의를 지닌
기표를 남발하는 식으로 담화가 진행되는 것이다. 그것은 담화가 의미상의 유사
성에 의해 수직적으로 유추되는 것이 아니라 의미상의 인접성과 발음상의 인접
성에 의해 수평적으로 연상되기 때문이다. 그래서 담화가 의미론적으로 본질을
건드리지 못하고 주변을 맴돌게 된다. 인접성에 의해 연상된 사물이나 관념이
대상의 핵심에 이르지 못하고 주변을 맴돌 때, 그것들은 담화 상황과는 꽤 거리

가 있고 엉뚱하기 때문에 골계적인 효과가 나게 된다. 하층민이 상층민을 대상으로 환유적인 문체를 사용하는 경우라면 해학적인 효과 이외에도 상층민을 비판 풍자하는 기능도 하게 됨은 물론이다.

〈춘향가〉에서 이러한 수수께끼 문답형 담화 방식은 많이 채용되고 있다. 상대방의 정체를 확인해가는 사설들, 이를테면 어사또가 변장하고 춘향집을 방문했을 때 월매가 이도령의 정체를 확인하는 사설이라든가, 첫날밤 벽에 세워진 거문고의 정체를 확인해가는 사설들은 모두 수수께끼 담화 원리를 바탕으로 하고 있는 환유적인 문체들이다. 그밖에도 이도령과 농부들과의 '검은 소' 문답이라든가 '사판'과 '사망'과 같은 문자풀이식 수수께끼 담화 방식들도 환유적인 문체의 사례들이라고 할 수 있다.

2) 패러디

〈춘향가〉의 서책풀이 대목에서 유교 경전을 패러디하는 대목은 환유적인 문체가 실현되는 곳의 하나이다.

글을 읽는데 맑은 정신은 춘향집으로 벌써 봇짐 싸고 등신만 앉아 글을 읽는데 노루뜀으로 읽어가다 춘향말을 떡시루에 고물 적지두듯 하것다. "맹자라, 맹자견 양혜왕하신대 왕왈 수불원철리이래 하시니 맹자 어찌 양혜왕을 보았으리오. 우리 춘향이가 나를 보았지. 대학을 들여라. 대학지도는 재명명덕하며 재신민하며 재지어지선이니라, 재춘향이라." 사략을 들여 놓고, "태고라 천황씨는 이쑥떡으로 왕하여 세기섭제하여 무위이화하여 십이인이 각 일만팔천세하다." 방자 옆에 섰다, "여보 도련님, 천황씨가 목덕으로 왕하셨단 말은 들었으되 쑥떡이란 말씀은 금시초문이요." "네 모르는 말이로다. 천황씨는 일만팔천세를 살으실 양반이라 이가 단단하여 목떡을 잡수셨거니와 지금 선비야 목떡 먹겠느냐? 물씬물씬한 쑥떡 먹기로 공자님이 명륜당에 현몽하고 각읍 향교로 싹 잡아 돌렸느니라." "여보, 하느님 알으시면 깜짝 놀랠 거짓말 마시오." "등왕각서라, 남창은 고군이요 홍도는 신부로다.

> 옳다, 이 글 내 글이다. 춘향은 신부되고 나는 신랑되어 오늘 저녁에 만나보자.
> 아서라, 이 글 희미하여 못보겠다."

　원전을 모방하고 반복하되 거기에 어떤 비판적 거리를 두고 희극적으로 개작하는 것이 패러디이다. 여기에서도 유교 경전의 원전을 풍자적으로 변형 모방하면서 자신의 담화를 희극적으로 전개시켜 나가고 있다. "맹자견양혜왕/맹자 어찌 양혜왕을 보았으리오, 우리 춘향이가 니를 보았지", "대학지도는 재명명덕하며 재신민하며 재지어지선이니라/재춘향이라", "천황씨는 이목덕으로 왕하여/천황씨는 이쑥떡으로 왕하여", "남창은 고군이요 홍도난 신부로다/춘향은 신부되고 나는 신랑되어" 등으로 전개되는 패러디 양상은 진지함으로부터 벗어나 언어적 유희를 지향하고자 하는 속성을 강하게 드러낸다. 유교 경전이 담고 있는 철학적 맥락과 사유적 깊이는 여기에서는 전혀 문제되지 않는다. 오로지 이도령 자신이 놓여 있는 상황, 춘향이라는 화두만이 모든 담화를 지배한다. 그래서 맹자의 자리에 춘향이 오고, 대학지도는 춘향에게 있는 것이 된다. 모든 담화적 맥락은 춘향으로 통한다. 사실 이러한 희극적 가벼움은 패러디가 노리는 심리기제이다. 이 절박한 때에 유교 경전을 들이댄다는 것은 실제로 어리석은 짓이고, 이를 춘향으로 둘러댐으로써 불러 일으키는 웃음은 화자와 청자 사이에 모종의 공감이 형성되었다는 점을 의미한다. 다시 말해 이 웃음은 인간의 어리석음과 부조리에 대한 일종의 공범의식 속에서 나온 집단적 징벌이다. 이러한 점에서 패러디의 비판의식이 다시 한번 환기된다.

　앞의 인용문에서 담화가 확장되는 방식은 의미적 유사성에 의한 구심적인 깊이의 사유에 의해서가 아니라 담화 표면에 드러나는 의미 그 자체를 고집함으로써 이루어진다. 사물의 본질보다 담화 현상 그 자체가 초점화되어 있기 때문에 의미의 중심은 끊임없이 사라지고 가치가 의문스러워지는 탈중심의 상황이 된다. 그래서 목덕(木德)이 쑥떡이 되고, 신부(新府)가 신부(新婦)가 되는 가치 전도 현상이 벌어진다. 이러한 담화 방식은 의미가 옆으로 미끄러지면서 이루어진다는 점에서 환유적이라 할 수 있다. 의미의 인접성에 의해 담화가 확장된다고 할 수 있기 때문이다. 이러한 점에서 시각의 착란에 의한 표현들, 이를테면 "논어가 붕어 되고, 맹자가 탱자가 되고, 중용이 도룡용 되고, 주역이 누역이 되고, 시전이 싸전이 된다"는, 유교 경전을 포괄적으로 뒤틀어보는 것 또한 전형적인 환유적인 담화 방식이라고 할 수 있을 것이다.

이러한 패러디 방식에 의해 이루어지는 환유적 표현은 유교 경전 읽기 대목뿐만 아니라 천자문 읽기와, '정'자나 '궁'자 같은 글자 타령 대목에서도 행해진다. 그리고 단편적으로는 글자를 가지고 노는 말놀이 대목에는 일정 부분 이러한 패러디적 상상력이 끼쳐져 있다고 볼 수 있다.

3) 사물 나열

〈춘향가〉에는 온갖 사물들의 목록을 장황하게 늘어놓는 대목들이 있다. 실제 창에서는 빠른 장단에 올려 부르면 흥이 절로 돋워지는 부분들이다. 그런데 이들 대목이 사물들의 목록을 나열하면서 확장해나가는 방식을 보면 다분히 환유적이다.

> 방안치레를 살펴보니 각장 장판 능화도배 소라반자 완자밀창 용장 봉장 궤 뒤지며 각계수리 삼층장과 자개함롱 반다지 평양장롱 의주장에다 대단이불 공단요와 원앙금침 잣베개를 층층히 쌓아놓고 면경 체경 옷거리며 용두 새긴 장목비 쌍룡 그린 빗첩고비 벽상에 걸어두고 천은요강 백통대야가 좌우로 버려 있고 문채 좋은 대모책상 화류문갑 비취연상 산호필통 마노연적 용지연 봉황필과 시전주지 서전주지 당주지 금책지 한데 말아두고 만권시서를 쌓았구나

춘향 방의 기물이 이와 같다는 것은 현실적 합리주의에 따르면 모순이라고 할 수 있다. 세상의 가장 진귀한 물건들이 퇴기 자식의 방을 장식하고 있다는

것은 쉽게 수긍할 수 없는 일이다. 따라서 이 대목을 진술하고 있는 화자의 관심은 춘향 방의 실제 모습이 아니라 상상 속에서 열거할 수 있는 진귀명물의 목록에 있는 것으로 보인다. 그것은 열거된 사물들이 서로 어떤 유기적인 관계에 있거나 현실에서의 어떤 일정한 순서에 따라 배열된 것이 아니라 자유분방한 연상에 의해 이루어져 있다는 사실에서 짐작할 수 있다. 그런 점에서 여기서의 담화 조직 방식은 환유적이다.

여기 있는 사물들은 사물간의 위세관계나 개념적 본질에 대해서는 전혀 말해주는 바가 없으며, 단지 개별 사물들이 구체성만 띠고 나열되어 있다. 개별 사물들의 목록이 그저 나열된 것은 지식 그 자체에 대한 관심이라고 볼 수도 있다. 사물의 본질이나 연원을 구성하는 지식의 탐구가 아니라 사물의 명목론적 지식 그 자체가 여기서 추구되는 지향점인 것이다. 이는 상당히 피상적이고 비본질적인 의식의 발현이라고도 볼 수 있지만, 그 실물에 대한 관심은 대단히 고조되어 있다는 점은 부인할 수 없다. 그것은 실물에 대한 과학적 탐구를 보여주는 실학 정신과 동궤의 수준까지는 아니라 할지라도 실학적 인식의 저변을 이루는 사유 체계와 미약하게나마 접맥되는 것이라고 봐도 지나치지는 않으리라고 판단된다. 실학적 인식 속에는 선진 문물에 대한 호기심어린 관심도 어느 정도 포함되어 있다고 생각되기 때문이다.

사물들이 시간적인 논리관계가 아니라 공간적인 인접관계에 의해 인유된다는 점에서 볼 때에도 상기 인용문의 담화 방식은 환유적이다. '장'만 하더라도 비슷비슷한 장들이 모두 구비되었을 리 없는 춘향 방에 첩첩이 쌓여 있는데, 이는 춘향 방을 비추는 시선이 시간 이동을 하면서 묘사한 것이 아니라 하나가 인유되면 그와 인접하고 있는 비슷한 사물들이 모두 불러내어지는 공간적인 연상 방식 때문인 것이다.

〈춘향가〉에서 이러한 사물 나열 방식은 많이 발견되는데, 음식이나 술, 그림 등을 서술하는 대목은 말할 것도 없고, 신관사또 부임 장면이나 생신연 장면,

과거시험 장면 등과 같은, 행사를 묘사하는 대목에서도 사물 나열의 정신이 상당히 강하게 발휘되어 있다고 보이며, 각 인물의 차림새를 장황하게 묘사하는 대목에서도 그것은 발현되고 있다.

4) 메타 층위의 언술

〈춘향가〉에는 본가사 연행 도중에 본가사의 맥락에서 벗어나 현장 상황을 환기하는 일탈적 담화가 존재한다. 거기에서는 자신의 현재 발화 행위에 대한 자의식적 환기가 이루어진다는 점에서 자기반영적인 언술이라고 할 수 있다. 먼저 이들의 사례를 몇 가지 들면 다음과 같다.

> 이 궁둥이를 두었다가 논을 살거나 밭을 살거나 흔들대로 흔들어라. 얼씨구 절씨구 지화자 좋다. 내가 한번 흔들어 볼라요.
> 다른 집 노인네들은 늙으면 귀두 먹두만 우리집 노인네는 점점 귀나 밝어. 이건 다 재담이요.
> 어사또를 몰라볼 리가 있으리요. 이는 잠깐 성악가의 재담이었다. 방자 어사또를 노상에서 뵈옵고

이들은 비교적 짧은 예들인데, 길게는 창자가 현장에서 청중들과 장황하게 여담을 늘어놓는 경우도 있다. 자기 사설의 제작과정이라든가 자신의 사승적 관계에 대한 언표도 메타 층위의 언술에 속한다. 이러한 메타 층위의 언술은 서술 시점의 급격한 변화를 동반하기 때문에 강한 현장 환기력을 발휘한다. 지속적인 소격효과는 아니지만 잠깐 동안의 소격효과를 통해 또 하나의 세계가 있음을 강력하게 인지시킨다. 이야기 내적 세계는 하나의 소우주로서 그것은 그 자체로 충족되어야 하는 것이 전통적인 사고방식에서의 예술관이다. 어떤 종류의 감정적이거나 평가적인 발화도 이야기 내적 세계에서 이루어져야 한다.

그런데 이 경우는 화자의 목소리가 이야기 세계 밖으로 튀어나온다. 그것은 마치 액자 내의 경물이 액자 밖으로까지 연장되어 그려진 것과 같으며, 화면 속의 인물이 화면 밖으로 튀어나오는 것과 같다. 물론 이것은 오늘날의 초현실주의적 예술 정신이 판소리에서도 발현되었다고 하는 의미가 아니다. 그것은 이야기가 이야기 세계의 안팎을 이동하는 현상이 판소리에서는 흔히 벌어진다는 것을 의미한다. 그것이 우리 연행 예술에서는 하나의 전형적인 연행술의 하나라는 점은 다른 차원의 문제이다.

이들 메타 층위의 언술 부분은 본질적인 맥락에서 벗어나 주변적인 맥락으로 이동한다든가, 시간적인 사유체계에 얽매어 있다가 거기에서 이탈하여 공간적인 사유체계로 변화한다는 점에서 볼 때, 환유적인 문체가 실현되는 장소가 된다. 시간적인 사유체계에서는 통시적인 논리성이 강조되고 본질적인 이야기에서 벗어나는 법이 없지만 공간적인 사유체계에서는 그런 논리적인 일관성이나 통일성에서부터 벗어나 주변적인 맥락으로 이동하기도 하고, 심지어 예술 형식이 항용 지니는 테두리를 깨면서까지 맥락적 일탈을 행할 수도 있는 것이다.

담화가 메타 층위로 이동함으로써 급격한 환기 작용이 일어나기도 하지만, 그와 함께 사설 내용도 우스꽝스러워서 이 곳에서는 골계적인 웃음이 유발되는 경향이 있다. 판소리 창자가 본가사의 길 떠나는 장면에서 "길 떠나기 전에 물을 한 잔 먹고 떠난다"고 하면서 실제로 물을 먹는 데서도 폭소가 일어나듯이 메타 층위의 언술은 판소리 창자의 능숙한 연행술적 요소로 기능한다.

5) 정서적 고조 국면에서의 일탈

〈춘향가〉를 보면 정서적으로 고조되어 절정을 향해 치닫다가 사설의 내용이 급작스럽게 지금까지의 궤도를 탈선하는 듯한 분위기로 마무리되는 대목들을 심심치 않게 볼 수 있다. 그것은 정서적 정점에 이르러 흥이나 한의 최고조 상태

에서 자연스럽게 마무리되는 형식이 아니라 정서적 고조를 이기지 못하고 장난
스런 파탈 정신에 맡겨버리는 듯한 엇나감이 거기에는 들어 있다. '사랑가'에서
하나의 짧은 예를 들기로 하자.

> 사랑 사랑 사랑 내 사랑이야 사랑이로구나 내 사랑이야 네가 무엇을 먹으랴
> 느냐 둥글 둥글 수박 웃봉지 떼띠리고 강릉 백청을 다르르르르르 부어 씰랑
> 발라버리고 붉은 점 흡벅 떠 반간진수로 먹으랴느냐 아니 그것도 내사 싫소
> 그러면 무엇을 먹으랴느냐 당동지 지루지 허니 외가지 단참외 먹으랴느냐 아니
> 그것도 나는 싫어 사랑 사랑 내 사랑이야 아매도 내 사랑아 포도를 주랴 앵도를
> 주랴 굴병 사탕 외화당을 주랴 아마도 내 사랑 시금털털 개살구 작은 이도령
> 스는디 먹으랴느냐

전체 '사랑가'에서 마지막 부분인 이 '자진사랑가' 부분은 사랑의 흥겨움이 고
조되어 가는 곳인데, 이 대목에서 끝 구절은 장난기어린 파탈 정신이 발현되는
곳이다. '사랑가'뿐 아니라 많은 대목에서도 흥겨움을 노래하다가 그것이 마지막
에 이르면 흥겨움이 지나쳐 아예 파탈적인 농지거리가 되는 경향이 있는 것이
다. 이 부분은 정서의 최고조 상태이면서 동시에 고조된 정서를 해체시키는 역
할도 한다. 그래서 대체로 이러한 파탈 부분으로 정서적 지속은 마감되는 경향
이 있다. 이와 같이 담화적인 연속성을 해치면서 주변적이고 해체주의적인 맥락
으로 연상이 빗나가는 방식은 전형적인 환유 방식이다. 여기에도 골계 정신은
어김없이 들어 있다.

정서적 고조 국면에서 일탈하는 모습을 보여주는 이러한 담화 방식은 한맺힌
슬픔을 노래하는 대목도 예외가 될 수 없다. 이를테면 '십장가' 같이 처절한 대목
에서도 정서의 최고조 부분에서 갑자기 파탈적인 사설이 등장함으로써 애원성
의 정조가 해체되어 버린다. 물론 그것은 극도의 저주가 되어 상대방을 공격하
는 무기로도 기능하지만 환유적인 발상에서 담화가 등장하는 것은 마찬가지이

다. 이러한 담화 방식은 대체로 흥겨움이 축적되는 분위기에서 보이는데, 천자 풀이 대목이나 글자타령 같은 곳에서도 나타난다.

3. 환유적 문체의 시대정신적 배경

여기에서는 환유적 문체가 나타나게 된 배경을 시대의식이나 시대정신, 광대의 지향의식, 사회문화적 동향, 청중들의 향유의식 등등의 여러 차원을 복합적으로 감안하여 생각해보고자 한다. 세부적으로 보면 상당히 다기한 배경으로 갈라지겠지만 여기에서는 크게 두 가지로 압축해서 보고자 한다. 그리고 그러한 기저배경이 환유적 문체를 실현시킬 때 개입한 매개항에 대해서도 한번 생각해보고자 한다.

1) 사유적인 반란

17세기 이후의 조선왕조는 이전의 굳건한 체제의 동력을 차츰 상실하면서 내적으로 붕괴음을 내며 동요의 모습을 보인 것으로 알려져 있다. 체제의 균열은 여러 가지 현상으로 표출되었는데, 신분제의 해이라든지 향촌지배체제의 재편, 탈주자학적 경향과 실학의 등장, 민중의 저항과 서민문화의 확산 등 당시의 사회 동향은 당대인들의 인식에도 많은 변화를 초래하게 되었다고 생각된다. 아마도 기존의 체제나 제도, 그리고 의식 등에 대한 많은 갈등과 불만의 목소리가 고조되었으리라고 생각된다. 이 글과 관련해서 말한다면 '문체반정'과 같은 사건도 그 당시 관습적인 문장 행태에 대한 이탈적 움직임을 배경으로 하고 있다. 이 사건은 사대부의 문장 관습에 대한 것이었지만 당시 하층적 문장 관습에도 어떤 변화의 기운이 있었으리라고 짐작된다.

판소리의 사설 창작과 연행 유통에 간여한 담당층은 상층과 하층에 걸쳐 다양하지만 판소리를 하나의 작품으로 최종적으로 형상화하는 주체는 광대임에 틀림없다. 판소리의 전 제작과정에 걸쳐 아무리 다른 계층이 간여했다 하더라도 광대는 가장 영향력 있는 권한을 지니고 창작과 연행, 그리고 유통에 직접 참여한 주체라고 할 수 있다. 그런데 사회적 천대를 몸서리치게 받아온 광대의 인식 구조상 광대들은 지배체제와 지배계층, 그리고 그들의 사유체계에 대한 반감을 체질적으로 지니고 있었을 것으로 판단된다. 광대들은 신분상으로나 직능상으로 국가에 예속되어 있었고, 혹은 중상위층 계급의 경제적인 후원에 매어 있는 처지였지만 사유상으로는 자유로운 상태에서 거기에 저항하고 반란을 일으키고 싶었을 것이다. 그러나 굳이 따져본다면 이런 점은 꼭 광대한테만 국한되는 것은 아닐 터, 기존의 체제 속에 있는 계층에서도 사유적인 전환을 요구하는 목소리는 있었을 것이다. 이와 같이 사유상의 전환 내지는 반란을 도모하고자 하는 여러 주체들의 해체주의적 시선은 광대가 주관하는 판소리의 담화 구조 여기저기에서 발견된다.[4]

지배체제나 지배계층에 대해 적대적인 반감과 공격적인 태도를 겉으로 드러내지 못하는 상태에서 광대들은 담화상으로는 자유분방하게 기존의 질서에 대해 이의를 제기하고 뒤틀고자 하였다. 물론 그것은 자신들의 문화에 대한 자긍심이 바탕이 되어 있었기 때문에 일상어법에 의한 담화 전개 방식이 판소리의 전편에 깔리게 된 것이지만 기존의 담화 방식과는 전혀 다른 생소한 담화 방식을 보여주는 측면은 그들의 사유상의 반란을 증거해준다. 앞에서 살펴본 바와 같이 수수께끼 문답식의 말놀이를 통해 파탈적인 담화 방식을 보여주고 있으며, 권위적인 유교경전 담화를 패러디를 통해 강등시켜 놓기도 한다. 정서적인 고조

---

4) 상하층의 문화접변을 배경으로 판소리 사설에 나타나는 담화접변 현상은 사유상의 반란을 배경으로 하는 환유적 문체 현상과는 그 층위가 다르다고 생각된다. 담화접변 현상은 판소리 텍스트 전반에 걸쳐서 나타나며, 어휘의 성격 자체가 그 현상의 배경이 된다. 그러나 환유적 문체 현상은 국지적으로 나타날 뿐만 아니라 표현구절들의 통사론적인 결합방식이 그 현상의 배경이 된다. 담화접변 현상에 대해서는 김현주, 『판소리 담화분석』, 좋은날, 1998, 248-270쪽 참조.

부분에서 급작스럽게 일탈함으로써 정서적인 일관성 내지는 진지성까지도 내팽개친다. 그들은 고답한 기존의 사유체계에서 벗어나 자유분방한 연상을 꿈꾼 것이다. 그들의 사유상의 반란은 상당 부분 환유적인 문체로 발현되고 있다. 환유적인 담화방식은 기존의 담화방식을 공격하고 비꼬는 데 유용한 방법이었던 것이다.

2) 공시적인 사고 패턴

결론부터 말한다면 사유체계의 전환은 통시적인 사고패턴에서 공시적인 사고패턴으로의 변화로도 나타났다고 판단된다. 시간의식은 인간의 매우 중요한 사고의 축으로서 사물을 보는 세계관이나 현실인식은 이 시간의식에 많은 부분을 의지하고 있다. 우리의 전통적인 유학적 체제나 가부장 체제는 역사적이고 수직적이고 직선적인 시간의식으로 구성되어 있는 게 보통이다. 이러한 통시적인 사고패턴에서는 종적인 연속성이 중시된다. 거기에서는 역사가 통시적인 모범을 보여주듯이 국가도, 사회도, 체제도, 제도도, 규범도, 신분계급도 모두가 종적인 연속성으로 보아진다. 그래서 상과 하의 병렬관계, 지배와 피지배의 종속관계, 대와 소의 대칭관계, 중앙과 주변의 대조관계 등이 언제나 중요시되고, 그들을 통해서 모든 것이 사유되는 것이다. 그러나 공시적인 사고패턴에서는 횡적 연계성이 중시된다. 여기에서는 사고가 수평적으로 전환됨으로써 그동안 수직적인 관계에 있던 주체들과 구성원 사이의 횡적인 관계가 고려된다. 그래서 전에는 보이지 않던, 옆으로 벗어나 있는 주변에 대한 조망도 가능해지고 횡적인 관계짓기에도 관심을 가지게 되는 것이다. 이러한 공시적인 사고패턴으로의 변화는 비단 광대 계층에만 해당되는 게 아니라 사회 전반에 걸쳐 공통적으로 일어난 패러다임의 변화라고 할 수 있다.

통시적인 사고패턴이 역사를 과거—현재—미래의 직선으로 보고, 현재의 위치에 서서 과거를 되새김질하면서 미래의 당위를 언급하는, 역사결정론적이고 숙명론적이고 변화를 그다지 원하지 않는 보수주의적 성향을 드러내는 것이라면, 공시적인 사고패턴은 역사를 직선이 아닌 곡선이나 원으로 보면서 과거보다는 현재에 관심을 두면서 현재적 관심사에 두루 초점을 흩뿌리는, 그래서 과거 결정론에서 벗어나 현재와 미래를 만들어나갈 수도 있다는 조명론적 경향을 일정 부분 함축하고 있다고 할 수 있다. 그것은 아마도 당대인들의 시간에 대한 의식의 변화와 밀접하게 맞물려 있을 것이라고 판단된다. 수많은 시간과 공간의식의 내용들 가운데 특히 외부 세계와의 교섭으로 인한 인식론적 변화가 가장 중요한 것이었다고 생각된다. 신흥 종교를 매개로 한 외국인들의 빈번한 왕래, 청나라를 통하거나 아니면 직접적인 교역으로 인한 외국 문물과 지식의 소개, 중국이나 일본뿐만 아니라 드넓은 세계가 우리 주변에 동시에 존재한다는 것을 실감나게 알려주는 세계지도의 출현 등은 우리의 고정된 시간과 공간의식을 상당히 질적으로 변화시켰으리라고 판단된다. 그동안의 단선적인 시간의식으로는 역동적인 세계의 질서를 담아내는 것이 어려워졌으며, 협소한 공간의식으로는 광활한 세계의 틀을 이해하기가 곤란해졌던 것이다. 중국과 과거를 중심으로 하는 기존의 통시적인 사고패턴이 공시적인 사고패턴으로 변하지 않을 수 없는 까닭이 거기에 있었다.

공시적인 사고패턴으로의 변화는 담화 방식에도 그 흔적이 새겨져 있다. 지식들의 횡적 연계성을 확인하기 위해 실물적이고 개별적인 주변사물들이 나열되기도 하고, 시간이 흐르지 않는 상태에서 주변을 자세하게 섭렵하기도 한다. 관계의 통시적인 논리성을 따지는 것에서 벗어나 옆으로 미끄러져 퍼져나가는 방식으로 사고가 이루어지기 때문에 본질적이기보다는 주변적이고 우연적인 것을 자유분방하게 연상한다. 그래서 전통적인 담화 진행 방식으로 보면 상당히 일탈적인 것이 된다. 계층간의 문화적인 상호 인식이 반영된 담화 접변 현상이나 회화성 짙은 담화 유형도 공시적인 사고패턴과 무관하지 않다. 그것들은 횡적인 연계성을 추구하거나 시간을 사상해버리고 사물을 보는 관습이 내재화되었을 때 나타날 수 있는 담화 현상이기 때문이다.

필자는 이러한 시대정신적 배경이 환유적 문체를 형성할 때 골계정신이 그 매개의 역할을 하지 않았나 판단한다. 시대정신이라는 보편적인 인식상의 패러다임이 문예구조로 발현될 때에는 그 문예를 담당하는 집단이나 계층의 개성적인 의식 패턴이 거기 개입하기 마련이다. 그런데 판소리 연행을 주도했던 광대의 의식구조라는 것이 기존 사회와 제도에 대해 비판하고 풍자하며, 웃음을 통해 모든 것을 용해해 버리려는 속성을 거의 체질적으로 지니고 있었다고 판단된다. 어떨 때는 신랄하게 냉소하고 어떨 때는 파탈적으로 유희하는 세계인식을 골계정신이라고 한다면, 이는 사유상의 반란이나 세상을 보는 사고패턴을 획기적으로 바꿔보려는 시대정신적 배경과 연결되는 동시에, 파탈적 웃음을 유발하는 경향이 있는 환유적 문체라는 문예구조와도 접맥된다. 실제로 우리는 앞에서 살펴본 바와 같이 환유적 문체가 실현되는 양상들이 골계적 웃음을 유발하는 효과를 지닌 것임을 알 수 있었다. 골계적 웃음이란 대상을 골계정신으로 인식하고 드러내고자 할 때 현현되는 효과라고 할 수 있을 것이다. 요컨대 골계정신이 매개항 내지는 윤활제로서 작용하여 환유적 문체를 형성시켰고, 그 환유적 문체로 인해 야기된 효과가 골계적 웃음 또는 골계미라고 말할 수 있다.

4. 맺음말

지금까지 〈춘향가〉 사설의 환유적 성격을 강조했다고 해서 환유적 문체가 〈춘향가〉의 유일한 문체라고 주장하는 것은 아니다. 〈춘향가〉에는 환유적 문체와는 사뭇 다르고 대립적이기조차 한 문체도 있기 때문이다. 이를테면 문장체 고소설에서 흔히 보던 문체들 또는 사유방식들도 〈춘향가〉의 상당 부분을 차지하고 있는 것이다. 그러나 환유적 문체가 비록 〈춘향가〉에서 일부분을 차지하고 있다고 할지언정 그것이 매우 중요한 기능을 담당하고 있음은 부정하지 못한다. 〈춘향가〉의 서사적 활력이 여기에서 연유하는 측면이 많은 것이다. 그것은 최소한 서사적 흐름을 재미있게 함으로써 청중들로 하여금 지루하지 않고 서술 상황을 여유있게 즐기게 하기도 하고, 서술 상황에 대해 비판적 안목을 구유케 하기도 하는 요소이기도 하다. 이렇게 〈춘향가〉의 환유적 문체는 현장에서 주로 골계적인 효과를 냄으로써 연행 현장을 폭소와 흥겨움으로 물결치게 한다.

그러나 환유적 문체의 이러한 서사 내적 또는 현장적 기능의 이면에는 앞에서 살펴본 바와 같이 시대정신과 담당층의 의식, 사회문화적 동향 등이 농축되어 있다. 거기에는 엄격한 구성과 규범적인 담화방식을 내세우는 이성중심적인 가치를 의문시하고, 그의 전복을 꿈꾸면서 관습적으로 지켜지던 기존의 예술적인 경계선마저 조롱하듯이 무화시켜 버리려는 의식이 잠재되어 있는 한편, 그러면서도 수평적인 가치체계와 관계를 소망하는 새로운 사고패턴이 담겨 있다고 판단된다.

이와 같이 환유적 문체가 당대의 사유체계를 반영한 것이라고 할 때, 다른 예술 양식들에도 이러한 사유체계의 흔적이 나타나는지 관심의 대상이 아닐 수 없다. 아마도 다른 예술 양식들에는 물론 문학적 문체가 아니라 다른 스타일로 나타나게 될 터이다. 이를테면 풍속화와 민화에서는 묘사대상의 성격이라든지 화면의 구성기법이라든지 화필의 처리기법 등에서 구조적 상동성을 운위할 수 있을 것 같고, 음악에서는 장단과 조의 배합이라든가 선율의 선택이라든가 하는 데에서 스타일의 상동구조를 찾을 수 있을 것이다. 이에 대한 자세한 논의는 장을 달리해야 한다고 생각한다.

〈심청전〉 변이의 소통적 의미 연구

서유경

1. 서론

우리 고전소설, 그 중에서도 판소리와 판소리계 소설이 갖고 있는 가장 중요한 현대적 의미는 지금까지도 계속적으로 향유되고 있다는 것과 무수히 다양한 이본들의 존재를 통해 당시 문학 향유의 특성, 그리고 향유층의 지향성을 알 수 있다는 것이다. 판소리나 판소리계 소설은 그 자체로서 향유되고 있을 뿐만 아니라 창극이나 영화 등의 다른 매체로도 확대되어 지속적으로 생산, 수용되고 있기 때문이다. 그래서 판소리와 판소리계 소설은 현재에도 여전히 의미 있는 이야기로 존재하고 있다. 이러한 특성은 살아있는 문화유산으로서 판소리와 판소리계 소설을 바라볼 수 있는 출발점인 동시에 현대의 문화 향유를 조망할 수 있는 근거가 된다는 점에서 의의가 있다. 특히 〈심청전〉과 같은 경우에는 끊임없는 재생산의 과정에서 근본 구조가 변하지 않으면서도 세부적으로 당대 향유층의 지향성을 드러내는 방향으로 변화해 왔다는 점에서 주목할 만하다.

지금까지 〈심청전〉은 판소리의 전승이라는 큰 맥락에서 다루어지기도 했지만, 한편으로는 어떤 요소가 어떻게 변화하고 있는지에 대한 세부적 체계화와 의미, 판소리 〈심청전〉이 다른 양식과 어떠한 관련성을 지니는지에 대한 연구도 함께 이루어져 왔다. 이러한 연구의 흐름에서 보면, 앞으로는 〈심청전〉의 세부적 변화를 당대 문화 향유라는 큰 맥락과 어떻게 관련지을 것인가 하는 논의가 함께 이루어져야 할 필요성이 제기된다. 이러한 필요성은 〈심청전〉의 세부적 변화가 하나의 서사로서의 〈심청전〉 향유와 어떤 관계를 갖고 있는가, 어떤 세부적 요소의 변화가 전체 〈심청전〉의 주제 형성이나 인물 형상화와 어떻게 관련되는가를 규명하는 것이기 때문이다.

따라서 이 연구에서는 구체적인 변이 요소로서 〈심청전〉의 한 부분인 공양미 삼백 석 시주 약속에 대한 심청의 반응이 어떻게 변화하고 있는가를 짚어보고, 이러한 변이가 서사로서의 〈심청전〉 향유와 어떻게 관련되는지를 살펴보고자 한다.

사실 〈심청전〉 전체 서사에서의 비중으로 본다면, 심봉사의 공양미 삼백 석 약속과 이에 대한 심청의 반응 부분은 매우 미시적인 것으로서, 별로 중요하지 않은 요소로 간과할 수도 있는 부분이다. 그러나 전체 서사의 맥락으로 본다면, 이 부분은 심청의 인신공양이 이루어지는 데에 필연성을 부여하는 중요한 부분이다. 흥미로운 것은 공양미 삼백 석을 시주해야 하는 절망적인 상황에서 심청이 보이는 반응이 〈심청전〉 자료에 따라 달리 나타난다는 것이다. 그리고 이 부분의 구성과 심봉사, 심청의 행동이 〈심청전〉 전반에서의 인물 형상 변화나 주제 형성에 대한 중요한 암시를 한다는 것이다.

이러한 특성은 근본적으로 서사 내적 소통과 함께 〈심청전〉을 향유하는 향유자와의 서사적 소통을 드러내는 단서라고 할 수 있다. 연행으로서의 판소리이든, 서사로서의 판소리계 소설이든 우리 고전문학 향유가 보여주는 서사 향유의 모델은 수용자에 의해 끊임없이 공감, 조정, 재생산된다는 것이다. 동시대적으로 혹은 시대를 달리하면서 계속해서 이루어진 이본 형성은 문학 향유의 메커니즘을 보여주는 것으로, 공양미 삼백 석 시주 약속에 대한 심청의 반응이 달리 나타나는 양상은 〈심청전〉 수용자로서의 생산자가 어떻게 〈심청전〉을 서사적으로 향유했는지를 말해준다.

이는 〈심청전〉 그 중에서도 공양미 삼백 석 시주 약속에 대한 심청의 반응 부분의 변이를 서사물의 독서라는 소통적 관점에서 보는 것으로, 이렇게 보면 심청의 반응이 변화하는 모습이 단지 서사 속에서의 어느 한 요소 혹은 표지라는 차원에서 나아가 독자이자 새로운 이본 생산자로서의 향유자가 개입한 흔적이라 할 수 있다.

이러한 관점에서 우선 공양미 삼백 석 시주 약속을 들은 심청의 반응을 유형화하여 보고, 그러한 반응을 〈심청전〉이라는 서사의 맥락과 비추어 분석하여 봄으로써 문학 향유라는 소통적 의미를 살펴보고자 한다.

2. 심청의 반응 유형

〈심청전〉에서 심봉사의 공양미 삼백 석 시주 약속 부분은 심청이 나간 사이 기다리다 지친 심봉사가 밖에 나갔다가 물에 빠진 사건과 심청이 선인들에게 몸을 팔게 되는 대목 사이에 있다. 〈심청전〉의 전체 서사 전개상 위치를 보면, 이 부분은 심청이 인당수에 빠져 죽어야 하는 필연성이 부여되는 지점이자 서사의 전개가 절정에 이르는 단계의 시작 지점이다. 이렇게 볼 때, 공양미 삼백 석 시주 약속은 〈심청전〉 전개에서 핵심적이라 할 만큼 중요하다.

심봉사가 공양미 삼백 석 시주 약속 후 하는 행동은 후회하며 자탄하는 것인데, 이 장면은 모든 계열의 이본에 빠지지 않고 나타난다. 그리고 이를 들은 심청이 심봉사를 위로하며 안심시키고 기도를 하는 장면으로 이어진다. 이때 심청의 기도도 자료에 따라 달리 나타나는 특성을 보이는데, 대부분의 자료에서 심청이 기도 후에 바로 선인들에게 몸을 파는 사건으로 연결된다.

심청의 반응이 서술되는 부분은 크게 심청의 표정이나 행동 서술, 심봉사에게 식사 권유, 심봉사의 식사, 심청의 걱정, 기도 등으로 이루어진다. 여기서 심청의 반응을 유형화하는 데 있어서 어디까지를 심청의 반응으로 볼 것인가를 정확히 해야 할 필요가 있다. 좁게는 심청의 즉각적인 행동 자체가 반응이 되겠지만, 좀더 포괄적으로 본다면 심청이 기도를 하게 되는 부분까지의 장면이나 심리 서술 전체가 심청의 반응이 될 수 있을 것이기 때문이다. 따라서 심청의 반응을 심봉사의 공양미 삼백 석 시주에 대한 탄식을 듣고 난 뒤부터 심청의 기도 직전까지로 설정하여 살펴보도록 하겠다.

그렇다면, 이 부분에서 심청이 공양미 삼백 석 시주를 해야 하는 사실을 어떻게 수용하는지를 유형화하여 보도록 하자. 심청의 반응은 크게 세 가지 정도로 유형화할 수 있는데, 특징적인 것은 심청이 심봉사에게서 시주 약속을 듣고 하는 말 중에 공통적으로 밥을 권하는 내용이 나타난다는 것이다. 그런데 그러한 식사 권유 후에 실제로 식사 장면이 나오는지의 여부는 이본에 따라 달리 나타나며, 이 요소의 출입은 심청의 반응 유형과 관련이 있는 것으로 보인다.

(1) 좌절감 표현

심청의 반응이 나타나는 첫 번째 유형은 심청의 좌절감이 서술되는 것이다. 심청의 좌절감은 천지가 아득할 정도로 망연하다거나 눈물을 흘리는 것으로 나타난다. 그러나 심청이 좌절감을 느끼는 부분은 비교적 간명하게 서술되며, 바로 식사 권유로 이어지는 특성을 보이고 있다.

> (가) **심청이 쏘흔 드로민 망연ᄒ여 쳔지 아득흔지라** 흔연히 고왈 아모커나
>   시장ᄒ업실 거시니 이 밥을 자시옵쇼셔 쳥ᄒ고 이날밤 목욕재계 ᄒ고
>   (조동필 12장본)
>
> (나) 심청이 이 말 듯고 **흘으넌 눈물을 검치 못하여 나안져 하넌 말이** 아바임
>   염예 마오 **하날이 잇스온이 스룸이 싱겨나고 오륜이 잇스온이 닉 아모리**
>   **여ᄌ로되 그만 일을 못할잇가** 비 곱푼딕 밥이〈4뒤〉나 어셔 잡슈시오 권

하여 위로한이 그 안이 효성인가 심청이 그날부텀 모욕지계하고(김종철
18장본)

(다) 심낭ㅈ 그 말 듯고 **묵묵무언 안ㅈ다가 눈물짓고 ㅎ난 마리** 아분님 아분
님는 걱정 근심 마르시고 진지나 ㅈ부시〈13 뒤〉요 아모리 여식인들 그
맛 것 못ㅎ잇가 부듸 부듸 근심말고 진지 자부시오 심봉사 조화라고 밥
상을 단겨노코 이것 저것 맛보면셔 이그션 무어신야 그거션 무어신야
뉘 집의셔 어더나 요구시 거도 구시도다 너 어맘 스라슬 제 이 밥얼 짓거
되면 어려든니 이 밥을 벅거본니 그 밥마시 흡사ㅎ다 이거션 무어신야
그거션 찰밥이요 너 어맘 쳐음 만늬 삼일 후 지힝거니 찰밥을 먹기 되면
그 원니 좃타ㅎ여 만니 담아쥬난 거설 빅가 불너 다 못 먹고 슈시로 싱각
할 제 그 밥 싱각 간절던니 이계야 먹거본다 이거션 무어신요 그거션
골비쎡이요 웃마르릐 김동지늬 큰며느리 나를 보고 아분임 말삼ㅎ며 불
상타 낭누ㅎ고 이 쎡얼 쥬더이다 올타 올타 너 어맘 스라슬 제 남다르계
친ㅎ든니 그 이얼 싱각ㅎ고 남달리 ㅎ나부다 이거션 무어시야 그거션
찰북검이요〈14 앞〉온야 그거셜낭 가져다가 놉피 놉피 간슈ㅎ라 잉걸부
릐 쑤어셜낭 시장할 제 먹기 되면 근기가 인난니라 이라져리 머근 후의
심낭자 거동 보소 **쳔ㅅ만염 싱각ㅎ니 공양미 삼빅셕을 굿쳐할 길 업난
지라** 후원의 들어가셔 도량을 슈싴ㅎ고 모릐 녹코 황토 피고 정ㅎ슈 드
려다가 반의 졍이 밧쳐노코 젼조단발 졍이 ㅎ고 두 무릅 쳥이 쑬고 두
숀으로 합장ㅎ여 ㅎ날임계 비난 마리(박순호 39장본)

(라) 심낭ㅈ 거 말 듯고 **묵묵히 안져득 눈물노 이른 마리** 아반임 정신츠려
진지ᄂ 잡슈시오 심봉사 됴아라고 **픽 하변 우슘 웃고** 늬 쌀리 늬 쌀리지
밥상을 당기 놋코 이긋져긋 맛볼 적계 이그선 무어신야 그거선 이밥이
요 이그선 무어신야 그거선 콩밥이요 구시기 그지 업득 너어 엄엄 사라
실 졔 밥을 하면 일러튼이 이 밥을 머그본이 흡사함도 하득 이그선 무어
신야 그거선 출밥이요 너어 엄엄 쳐엄 만늬 삼일 후 지힝 가니 출밥을
먹기드면 권원이 됴타하고 만〈12 뒤〉니 득마 드리그늘 빅기 불느 못믁
고서 뉴시로 시장하면 그 밥 싱각 ᄀ졀튼이 오날날 며거본이 옛이리 싱
각난득 이그선 무어신야 그거선 골미쪽이오 웃마을 금장ㅈ듸 컨 며느리

아반임 말하면서 불상트고 낙누하면 이 쪽을 듀드이ㄷ 심봉사 그 말 듯
고 평 하변 우슘 웃고 올트 올타 거 마루릭ㄱ 소시져계 오입하느라고
너 어모아 됴아하든이 그 이를 싱각하고 별다러 하ㄴ부ㄷ 그거선 무어
신야 이그선 출버금이요 온야 온야 놈피놈피 언저 두어라 닝글불의 쑤
어 먹기되면 근기ㄱ 인난이라 거렁져렁 머근후의 심낭ㅈ 거동 보쇼 후
원의 드러ㄱ셔 도랑을 슈시하고 천제단 무어놋코 황토을 졍이 페고(김
광순 30장본)

위에서 보듯이 이 유형의 자료에서는 심청이 일차적으로 좌절감을 느끼고 걱
정하는 것으로 나타난다. 혹은 심청이 조용히 눈물을 흘리는 것으로 제시되고
있다. 그런데 이후 심청의 행동에 있어서는 (가), (나)와 (다), (라)가 다른 양상
을 보이고 있어서 주목된다.

다시 말해, (가)와 (나)는 심청의 좌절감을 서술한 뒤, 바로 심청이 기도에 들
어가는 것으로 서술하고 있음에 반해, (다)와 (라)에서는 심청이 눈물을 흘리고
난 뒤, 심봉사에게 식사를 권하는 말이 나오고 그 뒤 심봉사의 식사 장면을 장황
하게 서술하고 있다. 이와 같은 차이가 생기게 된 이유에는 여러 가지가 있겠지
만, 여기서 눈여겨보아야 할 것은 심봉사의 식사 장면이 필요에 넘치도록 장황
하다는 것과 심봉사 식사 후에 심청이 기도를 드려야 한다는 결심을 하게 된다
는 것이다.

그리고 심봉사의 식사 장면은 이 부분의 분위기에 맞지 않게 지극히 희극적이
고도 골계적으로 형상화되고 있다. 물론 이러한 희극적 장면의 삽입에 대해서는
별도로 〈심청전〉의 다른 이본과 비교하는 작업을 해보아야 할 문제겠지만, 심청
이 좌절감을 느끼는 부분에 연이어 나오는 심봉사의 식사 장면이 탈맥락적이고
심봉사라는 인물의 형상에 어떤 변화를 부여하는 것이라는 점은 분명하다 할
수 있을 것이다.

(가)−(라) 자료를 좀더 자세히 살펴보자면, (가)에서는 심청이 천지가 아득하

고 망연자실할 정도로 좌절감을 느끼지만 흔연히 식사 권유를 하고, 목욕재계와 기도에 들어간다. (나)에서는 흐르는 눈물을 어쩌지 못할 정도로 놀라고 절망감을 느끼지만, 곧바로 하늘을 의지할 수 있을 것이며, 사람이 있고 오륜이 있으니 여자라도 못할 것이 없다며 아버지를 위로한다. 여기서 독특한 것은 심청이 언급하고 있는 '오륜' 항목과 심봉사에 대한 위로 후 이어지는 서술자의 '그 아니 효성인가'라는 칭찬이다. 이러한 효에 대한 언급은 심청이 전혀 걱정을 하지 않는 유형에 주로 나타나는 것으로 보아, (나)의 경우 심청의 반응 유형 (3)과 관련성을 지니는 것으로 판단된다.

(다)의 경우 심청의 반응이 눈물을 흘리지만, '묵묵히'하는 것으로 (가)와 (나)에 비해서 눈물을 흘리는 정도가 약화되어 있다. 그리고 (라)처럼 심봉사의 식사 장면이 나온다. 독특한 것은 (다)의 끝부분에 심청이 혼자 공양미를 구할 방도에 대해 이런 저런 생각을 많이 하게 되고, 방법이 없다고 생각되자 기도를 하는 것으로 설정되어 있다는 것이다. 심청이 혼자 앉아 걱정을 하는 것은 뒤에 살펴볼 심청의 반응 유형 (2)에 주로 나타나는 것인데, (다)에서는 심청이 걱정을 하는 정도는 아니지만, 혼자 생각을 하는 것으로 서술되고 있어, 유형 (2)와의 관련성을 시사한다.

(라)의 대체적인 특성은 (다)와 유사한데, (다)에 나타났던 심청이 생각하는 부분이 없는 것이 다르다. 그리고 심봉사의 식사 장면에서 (라)가 (다)보다 심봉사의 행동과 말이 골계적이라는 것을 알 수 있다. (라)에는 (다)에는 나타나지 않는 심봉사의 '퍽'하는 웃음과 '내 딸이지' 하는 등이 나와 심봉사의 형상이 더 경망스럽게 느껴진다.

(2) 혼자 걱정

이 유형의 경우, 심청이 심봉사의 앞에서는 위로하고 진정시키지만, 혼자 있게 되었을 때 걱정하고 기도하는 모습으로 나타난다. 그리고 심청이 기도하기 직전까지의 과정이 첫 번 째 유형에 비해서 비교적 확대되어 있다. 우선 다음 자료를 보자.

(가) 청이 청파의 위로 왈 부친은 슬허 마르쇼셔 정성이 지극ᄒ면 감텬이라 ᄒ오니 부친의 정성이 여ᄎᄒᄉ 시듀코져 ᄒ시미 부쳐의 도으시미 이스리니 심녀를 허비치 마르쇼셔 ᄒ고 즉시 셕반을 갓쵸와 권ᄒᄃᆯ 공이 먹지 아니ᄒ고 다만 기리 탄식ᄒ여 눈물이 이음ᄒ니 청이 민망히 녀겨 화헌 말슴으로 위로ᄒ여〈3 뒤〉갈오ᄃᆡ 쳔되 비록 놉ᄒ시ᄂ 슙피시미 쇼쇼ᄒ시니 부친 정성을 텬디일월이 감동ᄒ실 거시미 과히 번뇌치 마르쇼셔 ᄒ고 빅단 위로ᄒᄂ **진실노 난쳐ᄒ지라 쳔ᄉ만탁 ᄒ다가** ᄎ야 삼경의 목욕지계ᄒ고 쓸히 나러 ᄌ리를 펴고 하늘을 우러러 비러 갈오ᄃᆡ (한남본)

(나) **아버님 걱정 마오 세승의 흔한 거시 모도 다 쌀이오니** 구ᄒ기 〈22 앞〉어렵ᄉ오며 셜마 변통 못하오리가 념녀치 마옵시고 진지나 즙슈시오 되지 못한 말리로다 【평즁단】 셰상의 쌀니 만타기로 뉘가 ᄂ을 쌀을 쥬며 쏘한 셩셰 가난ᄒ녀 죠셕니 날니한ᄃᆡ 어ᄃᆡ셔 날리라고 헛된 말을 네 ᄒ녀야 화쥬즁 도러와 시쥬쌀 달나 ᄒ면 이을 웃지 ᄒ잔 말니야 나넌 스러 씰쩐 읍짜 【안니리】 ᄎ라리 죽넌니만 갓치 못ᄒ도다 ᄌ결코져 절짠ᄒ니 심쳥니 ᄃᆡ경ᄒ녀 아버니 진정하오 니 몹실 녀식이오나 부친 병은 봇 곳치오나 쌀슴빅셕 못 구할가 츄호도 념여치 마옵고 진지나 즙슈시요 어든 밥 다시 더 부친공경 극진ᄒ니 심봉ᄉ ᄃᆡ희ᄒ녀 그 밥을 감식ᄒ고 식곤 즁 누어 즐 제 심쳥니 죠은 말노 부친을 위로ᄒ나 **슴빅셕 날 곳 읍셔 쇽으로 걱정**〈22 뒤〉**타가** 후원을 졍니 씰고 졍한 빅셕 펴 념 후의 모욕ᄌ겨 ᄉᆡ 옷 입고 졍한슈 지러다가 단 우의 올닌 후의 북향ᄉ비 츅원ᄒ되 【진냥죠】 (허흥식 소장 창본)

(가)와 (나)는 심청이 공양미 삼백 석 시주 약속을 듣고도 놀라거나 슬퍼하지 않고, 비탄에 빠져 있는 아버지 심봉사를 오히려 위로하고 안심시킨다. (가)에서는 정성이 지극하면 하늘을 감동시키고, 시주하려고 하는 것이니 부처가 도울 것이라 한다. (나)에서는 더 강하게 시주 쌀 구할 걱정이 없음을 강조한다. 세상의 흔한 것이 모두 쌀이니 설마 그걸 변통하지 못하겠냐고 한다.

그리고 이어 식사 권유를 하는 부분이 나오는데, 앞의 유형과는 달리 여기서는 심봉사가 여전히 탄식하거나 더 깊이 걱정하며, 심지어 (나)에서는 심봉사가 시주 약속을 한 자신은 살 수가 없다며 자결을 결심했다고까지 한다. 이런 심청의 반응과 심봉사 행동은 앞의 유형과 매우 대조적이다.

또한 전체적인 전개가 심청이 반응한 후, 심봉사와 심청이 대화를 계속하는 것으로 이루어진다는 것이다. 이 과정에서 심청의 간곡한 위로는 더욱 구체적으로 서술되며, 심봉사의 슬픔과 탄식 또한 구체화되어 나타난다. 이러한 심봉사와 심청의 대화적 전개와 심청의 반응은 다음 자료에서 더욱 특성 있게 부각된다.

> (다) **심청의 출천효셩** 부친을 위로ᄒ되 아바임은 걱정근심 마읍시고 진지나 만니 줍슈소셔 아모리 구츠ᄒ나 쌀삼빅셕이야 어렵준소 기탄읍시 딕답ᄒ니 심봉ᄉ 그계야 마음이 활발ᄒ야 숨을 흔〈17 뒤〉번 닉쉬던니 **심청의 등을 어로만지며 칭츤ᄒ되 효ᄌ로다 긔특ᄒ다 못할망졍 이비 걱졍 싱각ᄒ야 염여읍시 딕답ᄒ니 봉친ᄒ난 그 효셩이 지극ᄒ고 쏘 일변 싱각ᄒ니 지셩이면 감쳔이라 네 졍셩이 이러ᄒ니 삼빅셕이 읍실손야 희희낙락 기쑌 마음** 밥상을 당겨노코 이것져것 맛슬본다 두 눈을 번득이며 두 손으로 더듬더듬 만지면셔 뭇난 말리 이것슨 무어신야 그거슨 콩밥 이밥 츨밥이요 이거슨 무어신야 그거슨 고초장 집장이요 이것슨 무어신야 슈슈밥 팟밥이요 허허 우시며 그 밥 구슌이라 너의 모친 살아실 졔 닉의 승미 맛츄와셔 종종 어더쥬던 거슬 싱각ᄒ니 네가 쏘 닉 식셩을 아난구나 이거슨 무어신야 그거슨 골미쪅이요 그 쪅 조타 뉘 집의셔 으

더난야 심청이 듸답ᄒ되 건넌 마을〈18 앞〉황동지듹 맛며늘이가 이 썩을 쥬고 밥도 안니 쥬며 후덕ᄒ더이다 심봉사 그 말듯고 핏셕 흔번 터지면셔 ᄒ난 말리 올치 올치 그런 곡졀 잇난이라 그 마누라 각시젹의은근 오입ᄒ노라고 토슈 보션이며 쌈지 쥼치 졍표 줄 제 네의 모친 솜씨 조타 부탁ᄒ며 종종지여 달나더니 그 인졍을 싱각ᄒ고 너을 보고 남 다르다 이거슨 무어신야 콩갈루 무친 인졀미요 그 썩 싸루 두라 츌츌ᄒ고 심심ᄒ씨 구덕구덕 구든 거슬 화로불의 구어ᄂᆡ면 물신물신 조흔이라 **그리져리 맛친 후의 심청이 손 글룻슬 당겨 놋코 침ᄌ질을 할야ᄒ고 홀노 안ᄌ 싱각흔즉 부친의 평싱포원이 골슈의 믹쳐여셔 기왕지수 젹여시니 웃지 감이 원망ᄒ며 붓쳐을 속여 죄을 질가 그러ᄒ나 동셔걸식 이 쳐지의 일 흡일수 난판이라 종일〈18 뒤〉토록 싱각ᄒ되 빅계무칙 속졀읍다 간중이 쓴어진 듯 눈물이 써러져셔 다홍치마 졈졈일셰 일셩 즁탄 싱각ᄒ되 지셩이면 감쳔이라 ᄒ니 아모커나 오날붓텀 ᄒ날임게 졍셩이나 드려볼가** ᄒ고(사재동 50장본A)

(라) 심청이 이 말을 듯고 **고흔 안싴 조흔 말노 져으 부친 위로할 제** 아부님 아부님 걱졍〈9 뒤〉 말고 염예 마소 옛말의 ᄒ여시되 ᄂᆞ라의 진상도 업사오면 못한다 ᄒ온니 두고 안니 ᄒ거듸면 죄가 되련마은 업고 못ᄒ면 죄라 하리요 걱졍 말고 염예 마르시고 밥을 먹고 사라ᄂᆞ면 일월성신 발가시니 본장일시 분명하오니다 심밍닌이 말을 듯고 네 마리 기특하다ᄂᆡ 쌀이야봉사 혁륙타고 난 거시엿지 그리 영명흔고 무거불칙 악귀라도 네 말 드르면 감심하리 심청이 거동 보소 부친을 위로하고 저 혼자 싱각ᄒ니 공힝미 삼빅셕을 날 쓰 업서 젹어쥬고 익졍흔 우리 부친 오직하야 낭누할가 **ᄀ삼을 쾅쾅 뚜다리며 발을 동동 구루면서** 불상ᄒ고 가련ᄒ듯 남무자식 되야ᄂᆞ서 부모 원을 못풀고 세상〈10 앞〉의 사라 무엇 하리 일윤 참에 어렵쏘다 옛날 효자 밍종나난 그 엇쩌한 사람으로 눈 우의 쥭신을 빌고 왕상은 엇지하야 어름 속의 잉어을 낙고 쥭게 된 부모을 위로하야 공경하니 니 안니 자락한가 남**의 집 츌쳔지효난 쏀밧기 어렵쏘다 하며 공힝미 삼빅셕을 엇지 ᄒ야 어더ᄂᆡ여** 우리 부친의 눈을 쓰게 하여 싱전의 보게 할고(단국대 나손 29장본A)

위에서 보듯이, (다)와 (라)는 앞의 두 자료에 비해 서술이 확장되어 있으면서, 심청과 심봉사의 대화가 보다 구체적으로 이루어진다. 그런데 (다)와 (라)는 서술되는 내용과 방식에 있어서 독자성을 지니고 있다. (다)는 심청의 수식어로 '출천효성'을 붙이며, 심청과 심봉사에게는 절대절명의 존재론적 위험을 맞이하는 순간인데도 심청이 얼마나 효녀인지를 강조하는 서술에 집중하고 있다. 그것이 가장 잘 나타난 부분이 심청의 위로에 대해 심봉사가 하는 말이다. 심봉사는 심청의 말을 듣고 바로 안심하며, 심청에게 등을 어루만지며 효성이 깊다는 칭찬을 한다. 그리고 기쁜 마음으로 식사를 하는 것으로 되어 있다. 그리고 심청은 혼자 앉아 걱정을 하다 간장이 끊어지는 듯한 가슴 아픔을 느끼고 눈물을 흘린다. 심봉사의 식사 장면은 앞의 (1)유형과 유사하여, 관련성을 보이고 있다.

(라)는 (다)에 강조되어 있는 효성에 대한 언급이 나타나지 않고, 심봉사가 심청을 기특하다고 칭찬하는 것으로 설정되어 있다. 그리고 심봉사를 안심시키면서 무작정 걱정할 것 없다고 하는 것이 아니라, 옛말을 인용하며 차근차근 논리적으로 설명하며, 이 과정에서 없어서 못하는 시주는 죄가 아닐 것이라고 안심시키고 있다. 그런데 이어서 심청이 부친을 위로한 뒤 홀로 앉아 걱정을 할 때에는 '가슴을 쾅쾅 두드리면서 발을 동동 구르면서' 격렬한 몸짓을 보이는 독특성을 보이고 있다.

이 유형의 자료를 전체적으로 볼 때, 심청이 심봉사 앞에서는 위로를 하지만, 뒤로 혼자 걱정을 한다는 점에서 공통적인 특성을 지니고 있고, 이 점에서 동일 유형으로 분류하였다. 그런데 심청을 기준으로 하지 않고, 심봉사의 반응을 중심으로 하여 보면, 자료에 따라 심봉사의 말과 행동이 달리 나타나는 흥미로운 특성을 발견할 수 있다.

(3) 걱정하지 않고 위로함

이 유형은 심청이 어떤 걱정이나 두려움을 표현하지 않는 경우이다. 상당히 많은 자료들에서 이러한 유형을 볼 수 있는데, 이는 전반적으로 볼 때 완판본의 영향력과 관련이 있을 것으로 예상된다.

이렇게 심청이 걱정하지 않고 위로를 하는 유형은 크게 자신 있음만 말하는 경우와, 시주 못하는 것이 죄가 아님을 강조하는 경우와 고사를 동원하여 걱정할 것이 없음을 설명하는 경우로 나누어 볼 수 있다.

> (가) **아부님 걱정 마소** 빅 고푼딕 이 밥 줍소 목 마른딕 이 물 즈시오 **그만훈 거설 못할소야**(조춘호31장본)
> (나) 심쳔이 니 말을 듯고 아반임 ㅇㅇㅇ딕 이 밥 엇셔 잡슈시오 아무리 시지 못할 여식인들 그 만 거실 못 구하릿가 병든 부친 위로하고 후원으로 드러갓셔 ㅇ 셕돌 드러셔 칠셩당을 놉피 못코 싀 자리 쓰러깔고(정문연 19장본)

위의 (가)와 (나)에서는 심청의 반응에 별다른 놀라움이나 두려움이 나타나지 않으면서 심봉사에게 식사 권유를 하는 것으로 제시되어 있다. 그리고 심청은 그만한 것을 못하겠냐고 심봉사를 안심시키고 기도할 준비를 한다. 이러한 양상은 앞서 살펴본 심청의 반응 유형과는 상당히 다른 것으로, 심청이 전혀 걱정을 하지 않고 오히려 자신 있는 모습을 보인다. 이러한 심청의 걱정 없는 태도는 다음의 자료에서 더욱 강화되어 나타난다.

> (다) 심쳔이 이론 말리 아부임 걱정 마으시고 게시쇼셔 잇고 안쥬오면 죄가 만타 ㅎ되 **업고 못 쥬요면 무⟨9 앞⟩삼 죄가 되오릿가** 그럼 염여 마으시고 진지 어서 잡수시오 이러타시 권ㅎ니 심봉ᄉ ᄒ난 말니 무호딕쳔 원수라 다 닉 쌀 말을 드러시면 뉘 안니 탄복ㅎ리 이러타시 안자실 졔(최

재남 낙장 22장본)

(라) 심청이 위로ᄒ되 **승담의 일녀시되 나라의 진승미도 업시면 못ᄒ나니 잇고잇고 아니ᄒ난 거슨 죄가 된다 ᄒ런이와** 본듸 어셔 못ᄒ오면 죄가 아니 되올이니 부친님 염녜 ᄆ오 그런 싱각 마옵시고 식어가니 어셔 잡쇼 심봉스 ᄒ난 마리 부거불측 악호라도 늬 쌀 말을 드러시면 무슴 근심 잇시리요 안니 먹고 어니 흘고 아못쩌ᄂ 먹어보자 밥과 국을 다 머근 후의 심청니 싱각ᄒ되 남에 자식 되여ᄂ셔 부모 원을 못풀진딘 금슈마도 못ᄒ리라 오즉히ᄒ니 되어 〈6앞〉 이다시 스러할가(정문연 28장본)

위의 (다)와 (라)에서 볼 수 있듯이, 이들 자료에서는 심청이 걱정 없는 태도로 심봉사를 위로하면서, 자신들과 같이 돈이 없어서 시주 못하는 것은 죄가 아님을 강조하여 말하고 있다. 이러한 방식의 위로는 앞의 (2)혼자서 걱정하는 유형 중 단국대 나손본 29장본A에서도 나타난 것으로, 위의 (라)는 특히 뒷부분에 심청이 생각이 나타나고 있어서 이들 두 자료 간에 관련성이 있을 것으로 추측된다. 그런데 이들 두 유형간의 차별성을 중심으로 보면, 앞의 유형에서는 심청이 걱정을 하는 경향이 강하고, 여기 유형에서는 심청이 아버지의 마음에 대한 생각을 한다는 점에서 차이가 있다.

다음으로 심청이 걱정하지 않고 위로하는 유형은 심청이 전혀 당황하지 않는다든가, 오히려 기뻐하는 모습을 강조하고 있는 것인데, 여기서 주목할 만한 특성은 심청이 심봉사를 위로하는 말 속에 고사가 인용되고 있다는 것이다.

(마) 심청이 **반기 듯고 부친을 위로ᄒ되** 아부지 걱정 마르시고 진지나 잡수시오 후회ᄒ면 진심이 못되오니다 아부지 어두온 눈을 쩌셔 천지만물을 보량이면 공양미 삼빅 석을 아무조록 준비ᄒ여 몽운사로 올이리다 네 아무리 흔들 빅척간두의 흘 슈가 잇슬손야 심청이 엿자오듸 왕상은 고빙ᄒ고 어름 궁기여 이어 엇고 곽거라 ᄒ난 사름은 부모 반찬ᄒ여 노으면 제 자식이 상머리여 먹는다고 산 치 무드려 흘 졔 금항을 어더다가 부모

봉양 ᄒᆞ여쓰니 사친지효가 옛 사름만 못ᄒᆞ나 지셩이면 감쳔이라 ᄒᆞ오니
공〈21-앞〉양미는 자연이 엇사오리다 집피 근심 마ᄋᆞ소셔 만단 위로ᄒᆞ
고(완판 71장본)

(바) 심쳥니 듯드니 **안쉭을 불변ᄒᆞ고 흔연이 여쪼ᄃᆡ** ᄋᆞ부지 걱정 말고 진지
나 잡수시요 옛말을 드르니 왕상의 착흔 효셩 어름 궁기여 이어을 어더
부모봉향 ᄒᆞ여시니 글어흔 출쳔지효〈20앞〉본받들 질 업건마난 졍셩으
로 다ᄒᆞ오면 쳔의들 무심ᄒᆞ오리가(가람본46장본)

(사) 심쳥이 안쉭을 불평ᄒᆞ고 흔연히 ᄃᆡ답ᄒᆞᄃᆡ 아부지〈29 뒤〉그리말고 시장
한ᄃᆡ 진지나 자부시오 옛말을 분부ᄒᆞ니 황사의 착한 효셩 어름 쉽게 이
여 잡아 밍사의 쥭슌 어시러 부모 봉양ᄒᆞ엿시니 그러한 츌쳔지효을 쏀ᄃᆞ
들 길 업사오나 졍을 다ᄒᆞ오면 명쳔인들 무심ᄒᆞ오릿가 이날부틈 모욕
제게 졍히 ᄒᆞ고 병든 붓친 잠든 후의 후원을 졍히 씰고 졍ᄒᆞ슈 쩌다놋코
비례ᄒᆞ고 비난 말이(국립도서관 59장본)

위에서 보듯이, 심청의 표정이나 태도를 서술하는 부분에서 '반기 듯고'(마),
'안식을 불변하고 흔연히(바, 사)'라는 서술이 들어가고, 이어 고사 중에서 효와
관련된 이야기들이 인용되고 있다. 좀더 자세히 보면, (마)에서는 시주의 의미와
효과를 생각하면 걱정이 오히려 문제될 것을 지적하면서, 걱정하지 말라고 하고,
공양미 삼백 석을 무리 없이 준비할 것이라고 이야기한다. (바)에서는 '걱정하지
말라'는 언급만 이루어지면서 고사가 나오고 있다. 그리고 (사)에서는 걱정하지
말라는 언급이 없이, 고사와 함께 자신이 출천지효를 본받아 정성을 다할 것을
다짐하고 있다.

이러한 심청의 반응 유형은 창본 자료에서도 주로 나타난다.

(아) 심쳥이 그 말 듯고 반겨 웃고 대답ᄒᆞᄃᆡ
    (심)후회를 ᄒᆞ옵시면 정성이 못되오니 아부지 어두신 눈 졍녕 밝아 보량
    이면 솜빅셕을 아모죠록 준비ᄒᆞ야 보오리다

(봉)네 아모리 ㅎ자 흔들 안빈락도 우리 형세 단 빅셕은 홀 슈 잇나

(심)아부지 그 말 마오 녯일을 싱각ㅎ니

【즁모리】왕샹은 고빙(王祥은 叩氷) ㅎ야 어름 궁게 리어 잇고 밍죵은
읍죽(孟宗은泣竹)ㅎ야 눈 가온듸 죽슌 느니 그런 일을 싱각ㅎ
면 츌텬대효 스친지졀 녯사름만 못ㅎ여도 지셩이면 감텬이라
아모 걱정 마읍소셔(심정순 창본)

(자) 심청이가 여짜오되「아무쪼록 주선(周旋)하여 몽은사로 올리리다.」
「네 아무리 하려 한늘 잡곡 한 되가 어디가 있겠느냐.」

【중몰이】심청이가 여짜오되「옛날 곽거(郭巨)라고 하는 효자, 찬수공양
(饌需供養) 극진하여 삼 세된 어린 아이가 부모 반찬 먹는다고
산 자식을 묻으랼 제 파는 땅에서 금을 얻어 부모 봉양 하여
있고, 맹종(孟宗)이라 하는 효자는 엄동설한에 죽순 꺾어 부모
봉양을 하였으니 사친지효(事親之孝)가 옛사람만은 못하여도
아무쪼록 주선하여 몽은사로 올리리다.」

【아니리】심봉사가 얼떨결에 공양미 삼백 석을 몽은사에 바친다 하여 놓
고 주야로 걱정 근심으로 지낼 적에, 심청이 부친을 만단(萬端)
으로 위로하고 그날부터 집안을 정(淨)히 치우고(김소희 창본)

(차) 심청이 이 말 듯고 듸스의게 즈셰 물어 …(중략)… 지물 얼마 듸려씨면
졍셩이 될 테이요 우리 졀 큰 법당이 풍우의 퇴락ㅎ여 즁충을 ㅎ랴 ㅎ고
권션문을 들어메고 시쥬각듸 단니오니 빅미 삼빅셕만 시쥬를〈14 뒤〉ㅎ
옵시면 법당 즁슈ㅎ 연후의 붓쳬님젼 발원ㅎ야 눈을 쓰게 ㅎ오리다 심
쳥이 듸답ㅎ되 빅미 습빅셕의 부친 눈을 씌일 테면 몸을 판들 못ㅎ릿ㄱ
권션치부ㅎ옵쇼셔 …(중략)… 심봉스 혼미즁의 이 말을 어더 듯고 아겨
늬 쌀 허망ㅎ다 죠셕밥을 어더셔 노를식켜 비난 터의 빅미 습빅셕이 어
듸셔 나것나냐 불가 오게 즁의 거진마리 큰 죠ㅣ로〈15 앞〉다 못힐 거슬
젹어 노코 못 어더 보늬면은 거진마리 될 터이니 젼싱죠ㅣ로 밍인 되야
이싱 죠ㅣ를 쏘 지의면 후싱의 밧난 앙화 쇼가 될지 기가 될지 …(중
략)… 눈 쓰기 늬스 실타 듸스를 어셔 불너 너 씬 찌를 쎄버려라 심청이
엿쯔오되 왕샹은 어름 쌍기 이어를 어더쑵고 밍죵은 눈 가운듸 죽슌니

> 쇼스씨니 빅미 숨빅셕이 그리 되단ᄒ오릿ᄀ 슈이 어더 보닐 테니 염예
> ᄒ〈15 뒤〉지 마옵쇼셔 심봉스가 연에 돌탄ᄒ여 아민 못 될 일이로다
> 나난 정영 훗셰숭의 눈 먼 구렁이 되난니라(신재효 창본)

여기서 인용한 창본 자료들에 나타나는 공통점은 심청이 걱정을 전혀 하지 않거나, 반겨 듣는 것으로 나타난다는 것이다. 대체적으로 (아)의 심정순 창본은 (마)의 완판본과 매우 유사하고, (자)의 김소희 창본은 앞의 (2) 유형에서 세상에서 흔한 것이 쌀이니 걱정 없다고 안심시키는 허흥식 창본과 유사성을 보이고 있는데, 독특한 것은 심청이 걱정을 하는 것이 아니라 심봉사가 걱정을 하고 있다는 것이다. 특히 (차)의 신재효 창본은 어느 유형의 심청 반응과도 다른 양상을 보이고 있는데, 이는 심청이 직접 나서서 시주 약속을 하고, 걱정은 오히려 심봉사가 하며 심청이를 달래는 방식으로 나타나기 때문이다. 심청의 이러한 모습은 심청이 의연히 심봉사를 위로하고 걱정하지 않는 모습이 극단적으로 강화된 것이라 할 수 있다. 그리고 심봉사의 걱정이 나타난다는 점에서 김소희 창본과 신재효 창본은 유사성을 지닌다. 이렇게 볼 때, 현재 전하는 자료 중에서 판소리 창본과 가장 유사성을 지니는 유형은 대체로 심청의 걱정이 나타나지 않는 이 유형이라고 할 수 있겠다.

3. 심청 반응 변이의 서사적 맥락과 방향

이제까지 심봉사의 공양미 삼백 석 시주 약속에 대해 심청이 우선적으로 어떻게 반응하는지를 중심으로 유형화하여 살펴보았다. 그런데 이는 어느 한 자료에서 그 부분이 어떻게 나타나는지를 중심으로 본 것으로, 이제는 이러한 유형적 변이가 〈심청전〉의 전반적인 이본 형성 과정과 어떻게 관련되는지, 심청의 반응을 서술하는 과정에서 형상화되고 있는 심봉사라는 인물에 대한 변화의 관점,

이러한 심청의 반응 서술이 변화하는 요인으로서의 〈심청전〉 향유의 문제를 함께 분석해 보아야 할 것이다.

우선 살펴보아야 할 것은 심청의 반응 유형 (1) - (3)이 서로 어떤 방향으로 변화하고 있는가 하는 것이다. 유형 (1) - (3)을 전체적으로 정리하여 보면, 심청의 좌절감이 나타나는 유형 (1)은 크게 1)심청의 좌절감만 간단히 서술되는 경우(조동필 12장본, 김종철 18장본)와 2)심봉사의 식사 장면이 탈맥락적으로 삽입되어 있는 경우(박순호 39장본, 김광순 30상본)- 두 가지로 나타난다.

심청이 혼자 걱정하는 유형 (2)는 심청의 슬픔이나 눈물, 심봉사와의 대화, 심청의 걱정 등으로 대체적으로 구성되는데(한남본, 허흥식 소장 창본, 사재동 50장본, 단국대 나손 29장본A), 이 중에서 사재동 50장본은 심봉사의 식사 장면이 포함되어 있다는 측면에서, 단국대 나손 29장본A는 심청의 걱정이 서술된 양상 측면에서 독특성을 지니고 있다.

그리고 심청이 걱정하지 않고 공양미를 마련할 수 있다고 심봉사를 위로하는 유형 (3)은 1)자신 있음만 서술하는 경우(조춘호 31장본, 정문연 19장본), 2)걱정할 것이 없는 근거로 시주를 못한다 하여 죄가 아님을 강조하는 경우(최재남 낙장 22장본, 정문연 28장본), 3)걱정할 것 없음을 효와 관련된 고사를 인용하여 강조하는 경우(완판 71장본, 가람본 46장본, 국립도서관 59장본, 심정순 창본, 신재효 창본) 등으로 이루어진다.

여기서 심청의 행동만으로 유형의 변화를 살펴본다면, 유형 (1)→(2)→(3)으로의 전개가 타당할 것으로 보인다. 왜냐하면, 〈심청전〉의 전반적인 변화의 방향이 심청의 효를 중심으로 하여 주제적 일관성을 지니는 방향이기 때문이다. 계속해서 이본이 만들어지고, 향유되는 과정에서 새로운 삽화나 서술이 추가, 삭제되는데, 그러한 변화의 흐름이 보다 정제되고 일관성을 지니는 방향으로 이루어진다고 할 수 있다.

이런 측면에서 보면, 심청이 효녀이기 위해서는 심봉사의 시주 약속을 듣고서도 의연할 수 있어야 한다. 효녀로서의 형상이 확고할수록, 이상적일수록 심청은 당황하거나 놀라지 않고, 아버지를 위로할 수 있어야 하는 것이다. 그래서 유형(1)보다는 (2)가, (2)보다는 (3) 유형이 효녀로서의 심청 행동에 부합한다고 할 만할 것이다. 또한 앞서 창본 자료와의 비교에서도 보았듯이 유형(3)이 가장 현행 창본과 비슷하다는 점에서 이러한 유형(1)에서 유형(3)으로의 변화 가능성이 높다.

한편으로 유형 (1)→(2)→(3)으로의 〈심청전〉 변화 전개의 가능성을 필사본 〈심청전〉의 계열 분류 방식에 비추어 보아도 마찬가지의 결과를 얻을 수 있다. 김영수는 심봉사의 이름 변화에 따라 계열을 (A)심맹인 계열, (B)심팽규 계열, (C)심운 계열, (D)심학규 계열로 나누고 있다. 여기서 심청의 반응 유형과 관련지어 보면, 유형 (1)의 조동필 12장본은 (C)심운 계열, 김종철 18장본은 (A)심맹인 계열이고, 나머지는 (D)계열이다. 그리고 유형(2)의 허흥식 소장 창본과 단국대 나손29장본A는 (B)계열, 사재동 50장본A는 (D)계열, 유형(3) 중 자신있음만 말하는 경우인 조춘호 31장본과 정문연 19장본은 (B)계열, 죄없음을 강조하는 경우인 최재남 낙장 22장본은 (B)계열, 정문연 28장본은 (A)계열, 고사 인용하는 경우인 완판 71장본과 국립도서관 59장본은 (D)계열이다.

그렇다면 이러한 계열의 분류에 입각하여 심청의 반응 각 유형이 보이는 변화의 방향을 살펴보도록 하자. 앞서 정리하였듯이, 유형 (1)만 하더라도 두 가지 양상으로 나타나는데, 이러한 두 양상을 동일한 하나의 유형으로 묶으려고 할 것이 아니라, 이 두 가지 양상의 특성이 다른 유형에서 변형, 발전하는 것으로 본다면 유의미한 해석을 할 수 있다. 유형(1)의 조동필 12장본과 김종철 18장본은 각각 (C)와 (A)계열로 관련성을 지니는 것으로 볼 수 있으며, 박순호 39장본과 김광순 30장본은 (D)계열로 보다 후기 자료라고 할 수 있을 것이다. 특히 박순호 39장본과 김광순 30장본은 심봉사의 식사 장면이 탈맥락적으로 포함되어 있다는 점에서 차이를 보이고 있다는 것을 감안하면, 유형(1) 안에서 후기적 경향을 보이는 것이라 할 수 있을 것이다.

유형 (2)는 대체로 (B)계열로서 과도기적 성향을 보이는 것으로 해석할 수 있다. 그런데 그 세부적 차이를 본다면, 사재동 50장본A가 문제인데, 이는 (D)계열이면서 심청이 혼자 걱정하는 부분이 서술이 확장되어 있는 특성을 갖고 있기 때문이다. 이런 측면에서 본다면 유형(1)의 (D)계열 자료와 관련성이 있는 다른 흐름의 자료라고 볼 수 있을 것이며, 이외의 허흥식 소장 창본과 단국대 나손 29장본A가 같은 흐름을 갖는 것이라 할 수 있다.

유형 (3)은 세부적으로 변화의 흐름을 살펴본다면, 자신 있음만 말하는 경우와 죄가 아님을 강조하는 유형에서 고사를 인용하는 경우로 진행되었다고 할 수 있다. 계열적 성격도 앞의 두 경우가 (B)계열과 (A)계열이라면, 고사 인용의 경우가 (D)계열이라는 점에서 그런 변화의 흐름이 타당하다.

이렇게 유형 변화의 흐름을 정의할 때 특히 주목되는 양상이 심봉사와 관련된 변화 요소이다. 〈심청전〉 이본의 형성과 전파 과정을 전반적으로 볼 때, 계속적으로 새로운 자료로 만들어지면서 가장 많이 변화하고 있는 부분은 심봉사와 관련된 서술이라 할 수 있다. 이러한 경향이 공양미 삼백 석 시주 약속에 대한 심청의 반응 변화에도 함께 나타나고 있음을 알 수 있다. 심청의 반응 유형 속에 드러나는 심봉사 관련 요소의 변화는 심봉사 식사 장면과 심청과의 대화가 들어 있는 부분에서 나타난다.

심봉사의 식사 장면이 들어가 있는 자료는 유형 (1)의 박순호 39장본과 김광순 30장본, 유형 (2)의 사재동 50장본A이다. 유형별로 자료의 특성을 살피면서 보았듯이, 이들 자료는 심봉사의 식사 장면이 매우 돌출적이고도 골계적이라는 점에서는 동일하다. 그런데, 유형(1)과 (2)의 자료는 어떤 맥락에서 식사 장면을 포함하고 있느냐의 측면에서 차이를 보인다. 즉 유형 (1)에서는 심봉사가 심청의 근심하지 말라는 말에 금방 밥상에 달려드는 것으로 나타나지만, 유형 (2)에서는 진심으로 심청을 칭찬하고 지극한 효성과 정성에 기쁜 마음을 가진 상태에서 밥상을 맞이하는 것으로 나타난다. 이런 차이는 동일한 식사 장면을 도입하는 데 있어서 서술의 맥락을 고려한 변개에서 비롯된 것으로 보인다.

그리고 심봉사와 심청의 대화가 들어가 있는 자료 유형은 유형 (2)와 유형 (3)의 일부 자료에서만 나타나는데, 심청의 반응 속에 새로이 들어간 심봉사의 말은 모두 심청의 효성과 정성을 칭찬하며 안심하는 내용이다. 심청의 정성이 하도 지극하여서 하늘도 감동할 것이라든지, 원수라도 감복할 것이라든지 하는 내용이 부분적으로 들어가 있다. 단 예외적인 것이 신재효본에서는 심봉사가 시주 약속을 어기게 되었을 때 자신이 당할 내세의 문제를 불교의 윤회 사상에 입각하여 걱정을 매우 구체적으로 서술하고 있다는 것이다.

이러한 심봉사 관련 요소의 삽입과 변화는 심봉사의 모습이 골계적이고 비탄하는 것에서 점잖고 위엄 있는 것으로 변화하고 있음을 보여준다. 심봉사의 모습 변화를 심청의 반응 변화와 함께 고려하여 본다면, 큰 변화의 방향이 심청의 효성을 강화하는 것임을 알 수 있다. 그리고 이와 함께 심청의 인물 형상에 있어서 강인함이 강화되는 방향임을 알 수 있다. 즉 유형 (1)에서 심봉사의 시주 약속에 쓰러질 듯한 좌절감과 눈물을 보이던 심청이 유형 (2)에서는 아버지 앞에서는 걱정 없음을 이야기하는 강인함을 보이고, 유형 (3)에 이르면 전혀 걱정 없다든지, 어디 가서 그 정도 못하겠느냐는 강함을 보인다.

한편으로 이러한 심청의 반응 유형 혹은 변화에 대해서 심청을 중심에 놓느냐, 심봉사를 중심에 놓느냐의 문제로 해석할 수도 있다. 분명한 것은 공양미 삼백 석 시주 약속 이후의 서사에서 심청을 중심으로 볼 것인가, 심봉사를 중심으로 볼 것인가의 문제는 그야말로 향유자들이 어디에 더 강하게 반응하고 어디를 더 즐기는가에 따라 달라진다는 것을 의미하고, 바로 이러한 향유의 측면에서 〈심청전〉, 좁게는 심청의 반응 유형 변화가 중요함을 지닌다고 할 수 있을 것이다.

서사적 향유의 측면에서 볼 수 있는 심청 반응 유형의 차이에 대한 단서로 뒤에 이어지는 심청의 기도에서 빈번히 나오는 '내 몸 살 사람 보내달라는' 말이다. 이러한 기도 내용은 〈심청전〉을 처음 읽는 독자에게는 생소하고 잘 납득이 안 가는 것이다. 왜냐하면 심청이 공양미 삼백 석을 구하는 방도에 왜 다른 어떤 방법에 대한 시도도 없이 바로 자신의 몸을 팔게 해 달라는 기도를 하게 되는가 하는 의문이 해결되지 않기 때문이다. 물론 이러한 기도의 기원에 대해서는 별도로 깊이 보아야 할 것이지만, 심청의 반응이라는 부분과의 관련성만을 볼 때에는 이미 〈심청전〉을 아는 수용자이자 생산자가 필연적으로 너무나 당연히 심청의 매신으로 이야기를 연결짓고 있기 때문이라는 추측을 할 수 있다.

4. 심청의 반응 유형에 나타난 향유의 지향성과 소통적 의미

공양미 삼백 석에 대한 심청의 반응 유형의 특성과 차이를 당대의 여러 지향성을 지닌 향유층의 소망과 요구, 〈심청전〉에 대한 반응이 투영된 것이라는 공시적인 관점에서 보면, 심청의 반응 유형은 이러한 향유의 지향성이 드러난 표지로 해석할 수 있다. 그리고 〈심청전〉 향유라는 맥락에서 역사적으로 접근하면, 이러한 지향성은 시간의 흐름에 따라 〈심청전〉 향유의 초점이 어떻게 변화했는지를 말해 주는 것이다. 즉 앞서 살펴 본 심청의 반응 유형을 수평적으로 놓고 각각의 특질을 중심으로 본다면, 향유층의 정서적, 문화적 지향성이 〈심청전〉 이본 생산의 과정에서 소통된 결과가 〈심청전〉 자료의 변화일 것이다. 그리고 수직적으로 변화의 흐름을 짚어 본다면, 역사적으로 〈심청전〉 향유층의 지향성이 어떻게 변화했는지를 알 수 있을 것이다.

어떤 측면에서든 〈심청전〉의 향유와 소통이라는 측면에서 바라보면, 유형 (1), (2), (3) 사이에는 큰 차이가 있다. 유형 (1)의 흐름의 주조는 심청의 좌절감을 서술하는 데 있는데, 이러한 심청의 좌절감에 무게를 두기 위해서는 〈심청전)의 향유 과정에서 '동일시'가 작용해야 한다. 다시 말해 심청에 대해 향유자가 '동일시'하는 심리 작용이 있어야만 심청이 느낄 좌절감에 초점을 맞추게 되는 것이다. 반면 유형 (3)의 경우, 심청이 느끼는 실제적 감정이나 심리보다는 아버지를 위하는 마음 즉 효성에 초점이 있는데, 이는 〈심청전〉 전체 서사와 관련된 '조망'과 이 부분에서의 상황과 이념적 주제로서의 효를 일관성 있게 만드는 논리를 필요로 하는 과정이다. 이렇게 보면, 유형 (2)는 유형 (1)과 (3)의 과도기적 양상이라 할 수 있을 것이다.

여기서는 이러한 심청의 반응 유형이 지닌 각각의 특질을 중심으로 하여 〈심청전〉 향유의 지향성에 어떠한 차이가 있고, 그 소통적 특성과 의미가 무엇인지 살펴보도록 하겠다.

(1) 인간으로서의 심청에 대한 동일시

유형 (1)에 나타난 심청 반응의 핵심은 심청이 느낀 좌절감의 표현이다. 물론 이 부분의 서술이 풍부하게 이루어지지는 않고 있지만, 조동필 12장본과 김종철 18장본에서 간결하지만 명료하게 심청이 얼마나 좌절감을 크게 느끼는지 서술하고 있다. 그리고 심봉사의 식사 장면이 나타나고 있는 박순호 39장본과 김광순 30장본에서는 탈맥락적으로 느껴지는 심봉사의 태도에서 심청의 좌절감과 상반되는 분위기의 형성으로 오히려 심청의 눈물이나 좌절감을 더욱 부각시키고 있다.

이러한 유형 (1)에서 나타나는 심청의 좌절감은 공양미 삼백 석 시주 약속을 듣고 얼마나 절망감을 느꼈을까 하는 인간적 관점의 표출이라 할 수 있다. 그리고 이런 반응이 어떻게 나타나게 되었는가를 심청과 수용자간의 소통 관계에서 바라보면, '동일시'에 의한 감정의 표출로 볼 수 있다. 이때 수용자와의 소통 대상이 되는 심청은 〈심청전〉의 향유자와 다른 능력을 가진 자나 신분이 다른 존재가 아니라 동일한 인간이다. 동일한 인간으로서 심청의 상황을 인식하고 심청을 바라보고 있기 때문에, 공양미 삼백 석 시주 약속을 듣는 상황은 철저히 현실의 한 국면이 되는 것이다. 그리고 그 현실은 먹을 잡곡도 없는 상태에서 쌀 삼백 석을 시주해야 하는 상황이며, 눈이 멀어 삶을 위한 경제 활동도 전혀 할 수 없는 아버지를 봉양해야 하는 어린 가장이 느낄 막막한 것이다. 그래서 공양미 삼백 석을 구해야 하는 상황에 처한 심청의 현실과 이어지는 심봉사의 식사 장면은 지극히 상반적이면서도 대조적이지만 동시에 현실의 질곡이 더 부각된다.

인간으로서의 심청이 느낄 현실적 좌절감이 강조된 이 유형은 이 장면을 허구적 서사가 아닌 현실에서의 실제적 사건으로 받아들인 결과라 할 수 있으며, 이는 심청이 처한 상황과 수용자의 현실이 갖는 유사성에서 비롯된다 할 수 있을 것이다. 그리고 그러한 유사성을 기반으로 한 동일시는 별다른 여과 장치 없이 직접적이고 즉시적으로 좌절감을 표현하는 양상에서 볼 수 있다.

(2) 부친과의 관계 중심의 내면화 과정

한편 유형 (2)의 핵심적 특성은 심청이 부친 앞에서 취하는 태도와 혼자 있을 때의 걱정이 명료하게 구분되면서, 심청의 걱정이 더욱 구체화되는 것이다. 이는 앞서 살펴본 유형(1)에서 직접적으로 표출되던 심청의 좌절감이 유형 (2)에 이르러 좀 더 내면화된 것이라 할 수 있다. 다시 말해 인간적으로 심청이 느꼈을 좌절감은 심봉사의 식사 후 혼자 생각하는 것으로 혹은 혼자 앉아 탄식하는 것으로 숨겨지는 것이다.

심청의 걱정이 어떻게 표현되고 있는가에 초점을 맞추어 보면, 유형(1)과 유형(2)는 같은 맥락에 있으며, 심청의 현실적 상황에 대한 구체적 언급이나 절망감의 크기라는 측면에서는 오히려 유형(2)가 더욱 절실하다. 이러한 유형별 특성은 심청의 좌절감이 직접적으로 표출되는가 내면화되고 있는가의 차이에서 생기는 것이며, 내면화 과정이 나타난 유형(2)에서 심청이 느끼는 인간적 갈등은 숨겨지면서도 깊이를 갖게 되는 것이다.

왜 이렇게 심청의 갈등이 내면화되었을까를 생각해 보면, 이는 인간으로서의 심청만이 아니라, 심청과 부친 심봉사의 관계, 즉 부녀지간을 중심에 두고 있기 때문이라 할 수 있다. 걱정도 크고, 현실적으로 느낄 좌절감도 크지만, 부친 앞이기 때문에 그러한 걱정을 드러내지 않도록 설정된 것이며, 그래서 심청이 혼자 겪어야 할 걱정과 좌절감은 더욱 처절하게 느껴진다. 앞서 살펴보았듯이, 어떤 경우에는 아버지 앞에서는 고운 안색과 좋은 말로 위로하지만, 뒤돌아서는 심청 자신의 가슴을 꽝꽝 두드리며 발을 동동 구르는 지경에까지 이른다.

유형(2)가 부친과의 관계를 중심으로 하고 있다는 것은 심청이 혼자 걱정하는 것을 서술하는 부분에서 언급되고 있는 부친의 속마음과 상황에 대한 심청의 이해와 배려에서 단적으로 볼 수 있다. 한 이본에서 심청이 간장이 끊어질 듯하여 눈물을 흘린다는 서술 전에 부친이 스스로 얼마나 골수에 사무치도록 눈 뜨기를 원했으면 시주 약속을 했겠냐고 생각한다든지, 다른 이본에서 날 데 없는 공양미 삼백 석을 시주한 아버지 심봉사는 얼마나 상심하여 눈물을 흘리겠냐고 하는 부분이 그것이다.

이렇게 유형(2)는 심청과 부친 심봉사와의 관계에 중심을 둔 소통의 결과라 할 수 있으며, 이는 심청의 걱정과 좌절감이 보다 내면화 과정을 거치고 있는 양상이라 할 수 있다.

(3) 서사 맥락 중심의 이념적 사고

유형(1)과 유형(2)에 나타난 심청의 인간적 갈등은 유형 (3)에 이르면 전혀 나타나지 않는다. 봉사 아버지의 눈을 띄우기 위해서라면 아무것도 두려워 할 것이 없고 걱정할 것도 없다는 방식으로 서술이 이루어지는 것이다. 그래서 완판 71장본과 같이 심청은 심봉사의 시주 약속을 '반갑게' 듣거나 안색 하나 바뀌지 않고 의연하게 심봉사를 위로하는 것만 서술된다. 이러한 차이는 심청의 반응에서 '심청의 효'라는 이념을 강화한 것으로 〈심청전〉의 이본 형성 과정에서 향유층의 지향성과 소통 과정이 이념적인 방향으로 작용한 것이라 할 수 있다.

심봉사의 형상 변화로 볼 때에도 이념적 지향성이 강화되는 방향으로 이루어짐을 알 수 있다. 유형 (1)에서의 심봉사 모습이 상황적으로 상반되는 골계적인 것이었다면, 유형 (2)에서는 심청의 위로와 안심시키는 말에도 불구하고, 자신의 잘못을 반성하고 심청을 걱정하는가 하면, 심청의 효심과 정성을 칭찬하며 심청과 이야기를 나누는 정황적인 것으로 나타난다. 유형 (3)에서는 이러한 심봉사의 형상이 더욱 굳건해지는 양상을 보인다.

그리고 심청의 반응 변화를 중심으로 볼 때, 심청이 좌절감을 느끼거나 눈물을 흘리는 것과 심청이 아버지 앞에서 당당히 그리고 자신 있게 걱정할 필요 없다고 말하는 것, 그리고 '흔연히' 아버지를 위로하거나 기뻐하는 모습을 보이는 것 사이에는 심봉사의 시주 약속이라는 엄청난 사건에 얼마나 대응할 능력이나 힘을 갖춘 것인가라는 인물의 강인함의 정도의 차이가 있다. 심청이 눈물을 흘리거나 걱정을 하는 것이 나약함이라면 의연하게 자신 있는 말로 아버지를 위로하는 것인 강인함의 표상이다.

이러한 심청의 형상이 강인함을 드러내는 방향으로 강화되는 것은 심청의 투신 대목에서도 잘 나타난다. 심청이 물에 빠지면서 두려워 여러 번 쓰러졌다 다시 일어나기도 하지만, 내면적 갈등이나 죽음에 대한 두려움 없이 투신하기도 하는 것이다. 이러한 투신 대목의 변화에서도 심청이 내면의 갈등으로 한 번만에 물에 들지 못하고 여러 번 투신을 시도하게 되는 〈심청전〉 자료들은 후대본보다는 과도기적 자료에서 많이 나타난다.

이렇게 심청을 강인한 인물로 변화시키게 되는 문학 향유의 기반은 조선 후기에 왕성해진 여성 인물의 영웅화와도 관련지을 수 있을 듯하다. 여성 인물이

보다 적극적이고 영웅적으로 나타나게 된 시기는 소설 향유가 활발해진 후의 일반적 경향이라고도 할 수 있는 것으로, 그만큼 문학을 향유하는 사람들의 요구와 지향성이 달라진 것이라 하겠다.

또 한편으로 공양미 삼백 석 시주 약속에 대한 자료별, 유형별 심청의 반응 변화는 심청의 효라는 주제를 향하여 일관성을 갖추는 방향으로 이루어지고 있다. 심청이 좌절감을 느끼거나 혼자 고민을 하는 것은 완벽한 효녀로서의 형상으로 적합하지 않다고 볼 수 있기 때문이다. 그래서 심청의 반응 유형 (3)에서 심청의 걱정이나 고민은 없어지고 심청의 효성에 대한 칭찬을 하는 서술들이 추가되고 있는 것이다.

심봉사와 관련된 삽화들이 자료에서 어떻게 출입하고 있는가를 보더라도 서사적 일관성을 갖추는 방향으로 변모하였다고 할 수 있다. 심봉사가 철없이 심청의 말을 듣고서는 바로 식사에 들어가는 것이 유형 (1)이라면, 유형 (2)에서는 심청을 칭찬하고 심청이 설득력 있게 위로한 뒤에야 식사를 하거나, 심지어 식사를 하지 않겠다고 거부하는 것으로 나타난다. 유형 (3)에서는 앞의 유형에서 보였던 심봉사의 말이나 행동이 서술되지 않고, 심청이 심봉사를 위로하고, 기도에 들어가는 것으로 되어 있다. 이러한 심봉사 관련 서술의 변화는 심봉사라는 인물이 심청의 효성에 어떻게 맥락에 맞게, 일관성 있게 반응해야 하는가를 기준으로 하여 이루어졌다고 할 수 있다.

이렇게 볼 때, 공양미 삼백 석 시주 약속에 대한 심청의 반응 유형(3)은 전반적으로 '효'를 중심으로 서사적 맥락의 일관성을 갖추면서 효에 입각한 이념적 사고가 강화되어 나타난 것이라 할 수 있으며, 이는 이본 생산 과정에 작용한 향유층의 지향성과 소통의 주요 지점이 달라진 것으로 볼 수 있다.

5. 결론

지금까지 〈심청전〉 중에서도 공양미 시주 약속에 대한 심청의 반응을 중심으로 유형화하여 살펴보고, 그러한 유형적 변화가 문학 향유라는 소통적 관점에서 어떠한 의미를 지니는지 짚어보았다. 현상적으로는 〈심청전〉이 새로운 자료로 다시 만들어지면서 다양하게 변화하고 있다는 단서 정도의 의미를 지니지만, 문학 향유라는 소통직 관점에서 보면 그만큼 다양한 향유층의 지향성이 작용하였다는 세계관적이고도 미학적인 의미를 지닌다. 심청의 반응 유형 세 가지는 문학 향유와 소통의 변화라는 역사적 의미도 있겠지만, 각각 나름대로의 방식으로 심청의 효성을 부각시키고자 한 〈심청전〉 향유의 결과의 다른 양상이라는 측면에서도 중요한 의미를 지니고 있다.

〈심청전〉 이본의 변화라는 거시적인 틀로 접근하기 위해서는 이러한 미시적 변화를 체계화하고 분석하는 과정이 필요할 것이다. 〈심청전〉의 구조적 특성 분석이라는 형식적인 틀에서든, 〈심청전〉의 역사적 전개라는 전승의 관점에서든 세밀하게 특정한 요소들이 어떻게 나타나고 확장되거나 삭제되어 가는지에 대한 분석을 바탕으로 전체 〈심청전〉 향유의 양상과 방식을 규명할 수 있을 것이기 때문이다.

특히 이 연구에서 주목하고자 한 것은 〈심청전〉의 새로운 생산 과정에서 변화를 보이는 특정한 표지가 결국은 〈심청전〉의 수용자이자 생산자인 문학 향유자와 〈심청전〉의 소통의 결과라는 것이다. 〈심청전〉의 다양하고 풍부한 이본 형성과 향유는 오늘날에도 문학 향유의 근본 구조와 원리가 무엇인지를 보여주는 귀중한 자료이다. 문학 향유의 궁극적 의미는 그것이 문학을 향유하는 그 사람에게 공감될 수 있음으로 해서, 문학 향유를 통해 감동을 느끼고 감정적으로든 세계관적으로든 변화할 수 있다는 데에 있을 것이다. 이러한 점에서 앞으로 더욱더 다양한 접근의 시도와 의미 부여가 있어야 할 것이다.

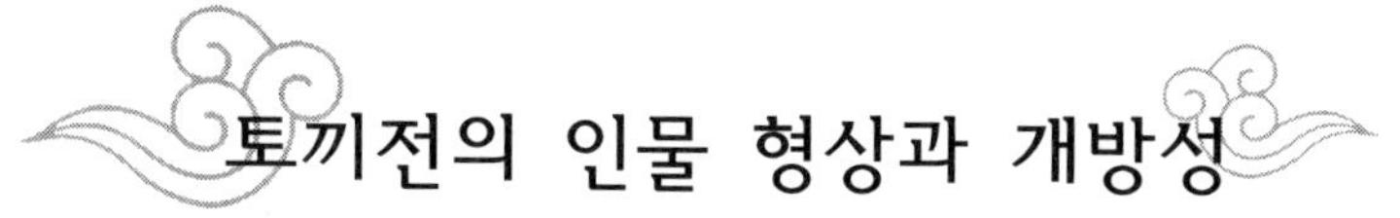

토끼전의 인물 형상과 개방성

김동건

1. 머리말

그동안 토끼전의 주인공인 토끼와 별주부는 그들이 드러내는 가치나 이념, 성격 등에 있어 서로 상반된 관계에 있는 것으로 이해되었다. 즉 별주부는 봉건적 질서에서 결코 자유롭지 않은 인물로 이해된 데 반해 토끼는 봉건적 질서에서 자유로운 인물이거나 봉건질서를 거부하는 인물로 평가되어 왔다. 토끼나 별주부를 조선후기의 사회상과 연관지어 파악하는 태도를 비판하고 시대 상황을 떠나 별주부와 토끼를 이해하려는 시도들도 있었으나 결과는 크게 다르지 않았다. 토끼나 별주부가 드러내고자 한 인간의 보편적인 성격에 주목한 경우, '별주부형 인간'과 '토끼형 인간'으로 구분되기도 하였다. 그 결과 별주부와 토끼는 각각 인간사회/무위자연, 집단/개인, 봉사/자유의 대립적 성격을 지닌 것으로 나타났다. 심리적 관점에서 보면 "자기애적이며 자기중심적인 사람들"과 "유교적인 권위를 거부하고 그 압력에서 벗어나려는 사람들"이 토끼를 동일시하였을 것으로 보이며, 이들이 수궁가를 애호하였을 것이라고도 한다. 조선후기라는 시간에서 비껴 있다뿐이지 두 논의 모두 '충성스러운 별주부와 발랄한 토끼'라는 선명한 대립 구도를 다시 한 번 확인한 셈이다. 이처럼 고착화 되다시피한 두 인물의 대립적 성격은 두 인물 모두 평면적 성격을 지니고 있다는 전제하에 설명되는 것이다.

한편, 토끼는 험난한 삶을 경험하면서 발전적 형상을 보이며 변화하는 인물이다. 소설로서 토끼전이 설화 단계의 〈구토지설〉과 변별되는 점 중의 하나가 바로 등장인물의 성격적 다양성일 것이다. 이미 설화적 단계를 넘어선 토끼전의 등장인물은 서사 전개에 부수되는 '기능'으로서의 설화적 인물이 아니라 스스로 움직이고 행동하면서 서사를 이끌어 갈 수 있어야 하기 때문이다. 때문에 토끼전의 주요한 등장인물인 토끼가 변화하고 발전하는 형상을 보여주고 있다는 지적은 근원설화를 벗어난, 소설로서 토끼전을 해석하려는 노력이라고 할 수 있다. 그러나 이러한 성과에도 불구하고 작품 내에서 토끼 못지않은 비중을 지닌 별주부는 어떻게 해석할 것인가의 문제가 남는다. 별주부를 중심으로, 혹은 별주부와 토끼를 동등한 주인공으로 보고 작품을 해석한다면 토끼의 발전에 걸맞게 별주부도 발전을 보여야 작품이 균형을 이루는 것이 아닐까 하는 의문이 든다. 별주부를 중심으로 토끼전을 읽는다면 토끼는 변화 발전하는 인물이라기보다는 변덕스럽고 일관성 없는 인물로 읽히지는 않을까?

이 글에서는 토끼와 별주부가 공유하고 있는 성격적 특징을 살펴보고자 한다. 이러한 작업이 필요한 이유는 첫째, 토끼전이 토끼 혹은 별주부의 서사가 아니라 토끼와 별주부의 서사이기 때문이다. 토끼전을 정치·사회적인 측면에서 평가한 일련의 연구들 이후, 토끼와 별주부의 대립적 성격은 "우화 형식을 빌어 봉건 국가와 개인의 관계에 대한 문제를 제기한 것", "당대 현실을 대하는 당대인들의 인식의 문제를 제기한 것", "혁신적인 이념과 보수적인 이념이 충돌하고 갈등하면서도 어느 한쪽으로 결론나지 않은 조선후기 역사적 경향과 유사한 궤적을 보이는 것" 등으로 평가되었다. 이처럼 구체적이고 진전된 논의가 가능했던 이유도 토끼전을 토끼와 별주부의 서사로 이해한 결과가 아니었나 싶다.

둘째, 토끼전은 설화의 단계를 벗어난 소설이며, 그렇다면 작품 속에 나타난 인물의 성격적 특성은 서사를 추동해 나가는 중요한 요소가 될 것이기 때문에 인물의 성격에 대한 이해는 곧 토끼전을 더 잘 이해하는 방법 중의 하나가 될 것이라고 보기 때문이다.

마지막으로, 이 두 인물에 대한 본격적인 논의를 전개하기 전에 확인해야 두어야 할 것은 소설과 사회의 관계이다. 문학과 사회는 뗄래야 뗄 수 없는 관계에 있으며 특히 동물에 빗대 인간 세상을 우의적으로 표현하고자 하는 우화인 경우에는 더더욱 그러하다. 그러나 이 논의에서는 정치·사회적인 측면에서만 일관되게 해석을 시도하는 태도는 지양하고 작품 내에서의 토끼와 별주부의 성격에 주목함으로써 토끼전의 특징을 이해해 보고자 한다. 정치·사회적인 맥락 속에서 토끼전이 해석되면서 토끼전 등장인물들은 조선후기라는 역사 공간에 발 딛고 있는 각 계층을 전형적으로 반영할 수밖에 없게 된다. 이처럼 토끼전의 등장인물들이 일정한 사회에서 일정한 지향을 가진 인물들로 치환될 수밖에 없는 방식을 극복해 보자는 것이다. 이는 토끼와 별주부의 성격을 입체적으로 조망해 보고자 하는 노력의 일환이다.

2. 토끼와 별주부의 성격

1) 지략

토끼전에서 가장 중시되고 있는 덕목은 지략이다. 가람본 〈별토가〉에는 모족회의 상좌 다툼의 결과 두꺼비가 지략으로 상좌를 차지한다. 상좌에 앉은 두꺼비와 호랑이의 대화를 보면 토끼전에서 중시되고 있는 덕목이 무엇인지 알 수 있다.

호랑이 상좌에서 일어나며 두꺼비를 욱대기며 하는 말이, "영감 눈구멍이 어찌 저리 붉은 게요?" 두꺼비 말재주는 당할 수 없던 것이었다. "그는 젊어서 환소주를 많이 먹어 그러하다.”

호랑이가 지략으로 상좌를 차지한 두꺼비를 욱대겨 보지만 두꺼비의 말재주는 당할 수 없어 물러나고 만다. 크고 작은 지략담이 하나의 작품을 구성하고 있는 토끼전에서 ‘말재주’와 ‘지략’은 가장 중요한 덕목이며, 이것은 토끼전의 가장 중요한 등장인물인 토끼와 별주부에게도 요구되는 덕목일 것이다.

① 토끼

“저 놈이 본시 간사한 놈이라. 꾀를 비길진대 진나라 서불과 한나라 방사와
위나라 조조라도 여기 밑하리라.”

용왕이 토끼의 말에 속아 별주부에게 토끼를 데리고 육지로 나가라는 영을 내리자 별주부는 울며 왕에게 간언을 한다. 토끼는 우리나라의 대표적인 트릭스터(꾀쟁이)로 여겨지고 있을 뿐더러 토끼전 속 별주부의 말에서도 진나라 서불, 위나라 조조에 비견할 수 있을 정도로 꾀가 많음이 드러나고 있다.
토끼의 지략이 가장 잘 나타나는 부분은 말할 것도 없이 용왕의 토간 요구에 대응하는 부분이다.

“소토의 배 갈라 간이 있으면 좋거니와 만일 간이 없으면 목숨만 끊사옵고
간을 구하지 못 하오면 그 아니 횡악이오. 통촉하여 보옵소서.” “이놈! 간사한
말 마라. 의서에 이르기를, 비수병즉 설불능언하고 간수병즉 목불능시라 하였
으니 간이 없고야 어찌 눈으로 본단 말이냐? 〈중략〉 어허 이놈! 당찮은 말 마라.
오장육부라 하는 것이 인생금수 일반이라. 태생에 생긴 것을 어찌 임의로 출입
한단 말이냐? 당초에 의를 좇아 개유하여 일렀거든, 너같이 미천한 것이 요망한
말로 당돌이 기롱하니 죽어도 공이 없으리라.” 〈중략〉 “소토가 간을 출입하는
표가 있사오니 하찰하옵소서.” 왕왈, “무슨 표가 있느냐?” 토끼 주왈, “밑궁기

셋이오니 한 궁기로는 대변을 보고 또 한 궁기로는 소변을 보고 또 한 궁기로는 간을 보채 내고들이고 하나이다. 정 믿지 못하거든 밑궁기를 감하여 보옵소서.”

자신의 배를 갈라 간이 없으면 어쩔 것이냐는 토끼의 어깃장에 용왕은 토끼의 말이 당치 않다고 꾸짖는다. 토끼가 얼토당토않은 궤변을 늘어놓고 있는 데 비하여 용왕은 의서나 만물의 이치를 근거로 하여 토끼의 궤변을 공박하고 있다. 그러나 여기서 중요한 것은 실제적인 지식의 문제가 아니리 지략의 문세이다. 의(義)를 좇아 미천하고 무식한 토끼를 깨우쳐 주려던 용왕은 토끼의 궤변이 계속되자 당돌한 토끼가 자신을 기롱하고 있노라고 노여워하며 당장 토끼 배를 가르라며 호령을 한다. 그러나 토끼는 여기에도 아랑곳하지 않고 안색 하나 바꾸지 않은 채 ‘세 구멍설’을 설파하여 결국 용왕을 속이기에 이른다. 그 결과, 범치나 별주부의 의심에도 불구하고 왕은 토끼의 말이라면 무엇이든 믿는 지경에 이르게 된다. 미천하고 무식한 토끼의 지략이 고귀한 용왕의 풍부한 지식을 이기게 되는 것이다.

용궁 위기에서 벗어난 토끼는 스스로 자신의 지략을 칭찬해 마지 않는다.

> “이내 계교 생각하면 묘할 묘자 비점이라. 〈중략〉 관대장자 한유방이 조화 많기 날만하며, 말 잘하는 소진 장의 구변 좋기 날만하며, 무릉도원 선선인들 한가하기 날만하며, 영웅 모사를 다 말하되 나만한 이 쉽잖겠네.”

육지에 도착한 토끼는 별주부에게 욕을 하면서 자신의 계교가 묘하고도 묘하며, 한고조 유방의 조화와 소진 장의의 구변보다 뛰어나다고 스스로를 칭찬한다. 그 어떤 영웅 모사보다 자신이 뛰어나다며 우쭐대고 있다.

토끼의 자화자찬은 초군들이 쳐 놓은 그물에 걸렸다가 살아났을 때에도 이어진다.

> "내 일이야 우습고도 신기하다. 용왕같이 신령함도 내 한 말에 귀가 먹고
> 사람같이 영악함도 내 꾀에 눈 어두워, 있는 간도 없다 하고 죽을 몸 다시 살아
> 극락세계 찾아가니 수궁과 인세계에 날 당할 이 뉘 있으리."

들어 줄 상대도 없음에도 혼자 자신의 능력을 자랑삼아 늘어놓고 있다.

② 별주부

별주부의 지략은 주로 토끼를 유혹하는 부분에서 드러나지만, 용궁을 출발하기 전에도 이미 별주부의 지략이 돋보이고 있다.

> 자라가 화상을 받아 들고 품안에 품자 한들 앞섶이 없어 품지도 못하고 고름
> 없어 달 수 없고 주머니 없어 넣을 수 없고 들고 나오자 하니 물 묻을 것이니
> 어찌할꼬? 무수히 생각하다가 한 의사를 내어 목을 쑥 빼고 신연 사령 권장
> 메듯 없고 움치니 일점 수 어찌 묻을까?

토끼전은 우화 소설이기는 하나 우화의 문법을 완벽하게 따르고 있지는 않아 토끼전에 등장하는 동물들은 동물적 속성을 종종 드러내기도 한다. 별주부 또한 여기서 동물적 속성을 드러내고 있다. 별주부는 옷을 입는 인간이 아니므로 앞섶도 없고, 고름도 없고, 주머니도 없다. 별주부의 동물적 속성을 굳이 드러낼 필요가 없는 부분인데도 별주부의 외모를 묘사하면서 동물적 속성을 강조하고 있는 것이다. 그 이유는 바로 "무수히 생각하다가 한 의사를 내어"라는 부분에서 알 수 있듯이 별주부의 꾀를 드러내기 위함이다. 별주부는 토끼화상을 넣을 곳이 마땅치 않자 목을 쑥 빼어 신연 사령 곤장 메듯 토끼 화상을 얹어 가지고 나온다.

별주부는 토끼를 잡으러 육지로 출발하려는 시점이다. 따라서 별주부가 토끼를 대적할 만한 유일한 무기인 '지략'을 강조함으로써 독자들로 하여금 토끼와

별주부의 지략 대결이 매우 치열하고 흥미롭게 진행되리라는 예측을 할 수 있게 한다.

토끼와 별주부의 상봉 전에 별주부의 지략을 강조하는 방법은 우생원 만남 대목에서도 활용된다.

> 주부 이른 말이, "노형 신체가 저다지 장대하고 배가 부르니 지식은 남보다 더할 것이오." 우생원이 앙천대소하고, "그대 지인지감이 무년하오. 성인이라야 능지성인이라 하더니 그 말이 옳소."

별주부는 덩치가 큰 우생원을 만나자 뛰어난 지식을 가지고 있는 것 같다며 추켜세운다. 별주부의 말을 그대로 믿은 순진한 우생원은 별주부를 지인지감(知人之鑑)이 있는 성인이라며 신세한탄을 늘어놓는다. 우생원의 신세한탄을 통해서 우생원의 실상을 알게 된 별주부는 태도를 돌변하여 "죽기는 박색의 아들로 죽소"라며 비웃는다. 애초에 우생원을 만나 칭찬하면서 아첨하던 것과는 전혀 다른 태도이다. 여기서 사세판단이 빠르고 그에 따라 태도를 돌변하는, 의뭉스러우면서도 꾀바른 별주부의 모습을 확인할 수 있다.

별주부의 지략은 토끼를 만나기 전 호랑이를 만나는 대목에서도 확인할 수 있다. 별주부를 잡아먹으려는 호랑이가 자라 등을 누르니 자라 목이 점점 늘어나며 말을 한다. 그러자 놀란 호랑이는 그것을 '말주머니'라고 생각한다. 이 '말주머니'는 단순한 말주머니가 아니라 세치 혀로 육국 재상을 했던 소진이가 잃어버린, 지략이 든 '말주머니'이다. 즉 호랑이의 입을 통해 별주부의 자질이 드러나는 부분이다. 또한 여기서부터 별주부의 지략이 실제적인 힘을 발휘하기 시작한다. 별주부는 호랑이에게 잡아먹힐 위기에 처하자 호랑이 쓸개를 구하러 왔다면서 도로랑 귀신을 불러 호랑이를 물리친다. 그리고 마침내 토끼를 만나 온갖 감언이설로 토끼를 속여 토끼를 데리고 수궁으로 가게 된다. 이 과정에서도 별주부의 유도심문, 회유 등 치밀한 계략이 드러나기도 한다. 이 부분은 이미 많은 논의가 진행된 부분이므로 생략하고, 토끼의 수궁행 결심을 번복하도록 만드는 방해자와 별주부가 맞서는 부분은 별주부의 지략을 중심으로 다시 한 번 확인해 볼 필요가 있다.

별주부의 유혹에 넘어 간 토끼가 별주부 뒤를 따라 수변으로 내려가는데 너구리가 등장하여 토끼의 수궁행을 말린다. 별주부의 지략에 넘어간 토끼는 수궁행을 결심하기는 하였으나 아직 수궁에 도착한 상황이 아니므로 별주부는 여전히 지략을 발휘해야만 하는 상황이다. 이제 별주부의 맞수는 토끼가 아니라 너구리가 된다. 그런데 너구리를 묘사한 부분에서 "미련한 놈이라"는 표현을 볼 수 있다. 즉 서술자는 너구리가 미련하다는 점을 강조하면서 별주부의 임기응변과 위기 대처 능력을 부각시키고 있는 것이다.

또 하나 주목할 점은, 너구리의 방해에 화가 난 별주부가 너구리를 참소하는 부분이다. 별주부는, 사촌 수달피의 천거로 너구리를 수궁에 데려갔는데 호조돈을 횡령하였기로 곤장을 때려 정배출송하였더니 그 혐의로 심술을 부린다고 말하고 있다. 별주부의 이 말은 사실이 아니다. 그런데도 무고한 너구리는 아무런 항의나 변명 없이 순순히 물러난다는 점이 이상하다. 또한 토끼는 이미 별주부의 유혹에 넘어가 수궁행을 결심한 상태이므로 너구리의 등장은 서사진행에 꼭 필요한 부분은 아니다. 그렇다면 너구리 등장 부분은 일정한 목적에 의하여 인위적으로 삽입된 부분일 가능성이 있는데 별주부의 지략을 다시 한번 강조하려는 의도가 있었으리라는 추정이 가능하다.

수궁행을 결심하기까지 토끼의 변덕 또한 이와 같은 맥락에서 이해가 가능하다. 물론 이미 작품의 줄거리를 다 알고 있는 독자들은 토끼가 별주부를 따라 수궁에 가느냐 마느냐 라는 사실 그 자체보다는 밀고 당기는 별주부와 토끼의 지략다툼을 보는 재미가 더 컸을 것이다. 결국, 이 부분은 별주부의 수궁행이라는 결과가 암묵적으로 동의된 상태에서 토끼의 변심과 별주부의 유혹을 여러 번 반복함으로써 별주부의 지략을 최대한 부각시키고자 하였을 것이다.

(2) 어리숙함

토끼와 별주부에게는 지략과 어리숙함이 공존하고 있다.

① 토끼

토끼의 어리숙함은 별주부가 토끼를 유혹 과정에서도 많이 드러나지만 토끼가 별주부를 따라 수궁에 들어가는 부분에서 절정을 이룬다.

> 국문 밖에 앉히고 바로 들어가 궐내의 전하에게 복지하고 토끼 잡아온 사연을 낱낱이 상달하니, 용왕이 대희하여, "그리 험한 황지(荒地)에 무사히 다녀왔으며 노독이 심하지는 않느냐?" 하시며 바삐 잡아들이라 하니, 주부 수졸을 거느리고 고함하여 내달으니, 이때 토끼 마음이 불안하여 귀를 기우리고 내정 소식을 탐지하더니 고함 소리에 크게 의심하여 궁문 뒤 수초 사이에 잠간 숨어, "찾되 잡아들이라 하는 게 우리 세상 모셔 들이란 말과 같은 게로고." 하더니, 주부 이미 주부 얕은 꾀를 아는지라. 무사로 하여금 크게 외쳐 왈, "새로 제수하신 토공은 어디 계시나이까?" 토끼 그 말 듣고 반기며 나서거늘,

별주부가 먼저 궁으로 들어가고 나서 토끼도 불안한 마음에 몸을 숨긴다. 심상치 않은 분위기를 감지하고 취한 태도이다. 그런데도 자신을 잡아들이라는 고함소리를 듣자 "잡아들이라 하는 게 우리 세상 모셔 들이란 말과 같은 게로고"라고 하여 어리숙한 모습을 보인다. 별주부가 "새로 제수하신 토공은 어디 게시나이까"라고 외치자 토끼는 여기에 속아 반갑게 별주부 앞에 나선다. 눈치 빠르고 꾀가 많은 듯하지만 실상은 그 꾀가 얕아 속이 훤히 들여다보인다.

용왕의 입을 통해 모든 사실이 드러나기 전까지 토끼의 어리숙한 모습은 계속된다. 수졸들이 달려들어 토끼를 결박하는데도 토끼는 여전히 사태의 심각성을 깨닫지 못한다. 잠깐 당황하여 벼슬한 사람에 대한 대우가 인간 세상과 어찌

다르냐고 항변하기도 하지만 수졸 중 우두머리가 나와 "읍각부동 동각부동이라 하는데 수만리 타국 법이 같을 수가 있단 말인가"라고 하는 말 한마디에 그 말을 그대로 믿어버린다. "이왕 벼슬할 터이면 높은 벼슬이나 하여보자 하며 몸을 돌리면서 요 편이 허수하니 단단히 꼭 동여주소"라고 하는 토끼의 모습은 자신의 불행을 자초하는 어리석기 짝이 없는 모습이다. 벼슬을 할 욕심에 눈이 어두워진 것이라고 볼 수도 있겠다. 별주부의 어지간한 유혹에도 넘어가지 않고 별주부의 애를 태웠던 꾀바른 토끼의 모습은 온데간데없고 어리석음만 강조되고 있는 것을 볼 수 있다. 용왕이 토끼에게 자신을 대신해 죽어 충신이 되라고 하자 그제야 토끼는 "웬 흉한 잡놈의 꾀에 감겨 죽을 곳을 들어왔구나"라고 한탄하면서 자신이 별주부에게 속았다는 사실을 깨닫게 된다.

② 별주부

목숨을 바쳐 충성을 다하자고 비장한 각오로 육지 세계에 나온 별주부는 처음부터 실수를 연발한다.

> 토생원하고 부른다는 게 해천열풍을 과히 쏘여 앞턱이 뻣뻣하여 늦춰 불러 웬 심술궂고 사납고 행실 나쁜 친구를 부르겄다. "호생원!"하고 불러 놓으니 토끼는 아니 오고 호랑이가 내려오되,

토선생을 부른다는 것이 발음을 잘못 하여 '호선생'을 불러 호랑이와 맞닥뜨리게 된다. 호랑이는 별주부를 보고 평생 왕배탕 먹기를 바랐는데 이제야 먹게 되었다며 좋아한다. 용왕을 살리고 수궁을 구하고자 하는 장한 포부를 미처 펼 사이도 없이 헛된 죽음을 맞을지도 모르는 위급한 상황인 것이다. 그런데 이 절대 절명의 순간에도 별주부는 호랑이의 말을 헛듣고 어리석은 질문을 한다.

왕배탕은 못 듣고 반갑다는 말만 듣고 속마음에 이른 말이, '제어미할 놈 나를 보고 저리 좋아하니 나하고 촌손가 있나보다.' 하고 "게서 나와 몇 촌이나 되오?"

호랑이와 별주부의 대화에서도 별주부는 여전히 어리숙하다.

호랑이 이른 말이, "네가 자라라니 내 뱃속과 촌수가 있느니라." "그러면 먹는단 말이오?" "먹어도 통째 삼키겠다." 옳다 잘 죽는다. "자라 아닐다." "그러면 무엇이냐?" "남생일다." "남생이면 더욱 좋다. 백운청산 운무 중에 분별없이 다니더니 습각증이 급하여서 명의에게 물어본즉 남생이가 당재라 하기에 한번 보기를 원하였더니라." "그러면 남생이도 아닐다." "그러면 무엇이냐?"

별주부는 어떻게든 위기를 모면하고자 자신의 정체를 숨기려고 한다. 그러나 호랑이의 말장난에 말려들고 있다. 가면극 등에서 흔히 보이는 이 정체 확인형 사설에서 별주부는 자신의 어리석음을 그대로 드러내고 있다.

이후 지략을 발휘하여 호랑이를 물리치면서 지략을 발휘하기 시작하는 별주부는 토끼를 수궁에 데려가기에 이른다. 용왕을 비롯한 신하들이 토끼의 궤변을 믿고 토끼를 살려 보내려고 할 때에도 별주부만은 범치와 함께 토끼의 말이 거짓임을 폭로한다. 용왕이 토끼를 데리고 육지로 나가라고 하자 별주부는 목숨을 걸고 토끼의 말이 거짓임을 간하기도 한다. 그런데도 토끼를 데리고 육지에 나온 별주부는 이상하게도 다시 어리석은 모습으로 나타난다. 육지에 닿은 토끼는 별주부에게 욕을 하면서 "네 임금 어리석고 네 조정 무식하더라"고 하면서 "미련하더라 네의 용왕 내 미련키 용왕 같고 용왕 슬겁기 날 같으면 게서 배를 갈릴 것을"이라고 독설을 퍼붓는다. 이처럼 토끼의 입을 통해 토끼의 정체가 다 드러났음에도 불구하고 별주부는 현실을 직시하지 못하고 "실없는 소리 말고 간 둔 데나 속히 가자"고 한다. 호랑이 퇴치나 토끼 유혹, 그리고 수궁에서 보여 주었던 현명함과는 전혀 다른 모습을 보여주고 있는 것이다. 이것으로 볼 때 어리숙함은 별주부가 가진 고유한 특성이라고 보기는 어렵다. 즉 지략이나 어리숙함 등의 자질들이 별주부 자체의 성격적 특성으로 굳어져 있는 것이 아니라 서사 전개와 상대 인물과의 관계 속에서 유동적으로 변화하고 있는 것이다.

3) 욕망

등장인물들이 드러내고 있는 욕망은 사회 질서와 규범, 이념에 사로잡힌 가식에 찬 등장인물들을 발가벗겨 비속화시키고 희화화시킨다.

① 토끼

토끼의 욕망을 자극하는 것은 별주부다. 별주부의 장황한 수궁 자랑에도 마음을 돌리지 않던 토끼는 수궁에 가면 권력과 여자를 얻을 수 있다는 꾐에 귀가 솔깃해진다.

> "그대 같은 준수남자 우리 용왕 알았으면 승일상래 패초하여 대광보국숭록대부 제수하사 말만한 황금인을 허리 아래 비껴 차고 묘당지상 높이 앉아 백관을 지휘할 제, 이리 할 일 이리 하고 저리 할 일 저리 하라 호령 한번 내리면 급암같이 충직함과 동탁 같은 기세로도 화신풍 꽃이 되어 거역할 길 전혀 없네. 국사를 마친 후에 별당으로 돌아오니 교초단 삼층석에 대모 병풍 둘러치고 차 달이는 옥동자와 촛대 잡은 선녀들이 화단으로 몸을 싸고 주옥으로 단장하여 주야로 노닐 적에 호중천지 좋은 것이 수궁밖에 또 있느냐?"

"말만한 황금인을 허리 아래 비껴 차고 묘당지상 높이 앉아 백관을 지휘"하며 선녀들에 둘러 싸여 노닐 수 있다는 말에 토끼는 욕심이 생긴다. 벼슬이나 미색에 대한 토끼의 강한 욕망은 별주부에게 거듭 사실을 확인하는 데서도 드러난다. 별주부는 토끼의 욕망과 질투심을 꿰뚫고 있어 토끼를 유혹하는 데 성공할 수 있었다.

> 어디를 향하여 돌아도 아니 보고 가거늘, 토끼 바라보다가 참지를 못하여 소리를 질러 부르되, "저 분 어디를 저리 급히 가시오?" 주부 답왈, "호랑이를 찾아가오." "무슨 일로 찾아가오?" "수궁에서 들으니 호랑은 백수진군이라 하매 이 말씀하면 그대보다 소견이 넉넉할 듯하여 보러 가오." 토끼 대답하되, "우리 호랑 숙주께옵서 백사를 다 내게 와 의논하니 보아 쓸 데 없거니와, 하물며 다른 데 나들이 하여 계시니 형은 잠깐 노(怒)를 참으시고 이리 오옵소서." 주부 재삼 사양하다가 마지못하는 체하고 나아가니 토끼 웃으며 하는 말이, "형이 저다지 결결하시니 설마 기망하오리까마는, 아무려면 생소한 곳에 가려 하면 의심인들 없으리까?" 주부 마음에 기쁘나 다시 당부하여 왈, "의심이 정 있거든 진작 파의하라. 다른 데로 가려 하나이다." 토끼 웃고 진정으로 가기를 청하거늘 주부 강잉하여 허락하는 체하고 한가지로 내려올 제,

갖은 유혹과 회유에도 토끼가 쉬이 넘어 올 기미를 보이지 않자 별주부는 뒤도 돌아보지도 않고 가버린다. 상대의 허를 찌르는 고도의 전략이다. 마침내 토끼는 참지 못하고 별주부를 부른다. 별주부는 뜻밖에 호랑이를 찾아 간다고 하면서 토끼의 질투심을 자극한다. 순식간에 별주부와 토끼의 처지는 뒤바뀌고 토끼 쪽이 오히려 사정을 하는 상황으로 반전된다. 토끼는 비굴하게 웃으면서 별주부를 믿지 못한 것을 사과한다. 그리고 수국 가는 것이 소원이라며 위험을 자초하고 있다. 별주부는 속으로 쾌재를 부르면서도 "의심이 정 있거든 진작 파의하라"며 다시 한 번 다짐을 받고자 한다. 이에 토끼는 진심으로 가기를 청하면서 애걸한다. 문제를 풀어나가는 데 있어 상대방의 약점을 잘 찾아 공략해 나가는 별주부의 고도의 지략 이면에 토끼의 질투와 욕망이 폭로되고 있다.

② 별주부

충의 화신인 별주부의 개인적 욕망이 가장 잘 드러나는 곳은 아내와 이별하는 부분이다. 비장한 각오를 한 별주부는 육지에 나가기에 앞서 노모와 아내와 이별을 한다. 아내가 별주부의 출륙을 만류하자 별주부는 국사를 모르고 사사로운 정만 생각한다고 화를 내며 아내를 꾸짖는다. 그러나 그도 잠깐, 별주부가 울기 시작하는데 다음과 같은 이유에서이다.

> 암자라 묻는 말이, "그 무엇을 못 잊겠나? 못 잊을 것 없건마는 도원화중 벽방 중에 노친부모 못 잊겠나?" "아니 그건 팔경일세." "옥창앵도심규중 간화가인 못 잊겠나?" "아니 그도 아니로세." "그러면 안전에 난초 같은 어리 자식 못 잊겠나?" "아니 그도 딴판일세." "그러면 부모처자 외에 그 무엇을 못 잊겠나?" 별주부 대답하되, "이것저것 다 버리고 다만 자내 양간간 가죽송편 못 잊겠네."

별주부가 잊지 못하는 것은 늙은 부모도 아니고 아름다운 아내도 아니며 어린 자식도 아니다. 별주부가 잊지 못해 울고 있는 것은 다름 아닌 아내의 "양각간(兩脚間) 가죽송편" 때문인 것이다. 조금 전까지의 비장하고 충성스러운 모습과는 달리 성적인 욕망을 강하게 드러내면서 희화화되고 있다.

> "그 흉악한 놈 남생이란 놈이 명색 없이 나더러 외사촌이라 하고 형이니 아우니 하며 아주 너털웃음 지며 집 걱정 아주 말라고 하되, 내 집에 무엇 하러 그리 자주 다니는고? 나 나가도 문단속 단단히 하고 잠자리를 가려 자오

별주부의 걱정은 남생이에 대한 질투에서 비롯된 것이다. 별주부의 적나라한 질투와 욕망에 대해 별주부의 아내는 잡자라라며 힐난한다.

(4) 허위의식

토끼와 별주부의 중요한 특징 중의 하나는 허위의식에 사로잡힌 인물들이라는 것이다. 두 인물의 성격이 가장 잘 드러나는 부분은 처음 만나 자기 소개를 하는 부분이다. 마치 쌍둥이와도 같이 두 인물은 유식을 뽐내면서 잘난 척하기도 하고 서로 추켜 주기도 하면서 허위의식을 드러낸다.

"나는 천상 월궁에서 이음양순사시로 회초 분별하던 예부상서 월토일러니 도약주 대취 중에 장생약 그릇 짓고 상제에게 득죄하여 중산으로 정배 오니 별호를 토생원이라 하오." 자라 토자(兎字)를 번겨 듣고 문자를 쓰되 뒤쓰던 것이었다. "구앙성화러니 금일 상봉은 만만무거북측이요, 명기위적은 적가내복이요, 남칠여구요, 초록강변의 마분취로세." 토끼 맞문자를 쓰되 더 가당찮게 뒤쓰던 것이었다. "아가사창이요 여담절각이요 거석이 홍안이요 막비왕토요 천생약골 이불가독식이로세."

"맞문자를 쓰되 더 가당찮게 뒤쓰던 것이었다"라는 부분에서 볼 수 있듯이 이들의 자랑과 칭찬은 가당찮은 것이다.

① 토끼

토끼는 별주부가 부르는 소리에 뛰어 내려오며 다음과 같이 혼잣말을 한다.

토끼 부름 듣고 깡짱 뛰어 내려오며 말을 하되 가당찮게 하겄다. "그 뉘라서 날 찾는고? 수양산 백이숙제 채미하자 날 찾는가? 상산사호 네 노인이 바둑 두자 날 찾는가? 청산귀로백화심에 춘풍심처 구경 가자 성진화상 날 찾는가? 청산귀로 백로주에 여동빈이 날 찾는가? 위수 강태공이 천렵 가자 날 찾는가? 적벽강 소자첨이 완월하자 날 찾는가? 날 찾을 이 괴이하다. 그 뉘라서 날 찾는고?"

자연에 묻혀 사는 토끼는 누가 어른인지를 다투는 상좌다툼에서도 너구리에게 밀릴 정도로 힘없고 가진 것 없는, 보잘것없는 인물이다. 애초부터 백이숙제, 상산사호, 여동빈, 강태공, 소자첨과는 전혀 어울리지 않는 인물인데도 자신을 이들 인물과 동등하게 관계를 맺어 나열해 놓고 있다.

이러한 토끼의 허위의식은 토끼 세상자랑에 가장 잘 나타나 있다.

> "이내 몸 한가함이 천지간에 으뜸이라. 일모황혼 저물거늘 월출동령 잠을
> 깨어 두우간에 배회할 제 〈중략〉 불로초 인삼과를 수없이 얻어먹고 천태산 넌
> 짓 올라 서왕모 잠깐 보고 곤륜산 높이 올라 천하를 접대하니"

토끼의 말만 믿자면 토끼의 삶은 신선의 삶이나 다름없다. 그러나 현실은 이와는 정반대다. 게다가 별주부는 토끼가 말하는 삶이 꾸며낸 것임을 간파하고 있다. 이는 "자라가 듣더니 그대가 언족식비로 말은 잘 꾸며 하나 내가 세상 환란을 모른다고"라는 별주부의 발화에서도 알 수 있다. 이어 별주부가 나열하는 세상 팔난을 통해 토끼의 허위의식은 적나라하게 폭로된다.

별주부는 토끼의 허위의식과 허영심을 자꾸 부추긴다. 토끼는 별주부로부터 수궁에만 가면 벼슬과 미색을 얻을 수 있다는 다짐을 듣고도 의심의 끈을 놓지 않는다. 토끼가 "만일 들어갔다가 벼슬도 색도 걸리지 못하면 형이 어찌 하시려오"라고 하자 별주부는 "나같이 신수 부족한 것도 관작에 참여하여 옥루분벽 사창 안에 추월춘풍 빈 날 없이 미색 데리고 소일하고 흥미로 노닐거든, 형 같은 풍채로서 충충한 기골이야 땅 짚고 헤엄치기는 오히려 손바닥이나 아프지요"라고 하면서 토끼의 허위의식을 부추긴다. 그래도 토끼가 망설이자 별주부는 다시 다음과 같은 말로 토끼를 꼬인다.

> "아깝고도 아까울사! 토생원의 선풍도골 진세간에 넌짓 나서 출입사생 여가
> 없어 초목과 동부하니 어찌 아니 강개하리. 옛 일을 생각건대 조주사인 여선문

은 황건역사 따라가서 영덕전 낙성연에 상량문 잠깐 짓고 유리반에 진주 담아 윤필지재하였으니 요마한 문사에게도 지은보은하였거던 하물며 형 같은 웅재 대략 공명하기 어려울까?"

선풍도골(仙風道骨)을 타고났으면서도 진세에 묻혀 공명을 이루지 못하고 있다는 별주부의 아첨은 앞서 토끼가 자신의 입으로 백이숙제, 여동빈, 강태공, 소자첨 등과 같은 수준으로 언급하였던 것과 동궤에 있는 것이다. 이처럼 별주부는 토끼의 허위의식을 부추김으로써 토끼를 유혹하는 데 성공하게 된다.

② 별주부

어족회의 사신택출 과정에서 용왕 앞에 나선 별주부는 자신을 다음과 같이 소개하며 사신으로 가기를 자청한다.

"신은 수궁충신지후예라. 추처낭중탈영출하던 모수의 재주와 탐탄위아 행걸 어시하건 예양의 충성과 육국을 종횡하던 소진의 구변과 맹획을 칠종칠금하던 공명의 재주를 품었사오니 어찌 바다 밖 한 마리 토끼를 잡지 못하오리까?"

자신은 모수의 재주와 예양의 충성과 소진의 구변과 공맹의 재주를 품고 있는 수국 충신의 후예라고 한다. 그런데 별주부가 자신이 충신의 후예라고 한 것은 거짓이다. 왜냐하면 이별과정에서 별주부의 노모가 밝히고 있는 집안 내력을 보면 충신의 후예와는 거리가 멀기 때문이다.

"주부야, 내 말 듣거라. 내 나이 칠십인데 삼대독자 너를 두고 사후종신 믿었더니 험한 세상 네 나가니 이 아니 민망하냐? 너의 조부 시아버님 세상에 나가 밥탐을 과히 하다 철낚시에 목 꿰어 속절없이 죽어 있고 너의 부친 서방님도 세상에 천렵차로 나가더니 창파상 높이 떠서 이리저리 다닐 적에 창수꾼 얼른

보고 너 아버지 빠른 눈치 비사장적 숨었더니 창수꾼의 날랜 솜씨 창을 한번
두르더니 기여이 쇠꼬챙이에 등을 꿰어 속절없이 죽었으니 내력이 그러한지
너도 출세하여 하니 그 아니 민망하냐? 제발 덕분 가지 마라.”

별주부의 할아버지는 밥탐을 과하게 하다가 낚시에 목이 꿰어 돌아갔으며 별
주부의 아버지 또한 천렵 나갔다가 청수군에게 발견되어 쇠꼬챙이에 등을 꿰어
속절없이 죽었던 것이다. 별주부의 허위의식은 호랑이를 만나 자신을 소개하는
부분에서도 다시 한번 드러난다.

“수국 충신 간의대부 겸 시랑 별주부 별나리라 하네.”

별주부의 허위의식이 별주부에게 본래부터 부여되었던 속성인지 ‘충신’이라
는 서사적 역할에서 비롯된 것인지 구별하기는 어렵다. 그러나 토끼전에서 별주
부의 모습은 충신으로 일관되게 나타나고 있는 것이 아니라 욕망과 어리숙함이
뒤섞여 있다. 그러기에 이처럼 긴 벼슬 이름을 나열하고 있는 별주부는 허위의
식을 지닌 인물로 읽힐 수밖에 없다.

3. 별주부 속의 토끼, 토끼 속의 별주부

이처럼 한 인물 내에 서로 모순된 성격이 공존하고 있어 딱히 어느 하나로
정리되지 않는 어려움은 토끼전에만 한정되는 것은 아니다. 또한 모순된 요소가
공존하면서 하나의 일관된 작품으로 읽히기를 거부하는 텍스트적 특성이 토끼
전이라는 하나의 텍스트에만 한정되어 나타나는 것도 아니다. 판소리계 소설이
그 서사 전개나 세부 묘사에 합리성이 결여되어 있다는 사실은 이미 알려진 바
와 같으며 이는 부분의 독자성, 긴장과 이완의 법칙으로 설명되기도 하였으며

판소리라는 장르가 가진 개방성으로 설명되기도 하였다. 요컨대 판소리계 소설은 그 장르적 특성에 기인한 모순된 성격의 공존이 서사전개나 묘사, 인물 등에 있어 내재되어 있는 것이다.

그런데 특히 토끼전에서 등장인물의 모순된 성격이 주목할 만한 이유는 토끼와 별주부가 서로 대칭 관계에 있는 인물이기 때문이다. 기존의 연구에서 토끼전은 지략담으로서의 구조를 지니고 있으며 그에 따라 토끼는 트릭스터로서의 면모를 보이고 있다는 것이 밝혀졌다. 속이는 자와 함께 속는 자가 있어야만 지략담이 성립되기 때문에 '속고 속이기'에 속하는 이야기로 분류되기도 하였는데, 토끼전 전체 구조에서 토끼와 별주부는 서로 속고 속이는 관계에 있다. 따라서 이 둘은 토끼전의 공동의 주인공이 될 수밖에 없다. 이 둘은 공동의 주인공일 뿐만 아니라 이미 앞 장에서 살펴 본 바와 같이 지략, 어리숙함, 욕망, 허위의식 등 동일한 속성을 공유하고 있다.

토끼전에서 토끼의 지략은 토끼에게만 속한 고유의 속성이 아니다. 〈신재효본〉을 제외한 대부분의 창본에 들어있는 모족회의 상좌다툼 대목의 경우, 토끼가 지략으로 상좌를 차지하는 이본은 이선유, 임방울 창본뿐이다. 김연수, 정광수, 박봉술, 정권진 창본에서는 토끼의 지략에도 불구하고 호랑이가 힘으로 상좌를 차지하는 것으로 이야기가 끝난다. 이 부분은 〈두껍전〉을 비롯한 쟁장계 소설에서 나타나는 삽화로서 토끼의 지략보다는 두꺼비의 지략을 드러내고자 하는 것이 주된 목적이다. 즉 이 삽화는 토끼의 지략을 드러내기 위해 삽입된 지략담이 아니라 지략담이라는 구조적 유사성 때문에 삽입된 부분이다. 그러하기에 토끼가 등장하는 지략담임에도 토끼의 지략은 그 효력을 발휘하지 못한다. 별주부와의 관계에서도 토끼는 어리숙함이나 허위의식, 욕망 등을 그대로 노출하여 토끼의 유혹에 빠지고 마는 어리석은 모습을 보이기도 한다. 요컨대, 토끼전에서 토끼의 지략은 상황과 관계에 따라 긍정되기도 하고 부정되기도 하는 것이며, 이러한 성격적 유동성은 별주부도 마찬가지다. 시종일관 권위에 대해

도전을 받는 용왕이나 무책임하고 무능한 제신들, 이념이나 도덕보다는 개인적 욕망에 충실한 별주부의 처와 같은 부류의 평면적인 인물과는 다른 모습이다.

토끼전은 반전을 통하여 늘 상황이 뒤집힌다. 공간이 바뀌고 주인공이 바뀌고, 상황이 원점으로 돌아오기도 한다. 유혹 지략담에서는 유혹과 변심이 반전적 반복을 거듭하고, 위기극복지략담에서는 위기와 극복이 반전적 반복을 거듭하면서 토끼전의 서사가 전개된다. 쟁장지략담의 경우 또한 등장 인물들이 앞선 인물을 계속 부정하면서 반전이 이루어지는 것이 일반적이다. 반전은 어느 한 쪽으로 고정된 가치관을 거부하고 다양한 가치와 기준을 긍정할 때 생길 수 있는 것이다. 따라서 토끼전에서는 거듭되는 반전을 용납함으로써 다양한 세계관과 열린 가치관을 드러내는 것이 가능해진다.

이러한 토끼전 서사의 원리는 인물에도 영향을 미친다. 즉 유동성이라는 토끼전의 서사적 특징이 인물의 성격 형성에 영향을 미쳐 토끼와 별주부라는 인물을 탄생시킨 것이다. 채트먼은 서사적 의미에서 사건이란 행동이거나 우연하게 발생한 일이며 이러한 상태의 변화는 행위자나 또는 피행위자에게 영향을 끼치는 누군가에 의해 야기되는 것이라고 하였다. 즉 행위가 플롯 상에서 의미를 지닐 때, 그 행위의 주체나 수동자는 인물이라고 불리며 따라서 인물은 서사적 술어의 서사적 주체로서 서사와 인물, 사건과 인물은 밀접한 관련이 있다고 보았다. 토끼전은 토끼의 서사이면서 동시에 별주부의 서사일 뿐 아니라 두 인물의 서사는 서로 반전과 반복을 거듭하고 있다. 따라서 토끼와 별주부는 대립적 성격을 지니고 있으면서도 그 두 성격을 공유할 수밖에 없게 된다.

토끼전은 어느 한쪽으로 치우치거나 결말지어진, 굳어진 서사 전개를 거부한다. 지략을 통한 반전과 반복을 작품 전개의 가장 중요한 매개로 삼음으로써 토끼전은 열린 구조를 지니게 되고 토끼전의 인물 또한 유동적이게 된다. 토끼전이 당대인들의 욕망과 가치 시대적인 이념과 요구 등을 포괄할 수 있도록 열려 있는 이유는 바로 지략담의 반전적 반복으로 토끼전이 짜여져 있기 때문이다. 또한 이러한 서사적 특성은 다양한 성격을 지닌 인물, 상황에 따라 다른 가치와 태도, 이념들을 보여주는 유동적 인물들을 창조해 낸다. 토끼만의 특징으로 여겨지던 지략, 어리석음, 욕망, 허위의식 등은 별주부에게도 고스란히 나타나는 것을 볼 수 있었다. 요컨대 토끼전은 서사뿐만 아니라 등장인물의 성격 또한 고정되어 있지 않다. 토끼와 별주부는 그 성격이 드러나는 상황만 다를 뿐, 마치 일란성 쌍둥이처럼 똑같은 성격을 보이고 있다.

4. 맺음말

이 글은 당대 사회·정치와의 밀접한 관련 속에서 토끼전을 해석하는 태도에서 벗어나 토끼전 등장인물의 작품 내에서의 성격적 특성을 밝혀 보고자 하였다.

토끼와 별주부는 지략, 어리석음, 욕망, 허위의식 등의 성격을 공통적으로, 그리고 비슷한 비중으로 가지고 있음을 알 수 있었다. 별주부는 호랑이 위기에서 벗어나거나 토끼를 유혹하는 과정에서 토끼 못지않은 지략을 펼치고 있었다. 또한 토끼는 별주부에게 유혹당하는 과정과 용궁으로 가는 장면에서, 별주부는 토끼를 부르려다 발음을 잘못하여 호랑이를 부르는 부분과 토끼와 함께 육지로 되돌아 온 후 등의 부분에서 어리석음을 각각 노출하고 있었다. 아내와 이별 장면에서 별주부는 사사로운 감정을 앞세워 충을 위한 엄숙한 길을 가로막으려는 아내를 꾸짖는다. 그러나 별주부는 이내 성적 욕망을 노골적으로 표출하고 마는 인물로서 토끼의 세속적이고 개인적인 욕망과 별다르지 않았고, 남에게 자신을 과장해서 보여주고자 하는 허영심과 욕망, 그에서 비롯된 허위의식 또한 그간에는 주로 토끼의 특성으로 이해되었으나 별주부에게서도 공통적으로 드러나고 있는 것을 보았다. 즉, 토끼나 별주부 어느 한 쪽만 긍정적이거나 부정적인 성격을 지니고 있는 것이 아니라 동일한 특성들이 두 인물에 공존해 있으며 이

두 인물은 동일한 비중으로 토끼전에서 서사를 이끌어 가고 있는 것이다.

　토끼가 별주부일 수 있고, 별주부가 토끼일 수 있는 다소 이상한 이 인물 구조는 토끼전이 지략담의 반복으로 되어있다는 점에서 기인한다. 지략담이란 약자가 강자를 이기는 전복성이 기본 구조이기 때문에, 상황이나 장소에 따라 지략담에서 이기는 자와 지는 자는 언제든지 뒤바뀔 수 있는 유동적인 상태에 있다. 때문에 지략의 주체와 대상이 바뀜에 따라 그 맞은편에 있는 속성인 어리석음이나 욕망, 허위의식 등도 대상을 바꾸어 가며 표출되고 있는 것이다. 요컨대 판소리계 소설이라는 장르 자체가 토끼전을 개방적으로 만들고 있는 데다가 여러 개의 지략담의 반복으로 구성된 토끼전의 구조와 아울러 등장인물들 또한 유동적인 특성을 지니게 되고, 그리하여 토끼전은 개방성을 그 특징으로 하는 작품이 되고 있다.

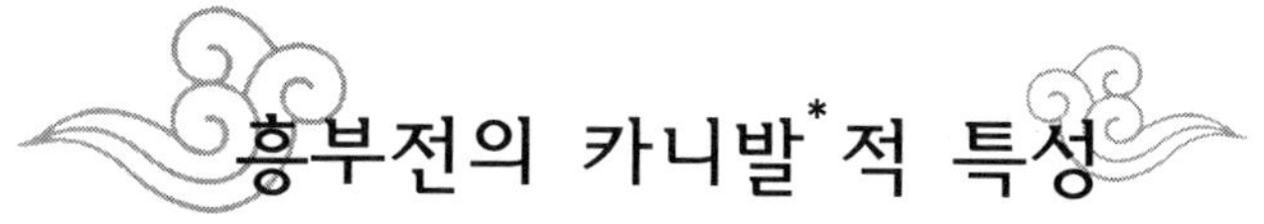 흥부전의 카니발[*]적 특성

조용호

1. 들어가는 말

　헝가리 출신의 마르크스주의 문학사가인 루카치는 소설을 가리켜 선험적인 고향 상실성의 표현 형식이고, 신에 의해서 버림받은 서사시이되, 성숙한 남성의 형식이며, 총체성을 지향하는 시대의 서사시라고 하였다. 이 말에는 천상이라는 고향의 상실, 신성한 인물이 사라진 서사, 굵은 선처럼 이어지는 도도한 사건의 전개, 삶의 특정한 국면을 다양하게 그리는 총체성 등 소설의 양식적 특징이 잘 드러나 있다. 그러므로 이 말은 기실 루카치가 소설이 가지는 특성을 잘 포착한 것이라고 하지 않을 수 없다. 그는 또 소설은 타락한 시대의 예술 장르라고도 하였다. 하지만 그가 여기에서 쓴 타락이라는 말은, 단지 소설 속에 그려진 세계와 인물들의 고상함과 투영된 공동체적 가치의 품격이 떨어져버린 것에 대한 안타까운 향수의 심정에서 자조적으로 사용한 것이 아니다. 이 말은 근대 이후 급속하게 주류로 부상한 소설 장르의 위상에 대한 인정이면서, 동시에 소설만이 신이나 영웅이 아닌 평범한 인간의 사회에 바탕을 두고 다양한 인간의 성격과 행위와 관계들을 그려내는 문학 양식이라는 사실에 대한 통찰의

---

* 이것은 러시아의 문예이론가인 바흐찐이 사용한 개념인데, 그에게서 카니발이란 개념은 우리의 문화에서 웃음과 질서의 뒤집힘이 있는 난장의 공간 혹은 축제의 시공간으로 이해할 수 있다.

결과라고 이해하는 것이 마땅하다.

형식주의와 마르크스주의 문예비평의 조화를 꾀하고자 했던 러시아의 문예이론가 바흐찐은 루카치의 견해에서 부정적으로 이해될 여지가 남아 있던 타락이라는 말마저 제거해 버리고, 서사시로부터 소설로 전이되는 과정은 타락이 아니라 친화(親化)라고 적극적으로 해석하였다. 친화라는 말은 작자와 독자의 거리가 가까워지는 것이고, 인물과 독자의 거리가 가까워지는 것이라는 뜻으로 이해할 수 있다. 그렇다면 문학작품과 그 향유자와의 거리가 가까워지는 과정의 정점에 소설이 있다는 것이 바흐찐의 생각일 것이다. 서사문학의 주인공이 신에서부터 영웅과 지도자를 거쳐 평범한 사람과 그 이하의 어리석은 인물까지 내려오는 역사적 전개 과정을 거치고 있다는 상식을 염두에 두고 볼 때, 그의 견해는 결국 그가 소설을 가장 민중적인 문학 장르로 보려고 했음을 단적으로 드러내는 것이라 하겠다. 소설이 서사시보다 훨씬 늦게 발생하여 빠른 속도로 문학의 중심부를 차지하게 된 장르이고, 소설의 시대에 이르러서는 독자의 역할이 서사시에서의 그것보다 훨씬 증대되었다는 사실을 고려한다면, 민중을 소설의 생산과 향유의 주체로 승격시키고자 했던 그의 견해는 매우 타당한 것이었다고 하지 않을 수 없다.

바흐찐에게서 서사시는 개인의 체험이나 판단으로부터 격리된 절대성의 세계, 이데아의 세계, 신적인 세계이다. 반면에 소설은 이러한 절대적 과거가 카니발적 민중 문화의 본질인 웃음에 의해 변모된 체험적이고 현재적인 세계이다. 웃음은 신성하고 외경(畏敬)스러운 서사시의 모든 대상을 친숙한 것으로 만들어 우리의 앎과 체험과 실천의 대상으로 바꾸어 놓는다. 이러한 이유에서 그는 웃음을 바탕으로 하는 민중 문화에 내재된 세계관, 곧 비공식적인 세계관을 통해 문학사를 이해하고자 했다. 그러므로 그가 소설을 긍정적으로 평가한 것은 당연한 결과라고 할 수 있다. 그에 의하면 비공식 문화와 공식 문화 사이에는 끊임없는 긴장과 갈등이 존재해 왔다. 공식 문화가 봉건적이고 진지한 풍토에 의해 형성된 것에 비해 비공식 문화는 바로 해학적인 형식과 표현에 의해 가장 잘 드러났기 때문이라는 것이다.

민중 문화에서 가장 대표적인 것은 카니발과 그것에 관련되는 형식이다. 카니발은 우리 문화에서 난장과 유사한 개념으로 이해될 수 있는데, 여기에서의 시·공간은 일상 세계에서 완전히 유리되고 일상적 가치가 철저하게 뒤바뀐 축제의 마당이 된다. 그러나 바흐찐에게서 카니발은 그것에 할애된 시·공간보다 카니발 자체가 지니고 있는 특유의 세계관이 훨씬 중요한 의미를 갖는다. 그것은 그가 카니발 공간에서는 기존에 현상적으로 존재하는 질서가 모두 정지되고 자체의 구조와 질서만이 의미를 갖게 된다는 사실에 초점을 맞추고 있기 때문이다. 우리의 과거 장터 문화를 상기하면 쉽게 이해할 수 있듯이, 카니발은 특수한 계층에 의해 특수한 규칙으로 한정되어 조직되는 것이 아니라, 누구나 구성원이 될 수 있는 집단적이고 민중적인 공간이 된다. 변화와 다양성이 존재하는 역동적인 공간인 것이다.

바흐찐에 의하면 카니발을 비롯한 민속 문화가 사회적 현상이라면, 그로테스크 리얼리즘은 그것을 문학에 표현한 심미적 양식이 된다. 문학에서의 그로테스크 리얼리즘은 실체적 층위가 아닌 기능적 층위에서 상대성의 원리에 입각하여 뒤집혀진 가치관이나 삶을 나타내는 동시에, 양면적이고 동적인 세계에 대한 인식을 포함하는 것이다. 이러한 그로테스크 리얼리즘이 바흐찐의 경우에는 특히 육체적 요소의 과장과 노출을 통한 공식적인 삶의 파괴와 관련된다. 따라서 양면적이고 대립적인 것의 격렬한 충동과 가치관의 전도, 그리고 육체적 요소의 고장과 노출을 통해서 전개되는 그로테스크한 문학작품이 있다면, 역으로 그 작품이 카니발적 세계관을 구현한 것이라는 논리도 성립할 수 있다.

나는 바흐찐의 이론을 원용하여 우리의 고전소설 텍스트 속에 구현된 카니발적인 특성 및 작자와 독자 사이에서 형성된 카니발적인 분위기를 살펴보려고 한다. 대상으로 삼은 텍스트는 「흥부전」의 경판 25장본이다. 이 판본의 출현은 현존하는 「흥부전」의 이본들 가운데 가장 빠른 1860년대까지 소급되며, 사용된 언어가 판소리의 그것과 흡사할 정도로 현장의 분위기가 잘 배어 있다. 이런 이유에서 나는 특히 소설에 사용된 언어에 초점을 맞추어 이 작품의 카니발적 특성을 구명하고자 한다. 이 텍스트에서 사용된 언어에는 바흐찐이 말한 카니발의 문학적 특성이 어떤 고전소설 텍스트에서보다도 잘 반영되어 있다. 분석 과정을 통해 「흥부전」 텍스트 자체의 카니발적 특성과 텍스트를 매개로 이루어지는 작자와 독자의 의사소통 과정에서 형성된 카니발적 세계관이 충분히 드러날 수 있을 것이다. 전자가 뒷받침되지 않는 텍스트를 대상으로 카니발적인 세계관을 논하는 것은 매우 공허한 일이라고 할 수 있으므로, 초점이 결국 전자에 맞추어지는 것은 당연하다. 하지만 그 텍스트는 작자와 독자 사이의 의사소통의 장이 되어야 그 존재 의미가 있는 것이므로, 후자에 관해서도 무관심할 수는 없다. 그러므로 분석의 과정에서는 이 두 가지 사항을 모두 고려하고자 한다.

2. 구술 연행의 효과와 의사 − 현장성

　문자로 기록된 서사체에서는 일반적으로 작자 또는 화자와 독자의 거리가 말로 연행되는 서사체의 그것보다 멀다. 이는 기술된 서사체에서는 문학의 두 주체인 작자와 독자 사이에 직접적인 소통이 단절됨으로써, 그들 간에는 그 만큼 공감대 형성이 어렵게 되었다는 말이기도 하다. 그래서 전통적인 서사체의 작자는 빈번하게, 만일에 그가 고의적으로 독자를 멀리하려는 경우가 아니었다면, 나름대로 특정한 수단과 방법을 사용하여 독자와의 거리를 좁히려는 노력을 기울이곤 하였다. 어투와 정조라는 수사학적 장치들은 그런 효과를 노린 방법들 가운데 하나였다. 독자를 마주보고 이야기를 나누는 듯한 착각을 불러일으키게 만드는 은근한 대화식의 말투나 판소리에서의 말 건넴의 어투는 그 대표적인 사례들이다.

판소리는 일정한 고정 텍스트가 존재하면서도 번번이 숙련된 창자의 구연에 의해 연행되고, 창자는 수시로 청자에게 말을 건네며 청자는 추임새를 통하여 소통을 시도한다는 특징을 지닌 장르이다. 따라서 판소리에서는 작자와 독자의 거리가 순수한 기술 서사체에서보다 상대적으로 쉽게 좁혀지는 효과를 낼 수 있다. 공연의 공간에서 창자와 청자가 어느 정도는 직접적인 소통을 할 수 있게 됨으로써, 둘 사이에서 공감대가 형성될 여지가 있기 때문이다. 더욱이 많은 경우에 청자는 이미 판소리의 내용은 물론 부분적으로는 창자의 특성과 장단점까지 파악한 상태에서 공연에 동참하게 된다. 그러므로 판소리에서는 창자와 청자 사이에 의사소통의 가능성이 처음부터 적지 않게 열려 있다고 보아도 좋다.

그러나 소설에서는, 설사 그것이 판소리계 소설이라고 할지라도, 판소리가 가진 현장성이라는 토대를 상실함으로써 작자와 독자가 소통할 수 있는 길이 막히게 되었다. 이제는 창자와 청자 간의 직접적인 대화가 아니라, 작자(사실은 내포작자)와 독자(사실은 내포독자) 간의 간접적인 대화라는 차원으로 바뀌게 된 것이다. 그래서 작자는 눈에 보이지 않는 독자의 관심을 지속적으로 유지시키기 위해 나름대로 효과적인 방책을 강구하게 되었다. 구술문학의 언어적 특성을 소설 기술에 원용하여 현장의 분위기를 만들어내는 것은 그 하나의 사례이다. 그리고 그런 시도는 판소리계 소설들 가운데 완판본 계열들에서는 상당한 정도로 효과를 보고 있는 것으로 보인다. 소설보다 판소리가 선행한다는 「흥부전」에서, 경판본의 경우에도 그런 효과가 적잖이 나타나고 있다. 경판 25장본의 작자는 생동감 있는 현장 공연의 분위기를 살리기 위해 다음과 같은 일련의 언어적 장치들을 채용하고 있다.

> (가) 칠년틱한 가문 늘의 비 오기 기다리듯 구년지슈 장마진 듸 볏 늑기 기다리
> 듯 계갈량 칠성단의 동남풍 기다리듯 강틱공 위슈 상의 시졀 기다리듯
> 만 니 젼장의 승젼ᄒ기 기다리듯 어린 ᄋ희 경풍의 의원 기다리듯 독슉공

방의 낭군 기다리듯 춘향이 둑게 되여 니도령 기다리듯 과년흔 노쳐녀
싀집가기 기다리듯 삼십 너믄 노도령 장가가기 기다리듯 장즁의 드러가셔
과거ᄒ기 기다리듯 세 ᄣᅵ 굴머 누운 ᄌᆞ식 흥부 오기 기다린다 (제 4장)

(나) 흥부 안히 ᄒ는 말이 우지 마오 제발 덕분 우지 마오 봉쳬슈 ᄌᆞ쇼 되여
ᄂᆞ셔 금화 금벌 뉘라 ᄒ며 가뫼 되여 ᄂᆞ셔 낭군을 못 살리니 녀ᄌ 힝실
참혹ᄒ고 유ᄌᆞ유여 못 츌히니 어미 도리 업난지라 (제 6장)

(다) 박 흔 통을 ᄯ 노코 냥 뒤 켠다 슬근슬근 톱질이야 당긔여 듀소 톱질이야
북창 황월 셩미파의 동ᄌᆞ박도 가애로다 당하 ᄌᆞ손 만셰평의 셰간박도
가애로다 슬근슬근 톱질이야 툭 ᄐ 노ᄒ니 (제 9장)

(라) 놀부놈의 거동 보소 동지섯달붓터 졔비를 기다린다 그물 막ᄃᆡ 두러 메고
졔비를 몰ᄂᆞ 갈 제 흔 곳 ᄇᆞ라보니 흔 즘싱이 ᄲᅥ 드러오니 놀부놈이 보고
졔비 인졔 온다 ᄒ고 보니 틱빅산 갈가마귀 츤돌도 돌도 ᄇᆞ히 못 어더
먹고 듀려 쳥년의 놉히 ᄲᅥ 갈곡갈곡 울고 가니 (제 12장)

　　판소리계 소설을 낭독하는 경우에는, 그것의 구어적인 특성 때문에 문장체
소설에서보다 구술 연행의 효과가 더 잘 살아날 수 있다. 경판 25장본「흥부전」
에는 낭독을 리드미컬하게 할 수 있도록 언어적인 장치를 마련하고 있는데, 일
정한 음률을 생성할 수 있는 어절이나 어구를 반복하는 방식이 그러한 사례에
속한다.

　　(가)는 흥부 아내가 형에게 곡식이라도 얻어 보려고 간 남편을 기다리는 장면
을 묘사한 부분인데, 주로 반복법이 사용되고 있음을 확인할 수 있다. 그 의도는
흥부네 가족의 극심한 굶주림과 먹을 것에 대한 절실한 요구를 강조하려는 데
있다. 여기에다가 판소리의 장단까지를 더한다면, 그 의도는 충분히 성공적으로
이루어질 것이라고 보아도 무방하다. 판소리에서는 이렇게 나열된 행위들이 대

개 자진모리장단으로 불린다. 이 대목에만 한정해 보아도 여러 명창들이 부르는 속도가 비슷한데, 이것으로부터 이 장면에는 그 장단이 가장 적절했을 것이라고 추정할 수 있다. 장단이 판소리 창자가 내용의 흐름이나 호흡을 고려하면서 자연스럽게 구획한 음악적 산물이라면, 소설을 읽는 경우에도 이 부분에서의 낭독 속도는 판소리의 그것과 크게 달라지지 않았을 것이다. 독자가 설사 묵독을 했더라도 그의 문자 인식은 청각영상으로 전환되므로, 그 효과는 낭독의 경우와 큰 차이가 없었을 것이다. 그렇다면 독자는 이 부분을 자진모리장단 정도의 비교적 빠른 속도로 읽어 가면서, 강조된 내용 자체보다는 사용된 언어와 반복적 발화가 주는 쾌감에 의해 더욱 흥미를 느꼈을 공산이 크다.

인용문에 보이는 '—하기'와 같은 명사구 종지법은 유사한 리듬의 반복을 통해 구술언어의 효과를 극대화하려는 노력의 전형적 사례로 거론할 만하다. 사실 이러한 유사한 어구의 반복은 이미 「흥부전」의 서두에서 놀부의 심술을 묘사할 때나, 이어지는 흥부와 흥부 아내의 품 팔기를 묘사할 때부터 효과적으로 사용되고 있었다. 이들 묘사는 문자가 포함한 실제적인 의미는 거세하고 단지 리듬의 반복을 통해 독자가 낭독 과정에서 흥미를 가지게 할 의도에서 행해진 것이다. 이런 판단을 하는 데는 나름대로 근거가 있다. 놀부가 부리는 심술 중에는 도저히 체면이 있는 어른으로서 혹은 법의 심판이 두려워서라도 할 수 없는 행위도 많고, 흥부가 파는 품으로 거론된 것 가운데는 경제적 이익과 전혀 무관한 행위도 있다는 점이 그것이다. 결국 유사한 행위를 반복적으로 나열하는 의도는 그 문자적 함의를 실제적으로 전달하려는 것이 아닌 메타—언어적 기능의 강화에 있었다는 말이다.

(나)는 흥부가 매품을 팔러 갔다가 실패하고 돌아오자 그의 아내가 하는 탄식인데, 여기에서는 4·4조 위주의 율문이 되풀이됨으로써 생기는 리듬감이 구술의 효과를 살리는 데 상당한 기여를 하고 있다. 뿐만 아니라 구어를 바탕으로 한 대화체의 사용으로 다른 순수한 기술 서사체와는 달리 화자와 청자 사이의

심리적 거리가 상당히 좁아지는 부연 효과를 거두게 된다. 이런 화법은 그 자체로 구술성의 효과를 높이기 위한 중요한 요건이 될 수 있다.

경쾌한 느낌을 주는 자음이나 모음의 반복도 구술 효과를 얻기 위한 중요한 수단 가운데 하나이다. (다)는 흥부와 그의 아내가 첫 번째 박을 따다 놓고 톱질하면서 부르는 노래이다. 여기에서는 판소리 「흥보가」의 박타는 장면을 연상할 수 있는데, 톱질하는 순간의 'ㄹ'음이 주는 경쾌함과 노래에서 연상되는 톱질의 동작 때문에 독자는 마치 현장에서 그 장면을 목도하듯이 어깨를 들썩이게 될 것이다. 판소리 청자처럼 공연을 직접 듣고 보지 않더라도 독자는 낭독과 그 장면에 대한 연상만으로도 이처럼 상당한 정도의 음악적 효과와 현장의 분위기를 되살릴 수 있다. 더구나 묵독보다는 낭독이 고전소설 독자의 보편적인 독서 방식이었음을 상기한다면, 경쾌한 음의 반복이 구술의 효과를 살리기 중요한 요인이 되었다고 보는 데 전혀 무리가 없다.

판소리 공연에서 창자에 의해 행해지는 말 건넴의 어투도 「흥부전」에서 구술 효과를 높이는 방법으로 채택되고 있다. (라)는 흥부에게 부자가 된 유래를 들은 놀부가 자기도 똑같은 방법으로 부자가 되기 위해 동지섣달부터 제비를 기다리는 모양을 묘사한 부분이다. 여기에서 '거동 보소'와 같은 표현은 구연 현장에서 화자가 청중의 주의를 끌기 위해 관심을 유도하는 발화와 차이가 없다. 「흥부전」의 화자는 이렇게 실제로 화자가 청자와 얼굴을 맞대고 대화를 나누듯이 이야기의 발화 공간을 글 속에 있는 가상적 공간이 아니라 생동감 있는 현장의 공간으로 전이시킨다. 이러한 의사—현장성으로 말미암아, 독자는 다른 기술 서사체에서보다 훨씬 더 거리를 좁히고 독서를 했을 것임에 틀림없다. 이런 사실만으로도 구술 서사체의 특징인 현장 공간의 분위기는 많이 재구될 수 있다. 구술 효과의 회복이란 수단을 통하여 이렇게 의사—현장의 공간으로 독자를 유인하려는 작자는, 마치 판소리의 구연 현장에서 창자가 지속적으로 청자의 주의를 환기시키듯이, 소설의 전면에 자신의 존재를 드러내면서 독자와의 거리를 좁히려는 노력을 행하고 있는 것이다.

구술의 효과를 살림으로써 소설의 언어를 실제의 구연 현장에서 발화되는 느낌을 갖도록 만드는 화자의 노력이 위와 같은 반복을 통한 언어유희에만 그치는 것은 아니다. 장면화(場面化) 기법도 그러한 노력의 일단으로 동원된다. 서사 이론에서 장면이란 서술자의 중개 없이 인물의 대화만으로 이루어져 스토리 시간과 텍스트 시간이 일치하는 부분을 가리킨다. 개화기 이전 우리나라의 기술 서사체에서는 일반적으로, 그것이 한글로 씌어진 것이건 한문으로 씌어진 것이건 간에, 서술자의 중개 없이 대화만으로 제시되는 부분이 거의 나타나지 않는다. 그러나 판소리에서는 간혹 이런 부분이 나타나기도 하는데, 소설 「흥부전」에서는 화자가 현장성과 극성을 부여하기 위해서 자신은 뒤로 숨은 채 인물들의 대화를 그대로 보여주는 장면 기법을 사용하고 있는 곳들이 있어 흥미롭다. 다음은 그런 예의 하나이다.

(마) 흥부 안히 묻는 말이
　"그 가온듸 누릭스럼흔 것이 아마 금인가 보외"
　흥부가 대답하되
　"금은 이제 업ᄂ니 초한 적의 진평이가 범아부를 쏘츠려고 황금 수만 근을 훗터스니 금은 이제 절종되여습ᄂ"
　"그러ᄒ면 옥인가 보외"
　"옥도 이계는 업ᄂ니 곤뉸산의 불이 붓터 옥셕이 구분ᄒ여스니 옥도 이계는 업습ᄂ"
　"그러ᄒ면 야광둰가 보외"
　"야광듀도 이계는 업ᄂ니 졔 위왕이 위 혜왕의 십이 승 야광듀를 보고 씌여 ᄇ려스니 야광듀도 이계는 업습ᄂ"
　"그러ᄒ면 뉴리 호박인가 보외"
　"뉴리 호박도 이계는 업ᄂ니 듀 셰종이 틈장할 졔 당ᄂ라 장갈이가 술잔 믿드노라고 다 드려스니 뉴리 호박도 이계는 업습ᄂ" … (제 8장)

인용문은 흥부와 그의 아내가 제비가 물어다 준 박씨를 보면서 나누는 대화이다. 이러한 장면 기법이 소설에 나타남으로써 독자들은 현장에서 직접 흥부와 그 아내의 대화를 보고 듣는 듯한 느낌을 갖게 된다. 대화는 화자에 의해 제시된 요약 발화보다 훨씬 더 현장성을 부여하기 때문이다. 그 대화 내용은 관련된 고사를 다 알아야 확실히 이해할 수 있는 것이지만, 앞의 경우와 마찬가지로 언어 자체가 포함하고 있는 의미 자체는 부차적인 것이 되고 대화를 하고 있다는 사실 그 자체가 전면에 부각된다. 그렇기 때문에 독자 혹은 낭독을 듣는 청자가 다소 지식이 부족하다고 하더라도 별로 문제될 것이 없다. 그는 대화에 나오는 개별적인 사실에 대한 지식이 아니라 주고받는 말 자체에 의해서 흥미를 느끼게 되기 때문이다.

작자는 이렇게 여러 가지 측면에서 독자를 소설에 재현된 카니발 공간으로 끌어들이기 위해 언어를 특수하게 사용하는 전략을 구사한다. 이러한 언어 사용의 전략은 구술성의 획득에 그 주된 목적을 두고 있는데, 실제로 그러한 전략은 충분히 성공을 거두고 있는 것처럼 보인다. 독자는, 특히 낭독을 하거나 낭독하는 것을 듣는 청자는, 작가가 예비해 놓은 이러한 장치들에 손목이 잡혀서, 지각하지도 못하는 사이에 카니발의 분위기가 흐르는 공간으로 점점 끌려 들어가는 것이다. 더욱이 언어를 통한 이런 현장성의 재구는 초반에서부터 시작되고 있으며, 이런 분위기를 점점 더 고조시켜 가다가 후반부에 이르러서는 본격적으로 카니발의 공간을 만들어내고 있다.

3. 카니발과 언어의 카니발화

서서히 고조되어 온 카니발적 분위기는 흥부가 박을 타는 장면을 거쳐서 놀부가 박을 타는 장면에 이르러 정점에 달하게 된다. 이는 「흥부전」의 카니발적 특성이 단지 우연에 의해 이루어진 것이 아니라 매우 의도적인 구성의 결과라고 간주하게 만든다. 경판 25장본에서 놀부가 타는 박은 모두 13개인데, 그 속에서 나온 인물들은 각각 개약고장이, 노승, 상제, 무당, 등짐꾼, 초란이, 양반, 사당거사, 왈짜, 소경, 장비로 모두 11가지 종류의 인물들이다. 이 인물들은 모두 일정한 도구를 사용하여 소리를 내거나 육성을 잘 지르는 것을 특기로 하며, 또 그래야만 살 수 있는 인물이라는 점에서 공통성을 지닌다. 소리를 지른다는 것은 이미 그 자체로도 가니발적인데, 그들이 가지고 있는 가얏고나 북, 목탁이나 요령은 모두 특수한 목적을 위해 소리를 만들어 내는 도구들이라는 점에서 더욱 카니발적이라고 할 수 있다. 온갖 소리가 섞이고 그 속에서 생명력이 충만한 카니발 세계가 놀부네 마당에서 펼쳐지게 된 것이다.

양반과 장비의 경우에는 이질적인 존재들로 보일 수도 있다. 그러나 양반은 자신의 몸을 움직여서 직접 생활에 필요한 물품을 얻는 존재라기보다는 대략 누군가에게 명령을 내리거나 글을 읽음으로써 목적하는 바를 획득하는 존재들이었으므로, 이들과 별종이라고 할 수 없다. 더구나 박에서 나온 양반들은 놀부의 집 마당에서 온갖 책을 읽으며 시끄러운 소리로 떠들다가 놀부에게 종 문서를 내주고 5천 냥을 빼앗아가므로, 그 행태가 앞서 등장한 인물들과 전혀 차이가 없다. 또한 장비는 『삼국지』에서 자주 술에 취해 행패를 부리는 인물로 나타날 뿐만 아니라, 전쟁터에서 우선 큰 소리로 호령하여 상대의 기를 꺾어야 하는 — 예컨대 장판교에서 조조의 대군을 한마디 호령으로써 쫓아버린 경우처럼 — 장수이므로, 소리로 먹고사는 인물 가운데 하나라고 본 필자의 견해는 틀리지 않았다고 생각한다. 그렇지만, 다음 장에서 설명할 것처럼, 양반과 장비는 카니발 공간에서 다른 인물들과는 현격하게 다른 기능을 한다는 점에서 특히 주목을 요하는 인물들이라 하겠다.

그 나머지의 인물들은 문자 그대로 난장판을 구성하는 주역들이라 할 수 있다. 그들은 요란하게 떠들고 판의 열기를 고조시키면서 돈벌이를 하고 있다. 따라서 놀부네 집 마당에서 수많은 소리꾼들이 박을 탈 때마다 차례로 나와 한바탕 난장판을 벌이는 것은, 그곳에 바로 카니발 공간이 만들어졌음을 의미한다. 현실과 유리되고 일상적 가치가 전도된 축제의 공간을 연출하겠다는 작자의 의도가 없었다면, 인색하기 짝이 없는 놀부네 집 마당에 이처럼 질펀한 난장판을 펼쳐 보이기는 대단히 어려운 일이다. 독자는 이런 놀부의 박타기 마당을 카니발 공간으로 인식하게 됨으로써, 자신을 카니발에 참여하는 인물로 동화시키고 그 세계로 빠져 들어가, 마치 그 공간에 직접 참여하는 것과 같은 정서 상태를 경험하게 된다. 그래서 독자와 인물은 놀부의 박타기 마당에 재현된 난장판에서 함께 어우러진 채로 카니발적 세계관을 공유하게 되는 것이다.

바흐찐에 의하면 카니발화된 언어가 가장 많이 사용되는 곳은 사람들이 많이 모이는 길거리나 장터이다. 이 속에서는 흥청망청 놀며 떠드는 소리, 욕설과 악다구니, 과장된 표현이 흘러넘친다. 이곳은 공식적이고 의례적(儀禮的)인 데서 벗어나 거친 언어를 사용함으로써 규범이나 인식을 깨뜨리고자 하는 민중적 세계관이 지배하는 공간이다. 민중적 세계관은 공식적인 공간에서 그 공간에 어울리는 규범을 파괴함으로써 도리어 새로운 창조와 갱신을 얻으려는 생각에 기초한다. 규범이 파괴된 공간에서는 특히 신체의 하부 층위와 관련되는 음담패설이 빠지지 않는데, 여기에서의 음담패설은 카니발적인 웃음을 이끌어내기 위한 유력한 수단이 된다. 카니발적인 웃음은 무엇보다도 거리낌 없는 언어 구사와 관련되기 때문이다.

하지만 「흥부전」에서는 욕설과 음담보다는 언어의 유희적 사용을 통해 웃음을 유발함으로써, 희극적인 카니발 공간을 연출하고 있다. 그런 특징을 가장 두드러지게 보여주고 있는 부분이 바로 놀부가 박을 타는 마당이다. 여기에서는 의사—난장판이 완벽하게 재현되고 있다. 박에서 나온 인물들이 차례로 놀부를 골탕 먹이고 돈을 우려내는 행위에서 파괴와 창조가 공존하는 카니발적인 웃음이 잘 드러나고 있는 것이다. 그러면서도 그러한 사태에 반응하는 놀부는 대단히 희극적으로 묘사되고 있는데, 이 또한 카니발의 세계관에 잘 부합한다. 카니발의 세계관은 비극적이라기보다는 희극적인 것이기 때문이다. 놀부의 패가망신을 희극적이라고 할 수 있는 근거는 무엇보다도 놀부가 재산을 다 털리면서까지 다음에 타게 될 박에는 무엇인가 들었을 것이라고 기대하며 박 타기를 멈추지 않는다는 사실에 있다. 이렇게 상식의 궤도를 벗어나는 희극적인 웃음을 보여줄 수 있는 것이 바로 카니발적이고 민중적인 세계관의 특징이다.

민담 「혹부리 영감」처럼 한 인물이 성공한 인물의 행위를 따라하다가 망하는 구조를 가진 이야기를 모방담(模倣談)이라고 하는데, 이런 서사체들에서는 일반적으로 앞의 인물이 성공하는 과정이 그것을 모방하다가 망하는 과정보다 훨씬 길게 이야기되곤 한다. 그러나 모방담의 구조를 채용한 「흥부전」에서는 그렇지 않다. 모방자인 놀부에게 배정된 서술 분량이 흥부에게 배정된 것보다 훨씬 많을 뿐더러, 특히 박 타기 장면에 대한 서술은 현격한 양적 차이를 보이고 있다. 흥부가 타는 박은 4개인 반면 놀부가 타는 박은 13개나 되고, 그 속에서 나온 인물들은 한결같이 놀부를 놀리고 골탕 먹이며 돈을 빼앗는 행위를 반복하고 있다. 이것은 놀부가 철저하게 망하는 과정을 보여주려는 권선징악의 의도에서 나온 구성이라기보다는, 박 타는 장면을 놀이마당으로 만들려는 생각에서 나온 의도적 구성의 산물이라고 보아야 한다. 철저하게 망하는 꼴을 보여주려 했다면, 흥부가 단번에 부자가 된 것처럼 단번에 놀부의 악을 징치하고 패가망신하게 구성하는 방법이 훨씬 가시적이고 효과적일 것이기 때문이다. 그런데 작자는 놀부가 타는 박의 수를 흥부의 것보다 한껏 늘려 놓고, 그 속에서 여러 종류의 인간이 무더기로 나와서 한바탕 흥겨운 웃음의 판을 벌일 수 있도록 구성하였다. 이것은 작자가 지속적으로 카니발의 분위기를 유지하기 위해 노력하고 있다는 증거이다.

그러므로 많은 박에서 나온 인물들로 하여금 놀부의 재산을 탕진케 한 것이 악한 주인공의 철저한 몰락을 바란 작가의 의도적 구성이라고 보는 생각은 단견

이거나 성급한 판단이라고 할 수 있다. 그런 견해로는 굳이 여러 종류의 사람들이 차례로 꾸역꾸역 나와 질펀한 놀이판을 벌이면서 놀부의 재산을 서서히 축내는 필연적인 이유를 설명할 수 없다. 또 문면에 제시된 것처럼 경제 논리에 밝은 놀부가 어리석게도 모든 재산을 탕진한 이후까지 무턱대고 박을 타고 있는 심리를 납득시키기도 어렵다. 그러나 작자의 목적이 놀부의 악행을 징치하는 것이 아니라 난장판 혹은 카니발 공간을 만들려는 데 있었다고 보면 합리적인 설명이 가능해진다. 즉, 이런 목적 때문에 박 타기 마당이 전체에서 가장 많은 분량을 차지하게 되었고, 박에서 나온 인물들이 다양한 인간 행태가 존재하는 난장판을 재현할 수 있게 되었으며, 이런 과정에서 놀부도 자신의 욕망과는 무관하게 전개되는 판에 끌려 들어갈 수밖에 없게 되었고, 그 결과로 아이러니와 희극적인 효과를 충분히 드러낼 수 있게 되었다는 말이다. 수많은 광대와 카니발의 세계에 관계하는 인물들이 등장하여 나름대로 흥겨운 판을 벌인 덕택에 민중적 세계관 본래의 진면목은 「흥부전」이라는 소설에서 잘 드러날 수 있었던 것이다.

그 가운데서도 아홉 번째 박에서 나온 왈짜들이 꾸미는 놀이마당은 「흥부전」에 재현된 난장판의 극치를 보여준다. 그리고 여기에 와서 비로소 언어의 카니발화가 정점에 이르게 된다. 먼저 화자는 장황하게 박에서 나오는 왈짜들의 이름을 희극적으로 명명하면서 부른다. 그들은 나오자마자 놀부를 거꾸로 매달아 놓고 몽둥이질을 하고 있다. 앞서 나왔던 인물들과 마찬가지로 전혀 장소에 구애받지 않고 함부로 지껄이고 행동하면서 자기들끼리 난장의 열기를 고조시키고 있는 것이다. 그들은 이어 돌아가면서 운(韻)자 달기 놀이를 비롯하여 거주지 말하기, 성명 풀이, 출생한 해 말하기 등을 통해서 웃음의 철학을 드러내고 있다. 다음은 각각 그런 사실이 나타난 부분들이다.

> (바) 만여 명 왈즈드리 나오되 누구누구 느오넌고 이둑이 져둑이 난둑이 횟둑이 모둑이 보금이 쪽정이 거절이 군평이 털평이 틱평이 어슉이 무슉이 팟겁질 나돌몽이 뒤여부드치기 난정몽둥이 아귀쇠 악착이 모로기 변통

이 구변이 광면이 잣박긔 미드니 섭섭이 든든이 우리 몽슐이 ᄋᆞ들놈이
휘모라 나와 (제 18장)

(사) ᄯᅩ 팟겁질이 풍ᄌᆞ운을 단다 만국병젼 초목풍 취젹가셩 낙원풍 일지홍도
낙만풍 졔갈량의 동남풍 어린 ᄋᆞ희 만경풍 늙은 영감 변두풍 왜풍 광풍
쳥풍 냥풍 허구흔 풍 엇지 ᄃᆞ달니 (제 19장)

(아) 초례로 거듀를 무를 졔 져긔 져 분은 어듸 계시오 ᄒᆞ니 흔 놈이 듸답ᄒᆞ되
늬집은 왕골이오 ᄒᆞ거늘 그 듕 군평이 삭임질은 쇠 ᄋᆞ릭턱이 아니면 옴
니 ᄌᆞ식이라 ᄒᆞ는 말이 게가 왕골산다 ᄒᆞ니 님금왕ᄌᆞ 골이니 동관 듸궐
압 ᄉᆞ르시오 (제 20장)

(자) 져 분은 뉘라 ᄒᆞ오 흔 놈이 듸답ᄒᆞ되 늬 셩명은 흔가지오 쩌듕이 ᄒᆞ는
말이 져긔 져 분 셩명과 갓단 말이오 그놈이 ᄒᆞ는 말이 엇지 알고 하는
말이요 늬 셩은 한이오 일홈은 가지란 말이을시 ᄯᅩ 친구의 셩명은 뉘라
ᄒᆞ오 흔 놈이 답ᄒᆞ되 나는 난졍몽동의 ᄋᆞ들놈이오 ᄯᅩ 져 분은 뉘시오
흔 놈이 ᄒᆞ는 말이 나도긔오 부의치기 늬ᄃᆞ라 히히 웃고 ᄒᆞ는 말이 이게
도 난졍몽동이와 갓단 말인긔오 그 놈이 ᄒᆞ는 말이 이 냥반ᄋᆞ 이거시
우슈운 쳬오 즛구즌 쳬오 말 잘ᄒᆞ는 쳬오 누를 욕ᄒᆞ는 말이오 셩명을
ᄇᆞ로 닐너도 모로옵ᄂᆞ 각각 ᄊᆞ더 닐러야 알깃습늬 셩은 나가오 일홈은
도긔라 ᄒᆞ옵늬 (제 22장)

(차) 군집이 늬ᄃᆞ라 ᄒᆞ는 말이 져긔 져분은 무슨 싱이오 흔 놈이 답ᄒᆞ되 나는
헌 누덕이 닙고 덤불로 ᄂᆞ오던 싱이오 쩌듕이 삭여 ᄒᆞ는 말이 헌 옷 닙고
가싀덤불로 ᄂᆞ올졔 오즉이 뮈여졋깃소 무인싱인가 ᄯᅩ 져 친구는 무슨
싱이오 흔 놈이 답ᄒᆞ되 나는 듸가리의 종긔ᄂᆞ던 희의 낫소 군평이 ᄒᆞ는
말이 머리의 종긔 ᄂᆞ시면 병을 녀스니 병인싱인가 ᄯᅩ 흔 놈이 ᄒᆞ는 말이
ᄂᆞ는 등창ᄂᆞ던 희오 군집이 삭이되 병을 등의 질머져스니 병진싱인가보
외 (제 22장)

(바)에서 화자에 의해 불려진 고유명사들은 평상시에 이름으로 사용된다고 볼 수 없는 것들이다. 이는 왈짜들의 이름일 것인데, 그것은 공식적으로 사용되는 원래의 이름이 아니라 다분히 희극적으로 붙여지고 불려지는 별명이라고 할 수 있다. 이처럼 재미있게 붙여진 별명을 부르는 행위야말로 민중적인 세계관에 익숙한 것이다. 설사 그러한 고유명사들이 당시 민중들의 실제적인 이름이었다고 하더라도, 그것이 한두 명도 아니고 여럿 불려진 것은 이러한 판을 카니발 공간으로 만들려는 작자의 의도가 깊이 개입되었기 때문이라고 할 수 있다. 더욱이 이들의 이름을 부르는 장면은 휘모리장단의 속도로 읽힐 것으로 보이는데, 그것은 이 부분이 바로 소설에 재현된 카니발과 독서 과정 모두에서 정점에 해당한다는 사실을 보여주는 증거가 된다.

작자가 단지 교훈적 의도에서만 이 작품을 쓴 것이 아니라 민중 문화의 장인 카니발을 중요하게 고려하고 있다는 사실은, 바로 이러한 언어의 유희적 사용에서 드러난다. 만일에 작자가 교훈적인 내용의 제시에 치중하여 놀부를 징벌하는 것에만 목적을 두었다면, 이처럼 화자가 희극적으로 명명된 이름들을 장황하게 호명하는 행위는 도리어 그러한 의도에 치명적인 상처를 입힐 우려가 있다. 독자는 놀부가 징벌되는 것보다 우선 재미있는 왈짜들의 명명과 말장난에 빠져들어 본질을 망각할 것임에 틀림없겠기 때문이다. 이 공간에 참여한 인물들의 행태가 대단히 낯선 것도 난장판의 재현과 분리시켜서 생각하기 어렵다. 그들의 행동은 놀부를 징벌하러 온 것이 아니라, 초청하지도 않은 잔치에 떼로 몰려와서 신나게 놀다가 주인에게 구경 값을 내라고 윽박지르고 생떼를 써서 돈을 빼앗는 것과 진배없다. 이런 생소함은 이들이 그 만큼 일상적인 질서와 가치가 전도된 난장판을 성공적으로 재현했음을 뜻한다. 그렇다면 작자가 의도한 카니발 공간의 재현이라는 목적은 충분히 성공을 거두었다고 할 수 있겠다.

(사)에서 운자 달기 놀이는, 뒤에 보게 될 다른 놀이와 마찬가지로, 언어유희 자체에 관심을 둔 것들이다. 왈짜들은 처음에는 시 구절을 말하는 듯하다가 중

간에 가면 운으로 삼은 글자들이 들어가는 단어들을 나열하고 있으며, 마지막으로는 '−자 운을 엇지 다 달리', '무수한 −자로다' 와 같은 말로 장난스럽게 끝을 맺고 있다. 이 모두는 유희 그 자체에 목적이 있는 언어 사용에 불과하다. 그것이 언어유희에만 관계될 뿐이라는 사실은 구변이가 다는 기자 운에서 명백하게 드러난다. 그는 '곱장이 복장차기 ㅇ히 빈 계집 빗다기 츠기 옹긔장슈의 작댁이 츠기 불 붓는데 키질ㅎ기 희산헌 듸 긔 잡기 역신ㅎ는 듸 울타리 밋히 말둑 박기 셔로 쓰호는듸 그 놈의 허리쎡 쓴코 ㄷ라ㄴ기 ㄷ름질 ㅎ는늬 발 늬밀기'와 같이 운자를 단다. 이것은 화자가 놀부의 심술을 묘사하는 데 동원했던 말과 동일한 기능을 하는 상투어구이다. 이렇게 행위 묘사의 상투어구를 빈번하게 동원하는 것도 역시 말장난을 통한 언어의 카니발화에 기여한다.

(아)는 일종의 수수께끼 문답을 포함한 언어유희이다. 이 놀이는 한 인물이 다른 인물에게 거주지를 물으면 그는 자기가 사는 곳을 암호화하여 답하고, 그러면 애초에 물어본 인물이나 제3자가 그것을 푸는 식으로 진행된다. 이러한 문답의 과정에도 화자는 묘하게 개입을 한다. 즉 처음 인물이 '저 분은 어듸 계시오?' 라고 물으면 화자가 중재자로 나서 '한 놈이 답하되'라고 특정의 누군가가 − 화자의 입장에서는 그들이 난장판의 난봉꾼들에 불과하므로 인물들처럼 '한 분'이라고 하지 않고 그저 '한 놈'이라고 말한 것이다 − 호명되어 답을 하려 한다는 것을 보여준다. 그러면 질문을 받은 인물이 '내 집은 −오'라는 말로 대답하고, 이어서 처음 질문을 한 인물이나 제 3자가 그 수수께끼를 풀게 된다. 화자가 이렇게 개입을 함으로써 반복되는 문답의 과정에 독자가 혼동을 일으킬 수도 있는 가능성을 미연에 방지하고 흥미를 배가시키는 역할을 한다. 이런 것은 모두 흥미는 추구하되, 복잡하고 공식적인 데에서 벗어나, 가능한 한 단순하게 사물을 바라보고 현상을 보이는 그대로 이해하는 민중적인 사고의 특징이 드러난 것이라 할 수 있다. 뿐만 아니라, 마치 난장이 항상 무질서하게만 베풀어지는 것이 아니고 그 판에 어울리는 내적 질서가 있는 것처럼, 화자의 개입은 언어의

난장판에 질서를 부여하는 요소가 되고 있다.

(자)는 질문하고 대답하며 화자가 개입하는 방식이 앞의 경우와 같은데, (아)가 수수께끼를 푸는 과정에 더 관심을 보여주고 있다면, (자)는 예상치 않은 대답을 이끌어 냄으로써 그로부터 또 다른 흥미를 제고하려는 의도가 더 우세한 경우이다. 이렇게 언어유희만을 위해서 장황하게 고유명사를 희화화하여 동원하는 것이나 반복적으로 부조리한 언어를 나열하는 것, 그리고 수수께끼의 형식을 동원하는 것이 모두 민중적 세계관에 입각한 언어의 카니발화인 것이다.

(차)도 수수께끼 문답을 통해서 언어유희에 관심을 가지는 것이 위의 경우와 같다. 다만 문답의 내용이 거주지나 성명으로부터 출생한 해가 언제인가로 바뀌고 있을 뿐이다. 이렇게 동일한 언어유희임에도 불구하고 그 내용이 즉각적으로 변화하고 있다는 것은, 그만큼 여기에는 민중적인 유연함과 기지가 잘 드러나고 있다는 증거로 해석될 수 있다. 민중적 세계관은 이처럼 교조적이거나 고착되지 않고 유연함과 유희와 희극성을 특징으로 하기 때문이다.

숫자의 과장도 언어의 카니발과 관련된다. 화자는 놀부가 타는 박에서 나온 사람들을 이야기할 때 '한 떼 개약고장이', '무수한 노승', '상제 하나', '팔도 무당', '만여 명 등짐꾼', '천여 명 초란이', '양반 천여 명', '만여 명 사당거사', '만여 명 왈자', '팔도 소경'등으로 지칭한다. 한국인의 언어 습관에는 정확한 숫자의 제시가 극히 드문 반면에 과장적인 숫자의 나열은 상당히 많다는 특징이 있는데, 소설에서 사용된 숫자도 그런 특성을 고스란히 가지고 있다. 그 점은 위에서와 같이 박에서 나온 인물의 수를 거론할 때도 마찬가지이다. 이것이 바로 「흥부전」이 민중적 세계관에 토대를 두고 있다는 증거이다. 놀부가 박에서 나와 자기를 괴롭히는 인물들에게 주는 돈을 보아도 도대체 일관된 원칙이 없다. 한 사람의 상제에게 5천 냥을 주는가 하면 만여 명 등짐꾼에게는 겨우 5백 냥만 주기도 한다. 이렇게 부정확하고 비합리적인 계산은 숫자의 정확성 자체를 문제 삼지 않고 그것이 주는 희극적인 효과에만 관심을 가진 데서 유래한다. 그러므로 「흥부전」은 민중적인 세계관에 바탕을 둔 언어의 카니발화에 가장 많은 관심을 가지고 그것에 대해 집중적으로 추구해 나간 소설이라고도 볼 수 있다. 그렇다면 지금까지 작품의 주제를 형제간의 우애나 권선징악에 가두어 놓으려고 한 것은 문제가 있는 해석이라고 하지 않을 수 없다.

4. 기괴함(그로테스크)과 인물 성격

바흐찐은 '물질적인 육체의 원리'를 그로테스크 리얼리즘이 받아들이는 가장 기본적인 원칙으로 보았다. '기괴함'으로 번역될 수 있는 그로테스크라는 말이 정신적이고 이상적이며 성스럽고 고상한 것을 저속하고 구체적인 지상의 차원으로 끌어내리는 것을 암시하고 있다면, 그야말로 신체의 하부 층위와 생식 및 섭취와 배설에 관계된 이미지는 그로테스크 리얼리즘과 카니발적 세계관을 가장 잘 표현하고 있는 물질적인 육체의 원리가 될 것이다. 그 가운데도 똥이나 오줌 같은 배설물들은 그러한 이미지가 극단적으로 투영된 것이라는 점에서 눈여겨볼 만하다.

「흥부전」에서는 그러한 이미지가 작품의 결말에 제시되고 있어서 더욱 주의 깊게 살펴볼 필요가 있다. 놀부는 모두 13개의 박을 타는데, 그 중에 11번째까지는 난장판을 구성하는 주역들이 나오고 마지막 2개에서는 변화와 생성의 과정에 관련되는 음식과 배설물이 나온다. 여기에서의 음식과 배설물이 바로 「흥부전」에서 바흐찐적인 그로테스크 리얼리즘을 논하는 유력한 단서가 된다. 하지만 이런 사실을 해명하기에 앞서, 놀부가 타는 박에서 나오는 인물의 등장 순서와 역할이 대단히 의도적인 구성으로 보인다는 점에 우선 주목할 필요가 있다. 그리고 이것은 마지막 2개의 박에서 나오는 사물들과 불가분의 관계를 가진 것으로 여겨진다는 점에서도, 이 부분에 대한 논의를 먼저 시작하는 것이 순서일 듯하다. 등장인물들 가운데는 이질적인 존재라고 보일 수도 있는 양반과 장비의 역할이 기괴함과 관련하여 특히 주의를 요한다.

먼저 주목할 것은 일곱 번째 박에서 나온 양반들이다. 그들은 많은 재산을 바탕으로 양반 행세를 하고 있던 놀부에게 종 문서를 제시하며 노비의 신분임을 인지시키고 그것을 돈과 바꾸게 한다. 이로써 백일하에 천민 출신임이 탄로 나게 된 놀부는 대번에 기가 꺾이고 군림하던 자에서 복종하는 자의 처지로 급전 직하하게 된다. 놀부는 도리 없이 양반으로 행세하며 가졌던 권위의 상실을 인정할 수밖에 없게 된 것이다. 양반들의 역할에 힘입어 놀부는, 비록 자신이 원하던 바가 아니었다 하더라도, 양반의 허울을 벗고 난장판의 민중들과 동일한 조건의 신분적 자질을 구비하게 되었다. 이러한 점에서 양반들의 등장은 대단히 의미가 깊다고 하겠다. 박의 배치 순서도 대단히 중요한데, 양반들이 등장하는 박은 모두 13개의 박 가운데 정확히 중간에 해당한다. 양반을 중심으로 그들보다 나중에 나온 인물들은, 마치 이런 처지에 빠진 놀부를 위로하고 동참하기를 권유하는 것처럼, 그 이전에 나온 인물들보다 더욱 요란하고 활발하게 난장판을 만들며 카니발 시간의 절정을 향해 나아간다. 이런 사실 역시 양반 박의 배치 순서와 그들의 역할이 대단히 의도적이라는 사실을 보여준다.

열한 번째 박에서 나온 장비도 서사에서 매우 중요한 역할을 하고 있다는 점에서 주목을 요하는 인물이다. 놀부의 처지에서 본다면, 열 번째까지의 박에서 나온 인물들은 한결같이 일방적으로 난장판을 벌이며 놀다가 결국에는 자신을 골탕 먹이고 돈을 빼앗아 가는 역할만 반복할 뿐이었다. 그러나 장비는 놀부를 혼내주고 고생시키긴 하지만, 금전을 빼앗지도 않으며 그 동안 놀부가 지은 모든 잘못을 용서해 주기까지 한다. 박에서 나온 인물들 가운데 가장 신분이 높고 권위가 있는 장비가 마지막에 등장하여 용서를 해줌으로써 놀부의 부정적 요소는 말끔히 정화된다. 장비의 주문과 용서에 의해 죄책감에서 벗어난 놀부는 소설에 재현된 카니발 공간에 본격적으로 참여할 수 있는 여유와 심성적 자질을 확보하게 되었다. 비록 원치는 않았지만 양반에 의해 신분적 자격을 확보하고, 장비의 도움으로 심성적 자질을 구비하게 됨으로써, 놀부는 이제 물심양면에서 민중으로서의 자격과 세계관을 가진 인물로 탈바꿈하게 된 것이다. 이로써 그는 전에 가졌던 모든 낡고 찌들고 노폐한 요소를 완전히 씻어내고 갱신을 할 정신적, 육체적 준비 상태를 유지하게 된다.

열두 번째 박에서는 아무 것도 나오지 않고, 박 속 본래의 모습이 그대로 드러난다. 그러나 이것은 기실 박의 진면목이 그대로 드러난 것으로써, 여기에 와서 비로소 묵은 찌꺼기가 씻겨지고 새로운 세계를 받아들일 순수한 공간이 마련된 것이라 할 수 있다. 더구나 그 박은 놀부가 품삯을 지불하고 째부라는 타인을 부려서 탄 것이 아니라, 직접 종을 데리고 탄 것이었다. 이것은 놀부가 처음으로 직접 육체노동을 행하고 그 결과로 음식을 구하여 먹을 수 있게 되었음을 뜻한다. 그는 이제 민중으로서의 신분적 정체성과 그에 어울리는 삶의 방식을 구유하게 된 것이다. 먹는 행위가 물질적이고 본능적인 것임에도 불구하고, 자신이 직접 노동한 결과로 음식을 먹고 있으므로, 놀부의 텍스트적 의미는 긍정적으로 해석될 수 있다. 먹는 행위는 변화와 생성의 신체 층위에 관련되고, 그것이 그로테스크 리얼리즘과 카니발의 세계관에 밀접하게 연관된다면, 놀부의 행위는 카니발의 세계관에 정확히 부합한다고 할 수 있는 것이다.

놀부는 박속을 끓여 먹고 '이런 국 맛은 본 바 처음이'라고 말한다. 이것은 그가 탐욕스럽고 포악한 수탈자의 모습을 떨쳐버리고 순백의 박속과 같은 진정한 민중적 정서를 갖게 되었음을 뜻한다. 더구나 박속은 하층민에게 구황 식량이 되었던 음식인데, 이런 박속을 맛있게 끓여 먹음으로써 그는 이제 천민의 신분과 정서에 걸맞은 음식까지도 자연스럽게 받아들이는 인물로 거듭나게 되었다. 여기에서 박은 곧 민중을 의미한다. 겉이 투박하고 세련된 멋은 없지만, 그 속이 하얗고 담백한 맛을 내는 것은 민중적 심성의 은유이다. 겉으로는 악다구니와 욕설이 난무하여 파괴적인 듯하면서도 그 속에 창조와 갱신과 신선함이 충만한 것, 박은 바로 민중 문화에 바탕을 둔 카니발적 세계관을 표현하고 있는 상징물인 것이다.

따라서 놀부가 박속을 끓여 먹고 내는 '당동당동' 소리는, 기왕에는 이 부분에 대해 납득할 만한 해석을 못했거나 회피하는 경향이 있었는데, 결코 이해할 수 없는 불구자의 음성이 아니다. 이는 그 문자적 의미를 거세하고 음성만을 취하여 유희의 목적으로 발화한 것으로써, 아홉 번째 박에서 나온 인물들이 오로지 언어를 유희적으로 사용함으로써 난장판의 열기를 고조시켰던 것과 같은 맥락에서 이해될 수 있는 언어 사용법이다. 놀부가 내는 소리는, 고려가요 「군마대왕」처럼 아무 뜻이 없어 보이는 여음들로만 이루어진 주문 형태의 시가도 있다는 사실을 상기할 때, 굳이 언급을 회피하거나 해석을 보류한 것은 없다. 놀부가 내는 '당동당동' 소리는 표면상 문자적 의미가 거세된 음성에 불과하지만, 앞의 박에서 나온 인물들이 내던 소리와 일관된 맥락에서 이해할 수 있는 대단히 의미 있는 말이라는 것이다. 여기에서 박에서 나온 인물들이 소리를 지르거나 소리를 내는 도구를 이용하여 생계를 유지하고 또 놀부의 집 마당에 그런 방식으로 난장판을 만들고 있었다는 사실을 상기할 필요가 있다. 그렇다면, 놀부가 언어유희적인 음성을 발화하고 있다는 점으로부터, 아직 소극적이긴 하지만, 그도 이제 카니발 공간에 자발적으로 참여하는 인물이 되었다는 해석을 이끌어내는 것은 충분히 가능하다고 본다.

열세 번째 박에서 쏟아져 나온 똥은, 배설이 보여주는 그로테스크함에 비추어 볼 때, 놀부가 드디어 카니발 공간에 완벽하게 어울리는 인물이 되었음을 보여주는 상징물이다. 그것도 '되똥 물지똥 즌똥 마른똥 여러 가지 똥이 합하여' 나오는 것으로 묘사되어 있는데, 이런 똥이 온 집안에 넘치고 지붕을 덮어 철저하게 기존의 질서를 파괴하고 묻어버림으로써 민중적 세계관이 놀부를 전체적으로 감싸고 있음을 드러낸다. 그처럼 대단히 비극적인 상황에 반응하는 놀부의 성격이 대단히 희극적이라는 점도 이 글의 논지를 보강하는 중요한 근거가 될 수 있다. 이러한 희극적 성격이야말로 민중적인 카니발의 세계관에 잘 부합하고 있는 것이기 때문이다. 똥을 피해 집밖으로 처자를 끌고 나온 놀부는 자신의 탐욕을 반성하지도, 경솔함을 자책하지도, 박에서 나와 자신을 패가망신하게 만든 인물들을 원망하지도 않는다. 다만 '이럴 줄 알았으면 동냥할 바가지나 가지고 나왔다면 좋았을 것'이라고 천연덕스럽게 말할 뿐이다. 바가지는 가장 하층에 있는 민중이자 각설이 타령을 연상시킬 수 있는 거지를 지칭하는 환유적인 물건이다. 바가지는 놀부기 박 타기 마당을 거치면서 점진적인 변화 과정을 거쳐서 완벽하게 부정적인 측면을 떨쳐버리고, 드디어는 심성과 행위와 환경 모두에서 하층 민중으로서의 요건을 완벽하게 구비한 인물로 변모했음을 드러내는 단적인 징표가 되는 것이다.

결말에서 화자는 흥부를 찾아가는 놀부를 뻔뻔한 놈이라고 부르고 있다. 뻔뻔함은 바로 난장이라는 카니발 공간에 참여하는 인물들이 공통적으로 가진 외형적 특징이었다. 그러나 여기에서의 뻔뻔함은 앞서 동생을 쫓아버리던 심술 사나운 형으로서 가졌던 부정적인 탐욕과는 달리, 민중으로 살기 위해서 불가피하게 가질 수밖에 없는 긍정적인 뻔뻔함이다. 흥부와 놀부는 이제 완전히 성격과 위상이 뒤바뀌어, 흥부는 육체노동을 필요로 하지 않는 거부가 되었고 놀부는 모든 재산을 잃고 거지가 되었다. 「흥부전」에 재현된 카니발 공간을 거치면서 형제는 완전히 처지가 바뀌게 된 것이다. 이러한 환경의 변화는 필연적으로 성격의 변화까지 수반하는데, 그것이 놀부에게는 긍정적인 변화라는 의미를 가질 것임에 틀림없다.[2] 이러한 놀부 성격의 변화는 앞서 그가 보였던 수전노의 태도

---

2) 카니발은 현실의 질서가 전도되고 현실과는 전혀 다른 질서가 존재하는 시·공간이며, 카니발이 끝나는 것과 동시에 카니발 이전의 현실적 질서로 환원되는 것은 충분히 예측할 수 있는 일이다. 그러므로 혹자는 카니발을 경험한 인물에게 어떤 성격 변화도 있어서는 안 된다고 말할지도 모르겠다. 다시 말하면, 놀부가 설사 카니발을 경험했다고 하더라도 결코 성격 변화를 일으켜서는 안 된다는 반론이 나올 수도 있다는 것이다. 그러나 현실적 질서로 환원된다고 해서 카니발을 체험한 인물의 성격까지도 불변해야 한다는 믿음은 지나치게 교조적이며 편협한 것이라고 생각한다. 카니발 공간에서의 경험이 특정한 인물에게 너무나 큰 충격을 주게 된다면, 그에게 내면으로부터의 성격 변화가 일어나게 되는 것은 당연한 이치다. 더욱이 필자

에서 보면 너무나도 급격하게 이루어진 것이 아닐 수 없다. 그것은 철저하게 돈과 욕심의 노예에서 벗어나게 한 난장판에서의 경험이 가능하게 만든 변화이다. 놀부는 이제 비로소 온전한 의미에서의 민중으로 탈바꿈하게 되었다. 「흥부전」이라는 소설이 만들어 놓은 카니발 세계를 경험한 놀부는 구태의연하고 낡은 세계관의 껍질을 벗고 완전히 새로운 사람으로 태어날 수 있게 된 것이다.

하지만 카니발 세계를 경험한 놀부에게서 일어난 성격 변화가 그의 개과천선을 의미하지는 않는다. 사실 경판 25장본 텍스트에 구체화된 놀부의 행동에서 패가망신의 원인이 될 정도로 모진 악행은 찾기 어렵다. 마찬가지로, 흥부에게서도 일거에 부귀영화로 보답을 받아야 할 정도로 두드러진 선행은 찾을 수 없다. 텍스트에 구체화된 선행과 악행은 제비 다리를 고쳐주는 사건에 연관된 상반된 마음가짐에서 나온 것일 뿐이다. 놀부와 흥부의 여타 행위는 선악의 본성과 거리가 먼 현실 대응의 방식에서 나타난 것이라 할 수 있다. 다만, 그에게 고쳐야 할 허물이 있다면 그것은 선천적으로 형성된 심술 정도일 것인데, 이것은 마지막까지 별로 변한 것으로 보이지 않는다. 조금의 반성이나 부끄러움도 없이 흥부를 찾아가는 놀부는 여전히 심술이 사나운 인물임에 틀림없기 때문이다. 그럼에도 불구하고, 뻔뻔하게 빼앗는 자에서 뻔뻔하게 빌어야 하는 거지로 바뀌었다는 점에서, 외형 변화는 물론 그의 내부에서 일어난 성격 변화를 부정할 수는 없을 것이다. 이런 점에서도 카니발이 파괴와 창조가 공존하는 시공이라는 사실이 명백하게 드러난다.

그렇더라도 작품의 제목이 「흥부전」이니만큼, 흥부에게서도 그로테스크한 요소를 찾아내야만 전체적으로 「흥부전」이 민중적인 카니발적 세계관에 입각해 있다는 나의 해석이 지지를 받을 수 있을 것이다. 그런데 다행하게도 그러한 해석의 가능성이 보인다. 우선 흥부는 전혀 호구의 능력이 없으면서도 '저녁 녁

는 지금 문학작품에 구현된 카니발을 논하고 있고, 「흥부전」에서 이런 세계의 경험자인 놀부는 그 시·공간을 처음부터 끝까지 몸소 강렬하게 체험하고 삶의 기반을 완전히 상실하게 된 인물이므로, 환경의 변화가 성격의 변화를 수반하게 되는 것은 오히려 자연스럽다고 할 수 있다.

의 ‘우희 민들기’를 일삼아 서른 명이나 되는 자식을 낳은 무계획적인 인물이다. 다시 말하면, 신체 하부 층위에서만 두드러진 능력을 보이는 인물, 즉 물질적인 육체의 원리에만 매우 충실한 인물이라는 것이다. 또한 곡식을 얻으러 놀부의 집에 갈 때 차려입은 옷차림이 거지와 별반 다름이 없었다는 점이나, 자식을 건사하는 방법에서도 그의 기괴한 모습은 잘 드러난다.

그의 심성도 올곧게 착하기만 한 것은 아니며, 행동에도 모순점이 있다. 흥부는 놀부에게 진곡(錢穀)간에 무엇이든 얻어오라는 아내의 요구에 억지로 길을 나서면서 ‘형님이 음식 긋츨 보면 수촌을 몰ㄴ보고 쏭을 쓰도록 치옵ㄴ니 그 민를 뉘 우들 놈이 막는단 말’이냐며 가기 싫어한다. 이러한 태도에서 보이는 흥부 성격은 우애가 넘치는 윤리적 인간의 전형이라기보다는, 겁 많고 게으르며 무책임하고 자기의 형편을 합리화하면서 수시로 모습을 바꾸는 이기적인 인간에 가깝다. 또한 그가 아내의 만류를 뿌리치고 네 번째 박을 타서 첩이 나오자 좋아하고 있는 모습에서도, 그가 그리 긍정적인 평가만을 받을 수 있는 인물은 아니라는 사실을 확인할 수 있다.

그러므로 흥부는 선행 때문에 흥하고 놀부는 패악 때문에 망하는 인물이며, 따라서 「흥부전」의 주제는 우애 혹은 권선징악에 있다고 하는 생각은 너무 단순한 판단인 것처럼 보인다. 흥부도 역시 민중적인 세계관을 가지고 민중적으로 사고하는 인물이며, 오로지 제비 다리를 고쳐준 보답으로 횡재하게 된 억세게 운 좋은 인물에 불과할 뿐이다. 그런 점에서, 흥부와 놀부는 질적으로 현격한 차이를 가지는 인물이 아니라 단지 정도의 차이에 있는 인물이라고 생각하는 것이 온당하다고 본다. 그럼에도 불구하고, 흥부가 놀부보다는 역시 난장판에 어울리지 못하는 사람이라는 점은 분명하다. 그것은 흥부의 선천적인 소극성에도 원인이 있겠으나, 작품에서 그의 성격 변화를 뚜렷하게 드러내지 못한 점에도 큰 이유가 있다고 하겠다.

5. 나오는 말

앞에서 나는 바흐찐의 카니발과 그로테스크 리얼리즘 이론을 바탕으로, 「흥부전」 가운데 현존하는 가장 오랜 판본인 경판 25장본을 분석했다. 특히 언어사용의 문제에 초점을 맞추어 작가가 어떻게 작품 속에서 카니발의 정신을 구현하고 있는지 살폈다. 그 결과 텍스트에서 작가는 독자와의 거리를 좁히기 위해 구술 효과를 중점적으로 활용하는 전략을 구사했고, 결국에는 놀부의 박 타기 마당을 난장으로 만들어 그 속에서 경탄할 만큼 카니발 정신을 잘 펼쳐내고 있음을 확인했다. 이 난장판의 전 과정을 처음부터 끝까지 온몸으로 체험한 인물이 놀부였다. 그는 처음에는 동생을 빈손으로 내치고 서민들을 수탈하는 사악한 수전노의 모습을 보였지만, 카니발 세계를 경험하면서 신분적인 정체성을 확인하고 민중으로 돌아오는 인물로 그려져 있었다. 난장이라는 파괴와 창조의 과정을 거치면서 가장 두드러지게 성격의 변화를 이루고 있는 인물이 놀부였던 것이다.

경판 25장본에 한정한다면, 적어도 「흥부전」의 주인공은 당연히 흥부이고 그 주제는 형제의 우애 혹은 권선징악이라는 기왕의 해석은 재고되어야 마땅하다. 작중인물을 선악이라는 이분법적 윤리가 아닌 다원적인 기준에 의해 평가한다면, 흥부보다는 놀부를 더 긍정적으로 볼 만한 여지가 충분하기 때문이다. 애초에 놀부를 부정적인 인물로 인식하게 된 결정적인 요인은 서두에 나오는 심술 묘사와 부모가 나누어 준 재산의 독식에 있었다. 그런데 전자는 '사악한 본성'이라기보다는 악동의 '심술' 묘사에 해당하는 것으로 구술 효과를 높이기 위해 사용된 상투어구의 성격이 강하고, 후자는 흥부의 유약하고 무계획적인 삶이 초래한 점도 무시하지 못하므로 일방적으로 놀부만 탓할 성질의 것이 아니다. 또 결말에는 흥부가 놀부와 재산을 반씩 나누는 사건도 나타나지 않고, 놀부가 잘못을 고치고 새 사람이 되는 것으로 그려지지도 않는다. 이런 특징들이 경판

25장본 「흥부전」에만 유일하게 나타난다면, 이 판본의 특수성으로 치부될 수도 있다. 그러나 설사 정도의 차이는 있더라도, 인물과 사건이 다른 이본들에서 완전히 다르게 나타나지는 않는 것으로 보인다. 그렇다면 적어도 「흥부전」의 주제를 선악의 이분법적 논리로 재단하는 것은 적절치 못한 해석이라고 본다.

선과 악이라는 이분법적인 평가가 야기하는 감정적 오류에서 벗어나고자 할 때, 가장 먼저 해야 할 일은 텍스트에 대한 정밀하고도 객관적인 독서이다. 그러면 「흥부전」에서 서술 분량이 가장 많은 일련의 사건은 놀부의 박 타기라는 사실을 먼저 발견하게 될 것이고, 당연히 이 부분에 우선적인 관심을 갖고 분석을 시도할 수밖에 없다. 물론 사건에 대한 기술 분량이 많다고 그것이 항상 핵심적인 의미를 지닌다고 볼 수는 없다. 그러나 텍스트에 대한 객관적인 분석을 토대로 하고, 놀부에 대해 막연하게 가지고 있는 부도덕한 인물이라는 선험적 평가에서만 벗어난다면, 놀부가 간악하고 부정적인 인물만은 아니라는 사실을 확인하는 것은 그다지 어렵지 않다. 더구나 그의 부정적 측면은 박 타기 마당에 마련된 카니발 과정을 통과하면서 일신되고 그가 민중의 일원으로 거듭 난 점도 올바른 해석을 위한 무시할 수 없는 근거가 된다.

반면에, 흥부에게서는 전혀 성격 변화의 흔적을 찾을 수 없다. 그는 처음부터 우유부단하고 이중적인 성격을 지니고 있는데, 그것이 필요에 따라 모습을 바꾸면서 나타나는 것이었기 때문이다. 그는 삶의 과정에서 단지 외형적인 변모만을, 그것도 제비가 물어다 준 박씨를 통해서 우연하게 이룰 뿐이다. 그가 탄 박에서 나온 것은 모두 누구나 욕망하는 대상 이상을 벗어나지 못하므로, 사실 별다른 주목거리가 되지 못한다. 그러므로 「흥부전」에서 긍정되며 의미를 만들고 있는 인물은 흥부가 아니라 놀부라고 해야 한다. 기존의 「흥부전」에 대한 해석에서 거리를 유지한 채 자유로운 태도로 민중적인 카니발의 세계관에서 바라본다면 작품의 주인공은 놀부가 된다. 그리고 주제는 '문학적 카니발을 통한 낡은 질서의 파괴와 새로운 세계의 창조' 정도로 요약할 수 있겠다. 「흥부전」은 철저하게 공식적인 문화의 유쾌한 파괴와 그를 통한 민중적인 세계관의 구축을 지향하고 있다. 그리고 그 중심에서 변화를 몸소 체험해 가는 것이 놀부인 것이다.

〈적벽가〉의 대칭성

김종철

1. 머리말

〈적벽가〉는 소설 〈삼국지연의〉를 바탕으로 창작된 판소리이다. 고려 말에 이미 〈삼국지연의〉의 전신이라 할 수 있는 〈삼국지평화〉가 읽혔고, 나관중의 〈삼국지연의〉와 모종강 부자의 〈삼국지연의〉는 조선 시대에 널리 읽혔는데, 이러한 인기를 바탕으로 누군가 판소리 〈적벽가〉를 창작한 것이다. 이야기의 큰 틀은 원래 〈삼국지연의〉 중 '적벽대전' 앞뒤 내용을 바탕으로 하면서도 원작에는 없는 새로운 사건들을 만들어 넣거나 원작의 내용을 바꾸어서 전혀 새로운 작품을 창작한 것이다. 작품의 창작 배경이 이러해서 그 동안 많은 학자들이 그 원천인 〈삼국지연의〉와의 관계를 염두에 두고 이 작품을 연구해왔다. 무엇이 같고 무엇이 다르며, 그 다른 것은 어떻게 형성되었으며, 그 의미는 무엇인가 등이 그 관심사였다.

〈적벽가〉는 판소리 12마당 중에서도 상당한 인기를 끌어서 지금도 불리는 '전승 5가' 중의 하나이다. 이처럼 장구한 시간 동안 불리면서 다른 판소리와 마찬가지로 여러 가지 변화를 겪으면서 오늘에 이르고 있는데, 그 중에서도 이야기의 줄거리와 시간 자체가 늘어난 점이 특히 흥미롭다. 이 현상은 다른 판소리에서는 나타나지 않아서 〈적벽가〉만의 독특한 현상이라 할 만하다.

　예컨대 〈춘향가〉의 경우, 춘향과 이도령이 이별하는 장소가 원래는 오리정이 었는데 후대의 〈춘향가〉에 와서는 춘향의 집으로 바뀌었고, 이른 시기의 〈심청가〉에는 없던 '장승상부인 대목'(심청이 인당수로 떠나기 전에 무릉촌 장승상 부인을 만나는 대목)이 후대의 〈심청가〉에 등장하는데, 이런 변화는 원래의 〈춘향가〉와 〈심청가〉가 다른 시간의 테두리 내에서 일어난 것이다. 이와 달리 후대의 〈적벽가〉는 이른 시기의 〈적벽가〉에는 없던 사건들, 즉 '도원결의(유비, 관우, 장비가 도원에서 의형제를 맺는 이야기)'나 '삼고초려(유비가 제갈공명을 세 번 찾아가는 것)' 등을 추가하는데, 이는 원래의 〈적벽가〉가 다른 이야기보다 훨씬 이전에 일어난 사건들이다. 즉 이야기 대상이 된 줄거리와 시간 자체가 늘어난 것이다.

　이 사건의 추가와 시간의 확대가 하나의 방향만 보이는 것도 흥미롭다. 즉 지금까지 공연 현장에서 불리거나 문헌으로 전해지는 〈적벽가〉를 보면, 관우가 의리 때문에 할 수 없이 조조를 살려 보내는 대목(원래 〈적벽가〉의 끝부분이다) 이후에 새로운 이야기가 추가된 작품은 없으며, 주로 적벽대전 이전에 일어난 사건들이 추가되었다. 왜 이런 방향으로 이야기가 추가되었으며, 그 결과 작품 내에 어떤 새로운 질서를 구축했는지 살펴보기로 한다.

2. 〈화용도타령〉과 〈적벽가〉

　〈적벽가〉는 원래 그 이름이 〈화용도타령〉이었다. 〈화용도타령〉이란 제목에서 그 주 내용이 적벽대전에서 화공을 당해 대패한 조조가 화용도로 패주하는 것이었음을 짐작할 수 있다. 19세기의 문인이었던 송만재가 판소리를 감상하고 쓴 〈관우희〉(1843년)에서 비를 맞으며 조조가 화용도로 패주하는 장면과 관우에게 조조가 목숨을 비는 장면이 그려지고 있는 것이 이를 뒷받침해준다. 또 정광수 명창은 동편제 〈적벽가〉는 원래 '삼고초려' 등이 없는 〈민적벽가〉였다고 판소리 연구자들에게 증언한 바 있다. 다시 말하면 애당초 〈화용도타령〉은 소설 〈삼국지연의〉의 '적벽대전'을 중심으로 그 앞뒤 사연을 노래한 것이었다.

원래 〈화용도타령〉의 모습을 우리는 현재 전해지고 있는 판소리 창본을 중심으로 알아볼 수 있다. 사설을 확인할 수 있는 판소리 창본 자료들, 즉 이선유, 임방울, 한승호, 정권진, 정광수, 박동진, 박봉술, 김연수 명창의 창본들을 비교해 보면, 적벽대전 직전에 조조가 큰 잔치를 열어 호기를 부리는 대목 이후부터 관우에게 조조가 목숨을 비는 데까지의 이야기 순서가 이선유, 한승호, 김연수 창본을 제외하고는 동일함을 확인할 수 있다. 특히 '민적벽가'의 모습을 간직한 창본은 현재 임방울 창본이 유일한데, 이 임방울 창본과 정권진, 정광수, 박동진, 박봉술 창본의 공통 줄거리를 〈화용도타령〉의 줄거리로 볼 수 있다. 그 공통 줄거리는 다음과 같다.

조조의 잔치 – 군사 설움 타령 – 조조 시 창작 – 조조 군사 훈련 – 공명의 동남풍 빌기 – 조자룡 활쏘기 – 주유와 공명 작전 지시 – 적벽대전 – 죽고 사설 – 조조 패주 – 메추리 사설 – 원조(寃鳥) 타령– 조자룡의 공격 – 백구 사설 – 장비의 공격 – 장승 타령 – 조조 좀놈 사설 – 군사 점고– 관우 등장 – 조조 애걸

이와 같은 줄거리를 바탕으로 〈화용도타령〉이 불리다가 늦어도 19세기 중엽에 이르러 '조조의 잔치' 이전의 삽화들이 첨가되기 시작했던 것으로 추정된다. 신재효(1812-1884)의 〈적벽가〉에 '삼고초려' 대목이 들어 있는 것으로 보아 그렇게 추정할 수 있다.

현재 임방울 창본을 제외하고는 모든 창본이 '조조의 잔치'보다 시간상 앞에 일어난 삽화를 하나 이상 포함한 서사적 줄거리 갖추고 있다. 그런데, 아래에 보듯이 이 '조조의 잔치' 이전의 줄거리가 창본마다 다르다.

〈박봉술〉　전반적 요약 — 도원결의 — 삼고초려 — 장판교 대전
〈김연수〉　전반적 요약 — 서서의 공명 천거 — 삼고초려 — 박망파 전투
　　　　　 — 노숙 유세 — 공명의 주유 격동 — 공명 차전(借箭)
〈정권진〉　전반적 요약 — 서서의 공명 천거 — 삼고초려 — 박망파 전투
　　　　　 — 노숙 유세 — 공명의 주유 격동 — 공명 차전
〈박동진〉　전반적 요약 — 서서의 공명 천거 — 삼고초려 — 박망파 전투
　　　　　 — 장판교 대전 — 설전군유 — 공명의 주유 격동 — 공명 차전
〈한승호〉　전반적 요약 — 도원결의 — 삼고초려 — 장판교 대전 — 공명의
　　　　　 주유 격동 — 공명 동남풍 빌기 — 조자룡 활쏘기 — 주유, 공명
　　　　　 작전 지시
〈이선유〉　전반적 요약 — 서서의 공명 천거 — 삼고초려 — 노숙 유세 —
　　　　　 공명의 주유 격동 — 공명 차전 — 공명 동남풍 빌기— 조자룡
　　　　　 활쏘기 — 공명 작전 지시

위에서 보듯이 이들 창본 전체로 볼 때 공통된 부분은 '전반적 요약'과 '삼고초려'뿐이다. 이선유 창본의 '전반적 요약(촉·오·위가 대결하게 된 간단한 내력)'은 매우 심하게 축약된 것이어서 서사로서의 기능을 중심으로 평가한다면 제대로 된 요약이라 하기 어렵지만 그 형태로는 '전반적 요약'에 해당된다고 할 수 있다. 그런데 '전반적 요약'은 적벽대전을 전후한 이야기가 어떤 맥락에서 전개되는가를 설명하기 위해 도입한 것으로 다른 삽화와는 그 기능이 다르다. 판소리 창자가 본격적으로 연행하려는 사건들의 전체 맥락을 제시하고, 그 사건들을 이야기하는 시각을 보여주는 점에서 중요한 기능을 하나, 전반적 요약 자체가 주 이야기의 대상은 아니다. 이렇게 본다면 여러 창본에서 '조조의 잔치' 이전에 새롭게 추가된 삽화 중 '삼고초려'만이 유일한 공통 삽화라 할 수 있다.

또 김연수와 정권진 명창의 창본을 제외하고는 추가된 삽화들이 들쭉날쭉한 것은 '조조의 잔치' 이전에 새로운 삽화들을 추가하되 어떤 삽화들로 추가할 것인가에 대해 명창들 사이에 합의나 일치가 없었음을 말한다. 즉 명창들마다 나

름대로 새로운 삽화들을 추가해나가기 시작했던 것이다. 유일하게 김연수와 정권진 창본이 일치하고 있는데 이는 김연수가 정권진의 아버지 정응민 명창에게 〈적벽가〉를 배웠을 가능성이 있다는 견해를 인정한다면 김연수와 정권진의 〈적벽가〉가 일치하는 이유가 설명된다. 정권진은 그의 아버지 소리를 이어받았기 때문이다. 따라서 이 두 명창의 창본으로 서편제 〈적벽가〉가 '조조의 잔치' 이전 부분의 확장에서 어떤 합의나 일치를 보았다고 하기 어렵다. 한편 동편제도 임방울, 박봉술, 박동진 창본에서 보듯이 그린 합의에 도달하지 못했음을 분명히 보여준다. '삼고초려'가 '장판교 대전' 앞에 나오는 바와 같은 삽화 배치 순서는 동일하나 선택된 삽화의 수는 동일하지 않다. 요컨대 동편제와 서편제를 막론하고 삽화 추가와 관련하여 명창들 사이에 합의나 일치가 없었던 것이다.

특히 이선유, 한승호 창본은 더욱 문제적이다. 앞에서 추출한 〈화용도타령〉의 공통 줄거리에는 '공명의 동남풍 빌기 – 조자룡 활쏘기 – 주유, 공명 작전지시' 대목이 '조조의 잔치' 이후에 나오는데, 이 두 명창의 창본에는 그 이전에 등장하고 있다. 즉 이 두 창본의 경우 원래의 〈화용도타령〉에 새로운 삽화가 추가되면서 작품 전체의 삽화 배열 자체에 변화가 일어났던 것이다. 다시 말하면 새로운 삽화가 작품의 앞부분에 추가되면서 '조조의 잔치' 이후에 있던 일부 삽화가 앞으로 이동해가는 현상이 벌어졌던 것이다. 이런 현상이 일부 명창의 〈적벽가〉에 그치지 않았음은 일제 강점기에 여러 유파의 명창들이 모여 취입한 음반 폴리돌판 〈적벽가〉에서도 확인할 수 있다. 여기서도 '삼고초려– 장판교 대전 –공명의 오나라 방문 – 공명 차전(借箭) – 공명의 동남풍 빌기 – 조자룡 활쏘기 – 공명 작전 지시'의 순으로 되어 있다.

새로운 삽화의 추가가 명창들마다 다르다는 것과, 일부 명창들의 〈적벽가〉는 새로운 삽화의 추가로 인해 기존의 삽화들의 등장 순서까지 바뀌었다는 사실에서 우리는 다음 두 가지 사항을 짐작할 수 있다.

첫째는 판소리 자체가 구비문학의 성격을 갖고 있어서 삽화 배치에 유동성을 띠지만 〈적벽가〉는 특히 더하다는 점이다. '공명의 동남풍 빌기'와 '조자룡의 활쏘기' 대목은 청중들에서 특히 인기가 있었고, 〈적벽가〉로서는 없어서는 안 되는 주요한 부분들인데, 그 위치가 고정되어 있지 않은 것이 이를 말해준다. 이 두 삽화의 경우 이야기 전개의 측면에서 보면 사건들의 인과 관계상 적벽대전 이전에 등장하기만 하면 되며 '조조의 잔치'와는 시간상 선후를 반드시 고려할 필요가 없다. 적벽대전을 중심으로 오나라 측의 준비를 이야기하고, 그 다음에 위나라 쪽의 대비를 이야기해도 되고, 서로 섞어서 이야기해도 되기 때문이다. 이 점에서 삽화 배치가 자유로울 수 있었다고 할 수 있다.

둘째, 19세기 중엽 이후 20세기 중엽까지 〈적벽가〉가 여전히 생성 중이었음을 알 수 있다. 〈춘향가〉의 경우 여러 변모가 나타나지만 그것은 춘향과 이도령의 '만남 – 이별 – 재회'라는 테두리 내에서 일어나는데, 〈적벽가〉는 기존의 서사 시간 밖, 특히 그 이전의 시간에 일어난 사건들을 창자마다 자유롭게 추가하는 방향으로 변화해 왔기 때문에 변모보다는 생성 중에 있었다고 볼 수 있다.

이하에서 이러한 생성이 어떤 방향으로 진행되었는지를 살펴보기로 한다. 우선 〈화용도타령〉의 특징이 어떠한지 살펴보고, 다음에 〈적벽가〉로 이행하는 양상을 검토하기로 한다.

3. 〈화용도타령〉의 특징

1) 미시 세계의 구축

전체적으로 〈화용도타령〉은 '적벽대전' 직전부터 화용도 패주까지의 사건을 집중적으로 다루었다. 그런데 공명이 동남풍을 빌고, 주유와 공명이 각각 작전을 지시하여 조조의 대군을 궤멸시키는 데까지는 거대한 작전을 빠른 템포로 서술하는 반면, 조조의 패주부터는 실제 서술되는 사건 자체는 빠른 템포로 진행되는 것(1박 2일의 사건)임에도 불구하고 그 사건을 이야기하는 것 자체는 매우 미세하게 전개되어 그 템포가 느리다. 말하자면 이야기 되는 시간은 긴박한 성질의 것이지만 이야기하는 시간은 그렇지 않은 것이다. 아울러 조조가 패주하는 과정에 조조를 잡기 위해 조자룡, 장비 등이 차례로 공격하는 것은 중요하게 다루어지지 않는다. 단지 조조와 조조 군사의 패배 심리를 강화하는 정황 조건을 조성하는 역할에 그치고, 실제로는 패주하는 군사들과 조조의 처지가 부조(浮彫)의 방식으로 확대 조명되고 있다.

〈삼국지연의〉에 그려진 적벽대전은 거대한 외교 전략과 군사 작전의 결과물인데, 〈화용도타령〉에서는 이러한 전략과 작전은 간략히 이야기되고 이름 없는 군사들의 사연과 처지가 더 자세히 그려진다. 예컨대 '군사 설움 타령'에서는 조조의 군사들이 억지로 군대에 징집되기 전에 어떻게 살았는지가 세세히 그리고 사실적으로 드러나고, '죽고 사설'에서는 적벽대전 속에 조조의 군사들이 한 명, 한 명 어떻게 죽는지 일일이 그려지고 있다. '원조 타령'에서는 적벽대전에서 죽은 군사들이 원통한 새가 되어 나타나서는 조조를 원망하며 우는 내용이 자세히 그려지고 있다.

이처럼 탁월한 군사 전략가의 전략과 뛰어난 장수들의 활약 속에 벌어진 거대한 군사 작전에 비해 〈삼국지연의〉에는 80만 또는 수 만 명 등의 숫자로만 등장하던 병사들의 사연이 더욱 세세히 그려지고 있는 것은 전쟁을 통해 무엇인가를 이루고자 하는 영웅들의 거시 세계보다 그 속에 휩쓸린 개별 인간들의 세세한 사연, 즉 미시 세계를 구축하고 있는 것이라 할 수 있다.

2) 등장인물들의 심정 묘사

전쟁 이야기라면 작전의 절묘함이나 무모함, 협력과 배신, 또는 영웅의 활약상 등이 주 이야기가 될 터인데, 〈화용도타령〉에서는 이러한 내용은 '공명의 동남풍 빌기', '조자룡 활쏘기' 및 '주유와 공명 작전 지시' 등의 삽화에서 이야기되고 있다. 그런데 이러한 내용보다 작품에서 더 많은 분량을 차지하는 것은 '군사 설움 타령', '죽고 사설', '원조 타령', '백구 사설', '군사 점고', '장승 타령' 등이다. 이들 삽화는 전쟁 과정에 벌어진 사건 자체를 객관적으로 서술하는 것에 초점을 맞추지 않고, 그 사건에 관여된 인물들의 심리 묘사에 초점을 두고 있다.

예컨대 '군사 설움 타령'은 전투 직전 가족을 그리워하는 병사들의 심정을, '원조 타령'은 적벽대전에서 죽은 군사들의 원통한 심정을 그리고 있고, 반대로 '백구 사설'은 전투에서 대패하고, 수많은 군사를 잃고 도주하는 조조의 비통한 심정을 보여주고 있다. '장승 타령' 역시 장승이 조조의 꿈에 나타나 하고 많은 형상 중에 장승으로 만들어져 고생하고 있는 자신의 사연을 호소하는 것으로 되어 있다. '군사 점고' 역시 전투 후 살아남은 군사가 몇이며, 누가 어디서 전사했는가를 확인하는 내용이 주가 아니라 점고에 응하는 군사들의 다양한 심리를 주로 보여주고 있다. 호명을 받고 점고에 나온 하급 지휘관인 허무적은 조조에게 자신을 죽여주면 혼이라도 빨리 고향에 가 부모처자를 만나보겠다고 하고 있고, 말 관리를 책임진 병사는 제갈공명에게 말을 다 팔아버렸다고 조조에게 천연덕스럽게 말하고 있다. 전쟁과 그 전쟁을 일으킨 당사자 중의 한 명인 조조에 대한 군사들의 부정적인 시각이 다양하게 표출되고 있는 것이다.

3) 부정적 인물의 집중적 조명

〈화용도타령〉에는 제갈공명, 주유 등의 활약상이 그려지고 있으나 이들에 대한 이야기가 작품의 끝까지 지속되는 것은 아니다. 유비, 관우, 장비 등도 잠깐 등장하지 지속적으로 등장하지 않는다. 작품의 처음부터 끝까지 지속적으로 등장하는 인물은 조조인데, 그는 부정적으로 그려진다. 〈삼국지연의〉에 이미 조조는 부정적으로 그려지고 있지만, 〈화용도타령〉에서는 전쟁으로 피해를 보고 있는 군사들에 대한 서술자의 동정적 시각과 대비되어 그 부정적 면모가 더욱 강하게 드러나고 있다.

'조조의 잔치'에서 조조는 천하를 차지하여 부귀를 독점하겠다는 욕망을 드러내고, 자신이 지은 시를 불길하다고 비평한 유복을 술에 취해 살해한다. 즉 백성을 위하는 마음이 없으며, 자신의 행위에 대한 비판을 일체 용납하지 않는 권위주의적 면모를 보인다. 급기야 화공을 당하면 위험하다는 참모들의 건의를 묵살하고 자신의 상황 판단만을 중시하다가 대패하는데, 이때부터 조조는 도주하면서 자신의 목숨에 연연하는 보잘 것 없는 인물로 격하된다. 패주하는 처지면서도 지리적으로 자기 군대에게 위험한 곳에 도달하기만 하면 주유와 제갈공명이 지모가 없다고 비웃다가 조자룡, 장비 등에게 공격을 당하는 꼴이 되기도 하고, 참모의 말을 듣지 않고 자기 판단으로 화용도로 가면서 험한 산길을 뚫도록 군사들을 막무가내 내몰기도 한다. 나아가 모습이 관우를 닮아 자신을 놀라게 한 장승을 붙잡아 군법으로 다스리려 하는 소동도 벌인다. 요컨대 80만 대군을 지휘하던 승상 조조는 잔치에서 유복을 죽이는 데서부터 문제점을 노출하기 시작하다가 적벽대전에서 대패하고부터는 자기 목숨을 건지는데 급급한 인물로 추락하고, 끝내는 관우에게 목숨을 애걸하는 데에 이른다. 〈화용도타령〉은 전 과정에 걸쳐 이처럼 부정적인 인물인 조조를 희화화하고 풍자한다.

4) 평범한 서민 중심의 주제 제시

'군사 설움 타령'과 '군사 점고'에서 군사들은 단란한 일상의 행복에 대한 염원을 지속적으로 토로한다. 특히 '군사 설움 타령'에서 군사들은 부모, 자식, 아내에 대한 절절한 그리움을 차례로 토로하는데, 전쟁에서 살아 돌아가 그리던 부모처자를 만나고자 하던 희망은 적벽대전의 패배로 수포로 돌아간다. '죽고 사설'은 그러한 병사들의 소망이 허망하게 무너지는 것을 반복, 점층의 방법으로 보여준다. '군사 점고'에서는 적벽대전과 유비 군대의 추격에 천신만고 끝에 살아남았으나 앞날이 불투명한 병사들이 자신들의 일그러진 심정을 조조에게 폭백하고 있다.

〈화용도타령〉에서 군사들의 이러한 사연이 반복되고 있는 것은 평범한 서민들이 희구하는 행복한 삶이 가치 있고 중요함을 역설하는 것이다. 군사들을 이끌고 왔다가 패배하고 돌아가는 조조의 욕망이 군사들의 행복을 파괴하는 것임을 보여줌으로써 역으로 평범한 서민 중심의 행복한 삶과 그것을 보장하는 세계에 대한 희구를 주제로 내세우고 있는 것이다. 아울러 조조가 서민의 삶을 파괴하는 인물로 그리면서 한편으로는 군사점고에서 어떤 병사가 제갈공명에게 말을 팔아버렸다고 하여 자신들의 행복을 보장해 줄 인물에 대한 기대도 드러내고 있다.

5) 유사성의 반복

〈화용도타령〉은 〈삼국지연의〉의 뼈대를 유지하고 있으나 내용의 대부분은 새롭게 창조된 삽화들이다. 그런데, 이 삽화들은 내용과 구성 방식이 유사하다. '군사 설움 타령', '죽고 사설', '원조 타령,' '화용도에서의 장병들의 울음', '장승 타령', '군사 점고' 등은 정서상 모두 상통한다. 제목에 이미 드러나듯이 설움, 원통함, 울음, 넋두리 등이 기본 정서이고, '군사 점고' 대목에 와서는 그것이 전쟁과 조조에 대한 비판으로 확대되고 있다.

이 삽화들의 사설 구성 역시 거의 같은 방식이다. '군사 설움 타령'에서 군사들이 차례로 등장하여 유사한 사연을 반복, 점층적으로 늘어놓고 있는데, '원조 타령'에서는 적벽대전에서 죽어 새가 된 군사들이 차례로 나와 발언하는 방식이고, '군사 점고 사설'은 점고 호명에 따라 생존한 병사들이 차례로 등장하는 방식이다. '화용도에서의 장병들의 울음'도 한 사람씩 울고 나서는 방식이다. '죽고 사설'은 적벽대전에서 공격을 받은 병사들이 죽는 모습을 하나씩 열거해나가고 있다.

동일한 성격의 인물들이 차례로 나서서 사연을 토로하거나 동일한 성격의 사건을 반복하는 방식의 이야기 전개는 다른 판소리 마당에도 더러 나타나는데, 전자의 경우로는 〈흥보가〉의 '흥보 아이들 조르는 대목'과 〈배비장타령〉의 '비장들의 울음' 대목이 이에 해당하고, 후자의 경우 〈춘향가〉의 '집장가'와 〈흥보가〉의 흥보와 놀부의 '박타는 대목' 등이 이에 해당한다. 이에 비해 〈적벽가〉에는 이런 방식의 서사 전개가 집중적으로 나타나고 있는 것이 특징적이다.

6) 갈등 관계의 착종

〈화용도타령〉은 갈등 관계가 착종되어 있다. 이야기의 큰 틀을 중심으로 보면 촉·오·위 삼국의 대결이 기본인데, 이 갈등 관계에 못지않게 조조와 군사들 사이의 분열과 갈등이 주요하게 다루어지고 있다.

그런데 이 두 갈등은 성격이 동일하지 않다. 촉·오·위 삼국의 대결 구도는 촉나라와 오나라가 잠정적으로 연합하여 위나라와 대결하는 국면으로 분명하게 그려져 있다. 촉과 오가 위와 대결하기 위해 연합하지만 그것이 표면적이고 잠정적임은 동남풍을 빌고 난 제갈공명을 죽이기 위해 주유가 장졸을 파견하는 데서 분명히 나타난다.

반면 조조와 군사들 사이의 분열과 갈등은 1:다(多)의 갈등 방식인데, 이 갈등의 대립과 대결은 지속적으로 전개되지 않는다. 적벽대전에서 죽은 군사들이 원통한 새가 되어 조조와 그 장군들을 원망하고 비꼬지만, 화용도 막바지에서 관우가 조조를 놓아 보낼 것 같지 않자 조조의 군사들이 일제히 관우에게 조조를 살려달라고 간청한다. 그런가 하면 조조도 군사들을 단순한 수단으로만 여기지 않는 모습을 보이기도 한다. 예컨대 '군사 점고'에서는 하급 지휘관 허무적이

차라리 죽어서 혼이라도 빨리 고향에 가 부모처자를 만나 보겠다고 하자, 조조
는 허무적이더러 우지 마라며, '네 부모가 내 부모며, 네 권솔이 내 권솔이니
우지 마라'고 한다.

즉 조조와 군사들은 불가피한 갈등을 내포한 운명공동체를 형성했다고 할 수
있고, 서로 갈등하면서 서로 의존하는 관계가 된 것이다. 조조는 패주 과정에서
고비마다 웃음으로써 자신의 능력을 허황되게 과시하다 조자룡과 장비의 공격
을 받아 계속 그 위상이 추락하고, 유비 측을 좀놈들이라고 인신공격하면서 개
인적 콤플렉스도 드러내고, 나아가 군사 점고에서 군사들과 희극적인 입씨름을
벌이는 데까지 이른다. 화용도 패주 과정에서 조조는 추락할 대로 추락하여 병
사들과 거의 같은 수준의 인물이 되고 만 것이다. 이 점에서 보면 사실상 관우가
죽일 필요도 없는 인간이 되었고, 조조와 군사들의 갈등도 해소되었다고 할 수
있으나, 그 해소는 조조와 군사들 사이의 복잡한 심리적 교류와 착종으로 이루
어진 것이다.

4. 〈화용도타령〉에서 〈적벽가〉로의 이행 양상

〈화용도타령〉에서 〈적벽가〉로 이행하는 과정에서 추가로 선택된 삽화들은
대부분 〈화용도타령〉의 서두 부분, 즉 '조조의 잔치' 이전의 전반적인 상황의
요약적 서술 속에 내포된 것들이다. 이 점은 임방울 창본의 초앞 부분에서 이를
확인할 수 있다. 그런데 추가된 삽화들은 〈삼국지연의〉의 제1회에서 제47회에
이르는 방대한 이야기 속에서 선택된 것들이다. 따라서 그 선택에 일정한 기준
이 있었다고 보아야 한다.

여러 명창들의 창본을 대상으로 볼 때, 새로이 선택된 삽화들은 크게 (ㄱ) '도
원결의', '서서의 공명 천거', '삼고초려', (ㄴ) '박망파 전투', '장판교 대전', (ㄷ)

'노숙 유세', '설전군유', '공명의 주유 격동', '공명 차전(借箭)' 등으로 나눌 수 있다.

1) 서사적 맥락의 확장

(ㄷ)의 삽화들은 '적벽대전'의 직전 단계에 해당한다. '조조의 잔치'는 '적벽대전'이 일어나기 5일 전인데, (ㄷ)의 삽화들은 '공명의 농남풍 빌기'와 직접 이어지는 선행 사건들이다. 사실 〈화용도타령〉은 적벽대전과 그 연장선상에서 벌어진 사건들을 주로 다루고 있는 것이므로 (ㄷ)의 삽화들의 첨가로 '적벽대전'을 분수령으로 하여 그 전후가 일관된 서사로 확대된 것이다. 이것은 서사의 기본, 즉 사건의 순차적 설명이라는 기본 속성의 발현이라 할 수 있다. 따라서 〈화용도타령〉 서사의 시발점인 '적벽대전' 전야를 이끌어내는 서사적 장치로서 (ㄷ)의 삽화들이 선택된 것이다. 즉 중심 사건을 둘러싼 서사적 맥락의 확장인 셈이다. 이 삽화들의 보강으로 촉, 위, 오 삼국의 쟁패가 첨예하게 드러나게 되었다고 할 수 있다.

2) 영웅 중심의 주제 제시

(ㄱ)의 삽화들은 (ㄷ)의 삽화들과는 거리가 멀다. 실제 일어난 시간으로도 멀지만 서사적 맥락으로도 연결되지 않는다. 오히려 (ㄱ)의 첨가는 주제와 관련이 있다. 유비, 관우, 장비 세 인물의 성격과 지향의식을 드러내는 것이다. 특히 '도원결의', '삼고초려' 두 삽화를 통해 조조와 대척되는 진정한 영웅, 즉 백성을 위한 진정한 영웅의 이미지, 군사들이 원하는 진정한 지도자상이 마련되었으며, 적벽대전 직후 화용도로 패주하는 조조와 그 군사들이 갈등하는 상황이 조성되는 기반을 마련한 것이다.

한편 (ㄴ)의 삽화들은 이중적 의미를 갖는다. 한편으로는 주제적 측면이 있고, 다른 한편으로는 서사 전개의 맥락과 관련이 있다. '박망파 전투'는 공명이 군사 작전가로서의 능력을 보임으로써 관우와 장비와 공명이 일체감을 갖게 되는 계기로 작용하기 때문에 '삼고초려'와 서사적 맥락을 형성하고, '장판교 대전'은 조조의 80만 대군이 이 전투를 통해 더 남쪽으로 진군하고, 나아가 '적벽대전'으로 이어지므로 역시 서사적 맥락을 형성한다. 동시에 '장판교 대전'은 유비가 신야의 백성을 버리고 갈 수 없어 그 백성들과 함께 가다가 조조의 대군에게 추격을 당해 벌어진 것이므로 이 삽화는 장비와 조자룡의 활약상과 함께 유비의 애민정신을 드러내는 주제 관련 삽화이기도 하다.

요컨대 '도원결의'와 '삼고초려'를 통해 유비·관우·장비·제갈량이 도탄에 빠진 백성을 위해 뭉친 영웅들임을 드러내고, '박망파 전투'와 '장판교 대전'을 통해 영웅적 능력과 백성들과 함께 고난을 헤쳐 나가는 영웅 이미지를 보여주고 있다.

3) 긍정적 인물의 형상화

앞에서 본 바와 같이 서사적 맥락과 주제의 측면에서 삽화들이 선택되었는데, '노숙 유세'를 제외하고는 대부분 삼국 중 유비 측 인물들이 사건의 중심인물로 등장하는 삽화들이 선택된 것도 특징이다. 이와 아울러 그 인물들이 긍정적으로 그려지고 있는 것도 특징이다. 〈삼국지연의〉에서도 유비, 관우, 장비, 조자룡, 제갈공명은 긍정적 인물로 그려져 있다. 이처럼 선택된 삽화에서 서술자의 시각에 긍정적인 인물들이 등장하는 것은 조조가 〈화용도타령〉에서 부정적으로 그려지고 있는 것과는 좋은 대조를 이룬다.

그런데 추가된 삽화의 등장인물들은 이미 〈화용도타령〉에서 각각 나름대로 역할을 하던 인물들이다. 예컨대 제갈공명과 조자룡은 각각 유명한 ' 공명 동남풍 빌기'와 '조자룡 활쏘기' 대목에서 등장했고, 장비는 패주하는 조조를 공격하며 등장했고, 관우는 〈화용도타령〉의 마지막을 장식하는 인물이다. 다시 말해 원래 〈화용도타령〉에는 없던 전혀 새로운 인물이 주인공으로 등장하는 삽화가 선택되지 않은 것도 특징이다. 다시 말하면 '조조의 잔치'를 전후로 해서 동일한 등장인물들의 삽화로 전체 이야기가 구성될 수 있게 한 것이다. 이 점에서 삽화의 선택에 일정한 기준이 있었다고 할 수 있다.

4) 사건 중심의 전개

'도원결의', '삼고초려', '박망파 전투', '장판교 대전', '공명의 주유 격동' '공명 차전' 등등의 삽화들은 등장인물들의 개인적 체험이나 내면을 드러내기 위한 것이 아니라 등장인물들이 스스로 자신들의 과업이라고 생각한 것을 수행하는 과정을 보여주고 있다. 즉 도원에서 의형제를 맺고, 세 번 찾아가 공명을 이끌어내고, 박망파에서 조조의 군대를 무찌르고, 장판교에서 조조의 대군을 저지하는 등등, 이들 삽화들은 과업을 수행하는 양상이 그려지고 있어서 추가된 삽화로 구성된 부분은 사건 중심의 전개를 보인다고 할 수 있다. 따라서 이 삽화들에는 〈화용도타령〉에서 군사들이 여러 삽화에 등장해 유사한 정서를 반복적으로 표출하는 것과 같은 현상은 나타나지 않는다.

한편 이들 삽화들 사이의 시간적 연계 정도는 서로 같지 않지만 크게 보면 적벽대전을 향하여 거뜬거뜬하게 이야기가 전개되는 느낌을 준다. 즉 빠른 템포로 서사가 전개되고 있는 것이다. 다시 말해 실제 이들 사건의 시간적 배경은 장구하지만 실제 서사는 빠르게 진행되는 데, 이는 이른바 서술되는 시간보다 서술하는 시간이 짧은 것에 해당한다고 할 수 있다.

5) 선명한 갈등 관계

삽화들을 새로이 추가한 대부분의 창본들은 서두부터 유비 측을 옹호하고 위 나라와 오나라를 부정적으로 묘사한다. 그래서 삼국의 갈등 관계가 선명하게 형성되고 있다. 〈화용도타령〉이 삼국의 갈등에 못지않게 조조와 그 군사들 사이의 갈등이 크게 부각되는 것과는 달리 추가된 부분은 삼국의 갈등과 쟁패 자체를 선명히 드러내고 있다.

'도원결의'에서 유·관·장 삼인이 조조와 손권 측에 반대함이 분명히 나타나고, '서서의 공명 천거'에서 유비의 모사 서서를 조조가 술책을 써서 빼내가는 것이 그려지고, '삼고초려'에서 유비가 조조를 지목하여 적으로 삼고 있음을 보여준다. 그리고 '노숙 유세'에서 '공명 차전'까지의 삽화들은 촉과 오가 표면적으로 연합하면서 이면적으로 대결하고 있음을 잘 보여준다.

6) 거시 세계의 구축

〈적벽가〉로 이행하면서 선택된 삽화들은 〈화용도타령〉과 달리 새로이 창작된 것이라기보다 원천에 해당하는 〈삼국지연의〉에서 채택하는 것을 원칙으로 하고 있고, 그것도 영웅적 인물들의 기개와 탁월한 능력 및 호쾌한 활동을 그리는 것으로 일관되어 있다. 즉 전체적으로 영웅들이 쟁패하는 거시적 세계를 형상화하고 있는 것이다. 여기에서는 〈화용도타령〉에서처럼 개별 군사들이 독자적인 목소리를 가진 인물로 등장하지 않는다. 따라서 추가로 선택된 삽화들에는 서민들의 소박한 꿈보다 그 꿈을 지켜주는 것을 명분으로 내세운 영웅들의 웅대한 포부와 그것을 실현하기 위한 활약상이 주 내용을 이룬다.

영웅들의 활약상을 중심으로 한 거시 세계의 구축에 가장 적극적인 창본이 이선유와 한승호의 〈적벽가〉라 할 수 있다. 이 두 창본은 '공명의 동남풍 빌기', '조자룡 활쏘기', '공명과 주유의 작전 지시'를 '조조의 잔치' 앞으로 가져 옴으로써 '조조의 잔치' 이전 부분을 영웅들이 활약하는 거시 세계로 더 확장하고 있다.

이상의 이행 양상은 개별 명창들의 〈적벽가〉마다 다르게 나타난다. 예컨대 박봉술의 〈적벽가〉는 '도원결의', '삼고초려' '장판교대전' 세 삽화만 추가하고 있어 유비측이 오나라와 연합하여 적벽대전을 준비하는 부분은 추가하지 않고 있다. 반면에 박동진의 〈적벽가〉는 모두 7개의 삽화를 추가하고 있고, 특히 유비측이 오나라와 연합하는 과정에서 제갈공명의 역할을 부각시키고 있다. 이러한 양상은 〈화용도타령〉에서 〈적벽가〉로의 이행을 하나의 흐름으로 보아야 함을 말해준다. 이 흐름 속에 개별 명창들이 다양한 움직임을 보였던 것이다.

5. 〈적벽가〉의 대칭적 구조

앞에서 본바 〈화용도타령〉에 새로이 추가된 삽화들은 시간상 '조조의 잔치' 이전에 일어난 것들이며, '군사 설움 타령'과 같이 〈삼국지연의〉 속에 원래 없던 사건을 창작한 것이 아니라 〈삼국지연의〉에 있는 삽화들을 선택하여 재구성한 것들이다. 〈화용도타령〉이 〈삼국지연의〉에 있는 삽화와 새로이 창작한 삽화들로 구성된 반면 〈적벽가〉로 이행하면서 새로이 추가된 삽화들은 모두 〈삼국지연의〉 속에 있는 유명한 삽화들이다.

그렇다면 이러한 삽화들의 추가로 이루어진 〈적벽가〉는 〈화용도타령〉에 비해 어떤 구조적 특징을 갖게 되었을까? 분량으로 보면 전반부, 후반부로 나누기 어렵지만, 새로운 삽화들의 추가가 갖는 의미를 분명히 드러내기 위해 '조조의 잔치' 이전에 새로이 추가된 부분을 〈적벽가〉의 전반부라 하고, '조조의 잔치' 이후, 즉 원래의 〈화용도타령〉을 후반부라 한다면, 전반부와 후반부는 여러 가지 측면에서 대칭을 이루고 있는 것으로 분석된다.

1) 시간의 대칭

시간으로 볼 때 전반부의 확장된 부분은 매우 긴 시간을 배경으로 하고 있다. '도원결의', '삼고초려', '박망파 전투', '장판교 대전' 등등의 삽화는 축차적으로 연속되어 있지 않고 삽화들 사이의 시간적 간격이 크다. 즉 〈삼국지연의〉로 보면 '도원결의'가 '삼고초려'와 바로 연속되는 것이 아니며, '박망파 전투'가 '장판교 대전'으로 바로 이어지는 것이 아니기 때문에 삽화들 사이에는 비약이 있다. 판소리 창자는 이 비약하는 부분을 간단히 요약하여 삽화들 사이를 연결하고 있다. 이 점에서 전반부의 삽화들의 배경 시간은 길지만 실제 이야기 시간은 그렇게 길지 않다.

반면 후반부는 사건이 축차적으로 연속되어 있고, 그 배경 시간 또한 짧다. 후반부는 전체로는 7일, 그 중에서도 이야기의 주된 부분은 1박 2일의 한정된 시간에 일어난 사건들이다. 그렇지만 전반부에 비해 사건들이 촘촘히 들어 있어 실제 이야기 시간은 길다.

이렇게 보면 전반부와 후반부는 삽화들의 배경 시간과 이야기하는 시간이 각각 대칭되어 있다고 할 수 있다.

2) 공간의 대칭

공간적으로도 전반부는 다양한 공간들이 등장하며, 그 공간들 사이에 사건을 매개로 한 연계성이 없다. 예컨대 '도원결의'와 '삼고초려'의 공간은 각기 다를 뿐만 아니라 서로 동일 사건으로 연계되지도 않고 있다. '박망파 전투'의 공간과 '장판교 대전'의 공간 또한 다르다. '공명의 주유 격동' 공간과 '공명 차전'의 공간 역시 동일하지 않다.

반면 후반부에서는 적벽강에서 화용도 소로까지가 배경 공간이 되고 있고 시간적으로 차례로 일어나는 사건의 연속과 공간의 이동이 일치하고 있다. 이 과정에 다른 공간에서 벌어진 사건이 이야기되지 않으므로 후반부는 제한된 공간에서 벌어진 사건을 이야기하는 것이다.

이 점에서 전반부의 다양한 공간과 후반부의 제한된 공간으로 대칭된다고 할 수 있다.

3) 세계의 대칭

전반부는 '도원결의'와 '삼고초려'로 상징되는바 영웅과 지략가의 결합, '장판교 대전'으로 상징되는바 명장들의 초인적인 활약 등을 중심으로 하고 있고, 후반부는 '군사 설움 타령'으로 상징되는바 평범한 개인의 사연을 전면에 부각시키고 있다. 중국 전체의 주도권을 차지하기 위한 영웅들의 쟁투가 그려진 세계를 거시세계라 한다면 평범한 서민들의 꿈과 좌절이 토로된 세계는 상대적으로 미시세계라 할 수 있다. 영웅인 조조도 후반부에 오면 영웅적 성격은 소거되고 희극적인 인물, 다시 말해 자기 자신의 생명 유지에 급급한 왜소한 인물로 된다. 이 점에서 전반부와 후반부는 그 세계의 성격에서 대칭된다.

4) 서사 방식의 대칭

서사 방식의 측면에서 보면 전반부는 큼직한 사건들을 교체해가는 방식으로 전개되는데 비해 후반부는 주로 유사한 사건들의 반복을 중심으로 전개되고 있다. 전반부를 구성하는 '도원결의', '삼고초려', '장판교 대전', '노숙 유세', '공명의 주유 격동' 등은 동일한 성격의 사건들이 아니며, 각 삽화의 구성도 사건의 진행을 중심으로 구성되고 있다. 반면 후반부는 군사들의 심정을 나타내는 유사한 사건들이 반복되고 있으며, 그 각 삽화도 사건 자체의 진행이라기보다 유사한 성격의 인물들이 반복 교체되면서 유사한 주장을 하는 방식으로 구성되고 있다. 이 점에서 전반부와 후반부는 서사 방식에서도 대칭된다고 하겠다.

5) 미적 대칭

미적으로 보면 전반부는 주로 장중미, 숭고미, 영웅의 비장미 등을 중심으로 구성되어 있으나 후반부는 서민의 비장미와 비극이 착종된 골계미를 위주로 구성되어 있다. 전반부의 '도원결의'의 숭고미, '삼고초려'의 장중미와 비장미는 영웅들의 세계와 잘 어울린다. 반면 후반부에서는 '군사 설움 타령'에서 서민들의 비장미와 함께 '적벽대전'과 '군사 점고' 등에서 비극이 착종된 골계가 하나의 흐름을 형성한다. 그런가 하면 '메추리 사설'이나 '좀놈 사설' 등에서는 비장미가 섞이지 않은 골계미가 구현된다. 이 점에서 전반부와 후반부는 미적으로도 대칭된다고 할 수 있다.

6. 〈적벽가〉의 완결성 문제

〈적벽가〉가 대칭적인 구조를 갖게 되었다는 것이 〈적벽가〉가 하나의 완결된 작품이 되었음을 뜻하는가? 이 물음은 제2장에서 본 바와 같이 여러 명창들의 〈적벽가〉가 서로 일치하지 않는 부분이 적지 않다는 것, 다시 말해 20세기에 들어서서도 〈적벽가〉는 여전히 생성 중이었음과 관련이 있다. 작품이 계속 변화하는 상태라면 구조 분석이 타당성을 갖지 못할 수 있기 때문이다.

그런데, 〈적벽가〉로 이행하면서 명창들의 삽화 선택이 일치하지 않은 부분이 있지만 그러한 차이보다 일치하는 부분 또한 적지 않다는 점을 주목할 필요가 있다. 번거롭지만 명창들의 〈적벽가〉에서 '조조의 잔치' 이전 부분을 다시 보기로 한다.

〈박봉술〉　전반적 요약 – 도원결의 – 삼고초려 – 장판교 대전
〈김연수〉　전반적 요약 – 서서의 공명 천거 – 삼고초려 – 박망파 전투
　　　　　– 노숙 유세 – 공명의 주유 격동 – 공명 차전(借箭)
〈정권진〉　전반적 요약 – 서서의 공명 천거 – 삼고초려 – 박망파 전투
　　　　　– 노숙 유세 – 공명의 주유 격동 – 공명 차전
〈박동진〉　전반적 요약 – 서서의 공명 천거 – 삼고초려 – 박망파 전투
　　　　　– 장판교 대전 – 설전군유 – 공명의 주유 격동 – 공명 차전
〈한숭호〉　전반적 요약 – 도원결의 – 삼고초려 – 장판교 대전 – 공명의
　　　　　주유 격동 – 공명 동남풍 빌기 – 조자룡 활쏘기 – 주유, 공명
　　　　　작전 지시
〈이선유〉　전반적 요약 – 서서의 공명 천거 – 삼고초려 – 노숙 유세 –
　　　　　공명의 주유 격동 – 공명 차전 – 공명 동남풍 빌기– 조자룡
　　　　　활쏘기 – 공명 작전 지시

제2장에서 보았듯이 여러 창본에서 완전히 공통되는 것은 '전반적 요약'과 '삼고초려' 뿐이다. 그러나 삽화를 중심으로 볼 때 '도원결의' 2회, '서서의 공명 천거' 4회, '박망파 전투' 3회, '장판교 대전' 3회, '노숙 유세' 3회, '공명의 주유 격동' 5회, '공명 차전' 4회 등으로 6개 창본에서 단 한 번만 선택된 삽화는 '설전군유' 뿐이다. '설전군유'를 제외한 다른 삽화가 모두 복수의 명창에 의해 선택되고 있으므로, 개개의 삽화는 상당한 정도로 그 의미와 기능이 인정되고 있었다고 할 수 있다. 다시 말하면 '설전군유'를 제외한 8개의 삽화를 공통분모로 하여 '조조의 잔치' 이전을 새로이 구성하고 있는 점에서는 여러 명창들이 동일한 것이다. 박봉술의 〈적벽가〉처럼 선택한 삽화가 적은 경우가 있고, 박동진의 〈적벽가〉처럼 많은 경우가 있으나 공통으로 선택된 삽화들이 항상 존재하므로 삽화 선택에 공동의 기준이 있었음을 확인할 수 있다. 이 점에서 〈적벽가〉는 일정한 틀을 구축했다고 할 수 있다. 그렇지만 이러한 '일정한' 틀이 〈적벽가〉의 서사적 완결성을 보장하지는 않는다.

그런데, 〈적벽가〉의 서사적 완결성 여부를 따지는 것이 〈화용도타령〉이 완결된 작품이 아니어서 완결성을 추구하기 위해 〈적벽가〉로 이행했다는 전제에서 출발하는 것이 아님을 밝혀 둘 필요가 있다. 말할 것도 없이 〈화용도타령〉은 자체만으로도 훌륭한 완결된 서사체이다. 특히 연행되는 서사체로 본다면 임방울 창본에서 보듯이 서두의 간략한 상황 요약만으로도 〈화용도타령〉 전체의 서사적 완결성은 보장되는 것이다. 적벽대전을 전후로 한 이야기를 밀도 있게 구성하고 있으며, 서사의 시각 또한 명확하기 때문이다.

그런데 〈화용도타령〉을 완결된 작품이라고 할 경우 〈적벽가〉로 이행한 이유는 무엇인가를 다시 묻지 않을 수 없다. 이와 관련하여 장중하고 점잖은 내용을 선호하는 양반들이 판소리를 적극 즐기면서 이들의 취향에 맞게 하느라고 '삼고초려' 등의 삽화가 선택되면서 변화가 일어났다고 보는 견해와 영웅적 구도를 강화하고 서사의 큰 줄거리 체계를 보완하여 서사적 균형에 이르고자 하는 욕구에서 비롯되었다고 보는 견해 등이 제기되었는데, 다 일리가 있다고 본다. 양반들이 19세기에 와서 판소리의 주요한 향유자 역할을 한 것은 사실이고, 전문흥행예술인 판소리가 주요한 청중의 취향을 고려하지 않을 수 없었을 것임은 능히 추측할 수 있다. 또 주요 고객의 취향도 고려하면서 작품을 짜보려는 창자들의 욕구도 충분히 인정할 수 있다.

그렇지만 이러한 요인이나 의도를 인정한다 해도 앞에서 본 바와 같이 〈적벽가〉 창자들 사이의 편차는 충분히 설명되지 않는다. 임방울의 〈적벽가〉는 삽화의 추가가 전혀 없고, 박봉술의 〈적벽가〉는 3개의 삽화만 추가했으며, 반면에 박동진은 7개의 삽화를 추가하고 있고, 이선유와 한승호의 〈적벽가〉는 삽화의 추가로 전체 이야기 순서에 큰 변화를 보이고 있다. 즉 그러한 요인이나 의도가 모든 명창들의 〈적벽가〉에 전일하게 적용되지 않는 것이다. 특히 서사의 완결성의 측면에서 그러하다. 판소리가 구비전승의 예술이기 때문에 어떤 요인에 의해 변화가 촉발되었고, 그 변화를 명창들마다 다양하게 받아들여 현재 이와 같은 양상을 보인다고 할 수 있겠으나, 판소리가 전문흥행예술이며 판소리 명창은 전문예술인이라는 점을 고려할 때는 그렇게 설명하고 말 수는 없다. 하나의 작품으로서 〈적벽가〉를 향유자인 청중에게 들고 나가야 한다는 점에서 삽화를 몇 개 추가하든 그 추가의 결과가 작품 전체의 완결성을 보장하는지 여부를 창자가 의식하지 않았을 리가 없었다고 보아야 한다. 즉 삽화의 추가는 의식적 선택이며, 그것은 청중의 반응을 고려한 것이었을 뿐만 아니라 기존 이야기와의 내적 연계성을 고려한 것이었다고 보아야 한다. 다시 밀해 삽화를 추가하면서 작품 전체의 서사적 완결성을 보장해 줄 무엇을 명창들이 의식하고 있었다고 보아야 한다.

그런데, 〈적벽가〉의 서사적 완결성과 관련하여 고려해야 할 사항들이 있다. 우선 그 원천인 〈삼국지연의〉에 비추어 보면 〈화용도타령〉 자체가 부분이다. 〈삼국지연의〉가 관우가 조조를 살려주는 것으로 이야기가 끝나는 것이 아니기 때문이다. 이것은 또한 '조조의 잔치' 이전에 일어난 삽화들의 추가로 이루어진 〈적벽가〉 역시 〈삼국지연의〉에 비추어 보면 처음과 끝을 갖춘 이야기로서의 서사적 완결성을 이룰 수 있는 것이 아님을 말해준다.

다음으로 〈적벽가〉에는 〈춘향가〉, 〈흥부가〉, 〈심청가〉, 〈수궁가〉 등과 같이 특정한 인물이 주인공으로 등장하지 않는 점이다. 특정 인물 중심의 서사가 아니고 사건 중심의 서사인 것이다. 특히 조조의 군사들과 같이 복수의 인물들이 겪은 사건이 중심인 〈화용도타령〉에 역시 유비, 제갈공명 등 복수의 영웅들의 이야기를 추가한 것이 〈적벽가〉라 할 수 있다.

그렇다면 〈적벽가〉는 어떻게 서사적 완결성을 이루고 있는 것인가? 춘향, 흥부, 심청, 토끼 등은 모두 고난을 극복하고 행복에 이르는 스토리를 유지하고 있다. 갈등의 해소도 분명하고 서사의 흐름과 인물의 운명이 분명히 일치하고 있다. 이에 비해 〈화용도타령〉과 〈적벽가〉에는 그런 스토리도 없거니와 그에 해당하는 주인공도 없다. 굳이 따진다면 유비 측과 손권 측이 결합해서 조조를 잠정적으로 패배시켰다는 이야기가 성립한다. 이것이 '도원결의'에서 '조조의 화용도 패주'까지의 포괄적인 스토리가 될 수 있다. '도원결의'와 '삼고초려'의 추가에서 유비 측을 서사의 중심에 놓고자 하는 의도를 읽을 수 있다. 그러나 이것도 내적으로 보면 수미일관하게 그러한 스토리를 밀고나간 것이 아니다. 추가된 삽화들이 모두 그러한 스토리 원칙하에 선택되었다고 보기 어렵기 때문이다. 즉 삽화들이 모두 인과 관계에 있지 않은 것이다. 예컨대 관운장이 조조를 의리 때문에 살려 보내는 것이 결말이 되려면 조조와 관운장의 관계가 〈적벽가〉 어디에선가 중요하게 서술되어야 하나 그렇지 않다. 마찬가지로 '적벽대전'이 '도원결의'나 '삼고초려' 또는 '장판교 대전'과 축차적 관계에 있지 않다.

따라서 다른 판소리 마당과 달리 〈적벽가〉의 서사적 완결성은 삽화들 사이의 축차적 상관성이나 일관성보다는 다른 데서 찾아야 한다. 즉 유동적인 삽화들을 포괄하는 어떤 원리를 상정할 필요가 있는 것이다. 다시 말하면 '도원결의', '삼고초려', '장판교 대전'만 추가된 박봉술의 창본과 여기에 '박망파 전투', '노숙 유세', '공명의 주유 격동' 및 '공명 차전'이 추가된 김연수 창본과 '공명의 동남풍 빌기'와 '조자룡 활쏘기'가 '조조의 잔치' 앞으로 온 한승호와 이선유 창본이 모두 하나의 〈적벽가〉일 수 있는 어떤 원리를 생각할 필요가 있는 것이다.

다시 '조조의 잔치' 이전에 추가된 삽화들로 돌아가면 이 삽화들에서 크게 두 가지 특징을 추출할 수 있다. 하나는 이 삽화들의 주도 인물들이 '노숙 유세'를 제외하고는 유비 측 인물들이라는 점이다. 물론 앞에서 지적했듯이 이것이 삽화들의 축차적 관계를 형성하지는 않지만 '조조의 잔치' 이후의 '공명의 동남풍 빌기', '조자룡 활쏘기' 두 삽화의 행위 주체와 느슨한 방식으로 연결된다. 다른 하나는 '노숙 유세', '공명의 주유 격동', '공명 차전(借箭)' 등의 삽화가 '적벽대전'의 서사적 맥락을 강화하고 있는 점이다. 이 삽화들의 추가로 '노숙 유세'에서 '조조의 화용도 패주'까지는 하나의 연속된 서사가 되는 것이다. 이렇게 연결된 '조조 잔치' 이전과 이후의 이야기들은 서사 진행 방식과 주제의 측면에서 일관성을 갖는다.

우선 서사 진행 방식을 보면 전반부에서 도원결의를 한 유·관·장 세 사람이 삼고초려로 제갈공명을 얻으며, 장판교 대전으로 위기에 처한 유비 측의 제갈공명이 동오로 건너가 활약하는데, 이것이 결국 적벽대전으로 귀결된다. 삽화들 사이의 인과적 맥락은 부분적으로만 형성되어 있으나 전반부 전체의 서사는 적벽대전으로 초점이 맞추어진다. 그런가 하면 후반부는 적벽대전 이후 조조가 패주하여 화용도 소로로 유인되고 결국은 막다른 상황에서 관우와 조우하게 되는 것으로 구성되어 있다. 하나의 초점으로 몰아가는 방식의 서사가 전후에 반복되고 있는 것이다.

주제의 측면에서 일관성은 무엇보다 '도원결의'와 '삼고초려'에 표출된 제세구민(濟世救民)의 이념이 '군사 설움 타령'에서 잘 드러나는 일상적 행복의 추구와 연계되는 데서 확인할 수 있다. 이 점에서 새로운 삽화의 추가는 〈화용도타령〉의 주제 의식의 연장 및 확대로 볼 수 있다. '도원결의'와 '삼고초려'에서 유비는 도탄에 빠진 백성을 구한다는 명분을 내세우고, 이 명분으로 은둔해 있는 제갈공명을 이끌어내어 조조와 대결하는데, 이러한 유비 측에 대해 조조의 군사들이 긍정적 시각을 보이고 있다. 따라서 〈화용도타령〉에서 〈적벽가〉로의 이행을 중심으로 보면, 고난에 빠진 조조 군사들이 바로 도탄에 빠진 백성이라 할 있고, 그들이 긍정적으로 생각하는 유비 측의 제세구민의 이념을 '도원결의'와 '삼고초려'의 두 삽화를 통해 강조했다고 볼 수 있기 때문이다.

이러한 일관성은 대칭적 구조와 함께 명창들마다 편차를 보이는 여러 〈적벽가〉가 서사적 완결태가 될 수 있게 한다.

(* 이 글은 『판소리연구』(22)(2006)에 발표된 「〈적벽가〉의 대칭적 구조와 완결성의 문제」를 편집자의 요구에 따라 수정한 것으로 각주와 참고문헌을 생략하였으므로 이에 대해서는 원래의 논문을 참고하기 바람)

『변강쇠가』에 나타난 奇怪的 이미지와 그 社會的 含意

서유석

1. 기괴하고 비정상적인, 하지만 삶의 진실을 담고 있는 〈변강쇠가〉

문학의 본래 목적이 삶의 총체적인 모습을 드러내는 것이라면 문학 작품 안에는 아름다운 것과 아름답지 않은 것이, 혹은 정상적인 것과 비정상적인 것이 공존하고 있어야 할 것이다. 아름다우면서 보편적인 정서와 가치를 노래하고 이야기한 작품은 다양하지만, 아름답지 않고 추하며, 공포와 혐오의 정서를 불러일으키는 작품은 그리 많지 않아 보인다. 하지만 『변강쇠가』는 삶의 총체적인 모습을 드러낼 때, 아름다운 것보다는 그 반대의 것에, 정상적인 것보다는 비정상적인 것에 더 많은 관심을 보이고 있다.

『변강쇠가』에 나타나는 아름답지 않은 것과 비정상적인 것에 대한 관심은 다른 판소리 전승 5가와의 가장 큰 차이점이라 할 것이다. 일단 『변강쇠가』는 비정상적이고 혐오스러우며 공포스러운 묘사로 가득하다. 또한 등장인물들은 모두 부정적인 형상의 인물들이며 그들이 벌이는 사건은 갈등의 해소 없이 결말을 맺는다. 결국 신재효에 의해 판소리 여섯 마당의 하나로 정리된 『변강쇠가』는 전승 5가와는 달리 일찍 소리를 잃어버렸는데, 『변강쇠가』가 이렇게 쉽게 실전된 이유를 작품이 드러내는 기괴한 묘사 때문으로 쉽게 단정할 수는 없겠지만, 이러한 점이 전승 5가와『변강쇠가』를 뚜렷이 구분하는 특징임은 확실해 보인다.

이러한『변강쇠가』의 독특한 위상은『변강쇠가』가 조선 후기 문학에서, 특히 다른 판소리 문학에서 쉽게 찾아 볼 수 없는 기괴성을 구현하고 있다는 점에서 그 의미를 찾아볼 수 있을 것이다.

『변강쇠가』는 조선시대 유교 이념이 금기시하는 성, 죽음, 신체에 관한 逼眞한 묘사를 보여주고 있다. 성, 죽음, 신체와 같은 소재들은 인간의 삶의 일부로 누구나 인생에서 만나고 겪어야 할 문제들이다. 하지만『변강쇠가』는 당대의 이념이 금기시하여 함부로 드러낼 수 없는 이러한 소재들을 정상적으로 표현하지 않고 비정상적이고, 기괴하게 드러낸다. 결국『변강쇠가』가 보여주는 기괴한 묘사에는 분명히 현실적이고 사회적인 의미가 내포되어 있을 것으로 짐작할 수 있다.

그렇다면 이러한 기괴적 이미지들이 가지고 있는 의미는 무엇일까?『변강쇠가』에 나타나는 기괴적 이미지들은 단순히 조선 후기 전환기적 사회상의 반영이라고 보기에는 너무 극대화 되어 있다.『변강쇠가』의 기괴적 이미지가 주요한 대상으로 삼는 인간의 육체, 죽음, 성이라는 소재는 당대 사회 이념이 唾棄視하거나 금기시하던 존재이기 때문이다. 이처럼 기존의 사회 질서가 꺼리는 소재가 기괴로 극대화 되어 있는 데에는 전환기적 사회의 반영과는 또 다른 사회적 함의를 찾아 볼 수 있을 것이다. 마찬가지로 작품에 나타나는 기괴적 이미지들은 변강쇠의 뒤틀린 성격에서 유래된 기괴적 행위만을 풍자하고 있지는 않아 보인다. 작품에 드러나는 기괴적 이미지는 변강쇠라는 개인에 한정되어 있지 않다. 앞서 지적한 바와 같이 기괴적 이미지가 주요한 대상으로 삼는 인간의 신체, 죽음, 성이라는 것은 인간의 삶에서 필연적인 조건들이기 때문이다. 따라서『변강쇠가』에 나타나는 기괴적 이미지들은 변강쇠라는 개인에 한정되지 않는, 당대의 사회적 함의를 내포하고 있을 것이다.

2. 기괴와 기괴적 사실주의

『변강쇠가』는 기괴적인 이미지들로 가득한 작품이다. 작품의 기괴적 이미지가 어떠한 의미를 가지는지 알아보기 위해서는 먼저 기괴의 개념이 무엇이며, 기괴가 보여주는 현실적, 사회적 의미인 기괴적 사실주의의 개념을 설정할 필요가 있다.

먼저 Philip Thomson의 정의에 따르면 기괴란 양립할 수 없는 것들의 작품과 반응 속에서의 해결 안 된 충돌이며, 동시에 공존할 수 없는 양면성이 함께하는 비정상으로 정의할 수 있다. 기괴가 가지고 있는 '비정상'은 공포와 혐오에 부적절하고 부적합한 희극적 요소와 웃음이 침투할 때 일어난다. 즉 기괴란 기본적으로 절대로 어울릴 수 없을 것 같은 두 가지 감정의 결합이다.

기괴가 가지고 있는 첫번째 요소는 공포, 끔찍함 또는 혐오감이다. 이는 비정상적인 것, 기묘한 것, 섬뜩한 것 등으로 설명할 수 있다. 따라서 기괴가 공포와 혐오스러운 느낌을 전달하기 위해서는 표현된 사건과 묘사의 육체적 실제성이 필요하다. 즉 기괴는 어떠한 경우에도 그 묘사의 대상이 신체를 기반으로 하고 있다. 하지만 이 신체는 정상적인 신체를 의미하지는 않는다. 멀쩡한 신체를 통해 공포나 혐오를 느끼는 경우는 없기 때문이다. 결국 어떠한 종류든지 기괴가 유발하는 공포와 혐오는 모두 신체적으로 잔인하거나 비정상적인 상태 또는 음란한 것에 대한 반응일 수 있다.

하지만 기괴가 신체를 기반으로 한다 하더라도 비정상적이며 기묘한 것의 그 두드러진 특징이 과장과 지나침에 있다고 한다면 우리는 쉽게 기괴를 초현실적이거나 공상적인 것으로 파악하게 된다. 하지만 기괴는 현실세계에서 벗어난 과장이 있다 하더라도 언제나 그 기반을 현실에 두고 있다.

결국 기괴가 가지고 있는 공포의 효과는 두 가지 전제를 필요로 한다. 첫 번째는 육체적 실제성을 가지고 있어야 한다는 것이다. 우리가 느끼는 공포와 혐오의 감정이 자신에 대한 신체적 위협과 위해로부터 시작된다는 것을 생각한다면 기괴가 육체적 실제성을 가지고 있다는 전제는 당연한 결과라 하겠다. 두 번째는 현실성 혹은 사실성이다. 기괴가 가상적인 세계에서 생경한 것들을 유발할 때 그 효과는 반감되거나 일어나지 않을 것이다.

기괴가 가지고 있는 두 번째 요소는 웃음 혹은 희극적 효과이다. 웃음을 유발하는 요소는 비정상적인 행위나 상태, 혹은 기대하지 않았던 행동이나 상황을 의미한다. 즉 우리가 웃게 되는 가장 큰 이유는 정상과는 다른 모습, 즉 비정상적인 모습을 보거나 혹은 기대하지 않았던 반응을 확인했기 때문이다. 또한 비정상적인 것들은 그 자체로 우스울 수도 있다.

앞서 정의 내린 바와 같이 기괴는 공포와 웃음, 혹은 혐오와 웃음이라는 양립할 수 없는 두 가지 요소의 충돌과 공존에서 일어난다. 만약 기괴가 한쪽 측면으로 기울어지면 그 본질적인 효과는 기대할 수 없다. 즉 기괴가 묘사하는 소름끼치는 내용이 사실로 드러날 경우 기괴는 더 이상 그 의미를 획득하지 못하고 공포로 전환된다. 마찬가지로 기괴가 웃음과 희극적 효과에 편향되면 기괴는 단지 이상한 웃음으로만 이해될 것이다. 하지만 두 가지 효과의 경계선에서 기괴라는 미적 특질이 교묘한 줄타기를 성공할 때 우리는 공포도 웃음도 아닌 기괴라는 새로운 미감을 느끼게 된다. 기괴는 공포와 혐오 그리고 희극적 효과 사이의 교묘한 줄타기이다.

기괴가 공포와 웃음, 혐오와 희화화 사이의 교묘한 줄타기라고 한다면, 이제 기괴가 구현하는 대상을 생각해 볼 필요가 있다. 기괴가 공포의 감정을 유발하기 위해서는 인간의 몸을 기반으로 해야한다는 육체적인 실제성에 대한 논의는 앞에서도 설명한 바다. 따라서 기괴가 구현되는 대상은 인간의 몸을 기반으로

하며 대개 인간의 신체, 죽음, 성에 치중되어 있다.

기괴적 이미지가 구현하는 인간의 신체, 죽음, 성에 관한 묘사는『변강쇠가』가 불리워지던 시대나 지금까지도 쉽게 담론화 할 수 없는 것들이다. 하지만 기괴가 이러한 소재를 주요한 대상으로 삼고 있다는 것에서부터 기괴적 이미지가 가지는 다른 의미를 생각해 볼 수 있을 것이다.

기괴가 공포와 웃음, 혐오와 웃음의 결합이듯이 성, 육체, 죽음의 기괴적 이미지가 민중 문화의 웃음과 결합할 때 기괴적 사실주의의 개념을 설정해 볼 수 있다. 그리고 이러한 기괴적 사실주의에 관한 주요한 개념은 바흐친의 라블레에 관한 연구에서 찾아볼 수 있다.

바흐친은 라블레에게 나타나는 물질 · 육체적 원리의 이미지들을 민중적인 웃음 문화의 유산으로 파악하였다. 바흐친이 라블레에게서 파악한 물질 · 육체적 원리란 인간의 구체적인 신체와 그 기능의 원리를 의미한다. 물질 · 육체적 원리에 의해 제시되는 인간의 신체는 극도로 과장되어 나타난다. 그리고 과장된 인간의 신체는 공포나 혐오의 감정을 불러일으킬 수 있다. 과장된 인간의 신체묘사가 환기하는 정서가 민중적인 웃음 문화의 유산이라면 이는 혐오와 웃음의 결합으로 이루어지는 기괴성의 구현이라고 할 수 있다. 바흐친은 이러한 기괴성의 구현을 '잠정적이고 조건부'로 그로테스크 리얼리즘으로 파악한 바 있다.

결국 바흐친이 이야기하는 기괴적 사실주의는 성, 죽음, 육체를 소재로 하는 기괴적 이미지가 웃음으로 표현되는 것이라 할 것이다. 그리고 이 웃음에는 당대의 사회, 특히 사회 지배 이념이나 규범, 질서에 대한 格下의 의미가 담겨 있다.

따라서 기괴적 사실주의의 가장 중요한 특성은 格下라 할 수 있다. 기괴가 선택하고 있는 중요한 대상인 성, 육체, 죽음은 인간의 삶에서 피할 수 없는 필연적인 조건들이다. 따라서 이들은 인간의 삶에서 중추적인 소재로 이루어져 있다. 하지만 이러한 소재들은 모두 기존의 사회 질서에서 쉽게 담론화 할 수 없거나 唾棄視되던 것들이다. 唾棄視되던 소재가 정상적이지 않은 기괴적 이미지로 들어날 때 기존의 사회 이념이나 규범은 종래의 권위를 잃고 격하된다. 또한 唾棄視되던 소재가 웃음으로 희화화 될 때 기존의 사회 질서는 다시 웃음으로 無化되어 아무런 의미를 가질 수 없을 것이다.

결국 기괴적 사실주의는 격하를 통해 기존의 질서를 웃음으로 無化시켜서 상층과 하층이라는 신분의 경계를 파괴한다. 즉 모든 인간을 동일한 차원으로 환원시키는 것이다. 또한 기괴적 사실주의는 기괴적 이미지를 통해 기존의 사회 질서에 대항하지 않으면서 기괴라는 전혀 다른 방법으로 당대의 사회 진실을 펼쳐 보이고 있는 셈이다.

3. 비정상적인 신체 묘사

『변강쇠가』에 나타난 인간의 육체에 대한 묘사는 모두 과장되어 있다. '만가지' 병으로 뒤덮인 강쇠의 몸은 묘사된 기괴적 이미지를 상상하는 것 자체가 끔찍하고 혐오스럽다. 또한 강쇠의 몸을 치료하는 과정에서 드러나는 해부적 신체 묘사는 인간의 몸을 하나의 물질로 파악하고 있는 듯이 보인다.

『변강쇠가』에 드러나는 비정상적인 신체 묘사와 비정상적인 과장은 살아있는 강쇠의 신체에만 한정되지 않는다. 강쇠의 시신은 죽어서도 계속해서 비정상적인 상태로 남아있다. 시신이 가지고 있는 그 끔찍한 형상은 더 이상 인간의 시신으로 인정받지 못하고 빨리 치워버려야 할 귀찮은 존재로, 그리고 갈퀴같은 험악한 도구로 함부로 해맬 수 있으며, 결국에는 절벽에 갈아 버릴 수 있는 하나의 물건으로 물질화된다. 따라서 비정상적인 신체 묘사가 가장 확대되어 있는 부분은 강쇠의 시신으로 볼 수 있다.

강쇠의 시신은 옹녀에게 그리고 치상꾼들과 뎁득이에게 정중한 상례를 위한 공경과 금기의 대상이 아니다. 그저 빨리 치워버려야할 대상이자 물질일 뿐이다. 이렇게 격하된 강쇠의 육체는 쉽게 상상할 수 없는 처분을 받게 된다. 하나의 물질로 격하된 강쇠의 육체는 또한 공포의 대상이다. 이는 강쇠의 원혼이 옹녀에게 접근하는 수많은 남자를 죽였기 때문이며 치상꾼들이 죽은 이유는 모두 무서운 강쇠의 시신을 보았기 때문이다. 온몸에 부스럼과 피고름이 맺힌 채로 두 눈을 부릅뜨고 일어서서 장승의 모습을 하고 죽은 강쇠의 시신은 그 자체로 공포스럽다. 하지만 이러한 공포가 시신을 단순한 공포의 대상으로만 고정시키지는 않는다. 오히려 뎁득이가 시신의 눈을 감기는 방법을 살펴보면 강쇠의 육체는 한껏 희화화된다.

그 제엄이를 할 숑쟝이 엇터케 죽어단 말이오 쌀근 일어셔셔 두 쥬먹 쌀근 쥐고 이 놈이 연에 해석ᄒ여 누를 콱 차고 두 다리 뻐듸되고 누를 탁 츠즈고 두 눈을 쪽 부릅셧쇼 엑계 그거시 용변 이어든 그도 갓슈계 집의 갈키 잇쇼 예 잇쇼 그 놈의 눈구멍을 늬가 아이 보려ᄒ니 고기를 슉이고셔 그 놈눈 웃시욱을 글거셔 덥풀테니 마노릐ᄂ 밧게 셔셔 갈키가 웃시욱에 닷커든 닷다 ᄒ오 이 놈이 갈키 들고 시체방에 들어셔셔 고기를 쎡 슉이고 두 손으로 갈키 들어 숑쟝 눈에 다이면셔 웃시욱에 다앗쇼 여인이 뒤에 셔셔 죠금 올이시오 ᄃ웃쇼 죠금 늬리우시오 ᄃ앗쇼 ᄃ앗쇼 쪽 잡아 글근 거시 손이 쭉금 밋그러져 아릐시욱 글거 노니 눈이 쑥 불거져셔 앙ᄒ고 처량이 재조를 ᄒᄂᆫ구나 가아니 치아다 보더니 이 놈이 쮜쌱 놀나 갈키를 늬바리고 바로 쮜여 도망홀 졔 그물의 늬 맛튼 수어 쮜듯 션불 마진 호랑이 닷듯 곳 들고 씌ᄂᆫ구나.
(강한영 역주 『신재효판소리 사설집(全)』)

뎁득이는 강쇠의 시신이 원한에 가득차 있음을 알고 죽은 강쇠의 눈을 먼저 감기려 한다. 강쇠의 원혼을 인정하고 두려워하던 뎁득이는 일단 죽은 자에 대한 기본적인 공경의 태도를 가지고 있는 것처럼 보인다. 하지만 뎁득이에게 강쇠의 시신은 공경의 대상이 아니다. 빨리 치워버려야 할 물건에 지나지 않는다.

그리고 강쇠의 치상이 끝나야 뎁득이는 원하던 옹녀를 얻을 수 있다. 이렇게 되면 강쇠의 시신은 일반적인 의미의 시체일 수 없다. 그저 뎁득이에게 귀찮은 물건일 뿐이다. 또한 뎁득이는 죽은 자에 대한 일말의 동정조차 보이지 않는다. 결국 귀찮은 존재의 그 무서운 눈을 감기기 위해서 뎁득이가 사용하는 도구는 커다란 갈퀴이다. 갈퀴를 사용해서 죽은 자의 눈을 감긴다는 발상은 매우 섬뜩하다. 원한 때문에 두 눈을 부릅뜨고 죽은 자에게 조용히 다가가서 그의 원혼을 위로하며 조심스레 감겨도 시원찮을 눈을 뎁득이는 갈퀴를 이용한다. 확 긁어서 부릅뜬 두 눈을 덮어 버릴 셈이다. 강쇠의 시신이 어떻게 되든지 그것은 별 관계가 없다. 치상을 위해 그저 눈만 감기면 그만인 것이다. 그리고 이러한 상황은 섬뜩함을 넘어서 희화화되고 있다.

뎁득이는 직접 강쇠의 눈을 쳐다보지 못하기에 옹녀에게 갈퀴가 눈에 닿았는지를 묻는다. 그리고 미끄러져 내린 갈퀴는 눈을 감기기는커녕 부릅뜬 눈을 선불 맞은 호랑이같이 더 크게 뜨게 하고 더욱 무서운 형상으로 만들고 만다. 시신의 눈을 갈퀴로 덮는다는 상황은 아무리 생각해도 매우 섬뜩하고 끔찍하다. 특히 강쇠의 원혼이 어떤 것인지 알 수 있는 상황에서는 더욱 그러하다. 그리고 이런 감정은 공포를 유발한다. 하지만 그 공포를 처리하는 방법은 매우 희극적이다. 원한이 가득 담겨 부릅뜬 강쇠의 눈을 감기는 과정은 꼭 봉사가 문고리 찾는 모습이다. 시신을 시신으로 보지 않기에 갈퀴로 눈을 감길 수 있으며 여기에서 일차적인 웃음이 일어난다. 그리고 이 웃음은 일반적인 웃음이 아니다. 공포의 감정이 무화되며 일어나는 기괴한 웃음이다. 결국 감기려던 눈은 더욱 무서운 형상이 되고 그 형상에 놀란 뎁득이는 '곤 들고 째'버려 희화화된다. 여기서 다시 한 번 웃음이 일어난다. 결국 시신의 공포스런 형상은 결국 웃음으로 마무리되고 공포와 웃음이 공존하는 기괴성이 구현되는 것이다.

이렇게 비정상적인 신체 묘사를 통해 기괴성이 극대화 되는 부분은 '갈이질 사설'이다. 더 이상 떨어지지 않는 강쇠의 시신을 뎁득이는 절벽에 놓고 천천히 갈아 버린다. 그리고 이 갈이질 사설은 '들을 만하다'고 제시된다.

각셔리 셰 동난 여섯 송중 무더 쥬고 하직ᄒ고 간 연후에 덕득이 분을 ᄂᆡ여 사면을 둘너보니 곳곳흔 큰 솔나무 나리 두주 셔셔 흔가온ᄃᆡ 부인 틈이 스름 ᄒ나 가겻거든 두 쥬먹을 불근 쥐고 울울울 다름박질 솔틈으로 쑥 나가니 질머 진 송장짐이 우두둑 삼동 나셔 우 아ᄅᆡ 두도막은 흔에 절퍽 쎠러지고 가운ᄃᆡ 한 흔 도막은 북통 갓치 등에 붓터 암만히도 ᄶᆞᆯ 슈 업다 요간폭포괘장천 죠흔 절벽 차자가셔 등을 갈기로 드난ᄃᆡ 가리질 사설이 드를 만ᄒ여 어기여라 가리 질 광산에 쇠방이고 문장공부 가리질 십년을 마일검 협격의 가리질 어긔여라 가리질 춘풍에 졔 나부가 향ᄂᆡ만 ᄎ자가다 거무줄을 몰나시며 산양에 져 장ᄭᅵ 가 쇼리만 차자가다 포수 우레 몰나ᄶᅮ나 어기여라 가리질 몬자 죽은 여덜 송장 젼감이 발갓ᄂᆞᆫᄃᆡ 철모로ᄂᆞᆫ 이 인생이 젼철 발바구나 어기여라 가리질 네 번ᄎᆡ 죽은 목심 간신이 사리시니 조흘시고 공세상에 오입 참고 스름되ᄉᆡ 어기여라 가리질 훨신 가라 바린 후에 ……

뎁득이는 절대로 떨어지지 않는 시신을 이제 물리적으로 떼어 버리려 한다. 소나무 두 그루가 나란히 서서 사람 하나 지나갈 빈틈을 등에 송장을 진 채로 통과하니 시신은 끔찍하게도 삼등분된다. 즉 등에 붙은 부분을 제외하고 위 아래 두 부분은 땅에 질퍽 떨어지는 것이다. 이제 강쇠의 신체는 윤리적 의미조차 부여 받지 못하고 있다. 사람의 시신을 함부로 해서는 안된다는 기본적 윤리관 도 적용되지 않는 것이다. 그저 하나의 물질일 뿐이다. 또한 시신은 더욱 비참한 형상을 갖게 된다. 눈을 갈퀴로 덮는 것과는 비교할 문제가 아니다. 이제 뎁득이 의 등에 붙은 강쇠의 시신은 귀찮은 존재를 뛰어넘어 절벽에 갈아 버려도 시원 찮을 지극한 혐오의 대상이다. 그리고 시체를 갈아 버림으로 해서 강쇠의 시신 은 더욱 물질화된다.

완전히 삼등분으로 조각조각 나누어진 강쇠의 시신은 이제 벽에 갈려 완전히 사라진다. 강쇠는 장승의 동티로 첫 번째 죽음을 맞고, 다시 뎁득이의 꾀로 삼등분이 되어 토막나는 두 번째 죽음을 맞는다. 하지만 강쇠의 끔찍한 죽음은 이로서 끝나지 않고 다시 절벽에 갈려 흔적 없이 사라지는 세 번째 죽음을 맞게 되는 것이다. 이렇게 계속되는 강쇠의 죽음에서 강쇠의 신체는 인간의 것이 아니다. 강쇠의 원혼이 아무리 끔찍한 해코지를 부렸다 하더라도 강쇠의 신체는 정상적으로 매장될 권리가 있다. 강쇠도 인간이기 때문이다. 하지만 강쇠의 신체는 하나의 물질일 뿐 더 이상 인간의 신체가 아니다. 그저 끔찍한 형상일 뿐이다.

이렇게 끔찍한 형상은 갈이질 사설이라는 '들을 만한 노래'로 풀이된다. 그리고 한 사람의 시체를 매장하지 않고 갈아 버리는 갈이질 사설은 매우 섬뜩하다. '들을 만한 노래'라는 것은 어떠한 의미일까?『변강쇠가』가 소리를 잃어 버렸기에 해당 사설의 음조와 장단은 살필 수 없다. 하지만 이 부분을 계면과 같이 슬픈 감정을 가지고 부른다면 갈이질 사설의 공포는 한층 배가 될지도 모른다. 마찬가지로 이 부분을 평조나 우조와 같이 평범하게 드러내거나 혹은 장엄하게 부른다면 시체를 갈아버리는 장엄함을 드러내는 기괴성을 구현함에는 틀림이 없을 것이다. 어떠한 경우이든 간에 사람의 시체를 갈면서 노래를 한다는 것은 매우 어울리지 않는 광경임에는 분명하다. 그리고 확실히 이 부분은 분명히 시체를 갈아 버린다는 섬뜩함을 웃음으로 그 의미를 전이시키고 있다.

뎁득이가 시체를 갈아 버리는데 있어 일말의 불안감이나 강쇠에 대한 미안함 혹은 동정심 따위는 조금도 찾아 볼 수 없다. 그저 철모르는 자신의 인생이 안 좋은 전철을 밟았을 뿐이라고 여긴다. 사람의 시체를 갈아 버리면서 자신의 신세를 한탄한다는 것은 상상할 수 없는 일이다. 그렇다고 뎁득이가 자신의 신세를 한탄하고 앞으로의 생활에 대해 희망을 가진다고 하여 갈이질 사설이 슬픈 느낌을 주는 것은 아니다. 이태백이 문장 공부를 하듯이, 협객이 칼을 갈듯이 열심히 갈아야 하는 것이다. 열심히 갈아야 강쇠의 시신도 떨어지고 잘못 들어선 자신의 인생도 '오입 참고 사람될 수' 있는 것이다. 결국 갈이질 사설은 시체를 갈아 낸다는 섬뜩함을 뎁득이의 후련한 마음으로 뒤바꾼다. 즉 섬뜩함과 공포가 웃음으로 뒤바뀌는 것이다.

결국 갈이질 사설은『변강쇠가』내에서 가장 기괴성을 잘 구현하고 있는 부분이다. 시체를 갈아 버린다는 극도의 공포는 강쇠의 원혼에서 벗어나는 뎁득이의 후련함과 새로운 인생의 출발에 대한 희망으로 뒤바뀐다. 강쇠의 시신이 사라짐으로써 뎁득이에게는 새로운 인생이 열리는 것이다. 한 사람의 시신이 흔적 없이 사라지는 공포가 웃음을 통해 다른 인물에게 새로운 삶의 의미를 전달하는 것은 완진히 양립될 수 없는 것들의 결합이다. 이렇게 공포가 웃음을 통해 희망으로 전이되어 기괴의 극치를 보여 주는 것이다.

4. 죽음의 희화화

죽음은 인간이 느끼는 가장 큰 공포이다. 하지만 죽음이 반복될 때, 반복되는 죽음이 어이없이 표현될 때 우리는 공포에 대한 감각마저 상실할 수 있다.『변강쇠가』는 작품의 첫 부분부터 죽음을 이야기한다. 이 죽음은 옹녀에 관한 것이다. 죽음이 인간에게 불가항력적인 운명이라면 옹녀의 주변에서 등장하는 죽음은 옹녀의 불행한 운명을 상징한다. 동시에 옹녀의 능력 밖의 일이다. 그리고 이러한 죽음은 공포로 느껴질 수 있다.

> …… 사주에 청상살이 겹겹이 싸닌 고로 상부를 ㅎ여도 징글징글ㅎ고 씨긋씨긋ㅎ게 단콩 주어 먹듯 ㅎ것다

하지만 청상살이 끼인 옹녀의 운명은 죽음이라는 공포처럼 보이지 않는다. 오히려 징글징글하고 지긋지긋하며 더 나아가 단콩 주워 먹듯 쉽고 재미있어 보인다. 그리고 연속되는 죽음의 묘사는 죽음이 더 이상 공포스러운 대상이 되지 않고 희극적으로 변화되어 하나의 말장난처럼 표현된다.

열다섯에 어든 서방 첫늘밤 잠자리에 급상한에 죽고, 열여셧에 어든 서방
당창병에 튀고 열일곱에 어든 서방 용천병에 페고 열여듧에 어든 서방 베락마
져 식고 열아홉에 어든 서방 천하에 대적으로 포청에 써러지고 스물살에 어든
서방 비상 먹고 도라가니 서방에 퇴가 나고 송장 치기 신물난다 이삼년식 걸녀
가며 상부를 홀지라도 소문이 흉악홀 듸 한 히에 흔나식을 전예로 처치ᄒ되
이것은 남이 아는 지동서방 그남은 간부 애부 거드모리 싀호루기 입 한번 마춘
놈 젓 한번 쥐인 놈 눈 흘네흔 놈 손 만져 봇 놈 심지에 치마귀에 상쳑자락
얼는 한 놈ᄭ지 듸고 결단을 늬는듸 한 돌에 뭇을 넘겨 일년에 동반 한 동 일곱
뭇 윤삭 든 히면 두 동 뭇슈 듸고 셜그질졔 엇더케 씰어썬지 삼십리 안팟 상토
올인 사나히ᄂ 고사ᄒ고 열 다셧 너문 총각도 업셔 게집이 밧을 갈고 처녀가
집을 이니 황 평양도 공론하되 이년을 두어싸는 우리 두 고듸에 좃 단 놈 다시
업고, 여인국이 될 터이니 쪼칠 밧기 슈가 업다

여기서 옹녀가 떠나 보낸 서방은 모두 6명이다. 그리고 그들의 죽음은 우리의
일상에서도 비극적이라기보다는 희극적인 죽음들이다. 그들의 죽음은 성에 의
한 것이거나 불치병, 우연 등 여러 가지 이유가 있으나 이러한 죽음을 바라보는
태도는 더욱 희극미를 보여 준다. 죽음은 처음에는 '죽고' 였지만 뒤로 갈수록
'튀고, 페고, 식고, 써러지고' 처럼 희화화된다.

또한 상부살에 의한 옹녀의 비극은 '서방'에만 한정되지 않는다. 모든 남자들
의 죽음을 불러 오는 것이다. 결국 이러한 상황은 옹녀에게 사회적인 죽음을
가져다 준다. 다시 말해서 황해도와 평안도로 설정된 공동체에서 쫓겨나게 되는
것이다. 이는 서종문이 지적한 바대로 유랑화되는 것인데 옹녀의 유랑화는 자신
과 관계된 남자들의 생물학적인 죽음에 비견되는 사회적 죽음을 의미한다.

죽음의 과장과 묘사의 나열은 더 이상 공포스러운 의미를 획득하지 못하고
있다. 상부살로 시작되는 옹녀와 관계된 죽음은 한두 번의 공포를 넘어 '죽음의
난장판'을 만들고 있는 것이다. 또한 이러한 죽음의 난장판을 보는 황해도 평안
도 사람들의 태도도 재미있다. 그들은 '죽음의 난장판'을 희화화한다. 남자가 아

니라 "좆단 놈"이 다시 없을 여인국으로 죽음을 희화화한다.

이제 옹녀와 관계된 죽음은 공포스럽지 않다. 반복되는 죽음은 오히려 장난스럽게 다가오고 더 나아가서는 죽음이라는 공포가 무의미하게 느껴지게 된다. 이러한 공포와 유희가 혼재된 양상은 뒤이은 옹녀의 태도에서 더욱 확장된다.

> 양도가 합세ᄒ야 훼가ᄒ야 쪼츠니 이년이 흘릴업셔 쫏기여 나올 젹에 파랑
> 보찜 엽페 씌고 동백기름 만니 발ᄂ 낭ᄌ를 곱게 ᄒ고 신호 비녀 질너시며 출유
> 장옷 엇미이고 힝쫑힝 쏭 나오면셔 혼자 악을 스ᄂ구나 어이 인심 흉악ᄒ다
> 황 평 양서 아니면은 살듸가 업거ᄂ냐 삼남 좆은 더 좃타두고

옹녀는 공동체에서 쫓겨나는 사회적인 죽음 앞에서도 위축되거나 수그러들지 않는다. 또한 연속되는 남편의 죽음과 자신과 관계된 죽음에 대해서도 마찬가지이다. 오히려 더욱 당당하게 "황 평 양서 아니면은 살듸가 업거ᄂ냐 삼남 좆은 더 좃타두고"라며 당당히 사회적인 죽음을 받아들인다. 이러한 옹녀의 모습은 공포에서 웃음으로 넘어온 복합적인 정서를 다시금 알 수 없는 미묘함으로 이끌고 간다. 상부살로 시작되는 공포는 거듭되는 죽음과 희극적인 묘사로 희화화된 뒤 초연하고 당당하게 떠나가는 옹녀를 통해 기괴함을 얻게 되는 것이다. 이렇게 묘사된 옹녀는 그 자체로 기괴하다. 희화화 및 풍자의 대상으로 보기에는 그녀를 둘러싼 죽음의 의미가 너무 크다. 그렇다고 많은 사람들의 죽음과 그 앞에 선 옹녀의 당당한 모습을 공포로 느끼기에는 뭔가 앞뒤가 맞지 않는다.

이런 상황을 기괴라 부를 수 있다. 옹녀가 기괴한 형상을 가지게 됨으로써 옹녀가 본래 가지고 있던 하층 부녀 전형으로서의 비극적 삶 자체는 희화화를 넘어서 기괴하게 형성된다. 옹녀가 선택하지 않은 삶의 비극은 그 자체로는 슬픔과 공포로 독자에게도 비슷한 감정을 불러일으켜야 하지만 그 감정은 단일한 것이 아니다. 이렇게 단일하지 않은 감정은 충분히 기괴성의 구현으로 생각할 수 있다.

5. 과장된 성묘사

『변강쇠가』가 소리를 잃어버린 지금까지도 성적 능력이 뛰어난 남자를 '강쇠'라는 별명으로 부르는 모습은 주변에서 쉽게 찾아볼 수 있다. 마찬가지로 음란한 여자의 대명사는 언제나 '옹녀'로 지칭되기도 한다. 이렇게 『변강쇠가』에서 쉽게 연상할 수 있는 내용은 성에 관한 것이다. 하지만 『변강쇠가』에 등장하는 성은 정상적인 형태를 많이 벗어나 있다. 성에 관한 이야기는 어느 정도까지 이루어 질 경우 재미있는 농담이나, 통쾌하고 유쾌한 이야기로 받아들여질 수 있다. 하지만 『변강쇠가』에 드러나는 성적인 이미지는 어느 한도를 넘어 극대화된다. 특히 『변강쇠가』가 불리워지던 당대의 사회 이념이 성을 억압하던 것을 생각한다면 매우 과장된 성묘사는 그 자체로 기괴성을 구현할 수 있다. 즉 성이라는 금기시된 소재를 담론화 하는 재미와 비정상적인 묘사로 인한 혐오가 뒤섞이면서 기괴성을 구현하게 되는 것이다.

먼저 옹녀를 통해 드러나는 과장된 성묘사를 살펴본다.

옹녀는 성적인 매력이 뚜렷한 인물이지만 그녀의 성은 죽음과 많은 연관이 맺어져 있고 긍정적인 의미를 포함하지 않는다.

> …… 평안도 월경촌에 게집 흔나 잇스되, 얼골로 볼쪽시면 춘이월 반개도화 옥빈에 얼이엿고, 초생에 지는 달빗 아미간에 빗최엿다. 앵도순 고흔 입은 빗는 다채 실홍필로 쩍 들립더 쑥 씩은 듯, 세류굿치 가는 허리 봄바람에 흐늘흐늘 씽그리며 웃는 것과 말ᄒ며 걸는 태도 서시와 포사라도 쫄를 수가 업건마는 사주에 청상살이 겹겹이 싸닌 고로 ……

옹녀는 언제나 부정적이고 음란한 여성으로 그려진다. 하지만 옹녀의 외모에 관한 묘사는 일반적인 미인의 그것과 다를 바 없다. 얼굴은 복숭아꽃같이 혈색이 적당하고 눈썹은 초승달 모양으로 어여쁘다. 하지만 같은 아름다움도 일반적인 미인의 형상에서는 선녀의 이미지가 강하다면 옹녀에게는 음란한 이미지가 강하다. 결국 뒤이은 묘사는 옹녀의 부정적인 성 이미지를 강조한다. 입술은 앵두빛 마냥 붉고 허리는 봄바람에 흔들릴 만큼 가늘지만 옹녀의 아리따운 자태와 행동거지는 선녀의 그것이 아니다. 옹녀의 아름다움을 강조하기 위해 선택된 비교 대상은 서시, 포사와 같이 나라를 위기에 빠뜨린 좋지 않은 인물들인 것이다.

옹녀의 아름다움은 그 자체로 한정되지 않는다. 옹녀에게 아름다움은 긍정적인 의미가 아니다. 옹녀의 아름다움은 오나라를 멸망으로 이끈 서시와 같은 아름다움이며 주나라의 왕이 포사라는 한 여인에게 관심을 얻기 위해 제후들의 미움을 산 부정적인 아름다움일 뿐이다. 즉 옹녀의 아름다움은 부정적인 의미로 전이 되는 것이다.

결국 옹녀의 아름다움은 악마적 형상으로 전이되어 기괴성을 구현한다. 옹녀에게 빠진 남자들은 결코 옹녀가 만든 수렁에서 헤어 나올 수 없다. 옹녀가 만든 수렁은 그녀가 의도한 것이든 그렇지 않은 것이든 문제가 되지 않는다. 옹녀에게는 청상살이 있기 때문이다. 서시와 포사가 경국지색의 미모로 한 나라를 위기에 빠뜨린 것처럼 옹녀의 성적 매력에 빠진 남자들은 죽음으로 내몰린다.

> 이삼년식 걸너가며 상부를 홀지라도 소문이 흉악홀 듸 한히에 흔나식을 전례
> 로 처치흐되 이것은 남이 아는 지동서방 그남은 간부 애부 거드모리 싀호루기
> 입 한번 마춘 놈 졋 한번 쥐인 놈 눈 흘네흔 놈 손 만져 봇 놈 심지에 치마귀에
> 상쳑자락 얼는 한 놈ᄭᅵ지 듸고 결단을 늬는듸

그래서 옹녀와 관계있는 남자들은 모두 죽는다. 이 남자들은 모두 옹녀의 미모에 반해 성적으로 접근한 자들이다. 기둥서방은 물론이고, 급히 성교한 사람, 입을 맞추거나 몸을 건드린 사람뿐만 아니라 쳐다보거나 손 한번 잡은 사람까지 모두 예외가 없다. 그녀의 성적 매력은 모든 남자들을 휘어잡기에 충분한 것이다.

결국 옹녀의 성적 매력은 죽음이라는 공포를 동반한다. 즉 옹녀의 성은 죽음으로 과장되어 기괴성을 구현하는 것이다. 옹녀가 눈부시게 아름다운 외모를 가지고 있다 할지라도 옹녀에게 접근하는 것은 불가능하다. 옹녀와의 관계는 죽음을 의미하기 때문이다. 결국 옹녀는 '악마적인 성'을 지니게 된다. 하지만 이러한 옹녀의 '악마적인 성'을 이겨내고 그녀에게 접근하는 것은 변강쇠이다. 그리고 옹녀와 강쇠의 결연은 작품에서 가장 과장된 성묘사를 보여준다.

계집이 허락 후에 청석관을 처가로 알고 두리 손질 마죠 잡고 바우 우의 올나 가셔 대사를 자닉는듸 신랑 신부 두 년놈이 이력찬 것이라 일언 야단 업거쑤나 멀금한 되낫에 년놈이 훨셕 벗고 미순이 쏜 작난흘졔 천생음골 강쇠놈이 여인 양각 번 듯 들고 옥문관을 구버보며 이상이도 싱기엿다 맹랑이도 싱기엿다 늘근 즁의 입인넌지 털은 둣고 이는 업다 소낙이를 마자썬지 어덕 깁게 파이엿다 콩밧팟밧 지닉던지 돔부꼿이 비최엿다 독긔늘을 마져던지 금 발루게 터져잇다 생수처 옥답인지 물리 항상 고여 잇다 무슨말을 하랴 관듸 옴질옴질 ㅎ고 잇노 천리행용 나려오다 주먹바위신통ㅎ다 만경창파 죠기던지 혀를 쎄쑵 쌘여시며 임실 곡감 먹어썬지 곡감씨가 장물이오 만첩산중 으름인지 제라 절노 벌어졋다 健계탕을 먹어던지 둙긔 벼슬 비최엿다 파명당을 ㅎ엿썬지 더운 김이 그져 난다 제 무엇이 질거워셔 반튼 우셔 두엇구나 곡감 잇고 울음 잇고 죠기 잇고 연계 잇고 제사장은 걱정업다

옹녀의 성기에 대한 묘사는 매우 적나라하다. 옹녀의 성기는 '이상'하고 '맹랑'하다. 늙은 중의 입처럼 털은 있지만 이는 없고 소나기 맞은 언덕처럼 깊게 패였다. 또한 도끼날을 맞은 것처럼 금은 바르게 터져 있고 무슨 말을 하려는지 옴질옴질 하고 있다. 이런 외양은 먹을 것으로 연결된다. 만경창파의 조개처럼 혀를 삐쭘 내밀었으며 임실 곶감 같기도 하고 깊은 산중의 으름처럼 벌어져 있기도 하다. 결국 곶감, 으름, 조개, 연계와 같이 먹을 것으로 묘사되는 옹녀의 성기에서 강쇠는 "제사 장 볼 걱정"은 덜게 된다.

이와 같이 옹녀의 성기는 온갖 사물로 비유된다. 성기에 대한 비유는 일상에서 볼 수 있는 사물들로 채워져 있다. 하지만 이러한 일상적인 사물들은 여성의 성기로 쉽게 묘사되던 관습화된 상징들이 아니다. 주변에서 볼 수 있지만 쉽게 성기와 연결할 수 없었던 새로운 상징들이다. 일상화된 사물로 비유된 성기는 한껏 과장되어 비하된다. 드러내놓고 이야기 할 수 없었던 성기는 이제 하나의 사물처럼 아무것도 아닌 것처럼 펼쳐진다.

> 져 여인 반소ᄒ며 가품을 ᄒ노라고 강쇠 긔물 가르치며 이싱이도 싱기엿네 맹랑이도 싱기엿네 전배사령 셔랴는지 쌍걸랑을 늣게 들고 오군문 군노던가 복쎡이를 불게 씨고 닌물가에 물방안지 썰구덩덩 쓰덕인다 숑아치 말쪽인지 털곱비를 둘너쑤ᄂ 감기를 어더쓴지 말근 쇼ᄂ 무슴일고 성정도 혹독ᄒ다 화곳 남ᄂ 눈물난다 얼린아히 병일넌지 젓은 엇디 게워시며 제사에 쓴 수어인디 쇠장이 궁기 그져 잇다 뒤 쎨 큰 방노승인지 만듸가리 둥구린다 소년인사 다 비왓다 쇠박 쇠박 졀을 ᄒᄂᆡ 고초 씻턴 졀구쎤지 검불씨는 무삼 일고 칠팔월 알밤인지 두 쪽 한틔 부터잇다 물방아 졀구되며 쇠곱비 걸낭 드물 세간사리 걱졍 업ᄂᆡ

강쇠의 성기에 대한 묘사도 옹녀의 것과 마찬가지다. 그리고 더욱 과장되어 희화화된다. 일상의 사물로 비유된 옹녀와 강쇠의 성기는 더 이상 금기시되던 소재가 아니다. 당대의 사회 이념이 성을 억압했다 하더라도 性器는 인간에게는 어느 정도 감추고 싶은 대상임에 틀림없다. 하지만 기물타령에서 강쇠와 옹녀의 성기는 주변에서 쉽게 찾아 볼 수 있는 일상적 소재로 비유되어 있다. 즉 기물타령은 관습화된 성 상징을 사용하지 않고 성기를 일상용품에 비유함으로써 성기로 대표되는 성에 대한 관념을 파괴한다. 김종철의 지적대로 성기에 대한 과장이 극대화되어, 강쇠와 옹녀의 사랑이라는 전체를 종속적인 상황에 빠뜨리고 있는 경우를 기괴성의 구현이라고 한다면 강쇠와 옹녀의 기물타령도 기괴성을 구현하고 있는 것이다.

6. 『변강쇠가』에 나타나는 기괴적 이미지의 사회적 함의

기괴적 이미지들은 그 자체로 사회에 대한 공격적인 의미를 가지는 것으로 파악할 수 있다. 이는 기괴가 특별히 투쟁과 격변으로 점철된 혼란한 사회와 시대에 득세하는 경향을 보이는 것만으로도 이해할 수 있는 것이다. 특히『변강쇠가』의 기괴적 이미지가 선택하는 소재들은 앞장의 구현양상에서 살펴 본 바와 같이 모두 당대 사회질서와 유교이념이 禁忌視하고 唾棄視하는 신체, 죽음, 성에 관한 것들이다. 당대 사회가 금기하는 소재를 선택했다는 것만으로도 기괴적 이미지의 사회에 대한 공격적인 의미를 찾아 볼 수 있지만,『변강쇠가』의 기괴적 이미지는 단순히 사회에 대한 반항과 대항의 含意만을 가지고 있지는 않아 보인다. 오히려『변강쇠가』에 나타나는 기괴적 이미지들이 가지는 사회적 함의는 당대 사회 현실과 질서에 대한 반항이나 대항의 의미보다는 먼저 일탈의 의미를 가지고 있다고 할 수 있다.

일탈이란 기존 사회의 질서에 대한 저항과 개혁의 의미가 아니다.『변강쇠가』에 나타나는 기괴적 이미지는 당대 사회 질서와 규범을 개혁하려는 모습을 보여주지 않는다. 사회 질서와 규범에 대한 반항과 개혁의 의지는 그 사회를 올바른 방향, 혹은 자신들이 의미하는 방향으로 바꾸려는 의미를 내포하고 있기 때문이다. 하지만『변강쇠가』에 나타나는 기괴적 이미지는 이러한 의미를 내포하고 있지 않다. 기괴적 이미지가 주로 다루는 소재들은 당대 사회 질서와 규범이 唾棄視하고 금기시하던 것들이기 때문이다. 즉 기존의 사회 질서와 규범이 진지하게 바라보던 인간의 신체, 죽음, 성의 문제는 작품에 나타나는 기괴적 이미지를 통해 기존의 관념을 철저히 벗어나는 사회 질서와 규범의 전복과 일탈을 보여준다. 즉 『변강쇠가』에 나타나는 기괴적 이미지들은 당대 사회의 모순과 부조리를 그 시대가 가직 있던 사회 질서와 규범의 테두리 안에서 보여주지 않는다. 오히려 '기괴적 이미지'라는 전혀 다른 방법으로 기존 사회 질서와 규범에서 일탈하여 당대 사회의 진실이나 문제점을 정확히 지적하고 있는 것이다.

먼저 『변강쇠가』에 나타나는 비정상적인 신체 묘사에서부터 작품에 나타난 기괴적 이미지의 사회적 함의를 살펴보도록 한다. 앞장에서 살펴본 바와 같이 기괴적 이미지의 구현을 통해 드러니는 끔찍한 인간의 신체 묘사는 기존의 유교 관념에서는 전혀 상상할 수 없는 것이다. 특히 유교가 몸과 정신을 이분법적으로 나누어 생각하지 않았으며 '몸을 닦는다는 것'을 정신 수양이나 마음 수양과 같은 의미로 파악하고 있었음을 생각해 볼 때 일탈의 의미는 더욱 확연해 진다.

몸과 마음이 하나라는 유교의 신체관을 생각해 볼 때, 유교가 가르치는 가장 중요한 덕목 중의 하나인 孝의 근본은 개인의 신체가 그 자신의 것이 아니라 부모에게서 온 것이며, 더 나아가 자연적 세계질서에 기인한 것으로 파악한다. 즉 몸의 질서는 인간 세계 및 자연 세계의 질서 속에 속해 있기에 개인의 몸은 단순히 개인의 소유가 될 수 없다. 또한 몸의 질서를 깨뜨리는 것, 즉 인간의 신체를 함부로 대하는 것은 그 자체가 인간 세계의 질서를 파괴하는 일이며, 자연 세계의 무질서를 불러일으키는 것이다.

따라서 『변강쇠가』에 나타나는 기괴적 신체 이미지는 기존의 사회 지배 이념인 유교의 가르침에 정면으로 일탈하고 있다. 즉 효에 대한 가르침에 반대하여 몸을 소중히 하지 않거나 왜 몸을 소중히 해야 하는지 이유를 묻기 보다는 극단적으로 신체를 물질화하는 기괴적 이미지를 통해 공포와 혐오의 감정을 불러일으켜 기존 사회의 가르침에서 일탈하고 있는 것이다. 물론 기괴적 이미지가 보여주는 신체의 묘사는 몸을 소중히 해야 한다는 기존의 가르침에 직접적으로 반대하고 있는 것처럼 보인다. 하지만 『변강쇠가』에서 강쇠의 육체가 한 없이 기괴하게 묘사되는 데에는 특별한 이유를 찾을 수 없다. 강쇠가 장승에 대한 금기를 범해서 장승동티에 걸려 비참하게 병에 걸려 죽어간다 해도 갈퀴로 눈을 감기거나 벽에 갈려 시신이 없어질 만큼 극대화된 기괴성이 구현될 이유는 없는 것이다. 즉 부정적 형상의 인물인 변강쇠에 대한 징치라는 본래의 목적이 기괴적 묘사라는 수단에 종속되어 어느 것이 본래의 목적인지 뒤바뀌어 있는 셈이다.

그리고 이렇게 기존 사회 관념에서 일탈된 기괴적 신체 이미지는 기괴한 강쇠의 신체를 강쇠 개인의 것으로만 국한하지 않는다. 『변강쇠가』가 기본적으로 연행이 전제되어 있는 판소리 작품임을 상기한다면, 작품에 나타나는 기괴적 신체 이미지들은 상층과 하층이라는 경계를 넘어 판소리가 공연되는 '판'에 모인 모든 사람에게로 확대될 수 있다.

이제 상층과 하층의 경계를 넘어 모든 사람에게 동일하게 제시되는 기괴적 신체 이미지는 기존의 사회 이념인 유교의 가르침에서 완전히 일탈하고 있다. 또한 기괴적 신체 이미지가 단순히 공포와 혐오의 의미만을 드러내는 것이 아니라 웃음으로서 유교의 가르침을 格下하고 無化시키고 있다는 사회적 의미도 찾아 볼 수 있을 것이다. 일탈은 기존의 사회 질서에 반대하지 않고 벗어나고자 하는 것이다. 마찬가지로 격하된 유교의 지배 이념은 웃음으로 무화되어 아무런 의미를 가질 수 없게 된다. 즉 상층과 하층에게 동일하게 제시되는 강쇠의 몸이 비단 개인의 신체가 아니라 누구에게나 적용될 수 있는 것이 되고, 유교가 가르치는 효를 근본으로 하는 몸에 대한 외경이 뎁득이가 강쇠의 시신을 갈아버리면서 느끼는 후련함으로 희화화 될 때 유교가 가르치는 덕목은 완전히 격하되어 종래의 권위를 잃어버리게 된다. 일탈이 기존의 사회 질서에 반항하지 않고 기존 사회 질서에서 벗어나고자 하는 것처럼, 격하는 기존의 사회 질서에 대안을 제시하지 않고 기존의 사회 질서를 완전히 파괴한다.

결국 비정상적인 신체 이미지를 통해 나타나는 일탈의 의미는 기존의 사회 질서와 규범의 테두리에서 완전히 벗어나 전혀 다른 방법으로 당대 사회 문화의 진실을 폭로하는 것이라 할 수 있다. 기괴한 이미지를 통해 한껏 격하된 당대 사회 질서와 규범은 그 질서와 규범이 요구하는 방식에 의해 격하되고 풍자되는 것이 아니다. 기괴적 이미지라는 전혀 다른 방법으로 無化되어 당대 사회의 진정한 의미와 문제점을 다시 한번 생각하게 하고 있다.

이렇게 기괴적 이미지는 당대의 사회 규범과 질서가 가지고 있지 않은 전혀 다른 방식으로 당대의 사회 진실을 드러낸다. 이러한 사회적 함의는 죽음의 희화화를 통해서도 살펴 볼 수 있다. 『변강쇠가』에 나타나 있는 죽음은 숭고하거나 낭만적인 것이 아니다. 죽음은 기본적으로 인간이 느끼는 가장 큰 공포임에도 불구하고 지속적으로 반복되는 죽음은 말 그대로 '죽음의 난장판'을 만들고 있다. 문제는 죽음이 본래의 의미를 잃고 희화화되면서 드러나는 사회적 의미이다. 옹녀와 관계된 수많은 남자들의 죽음은 반복되면서 본래 의미를 잃고 있기도 하지만, 수많은 죽음이 희화화되면서 옹녀의 비참한 현실은 작품의 전면에 드러나지 못하고 있다. 즉 박일용의 지적처럼 죽음의 희화화로 옹녀의 상부살을 과장하는 것은 상부살 그 자체보다도 여러 차례 개가를 하는 옹녀의 행위를, 최소한의 생존을 위한 인간의 몸부림으로 보지 않고, 음심이 동하여서 그러는 것으로 매도하고 있다.

죽음이 희화화된다는 것은 그 자체로 기괴성을 구현하고 있는 셈이다. 하지만 죽음의 희화화를 통해 드러나는 기괴적 이미지가 격하하고 있는 대상은 옹녀의 상부살로 상징되는 과부 개가 금지의 규범이다. 옹녀는 하층 여성의 전형이다. 아무 것도 가진 것 없는 하층민이자 유랑민인 옹녀에게는 결혼과 정착만이 자신의 삶을 지탱할 수 있는 유일한 방법이다. 따라서 옹녀에게 개가를 금지하는 것은 곧 그녀의 삶을 빼앗는 것과 다를 바 없다.

죽음의 희화화는 앞장에서 제시한 옹녀의 청상살 부분에만 드러나는 것이 아니다. 강쇠의 치상과정에서도 찾아 볼 수 있다. 강쇠가 '장승 죽엄'을 하자마자 옹녀는 곧장 치상을 대신할 수 있는 '오입 남자'를 찾아 나선다. 그리고 옹녀의 유혹에 넘어온 여러 치상꾼들은 강쇠의 무서운 주검과 강쇠의 유언대로 차례대로 죽어간다. 또다시 '죽음의 난장판'이 벌어지는 셈이다. 마찬가지로 이 '죽음의 난장판'도 희화화된다. 치상꾼들의 죽음은 허무하다. 죽음이 가지는 숭고하거나 거룩한, 또는 비참한 의미를 찾아볼 수 없다. 승려는 합장을 한 상태에서, 초라니는 고사를 치루는 도중에, 뒤 이은 풍각장이 패도 자신의 재주로 죽은 원혼을 위로하는 절정의 순간에 차례차례 죽음에 이르게 된다. 이렇게 지속적인 죽음 앞에서도 옹녀는 굴하지 않는다. 강쇠의 유언이 말 그대로 실행된다 하더라도 옹녀는 계속해서 치상꾼들을 유혹해 온다. 이렇게 옹녀가 치상꾼을 유혹해와서 죽음의 난장판을 만드는 상황은 개가를 금하고 자신의 뒤를 따를 것을 무리하게 요구하는 강쇠의 유언, 즉 가부장제적 사회 규범을 희화화하여 格下하고 있다. 비록 강쇠의 유언은 작품의 말미에 까지 영향을 끼치고 뎁득이에 의해 해소되지만, 남편의 유언에도 불구하고 계속 치상을 대신할 '오입 남자'를 찾는 옹녀의 태도를 통해 강쇠의 죽음과 유언으로 상징되는 가부장제적 질서는 희화화되어 격하된다. 마찬가지로 웃음으로 격하된 가부장제적 질서는 완전히 無化되어 그 권위를 잃고 있다.

마찬가지로 죽음의 희화화를 통해 격하되고 무화되는 과부 개가 금지 규범과 가부장제적 질서는 당시 사회 질서와 규범에 대한 직접적인 풍자와 반항을 통해 이루어지는 것이 아니다. 가부장제적 질서를 상징하는 강쇠의 유언을 무시하고 계속 '오입남자'를 찾는 옹녀의 태도는 죽음을 불러온다. 그리고 그 죽음은 당대의 사회 규범인 여성의 정절을 무시하는 옹녀에게 찾아오는 것이 아니라 그녀가 끌고 오는 '오입 남자'들에게 주어진다. 이렇게 청상살과 치상과정에서 지속되는 '죽음의 난장판'이 당시 사회 질서를 어긴 옹녀에게 주어지는 것이 아니라 그 남자들에게 벌어진다는 것은 앞뒤가 맞지 않는 일이다. 과부 개가 금지 규범과 가부장제적 질서의 모순이 당대 사회 규범안에서 지적된다면 당연히 옹녀의 행동에 대한 어떠한 처벌이 뒤따르거나 옹녀가 풍자의 대상이 되어야 할 것이다.

하지만 '죽음의 희화화'는 옹녀의 주변 남자들에게 이루어진다. 이는 과부 개가 금지와 가부장제적 질서라는 당대 사회 질서와 규범의 모순이 죽음의 희화화라는 기괴적 이미지를 통해 기존의 사회 관념에서 일탈하여 전혀 다른 방법으로 지적되고 있다고 할 것이다.

마지막으로 과장된 성묘사에서 드러나는 기괴적 이미지의 사회적 함의를 논의해 보도록 한다. 과장된 성묘사에서 드러나는 기괴적 이미지는 죽음의 희화화에서 찾을 수 있는 사회적 의미와도 밀집한 관련이 있다. 일단 옹녀는 작품에서 부정적인 형상의 인물로 묘사되기 때문에 옹녀가 가지고 있는 아름다움이나 성적매력은 모두 죽음의 희화화에 연결되어 있다. 또한 옹녀의 성적 매력은 죽음을 동반한 '악마적인' 것이 되기 때문이다. 악마적인 형상을 가지는 옹녀의 성은 자신의 삶의 수단으로 이용된다. 앞에서 논의한 것처럼 하층여성의 전형인 옹녀는 결혼을 통해서만 자신의 삶을 유지할 수 있다. 따라서 옹녀가 자신의 성적 매력을 통해 새로운 남자를 찾는 것은 기존의 사회 질서에는 크게 위배되는 일일지 몰라도 옹녀의 삶의 현실에서는 당연한 것이 된다.

악마적인 형상으로 나타나는 옹녀에게 있어서 기존의 성관념은 더 이상 의미가 없다. 오히려 죽음을 동반하는 옹녀의 성적 매력은 사랑과 정조라는 기존의 성관념을 전제 할 수 없다. 즉 당대 사회 질서와 규범이 일반적인 여성에게 요구하는 성관념과는 다른 양상을 가질 수 밖에 없는 것이다. 악마적인 옹녀, 기괴적 이미지로 드러나는 옹녀는 기존의 성관념에서 일탈한다. 오히려 옹녀에게 성은 삶의 수단으로 사용된다. 성은 이제 옹녀에게 사회적 관념이 아닌 삶의 도구가 되는 것이다. 기존의 사회 규범이 진지하고 엄숙하게 여기던 여성의 성은 죽음을 부르는 옹녀의 '악마적인 형상'을 통해 전혀 다른 관점에서 비판된다. 즉 옹녀는 사랑과 정조를 지키지 않는 부도덕한 여성으로 비판받고 매도되는 것이 아니라 처음부터 기괴적인 이미지를 통해 제시되어 기존의 성관념과 다른 방법으로 새로운 성에 대한 관점을 드러나게 하고 있는 셈이다. 물론 성을 삶의 도구로 이용한다는 것은 쉽게 용납될 수 있는 것이 아니다. 또한『변강쇠가』가 옹녀를 통해 성의 도구화라는 새로운 성관념을 제시한 것은 아니다. 하지만 처음부터 '악마적인 형상'으로 기괴하게 묘사되는 옹녀는 기존의 성관념이라는 테두리에 포함되지 않는다. 다시 말해서 기존의 성관념이 적용되지 않는 전혀 다른 방법으로 당대 여성에 대한 성관념의 모순과 부조리를 낱낱이 지적하고 있는 것이다.

7. 〈변강쇠가〉가 드러내는 당대 사회의 참모습

제대로 다듬어지지 않은 거친 논의를 통해 지금까지『변강쇠가』에 나타난 기괴적 이미지의 사회적 함의에 대해 살펴보았다. 작품에 나타나는 기괴적 이미지의 사회적 함의는 기존 사회 질서와 규범에의 일탈과 無化를 통해 나타난다. 그리고 일탈과 무화는 당대 사회 질서나 규범과는 전혀 다른 기괴적 이미지를 통해 당대 사회 질서와 규범의 진실을 드러내고 있다고 볼 수 있다.

『변강쇠가』의 기괴적 이미지는 기존의 유교 이념이 생각하지 못했던 기괴성을 통해 효로 대표되는 유교의 가르침을 직접적으로 반대하지 않고 일탈하여, 기괴적 이미지라는 전혀 다른 방식을 사용함으로서 기존 사회 질서와 규범의 문제점을 지적한다. 특히 강쇠의 몸을 통해 드러나는 비정상적인 신체가 '판'이라는 연행 공간에서 상층과 하층에게 동일하게 제시될 때, 강쇠의 몸은 비단 변강쇠 개인의 신체가 아니라 누구에게나 적용될 수 있는 것이 된다. 결국 유교가 가르치는 孝를 근본으로 하는 몸에 대한 畏敬이 뎁득이가 강쇠의 시신을 갈아버리면서 느끼는 후련함으로 희화화될 때, 유교가 제시하는 여러 가지 사회적 규범들은 완전히 격하되어 종래의 권위를 잃어버리게 된다. 결국 기괴한 이미지를 통해 한껏 격하된 당대 사회 질서와 규범은 그 질서와 규범이 기본적으로 요구하는 신체에 대한 외경에 의해 격하되고 풍자되는 것이 아니다. 기괴적 이미지라는 전혀 다른 방법으로 무화되어 당대 사회의 진실, 혹은 다른 모습을 드러내고 있다.

옹녀의 청상살에서 드러나는 수많은 남자들의 죽음은 '죽음의 희화화'를 통해 과부 개가 금지의 규범을 격하한다. 또한 강쇠의 유언을 끊임없이 거부하려는 옹녀의 태도는 가부장제적 질서를 격하하여 無化시킨다. 과부 개가 금지 규범과 가부장제적 사회 질서라는 당대 사회 질서를 어긴 옹녀에게는 실제적인 죽음이 찾아오지 않는다. 오히려 '죽음의 난장판'은 옹녀의 남자들에게 제시되며 이는 과부 개가 금지 규범과 가부장제적 질서라는 당대 사회 모순을 죽음의 희화화라는 기괴적 이미지를 통해 전혀 다른 방법으로 드러내고 있는 것이다.

이러한 과정 속에서 드러나는 과장된 성묘사는 옹녀를 부정적인, 악마적인 형상으로 묘사하여 기괴적 이미지를 구현한다. 결국 '기괴한' 옹녀는 사랑과 정조라는 기존의 성관념이 적용되지 않는다. 즉 당대 사회 질서와 규범이 일반적인 여성에게 요구하는 성관념과는 다른 양상을 가질 수밖에 없는 것이다. 악마적인 옹녀, 기괴적 이미지로 드러나는 옹녀는 기존의 성관념에서 일탈하여 자신의 성을 삶의 수단으로 사용한다. 옹녀는 사랑과 정조를 지키지 않는 부도덕한 여성으로 비판받고 매도되는 것이 아니라 처음부터 기괴적 이미지를 통해 제시되어 기존의 성관념과는 다른 방법으로 기존 성관념의 문제점을 여실히 드러나게 하고 있는 셈이다.

『변강쇠가』는 기괴적 이미지의 구현을 통해 당시 사회가 매우 금기시하던 대상을 기괴라는 극단적인 방법으로 표출하여 담론화 하는데에는 성공하였다. 또한 당대의 사회 질서와 규범을 격하하여 그 권위를 무화시킴으로서 새로운 사회 질서와 규범을 모색할 수 있는 장을 마련하는데도 성공하였다. 이는 기괴적 이미지가 당대 사회 질서와 규범의 테두리 안에 묶이지 않고 완전히 일탈하는 새로운 의미를 가질 수 있었기 때문이다. 즉 기괴적 이미지와 그 사회적 함의는 당대 사회 질서와 규범이 요구하지 않는 전혀 다른 방법으로 당대 사회의 진실을 드러내고 있기 때문이다.

『변강쇠가』는 기괴적 이미지를 통해 아름답지 않은 것, 비정상적인 것에서부터 사회적 의미를 제시했다는 의의를 가지고 있다. 즉, 기존의 사회 질서와 규범이 금기시하는 소재를 담론화 시켜 이를 기괴적으로 드러내고, 또한 기존의 사회 질서와 규범의 모순과 부조리를 지적하여 당대 사회의 진실을 정확히 드러내고 있는 것이다. 기괴적 이미지는 당대 사회 질서와 규범이 가지고 있지 않았던 새로운 모습이다. 『변강쇠가』의 향유층은 기괴적 이미지가 기존 사회 질서와 규범의 틀 안에 있지 않은 새로운 모습이었음에 주목했을 것으로 보인다. 강압적인 사회 질서와 규범의 틀 안에서 그 문제점에 대한 직설적인 풍자나 해학과 같은 저항과 반대의 의미를 넘어서서 기괴적 이미지라는 전혀 다른 방법의 일탈을 통해 당대 사회의 진실을 제시하였다는 것이 『변강쇠가』의 기괴적 이미지가 가지고 있는 중요한 사회적 함의일 것이다.

제 3 부

판소리의 음악 문법

김세종제 춘향가에 나타난 장단의 운용

김수미

Ⅰ. 서론

어느 나라, 어느 민족이건 자국의 정서를 담은 남녀의 사랑 이야기는 당연히 있기 마련이다. 어떤 이야기는 자국을 뛰어 넘어 세계적인 소설이 되기도 하는데, 영국의 윌리엄 셰익스피어가 쓴 '로미오와 줄리엣'이 그것이라 하였다. 이에 견주어 우리나라를 대표할 수 있는 작품을 꼽으라면, 많은 사람들이 단연 '춘향전'을 내세울 것이다. 수년전 임권택 감독이 만들었던 영화 '춘향뎐'을 떠올리면, 우리나라의 아름다운 산천과 조상현 명창의 거침없는 소리, 그리고 배우들의 연기가 결합하여 마치 춘향가 뮤직비디오를 보는 듯 했다.

이렇듯 소설 춘향전이 판소리의 옷을 입을 때면, 그 가치는 더욱 빛을 발한다. 왜냐하면 판소리는 이면을 중시하므로 사설을 얼마나 사실감 있게 부르는가에 따라 '듣는 춘향가'가 아니라 '보이는 춘향가'가 되기 때문이다. 판소리는 크게 창(唱)과 아니리로 나뉘고, 음악에 해당하는 창(唱)은 사설의 내용에 따라 가창 속도가 결정되는데, 이는 여러 가지 장단으로 분류된다. 여기에 소리의 악상이 정해져 희노애락을 적절히 구사하게 되고, 선율과 창법에 따라 악조가 형성되기도 한다.

현재 중요무형문화재 제5호로 지정되어 있는 춘향가는 김여란이 보유자였던

'정정렬제 춘향가', 동초 김연수가 남긴 '동초제 춘향가', 만정 김소희가 남긴 '만정제 춘향가' 그리고 성우향이 전하는 '김세종제 춘향가'가 있다. '정정렬제 춘향가'는 최승희가 김여란의 대표적인 제자이고, '동초제 춘향가'는 김연수의 제자 오정숙이 보유자로서 많은 후진을 양성하였고, '만정제 춘향가'는 신영희와 안숙선 등이 김소희의 뒤를 잇고 있으며, 비교적 늦게 지정된 '김세종제 춘향가'는 2002년에 성우향이 그 보유자로 인정되었다.

이들 중에서 일명 '보성 소리'로 일컬어지는 성우향의 '김세종제 춘향가'는 소리판의 짜임이나 판소리의 완성도가 높은 소리로 회자되고 있다. 그런 까닭인지 김세종제 춘향가의 전승력은 다른 소리 못지 않게 꽤나 높은 편이다. 보유자인 성우향도 춘향가에 강한 애착을 갖고 있고 그의 스승인 송계 정응민 또한 춘향가에 대해 '버릴 것이 없는 옥조와도 같은 소리'라고 하였다 한다. 필자도 석사 과정을 거치는 동안 성우향으로부터 춘향가를 사사하였는데 다른 바탕소리에 비해 다채로운 소리 세계를 경험할 수 있었다.

필자는 석사 졸업 논문에서 성우향의 춘향가를 연구하게 된 것이 계기가 되어 졸업 이후 춘향가에 관한 여러 편의 논문을 쓰게 되었고, 2005년에는 『판소리의 실제적 접근 1 – 성우향 춘향가』라는 제목으로 정간보를 활용한 장단보와 오선보를 활용한 선율보를 정리하게 되었다. 춘향가 한바탕을 장단보와 선율보로 가시화하는 작업을 통하여 춘향가의 음악 구조를 살펴볼 수 있었고, 이는 구전심수라는 독특한 방법만으로도 전승되기에 충분한 필요충분조건이 있음을 가늠할 수 있게 되었다.

이에 본고에서는 현재의 '김세종제 춘향가'가 더할 것도 뺄 것도 없는 완성품이라는 전제하에, 전체에 쓰이고 있는 장단을 통하여 장단에 관련된 판소리 음악 논리와 기능, 그리고 판소리 작창 기법과 원리가 무엇인지를 유추해 보고자 한다.

Ⅱ. 본론

1. 김세종제 춘향가의 전승과 계보

김세종은 조선 철종 때의 사람으로 당시 송흥록 가문의 소리에 견줄만한 또 다른 동편제의 가계를 이루고 있었다. 『조선창극사』에 의하면, 김세종은 신재효의 문하에서 다년간의 지침을 받아 문식이 넉넉하고 창극에 대한 이론괴 비평이 독보적이었다 한다. 김세종의 동편제 춘향가는 고종 때의 명창이었던 그의 제자 김찬업을 거쳐 정응민에게 전해졌고, 정응민은 정권진, 성우향, 조상현, 성창순 등에게 전하였다.

평소 정응민(1896~1963)은 제자들에게 "이 소리는 조선 8명창의 한 분인 대명창 김세종 선생님 제이다. 동편제 소리로, 통성으로 우조를 쓰니 단단히 각오하여라"라고 말하였고, "한 군데도 버릴 데가 없는 옥조와도 같은 소리~~"라고 하였다 한다. 또한 정응민이 작고하기 전에 "소리를 변질시키는 것은 정절을 버리는 것과 같으니라. 절대로 소리를 만들지 말고 옛 것 그대로 하여라."라고 성우향에게 유언을 남겼다.

'김세종제 춘향가' 보유자인 성우향(成又香)의 본명은 성판례(成判禮)이고 아호는 춘전(春田)이다. 음력 1933년 8월 24일에 전남 화순에서 아버지 성영문과 어머니 김재녀 사이에 남매 중 동생으로 태어났다. 9세에 큰아버지 성차옥에게 가곡과 평시조, 단가 〈인호상이〉를 배움으로 국악에 입문하게 되었고, 10세에 안기선을 독선생으로 모시고 판소리를 배우기 시작하였다. 이후 정광수의 수궁가, 강도근의 흥보가, 한애순의 심청가 일부를 배우다, 20세에 전남 보성에 있는 정응민에게 적벽가를 시작으로 소리 공부를 하게 되었다.

이후 성우향은 7년 동안 정응민에게 적벽가와 수궁가 일부, 춘향가와 심청가 전바탕을 배웠다. 성우향의 춘향가는 동문수학한 명창들의 소리와 거의 비슷하지만, 〈금타령〉〈돈타령〉〈쑥대머리〉는 원래 본판에 없는 소리대목으로 성우향이 무대 공연시 소리판의 흥을 돋우기 위하여 첨가해서 불렀다 한다. 성우향이 전하는 '김세종제 춘향가'는 2002년에 중요무형문화재 제5호로 지정된 이후, 전수조교와 많은 이수자들이 배출되어 소리의 전승이 더욱 활발해지고 있다.

2. 김세종제 춘향가의 소리 대목별 장단 구성

판소리 사설은 크게 아니리와 창으로 구성되어 있는데, 창은 정해진 장단 없이 소리하는 '창조'와 일정한 장단에 맞춰서 부르는 소리 대목으로 나눌 수 있다. 성우향이 전하는 김세종제 춘향가의 전체 소리대목은 114곡으로, 이 중 창조는 27대목이고, 장단이 있는 창은 87대목이다. 창조는 아니리와 아니리 사이 또는 아니리와 창 사이에 연결되어 부르는 소리로 비교적 한두마디의 짧은 소리가 대부분이지만, 경우에 따라서 길게 부르기도 한다.

춘향가에 쓰인 장단을 살펴보면 진양조 12곡, 세마치 5곡, 중모리 20곡, 단중모리 10곡, 엇중모리 2곡, 중중모리 20곡, 자진모리 12곡, 휘모리 6곡으로 다양한 장단이 사용되었으나, 엇모리 장단은 한 번도 쓰이지 않았다. 그리고 같은 장단이라도 소리대목에 따라 가창 속도가 다르게 나타나는데, 이를 아래 표와 같이 정간박을 기준으로 대강의 메트로놈 수치를 표기하였고 소리대목별 각 수를 기록하였다. 또한 전체 소리대목을 '만남, 이별, 고난, 재회'라는 주제로 크게 4부분으로 나누고, 이를 다시 작은 단락으로 나누어 장단의 구성과 그에 따른 소리의 흐름을 살펴보고자 하였다.

〈표1〉

순서	소리 대목	장단	정간박 빠르기	각	주제	
1	1. 기산영수	중중모리	48	14	A1	만남 ― 사랑
2	2. 방자 분부 듣고	자진모리	75	45		
3	3. 적성가	진양조	40	28		
4	4. 앉었다 일어서	중중모리― 자진중중모리	55 63	1~25 26~61		
5	5. 금타령	중중모리	55	20		
6	6. 춘향의 설부화용	자진모리	97	11		
7	7. 방자 분부 듣고	자진모리	105	35	A2	
8	8. 니 그른 내력을	중중모리	55	23		
9	9. 산세타령	자진모리	100	34		
10	창조1. 안수해 접수화				A3	
11	10. 저 건너	진양조	45	24		
12	창조2. 맹자견 양혜왕					
13	창조3. 대학지도는					
14	11. 천자뒤풀이	중중모리	55	62		
15	12. 퇴령소리	진양조	40	24	A4	
16	13. 달도 밝고	중중모리	85	13		
17	14. 동벽을 바라보니	세마치	67	44		
18	15. 회동 성참판	엇중모리	95	24		
19	16. 세월도 유수 같다	중모리	108	12		
20	17. 만첩청산	진양조	45	48	A5	
21	18. 자진 사랑가	중중모리	50	26		
22	19. 정자 노래	중중모리	55	32		
23	20. 궁자 노래	자진모리	113	26		
24	21. 이리 한참 요란헐 제	중모리	90	2		
25	22. 점잖허신 도련님	중모리	83	11	B1	이별 ― 슬픔
26	23. 그때여 향단이	중중모리	60	41		
27	24. 춘향이가 무색허여	중모리	80	19		
28	창조4. 속 모르면					

29	25. 옳제 인제	중중모리	55	6		
30	창조5. 사당 참례도					
31	26. 와락 뛰어	진양조	40	28		
32	27. 춘향 모친이 나온다	중중모리	75	111		
33	창조6. 아이고 어머니					
34	28. 춘향 모친 기가 막혀	중모리	68	10		
35	29. 일절통곡	중모리	85	32		
36	창조7. 꼼짝달싹 못허고					
37	30. 와상우에	진양조	44	20		
38	31. 오냐 춘향아	중모리	87	19		
39	32. 내 행차 떠나는디	자진모리	105	26	B2	
40	33. 말은 가자고	중모리	73	27		
41	34. 향단으게	진양조	42	24		
42	35. 행궁견월상심색허니	중모리	77	18		
43	36. 신연맞이	자진모리	70	116		
44	37. 천총이 영솔허여	휘모리	150	61		
45	38. 오던 날 기창전에	세마치	65	24	C1	
46	39. 기생점고	중중모리	58	35		
47	40. 행수 기생이 나간다	단중모리	120	19		
48	41. 군로 사령이 나간다	중중모리	72	34		
49	창조8. 그때여 춘향이는					
50	42. 갈까부다	중모리	80	19		
51	창조9. 장방청 사령들이					고난
52	43. 아차 아차 아차	단중모리	120	22		─
53	창조10. 내가 가기는				C2	기다림
54	44. 여보소 이 돈이	단중모리	127	8		
55	45. 돈타령	중중모리	62	13		
56	46. 사령 뒤를 따라간다	세마치	60	32		
57	창조11. 올라가신 도련님					
58	47. 여보 사또님 듣조시오	단중모리	140	10		
59	48. 골방의 수청 통인	휘모리	95	40	C3	
60	창조12. 춘향이 붓대를					

61	49. 붓대를 땅으다	진양조	48	4		
62	50. 십장가	진양조	55	81		
63	51. 열을 치고 그만 둘까	중모리	90	16		
64	52. 남원한량들이	단중모리	115	12		
65	53. 춘향 모친이 들온다	중중모리	65	29		
66	54. 여러 기생들이 들온다	단중모리	140	20		
67	55. 얼씨구나 절씨구	중중모리	67	29		
68	56. 사정이난 춘향을 업고	중모리	80	17		
69	57. 옥방이 험탄 말은	세마치	55	64	C4	
70	58. 쑥대머리	중모리	80	38		
71	59. 과거장	자진모리	100	118		
72	60. 남대문 밖 썩 내달아	휘모리	110	26		
73	61. 서리 예이	자진모리	110	32		
74	62. 좌우도로 분발허고	중모리	105	24	D1	
75	63. 농부가	중모리	90	46		
76	64. 자진 농부가	중중모리 − 자진모리 − 중중모리	60	1~35 36~49 50~51		
77	창조13. 그때여 춘향이는					
78	65. 이팔청춘 총각 아이가	진양조	50	24		
79	창조14. 별후 광음이					
80	66. 편지 끝에다	중모리	80	14	D2	재회
81	창조15. 아이고 서방님					
82	67. 소인 방자놈 문안이오	단중모리 − 중모리	120 90	1~7 8~13		
83	68. 박석치를	진양조	40	32		
84	69. 그때여 춘향 모친은	세마치	55	40		
85	창조16. 아이고 애 향단아					
86	70. 허허 저 걸인아	중중모리	60	79	D3	
87	71. 왔구나 우리 사위	중중모리	60	20		
88	72. 소녀 향단이 문안이오	단중모리 − 중모리	120 90	1~7 8~11		

89	창조17. 자네는 대장부라					
90	창조18. 허허 열녀 춘향					
91	73. 들었던 촛불을	중모리	82	20		
92	74. 여보 마나님	단중모리	150	9		
93	75. 원산 호랑이 지리산	휘모리	150	7		
94	76. 초경 이경	진양조	42	52		
95	창조19. 오다니 누가 와요					
96	창조20. 서방님이 오시다니				D4	
97	77. 어제 꿈에	중모리	75	50		
98	창조21. 얘 향단아					
99	78. 이튿날 평명 후에	자진모리	83	28		
100	79. 겸영장 운봉 영장	휘모리	110	30		
101	80. 아뢰어라 아뢰어라	휘모리	120	8		
102	창조22. 진실로				D5	
103	창조23. 기름 고					
104	창조24. 금준미주는					
105	81. 어사출도	자진모리	120	249		
106	82. 사정이 옥쇠를	중모리	105	19		
107	창조25. 춘향이 이 말을					
108	83. 똑같이 먹은 명관들이	중모리	73	9		
109	창조26. 춘향이 지환을					
110	창조27. 춘향이 일희일비로				D6	
111	84. 마오 마오 그리 마오	중모리	83	25		
112	85. 어디가야 여기 있다	자진모리	110	10		
113	86. 얼씨구나 절씨구	중중모리	65	54		
114	87. 그때여 어사또는	엇중모리	90	29		

위의 정리된 표를 참고하여, 장단을 중심으로 '김세종제 춘향가'의 소리 구조를 살펴보도록 하겠다. 전체 판소리 사설을 주제별로 크게 4부분으로 나누어 보니, 만남·사랑에 해당하는 소리대목은 '춘향가 초두'부터 '사랑가'까지로 1~24번이다. 이별·슬픔에 해당하는 소리대목은 '점잖허신'부터 '행궁견월'까지

로 25~42번이고, 고난·기다림에 해당하는 소리대목은 '신연맞이'부터 '쑥대머리'까지로 43~70번이며, 마지막 재회에 해당하는 소리대목은 '과거장'부터 '그때여 어사또는'까지로 71~114번이다. 각각을 편의상 ABCD로 놓고, 춘향가 눈대목에 해당하는 소리대목을 중심으로 장단 진행을 살펴보도록 하겠다.

3. 각 단락별 주요 눈대목에 나타난 장단

1) A〈만남·사랑〉단락의 주요 눈대목

A단락은 '김세종제 춘향가'에서 악조나 창법이 우조 위주의 소리대목이 대부분인데, 주요 눈대목으로는 〈적성가〉〈저 건너〉〈퇴령소리〉〈사랑가〉 등이라 할 수 있다. 그러나 실제적으로 실기인들 사이에서 〈적성가〉 대목이라 하면, 단지 진양조의 〈적성가〉만을 떠올리지는 않는다. 최소한 앞뒤로 연결되는 한 두 장단 이상의 곡을 더 가창하여 그에 합당한 소리대목을 완성한다. 그래서 보통 〈적성가〉 대목이라 하면, 다음에 연결되는 〈앉었다 일어서〉까지를 포함하여 연곡 형식의 소리를 부르는 것이다. 또 다른 예로 〈사랑가〉를 들자면, 보통 일반인들은 "이리 오너라 업고 놀자 ~~"로 시작하는 중중모리의 자진사랑가를 떠올리지만, 실제로는 진양조의 "만첩청산 ~~"으로 시작하는 긴사랑가와 자진사랑가, 정자노래, 궁자노래 등의 연곡이 전체 사랑가를 구성한다.

그러면 이에 준하여, 앞서 언급한 주요 눈대목의 소리 구성과 장단을 살펴보겠다.

〈표2〉

번호	주요 눈대목	소리 대목	장단
1	적성가	적성가~앉었다 일어서	진양조, 중중모리
2	저 건너	저 건너~천자뒤풀이	진양조, 중중모리
3	퇴령소리	퇴령소리~달도 밝고	진양조, 중중모리
4	사랑가	만첩청산~자진사랑가~정자노래~궁자노래~이리한참	진양조, 중중모리, 중중모리, 자진모리, 중모리

위의 경우, 장단의 구성이 모두 진양조로 시작하여 다음의 소리는 중중모리로 연결되었다. 이 중 〈사랑가〉는 진양조-중중모리-자진모리-중모리로 장단이 구성되어 있는데, 실제로 소리를 할 때, 대목별 가창속도가 점점 빨라져 감정이 고조되다가 〈이리 한참〉을 중모리 2각으로 짧게 처리함으로써 상승된 분위기를 자연스럽게 정돈하게 된다.

2) B〈이별·슬픔〉단락의 주요 눈대목

B단락은 이도령이 부모를 따라 한양으로 올라가게 되어 춘향에게 이별을 고하고, 춘향이 마지못해 이별을 받아들이는 장면이다. 이 대목의 소리는 계면조 위주의 소리인데, 춘향과 춘향모의 소리는 계면조로 이도령의 소리는 우조로 되어 있다. '김세종제 춘향가'에서 〈와락 뛰어〉 앞의 아니리가 "이별 초두를 내는디"라고 되어 있어, 이별가라 하면 보통 〈와락 뛰어〉부터 〈행궁견월〉까지의 연곡을 의미한다.

이별가 대목은 내용에 따라 세 단락으로 나눌 수 있는데, 〈와락 뛰어〉부터 〈일절통곡〉까지, 〈와상우에〉부터 〈말은 가자고〉까지, 그리고 〈향단으게〉부터 〈행궁견월〉까지이다. 첫째 단락은 이별하자는 말에 춘향과 춘향모가 상황을 받아들일 수 없어 이도령에게 따지고 드는 내용이고, 둘째 단락은 춘향이가 현실

을 받아들여 훗날을 기약하고 서로 정표를 교환하며 이도령을 떠나보내는 내용
이다. 셋째 단락은 이별 후, 집으로 돌아와 님을 그리는 춘향의 심정을 묘사한
내용인데, 둘째 단락과 셋째 단락은 아니리 없이 바로 소리가 진행되는 것이
특징이다. 그러면 이별가의 소리 구성과 장단을 살펴보겠다.

<표3>

번호	주요 눈대목	소리 대목	장단
1	와락 뛰어	와락 뛰어~춘향모친이 나온다~ 춘향모친 기가 막혀~일절통곡	진양조, 중중모리, 중모리, 중모리
2	와상우에	와상우에~오냐 춘향아~ 내 행차 떠나는디~말은 가자고	진양조, 중모리, 자진모리, 중모리
3	향단으게	향단으게~행궁견월	진양조, 중모리

위의 경우도 마찬가지로, 모두 다 진양조로 시작하여 중중모리 또는 중모리로
연결되었다. 이 중 번호1의 〈와락 뛰어〉는 진양조, 중중모리, 중모리, 중모리로
중모리가 연속되는데, 이 대목의 빠르기를 보면, 40－75－68－85로 같은 장단의
중모리라도 앞의 중모리는 느리게, 뒤의 중모리는 상대적으로 빠르게 불리워짐
을 알 수 있다.

〈춘향모친이 나온다〉의 중중모리는 사랑가에 나오는 〈자진사랑가(50)〉나
〈정자노래(55)〉보다 훨씬 빠르게 부르고 있어 자진중중모리라 할 수 있다. 이
장면은 이별을 고하는 이도령에게 "이왕에 가실테면 춘향이도 죽이고 나도 죽이
고 향단이 까지 마저 죽여 삼 식구 아조 죽여 땅에 묻고 가면 갔지 살려 두고는
못가리다"라며 몰아 세우며 다급히 따지는 춘향모친과 이어 나오는 〈춘향모친
기가 막혀〉에서 "나는 모른다 너희 둘이 죽던지 살던지 나는 모른다 나는 몰라"
라며 모든 것을 체념하는 춘향모친의 두 모습이 대조적으로 묘사되고 있다.

앞의 춘향모친은 자진중중모리로 뒤의 춘향모친은 느린 중모리로 부름으로써

춘향모친의 심경 변화를 장단의 완급으로 충분히 표현하였음을 알 수 있다. 이어 부르는 〈일절통곡〉은 안정감 있는 보통 속도의 중모리로 앞 소리대목의 긴장을 다소 이완, 정돈시켜주는 기능을 하고 있다. 번호3의 진양조 〈향단으게〉와 중모리 〈행궁견월〉은 앞의 번호1, 2의 소리가 서사적이고 격정적인 반면, 서정적이고 사색적으로 묘사되어 이별가를 마무리하는 소리로 역할을 한다.

3) C〈고난·기다림〉단락의 주요 눈대목

C단락은 신관 사또의 수청을 거절하고 수절을 하는 춘향에게 닥치는 시련과 고통을 묘사하는 소리대목이다. 이번 단락에서 주요 눈대목은 신관 사또인 변학도의 신연 절차를 그린 〈신연맞이〉인데, 춘향과 갈등 관계를 형성하는 신관사또의 비중 있는 등장과 더불어 앞의 슬픔에 겨운 이별가와 대조를 이룸으로써 소리판의 분위기 전환에 큰 역할을 하게 된다. 다른 주요 눈대목으로 〈기생점고〉〈십장가〉〈옥중가〉 등이 있다. 이들의 소리구성과 장단을 살펴보겠다.

〈표4〉

번호	주요 눈대목	소리 대목	장단
1	신연맞이	신연맞이~천총이 영솔허여	자진모리, 휘모리
2	기생점고	오던 날~조운모우	세마치, 중중모리
3	십장가	십장가~열을 치고~남원한량들이	진양조, 중모리, 단중모리
4	옥중가	옥방이~쑥대머리	세마치, 중모리

위의 표와 같이, 신관 사또가 남원에 도임하는 장면을 그린 〈신연맞이〉는 70의 빠르기로 비교적 느린 자진모리이다. 보통의 자진모리는 100~120정도의 빠르기로 경쾌하고 거뜬한 느낌을 주지만, 〈신연맞이〉의 느린 자진모리는 경쾌하면서도 가볍지 않은 무게감을 주고 있어 변학도를 묘사하기에 적합하게 작용한

다. 뒤이어 나오는 〈천총이 영솔허여〉는 아니리 없이 바로 휘모리로 연결되어 신관 사또를 맞이하는 모습을 박진감 있게 그려낸다.

번호2,3,4번의 〈기생점고〉〈십장가〉〈옥중가〉도 마찬가지로 느린 장단에서 빠른 장단으로 흘러가고 있음을 알 수 있다.

4) D〈재회〉단락의 주요 눈대목

D단락은 한양으로 떠난 이도령이 과거 급제하여 전라 어사로 내려와 남원의 정치를 살피고 춘향의 소식을 전해 들은 후, 춘향이 사형당하기로 한 본관사또 생일 잔치 끝에 극적으로 재회하는 장면을 묘사한 소리이다. 이 단락의 주요 눈대목은 〈과거장〉〈박석치〉〈초경이경〉〈어사출도〉 등이다.

〈표5〉

번호	주요 눈대목	소리 대목	장단
1	과거장	과거장~남대문 밖~서리 예이~ 좌우도로	자진모리, 휘모리, 자진모리, 중모리
2	박석치	박석치를~그때여 춘향모친은~ 허허 저 걸인아~왔구나 우리 사위	진양조, 세마치, 중중모리, 중중모리
3	초경이경	초경이경~어제 꿈에	진양조, 중모리
4	어사출도	이틀날 평명 후에~ 겸영장 운봉 영장~아뢰어라~ 어사출도~사정이 옥쇠를	자진모리, 휘모리, 휘모리, 자진모리, 중모리

위의 표에서 번호1. 〈과거장〉대목은 이도령이 과거 급제하여 어사가 되어 서리와 역졸을 모아 남원으로 내려가는 소리이다. 장단은 자진모리-휘모리-자진모리-중모리로 구성이 되어 있는데, 과거장의 모습을 거뜬거뜬한 자진모리로 하였고 이어지는 소리는 역시 휘모리로 하여 장원 급제한 이도령이 어명을

받들어 남대문에서 여산읍까지 도착하는 여정을 매우 속도감 있게 표출하였다.

번호2. 〈박석치〉 대목은 이도령이 남원에 당도하여 박석치에 올라가 옛 일을 회상하며 산천을 둘러보는 소리인 〈박석치를〉에 이어, 춘향모친이 향단이와 함께 춘향이가 살아 돌아오기를 바라며 사위 이도령이 전라 어사나 감사가 되기를 비는 장면 〈그때여 춘향모친은〉의 소리이다. 이 두 소리는 각각 진양조와 세마치 장단이 쓰였는데, 〈박석치를〉에 비해 〈그때여 춘향모친은〉이 속도가 약간 빨라지는 정도이다. 이어서 〈허허 저 걸인아〉와 〈왔구나 우리 사위〉는 모두 중중모리 장단인데, 앞의 세마치와 극적 대비가 되어 무거운 분위기를 환기시킨다.

번호3. 〈초경이경〉 대목은 이도령이 춘향모친과 향단이를 따라 옥에 찾아가 춘향과 해후하는 장면의 소리로 진양조-중모리 장단이 쓰였다.

번호4. 〈어사출도〉 대목에서 〈이튿날 평명 후에〉는 변학도의 생일 잔치를 광한루에 차리는 과정을 담은 소리이고, 이어 나오는 〈겸영장 운봉 영장〉은 잔치에 참석하는 사람들을 일일이 묘사하여 잔치의 호사스러움을 나타내는 소리이다. 장단은 자진모리에서 휘모리로 연결되는데 장단이 빨라짐으로써 극적 분위기가 한층 고조되는 효과가 있다. 〈아뢰어라〉는 8각으로 짧게 끝나는 휘모리 장단의 소리로 정식으로 음악 구조를 갖춘 소리라기 보다는 창조에 가까운 소리라 할 수 있다. 다음에 나오는 〈어사출도〉는 춘향가의 절정이라 할 수 있는 소리로 자진모리 장단으로 부른다.

이들 4곡의 빠르기를 보면, 83-110-120-120으로 장단이 점점 빨라짐을 알 수 있다. 특히, 〈어사출도〉는 자진모리임에도 불구하고 〈겸영장 운봉 영장〉의 휘모리 보다 더 빠른 속도로 부르고 있다. 이는 〈어사출도〉의 소리가 매우 빠른 속도로 긴박하게 전개되리라는 것을 예측할 수 있다. 이러한 아수라장 속에서 〈어사출도〉가 끝나면, 죄인들을 석방하고 춘향을 나오라고 호명하는 〈사정이 옥쇠를〉 대목이 중모리로 불리워져 격앙되었던 분위기를 가라앉히게 된다.

이상으로 춘향가의 주요 눈대목 15대목에 쓰인 장단을 살펴보았다. 대부분의 소리가 진양조로 시작하여 빠른 장단으로 연결되는 진행 유형이 많았고, 세마치는 중모리나 중중모리로 연결되며, 자진모리로 시작하는 소리는 보통 휘모리로 마무리 되었다. 이와 같은 장단 유형을 세부적으로 분류하고, 그에 해당하는 횟수를 표로 정리하면 다음과 같다.

〈표6〉

번호	장단 진행 유형	횟수	빠르기
1	진양조-중중모리	3	40-55 45-55 40-85
2	진양조-중중모리-자진모리-중모리	1	45-50-113-90
3	진양조-중중모리-중모리-중모리	1	40-75-68-85
4	진양조-중모리	2	42-77 42-75
5	진양조-중모리-자진모리-중모리	1	44-87-105-73
6	진양조-중모리-단중모리	1	55-90-115
7	진양조-세마치-중중모리-중중모리	1	40-55-60-60
8	세마치-중중모리	1	65-58
9	세마치-중모리	1	55-80
10	자진모리-휘모리	1	70-150
11	자진모리-휘모리-자진모리-중모리	2	100-110-110-105 83-110-120-105

위의 표에서와 같이, 주요 눈대목을 11가지의 장단 진행 유형으로 분류하였다. 여기서 세마치는 진양조와 고형(鼓形)이 같기 때문에 세마치를 빠른 진양조로 놓고 본다면, 시작하는 장단을 크게 진양조와 자진모리로 나눌 수 있다. 진양조는 중중모리와 중모리로 연결되는 경우가 대부분이고, 소리가 더 이어질 때는

자진모리로 속도가 촉박해졌다가 중모리로 마무리되는 구조임을 알 수 있다. 자진모리로 시작하는 소리는 휘모리로 바로 연결되어 소리의 긴장감이 더해지다 중모리 장단으로 끝을 맺는다.

Ⅲ. 결론

'김세종제 춘향가'는 "옥조와 같은 소리… 절대로 소리를 만들지 말고 옛 것 그대로 하여라"라는 정응민의 증언에서 보이는 바와 같이 음악적인 자부심이 대단한 소리이다. 이 중 춘향가의 눈대목이라 하면, 소리가 전개되는 과정에서 극적인 장면이나 상황을 매우 음악성 있게 표현하는 대목이라 할 수 있겠다. 때문에 판소리 창자들 사이에서 많이 불려지거나, 청중들에게도 인기 있는 소리 대목으로 꼽히게 된다.

현재 전승된 '김세종제 춘향가'가 완성되기까지, 구전심수로 소리를 연마해 온 판소리 창자들은 청중들에게 더 좋은 소리를 들려주기 위해서, 또는 다른 바디와 견주어 더 경쟁력 있는 소리판을 짜기 위해서 많은 노력을 기울였을 것이다. 이러한 과정에서 판소리는 예술적으로 더욱 깊어지고, 음악적으로도 논리와 구조를 갖추게 되었으리라 짐작된다.

판소리의 기능을 이야기를 전달하는 음악적 도구로써 본다면, 판소리 장단이 갖는 비중이나 역할은 매우 크다 하겠다. 판소리 사설을 어떤 장단과 어떤 빠르기로 부르느냐에 따라 전달력이 사뭇 달라지고, 앞뒤 연결되는 소리와의 유기적인 결합은 판소리의 예술성과도 직결되기 때문이다. 이에 '김세종제 춘향가'의 주요 눈대목에 나타난 장단의 역할, 결합, 운용을 통하여 유추할 수 있는 작창 기법과 원리 등을 정리하겠다.

첫째, 대부분의 눈대목 소리들은 진양조 장단으로 시작함을 알 수 있다. 춘향가에 나오는 진양조 전체에서 눈대목으로 꼽히지 않은 소리는 방자가 춘향의 편지를 가지고 한양을 가며 신세 자탄하는 대목의 한 곡 뿐이다. 이 대목의 소리는 사건의 전개상 중요한 비중을 차지하는 장면이지만, 창자들 사이에서 눈대목으로 즐겨 불려지는 곡이 아니기 때문에 제외하였다. 춘향가 한바탕을 놓고 볼 때, 진양조 장단의 소리를 중심으로 단락이 나누어지고 진양조 다음에 중중모리나 중모리로 연결되어 느린 장단의 정적인 분위기가 동적인 분위기로 바뀌어 장단의 대비가 이루어진다.

둘째, 장단의 완급과 대비에 따른 장단의 긴장과 이완을 확인할 수 있었다. 앞서 살펴본 바와 같이, 진양조로 시작한 소리는 짧게는 1곡, 길게는 4곡까지 연곡으로 눈대목이 구성되었고, 자진모리로 시작한 소리도 마찬가지로 나타났다. 이들의 대강의 빠르기를 메트로놈 숫치로 표기했을 때, 장단의 이름과 상관없이 대부분 점점 속도가 빨라짐을 알 수 있었다. 장단의 완급이 형성되는 각기 다른 2장단의 연곡을 하나의 짝으로 보았을 때, 어떤 대목은 3장단이 또는 4장단, 5장단이 서로 짝을 이루어 완급을 만들어 내기도 한다. 이러한 장단의 완급이 듣는 이들에게 긴장과 이완을 주고, 크기가 서로 다른 비율의 완급이 연속적으로 나올 때 장단의 긴장과 이완의 다층성을 경험하게 된다.

셋째, 여러 소리대목에서 나타나는 장단의 기승전결 구조이다. 장단 진행 유형에서 네 개의 장단으로 구성된 눈대목은 대부분 세 번째 장단까지는 속도가 점점 빨라지다가 마지막 소리는 다소 늦춰지며 마무리된다. 이는 중모리 장단 12박이 3박 단위로 밀고 달고 맺고 푸는 형태를 보이는 것과 같이, 진양조-중중모리(중모리)-자진모리-중모리로 구성된 장단의 빠르기에서 기승전결 구조가 드러난다 할 수 있다. 이것을 그래프로 그리면, 처음에는 낮게 서서히 시작하여 완만하게 상승하다 후반부에 급격히 고조된 후 곧바로 하행하는 식의 그림이 될 것이다.

넷째, 장단 운용의 정반합 논리이다. 이것은 논리 전개의 삼위로 정립-반립

—종합을 의미한다. 거의 여섯 시간 정도 소요되는 춘향가 한바탕이 완성되기까지는 여러 대를 거쳐 다듬어져 왔을 것이다. 그런데, 만약 춘향가가 구조적으로 또는 논리적으로 피력될 수 없는 막무가내식의 소리였다면 창자들로 하여금 이토록 많은 호응을 얻을 수 있었을까? 현재의 전승력을 본다면, 김세종제 춘향가는 구조와 논리를 갖춘 소리임에 틀림없다. 춘향가 눈대목을 중심으로 전체 장단을 살펴보면, 크게 '느림—빠름—중간', 또는 '빠름—느림—중간' 등의 속도감을 가지고 소리가 전개됨을 알 수 있다. 이것을 한 주기로 봤을 때, 정반합 논리로 적용되는 주기가 항상 똑같은 것은 아니다. 주기가 짧기도 하고 때로는 길게 나타나기도 하기 때문이다. 앞의 세 항에서 언급한 특징을 종합하여 보면, 장단 운용이 결국 정반합의 논리에 의한 것임을 알 수 있고, 이는 작창 기법과 원리의 하나로 해석될 수 있을 것이다.

박동실제 〈심청가〉의 구조(格)와 정취(趣)

장휘주

1. 서론

오늘날 박유전제로 전하는 판소리 〈심청가〉는 이날치→김채만→박동실→한애순으로 이어지는 소리제와 정재근→정응민→정권진→성우향, 성창순, 조상현으로 이어지는 소리제가 있다. 이 두 계보의 〈심청가〉는 모두 박유전의 소리제를 이어받았다고 하지만, 한애순의 〈심청가〉가 박동실제에 충실한 소리로 알려진 반면, 정응민의 〈심청가〉는 그가 김찬업, 이동백에게서 소리를 배운 적이 있기 때문에 김세종 계통의 소리제가 섞였을 것으로 추정된다.[1]

이런 점은 한애순이 전하는 박동실제 〈심청가〉가 정권진이 전하는 정응민제 〈심청가〉보다 시김새와 부침새가 더 정교하고, 소리대목과 대목별 장단구성에서도 차이가 있으며, 또 정응민제 〈심청가〉의 우조나 평조대목을 박동실제 〈심청가〉에서는 계면조가 섞여있는 반드름조[2]로 부르는 등 두 소리제의 차이가 기존연구에서 어느 정도 밝혀진 바 있다.

이 글은 오늘날 박유전제의 소리법통을 전하는 박동실제 〈심청가〉를 대상으로, 그 음악적 특성을 構造(格)와 情趣(趣)[3]로 나누어 살펴 본 것이다. 판소리

---

1) 이보형, 「판소리 제(派)에 대한 연구」, 『한국음악학논문집』, 1982.
2) 반드름조는 우조나 평조로 불러야 할 대목에 계면조가 섞여있는 소리조를 말한다.

음악 분석을 구조와 정취의 문제로 나누어 보고자 한 것은, 판소리라는 음악장르가 그 특성상 구조 못지않게 정취적인 요소가 중요하기 때문이다. 다시 말하면, 몇 명의 연주자가 똑같은 악보(장단, 리듬, 조, 선율 등)로 소리를 해도, 서로 다른 음색과 템포, 목 기교에 의해 다른 느낌을 주는 정취적 요소가 강하게 작용하기 때문이다. 따라서 판소리 분석에서 구조의 문제와 함께 정취적인 요인을 다루는 것은 음악해석에서 매우 유용한 방법이라 생각된다.

본문에서 다룰 주된 음반자료는 한애순이 부른 브리태니커 음원이며, 필요한 경우 정응민제 〈심청가〉와 비교할 것이다.

2. 구조적 특징

박동실제 〈심청가〉의 구조[4]는 선율과 장단 두 항목으로 살펴볼 것이고, 선율은 다시 계면조가 차지하는 비중과 반드름조, 장단은 대목별 장단구성과 붙임새로 세분화해서 다루겠다.

2.1. 계면조 비율

한애순이 전하는 박동실제 〈심청가〉는 전체가 59대목으로 이루어져 있다. 각 대목의 調는 육자백이토리 계면조로 부르는 곳이 42 군데, 우조대목은 3곳, 평조 1곳, 경드름 1곳, 설렁제 1곳, 평조+계면조 9곳, 우조+계면조 2곳이다[5]. 이러한

---

3) 이러한 분석틀은 이혜구에 의해 「한국음악의 구조적 특징」(『한국음악논집』, 1985, 11~34쪽)에서 처음으로 제시되었고, 이후 황준연의 글「동아시아 음악의 비교고찰 시론」(『동양음악』제20집, 1998, 1~15)에서 보다 구체화되었다.

4) 여기서 '구조'란 악보로 쉽게 기록될 수 있는 선율, 장단(박자, 리듬), 형식 등을 말한다.

5) 브리태니커판소리『〈심청가〉』CD 해설서(한국브리태니커, 2000).
한애순 唱 〈심청가〉의 대목과 調구성에 대한 것은 이보형이 1979년 무형문화재(음악)조사보고서『판소리 〈심청가〉(김채만제 한애순 〈심청가〉)』(문화재관리국 문화재연구소, 1979)에서 언

調구성의 비율은 계면조의 비중이 70%에 이르고, 우조와 평조, 경드름, 설렁제 등 순수한 평조선법으로 된 대목은 10%이며, 나머지 평조 또는 우조에 계면조가 섞여 있는 대목들이 20%인 비율이다.

박동실제 〈심청가〉의 이러한 調 편성은 순수한 계면조에 평조+계면조 또는 우조+계면조를 합하면 그 비율이 거의 90%에 이른다. 박동실제 〈심청가〉의 이러한 계면조의 비율은 비록 판소리에서 계면조가 바탕색을 이룬다 하더라도 비중이 높으며, 또한 스토리 자체가 춘향가나 적벽가, 수궁가 등 다른 판소리에 비해 슬프기 때문에 이면에 맞게 계면조를 많이 쓸 수밖에 없다고 하더라도 높은 비중이다. 그리고 박유전제의 또 다른 계보로 전해지는 정권진 〈심청가〉에 비해서도 높다.

따라서 박유전→이날치→김채만→박동실→한애순으로 이어지는 〈심청가〉는 조성적인 면에서 계면조를 절대적으로 많이 쓰는 소리제라는 것을 알 수 있다. 이는 판소리가 예술음악임을 고려한다면, 박동실제 〈심청가〉의 높은 계면조 비중은 곧 이 소리제에서 계면조의 표현력이 다양하게 발달할 수밖에 없는 전제가 된다. 물론 박동실제 〈심청가〉의 이러한 계면조 편중은 바로 이 調性에 대한 취향의 반영이라고 생각되지만, 절대적 비중의 계면조로 어떻게 다양한 표현력을 만들어내는가가 이 소리제의 묘미가 될 것이다.

2.2. 반드름調

박동실제 〈심청가〉에서 계면조의 비율이 높은 이유 중의 하나는 이 계보의 소리가 바로 반드름調로 짜여 있기 때문이다.

'반드름'은 半+調, 半+토리, 半+制의 합성어로 해석되는데, '반드름조'는 판소리의 평조나 우조 대목을 중간에 계면조로 조바꿈해서 부르는 소리조를 말한다.

급된 것과 약간 차이가 있다. 양자 모두 이보형이 해설한 것이지만, 브리태니커의 것이 1982년으로 연대가 늦기 때문에, 여기서는 브리태니커의 것을 참고하였다.

이러한 소리조는 이날치→김채만→박동실 계보의 소리 특징을 이루며, '반드름'이라는 명칭이 사용된 것은 이날치 이후 김채만 代에서부터로 추정된다.

반드름조는 한애순 명창이 부르는 박동실제 〈심청가〉의 여러 대목에서 나타난다. 박동실제 〈심청가〉를 정권진이 전하는 정응민제 〈심청가〉와 비교해 보면, 정응민제 〈심청가〉에서 평조로 부르는 '삯바느질 대목', '석부정부좌 대목', '천지가 명랑허고 대목', '긴방아타령과 자진방아타령 대목', '심학규가 좋아라 대목' 이상 여섯 대목을 한애순이 전하는 박동실제 〈심청가〉에서는 평조에 계면조가 섞여 있거나 계면조로만 부른다. 그 혼합의 형태는 평조로 시작하여 계면조로 마치는 예(석부정부좌)와 평조와 계면조가 계속 교차하는 경우(삯바느질)가 있다.

서편제 박동실 계보의 이러한 반드름적인 소리특징은 정정렬의 단가에서도 우조(또는 평조) 음계에 계면조적인 성음을 섞어 부른다든지, 4도 진행을 함으로써 우조와 계면조가 섞인 듯한 느낌을 주는 형태로 나타나고[6], 이 밖에도 한승호나 강도근 등의 소리에서도 발견 된다. 이로 볼 때 반드름은 서편제 판소리의 중요한 음악적 특징인 것 같고, 특히 그 중에서도 이날치와 김채만이 〈심청가〉를 잘 불렀다는 것으로 보아 이날치→김채만→박동실→한애순으로 이어지는 계보의 중요한 소리특징인 것 같다.

2.3. 장단구성

한애순이 부른 박동실제 〈심청가〉는 진양, 중모리, 중중모리, 자진모리, 휘모리장단으로 불리고, 이 中 중모리, 중중모리, 자진모리는 느린 것과 빠른 것으로 나뉜다.

박동실제 〈심청가〉는 정응민제로 전해지는 〈심청가〉와 대목별 장단구성에서 10여 군데 차이가 있다. 박동실제에서 자진 중모리로 부르는 '상여소리' 대목은 정응민제에서 중모리에 이어 중중모리가 추가되고, 진양으로 부르는 '심청이 여

---

6) 김인숙, 「정정렬 단가 연구」, 『한국음반학』제6호, 1996, 197~247쪽.

짜오되' 대목은 중모리로, 중모리로 부르는 '밥 빌러 나가는디' 대목은 자진모리로, 중모리로 부르는 '심청이 부인에게 아뢰는' 대목은 아니리로, 중모리로 부르는 '심청이 부친 위로하는' 대목은 자진중모리로, 중모리로 부르는 '소상팔경 지나갈제' 대목은 진양으로, 자진모리로 부르는 '한곳을 당도하니' 대목은 엇모리로, 진양으로 부르는 '강촌에 밤이들어' 대목은 자진진양으로, 진양으로 부르는 '일일은 천자님이' 대목은 자진중모리로, 중모리로 부르는 '도화동을 찾어드니' 대목은 진양으로, 진양으로 부르는 '아침밥을 지이먹고' 대목은 중모리로 각각 부른다. 이를 표로 정리하면 다음과 같다.

〈표 1〉 박동실제와 정응민제 〈심청가〉에서 장단구성이 서로 다른 대목

	소리 대목	박동실제	정응민제
1	상여소리	자진 중모리	자진중모리+중중모리
2	심청이 여짜오되	진양	중모리
3	밥 빌러 나가는디	중모리	자진모리
4	심청이 여짜오되	중모리	아니리
5	심청이 여짜오되/정응민제에서는 심청이 뒤뜰서 비는 대목 추가	중모리	자진중모리+진양
6	날이 차차 밝어지니	중중모리	아니리
7	소상팔경 지나갈제	중모리	진양
8	한곳을 당도하니	자진모리	엇모리
9	강촌에 밤이들어	진양	자진진양
10	일일은 천자님이	진양	자진중모리
11	도화동을 찾어드니	중모리	진양
12	아침밥을 지어먹고	진양	중모리

위의 〈표 1〉은 박동실제와 정응민제 〈심청가〉에서 대목별 장단구성이 서로 다른 부분들이다. 그런데 위의 표를 자세히 보면, 박동실제와 정응민제의 열두

대목의 장단은 단지 서로 다른 장단을 쓰는데 그치지 않고, 서로 다른 장단사용에 일정한 규칙이 있음을 발견할 수 있다. 즉 열 두 대목 中 제1, 2, 3, 5, 9, 10, 12번의 대목은 한애순의 대목별 장단이 정권진의 그것보다 느린 장단을 사용함을 알 수 있다. 즉 한애순이 진양장단으로 부르는 대목은 정권진이 중모리나 자진중모리, 자진진양으로 부름으로서 한애순의 그것보다 빠르게 부르고, 또 한애순의 것에서 중모리로 부르는 대목은 정권진의 것에서 자진중모리나 자진모리로 역시 빠르게 부른다. 이와는 반대로 한애순이 정권진보다 빠른 장단으로 부른 곳은 정권진이 진양으로 부르는 대목을 한애순이 중모리로 부른 곳 두 곳 뿐이다. 따라서 한애순이 부른 박동실제 〈심청가〉의 대목별 장단구성은 정권진이 부른 정응민제 〈심청가〉의 그것과 단순히 장단만 다른 것이 아니라, 박동실제의 장단이 정응민제의 그것보다 느리게 부르는 특징이 있음을 알 수 있다. 이 때문에 김채만제 〈심청가〉는 장단 한배에서 동편제나 중고제에 비해 소리를 느리게 짜고, 또 박유전제와 관련이 있다고는 하지만 정응민제 〈심청가〉, 수궁가는 장단의 한배로 봐서 동편제에 가깝다고 알려져 있다.

이처럼 한애순이 부른 박동실제 〈심청가〉의 장단이 정응민제 〈심청가〉의 그것보다 느린 장단을 많이 쓴다는 사실은 선율에서 더 복잡해질 개연성을 갖고 있다. 즉 빠른 장단에서보다는 느린 장단에서 선율이 더 복잡하고, 장단이 빨라지면 복잡한 선율의 가락이 덜어지는 것이 보편적인 현상이다. 또한 느린 장단에서는 선율 외에도 시김새나 창법 등을 더욱 다양하고 정교하게 사용할 수 있는 가능성이 높다. 이런 점으로 볼 때, 박동실제 〈심청가〉가 정응민제 〈심청가〉보다 선율이 더 복잡하고, 시김새가 더 정교하고 다양하게 사용될 가능성이 높다. 이 점은 뒤의 정취적 특징에서 보다 자세히 다루겠다.

2.4. 붙임새

일반적으로 서편제 판소리의 붙임새가 동편제나 중고제의 그것보다는 다채롭고 정교하다고 알려져 있다. 또한 한애순 전승의 박동실제 〈심청가〉도 붙임새가 정교하고 다양한 것으로 흔히 언급된다. 하지만 이러한 박동실제 〈심청가〉의 붙임새에 대한 평가는 정응민제와의 비교를 통한 상대적인 것으로서, 그렇다고 그 자세한 내용이나 정도를 수치나 양으로 나타내기는 쉽지 않다. 따라서 우선 듣기에도 꽤 까다로워 보이는 〈곽씨부인 죽는 대목〉을 샘플로 분석해 봄으로서, 박동실제 〈심청가〉의 붙임새적 특성을 어느 정도 유추해 보고자 한다.

〈악보 1〉 한애순 唱 박동실제 〈심청가〉의 '곽씨부인 죽는 대목'

장단수	제1박	제2박	제3박	제4박
1	아이고	이거이	웬-말	이냐-
2	---	---	---	---
3	워-따	동-네	사-람	-들-
4	---	우리-	마-누	라가-
5	죽었-	소--	---	---
6	---	---	허허허	---
7	---	---	---	---
8	---	참으로	죽었-	소--
9	---	아이고	-마누	라--
10	--죽	을-줄	알았-	으면-
11	--약	지러-	가지-	말-고
12	--머	리맡에	앉-었	-다-
13	극-락	-세-	계-로	가라-고
14	염--	불이-나	외울-	것-을
15	--양	-능-	활인-	이오-
16	--병	-불능	살인이	라더니
17	--약	이모두	원-수	로다-

18	약 — —	그릇 —을	번 — 뜻	— 들 — 어
19	방 — —	바닥 —에	후 — 듯	— 치고
20	— — 섰	— 다 —	꺼 — 꾸	러져 —
21	데구루	루루루	궁글 —	고 — —
22	가심을	— 쾅 —	앙 — 쾅	— 치고
23	머 — 리도	— 찌 —	— 꺽 —	찌 — 꺽
24	두발을	— 둥 —	둥 — 둥	— 둥 —
25	여 — 광	여 — 취	실 — 성	발 — —광
26	남 — —지	서 —지를	— 가르	— 쳐 —
27	— — 아	이고 —	마누라 —	— — —
28	— — —	— — —	— — —	— — —
29	— — 마	— 고 —	죽 — 지	마고 —
30	— — 평	— 생으	정한 —	뜻을 —
31	사생 —	동 — 허고	보자 — —	더 — —
32	염 — 라	국 — 이	어 — 디	라 — 고
33	— — 날	버리고	가려 —	시오 —
34	— — 아	이고 —	마누라 —	— — —
35	— — —	— — —	— — —	— — —
36	— — 마	— 누라	마 — —	누라 —
37	마 — 누라	이게 —	웬 — —	일이요 —
38	— — 인	제가면	언 — 제	와요 —
39	청 — 춘	작 — 반	호환 —	향 — 으
40	봄을 —	따라 —	오라 —	시요 —
41	청 — 천	— 월 —	내 — 거	시이 —
42	달을 —	따라 —	오랴 —	시오 —
43	해 —도졌	— — —다	다시 —	돋 — 고
44	— — 꽃	도졌다	다시 —	피고 —
45	하날 —이	장 — 천	구만 —	리돼 —
46	삼 — 경	이되 —면	이 — 슬오	고 — —
47	북 — 강	—의머 —	다 — —	해 — —
48	또다시	— 행차가	왕 — 래	헌 — 디
49	— — 마	누라는	한번 —	가면 —

50	− −다	시오지	못허−	는디−
51	− −구	−차히	사자−	거늘−
52	누굴−	믿고−	살어나	며− −
53	동−지	−대한	긴−긴	밤을−
54	젖−먹	고자−	우−는	자식−
55	− −누	젖멕여	길−러	낼−까
56	− −아	이고−	마누라−	− − −
57	− − −	− − −	− − −	− − −
58	목−제	비질을	달−칵	달−칵
59	이−리저	− − −리	헤매−	이며−
60	− −아	이고−	마누라	− − −
61	− − −	− − −	− − −	− − −
62	− − −	− − −	− − −	− − −
63	− − −	− − −	− − −	− − −
64	− − −	− − −	− − −	− − −
65	− − −	하이고이	를어쩔	거나−
66	− − −	− − −	− − −	− − −

위의 〈악보 1〉은 중중모리 장단으로 부르는 대목인데, 중중모리는 3소박 4박으로 부르는 장단이다. 이 대목의 전체 리듬을 보면, 시작부분은 3소박 4박 장단으로 부르고(제3장단을 제외한 제1~제9장단), 중간부분에서 리듬변주를 하다가 마지막(제61장단 이후)에 이르러서는 다시 중중모리의 원래 박자로 돌아와서 마친다. 즉 중중모리 일반형→변형→일반형으로 리듬변주를 한다.

다음으로 중중모리 장단의 리듬을 변주할 때는 그 리듬이 (2+2+2/2+2+2)소박으로 나타나는 것, (3+3/2+2+2)소박으로 나타나는 유형, (2+2+2/3+3)소박인 유형 세 형태가 있다. 이 中 한애순의 소리에서 가장 많은 유형은 2+2+2 / 3+3소박이고, 3+3+2+2+2소박으로 부르는 것은 제18~19장단 두 장단에서만 나타날 뿐이다. 그리고 2+2+2/2+2+2 리듬으로 부르는 장단에서 제23장단의 "머리도 찌꺽찌꺽"과 제48장단의 "또다시 행차가 왕래헌디"는 리듬분할을 보다 까다롭고 정교하게 한다.

위의 대목에 사용된 이러한 리듬들은 한 장단이나 또는 여러 장단을 단위로 변주리듬을 교대하면서 진행하는데, 대개는 2+2+2+2+2+2와 2+2+2+3+3의 리듬을 혹은 2+2+2+3+3 리듬과 3+3+3+3 리듬을 주고받는다.

한애순 창 박동실제 〈심청가〉의 〈곽씨부인 죽는 대목〉의 이러한 리듬변주는 붙임새의 형태로 볼 때, '대마디 대장단'과 '완자걸이', '교대죽', '뻗다', '잉어걸이', '엇붙임' 여섯 종류가 나타나는 것으로 보이다. 이런 붙임새의 유형은 소리꾼들에 따라 설명하는 내용에 조금씩 차이가 있어서 그 명확한 경계를 설정하기는 어렵지만, 위의 한애순의 소리에서는 '대마디대장단'으로 시작하여 다음 장단에서 소리를 '뻗다'가 '교대죽'으로 몇 장단(제3~9장단)을 부른다. 그 뒤는 2소박 리듬이 쭉 이어지는데, 3소박의 중중모리 장단을 2소박 리듬으로 부르거나 주박이 비고 부박에 붙는 '완자걸이', 2소박과 3소박이 섞이며 말들이 촘촘히 붙거나 혹은 말들이 중간을 비우고 앞뒤로 뚝 떼어져 붙는 '교대죽', 말이 어느 박에서 조금의 시가로 뒤로 비껴 부박에 붙는 '잉어걸이', 그 중간 중간에 "아이고 마누라~"하고 소리를 두 장단에 걸쳐 '뻗는' 붙임새가 있다. 특히 한애순의 소리에서는 리듬을 더 잘게 쪼개어 붙이는 '잉어걸이'가 제13, 14, 18, 19, 23, 25, 26, 43, 45, 46, 47, 59장단에 나타나기 때문에, 듣기에 상당히 까다로운 느낌을 준다.

이상으로 한애순이 부른 〈곽씨부인 죽는 대목〉을 모델로 해서 박동실제 〈심청가〉의 붙임새적 특성을 살펴 본 바에 따르면, 한애순이 구사하는 붙임새는 '대마디 대장단'을 비롯하여 '완자걸이', '교대죽', '잉어걸이', '뻗다' 등을 사용하지만, 한애순은 이 대목의 처음만 '대마디대장단'으로 시작할 뿐, 나머지는 '교대죽', '완자걸이', '잉어걸이', 뻗는 붙임새를 계속 교대하면서 소리를 이어 나간다. 즉 중중모리 장단이지만 극도로 '대마디대장단'을 피하면서 소리를 진행하기 때문에, 듣는 이로 하여금 붙임새가 정교하고 까다로운 것으로 느끼게끔 하는 것 같다. 따라서 〈곽씨부인 죽는 대목〉의 이러한 붙임새적 특성이 집적되어 박동실제 〈심청가〉의 구조적 특징을 이루는 또 하나의 요소가 되는 것 같다.

3. 情趣的 특징

앞서 박동실제 〈심청가〉의 구조적 특징을 살펴보았다. 소리대목별 장단과 리듬변주인 붙임새, 調의 구성 비율, 조바꿈 등은 모두 악보로 표현할 수 있는 것들이고, 또 이러한 것들이 모여서 박동실제 〈심청가〉의 구조적 특징을 이루고 있었다.

그런데 음악의 구조적 특징과는 달리, 여기서 살펴 볼 정취적 측면은 악보로 드러내기가 쉽지 않은 것들이고, 감상자에게 느낌으로 전달되는 요소들이다. 예를 들면 음색이나 빠르기 발성기교와 같은 것들이 그것인데, 이러한 정취적인 내용은 연주자의 해석에 따라 얼마든지 다른 느낌으로 변화할 수 있다[7]. 그렇기 때문에 어떤 음악의 특징을 찾아낼 때 이러한 정취적 요소는 매우 중요한 잣대가 되며, 때때로 음악을 규정할 때 구조적인 측면보다 더 비중이 클 때가 있다.

이 장에서는 박동실제 〈심청가〉의 정취적 특징을 살펴보기 위해 요성과 목기교, 한배 세 항목을 설정하였다[8]. 이들 세 항목은 여러 가지 정취적인 요소 중에서 박동실제 〈심청가〉의 특성으로 꼽을 수 있는 것들만을 뽑은 것이다. 그리고 정취적 특징의 중요한 요소인 음색은 논의대상에서 제외코자 한다. 왜냐하

---

7) 예를 들면 베토벤 제3번 교향곡을 연주하더라도, 뉴욕필이 연주한 것과 런던필이 연주한 것은 다르며, 또한 뉴욕필하모닉 오케스트라의 연주라 하더라도 지휘자가 쿠르트마주어인가 카라얀인가에 따라 음악적 느낌은 달라진다. 이처럼 구조에서는 동일하더라도 연주단에 따라, 지휘자에 따라 음악적 정취는 달라질 수 있다.

8) 황준연은 각주3의 글에서 음악의 정취적인 요소로 빠르기(느린 것 또는 늘어지는 것/빠른 것 또는 몰아치는 것), 강세(시가 엑센트/강약 엑센트/고저 엑센트), 음색(부드러운 것과 거친 것/밝은 것과 어두운 것) 세 가지를 들고 있다.

　이런 요소는 모든 음악에 적용할 수 있는 보편적 요소이기는 하지만, 고도로 발달된 소리기교나 시김새를 구사하는 판소리 음악장르에서는 더 세부적인 항목이 필요하다. 따라서 필자는 박동실제 〈심청가〉의 정취적 특징으로 논할 수 있는 요소라고 생각되는 항목을 따로 설정하였다.

면 음색은 가창자 개개인의 고유한 특성이기 때문에, 본고에서 이를 언급한다면 그 분석내용은 실제로는 한애순 명창의 음색이어야 하기 때문이다. 그리고 음색 外에도 본문에서 다룰 정취적 특징에는 한애순 개인의 색채가 덧붙었을 수 있 다. 하지만 시김새 기교나 발성기교의 일종인 '목' 구사는 배우는 과정에서 전수 되는 것이기 때문에, 비록 한애순의 것이 더해졌다 하더라도 큰 줄기에서는 박 동실제의 것이 전해지리라 생각된다. 따라서 음원은 한애순의 것이지만, 본문에 서 다룰 정취적인 내용은 박동실제의 보편적 특징으로 이해해도 크게 무리는 없을 듯하다.

3.1. 요성

한애순이 부르는 박동실제 〈심청가〉는 계면조가 절대적으로 높은 비중을 차 지하고 있다. 따라서 계면조의 시김새가 많이 쓰이는데, 그 중에서도 특히 두드 러져 보이는 것이 떠는목에 대한 처리이다. 중중모리로 부르는 첫 번째 대목 〈삯바느질〉을 예로 들어 보겠다.

<악보 2> 한애순 唱 박동실제 〈심청가〉 '삯바느질' 대목

	제1박	제2박	제3박	제4박
제4장단	남――녀	의―복	잔―누비	질――
	솔――라	솔―레미	미―솔미	미――
제6장단	서―답	빨―래	하――절	의―복
	시―시	라―라솔	미――솔	라―라
제11장단	복―거언	풍―채	처――늬	주―의
	시―라시	미―미	시――미	레―레
제12장단	갖은―	금―침에	수―놓기	와――
	레시―	시―솔라	라―라시	라――

위의 악보는 '삯바느질' 대목의 앞부분에서 굵은 농현이 나오는 장단을 뽑은 것이다. 제4장단은 평조이고, 제6장단, 제11, 12장단은 계면조인데, 제11장단부터는 제6장단에서 완전5도 위로 전조한 선율이다. 그리고 악보의 음영 처리된 부분이 굵은 농현이 있는 곳이다.

그런데 위의 악보에서 떠는 음을 보면, 일반적으로 평조와 계면조에서의 그것과 차이가 있다. 다시 말해 통상 계면조에서는 mi를 굵게 떨고 다른 음은 떨지 않으며, 평조에서는 특정 음을 굵게 떠는 요성이 없다. 그런데 위의 악보에서는 제4장단의 평조대목도 음영 처리된 모든 음을 굵게 떨며, 또한 제6장단이나 제11, 12장단의 계면조 대목도 매우 굵게 떤다. 평조대목과 계면조 대목 中에서는 계면조 대목을 약간 더 굵게 떤다. 그리고 계면조 대목이라 하더라도, 떠는 음이 mi(5도 위 전조시 la)에 한정되지 않고, la, sol 등 거의 모든 음에 걸쳐 있다. 위 악보의 이러한 시김새는 평조와 계면조에서의 일반적인 시김새를 벗어나는 것이다. 즉 위의 '삯바느질' 대목의 떠는 시김새는 평조나 계면조에서의 음 기능과는 무관하고, 그 자체로 선율 전체를 흔들어 주는 새로운 형태의 시김새를 구사하는 것이다.

이 밖에도 위의 '삯바느질' 대목은 떠는 폭이나 형태에서도 몇 가지 특징을 보인다. 우선 음을 떨 때의 폭은 각 음마다 조금씩 차이는 있지만, 격하게 떨 때는 그 폭이 거의 단3도~4도에 이른다. 또한 떠는 방법도 엑센트를 줘서 격하게 흔들 듯이 떨며, 그 형태도 숙여 떠는 것 보다는 치켜 떠는 경우가 많다. 이런 요성의 여러 가지 방법에 의해, '삯바느질' 대목은 매우 힘이 느껴지면서도 독특한 색채를 느끼게 한다.

이러한 한애순 唱 박동실제 〈심청가〉의 요성은 '삯바느질' 대목 외에도 '명산대찰' 대목, '석부정부좌' 대목 등 여러 곳에서 나타나지만, 정권진 唱 정응민제 〈심청가〉에서는 찾아보기 힘들다. 따라서 이러한 요성은 박동실제로 전해지는 〈심청가〉의 정취적 특성을 이루는 중요한 요인이라 여겨진다.

3.2. 발성기교

판소리에서 찾을 수 있는 중요한 정취적 요소에는 소리내는 기교가 있다. 이를 판소리에서는 주로 '목'이라고 하는데, '목'은 때로 음역이나 음색 등을 말하는 '聲'이나 '淸'과 혼용되기도 하지만 대개 목 성음의 변화나 소리기교의 일종으로 알려져 있다. 이러한 발성기교는 악보로 표현하기 힘든 부분이 많고, 소리기교에 따라 느낌이 다를 수 있는 감성적인 영역에 해당된다.

이날치→김채만→박동실로 이어지는 소리제에서 소리를 내는 발성기교에는 '각구목질'이 있고, 이 밖에도 소리를 왈기거나 깎는 등의 기교도 있으며, 특히 한애순 唱에서 돋보이는 것은 소리를 눌러서 밀어내는 기교와 쥐어짜듯 내는 방법이다.

각구목질은 이날치→김채만→박동실 계보에서 특징적으로 사용하는 발성법 中 하나로 알려져 있다. '각구목질'이란 말은 各+구멍+질(행위)이 모여서 이루어진 합성어인데, 음악적으로는 대개 사설 한 字를 가지고 엑센트를 주면서 여러 음들을 옮겨 다니는 소리기교로 이해된다. 따라서 각구목질은 그 결과가 선율로 어느 정도 표현되기도 하지만, 각 음에 들어가는 엑센트나 음들에 옮겨 다니면서 뭉개거나 흘려버리는 미분음들은 악보로 표현하기 힘들다. 그러므로 이러한 '각구목질'은 매우 까다로운 소리기교이기 때문에, 음악적 분위기에 많은 영향을 미치는 중요한 정취적 요소의 하나이다.

그런데 판소리에서 쓰는 '각구목질'을 대금과 같은 기악에서 사용하는 '다루치다'는 기교와 혼동하는 경우가 종종 있다. 하지만 대금과 같은 기악에서 '다루치는' 연주기법은 짧은 시가의 아래 음에서 3도, 4도, 5도 위 음으로 치켜 올리는 것을 말한다. 그리고 다루를 한번만 칠 경우는 뒤 음의 시가가 약간 길지만, 대개는 다루를 여러 번 반복적으로 치는 경우가 많다. 따라서 기악의 다루치는 방법은 아래 음에서 위 음으로 치켜 올리는 기법이고, 또 다루를 여러 번 치더라도 두 음으로 이루어진 짧은 음형을 여러 번 반복할 뿐이다. 그러므로 기악의 다루치는 연주기법은 엑센트를 주며 여러 음을 옮겨 다니면서 미분음의 복잡한 선율을 만드는 판소리의 '각구목질' 소리기교와는 구별된다.

한애순이 부른 박동실제 〈심청가〉에서 각구목질은 '가군의 손길을 부여잡고' 대목에서 "~남촌 북촌 *품을 팔아*", "차생의" 등의 사설을 부르는 데에서 찾을 수 있다.

다음으로 한애순 唱에서는 눌러서 밀어내는 기교와 쥐어짜듯 부르는 기교가 쓰인다.

눌러서 미는 발성기교의 예는 '석부정부좌' 대목에서 볼 수 있다. 이 대목의 시작부분인 "석부정부좌, 할부정불식, 이불청음*성, 복불시사색*"까지는 동일 음을 반복하거나 한 음 한 음을 읊조리듯이 부르는 선율이다. 따라서 특정 음을 떨거나 꺾는 등의 시김새가 쓰이지는 않기 때문에, 악보로만 보면 단순한 멜로디가 반복되는 듯하다. 하지만 이 대목을 음원으로 들으면 악보와는 달리 매우 강한 힘이 느껴지는데, 그 이유는 바로 소리를 낼 때 各 음들에 힘을 줘서 꾹꾹 누르듯이 부르기 때문이다. 즉 '할부정불식'과 '성목불시사색'부분을 예로 들면, "할─부─정─불식"과 "성─목─불─시─사─색─"로 각 음에 힘을 줘서 꾹꾹 눌린 다음 끝을 약간 들어 올린다. 이러한 발성기교는 판소리에서 '소리를 댕기다가 다시 놓아 밀어주는 목소리'의 '미는목'에 비교적 가깝다. 반면 정권진이 부른 정응민제 〈심청가〉의 '석부정부좌' 대목에서는 이러한 기교가 쓰이지 않으며, 대신 정권진은 이 대목을 거뜬거뜬 시원스럽게 불러나간다.

한애순의 음반을 통해 볼 수 있는 또 하나의 발성기교는 음을 쥐어짜듯이 밀어서 내는 방법이다. 이런 발성기교는 '가군의 손길을 부여잡고' 대목을 예로 볼 수 있는데, 이 대목은 구조적으로도 죽음을 앞둔 곽씨부인의 유언이 진양장단에 계면선율로 불리어서, 노랫말과 음악이 조화를 이루고 있다. 여기에 더하여 곽씨부인이 차마 어린 자식과 남편을 두고 이승을 떠나야하는 안타까운 심경을 울음을 머금고 씹어 뱉듯이 내는 창법이 더해져서 음악적 표현력을 극대화하고 있다. 이러한 소리기교는 판소리에서 '평범하게 소리를 하다가 쥐어 짜서 맛있게 내는 목소리'를 말하는 '짜는목'에 해당될 것이다. 동일한 대목을 정권진은 하늘하늘 거리듯 가늘고 좁게 부른다.

3.3. 한배

한배(템포)는 악보로 표시되는 것이 아니고, 어떤 한배와 어떤 한배가 있을 때 양자의 비교에 의해 상대적으로 느끼는 것이다. 따라서 어떤 음악이 상대적으로 느린 한배로 되어있다는 것은 그 반대편의 대상이 있을 때 가능한 것이다.

박동실제 〈심청가〉의 장단은 '심청이 여짜오되', '밥 빌러 나가는디', '심청이 여짜오되', '강촌에 밤이 들어', '일일은 천자님이', '아침밥을 지어먹고'의 여섯 대목에서 정응민제 〈심청가〉보다 느린 장단으로 부른다.

이러한 느린 한배로 부르는 음악은 우선 정서적인 면에서 듣는 이로 하여금 심리적 긴장감을 풀어준다. 그리고 가창자의 입장에서는 다양한 목구성을 통한 소리기교를 보여줄 수 있고, 또 '각구목질'과 같은 시김새 구사도 보다 용이하게 할 수 있다. 예를 들면 앞에서 언급한 것처럼, 박동실제 판소리의 중요한 기교 중의 하나인 '각구목질'은 진양조로 부르는 대목에서 나온다. 또 한승호가 부르는 적벽가에서도 '각구목질'은 진양조에서 나온다. 이처럼 '각구목질' 기교가 장단 한배가 느린 진양조장단에서 사용되는 것은 이 기교가 적은 노랫말로 짧은 시간에 여러 음들을 쿡쿡 찌르듯이 거치기 때문에, 한배가 빠른 장단에서는 구사하기 힘들기 때문이다. 그리고 '왈기는 목'이나 '깎는 목', 쥐어짜듯 부르는 '짜는목' 등의 목구성도 한배가 느릴수록 구사하기가 쉽다. 그러므로 느린 한배의 음악에서는 목구성이나 그 밖의 다양한 시김새 구사가 용이한 점이 있다. 이처럼 느린 한배로 부르면 음악적으로는 대개 선율이 복잡해진다. 즉 같은 대목이라 하더라도 느린 한배로 부르면 가락이 많아질 개연성이 크고, 또 여기에 소리 기교가 보태지면 선율이 복잡해 질 가능성은 훨씬 많아지는 것이다.

한편 박동실제 〈심청가〉의 장단한배가 정응민제의 그것보다 대체로 느린 것은 역으로 보면, 이 소리제가 유별히 계면조의 비중이 높은 것과도 관련이 된다. 앞서 박동실제 〈심청가〉의 조구성에서 밝혔듯이, 이 소리제는 반드름조로 부르는 선율까지를 포함하면 계면조가 차지하는 비중이 거의 90%에 이른다. 이러한 높은 비중의 계면조는 템포가 빠른 자진모리나 휘모리, 단모리 등에서보다는 진양조나 중모리와 같은 상대적으로 느린 한배의 장단에서 조를 구사하기가 쉽다. 따라서 박동실제 〈심청가〉가 계면조의 비율이 높은 이유 중에는 이처럼 한배가 느린 장단이 많은 것이 주요한 원인 중의 하나가 되고 있다.

4. 결론

박동실제 〈심청가〉의 음악적 특징을 살펴보기 위해 분석틀을 구조와 정취(악보로 기보할 수 있는 것과 없는 것)로 구분하고, 구조적인 면은 계면조 비율, 반드름조, 장단구성, 붙임새로, 정취적인 면은 요성과 발성기교, 한배로 세분화하여 살펴보았다.

한애순이 전승하고 있는 박동실제 〈심청가〉는 구조와 정취에서 몇 가지 특징을 보여준다. 압도적으로 높은 계면조에 다른 制에서 평조나 우조로 된 대목조차 뒷부분에서는 계면조로 돌려서 부르는 '반드름조'를 쓰며, 비교적 느린 장단 구성을 보이며, '대마디대장단'보다는 '완자걸이'나 '잉어걸이', '교대죽' 등의 엇붙임 기교를 많이 사용한다.

그리고 정취적인 면에서도 박동실제 〈심청가〉는 조에 어울리는 시김새를 사용하는 경우와 그렇지 않은 경우(예를 들면, 평조나 계면조에서 요성하는 음과 방법을 벗어난 것)가 있고, 또한 발성기교에서도 힘을 준 상태에서 의도적으로 소리를 눌러서 밀어내는 것과 쥐어짜듯 소리하는 '짜는목'을 쓰며, 특별히 글자 한 자를 가지고 엑센트를 주며 여러 음을 만들어내는 각구목질을 통해 음악적으로 다른 느낌을 전달한다. 박동실제 〈심청가〉의 이런 구조와 정취적 요소들이 모여 이 소리제의 특징을 이루며, 이런 요소들이 이 소리제와 다른 소리제를 구별케 하는 요인으로 작용하고 있다.

김연수와 임방울의 선택과 지향[*]
- 수궁가를 중심으로 -

김혜정

Ⅰ. 서론

임방울과 김연수는 동시대를 살았던 명창[1]이었으며, 서로 다른 판소리관을 펼쳤던 인물로 자주 거론된다. 임방울은 〈이면이 소리 망치는 거여, 목구성 없는 것들이 소리를 못하니 이면만 찾어〉하고 김연수를 나무랐고, 김연수는 〈아녀자들 귀만 호리게 곱게만 허면 그게 소린가? 소리는 성음이 분명하고 이론이 정연혀야지〉하고 임방울을 욕했다[2]. 두 사람은 매우 다른 색깔을 지녔으며, 판소리에 대한 서로 다른 생각으로 이와 같은 이론 논쟁을 벌이기도 하였다.

임방울과 김연수의 판소리관은 후학들에게 재미있는 소재로 다루어지곤 하였다. 임방울과 김연수를 각각 논할 때에도 두 사람의 특성으로 이야기되는 것은 임방울의 타고난 목구성과 서민성, 계면조 기교 개발[3], 독창성과 즉흥성[4], 김연

---

* 이 논문은 2005년 5월 7일 전주에서 있었던 〈판소리 다섯바탕의 전승과 재창조(3)−수궁가〉를 주제로 한 학술대회에서 발표한 글을 수정·보완한 것이다. 학회의 질의자이셨던 배연형선생님께서 임방울의 음반 목록과 녹음시기 및 배경과 같은 여타 정보를 주셔서 이 논문을 완성하는 데 큰 도움을 받았다.

1) 일제 말부터 해방 직후까지 활동한 명창으로는 임방울과 김연수가 가장 뚜렷한 존재로서 부각된다. (이보형, 「임방울과 김연수」, 『판소리의 바탕과 아름다움』, 인동, 1987, 321쪽).

2) 이보형, 위의 글, 328쪽.

수의 분명한 성음과 정확한 사설, 적절한 발림[5], 진양 24박, 어단성장[6], 이면
중시, 연극적 소양[7] 등 상대적인 부분들이었다.

임방울과 김연수의 이론 논쟁에 대해서, 그리고 두 사람의 장·단점에 대해서
는 널리 알려진 바 있다. 때문에 본고의 논의는 어느 정도 예상 가능한 결론을
안고 출발하는 것이기도 하다. 그러나 이미 알려진 정보들, 예를 들어 임방울이
목구성이 좋았고 즉흥성이 많았다는 점과 그에 비해 김연수가 목이 궂었으며,
짜여진 그대로 소리를 하였다는 점 등은 때로 오해를 만들기도 하였다. 예를
들면 임방울에 비해 김연수의 음악성이 떨어진다고 보아 단순히 두 사람의 우열
을 평가해 버리기 쉬웠다.

따라서 이들 소리가 어떤 차이를 지니는지, 보다 객관적인 자료로 정리할 필
요가 있다고 본다. 그러므로 이 글에서는 임방울과 김연수의 수궁가를 비교해
음악적으로 어떤 차이가 있는지 살펴보고, 그러한 차이를 만든 두 사람의 입장
차이를 정리해 보려고 한다. 또한 두 사람이 서로 다른 판소리관과 이론을 가지
고 동일한 선생의 소리를 어떻게 전승을 하였는지 살펴봄으로써, 수궁가의 전승,
나아가 판소리의 전승론에 대한 이해를 이끌어낼 수 있으리라 판단된다.

한편 배연형은 수궁가를 임방울의 목구성과 김연수의 이면표출을 중심으로
비교·감상할 것을 권하고 있다[8]. 두 사람을 비교하는 데 있어 다른 소리보다도
수궁가가 비교·감상의 소재로 좋은 것은 두 사람이 동일한 유성준바디를 잇고
있기 때문이다. 또한 임방울이 남긴 소리는 수궁가와 적벽가 두 바탕의 완창과
다른 바탕의 일부 대목들이며, 김연수의 소리는 다섯 바탕에 모두 골고루 남아

---

3) 천이두, 「명창 임방울」, 『판소리의 바탕과 아름다움』, 인동, 1987, 312쪽.

4) 유영대, 「임방울 판소리의 미학」, 『국창임방울의 생애와 예술』, 사단법인 임방울국악진흥재단,
   2004, 215쪽.

5) 배연형, 「청중의 기호를 분석하여 소리에 반영」, 『객석』 1월호, 통권 95호, 주식회사 예음, 1992,
   162쪽.

6) 이보형, 「김연수 판소리 음악론」, 『월간문화재』 제4호, 월간문화재사, 1974, 22쪽.

7) 이보형, 위의 글, 1987, 326쪽.

8) 배연형, 위의 글, 162쪽.

있으나 완창의 형태로 남아 있지는 않으므로 현실적으로 비교 가능한 소리 대목에도 한계가 있다. 따라서 이 글에서는 수궁가를 중심으로 임방울과 김연수의 음향이 모두 존재하는 대목만을 비교하여 보려고 한다.

Ⅱ. 김연수와 임방울의 수궁가 음향 자료 검토

임방울은 수궁가와 적벽가를 완창하여 음반으로 남겼다. 반면 김연수는 다섯 바탕에 골고루 대목 소리를 녹음하였으며, 창극 형식으로 녹음된 음반도 다수 있다. 우선 김연수의 수궁가 음향은 JCDS-0457한국전통음악시리즈8 〈판소리 명창 김연수 수궁가〉(지구레코드, 1994)와 SRCD-1115빅터유성기원반시리즈6 〈판소리 인간문화재 김연수 초기 녹음선집〉(서울음반, 1993)의 두 가지를 활용 하였다. 이들 자료에는 고고천변과 〈말을 허라니〉부터 사람의 내력을 드는 대목 까지 녹음되어 있다. 고고천변은 지구레코드의 JCDS-0457한국전통음악시리즈 8 〈판소리명창 김연수 수궁가〉 자료를, 그 이외 대목은 서울음반의 SRCD-1115 빅터유성기원반시리즈6 〈판소리 인간문화재 김연수 초기 녹음선집〉자료를 활 용하고자 한다.

임방울의 수궁가는 여러 가지 음향자료로 남아 있다. 대표적인 자료로는 수궁 가 임방울(창) 김세준(북) 1956.11.24. 국립국악원 연주 실황 완창 녹음이 있으 며, 이것이 여러 음반으로 제작되어 있다. 이 가운데 본고에서는 아세아레코드 의 〈임방울 수궁가1,2〉(1983)자료를 활용할 것이다. 그런데 이 자료에는 토끼가 육지로 나오는 대목1인 〈가자가자〉까지만 녹음되어 있으며, 그 후의 대목은 나 와 있지 않다. 또한 별주부 탄식 대목의 〈네 이놈 별주부야〉부터는 젊은 시절 녹음한 다른 자료를 가지고 와서 편집한 것이라고 한다. 본고에서는 임방울의 수궁가 가운데 뒷 부분, 즉 〈백로주를〉부터 〈사람의 손내력〉의 세 대목은 KBS

미디어에서 제작한 임방울의 수궁가 1,2,3(2003)자료를 활용하였다.

　김연수의 수궁가 대목은 고고천변과 〈말을 허라니〉부터 사람의 내력을 드는 대목 까지 연결하여 남아 있다. 이 부분에 해당하는 임방울 수궁가 대목 음향자료를 찾아 비교하면 아래 〈표1〉과 같다.

〈표 1〉 김연수와 임방울 수궁가 음향자료 대목 비교

김연수 창 대목	장단	임방울 창 대목	장단
고고천변	중중모리	고고천변	중중모리
토끼가 용왕을 꾀는 대목	중모리	토끼가 용왕을 꾀는 대목	중모리
별주부 아뢰는 대목	진양		
토끼가 별주부 나무라는 대목	자진모리		
수궁풍류	엇모리	수궁풍류	엇모리
		토끼 춤추는 대목	중중모리
육지 다녀올 일을 말하는 대목	중모리		
별주부 탄식하는 대목	중중모리	별주부 탄식하는 대목	중중모리
육지로 나오는 대목1	진양조	육지로 나오는 대목1 *김연수와 가사내용이 전혀 다름	진양조
육지로 나오는 대목2	자진중모리	육지로 나오는 대목2	중중모리
토끼가 자라를 놀리는 대목	중모리		
별주부 통곡하는 대목	진양		
토끼 욕하는대목	중모리	토끼 욕하는대목	중모리
사람의 손 내력	자진중모리	사람의 손 내력	자진모리

　김연수의 음향자료 중 자라가 토끼를 찾으러 세상으로 나갈 때의 장면인 〈고고천변〉은 아니리도 없고 앞·뒤 대목과의 연결 없이 독립하여 녹음된 것으로 보아 단가처럼 따로 불렀던 것이라 추측된다. 그러나 〈고고천변〉의 경우 김연수

와 임방울이 거의 동일한 가사를 사용하고 있어서 음악적 비교 결과가 더욱 분명히 드러날 수 있는 대목이라 여겨진다.

〈토끼가 용왕을 꾀는 대목〉부터 〈사람의 손내력〉까지 김연수는 12대목의 소리를 남겼다. 본래 김연수의 창본집에는 〈토끼 욕하는 대목〉이후 〈사람의 손내력〉사이에 두 대목이 더 있으나 이는 부르지 않고 생략하였다. 동일한 부분에서 임방울은 9개 대목의 소리를 남겼다. 두 사람의 소리대목에서 나타나는 차이는 김연수가 소리를 더 만들어 넣은 부분과 임방울이 만든 부분이 있기 때문에 생긴 것이다.

김연수의 소리에는 있지만 임방울 소리에 없는 곳은 〈별주부 아뢰는 대목〉·〈토끼가 별주부 나무라는 대목〉·〈육지 다녀올 일을 말하는 대목〉·〈토끼가 자라를 놀리는 대목〉·〈별주부 통곡하는 대목〉의 5대목이며, 이들은 모두 김연수가 첨가한 대목들이다. 또한 〈육지로 나오는 대목1〉부분은 본래 유성준제와 다르게 김연수가 개작한 곳인데, 신재효의 영향으로 개작했음을 아니리에서 밝히고 있다9). 임방울의 소리에는 있지만 김연수 소리에 없는 곳은 〈토끼 춤추는 대목〉의 1대목이다. 임방울 창 〈토끼 춤추는 대목〉은 춘향가의 〈네그른 내력〉을 차용10)한 것이며 추천목으로 불린다.

본고에서는 위와 같이 김연수와 임방울에 의해 개작되거나 첨가된 대목을 제외한 나머지 7대목을 대상으로 음악적 비교를 하려고 한다. 목록은 아래와 같다.

---

9) 이경엽, 「판소리 명창 김연수론」, 『판소리연구』17집, 판소리학회, 2004, 225쪽.
10) 이보형, 「판소리 염계달 추천목론」, 『고산이은상박사 고희기념 민족문화논총』, 1973, 201쪽.

<표 2> 연구 대상 대목

	김연수 창 대목	장단	임방울 창 대목	장단
1	고고천변	중중모리	고고천변	중중모리
2	토끼가 용왕을 꾀는 대목	중모리	토끼가 용왕을 꾀는 대목	중모리
3	수궁풍류	엇모리	수궁풍류	엇모리
4	별주부 탄식하는 대목	중중모리	별주부 탄식하는 대목	중중모리
5	육지로 나오는 대목2	자진중모리	육지로 나오는 대목2	중중모리
6	토끼 욕하는 대목	중모리	토끼 욕하는 대목	중모리
7	사람의 손 내력	자진중모리	사람의 손 내력	자진모리

Ⅲ. 사설구조 비교

임방울과 김연수는 대부분의 대목에서 유사한 사설을 사용하고 있다. 두 사람의 사설 가운데 동일한 부분을 제외하고, 각자 상대방이 부르지 않는 사설만을 정리해 보면 아래 〈표3〉과 같다.

<표 3> 김연수와 임방울의 사설 비교

대목명	김연수	임방울
토끼가 용왕을 꾀는 대목	〈중모리〉달의 별호 옥토옵고 지상에 진퇴지리 조수가 맡었기로 사리에는 물이 많고 조금에는 적삽기로 조수별호 상토온바 소퇴의 간 인즉 달빛같고 조수같어 망전에는 배에 넣고 망후에는 밖에 두어 진퇴양난 허는고로 명약이라 허옵니다.	〈중모리〉용왕이 이말을 옳게 듣고 그러허면 세상에서 병객들이 니 간을 먹고 효험본 징거가 있느냐 예 징거가 많소 아뢰리다 징거를 낱낱이 아뢰리다 징거를 낱낱 이 아뢰리다 소퇴 모년 소년 시절의 통정차로 다니옵다 벽파수에 풍덩 빠져 거의 죽게 되었는디 한우지신 동방삭이가 유선허로 게왔다가 텀벙건져 살려주거날 그 은혜를 갚으려고 간을 내야 팔낱

		만치 먹였더니 동방삭이 탄식허고 그 란을 묵은 후으 삼천 갑자를 살아있고 그 후에 위수변으로 돌아 들다가 간 을 내여 위수 여울에다 씻혔더니 궁팔십 여상이가 낚기질 게왔다가 기갈에 표자글러 그 물조끔 떠 마시고 단팔십을 더사시고 안기생의 적송자가 우리 간을 나눠먹고 장생불사 허였단말 못들었소
수궁풍류 대목 중	〈엇모리〉앞발을 번쩍 들고 촐랑촐랑 논다 얼씨구나 좋다 절씨구나 좋네 약일레라 약이여 퇴간이 명약일래 신선공부허는이도 툇간을 못먹으면 성공을 못허는디 안기생 적송자가 모다 우리 집 문인으로 우리 선조 간 씻은 물 얻어먹고 신선되어 장생불사허는고로 우금껏 명절대면 도리화조 좋은 실과로 세산을 봉허고 동방삭도 문하인으로 콩알만치 얻어먹고 삼천갑자 육만년 죽었단 말이 없었고 위수어부 강태공도 날 만나 간 좀 먹고 궁팔십 달팔십 일백육십을 살았으니 대왕의 환후도 내의간을 자시면 천천만 만세를 태평으로 누릴테니 얼씨구나 좋네 토끼란 놈 거동 봐 선주를 많이 먹고 취흥이 도도허여 선녀들과 춤을 추며 음흉헌 말을 허는디 혼자말로 허는 듯이 얼씨구나 좋다 수궁에서는 몰라도 내의 간은 고사허고 입만 한 번 맞추어도 몸살 고뿔 바이 없이 삼사백년을 산다네 선녀들이 이 말 듣고 서로 다투어 달려들어 토끼를 껴안고 입을 맞추면서 다시 세상에 나가실 땐 소녀가 모시리다 가진 아양을 다떨며 청을 거는구나	〈중중모리〉앞내 버들은 유록장 두르고 뒷내 버들은 초록장 둘러 한 가지 찢어지고 한가지는 펑퍼져 바람 부는대로 물결 치는대로 흔들흔들 흔들흔들 흔들흔들 노닐적의 어머니는 동우를 이고 아버지는 노구를 지고 노고지리 노고지리 노고지리 앞 발을 뻗적 추켜드니 촐랑촐랑의 노닌다.

〈토끼가 용왕을 꾀는 대목〉에서 김연수가 추가하여 부른 간과 달의 비교 내용은 유성준제 수궁가를 부르는 어떤 명창도 부르지 않는 부분이다. 따라서 김연수가 추가한 것으로 여겨진다. 같은 대목에서 임방울은 김연수 창에 없는 간의 약효에 대해 노래하고 있다. 간의 약효에 관련한 내용을 김연수는 수궁풍류 대목에서 부르고 있다. 유성준제 수궁가를 이은 명창들 가운데 용왕을 꾀는 대목에서 간의 약효를 부르는 사람은 임방울과 박동진 두 사람이며, 수궁풍류 대목에서 간의 약효를 노래하는 사람으로는 정광수와 김연수가 있다. 따라서 본래 유성준제는 어느 쪽이었는지 단언하기 어렵다.

임방울은 수궁풍류에 이어 중중모리장단의 〈토끼가 춤추는 대목〉을 부르고 있는데, 유성준 바디 수궁가를 이은 명창 가운데 박동진, 박초월, 정광수 등이 모두 이 대목을 부르고 있다. 이에 비해 김연수는 엇모리 수궁풍류를 계속하며 간의 약효와 함께 토끼가 취흥이 도도하여 노는 모습을 그리고 있다. 대부분의 명창들이 중중모리 장단의 추천목으로 된 〈토끼 춤추는 대목〉을 부르고 있어서, 본래 유성준제에서 불렸던 대목일 것으로 생각된다.

사설의 비교를 통해 살펴보면 김연수는 앞 장에서도 살펴 본 바 있듯이 〈별주부 아뢰는 대목〉·〈토끼가 별주부 나무라는 대목〉·〈육지 다녀올 일을 말하는 대목〉·〈토끼가 자라를 놀리는 대목〉·〈별주부 통곡하는 대목〉의 5대목 뿐만 아니라 〈토끼 용왕을 꾀는 대목〉의 일부, 〈수궁풍류〉 일부 등에서 개작·창작과 관련된 많은 시도를 하였음을 알 수 있다.

2장에서 살펴본 바와 같이 〈토끼가 용왕을 꾀는 대목〉부터 〈사람의 손 내력〉까지 김연수는 12대목(창본14대목)의 소리를 남겼으며, 임방울은 9대목을 남겨 기본적으로 큰 차이를 가지고 있다. 또한 세부 대목의 가사 내용에 있어서도 김연수가 임방울보다 부분적인 개작과 첨가를 단행했다. 김연수의 개작과 첨가는 이미 연구된 바11) 있으며, 개작의 이유로는 사설의 합리성과 문학적 완결성

---

11) 이경엽, 위의 글, 300쪽.

을 추구하려는 그의 지향을 들 수 있다. 김연수에 의해 개작된 경우를 제외한 공통부분의 가사는 두 사람이 거의 일치한다. 따라서 가사가 일치하는 부분만 본고에서는 분석하려 한다.

Ⅳ. 음악적 표현방식의 차이

앞 장에서 살펴본 바와 같이 김연수와 임방울은 기본적인 사설 구조와 내용에 있어서 큰 차이를 갖고 시작한다. 특히 사설에 있어서 김연수는 다른 어떤 창자보다 독특한 개성을 드러내고 있으므로 김연수만의 특성은 사설의 개작에서 가장 크게 나타난다고 할 수 있다. 그러나 본고의 목적은 음악적 비교에 초점이 있기 때문에 이 장에서는 같은 사설을 사용하는 부분에서 나타나는 음악적 차이에 대해 주목하고자 한다.

두 사람의 소리를 비교할 음악적 분석의 틀은 두 사람의 차이로 언급되는 부분을 중심으로 하려고 한다. 임방울의 타고난 목구성과 계면조의 사용은 널리 알려진 특성 들이다. 또한 김연수가 상청에 강했다거나 붙임새에 능했다는 점도 살펴보아야 할 것이다. 따라서 분석은 음역(音域)과 음고(音高), 악조(樂調)와 시김새, 속도와 가사붙임새 등을 중심으로 할 것이다.

1. 음역과 음고

비교 대상인 7대목에서 사용된 김연수와 임방울의 음역과 음고를 비교해 보면 아래와 같다.

〈표 4〉 김연수와 임방울의 음역과 음고

대목명	창자	B'	D	D#	E	F	G	A	Bb	B	c	d	e	f	g	a	b	c'	d'	e'	f'	결과
1. 고고천변	김연수			○	○	○	○	○	○	○	○	○	○	○	○	○	○	○	○	○		임방울이 넓음
	임방울		○	○	○	○	○	○	○	○	○	○	○	○	○	○	○	○	○	○	○	
2. 토끼가 용왕을 꾀는 대목	김연수							○	○	○	○	○	○	○	○	○	○	○	○			전반적으로 김연수가 높음
	임방울	○	○	○	○	○	○	○	○	○	○	○	○	○	○	○	○	○				
3. 수궁풍류	김연수										○	○	○	○	○	○	○	○				동일
	임방울										○	○	○	○	○	○	○	○				
4. 별주부 탄식하는 대목	김연수										○	○	○	○	○	○	○	○	○			임방울 높음
	임방울										○	○	○	○	○	○	○	○	○	○	○	
5. 육지로 나오는 대목2	김연수				○	○	○	○	○	○	○	○	○	○	○	○	○	○				전반적으로 김연수가 높음
	임방울		○	○	○	○	○	○	○	○	○	○	○	○	○							
6. 토끼 욕하는 대목	김연수						○	○	○	○	○	○	○	○	○	○	○	○				전반적으로 김연수가 높음
	임방울						○	○	○	○	○	○	○	○	○							
7. 사람의 손 내력	김연수				○	○	○	○	○	○	○	○	○	○	○	○	○	○				김연수가 넓음
	임방울										○	○	○	○	○	○	○					

비교하는 대목들이 대부분 자진모리와 엇모리 장단을 사용하기 때문에 리듬이 현란하지만 음역이 넓지 않은 경향이 있다. 다만 고고천변과 토끼가 용왕을 꾀는 대목의 중중모리와 중모리 장단에서 음역이 약간 넓게 사용되었다. 대목별 특성을 대체로 유지하고 있으므로 음역과 음고에 있어서 큰 차이를 보이지는 않는다. 특히 음역의 넓고 좁음은 대목별로 조금씩 다르지만 전체적으로 본다면 큰 차이는 없다고 판단된다.

김연수와 임방울의 음역과 음고를 표면적으로 비교해 보면, 높은 상청을 많이 쓰는 쪽은 김연수이며, 하청을 넓게 쓰는 쪽은 임방울이다. 그러나 김연수의 경우 높은 음을 가성으로 처리하는 경향이 있어서 결코 상청에 강하다고는 볼 수 없다. 이보형은 김연수가 상성에 강한 명창이라 하였다. 특히 고음역에 철성이 있고 중하성에 수리성이 있어서 상청을 통성으로 지르면 쇳소리가 난다고 하였다[12]. 그러나 상청을 통성으로 내지 않는 경향은 판소리의 발성에 있어서 좋은 현상으로 보기 어렵다.

반면 임방울이 전체적으로 모든 음역을 굵은 통성으로 부르고 있는 점은 임방

---

12) 이보형, 위의 글, 1974, 22쪽.

울이 타고난 목을 가졌다는 기존의 평가에 부응하는 결과로 볼 수 있다. 비록 녹음자료만을 가지고 음량에 있어서 절대적 기준과 평가를 내리기는 어려우나 넓은 음역을 음량의 변화 없이 처리하는 것으로 그의 풍부한 성량과 목구성을 짐작할 수 있다.

2. 악조와 선율진행

(1) 고고천변

고고천변은 본래 평조로 부르는 대목이라고 한다. 임방울은 이 대목에 계면을 많이 섞어서 맛을 잃어버렸다는 평을 듣고 있다. 이 대목에 사용된 음을 모두 세어서 숫자로 나타내어 보면 아래와 같다.

〈표 5〉 고고천변 대목의 음사용 현황(♪를 1로 환산하여 계산한 숫자임)

	라	시	도	레	미	솔	라	시	도	레	미	파	솔	라	도
김연수		3	5		74	36	196	34	75	72	78	1	14	10	
임방울	3		3	2	93	20	195	38	72	65	84	1	3	13	1

고고천변 대목에 사용된 음의 현황을 살펴보면 김연수와 임방울의 음 사용이 크게 다르지 않다는 것을 알 수 있다. 특히 도와 시의 꺾는 음은 사용 빈도 차이가 별로 없었으며, 오히려 김연수는 옥타브 낮은 음역에서도 '도-시'의 꺾는 음을 사용하고 있다. 김연수의 경우 '도'음을 많이 사용하는 대신 '시'로 꺾는 횟수가 임방울보다 약간 작지만, 이것이 악곡의 분위기를 바꾸는데 큰 영향을 미치지 않을 것이라 판단된다.

그런데 김연수는 옥타브 위 '솔' 음과 옥타브 아래의 '솔'음, 그리고 '레'의 사용이 임방울보다 많고, 대신 '미'음의 사용은 적다. 평조의 느낌을 확실히 해주는

'솔'과 '레'를 더 많이 사용하고[13], 대신 '미'음을 줄인 덕분에 김연수창 고고천변의 전반적인 분위기가 평조로 느껴졌을 가능성이 크다.

〈악보 1〉 고고천변의 음 사용 양상

반면 임방울은 '미'와 '라'를 중심으로 선율을 지속하다가 '도-시'진행을 간간히 섞어 사용함으로써 계면을 주로 사용하는 인상을 준다. 이보형은 이러한 선율진행방식이 '반드름'이라 하는, 일제강점기 당대에 유행했던 음악양식이라고 하였다[14]. 임방울은 당대의 시대적 요구를 받아들여 반드름[15]을 대폭 활용하고 있는 것이다.

(2) 토끼가 용왕을 꾀는 대목

이 대목은 필자의 선행연구[16]에서 악곡분석을 한 바 있으므로 그 결과를 인용하여 살펴보려 한다. 이 대목은 '솔라도레미'의 평조음계와 '미라시도'의 계면조음계의 결합되어, '솔'과 '레'를 강조하는 진행과 '도-시'의 꺽는 음이 사용되는

---

13) 김혜정, 「유성준제 수궁가의 전승과 변이」, 『판소리연구』13집, 판소리학회, 2002, 151-227쪽.

14) 학회 발표회장에서 필자의 발표 후에 질의차원에서 조언해주신 사항임.

15) 반드름에 대한 연구에는 다음의 논문이 있다. 장휘주, 「판소리 반드름에 관한 연구」, 『한국음반학』6호, 한국고음반연구회, 249-272쪽 ; 장휘주, 「박동실제 〈심청가〉의 구조와 정취」, 『판소리연구』19집, 2005, 119-140쪽.

16) 김혜정, 위의 글 참조.

진행의 두 가지가 특징적으로 드러난다. 선율의 두 가지 유형을 나누어 계면조 사용 비율을 찾아보면 김연수가 14%, 임방울이 59%를 계면조 선율로 부르고 있어서 분명한 차이를 발견할 수 있다. 앞서 살펴본 고고천변에 비해 분명한 차이가 드러나는 것은 이 대목이 속도가 느린 중모리장단으로 되어 있어 시김새의 사용이 많아진 때문이라 여겨진다.

(3) 수궁풍류

수궁풍류는 엇모리 장단으로 반주하는 대목이다. 판소리에서 엇모리 장단 부분은 같은 계통에서 나온 선율이며, 대부분 계면조에는 '솔'음이 섞여 사용된다는 점이 이보형에 의해 밝혀진 바[17] 있다. 김연수와 임방울의 수궁풍류 역시 계면조를 사용한다.

<표 6> 수궁풍류 대목의 음사용 현황

	미	솔	라	시	도	레	미	솔	라
김연수	15	1	40	3	10	6	30	1	8
임방울	20	5	32	6	19	11	20	1	2

'미라도미'의 음을 많이 사용하는 것을 통하여 알 수 있듯이 도약진행이 많고 꺽는 음이 적어 거뜬거뜬한 느낌을 준다. 이 대목에서 임방울에 비해 김연수는 높은 음역을 더 많이 사용하여 도약진행을 더욱 활발히 하고 있다.

---

17) 이보형, 「무가 · 판소리 · 산조에서 엇모리가락 비교」, 『이혜구박사 송수기념 음악학 논총』, 한국국악학회, 1969, 81 - 116쪽 참조.

〈악보 2〉 수궁풍류의 도약진행

(4) 별주부 탄식하는 대목

별주부 탄식하는 대목은 전반적으로 '라시도레미' 음을 중심으로 하는 계면조를 주로 사용한다. 그러나 이 대목에서도 김연수는 '솔'과 '레'음을 많이 사용하여 지나친 계면으로 흐르는 것을 피하고 있다.

〈표 7〉 별주부 탄식하는 대목의 음사용 현황

	미	솔	라	시	도	레	미	파	파#	솔	라	시	도
김연수	16	13	57	16	61	51	135		4	19	9		
임방울	26	6	58	18	95	30	157	2		10	11	2	3

또한 김연수는 '솔-파#'의 진행을 세 차례 사용하고 있는데, 이는 5도 위로 일시 전조한 상태의 꺽는 음이다. 악조를 다양하게 활용하기 위하여 일시 전조를 활용하고 있는 모습을 보여준다.

〈악보 3〉김연수 일시전조

(5) 육지로 나오는 대목2

육지로 나오는 대목에서는 '미라시도레미'의 여섯 음을 주로 사용하는 계면조이다. 특히 임방울은 '미라시도'의 네 음을 더욱 집중적으로 활용하고 있고, 그에 비해 김연수는 옥타브 위의 '레'와 '미'음도 골고루 사용하고 있다.

〈표 8〉 육지로 나오는 대목2의 음사용 현황

	시	도	미	솔	라	시	도	레	미	솔	라
김연수	1	2	40	4	83	18	15	16	25		6
임방울		3	50	3	66	23	21	12	24	2	4

(6) 토끼 욕하는 대목

토끼 욕하는 대목은 널리 알려진 바와 같이 경드름으로 되어 있다. 주로 사용하는 음은 '레미솔라도레'이다.

〈표 9〉 토끼 욕하는 대목의 음사용 현황

	라	레	미	솔	라	도	레	미
김연수	1	18	17	34	71	63	39	16
임방울	5	23	14	41	36	60	21	5

그런데 김연수의 경드름은 수심가토리를 지향하는 시김새를 구사하고 있다. '솔'음이나 '라'음으로 표기된 음계의 중반에 있는 음들을 매우 굵게 떨고 있으며, 떠는 모양새가 판소리의 떠는 목과 달리 '솔'과 '라'음 사이를 떨고 있어서 서도 민요 수심가토리의 떠는 음과 유사하다. 따라서 김연수의 경드름은 반경드름에 가깝다고 할 수 있다.

〈악보 4〉 김연수 창 토끼 욕하는 대목

그에 비해 임방울의 경드름은 경토리를 지향하여 특별한 시김새가 나타나지 않는다. 또한 후반에 4도 아래로 일시적 전조현상이 있다는 점[18]으로 보아 진경 드름과 비슷하다고 보여진다. 아래의 악보는 전조되는 부분이다.

---

18) 김혜정, 「경드름의 성립과 전개」, 경기도 국악당, 2005, 167−197쪽.

〈악보 5〉 임방울의 토끼 욕하는 대목 전조 부분

대부분 진경드름의 종지음이 '솔', 또는 '라'음인 것에 비해 임방울은 '라-도', 또는 '도'로 반종지 또는 종지를 하고 있어서 또 다른 양상을 보여준다. 이러한 변이현상은 진경드름에 판소리의 평조와 계면조에 공히 사용되는 변격 선법적 특성[19]이 수용된 결과로 해석할 수 있다. 결국 임방울의 〈토끼 욕하는 대목〉은 본래의 경드름에서 벗어나 변화되어 있으며, 변화의 원인은 판소리 평조, 또는 계면조의 영향으로 볼 수 있다.

〈악보 6〉 임방울의 반종지형

<hr>

19) 음계 중간에 있는 음으로 종지하는 특성을 말한다.
　　김영운, 「한국 민요선법의 특징」『한국음악연구』28집, 한국국악학회, 2000, 39-49쪽.

(7) 사람의 손 내력

사람의 손 내력 대목은 김연수와 임방울이 모두 '미라도' 3음을 집중적으로 사용한다. 김연수는 여기에 '솔'과 옥타브 위 '미'음을 부수적으로 활용하며, 임방울은 '솔'과 '시'를 사용하여 계면조의 느낌이 강하게 노래한다.

〈표 10〉 사람의 손 내력 대목의 음사용 현황

	도	미	솔	라	시	도	레	미	파	솔
김연수	1	21	25	135	8	34	9	24	1	3
임방울		37	13	161	20	33	4	6		

3. 속도와 가사붙임새

먼저 분석 대상 대목의 속도를 비교해 보면 〈표 11〉과 같다.

〈표 11〉 김연수와 임방울의 가창 속도 비교(숫자가 클수록 속도가 빠름)

대목명	장단(기준)	창자	속도	속도가 빠른 창자
1. 고고천변	중중모리(♩.=)	김연수	70	임방울
		임방울	88	
2. 토끼가 용왕을 꾀는 대목	중모리(♩=)	김연수	140	김연수
		임방울	124	
3. 수궁풍류	엇모리(♪=)	김연수	226	임방울
		임방울	260	
4. 별주부 탄식하는 대목	중중모리(♩.=)	김연수	70	임방울
		임방울	90	
5. 육지로 나오는 대목2	자진모리(♩=)	김연수	70	거의 유사
		임방울	68	
6. 토끼 욕하는 대목	중모리(♩=)	김연수	100	임방울
		임방울	136	
7. 사람의 손 내력	자진모리(♩=)	김연수	100	임방울
		임방울	115	

표에서 볼 수 있듯이 〈토끼가 용왕을 꾀는 대목〉을 제외한 나머지 대목은 모두 임방울이 빠른 속도로 부르고 있음을 알 수 있다. 특히 자진모리와 중중모리, 엇모리 등을 빠르게 부르기 때문에 임방울 창에서는 사설의 끝부분이 제대로 불리지 못하고 잘려 끝나는 경우를 쉽게 발견할 수 있다.

〈악보 7〉 사설이 잘리는 부분

한편 임방울 소리에서 가사를 앞으로 당겨 붙이고 장단의 뒷부분을 뚝 잘라버리는 경우가 자주 발견된다. 고고천변의 경우 장단의 맨 마지막 박에 아무것도 붙지 않고 쉼표로 처리되는 경우가 임방울은 19회, 김연수는 3회로 나타나고 있어서 전혀 다른 느낌을 만들어낸다.

〈악보 8〉 임방울의 쉼표 처리

임방울은 계면조에 가까운 선율진행을 사용하기 때문에 '도―시' 진행을 중심으로 다루치는 기법을 자주 활용하여 음의 분화를 하는 경우가 김연수보다 많다.

〈악보 9〉 임방울의 '도―시'진행

또한 임방울이 장단에 주로 사용되는 대마디대장단형의 붙임새를 유지하는 것에 비해 김연수는 파격적인 리듬꼴을 수용하여 재미있는 붙임새를 활용하는 경우가 많다.

〈악보 10〉 김연수의 가사 붙임새

V. 김연수와 임방울의 음악적 선택과 지향

앞 장에서 살펴본 김연수와 임방울의 음악적 특성을 정리하고, 음악에서 드러나는 두 창자의 선택과 지향점을 찾아보면 다음과 같다.

첫째, 음역과 음고에 있어서 두 사람은 큰 차이를 보이지는 않는다. 음역은 거의 비슷하며, 음고에 있어 김연수가 높은 상청을, 임방울이 하청을 즐겨 사용하는 것을 알 수 있다. 그러나 김연수는 상청을 가성으로 처리하는 경우가 종종 드러나고 있어 통성으로 일관하는 임방울에 비해 결코 좋은 목을 가졌다고 보기는 어렵다. 임방울은 타고난 목구성[20]이 있는 것으로 유명한 이다. 음반을 통해서 임방울과 김연수의 절대적인 음량과 음색의 차이를 확인할 수는 없으나 넓은 음역을 통성으로 처리하는 면에서 임방울의 장점이 잘 드러난다.

둘째, 분석한 대목은 대부분 평조와 계면조가 혼용되는 양상을 보이고 있다. 평조음계와 계면조음계가 섞여 있으면서 양쪽을 번갈아 활용하는 것이다. 여기에서 임방울은 조금 더 계면조 선율에 치우치는 경향이 있어 이른바 반드름적인 선율진행이 많고, 김연수는 평조선율을 더 많이 사용하는 성향을 드러낸다. 그러나 이러한 결과는 음의 사용 빈도에 따른 약간의 차이일 뿐이다. 아마도 임방울이 계면을 많이 썼다는 이야기는 음계적인 현상만이 아니라 대마디대장단에 가까운 리듬의 단순성과 함께 경드름이나 평조와 같은 계면 이외 악조들을 독립적으로 활용하지 못한 데서 생긴 평가라 여겨진다.

셋째, 전조에 있어서 임방울과 김연수 두 사람 모두 특별히 조표를 바꾸어야 하는 정도의 분명한 전조는 사용하지 않았다[21]. 다만 5도 위, 또는 4도 위의 일시적 전조를 활용하는 방법은 김연수가 더 많이 나타났으며, 임방울은 반경드름 대목에서 전조를 한번 사용하였다.

넷째, 경드름의 표현에 있어서 김연수는 시김새를 분명히 처리하여 반경드름

---

20) 목구성은 음량, 음색, 음고, 음역 뿐 아니라 시김새를 구사하는 기교적 부분과 음색을 바꾸는 기량(여러 가지 목의 구사), 성음에 이르는 많은 것을 암시할 수 있는 용어이다. 그러므로 음역과 음고 만으로 목구성을 정리하는 것은 무리가 있다. 그러나 남아 있는 음반자료만을 가지고는 음량·음색의 문제는 다룰 수 없는 형편이다. 다만 시김새를 처리하는 기교에 대해서는 악조를 다루는 항목에서 살펴볼 수 있을 것이다.

21) 전조가 적은 것은 분석한 대목이 비교적 짧고, 빠른 장단이기 때문이라 생각된다. 춘향가나 심청가를 대상으로 분석한다면 사뭇 다른 결과가 나올 것으로 생각된다.

의 맛을 제대로 냈으나, 임방울은 진경드름을 평조, 또는 계면조와 혼용하여 종지음이 변화되었렸다. 이로써 성음이 분명했다는 김연수에 대한 평가는 적절한 것임을 알 수 있다.

다섯째, 속도에 있어서는 임방울이 조금 빠른 편이다. 그로 인한 문제 때문인지, 호흡조절이 충분치 않았던 것인지 알 수 없으나 가사들이 끝에 가서 불분명하게 처리되거나 끊어져 버리는 경우가 많다. 이러한 현상이 임방울이 가사 전달에 미비하다는 평가를 더욱 부추겼을 것으로 생각된다. 또한 임방울이 대마디 대장단으로 일관하는 경우가 많은 것에 비해 김연수는 다양한 붙임새와 리듬을 구사하고 있다.

위와 같은 결론은 그동안 알려졌던 임방울과 김연수에 대한 평가와 크게 다르지 않다. 그러나 이를 통해 내릴 수 있는 명창과 소리에 대한 평가는 좀 더 다각적인 방향에서 접근할 필요가 있다고 본다.

임방울은 목구성이 좋은 명창이었으므로 대중들을 단번에 휘어잡을만한 능력을 타고났다고 볼 수 있다. 왜냐하면 대부분의 청중은 음악을 들을 때 음량과 음색을 먼저 듣고 평가하므로 임방울과 같은 명창의 소리에 쉽게 빠져들 가능성이 높기 때문이다. 게다가 그의 음악은 계면조와 계면위주의 선율진행을 많이 쓰고 있는데, 판소리에서 계면조는 다른 어떤 악조보다 감성을 자극하는 경향이 있다. 그가 평조와 계면조를 혼용한 것은 당대의 시대흐름을 반영한 결과이기도 하다. 당시의 많은 명창들이 반드름을 활용[22]하였던 것은 그러한 소리가 인기를 끌었기 때문이다.

또한 그가 자진모리나 엇모리 등 비교적 빠른 장단에서 가사마저 제대로 처리하지 못할 만큼 빠르게 부르는 것 역시 대중들에게 선호대상이 되었을 것으로 여겨진다. 속도가 빠른 음악 역시 쉽게 흥과 신명을 만들기 때문이다.

임방울의 목구성과 계면위주 사용, 빠른 속도감은 모두 대중들에게 어필할

---

22) 반드름은 일제강점기 당시에 유행했던 음악양식이며, 임방울을 비롯한 강도근과 공대일 등이 반드름을 많이 활용하였다고 한다. (이보형 구술, 2005. 5. 7. 판소리 학회장에서).

수 있는 최적의 조건들이다. 임방울은 이를 통해 대중적 인기를 한 몸에 받았다. 타고난 목구성을 바탕으로 대중적인 판소리 만들기에 그의 역량을 집중한 결과이다.

반면 김연수는 느즈막에 판소리를 본격적으로 시작한 만학도이다. 때문에 많은 제약조건을 가지고 있었으나 한학을 공부했다는 장점도 동시에 있었다. 그는 나름의 이론과 그 이론을 바탕으로 하는 개작, 첨작 등으로 스스로의 장점을 부각시켰다. 이면에 맞는 분명한 악조의 선택과 성음의 표현, 분명한 가사전달과 너름새는 판소리 애호가를 충분히 사로잡을 수 있는 경지의 것이었다. 판소리를 들을 줄 아는 사람이라면, 어떤 대목에서 어떤 표현이 얼마나 적절한 것인지 들을 수 있다. 악조와 장단과 붙임새와 시김새가 분명히 표현되었을 때, 아는 사람들이라면 그 쾌감을 함께할 수 있는 소리가 된다. 이처럼 김연수는 확고한 이론을 토대로 판소리 예술화를 꾀하면서 나름의 장점을 만들어낼 수 있었다.

김연수와 임방울은 그들이 타고난 재주를 바탕으로 그들의 판소리관을 선택하였고, 스스로의 장점을 발전시키고 부각시켰다. 각자의 장점에 걸맞게 김연수는 판소리의 예술화를 꾀했고, 임방울은 대중적 호응을 지향하였다.

판소리의 전승은 명창들의 의지와 선택, 그리고 지향에 크게 영향 받는다. 유성준제 수궁가를 전승한 김연수, 임방울, 정광수, 박동진, 강도근, 박초월의 여섯 창자들의 소리를 비교하였던 결과[23]에서도 알 수 있듯이 이들은 한 선생의 소리를 이었지만 각각 독특하고 개성있는 소리를 하고 있었다. 명창들은 '자기화의 과정'을 통해 소리를 그들만의 것으로 다듬고 각자의 상황에 가장 어울릴 음악을 만들어 전승하였던 것이다. 본고에서 살펴본 김연수와 임방울이 바로 그러한 예이다. 김연수와 임방울은 그들의 장점을 살려 그들만의 판소리를 만들었으며, 결국 각자의 색깔이 분명한 명창이 될 수 있었다고 본다.

이 글에서 살펴본 김연수와 임방울의 음악적 특성에 대해서 수용자들의 입장

---

23) 김혜정, 위의 글, 2002.

은 다양하게 나타날 수 있다. 음악적인 역량과 목구성, 그리고 계면을 즐기는 청자라면 임방울의 소리에 찬사를 보내겠지만, 사설의 내용과 이면의 표현, 성음변화에 민감한 청자라면 김연수의 소리에 귀를 기울일 것[24]이다. 그러므로 두 창자에 대한 우열을 가리는 평가는 필자의 몫이 아니라 청자의 몫으로 남겨 둘 수밖에 없다. 다만 시대적 암울함을 소리에 담아 민족 정서와 감성을 자극했던 임방울과 사설의 논리성과 예술성 및 형식적인 면에 치중하였던 김연수는 각각 그들의 장점을 바탕으로 자신만의 색깔을 구축했던 당대의 명창들로 각각 나름의 평가를 받아 마땅할 것이다.

Ⅵ. 결론

이상에서 김연수와 임방울의 수궁가를 비교하여 두 명창의 음악적 선택과 지향이 어떤 방향으로 집중되었는지를 살펴보았다. 그동안 두 명창에 대해서는 알려진 바가 많았다. 둘 사이의 이론 논쟁, 김연수의 이면중시와 사설정리, 성음·가사·붙임새 등의 정확한 표현, 임방울의 목구성과 계면조 사용 등 그들의 장·단점이 서로에게 비교대상이 되곤 하였다. 그러나 평가라는 것은 자칫 한 방향으로 흐르게 마련이어서 오해의 소지가 되기도 하였는데, 본고에서는 이러한 부분을 객관적인 증거를 토대로 바라보고자 하였다.

김연수와 임방울의 음악을 비교해 본 결과 김연수는 평조와 경드름 등의 악조를 독립적으로 분명하게 표현할 줄 알았으며, 다양한 붙임새와 정확한 사설을 사용하였다. 그리고 임방울은 상·하청을 두루 통성으로 부를 줄 알았고, 계면조가 많이 섞인 반드름을 많이 사용하였다. 또한 빠른 속도감으로 노래하면서

---

24) 실제로 임방울은 전라도에서 인기가 있었고, 김연수는 경상도에서 더 많은 인기를 끌었다고 한다. 이미 민요와 무가 분야에서 논의되었던 바와 같이 사설의 내용전달보다는 음악을 즐기는 전라도 청자들과 사설의 내용 전개를 즐기는 경상도 청자들의 반응이 엇갈려 나타났던 것으로 이해할 수 있다.

사설의 끝을 맺지 못하기도 하고, 대마디대장단 형의 단조로운 붙임새가 많은 편이었다.

이러한 두 사람의 차이는 이들의 선택과 지향에 따른 결과라고 해석할 수 있다. 타고난 목구성을 가진 임방울은 대중들이 좋아하는 계면조와 빠르고 흥겨운 속도감으로 대중적인 음악을 연주하여 큰 호응을 얻었다. 그의 소리는 감성을 자극하는 것이었으며, 그의 선택과 지향은 대중화에 있었다고 할 수 있다. 당대 청자들이 원했던 반드름을 그의 판소리에 주류로 활용하고 있다는 점에서 그의 대중화적 성향을 확인할 수 있다.

한편 김연수는 한학을 공부했다는 장점으로 나름의 판소리 이론을 세우고, 그 이론을 바탕으로 사설을 개작·첨작하고, 이면에 맞는 분명한 악조의 선택과 성음의 표현, 분명한 가사전달과 너름새를 통해 판소리 애호가를 사로잡았다. 그의 선택과 지향은 판소리의 합리성 추구와 예술화에 있었다고 할 수 있다.

김연수와 임방울은 그들이 타고난 재주를 바탕으로 그들의 판소리관을 선택하였고, 스스로의 장점을 발전시키고 부각시켰다. 그러므로 그들의 선택은 마땅히 각기 다른 입장에서 평가되어야 한다. 하나의 기준으로 우열을 가리기 보다는 각 명창의 개성과 노력, 그리고 그들의 최선에 주목해야 할 것이다.

판소리의 전승은 명창들의 의지와 선택, 그리고 지향에 크게 영향 받는다. 이들의 선택에 당대의 문화적 풍토가 반영되고, 대중들의 취향이 반영되기 때문에 판소리의 큰 흐름이 만들어지기는 하지만 결국 세부적인 변화와 발전은 명창들의 손에 달려 있는 것이다.

박록주 〈흥보가〉의 성립과 전승에 대하여
- 박타령을 중심으로 -

이규호

1. 머리말

오늘날 대표적인 동편소리로 인식되고 있는 〈박록주(1905-1979) 흥보가〉는 동편소리의 대표주자로 일컬어지는 송만갑(1865-1939)이 제작한 것으로, 그의 수제자인 김정문(1887-1935)을 거쳐 이어진 확실한 전승계보를 갖고 있다. 이 소리는 다시 박송희(1927-   )를 거쳐 오늘날 채수정(1970-   )에게 전해져 연주되고 있다. 지금은 녹음기가 있어서 스승과 똑 같이 소리를 하고 있지만, 예전엔 그렇지 않았다. 이 글에선 송만갑의 흥보가가 김정문을 거쳐 박록주에게 이어지면서 어떤 변이가 있었는지, 또 박록주의 흥보가는 박송희를 거쳐 오늘날 채수정에게 전해지면서 어떻게 전승 되었는지를 살펴, 판소리 전승의 문제점은 무엇인지 점검해보고자 한다. 구비전승되었던 〈송만갑제 흥보가〉는 전승과정에서 어느 정도의 변이가 있었으며, 그 변이가 바람직한 것이었는지가 궁금하다.

송만갑 흥보가는 발견된 음반이 '박타령'(첫째박)밖에 없고, 김정문의 흥보가 역시 박타령뿐이다. 따라서 본고에선 '첫째 박타령'을 대상으로 살필 수밖에 없다. '첫째 박타령' 한 대목만 가지고 전승에 있어서의 변이 양상을 추적한다는 것이 무리일 수 있으나, 자료상 어쩔 수 없는 일이다. 본고는 이런 한계를 안고 출발한다.

분석은 한배, 시김새, 내두룸, 소리꼬리, 선율운용, 성음놀음, 장단놀음, 호흡 등을 중심으로 한다. 선법은 많이 논의 되었으므로 재론하지 않는다.

본고에서 사용된 '박타령' 음반자료는 다음과 같다.

송만갑 : 일축죠션소리반 K172B(6107) 박타령, 1913년[1]

40219－A(21006) 興甫傳 박타령, 1932년[2]

김정문 : Columbia 40027－A 홍보전 박타령(상) 장고 이흥원, 1929년

박록주 : Okeh K. 1561－B, 홍보전 박타는데, 장고 이소향, 1932년.

한국전통음악시리즈 제4집, 판소리명창 박록주 홍보가(고수: 정권진), 지구레코드 JCDS－0435~0436, 1994년(1967년 녹음)

박록주 홍보가(고수: 김동준), 한국전통음악대전집, 문화재보호협회, 1981년 제작(1973년 녹음)

박봉술 : 〈홍보가〉(4LP), 뿌리깊은나무 〈판소리다섯마당〉(서울: 한국브리태니커회사, 1982)

박송희 : 〈박송희 판소리 홍보가〉(3CD), 지구레코드, 1998, 고수 김청만(1991년 녹음)

채수정 : 2005년 9월 28일 서울 삼성동 코우스 실황녹음

2. 송만갑 박타령 분석

송만갑의 홍보가 음반 중 희한하게도 첫째 박타령만 2장이 발견되었다. 하나는 48살(1913년) 때, 다른 하나는 67살(1932년) 때 취입한 것인데, 이 두 곡의

---

1) 이하 송1이라 칭한다.
2) 이하 송2라 칭한다.

음악어법이 다르다.

(1) 송만갑 박타령1

한배[3)

♩.=84로 빠르다.

시김새[4)

주로 쓰이는 목기교는 다음과 같다.

　다루: 목을 한번 꺾어 내려오는 소리
　감는목: 높은 음을 짧게 끊고 두 음을 흘러내려서 본음으로 가는 기교
　조시는목: 두 개의 음이 빠르게 연결되는 것

각 장단별로 시김새를 정리하면 다음과 같다.

　제7장단('박속은 끓여먹고'): '속'에서 다루를 쳤다.
　제10장단('굶던 일을 한을 말고'): '한'은 끌어올리는 목, '을'은 다루이다.[5)
　제11장단('힘을 써서'): '을'은 앞뒤로 다루를 쳤다.
　제12장단('박을 타소'): '박'은 감는목, '을'은 다루이다.
　제13장단('에이여루'): '루'는 다루이다.
　제14장단('당겨주소'): '겨'는 감는목이다.
　제19장단('가난도 팔자가 있나'): '자'는 조시는목, '팔자가'의 '가'는 다루이다.
　제21장단('어이하면 잘 사는거나'): '이'와 '사'는 다루이다.

---

3) 장단 빠르기를 말한다.
4) 소리의 장식적 기교를 포함한 발성상의 표현 기법까지를 아우른 개념이다.
5) 이런 목을 '졸라떼는목'이라 칭한다.

제22장단('몹씰년의 가난이야'): '난'은 조시는목이다.

제23장단('에이여루'): '루'는 다루이다.

제24장단('톱질이로구나'): '로'와 '구'는 다루이다.

제26장단('실건 실건'): '실'은 조시는목+다루이다.

제30장단('저그만 좋았지'): '지'는 다루이다.

제33장단('에이여루'): '루'는 감는목이다.

제34장단('당거주소'): '거'는 앞뒤로 다루를 쳤다.

제36장단('실건 실건'): 두 번째 '실'은 조시는목+감는목이다.

제37장단('시르렁 시르렁'): 첫 번째 '렁'은 다루이다. 악보)

제38장단('톱질이로구나'): '로'와 '구'(다루)

감는목 4번, 조시는목 4번, 졸라떼는목을 1번 구사하였다. 그리고 다루 외엔 다른 기교가 없다. 다루를 쳐도 순간적이어서 다루쳤는지도 모를 정도다. 말 그대로 '쫙쫙 펴서'소리한 전형이라 할 만하다.

내두룸6)

박타령은 일종의 삽입가요로, 메기고 받는 형식의 민요를 차용한 것이다. 이 곡은 메기는 사설이 3개 있다.

1. 여보소 마누라, 우리가 이 박을 따서 박 속은 끓여먹고 바가치는 팔아서 목심 보명 살아나세. 굶던 일을 한을 말고, 힘을 써서 박을 타소.
2. 가난이야 가난이야, 원수년으 가난이야. 어이하면 잘 사는거나. 가난도 팔짜가 있나. 가난도 사주가 있느냐. 어이하면 잘 사는거나 몹씰 년으 가난이야.
3. 강상의 떴난 배는 수천 석을 실고 간들 저그만 좋았지 내 박 한 통 당헐소냐. 힘을 써 박을 타라.

---

6) 곡의 첫머리 부분을 가리키는 용어인데, 각 악절의 첫 장단을 의미한다.

첫 번째 내두름인 제5장단('여보시오 마누라')은 본청에서 완전5도 위이고, 두 번째인 제16장단('가난이야 가난이야')은 본청에서 완전4도 위이며, 세 번째인 제28장단('강상의 떳난 배는')은 본청에서 단2도 아래인 B이다. 3개의 사설 중 2개를 들어서 냈다. 그런데 세 번째도 내두름만 뉘여서 냈지 이어지는 선율의 주 음정은 본청 완전4도 위 f♯이다. 따라서 송1은 '들고가는 소리'라 하겠다.

소리꼬리[7]

이 곡은 전형적인 대마디대장단으로 한 장단이 작은 악절을 이룬다. 각 장단 소리구절의 끝을 늘인 부분은 다음과 같다.

> 제9장단 '살아나자'/ 제18장단 '어이하면 잘 사는 거나'/ 제20장단 '가난도 사
> 주가 있느냐'/ 제24장단 '톱질이로구나'/ 제25장단 '시르렁'/ 제26장단 '실건'/ 제
> 34장단 '당거주소'/ 제35장단 '시르렁'/ 제37장단 '시르렁'

제9장단은 사설과 선율이 일단락 되는 곳으로, 제20장단은 선율선이 다음 장단('어이하면 잘 사는거나')과 연결이 되는 곳이어서, 제25장단과 제35장단 그리고 제37장단은 다음으로 연결되는 후렴귀라서 각각 꼬리로 느껴지지 않는다. 꼬리를 붙였다고 볼 수 있는 것은 4곳뿐이다. 이는 전체가 40장단이므로 10%에 불과한 수치다. 소리끝을 힘있게 툭툭 끊어서 내는 것이 소위 동편제의 특징이라면 송만갑은 이를 철저히 계승하고 있는 셈이다.

소리끝을 들어올리며 힘 있게 마무리 한 곳은 제21장단 '잘사는거나'(c♯−e 단3도), 제29장단 '수천석을 싣고 간들'(e−f♯ 장2도), 제39장단 '여보소 마누

---

7) '소리꼬리'란 소리 구절의 끝 음을 지속시키는 것을 말한다. 소리꼬리가 있느냐 여부는 주관적 가치 판단이 개입할 수밖에 없다. 소리끝을 늘인다고 해서 다 꼬리인 것은 아니다. 꼬리를 달아야 할 때는 달아야 한다. 소리꼬리란 이면상 붙여야하지 않을 때 붙이는 것을 말한다. 이 분석은 송만갑의 음악어법을 기준으로 꼬리여부를 판단한 본인의 견해다.

라'(B−c# 장2도)로 3곳이다. 절도와 힘이 느껴지는 시김새인데, 고제소리(고음반에 기록된 20세기 전반기의 소리를 말함)엔 종종 보이는 기법이었으나, 요즘엔 거의 활용되고 있지 않다. 이런 시김새가 동편제의 특징인지는 더 추적해봐야할 것이다.

선율운용

거의가 1자1음이고, 음정변화도 폭이 작다. 도약진행이라고 할만한 것이 완전4도로(제19장단 '가난도 팔자가 있나'에서 '팔자 f#−b') 한번뿐이고, 대부분 단3도의 음정으로(주로 e−f#−g# 세 음이다.) 선율을 짜나간다. 따라서 선율선은 직선에 가까워 거뜬거뜬한 맛은 있으나, 음정변화가 별로 없어 단조롭다. 정노식이 『조선창극사』에서 '곡조에 변화가 그리 없다'고 지적한 것은 이런 면에서 적절하다.

성음놀음

'판소리는 통성으로 해야 한다'는 말이 있는데, 통성이란 성대를 긴장시킨 상태에서 아랫배 단전으로부터 '통째로' 토해내는 발성법을 말한다. '통째로' 토해낸다는 점이 중요하다. 중간에서 음을 거르거나 띄우지 않고 바로 토해내는 것이 통성이다. 바로 이 점이 다른 성악장르(민요나 가곡 무가 범패 등)의 발성과 다른 점이다. 통성은 온몸의 기운을 통째로 강하게 토해내기 때문에 소리에 강렬한 힘이 실리게 되므로 치열한 맛을 준다. 흔히 판소리를 '오장육부를 쥐어짜내는 소리'라고 표현하기도 하는데 바로 이 통성발성을 지적한 것이라 생각된다. 온몸의 기운을 성대로 모아 통째로 토해내는 이 통성발성을 장시간 지속하기 위해선 오랜 수련을 거치지 않으면 안된다. 명창 중에서도 이 통성을 구사하는 이는 소수에 지나지 않는다.

송만갑이 통성으로 소리한 전형적인 소리꾼이다. 수리성[8]의 음색에 통성발성을 구사하는 송만갑은 성음 그 자체가 성음놀음이다. 특히 제20~22장단('가난도 사주가 있느냐. 어이하면 잘사는거나. 몹씰년의 가난이야.') 전체가 성음놀음 했다고 볼 수 있는데, '사주가'는 '퍼붓는 목'을 구사한 것으로, 전형적인 성음놀음이다. '판소리는 성음놀음이다'라는 말을 실감케 한다. 명고수 김명환이 '송만갑은 원 음정으로 사람얼 막 울리고 웃기고 그래 뿌려. 완전한 성음으로만 살려 뿌려. 그것이 더 어렵제. 인자 감정으로 끌고 나가드끼 맨들어서 허면 좀 쉽지.'라고 한 증언은 이런 면에서 적절하다.

장단놀음

전형적인 대마디대장단(매 장단마다 사설의 구절단위 또는 음보단위가 놓이며, 선율선도 기본단위를 이루는 규칙성을 갖는 리듬)이다. 특별한 장단놀음은 없다.

호흡

한 호흡에 지속하는 소리를 장단별로 정리하면 다음과 같다.(한 줄이 한 장단이고, /는 숨 쉰 곳을 표시한다.)

시르르르 실근/
톱질이야/
에여루
톱질이로구나(2장단)/
여보소 마누라/
우리가(1/2장단)/ 이 박을 따서(1/2장단)/

---

8) 목이 쉰 듯한 껄껄하고 탁한 허스키 보이스를 말하는데, 통성으로 오랜 수련을 하면 목소리가 자연히 수리성으로 변한다. 웅장쾌활한 성량, 웅숭 깊고 신중하고 푼은하며 너그러운 그늘진 음색, 치열한 발성에서 느끼게 되는 서슬 등이 통성과 수리성의 매력이다. '판소리는 수리성의 미학이다'라는 말이 전해진다.

박 속은 끓여먹고/
바가치는(1/2장단)/ 팔아서(1/2장단)/
목심 보명 살아나세/
굶던 일을 한을 말고/
힘을 써서
박을 타소(2장단)/
에여루
당그주소(2장단)/
실근실근 톱질이야/
가난이야 가난이야/
원수년으 가난이야/
어이하면 잘 사는거나/
가난도(1/2장단)/ 팔짜가 있나(1/2장단)/
가난도(1/2장단)/ 사주가 있느냐
어이하면 잘 사는거나(1/2+1장단)/
몹씰 년으(1/2장단)/ 가난이야(1/2장단)/
에여루
톱질이로구나(2장단)/
시르르르르 시르렁/
실근실근/
실근실근 당겨주소/
강상의(1/2장단)/ 떴난 배는(1/2장단)/
수천 석을 실고 간들/
저그만(1/2장단)/ 좋았지
내 박 한 통 당헐소냐(1/2+1장단)/
힘을 써(1/2장단)/ 박을 타라(1/2장단)/
에이여루
당그주소(2장단)/
시르르르르(1/2장단)/ 시르렁(1/2장단)/

실근실근/
시르렁 시르렁
톱질이로구나(2장단)/
여보소 마누라/
가난 한번 원을 ○소/

총40장단 중 한 호흡에 1/2장단을 지속한 것이 17번, 1/2+1장단이 2번, 2장단이 6번, 1장단이 17번이다. 한 호흡에 1장단 이상 지속한 것이 25번으로 전체의 63%이다. 이처럼 대부분 한 장단을 한 호흡에 연주하기 때문에 거뜬한 느낌을 준다. 이는 빠른 한배와 음정변화가 별로 없는 선율진행을 하기 때문에 가능한 일이다.

이상을 정리하면 다음과 같다. 우선 한배가 빠르고, 대마디대장단이다. 선율선은 음정변화가 별로 없어서 직선형이다. 내두름을 들어서 내어 들고나가는 선율진행을 한다. 감는목과 다루 외엔 다른 목기교를 거의 쓰지 않는다. 소리끝을 힘 있게 끊는다. 통성 위주로 발성하며, 대개 한 장단을 한 호흡에 친다. 따라서 전체적으로 힘 있고 거뜬거뜬한 느낌을 준다. 정노식의 기준을 따른다면 동편의 특징을 지닌 소리라 할 수 있다.[9]

---

9) "동편은 우조를 주장하여 웅건청담(雄建淸談)하게 하는데 호령조가 많고 발성초가 썩 진중하고 구절 끝마침을 꼭 되게 하여 쇠마치로나 내려치는 듯이 하고 서편제는 계면을 주장하여 연미부화(軟美浮華)하게 하고 구절 끝마침이 좀 질르를 끌어서 꽁지가 붙어단인다." 정노식, 앞의 책, 35쪽. 여기에서 정노식은 발성과 소리끝 마무리에 대한 기준 외에는 언급하고 있지 않아서, 이 기준만 가지고 동서편을 논하기에는 부족하다. 동서편소리의 음악적 특징은 다른 음악적 요소(선율과 장단 운용 등)도 함께 검토되어야 종합적으로 규정할 수 있을 것이다. 김명환의 증언 참조. 김명환 구술, 앞의 책, 61쪽. "진짜 동편소리는 군대식이여. 막자치기라고 헌 것이여. 그냥 전부 배에가 힘얼 줘 갖고는 통성으로, 목으로 우기던 놈이란 말이여, 목으로만, 성음으로만."

(2) 송만갑 박타령2 분석[10]

한배

♩ =63으로 송1보다 느리다.

시김새

각 장단별로 시김새를 정리하면 다음과 같다.

제2장단('톱질이야'): '질'은 끌어올리는 목으로, 송1엔 거의 안 쓴 목이다.(이런 목을 자주 쓰면 늘어지는 느낌을 준다.)

제4장단('당그여라'): '그'는 앞뒤로 각각 다루를 쳤다.

제5장단('가난이야 가난이야'): 첫 번째 '난'은 끌어내리는목이다.

제6장단('원수년의 가난이야'): '년'은 끌어내리는목이다.

제8장단('어찌하며는 잘 타느냐'): '타'는 감는목이다.

제9장단('잘살고 못살기는'): '는'은 끌어내리는목이다.

제10장단('묘쓰기에 매였느냐'): '기'는 다루, '여'는 뒷다루이다.

제11장단('에이여루'): '여'는 떠는목인데, 송1의 후렴에서는 떨지 않았다. '루'는 다루이다.

제12장단('당그여라'): '그'는 앞뒤에 다루를 쳤다. 악보.

제13장단('실근실근 톱질이야'): 두 번째 '근'은 흔드는 목이다.[11]

제16장단('이박을 어서 타서'): 첫 번째 '서'는 방울목이다.[12]

제17장단('박 속은 끓여 먹고'): '여'에서 다루를 치면서 순간적으로 던지는목을 구사했다.

제18장단('바가지는 팔어다가서'): '어'는 조시는목+다루이다.

---

10) 국립민속국악원에서 2002년에 펴낸 『음반으로 보는 남원 동편소리의 전통과 세계』에 실린 김혜정의 악보를 인용한다.

11) 흔드는목을 강하고 빠르게 하면 조시는목이 된다.

12) 다루는 다른 음에서 시작해서 원음으로 돌아온 기교이고, 방울목은 원음에서 시작해서 원음으로 돌아오는 기교인데 빠르게 구사해야 한다.

제19장단('목숨보명 살어나세'): '어'는 다루이다.

제20장단('당그여라 톱질이로구나'): '이로'는 졸라떼는목이다. '나'는 놓는 목[13]을 구사했다.

제21장단('에이여루'): '여'는 떠는 목, '루'는 감는목이다.

제22장단('당그여라 시르르르르'): '그'는 방울목+뒷다루를 구사했다.

제24장단('맞던 일을 생각을 허니'): 두 번째 '을'($b♭-a-b♭$)은 갔다가만오는목을 구사했다.[14]

제26장단('이 박을 어서 타서'): '을'은 끌어내리는목, 첫 번째 '서'는 끌어올리는목이다.[15]

제28장단('우리가 살어나세'): '어'에선 다루+조시는목+감는목+다루로 4가지 목기교를 현란하게 구사하고 있다.[16] '나'($a♭-b♭$)는 끌어올리는목이다.[17]

제29장단('에이여루'): '여'는 막는목+다루+떠는목+졸라떼는목을 구사했다.

제30장단('당그여라'): '그'에서 앞뒤다루를 쳤다.

제32장단('너의 큰아버지가'): '너'는 끌어올리는목이다.

제33장단('독허고 모진 양반이'): '모진'은 졸라떼는목이다.

제34장단('고금천지 또 있느냐'): '지'는 뒷다루이다.

제35장단('에여루'): '여'는 약하게 끌어내리는목+막는 목을 구사했다.

제36장단('당그여라'): '그'는 방울목+뒷다루이다.

---

13) 힘을 빼서 마무리하는 시김새를 말한다.

14) 송1엔 없다. 시김새가 세밀해지고 있는데, 이는 한배가 여유 있기 때문에 가능한 수법이다.

15) 이런 끌어올리고 내리고 하는 목을 씀으로 해서 송1과 같은 꿋꿋하고 기세등등한 맛이 약화되고 있다.

16) 이는 송1을 생각할 때 상상하기 어려운 일이다. 송만갑이 서편제 명창인 정창업의 영향을 받았다고 하는데, 이런 현상은 그 영향이 아닐까 한다. "정창업의 소리제를 듣고 소리제를 바꾸어 속조로 소리를 짜아 불렀기 때문에..." 이보형, 「판소리 제에 대한 연구」, 『한국음악학논문집』, 한국정신문화연구원, 1982, 69쪽.

17) '나'에서는 목을 안 써도 되는데, 이곳에서도 쓴 것을 보면 목 쓰는 것이 습관화 된 듯싶다. 이는 송1을 볼 때 커다란 변화이다. 악보에는 '$b♭$'로 채보했는데, 본인의 귀에는 '$a♭-b♭$'로 들린다.

송2는 송1에 비해 매우 다채로운 시김새가 구사되었다. 두 가지 이상 목기교가 구사된 곳도 여러 번 있고, 심지어 4가지 목기교가 활용된 곳도 있다. 시김새 면에선 같은 사람의 소리라고 보기 어려울 정도로 변이가 일어났다. 유파에 대한 정노식의 발언을 기준하면 시김새 면에선 서편화가 진행됐다고 볼 수도 있다. 이는 송만갑 자신이 서편제 명창인 정창업에게 영향을 받았다고 증언한 것으로 보아 실제 서편의 영향을 받았다고 추론할 수도 있다.

내두름

송2엔 메기는 사설이 4개 있다.

1. 가난이야 가난이야, 원수년으 가난이야 복이라 하는 것은 어찌하며는 잘 타느냐 잘 살고 못 살기는 묘 씨기으 매였느냐
2. 여보소 마누라, 어서어서 톱소리 맞소 이 박을 어서 타서 박 속은 끓여먹고 바가질랑 팔어다가서 목심보명 살어나세 당그여라 톱질이로구나
3. 굶던 일을 생각허고, 맞던 일을 생각을 허니 이제도 굶어 죽을까. 이 박을 어서 타서 자식들도 많이 먹고, 우리가 살어나세.
4. 자식들아 이리 오너라. 너에 큰아버지만 독하고 모진 양반이 고금천지 또 있느냐.

첫 번째 내두름인 제5장단('가난이야 가난이야')는 본청에서 완전4도 아래고, 두 번째인 제14장단('여보소 마누라')은 본청에서 완전5도 위이고, 세 번째인 제23장단('굶던 일을 생각허고')은 본청에서 완전 4도 아래이며, 네 번째인 제31장단('자식들아 이라오너라')은 본청에서 단2도 아래이다. 총 4번의 내두름 가운데 들어서 질러 낸 것은 한번뿐이다. 따라서 송2는 뉘여나가는 소리라 하겠다.[18] 이는 송1과 비교되는데, 이런 변화는 67세라는 나이를 생각할 때 자연스런 일이

---

18) '들고가는 소리'의 반대 개념이다.

기도 하다.

소리꼬리

소리꼬리가 붙은 장단은 다음과 같다.

> 제7장단 '복이라 하는 것은'/ 9장단 '잘살고 못살기는'/ 제14장단 '여보소 마누라' / 제15장단 '어서어서 톱소리 맞소'/ 제17장단 '박속은 끓여먹고'/ 제19장단 '목숨보명 살어나자'/ 제20장단 '당그여라 톱질이로구나'/ 제24장단 '맞던 일을 생각을 허니'/ 제25장단 '이제는 굶어 죽을까'/ 제27장단 '자식들도 많이 먹고'/ 제28장단 '우리가 살어나세'/ 제32장단('너의 큰아버지가')악보/ 제34장단 '고금 천지 또 있느냐'

제7, 9장단은 선율선이 각각 다음 장단('어찌하면 잘타느냐', '묘 쓰기에 매였느냐')과 연결되는 부분이어서 꼬리로 느껴지지 않는다. 제14장단의 '라'를 길게 늘이진 않았지만 송1의 제5장단과 비교하면 꼬리가 붙은 것으로 인식된다. 제19, 20, 28장단은 사설과 선율이 일단락되는 부분이어서 꼬리로 볼 수 없는데, 제34장단은 너무 길어서 꼬리로 느껴진다. 제28장단의 '우리가'의 '가'는 송1을 기준했을 때 꼬리로 느껴진다. 소리꼬리가 붙은 곳은 총36장단 중 8장단으로 22%이다. 송1의 10%보다는 높은 수치다.

소리끝을 들어올리면서 강하게 마무리 하는 수법은 보이지 않는다. 소리꼬리도 생기고 소리끝을 들어올려 강하게 끊어주는 수법도 없어서, 전체적으로 송1에 비해 소리 마무새가 느슨해졌다.

선율운용

제5장단('가난이야 가난이야')는 a b −g−f−c로 순차 하행하고 있다. 이런 선율운용은 송1에선 보이지 않는 것으로, 선율놀음 경향을 보인다.[19] 제9장단('잘

살고 못살기는')은 순차하행하였다. 통성을 쓰지 않았고, 소리꼬리가 붙었다.

송2의 제5~6장단('가난이야 가난이야/ 원수년의 가난이야/')과 송1의 제16~17장단('가난이야 가난이야/ 원수년의 가난이야/')를 비교하면 선율운용이 얼마나 다른지를 알 수 있다.

송1에 비해 음정 변화가 크고 도약진행이 많아 선율놀음이 보인다. 선율선이 직선적인 송1에 비해 굴곡이 많다.[20] 선율운용면에선 송1과 친근성이 전연 없다.

성음놀음

제31장단('자식들아 이리오너라')에서 '아'를 아구성으로 표현했다.

노령이어서 그런지 통성을 거의 못쓰고 있다. 특별한 성음놀음은 없고, 대신 선율놀음이 보인다.

장단놀음

제35장단('에여루')의 '루'는 제6박 제3소박의 부박에 말을 놓아 장단놀음의 재미를 보이고 있다.

호흡

한 호흡에 지속하는 소리를 장단별로 정리하면 다음과 같다.

시르렁 시르렁/
톱질이야/
에이여루/
당그여라/

---

19) 발성도 통성을 쓰지 않고 힘을 빼 처연한 분위기를 연출하고 있다.
20) 선율에 굴곡이 심하면 성음놀음하기가 어렵다.

가난이야 가난이야/
원수년으 가난이야/
복이라(1/2장단)/ 하는 것은(1/2장단)/
어찌하며는 잘 타느냐/
잘 살고(1/2장단)/ 못 살기는(1/2장단)/
묘 씨기으 매였느냐/
에(1/2장단)/ 여루(1/2장단)/
당그여라(2/3장단)/ 시르르르르(1/3장단)/
실근실근 톱질이야/
여보소(1/2장단)/ 마누라(1/2장단)/
어서어서(1/2장단)/ 톱소리 맞소(1/2장단)/
이 박을 어서 타서/
박 속은 (1/2장단)/ 끓여먹고(1/2장단)/
바가질랑(1/2장단)/ 팔어다가서(1/2장단)/
목심보명 살어나세/
당그여라(1/2장단)/ 톱질이로구나(1/2장단)/
에(1/2장단)/ 여루(1/2장단)/
당그여라(2/3장단)/ 시르르르르(1/3장단)/
굶던 일을 생각허고/
맞던 일을(1/2장단)/ 생각을 허니(1/2장단)/
이제도(1/2장단)/ 굶어 죽을까(1/2장단)/
이 박을(1/2장단)/ 어서 타서(1/2장단)/
자식들도(1/2장단)/ 많이 먹고(1/2장단)/
우리가(1/2장단)/ 살어나세(1/2장단)/
에(1/2장단)/ 여루(1/2장단)/
당그여라(2/3장단)/ 시르르르르(1/3장단)/
자식들아(1/2장단)/ 이리 오너라(1/2장단)/
너에(1/2장단)/ 큰아버지가(1/2장단)/
독하고(1/2장단)/ 모진 양반이(1/2장단)/

고금천지 또 있느냐/
에(1/2장단)/ 여루
당그여라(1/2+1장단)/

총36장단 중 한 호흡에 1/2장단을 지속한 것이 37번, 1/3장단과 2/3장단이 6번, 1장단이 13번, 1/2+1장단이 1번이다. 1장단 이상 지속한 것은 모두 14장단으로 전체의 39%이다. 이는 송1의 63%와 비교된다. 늦은 한배와 다양한 시김새, 그리고 변화가 심한 선율진행 등으로 인해 한 장단을 한 호흡에 지속하기 어렵기 때문에 일어난 현상인 듯하다. 물론 노령인 점도 감안해야 할 것이다. 한 장단을 두 호흡에 짜나가기 때문에 소리가 늘어지는 감이 있다.

송2는 송1에 비해 다음 몇 가지에서 변이가 일어났다. 장단은 대마디대장단이지만, 한배는 느리다. 선율선이 송1에 비해 곡선형이다. 소리를 뉘어나간다. 시김새가 다양하고 정교하다. 소리끝 마무새가 느슨해졌다. 성음놀음이 보이지 않는다. 한 장단을 한 호흡에 치지 못하고 있다. 결론적으로 송1과 송2는 같은 유파의 소리로 보기 어렵다. 이런 변화는 그의 단가 '진국명산'에서도 확인된다. 송만갑은 생전에 '진국명산'을 1913년, 1926~1928년, 1932년 3번 녹음했는데, 첫 번째 녹음과 세 번째 녹음을 비교하면 극명하게 드러난다. 전체적으로 송1에 비해 선율진행과 시김새는 화려해졌으나, 꿋꿋하고 담백한 맛이 덜하다. 이런 변화는 송만갑이 서편제의 영향을 받았다는 설을 뒷받침한다.

송1과 송2는 같은 사람, 같은 유파라고 보기 어려울 정도로 음악어법을 달리하고 있다. 판소리의 즉흥성으로 해석할 수 있는 범위를 넘어선 변화다. 이는 소위 '사진소리'로 전승되고 있는 오늘날의 판소리 풍토를 생각하면 상상하기 어려운 일이다. 이런 변화가 일어난 것은 그의 판소리의 '통속화' 곧 대중적 기반을 확보하려는 작업의 결과로 보인다.

송만갑의 박타령을 분석한 결과를 보면, 다음의 송만갑에 대한 증언이나 평들은 적절하다.

김소희: "송 선생님은 공력을 많이 쌓았기 때문에 매우 강하고 힘이 뭉친 소리를 하셨고, 잔목을 쓰거나 구기지 않았습니다. 요즘처럼 소리에 양념을 치면서 부르는 것이 아니라, 잔꾀를 부리지 않고 소리를 짝 펴서 담담하게 나가다가 가끔씩 양념을 쳐주는 겁니다."

박봉술: "어떻게나 상청이 잘 나는지 상청을 질러대면 앵벌 날아가는 소리가 에-엥 에-엥 허고 나와 사람을 환장하게 만든단 말여. 거그다 또 같은 노래를 헐 때마다 달리 혀. 말하자면 즉흥적으로 작곡도 하고 편곡도 허는 거지. 그런디 그것이 또 이렇게 불러도 좋고 저렇게 불러도 좋아. 수만 번을 불러서 소리를 뚜르르 꿰고 있으니 그런 재주가 나오는 거지. 우리 선생님이 그만큼 공력이 좋았어.

배연형: 첫 번째(1913년)는 소리를 이끌어 나가는 방식이 퍽 고졸하고 직선적인 맛이 있다. 즉 시김새나 잔가락이 거의 없이 팍팍한 성음으로 밀어붙이며, 딱부러지게 끝을 맺는다. 이 일축 녹음은 기교 없이 힘으로 우겨내는 송만갑의 초기의 소리 특징이 잘 드러나 있고, 대마디대장단으로 엇부침도 없다. 두 번째(1926~1928)는 초기녹음보다 확실히 소리를 늘이면서 시김새를 많이 쓰는 것으로 판단된다. 세 번째(1932)는 "앞의 초기 녹음과는 상당한 차이를 보이는데, 우선 상당히 속도가 늦구어져 있다. 초기 녹음은 진양을 거의 세마치의 속도로 부르지만, 여기에서는 현재의 진양조처럼 느리고 한결 여유 있으며, 따라서 장식적인 선율이 가미된 것을 확연하게 느낄 수 있다.

노재명: 송만갑이 말년으로 갈수록 그의 판소리 곡조가 통속화되고, 고음과 통성이 약해지고 아주 치밀한 기교와 음색 표현으로 가는 점도 바로 이러한 시대 흐름 때문이라고 생각된다.

이경엽: 또한 그는 소리꼬리를 짧게 끊는 기법에 있어서도 가장 동편제적인 면모를 보여 준다. 위에서 본 정노식의 설명에서 '구절 끝마침을 되

게 하여 쇠망치로 내려 치는'이라고 표현했듯이 끝음을 길게 빼는 것이 아니라 짧게 끊어 노래하기 때문에 힘이 뭉친 소리라는 느낌을 받게 된다. 우리가 송만갑의 소리를 들으면서 간결하면서도 힘이 있다고 느끼는 것은 이러한 소리꼬리의 표현 때문이라고 할 수 있을 것이다. 이처럼 송만갑은 시김새와 부침새 그리고 발성과 소리꼬리 등에서 동편 소리가 지닌 미학적 특성을 잘 보여 준다. 송만갑의 소리에는 화려하고 기교적인 것보다 엄정하고 절제된 그리고 힘 있는 소리를 강조하는 동편제 판소리의 예술적 지향이 잘 드러나 있는 것이다.

3. 김정문 박타령 분석[21)

한배

♩.=74로 송1과 송2의 중간 빠르기인데, 속도감이 느껴진다.

시김새

각 장단별로 시김새를 정리하면 다음과 같다.

제5장단('원수년의 가난이야'): '수'는 졸라떼는목이다.
제6장단('잘 살고 못살기는'): '살기는'의 '살'은 끌어올리는목, '는'은 던지는 목이다.[22)
제7장단('묘 쓰기의 매였는거나'): '였'은 다루를 쳤다.
제9장단('집자리에 떨어질적의'): '어'는 조시는 목+감는목이다.[23)

---

21) 국립민속국악원에서 2002년에 펴낸 『음반으로 보는 남원 동편소리의 전통과 세계』에 실린 김혜정의 악보를 인용한다.

22) 매우 정교한 시김새이다. 소리를 매끄럽고 화려하게 만들고 있는데, 이런 정교한 시김새는 아마도 김채만의 영향이 아닌가 한다.

제10장단('명과 수복을 점지헌거나'): '수복'은 졸라떼는목이고, '을'은 뒷다루
이다.

제11장단('에이여루'): '루'는 감는목이다.

제12장단('당그여라'): '그'는 감는목이다.

제14장단('당그여라'): '그'는 막는목이다.[24]

제17장단('톱소리를 맞자 헌들'): '자'($c'-a\flat-c'$)는 갔다가만오는목, '헌'은
끌어내리는목이다.

제18장단('배가 고파 못맞겠네'): '파'는 감는목, '못'은 뒷다루다.[25]

제19장단('배가 정 고프거들랑은'): '프'는 조시는목이다.

제22장단('실근 시르렁'): '실'은 다루, '근'은 다루+조시는목+감는목이다.

제23장단('시르렁 시르렁 실근'): '실'은 다루+끌어올리는목, '근'의 끝에 순간
적으로 내는 a는 징검다리목이다.[26]

제26장단('아무것도 나오지를 말고서'): '아'는 끌어올리는목, '도'는 끌어내리
는목, '를'은 다루+끌어올리는목이다.

제28장단('평생의 포한이로구나'): '이로'는 다루+졸라떼는목이다.[27]

제29장단('에이여루'): '여루'는 끌어내리는목+막는목이다.

제32장단('톱질이야 당그여라'): '라'($b\flat-a\flat$)의 소리 끝을 야물게 끊지 않
고 힘을 빼서 가볍게 놓는 것은 송1과 다르다.

음을 끌어올리고 끌어내리고 던지고 막고 떨고 감고 꺾고 졸라떼고 등등 다
양한 시김새를 구사하고 있다. 두 세 개의 기교를 배합해서 쓴 경우도 있고,
틈만 있으면 기교를 쓰려는 경향도 보인다. 꺾고 감고 하는 등등의 시김새가
송만갑처럼 땡글땡글하고 기름져서 그의 영향임을 대번에 알 수 있다. 이런 다

---

23) 송2의 제28장단('우리가 살어나세')의 '어'와 같은 기교로, 소리를 화려하게 만든다.

24) 막는목을 쓰면서 순간적으로 두 음을 강하게 내서 격렬한 느낌을 주는 기교다. 송1, 2엔 없다.

25) '파'와 '못'에서 연이어 기교를 넣고 있다. 틈만 있으면 기교를 넣으려는 경향이 보인다.

26) 도약진행을 할 때 그 연결을 부드럽게 하기 위해 순간적으로 쓰는 음을 가리킨다.

27) '이'는 끌어올리기만 하고 '로'만을 다루치는 게 보통인데 '이'에서도 다루를 친 것을 보면 김정
문이 얼마나 정교한 시김새를 구사했는지 알 수 있다.

양하고 정교한 시김새 구사는 송2와 친근성이 느껴지는데, 전체적으로는 송2보다 더 다양하고 정교하다. 이런 정교하고 화려한 시김새는 김채만의 영향으로 추측된다.

내두름

이 곡엔 3개의 메기는 사설이 있다.

1. 가난이야 가난이야, 원수 년의 가난이야 잘 살고 못 살기는 묘 쓰기으 매었는거나 삼신제왕님이 짚자리의 떨어질 적으 명과 수복 점지허나
2. 이보게 마누래. 예 톱 소리를 어서 맞소 톱 소리를 맞자 헌들 배가 고파 못 맞것네 배가 정 고프거들라컨 초매끈을 졸라매소
3. 이 박을 타거들랑 아무 것도 나오지를 말고서 밥 한 통만 나오너라. 평생의 포한이로구나.

첫 번째 내두름인 제3장단('가난이야')은 본청에서 완전4도 위이고, 두 번째 내두름인 제16장단('톱소리를 어서 맞소')은 본청 완전5도 위이며, 세 번째 내두름인 제25장단('이박을 타거들랑')은 본청 완전5도 위이다. 내두름을 모두 들어서 내고 있다. 전형적인 '들고가는' 소리여서 활달한 느낌을 준다. 이는 송1의 영향으로 생각된다.

소리꼬리

각 장단 소리구절의 끝에 꼬리가 붙은 부분은 다음과 같다.

제5장단(원수년의 가난이야), 제6장단(잘 살고 못 살기는), 제9장단(짚자리의 떨어질 적으), 제13장단(시르렁), 제18장단(배가고파 못맞겄네), 제20장단(초매끈을 졸라매소), 제21장단(시르렁), 제27장단(밥 한 통만 나오너라), 제28장단

(평생의 포한이로구나)

제5 · 27장단은 사설과 선율이 일단락되는 부분이어서, 제6장단은 선율선이 이어지는 부분이어서, 제13 · 21장단은 후렴귀로 연결되는 부분이어서 각각 꼬리로 인식되지 않는다. 꼬리로 느껴지는 곳은 총 32장단 중 4번으로 13%이다. 소리끝을 들어올린 데는 없다.

선율운용

김정문과 송1, 송2의 사설이 같은 것은 가난타령밖에 없다.[28] 비교하면 김정문의 제6~7장단('잘 살고 못 살기는/ 묘쓰기여 매였는그나')은 송2의 제9~10장단('잘살고 못살기는/ 묘 쓰기에 매였느냐/')과 선율진행이 같다. 전체적으로 송2와는 친연성이 보이는데, 송1과는 딴판이다. 후렴 제11~12장단('에이여루/ 당그여라/')는 송2의 제3~4, 29~30장단, 송1의 제33~34장단과 같다.

김정문의 선율운용을 살펴보면 다음과 같다.

> 제8장단('삼신제왕님이'): '삼신'에서 순차적으로 부드럽게 음을 끌어올리면서 진행하고 있다. 송1과 송2엔 안 보인다. 이런 순차적인 선율진행이 곡의 분위기를 미려하게 만들고 있다.
>
> 제9장단('집자리에 떨어질적의'): '에 떨'($a\flat - f'$)에서 도약진행을 하고 있다.
>
> 제16장단 ('톱소리를 어서 맞소'): '맞소'($b\flat - f - a\flat$)에서 부분적이지만 곡선을 그리려는 경향을 볼 수 있다.[29] 전체 선율진행이 순차적으로 하행 하고 있다($c' - b\flat - a\flat$).[30]
>
> 제19장단('배가 정 고프거들랑은'): 한 장단 안에서 음정변화가 심하다.($a\flat -$

---

28) 김정문은 제3~10장단, 송1은 제16~22장단, 송2는 제5~10장단이다.

29) 제17장단의 '헌'도 그러한데, 이런 경향도 김채만의 영향일지 모른다. 이는 송1의 직선적인 선율진행과 비교된다.

30) 전반적으로 선율운용에 있어 이런 경향이 미미하지만 감지된다. 〈폴리돌 심청가〉 중 방아타령의 하행선율과 비슷하다. 이런 선율운용은 송1과 비교된다.

G 단9도)

제24장단 ('톱질이야 당그여라'): '톱질'($c'-c$)이 옥타부 도약 진행으로 송1,
2엔 없다.

제26장단('아무것도 나오지를 말구서'): '나오지를'의 장단과 선율놀음이 음악
적 재미를 준다.

송2보다도 음정 변화가 많고 도약진행도 많다. 대체적으로 내두룸을 높게 내
고 순차적으로 하행하여 낮은 음에서 종지하는 경향을 보인다. 순차진행과 도약
진행을 적절히 구사해서 화려한 느낌을 준다. 김정문이 선율운용에 대해 연구를
많이 했음을 느끼게 한다.

오늘날의 전승 풍토를 생각하면 선율운용면에선 송만갑과 김정문의 사승관계
를 인정하기 어렵다. 같은 부분이 거의 없기 때문이다. 더구나 사설도 다르다.
그러나 판소리가 구전심수되는 구비예술임을 생각하면 괴이할 것도 없다. 송만
갑 개인의 경우에 있어서도 나이에 따라 소리를 달리 했으니, 한 세대 후의 변이
는 이상한 일도 아니다. 이런 끊임없는 변이를 통해 판소리의 역사가 진행되었
음을 송만갑과 김정문은 말해준다. 이런 사승에 따른 변이는 개인차가 있을 텐
데, 김정문의 경우는 비교적 변이가 많이 일어난 경우로 생각된다.

성음놀음

제12장단('당그여라 시르렁')의 '시르렁'에서 갑자기 되게 통성을 써서 계면의
분위기를 순간적으로 일신하는 게 재미있다. 전형적인 성음놀음이다. 제15장단
('이보게 마누래 예')도 마찬가지의 성음놀음이다.

김정문은 송1처럼 통성을 위주로 하지는 않았다. 상청에서는 목을 좁혀서 떠
워내는 발성을 하고 있어 힘을 싣지는 못하고 있다. 전체적으로 통성을 구사하
지 않기 때문에 송1처럼 강인한 맛은 떨어지지만, 가끔 통성을 쓸 때는 송만갑과
방불하다. 김정문의 이 통성발성을 들으면 그가 송만갑의 소리이념을 온전히

이은 소리꾼임을 알 수 있다. 이런 면에서 김정문이 송만갑의 수제자로 일컬어
진 것은 과찬이 아니다.

장단놀음

제13장단('시르렁 시르렁')에서 두 번째 '렁'을 제6박 3소박의 부박에 붙임으로
써 재미를 주고 있다. 일종의 장단놀음이다. 제29장단('에이여루')의 '루'도 마찬
가지 기교다.[31]

호흡

한 호흡에 지속하는 소리를 장단별로 정리하면 다음과 같다.

시르렁 시르렁/
톱질이야/
가난이야/
가난이야/
원수 년의 가난이야/
잘 살고(1/2장단)/ 못 살기는
묘 쓰기으 매었는거나(1/2+1장단)/
삼신제왕님이/
짚자리의(1/2장단)/ 떨어질 적으
명과 수복 점지허나(1/2장단+1장단)/
에이어루/
당그여라(2/3장단)/ 시르렁(1/3장단)/
시르렁 시르렁
당그여라(2장단)/

---

31) 본인의 귀엔 '루'의 음가는 8분음표가 아니라 16분음표로 들린다. 이런 수법은 송2의 제35장단
    에도 보인다.

이보게(1/3장단)/ 마누래(1/3장단)/ 예(1/3장단)/

톱 소리를 어서 맞소/

톱 소리를(1/2장단)/ 맞자 헌들(1/2장단)/

배가 고파 못 맞것네/

배가 정 고프거들라컨/

초매끈을(1/2장단)/ 졸라매소(1/2장단)/

시르렁(1/2장단)/ 시르렁(1/2장단)/

실근 시르렁/

시르렁(1/2장단)/ 시르렁 실근

톱질이야 당그여라(1/2장단+1장단)/

이 박을 타거들랑/

아무 것도 나오지를 말고서/

밥 한 통만 나오너라/

평생의(1/2장단) 포한이로구나(1/2장단)/

에이(1/2장단)/ 여루

당거주소(1/2장단+1장단)/

시르르르르르(1/2장단)/ 시르르르르르(1/2장단)/

톱질이야 당기여라/

  총 32장단 중 한 호흡에 1/2장단을 지속한 것이 14번, 1/3장단과 2/3장단이 5번, 1장단이 15번, 1/2+1장단이 5번, 2장단이 1번이다. 한 호흡에 1장단 이상 지속한 것이 21장단으로 66%이다. 이처럼 한 호흡에 한 장단씩 쳐나가기 때문에 거뜬거뜬하다. 김정문이 음정변화의 폭이 크고 다양한 시김새를 구사하면서도 이처럼 한 호흡에 한 장단을 칠 수 있는 것은 한배가 빠르기 때문에 가능한 일이다. 이런 호흡은 송1과 같다.

지금까지 김정문의 박타령을 시김새를 중심으로 분석할 결과를 정리하면 다음과 같다. 장단은 한배가 빠르고 대마디대장단이다. 선율운용은 음정변화의 폭이 크고 도약진행이 많아서 곡선형이다. 내두룸은 들어서 낸다. 송2에 비해 시김새가 더 다양하고 정교하다. 소리끝은 송1에 비해선 느슨하지만 힘 있게 끊는 편이다. 상청은 띄워서 내고, 통성 위주로 하진 않는다. 대개 한 장단을 한 호흡에 친다. 전체적으로 소리가 화려하고 활달하다.

빠른 한배나, 대마디대장단으로 짜는 수법이나, 소리를 들고 나가는 것이나, 목기교나, 소리끝을 힘 있게 끊는 것이나, 한 장단을 한 호흡에 치는 것이나, 발성하는 것이나, 송만갑의 영향을 깊게 받았음을 알 수 있다. 송만갑의 소리를 사사했음은 의심의 여지가 없다. 음악적 분위기는 송2와 친연성이 있다. 또한 다양하고 정교한 시김새의 구사는 김채만의 영향으로 추측된다. 선율운용이나 시김새에 있어선 김정문의 독자적인 색깔이 보인다.

다음과 같은 김정문에 대한 증언과 평은 분석 결과와 일치한다.

> 김소희: "김정문씨의 소리는 송선생님의 소리보다 장식음이나 잔기교가 많이 들어가 있습니다. 왜냐하면 김정문씨는 목청이 연하고 가벼워서 송선생님처럼 소리를 하면 힘이 모자라서 맛이 없으므로 좀 더 기교를 부려야 하기 때문입니다."
>
> 배연형: "그는 송만갑의 빡빡하고 단조로운 소리에 초 치고 장 치고 해서 맛있게 소리를 했다는 평을 받는다..... 그의 소리는 송만갑에 비하면 장식적인 선율이 현저하게 많고, 소리의 서슬이나 기세도 송만갑만큼 억세지 못하다. 그러나 진중하고 강건한 맛은 동편제의 특성을 상당히 간직하고 있으며, 역시 당대 최고의 명창으로 꼽기에 부족하지 않다.

4. 박록주 첫째박타령 분석[32]

한배

♩.=58로 송만갑과 김정문보다 느리다.

시김새

각 장단별로 시김새를 정리하면 다음과 같다.

제4장단('당겨주소'): '겨'는 감는곡+뒷다루이다.

제6장단('아무것도 나오지를 말고'): '도'는 다루이다.

제8장단('평생의 포한이로구나'): '한'은 감는목, '로'는 다루이다.

제9장단('에이여루'): '여'(a−e−a)에서 e는 살짝 다녀만 가는목이다.

제11장단('여보게 마누라'): '누'는 끌여올려서 가볍게 막는목을 써 슬픈 분위기를 연출하고 있다.

제12장단('톱소리를 어서 맞소'): '소'와 '를'은 다루이다.

제13장단('톱소리를 내가 맞자고 헌들'): '를'은 음을 꺽으면서 힘없이 종지했다. '들'도 마찬가지다. '내가'의 '가'는 밀어올리는목을 썼다.

제14장단('배가 고파 못맡겄소'): '파'는 감는목, '못'은 다루이다.

제15장단('배가 정 고프거들랑은'): '프'(c'−d')는 다루를 치고 음을 d'로 끌고 간다. '들'도 마찬가지 수법이다. 일자다음으로 소리를 붙여가는 게 아니라 끌고 가려는 경향이 보인다.[33]

제16장단('허리띠를 졸라를 매소'): '를'(c'−b)은 음을 꺾으면서 힘없이 종지하고 있는데, 살짝 애원성을 섞었다. '라'는 뒷다루, '를'은 조시는목을 구사했다.

제17장단('에이여루'): '여'를 떨면서 하행하였다. '루'는 끌어내리는목이다.

제18장단('당거주소'): '거'는 감는목+뒷다루이다.

---

32) 최난경(1999)의 논문에 실린 악보를 인용한다.

33) 소리가 늘어지게 되는 직접적인 요인이다.

제21장단('우리가 이박을 타서'): '가'는 감는목+던지는목을 썼다.

제22장단('박속을랑 끓여먹고'): '여'는 조시는목+다루를 구사했다.

제23장단('바가지랑은 부자집에가 팔아다가'): '집'과, 두 번째 '가', 그리고 '아'에서 다루를 쳤다.

제24장단('목숨보명 살아나세'): '숨'은 끌고내려오는목으로 처연한 느낌을 주고 있다.[34]

제26장단('수천석을 지가싣고 간들'): '수천'의 '수'와 '지가'의 '지'를 살짝 밀어 올리면서 애원성을 구사하고 있다.

제28장단('내박 한통을 당할 수가 있느냐'): '박'($c'-g'$)을 갑자기 도약진행함으로써 강조하고 있다. '수가'는 졸라떼는목이다.

제30장단('시르렁 시르렁'): 첫 번째 '시르렁'에서 '시'를 순간적으로 끌어올렸다가 '르'로 내리고, '르'를 다시 끌어올렸다가 '렁'으로 돌아오고 다시 끌어올렸다가 내려서 조시는목과 감는목으로 마무리 하고 있다. 매우 현란한 시김새다.[35]

제31장단('시르렁 실건'): '렁'과 '실'은 다루를 쳤고, '건'은 헛김넣는 다루+조시는목+감는목을 구사했다.

제32장단('당그여라 톱질이야'): '그'와 '여'는 다루라고 하기엔 느슨하다. 가볍게 끌고내려오는목이라고 하는 게 좋을 듯하다.

다루나 감는목 조시는목 등 시김새를 야무지게 치는 것은 김정문과 송만갑의 영향임을 쉬 알 수 있다. 박록주 역시 시김새를 다양하고 정교하게 구사하고 있는데, 이는 김정문과 친연성이 보인다.

내두름

이 곡엔 3개의 메기는 사설이 있다.

---

34) 악보엔 다루 친 것으로 보아서 장식음으로 채보하였는데, 본인의 귀엔 '숨'이 다루로 들리지 않는다. 이것을 다루를 치면 처연한 맛이 덜하다.

35) 김정문 제22장단 참조.

1. 이박을 타거들랑은 아무것도 나오지를 말고 밥한통만 나오너라 평생의 포한이로구나
2. 여보게 마누라 톱소리를 어서 맡소. 톱소리를 내가 맡자고 헌들 배가 고파서 못 맡것소. 배가 정 고프거들랑은 허리띠를 졸라를 매소.
3. 작은 자식은 저리가고 큰 자식은 내한트로 오너라 우리가 이박을 타서 박속일랑 끓여먹고 바가질랑은 부자집에다 팔어다가 목심보명을 살아나세.
4. 강상의 떴난 배가 수천석을 지가 싣고 간들 저희만 좋았지 내 박 한통을 당할 수가 있느냐.

첫 번째 내두룸인 제5장단('이박을 타거들랑은')은 본청에서 완전5도 위이고, 두 번째인 제11장단('여보게 마누라')은 본청으로 시작하고, 세 번째인 제19장단('작은 자식은 저리가고')은 본청에서 시작해서 순차 상행하였고, 네 번째인 제25장단('강상의 떴난 배가')은 본청에서 시작해서 중간을 올렸다가 다시 본청으로 내려오고 있다. 네 번 중 한번만 들어서 내고 있다. 이는 모두 들어서 낸 김정문과 비교된다.

소리꼬리

각 장단 소리구절의 끝에 꼬리가 붙은 부분은 제7장단(밥 한통만 나오너라), 제11장단(여보게 마누라), 제21장단(우리가 이 박을 타서), 제29장단(시리렁 실건)으로 네 장단이다. 그런데 제7장단은 소리 한 마루가 끝나는 곳이고, 이면상 외치는 부분이기 때문에 꼬리로 볼 수 없고, 제29장단은 연결되는 후렴귀로서 꼬리로 느껴지지 않는다. 소리꼬리가 붙은 곳은 총32장단 중 2장단으로 6%이다. 박록주는 소리꼬리를 달지 않는다고 말할 수 있겠다. 그러나 송1처럼 소리끝을 강하게 끊진 않고 있다.

선율운용

사설이 같은 것 중 김정문·송만갑의 것과 비슷한 것을 추리면 다음과 같다.

박록주의 제5~8장단('이 박을 타거들랑 아무 것도 나오지를 말고서 밥 한 통만 나오너라. 평생의 포한이로구나')은 김정문의 제25~28장단('이박을 타거들랑은 아무것도 나오지를 말고 밥한통만 나오너라 평생의 포한이로구나')과 내두름과 선율진행이 일치한다. 박록주의 제11~16장단('여보게 마누라 톱소리를 어서 맡소. 톱 소리를 내가 맡자고 헌들 배가 고파서 못 맡것소. 배가 정 고프거들랑은 허리띠를 졸라를 매소')은 김정문의 제15~20장단('이보게 마누래. 예. 톱소리를 어서 맞소. 톱 소리를 맞자 헌들 배가 고파 못 맞것네. 배가 정 고프거들라킨 초매끈을 졸라매소')과 '톱소리를 내가 맡자고 헌들 배가 고파서 못 맡것소'는 완전히 일치하고 나머지도 흐름이 같다.

박록주의 제19~24장단('작은 자식은 저리가고 큰 자식은 내한트로 오너라. 우리가 이박을 타서 박속일랑 끓여먹고 바가질랑은 부자집에다 팔어다가 목심보명을 살아나세).'은 송2의 제16~19장단('여보소 마누라, 어서어서 톱소리 맞소. 이 박을 어서 타서 박 속은 끓여먹고 바가 질랑 팔어다가서 목심보명 살어나세.')과 '목숨보명 살어나세'만 다르고 나머지는 흐름이 같다.[36]

후렴구인 박록주의 제3~4장단('에이여루 당겨주소')은 김정문의 제11~12장단·송2의 제3~4 29~30장단·송1의 제33~34장단과 같고, 박록주의 제17~18장단('에이여루/ 당거를 주소/')은 송2의 제35~36장단과 같으며, 박록주 제30장단('시르렁 시르렁')은 김정문 22장단('실근 시르렁')과 같다.

박록주의 제25~28장단('강상의 떴난 배가 수천석을 지가 싣고 간들 저희만 좋았지 내 박 한통을 당할 수가 있느냐, 시리리리렁 실건 시리렁 시리렁 시리렁 실건 당그여라 톱질이야.')은 송1의 28~32장단('강상의 떴난 배는 수천 석을 싣고 간들 저그만 좋았지 내 박 한 통 당헐소냐 힘을 써 박을 타라.')과 선율운용이 판이하다.

전체적으로 김정문과 유사한 선율이 많고, 음정변화가 많으며, 상청에서 선

---

36) 송2의 제19장단 '목숨보명 살어나세'는 김정문의 제5장단과 흐름이 같다.

율을 짜는 부분이 많다. 이로 볼 때 김정문에게 사사한 것을 확인할 수 있겠다.

성음놀음

제13장단('톱소리를 내가 맞자고 헌들'): '를'은 음을 꺽으면서 힘없이 종지했다. '들'도 마찬가지다. '내가'의 '가'는 밀어올리는목을 썼다. '톱소리를 내가'에서 살짝 애원성을 내어 한을 표출하고 있다. 미세한 시김새이다.[37]

제16장단('허리띠를 졸라를 매소'): '를'($c'-b$)은 음을 꺾으면서 힘없이 종지하고 있는데, 살짝 애원성을 섞었다.

제26장단('수천석을 지가싣고 간들'): '수천'의 '수'와 '지가'의 '지'를 살짝 밀어올리면서 애원성을 냈다.[38]

제27장단('저그만 좋았지'): '만'은 대표적인 一字多音의 시김새다.[39]

제28장단('내박 한통을 당할 수가 있느냐'): '박'($c'-g'$)을 갑자기 도약진행함으로써 '내박'을 강조하고 있다.

박록주의 성음은 기본적으로 밀도가 있고 무게감이 실려 있다. 이는 그의 엄청난 공력과 타고난 힘에서 비롯되었을 것이다. 여성으로서 이런 강건한 성음을 구사했던 소리꾼은 별로 없다. 20대 때에 취입한 음반을 들어보면 그의 당당하고 거칠 것 없는 성음을 확인할 수 있다. 여기에선 젊었을 때의 활달함은 맛볼 수 없으나, 환갑이 넘은 나이임에도 꿋꿋하고 묵직한 성음은 잃지 않고 있다. 힘이 딸려 통성을 토해내진 못하고 있고, 간간이 애원성이 보여 말년을 불우하게 보냈던 연주자의 심경이 느껴지는 듯하다.

---

37) 이런 애원성이 과도하면 육자백이목(노랑목)으로 돌아가게 된다. 이에 비하면 송1의 계면은 엄중하고 진중하다 하겠다.

38) 이런 사소한 시김새가 처연한 분위기를 연출한다.

39) 송1의 경우라면 한 음으로 쫙 뺄었을 것이다.

장단놀음

　제9장단('에이여루')의 '루'를 제6박 제3소박의 부박에 놓아 리듬의 재미를 살리고 있는데, 이는 송2의 제35장단과 김정문의 제29장단과 같다.

호흡

한 호흡에 지속하는 소리를 장단별로 정리하면 다음과 같다.

　　시리리리렁(1/3장단)/ 실건(1/3장단)/
　　당거주소/
　　에이여(2/3장단)/ 루(1/3장단)/
　　당겨주소/
　　이박을(1/3장단)/ 타거들랑은(1/3장단)/
　　아무것도 나오지를(2/3장단)/ 말고(1/3장단)/
　　밥한통만(1/3장단)/ 나오너라(2/3장단)/
　　평생의(1/3장단)/ 포한이로구나(2/3장단)/
　　에(1/3장단)/ 이여루
　　당그여라 톱질이야(2/3+1장단)/
　　여보게(1/3장단)/ 마누라(2/3장단)/
　　톱소리를 어서 맡소/
　　톱소리를(1/3장단)/ 내가 맡자고 헌들(2/3장단)/
　　배가 고파서 못 맡것소/
　　배가 정(1/3장단)/ 고프거들랑은(2/3장단)/
　　허리띠를(1/3장단)/ 졸라를 매소(2/3장단)/
　　에(1/3장단)/ 이여루(2/3장단)/
　　당거주소/
　　작은 자식은 저리가고/
　　큰 자식은 내한트로(2/3장단)/ 오너라(1/3장단)/
　　우리가(1/3장단)/ 이박을(1/3장단)/ 타서(1/3장단)/

박속일랑(1/3장단)/ 끓여먹고(2/3장단)/
바가질랑은(1/3장단)/ 부자집에다 팔어다가(2/3장단)/
목심보명 살아나세(2/3장단)/ 당겨주소(1/3장단)/
강상의 떴난 배가/
수천석을(1/3장단)/ 지가 싣고 간들(2/3장단)/
저희만(2/3장단)/ 좋았지(1/3장단)/
내 박 한통을 당할(1/2장단)/ 수가 있느냐(1/2장단)/
시리리리렁 실건/
시리렁 시리렁/
시리렁(1/3장단)/ 실거(1/3장단) 건(1/3장단)/
당그여라 톱질이야

총32장단 중 한 호흡에 1장단을 지속한 것이 10번, 1장단 넘는 것이 1번, 20번은 나누어서 했고, 2번 쉰 것도 2장단이나 된다. 한 호흡에 1장단 이상 지속한 것이11번으로 전체의 34%이다. 이렇듯 한 장단을 한 호흡에 가지 못하는 것은 우선 한배가 느리고, 목기교가 많고, 선율 변화도 많기 때문이다. 62세라는 나이도 영향이 있었을 것이다. 따라서 송1이나 김정문과 같이 거뜬거뜬하고 꿋꿋하고 강건한 맛은 떨어진다.

지금까지 박록주의 박타령을 분석한 결과를 정리하면 다음과 같다.

다양하고 정교한 시김새나, 음정변화가 많은 선율, 그리고 소리꼬리를 달지 않는 점 등은 김정문의 영향이 분명하다. 그러나 한배를 느리게 잡고, 소리를 끌어올리거나 끌어내리는 수법을 자주 써서 늘여나가고, 애원성을 간혹 쓰고, 한 장단을 한 호흡에 치지 못하는 것 등은 스승의 영향과는 무관한 박록주 자신의 분위기인 듯하다. 이런 변이가 일어난 배경은 여러 가지로 추측 할 수 있겠으나, 일차적으론 박록주 자신의 삶과 당시의 판소리문화 풍토에 기인한다고 본다. 불우한 말년과 판소리의 쇠퇴가 영향을 끼치지 않았을까?

5. 박록주 둘째박타령 분석

(1) 1932년 녹음[40]과 1967년 녹음[41] 비교

한배는 박2−1이 ♩=65이고 박2−2는 ♩=61이다. 젊었을 때의 한배가 역시 조금 빠르다. 참고로 김정문은 ♩=73이고, 송1은 ♩=84이다.

박2−2의 제5~9장단('이박을 타거들랑은.... 형님 갖다가 드릴란다')은 제6장단 ('아무것도 나오지를 말고')만 하행한 것이 다를 뿐 나머지는 박2−1의 제4~8장 단과 같다.

박2−2의 제11~16장단('나는나는 안탈라요..... 흥보가 화를 내면')은 박2−1 의 제10~16장단과 선율진행이 같다.[42]

이와 같이 전반부는 같은데 문제는 후반부이다. 제16장단 이후는 사설도 다르 고 선율운용도 다르다.

> 박2−2: 흥보가 회를 내며 갑갑허구나 이 사람아, 계집은 상하의복이요 형제
> 는 일신수족이라. 의복은 떨어지면 해 입기가 쉽거니와 형제 일신수
> 족은 아차 한 번 뚝 떨어지면 다시 잇지를 못 허는 법이라.
>
> 박2−1: 흥보가 홰를 내며 내야 요년아 타지를 말어라. 너 아니라도 나 혼자
> 탈란다. 갑갑하구나 이 사람아. 너는 오늘이라도 죽게 되면 다시 얻
> 으면 계집이요 우리 형님은 오늘날 돌아가시면 얼굴이 있어 다시 보
> 겠느냐. 타지를 말어라 나 혼자 탈란다.

---

40) 박2−1이라 칭한다. 국립민속국악원에서 2002년에 펴낸 『음반으로 보는 남원 동편소리의 전통 과 세계』에 실린 김혜정의 악보를 인용한다.
41) 박2−2라 칭한다. 최난경(1999)의 논문에 실린 악보를 인용한다.
42) 박2−2엔 박2−1의 제13장단('자식들을 앞세우고')이 없다.

(2) 박2-1과 김정문 비교

박2-1의 제10장단('나는 나는 안탈라요')은 김정문의 제7장단과, 박2-1의 제13장단('자식들을 앞세우고')은 김정문 제9장단과, 박2-1의 제14~15장단('구박당하여 나오던 일을 곽속에 들어도 나는 못잊겠네')은 박2-1의 제10~11장단과 선율진행이 같다.

전반적으로 박2-1은 김정문의 냄새가 물씬하다. 빠른 한배로 거뜬거뜬히 갖고 가는 점, 매끄럽고 야무진 목기교 등은 김정문을 빼닮았다. 거뜬하고 활달한 김정문의 분위기를 잘 이어받고 있다. 박2-2는 노령으로 인해 젊어서처럼 활달한 맛은 덜하지만 강인하고 꿋꿋한 성음은 더 무게가 실렸다.

6. 박송희 박타령 분석

한배

♩.=44로 느리다.

시김새와 선율

제11~16장단+('여보게 마누라. 톱소리를 어서 맡소. 톱소리를 내가 맡자고 헌들 배가 고파서 못 맡것소. 배가 정 고프거들랑은 허리띠를 졸라를 매소.')은 박록주의 1973년 녹음과 섞여 있다. 제11, 14, 15, 16장단은 1973년 녹음과 같고, 제13장단은 1967년 녹음과 같다. 다만, 제12장단('톱소리를 어서 맡소')을 박송희는 높여서 내는데, 박록주는 뉘여나가는 차이가 있을 뿐이다. 나머지는 박록주와 똑 같다. 박록주의 다른 제자인 박귀희, 한농선, 정유진, 이등우 등도 박록주와 똑 같이 하고 있다. 이처럼 선생과 똑같이 하는 소리를 '사진소리'라고 한다. 김명환과 김득수 등이 "요즘은 다 판에 박은 사진소리를 한다"라고 종종 비판한 바 있는데, 이는 박록주 바디에만 해당되는 것이 아니다. 오늘날 판소리 풍토가 다 사진소리 전승을 하고 있다. 판소리가 본질적으로 관객을 의식해야하는 연행예술임을 생각하거나, 판소리음악의 특질인 즉흥성을 생각할 때 이런 현상은 판소리의 생명력을 약화시키는 것으로 바람직하지 않다.

소리꼬리

소리구절의 끝에 꼬리가 붙은 부분은 다음과 같다.

제4, 5, 8, 11, 12, 13, 16, 18, 22, 23, 25, 27, 32장단에 꼬리가 붙었다. 총 32장단 중 13장단으로 41%이다. 힘 있게 소리 마무리를 하는 동편제의 맛이 많이 약화되어 동편제의 꿋꿋함을 느낄 수 없다.

성음놀음

고령이어서 통성은 아니지만 곰삭은 수리성으로 깊이가 느껴진다. 진중하고 기세 있게 발성하려는 것은 박록주의 영향인 듯하다. 특별한 성음놀음은 없다.

호흡

한 호흡에 지속하는 소리를 장단별로 정리하면 다음과 같다.

시리리리렁 실건/
당거주소/
에/ 이여루/
당겨주소/
이박을/ 타거들랑은/
아무것도/ 나오지를 말고/
밥한통만/ 나오너라/

평생의/ 포한이로구나/

에이여/루

당그여라 톱질이야/

여보게/ 마누라

톱소리를/ 어서 맡소/

톱소리를/ 내가 맡자고 헌들/

배가 고파서 못 맡것소/

배가 정/ 고프거들랑은/

허리띠를/ 졸라를 매소/

에/ 이여루/

당거주소/

작은 자식은 저리가고/

큰 자식은/ 내한트로/ 오너라/

우리가/ 이박을 타서/

박속일랑/ 끓여먹고/

바가질랑은/ 부자집에다 팔어다가/

목심보명/ 살아나세/ 당겨주소/

강상의 떴난 배가/

수천석을/ 지가 싣고 간들/

저희만/ 좋았지/

내 박 한통을/ 당할 수가 있느냐/

시리리리링 실건/

시리렁/ 시리렁/

시리렁/ 실건/

당그여라 톱질이야/

　총 32장단 중 한 호흡에 1장단 이상을 짠 것이 10장단으로 약31%이다. 제일 낮은 수치다.

분석 결과 선율과 시김새는 박록주와 똑 같은데, 소리꼬리가 많이 생기고 한 배도 느려졌다. 게다가 통성을 쓰는 것도 아니고 특별한 성음놀음도 없다. 이런 점들이 거뜬거뜬하고 우람한 동편소리의 맛을 느끼기 어렵게 하고 있다. 그러나 소리를 진중하고 기세 있게 하려는 박록주의 분위기는 견지하고 있다.

7. 채수정 박타령 분석

한배

♩.=46로 박송희와 비슷하다.

시김새와 선율

박송희와 목기교 하나까지도 똑 같다.

소리꼬리

소리구절의 끝에 꼬리가 붙은 부분은 다음과 같다.

제1, 3, 4, 5, 6, 8, 11. 12. 13. 14. 16. 18. 23. 27. 30장단에 꼬리가 붙었다. 총 32장단 중 15장단으로 47%이다. 소리꼬리가 붙지 않은 곳도 강하게 마무리를 하지 않아서 전체적으로 동편의 꿋꿋하고 강건한 맛이 없다.

성음놀음

기본적으로 띄워서 내는 가벼운 발성이어서 무게감과 긴장감을 느낄 수 없고, 성음놀음도 없다.

호흡

한 호흡에 지속하는 소리를 장단별로 정리하면 다음과 같다.

시리리리렁 실건/
당거주소/
에/ 이여루/
당겨주소/
이박을/ 타거들랑은/
아무것도 나오지를 말고/
밥한통만/ 나오너라/
평생의/ 포한이로구나/
에/ 이여/루
당그여라 톱질이야/
여보게/ 마누라
톱소리를/ 어서 맡소/
톱소리를/ 내가 맡자고 헌들/
배가 고파서 못 맡겄소/
배가 정/ 고프거들랑은/
허리띠를/ 졸라를 매소/
에/ 이여루/
당거주소/
작은 자식은 저리가고/
큰 자식은/ 내한트로/ 오너라/
우리가/ 이박을 타서/
박속일랑/ 끓여먹고/
바가질랑은 부자집에다 팔어다가/
목심보명/ 살아나세/ 당겨주소/
강상의 떴난 배가/

수천석을/ 지가 싣고 간들/
저희만//[43] 좋았지/
내 박 한통을/ 당할 수가/ 있느냐/
시리리리렁/ 실건/
시리렁//시리렁/
시리렁/ 실건/
당그여라/ 톱질이야/

총32장단 중 한 호흡에 1장단 이상을 짠 것이 9장단으로 28%이다. 전체적으로는 박송희와 호흡법이 같다.

채수정은 선율과 장단 그리고 시김새는 스승인 박송희와 똑 같다. 그러나 띄워내는 가벼운 발성을 하고 있어서 진중함은 느낄 수 없다. 가벼운 발성, 소리꼬리, 늘어진 한배, 정교한 시김새 등은 정노식의 기준을 따르면 오히려 서편소리의 특징을 갖고 있다 하겠다.

8. 마무리

동편소리로 분류되는 〈박록주 흥보가〉를 중심으로 전후의 전승과정에서 일어난 변이양상에 대해 살펴보았다. 한배, 시김새, 내두름, 소리꼬리, 선율운용, 성음놀음, 장단놀음, 호흡 등을 중심으로 분석 비교하여 다음과 같은 결과를 얻었다.

1) 송만갑 박타령1(1913년 녹음)은 정노식이 말한 동편의 특징인 웅건청담(雄建淸談)하게 하고, 호령조가 많고, 발성초가 썩 진중하고 구절 끝마침을 꼭 되게 하여 쇠마치로나 내려치는 듯하다는 요건을 충족하고 있다.

---

43) //는 두 번 쉰 것을 가리킨다.

2) 송만갑 박타령2(1932년 녹음)는 1913년 녹음에 비해 다음 몇 가지에서 변이가 일어났다. 장단은 대마디대장단이지만, 한배는 느리다. 선율선이 송만갑 박타령1에 비해 곡선형이다. 소리를 뉘어나간다. 시김새가 다양하고 정교하다. 소리끝 마무새가 느슨해졌다. 성음놀음이 보이지 않는다. 한 장단을 한 호흡에 치지 못하고 있다. 결론적으로 송만갑 박타령1과 송만갑 박타령2는 같은 유파의 소리로 보기 어렵다. 전체적으로 송1에 비해 선율진행과 시김새는 화려해졌으나, 꿋꿋하고 담백한 맛이 덜하다. 이런 변화는 서편제의 영향인 듯하다.

3) 김정문의 박타령은 한배가 빠르고 대마디대장단이다. 선율운용은 음정변화의 폭이 크고 도약진행이 많아서 곡선형이다. 내두름은 들어서 낸다. 송2에 비해 시김새가 더 다양하고 정교하다. 소리끝은 송1에 비해선 느슨하지만 힘있게 끊는 편이다. 상청은 띄워서 내고, 통성 위주로 발성하진 않는다. 대개 한 장단을 한 호흡에 친다. 전체적으로 소리가 화려하고 활달하다.

빠른 한배나, 대마디대장단으로 짜는 수법이나, 소리를 들고 나가는 것이나, 목기교나, 소리끝을 힘 있게 끊는 것이나, 한 장단을 한 호흡에 치는 것이나, 발성하는 것이나, 송만갑의 영향을 깊게 받았음을 알 수 있다. 송만갑의 소리를 사사했음은 의심의 여지가 없다. 음악적 분위기는 송만갑 박타령1보다는 송만갑 박타령2와 친연성이 있다. 또한 다양하고 정교한 시김새의 구사는 서편 소리꾼인 김채만의 영향으로 추측된다. 선율운용이나 시김새에 있어선 김정문의 독자적인 색깔이 보인다.

4) 박록주의 박타령은 다양하고 정교한 시김새, 음정변화가 많은 선율, 그리고 소리꼬리를 달지 않는 점 등은 김정문의 영향이 분명하다. 그러나 한배를 느리게 잡고, 소리를 끌어올리거나 끌어내리는 수법을 자주 써서 늘여나가고, 애원성을 간혹 쓰고, 한 장단을 한 호흡에 치지 못하는 점 등은 동편소리의 맛을 약화시키고 있는데, 이는 스승의 영향과는 무관한 박록주 자신의 변화인 듯하다. 그러나 단단하고 무게 있는 성음으로 꿋꿋하게 소리를 짜 나가는 점에선 동편의

맛을 지니고 있다.

5) 박록주의 제자인 박송희는 선율과 시김새는 박록주와 똑 같다. 그러나 소리꼬리가 많이 생기고 한배가 느려졌을 뿐만아니라 통성을 쓰는 것도 아니어서 전체적으로 동편제의 특성을 잃고 있다. 채수정은 박송희의 소리를 똑 같이 전승하고 있다.

송만갑에서 비롯한 〈송만갑제 홍보가〉는 김정문를 거쳐 박록주에 전승될 때까지는 상당한 변이가 생겼다. 김정문은 선율운용이나 시김새에 있어선 스승인 송만갑과 다른 독자적인 색깔이 보인다. 박록주는 스승인 김정문의 소리를 착실히 전수하였으나 말년에 자기화 한 듯하다. 대체로 박록주까지는 정노식이 제시한 동편의 음악적 특징을 견지하고 있다. 그러나 박록주 이후의 전승에선 동편의 특징이 약화되어, 박송희를 거쳐 채수정에 이르러서는 소리에 꼬리도 생기고 발성도 진중한 맛이 없고 한배도 늘어져서 웅건청담(雄建淸談)하다는 동편소리라고 하기 어렵다. 채수정 소리와 송만갑 박타령1을 비교하면 극명하게 드러난다.

전반적으로 〈송만갑 홍보가〉는 전승되는 과정에서 동편의 맛을 잃어버리는 쪽으로 진행되어 왔음을 확인하게 된다. 〈박록주 홍보가〉가 동편소리로 분류된다면 잃어버린 동편의 음악적 특징을 회복해야 한다. 이는 전적으로 이 시대 전승자들의 몫이다.

구비예술인 판소리는 전승과정에서 필연적으로 변이를 수반한다. 변화하지 않는 판소리는 시대에 적응할 수 없어 쇠퇴하게 된다. 박록주까지는 나름대로 소리가 변화해 왔으나, 그 뒤로는 소위 사진소리로 전승되고 있다는 것도 확인되었다. 이 사진소리의 폐혜는 여러 사람들이 지적한 바 있다. 앞으로도 계속 사진소리로 전승된다면 판소리의 입지는 더욱 좁아지고 왜소해질 것이다. 물은 고이면 썩는다. 이의 극복 역시 이 시대 전승자들의 몫이다.

[비교표]

	송1	송2	김정문	박록주	박송희	채수정
한배	♩=84 오늘	♩=63	♩=74	♩=58	♩.=44	♩.=46
시김새	다루외엔 거의 없다.	송1에 비해 다채롭고 다양	송2보다 더 다양하고 정교하다.	다양하고 정교하게 구사하고 있는데, 이는 김정문과 친연성이 보인다.	박록주와 같다	박송희와 같다.
내두름	3개중 2개를 들어서냄.(들고 가는 소리)	4번 중 1번만 들어서 냄.(뉘여가는 소리)	모두 들어서 내고 있다.	네번 중 한번만 들어서 내고 있다.	박록주와 같다.	박송희와 같다.
소리꼬리	10%	22%	13%	6%	41%	47%
선율	선율선은 직선에 가까워 거뜬거뜬한 맛은 있으나 단조롭다.	송1에 비해 음정 변화가 크고 도약진행이 많아 선율놀음이 보인다. 선율운용면에선 송1과 친근성이 전연 없다.	순차진행과 도약진행을 적절히 구사해서 화려한 느낌의 선율운용을 하고 있다.	전체적으로 김정문과 유사한 선율이 많다.	박록주와 같다.	박송희와 같다.
장단	대마디대장단	대마디대장단	대마디대장단	대마디대장단	대마디대장단	대마디대장단
성음	통성 위주	통성을 거의 못쓰고 있다	송1처럼 통성을 위주로 하지는 않았다. 상청에서는 목을 좁혀서 띄워내는 발성을 하고 있어 힘을 싣지는 못하고 있다.	통성 위주는 아니다.	통성이 아니다.	기본적으로 띄워서 내는 가벼운 발성이어서 무게감과 긴장감을 느낄 수 없다.
한 호흡에 한 장단 이상 지속하는 장단	63%	39%	66%	34%	31%	28%

| 전승양상 | 동편의 맛을 강하게 풍긴다. | 송1에 비해 선율진행과 시김새는 화려해졌으나, 꿋꿋하고 담백한 맛이 덜하다. | 송1보단 송2에 맞닿아 있다. 또한 다양하고 정교한 시김새의 구사는 김채만의 영향으로 추측된다. 선율운용이나 시김새에 있어선 김정문의 독자적인 색깔이 보인다. | 선율이나 시김새는 김정문과 친연성이 보인다. 그러나 한 배를 느리게 잡고, 소리를 끌어올리거나 끌어내리는 수법을 자주 써서 늘여나가고, 애원성을 간혹 쓰고, 한 장단을 한 호흡에 치지 못하는 것 등은 스승의 영향관 무관한 박록주 자신의 분위기인 듯하다. | 선율과 시김새는 박록주와 똑같은데, 소리꼬리가 많이 생겼고 한배도 더 느리다. | 전체적으로 박송희와 같다. |

동편제 〈적벽가〉의 전승과 변모

명 현

Ⅰ. 글 머리에

〈적벽가〉는 다른 판소리에 비해 우조성음으로 짜인 부분이 많으며 여성창자보다는 남성창자, 특히 동편제 명창들이 부르기에 적합한 소리로 알려져 있다. 이를 방증하듯 『조선창극사』에는 적벽가에 능한 명창들로 송흥록·박만순·정춘풍·김창록·서성관·조기홍·박기홍·송만갑·신명학 등 많은 동편제 명창들이 언급되어 있기도 하다. 동편제 〈적벽가〉 가운데 현재 전창되는 소리는 송흥록 계열의 송만갑 바디와 유성준 바디, 그리고 정춘풍 계열의 박동진 바디가 있다. 이 가운데 자신의 가락을 많이 넣어 불렀던 박동진 바디는 동편제의 범주에서 논하기 어렵다는 점을 고려하면, 송만갑 바디와 유성준 바디가 현재 전승되고 있는 동편제 〈적벽가〉에 해당한다.

송만갑과 유성준의 〈적벽가〉는 송흥록을 시작으로 송광록—송우룡에게 이어진 동일한 뿌리를 가지고 있다. 그러나 송만갑 바디 〈적벽가〉는 현재까지 활발한 전승양상을 보이는 반면, 유성준바디 〈적벽가〉는 상대적으로 전승이 활발하지 않다. 송만갑의 〈적벽가〉는 박봉술과 강도근에게 전해졌는데, 이 중 박봉술에게 전승된 것이 송순섭·김일구·박송희 등에게 전해져 현재 가장 폭넓게 전창된다. 반면 강도근의 소리는 한바탕이 아닌 부분이 전인삼·이애자 등에게 전승되어서 그 온전한 면모를 알 수 없다. 동편제의 적벽가의 또다른 한 축인 유성준의 〈적벽가〉는 임방울과 정광수에게 전해졌으나, 이후의 온전한 전승여부를 확인하기 어렵다.

박봉술과 강도근의 송만갑 바디, 임방울과 정광수의 유성준 바디 〈적벽가〉는 '송우룡'이라는 한 스승에게서 비롯된 소리다. 그러나 송만갑과 유성준의 소리가 같을 수 없으며 나아가 동일한 바디인 박봉술과 강도근, 또는 임방울과 정광수의 소리가 같을 수는 없다. 그것은 판소리가 가지는 문화적 속성과 관련이 있다. 스승의 소리와 가능하면 동일한 짜임으로 전승되는 경향이 강한 현대 판소리와는 달리, 과거 판소리의 전승양상은 시대상황을 반영하거나 개인의 미의식에 따라 충분한 자기화의 과정을 거치며 다양한 변이를 보였기 때문이다. 스승과 같은 소리를 '사진소리'라 하여 이를 경계했던 판소리 가창자들이나 수용자들의 미의식은 부단한 노력을 통한 자기화의 과정이 명창으로서 예술적 성취를 얻기 위한 필요조건임을 잘 말해주는 예라 하겠다.

이 글에서는 송우룡을 기점으로 송만갑과 유성준에게 전승된 이후 다시 박봉술·강도근, 임방울·정광수에게 전승되어 나타나는 동편제 〈적벽가〉의 전승양상과 그 가운데 존재하는 음악적변모의 모습을 살펴보았다. 이를 위해 송만갑·박봉술·강도근·임방울·정광수의 〈적벽가〉 음원을 그 비교 대상으로 삼았다. 그러나 박봉술과 임방울의 〈적벽가〉는 전바탕이 음반에 담겨 전하지만, 강도근의 것은 앞서 언급한 바와 같이 부분적으로 전한다.[1] 또한 송만갑의 〈적벽가〉는 일부대목 만이 유성기 음반에 녹음되어 있으며, 유성준의 〈적벽가〉는 한 대목만이 전하는 것으로 알려져 있고, 정광수의 〈적벽가〉는 한 바탕의 소리가 모두 전하나 음원이 공개되지 않았다. 따라서 이 글에서는 동편제 〈적벽가〉 전승의

---

1) 이 글에서 참고한 음원의 내역은 다음과 같다.
　＊ 박봉술 – 『국악의 향연』 47~50집, 4LP, 중앙일보사, 1976, 고수/김명환, 1976년 녹음.
　＊ 강도근 – 『강도근 적벽가』, 1CD, 국립민속국악원, 2003, 1994년 무렵 교습자료.
　＊ 임방울 – 『적벽가』1~2, 2CD, 오아시스레코드, 1996, 고수/한일섭, 1957년 9월 21일 연세대학교 주최 국악감상회 실황녹음.

양상을 박봉술·강도근·임방울의 음원 중 공통적인 부분 즉, '공명 동남풍 비는 대목'부터 '새타령'까지를 주 비교대상으로 삼았으며, 자료접근이 가능한 송만갑과 정광수의 '새타령'을 비교 대상에 포함했음을 밝혀둔다.

Ⅱ. 사설의 내용 및 장단 구성

송만갑과 유성준의 〈적벽가〉 사설은 창본이나 여타의 자료가 전하지 않는다. 그러나 송만갑에게 소리를 배운 박봉술과 강도근, 그리고 유성준의 소리를 계승한 임방울과 정광수의 사설이 남아있어 사설과 장단구성을 통한 바디간의 비교 및 개인적인 비교가 가능한 상황이다. 기존에 전하는 창본을 비교할 때, 박봉술·강도근·임방울·정광수는 상당히 유사한 사설의 내용과 장단구성을 가지고 있다. 물론 세부적으로 보면 박봉술과 강도근, 그리고 임방울과 정광수의 경우가 각각 친연성이 높아 송만갑바디와 유성준바디의 특징 즉, 바디내의 친연성이 강화되어 있다. 반면 개인에 따라 사설의 내용과 장단구성이 독자적인 대목도 있다.

송우룡에게서 분화된 송만갑 바디와 유성준 바디 〈적벽가〉의 사설 및 장단구성에서 나타나는 특징은 크게 세가지 유형으로 정리된다. 첫째는 유파 내에서나 바디 내에서 유사한 경향를 보이는 유형이며, 둘째는 개인에 따라 차이를 보이는 유형, 셋째는 동일바디와는 다르나 다른 바디와 오히려 유사한 구성을 보이는 유형이다.

여기서 유파 내, 또는 바디 내에서의 유사성은 동일한 뿌리를 가진 소리이기 때문에 나타나는 것으로 볼 수 있다. 즉 송우룡에게 소리를 배운 송만갑과 유성준으로부터 비롯된 소리이기 때문에 그 후대인 박봉술·강도근·임방울·정광수의 사설과 장단구성에서 공통점이 보이는 것이며, 바디간의 차이는 있지만 박봉술과 강도근, 임방울과 정광수의 사설이 각각 동일 바디 내에서만 유사성을 보이는 것은 그 스승인 송만갑과 유성준이 송우룡에게 배운 후 독자적으로 형성한 바디 내의 특징이 전승된 것에 기인한다.

유파 내에서나 바디 내에서의 동일한 구성 외에 개인별로 차이를 보이는 유형은 바디나 유파와 같은 계통상의 상위범주와 유사성이 없이, 정광수의 '주유 군병 조발' 대목처럼 독자적인 특징을 보이는 부분이다. 이러한 경우는 동편제 〈적벽가〉, 특히 송씨 가문 소리의 전승만을 고려할 때 다른 유파의 영향이든 개인적인 변모든 간에 자기화의 과정에서 나타나는 변화로 간주할 수 있다. 스승에게 배운 판소리를 자기화하는 과정에서, 다른 바디나 유파의 장점을 수용하여 동일한 바디나 유파의 소리와는 다른 특징을 충분히 보일 수 있기 때문이다.

동일 바디와는 다르지만 오히려 다른 바디와 유사한 구성을 가지는 경우는 전승 바디를 뛰어넘는 상호간의 영향으로 볼 수 있다. 실례로 〈적벽가〉의 경우 강도근은 송만갑 바디를 배웠고 임방울은 유성준 바디를 배웠다. 그러나 강도근과 임방울은 유성준으로부터 〈수궁가〉를 배웠다. 이러한 영향으로 특정대목에서 전승계통이 다른 바디의 소리에 상호 영향을 미쳤을 가능성을 고려해 볼 수 있다. '주유 공명 제장배치' 대목에서 강도근과 임방울이 유사한 구성을 보이는 것은 바로 이러한 이유에서 비롯된 것이 아닌가 생각된다.

한편, 각 창자별로 사설의 내용과 장단구성에 있어서 나타나는 양상은 조금씩 차이를 보인다. 박봉술과 강도근의 경우는 대동소이 하지만, 강도근 '새타령'의 후반부에 사설이 추가되어 있다. 그리고 임방울과 정광수의 경우 역시 유사한 양상을 보이나, 임방울의 경우 장단의 변화나 독자적인 사설의 사용 등 개인적인 변화양상이 상대적으로 많음을 볼 수 있다. 이렇듯 동편제 〈적벽가〉는 전체적으로 유사한 사설과 장단구성을 보이는 가운데 바디간의 특성이 부각되어 있는 것을 볼 수 있다. 동일한 뿌리를 지닌 소리이기 때문에 일정 정도의 공통점을 갖기는 하지만 획일적인 전승과 답습이 아닌 판소리 창자간의 상호작용을 통해,

그리고 개인적 지향에 따라 다른 모습을 취하고 있는데, 그러한 변화의 정도는 가창자에 따라 다소의 차이를 보인다.

Ⅲ. 음악적 특징 비교

동편제 〈적벽가〉는 전승과정에서 사설과 장단구성 뿐만 아니라 음악적인 면에서도 많은 변화를 보인다. 박봉술·강도근·임방울의 〈적벽가〉 중 '주유 토혈 기색'부터 '조조도망' 대목까지 중모리에 해당하는 부분과, 송만갑·박봉술·강도근·임방울·정광수의 '새타령'에 나타나는 음악적 전승 양상을 '가사붙임새와 리듬집합의 양상, 음폭과 음역, 선법과 선율'로 나누어 살펴본 결과는 다음과 같다.

1. 가사붙임새 및 리듬집합의 양상

1) 가사붙임새

판소리에서 가사붙임새는 음악적 특징을 구분하는 중요한 방법으로 여겨져 왔다. 예를 들어 '서편제 소리의 부침새는 정교하게 구사되고, 동편소리의 부침새는 굵으며, 중고제 소리는 단순하게 구사된다'라 했던 것처럼, 붙임새에서 나타나는 특징은 유파의 특징을 구별하는 변별적 요소로 거론되기도 한다. 그러나 판소리의 음악적 특징을 변별하기 위한 방법으로 가사붙임새의 양상을 살피는 과정은 상당히 조심스럽다. 그 이유는 붙임새에 대한 연구자나 가창자들의 용례가 사뭇 다르고, 특정한 견해를 따르더라도 그 기준을 장단에 적용하느냐 아니면 대박 내에 적용하느냐 붙임새의 구분은 달라질 여지가 충분하기 때문이다.

이 글에서는 이보형이 제사한 개념(「판소리 붙임새에 나타난 리듬론」, 『석주선 선생 회갑기념논총』, 석주선교수 회갑기념논총 간행위원회, 1971, 85−113쪽)에 준하여 준하여 붙임새를 비교했으며, 그 내용은 다음과 같이 요약된다.

○ 대마디 대장단 − 사설의 한 행이 한 장단의 머리에서 시작하여 꼬리에서 끝나며 아울러 사설이 매박의 주박에 주로 붙는 것.
○ 엇붙임 − 사설 한 행이 앞 장단의 꼬리와 뒷장단의 머리에 붙어있는 형태. 앞 장단의 중간에서 시작하여 뒷 장단의 중간에서 끝나는 형태.
○ 뻗음 − 사설이 띠엄 띠엄 들어있는 형태.
○ 주서붙임 − 여러 자수의 사설이 촘촘히 박혀있는 형태.
○ 당겨붙임 − 사설이 당기어져 주박이 아닌 앞 박의 부박에 오는 형태.
○ 밀붙임 − 사설이 밀리어 주박이 아닌 부박에 오는 형태.
○ 잉어걸이 − 사설이 주박을 매우 작은 시가로 밟고 나오는 형태.
○ 완자걸이 − 사설이 주박을 앞뒤로 비끼어 붙는 것이 얽혀서 일어나는 형태.

〈표 1〉 붙임새 용례

박	1	2	3	4	5	6	7	8	9	10	11	12	붙임새 구분
사설 내용	광	풍	홀	기	하	여	조	채	△	황	기	는	대마디 대장단
	진	−	−	−	세	를	살	퍼	보니	△	△	△	뻗음, 당겨붙임
	광	풍	이	−	홀	기	하야	△	△	조	채	−	엇붙임, 밀붙임
	황	기	는	△	강	중으	떨어	−	−	−	지고	△	엇붙임, 밀붙임, 뻗음
	창	과	밖	으로	선	뒤에	△통	−△	△나	려△	△	△	주서붙임, 잉어걸이
	자	룡	손길	을	잡고	△	주공	−안	−녕	하옵	시며	△	주서붙임, 완자걸이

이상의 기준을 적용한 후 동편제 〈적벽가〉의 가사붙임새에서 나타나는 특징은 크게 네가지로 요약된다.

첫째, 바디의 차이를 불문하고 일부대목에서 공통적으로 많이 나타나는 붙임새가 있다. '주유 토혈기색' 대목의 당겨붙임, '공명 동남풍 빌다' 대목의 뻗음, '주유 공명 제장배치' 대목의 주서붙임과 완자붙임, '조조 도망' 대목의 대마디 대장단, '새타령'의 뻗음이 대표적인 예에 해당한다.

둘째, 다른 대목에서는 전혀 나타나지 않다가 특정대목에서만 공통적으로 나타나는 가사붙임새도 있다. 동일한 바디를 전승한 박봉술과 강도근의 '공명 동남풍 빌다' 대목에서만 보이는 완자걸이와 잉어걸이, 그리고 '주유 공명 제장배치' 대목에서 박봉술·강도근·임방울 모두의 경우에 나타나는 '완자걸이'가 이에 해당한다.

셋째, 가창자에 따라 각각 붙임새의 선호도가 다르게 나타나는 경우가 있으며, 이는 대목에 따라 변화하는 경향을 보이기도 한다. 송만갑 창 '새타령' 대목의 엇붙임, 박봉술 창 '주유 토혈기색·공명 동남풍 빌다·새타령' 대목의 당겨붙임, 강도근 창 '주유 토혈기색·공명 동남풍빌다·황개화선 출현·새타령' 대목의 주서붙임, 임방울 창 '공명 동남풍 빌다·황개화선 출현' 대목의 밀붙임, 임방울 및 정광수의 '새타령' 대목의 대마디 대장단이 이에 해당한다.

넷째, 가사붙임새는 대목에 따라 개인적 선호에 따른 변화, 바디간의 공통적인 붙임새를 보여줄 뿐 만 아니라 특정대목이 유파 내 또는 바디 내에서 고정적으로 전승되었는가의 여부를 나타낸다. 유파 내에서 고정적인 붙임새를 보인 예는 '주유 공명 제장배치' 대목과 '조조도망' 대목이었고, 바디 내에서 고정적인 붙임새를 보인 예는 '새타령' 대목이었다.

이처럼 동편제 〈적벽가〉는 '주유 공명 제장배치·조조 도망' 대목과 같이 공통된 붙임새를 보이는 틀 위에, 바디간의 공통된 경향을 보이는 붙임새, 그리고 대목에 따라 가창자별로 선호하는 가사붙임새가 각각 다르게 나타나는 경향이 공존하고 있다. 또한 이러한 경향은 송만갑 이후 판소리명창들 가운데 시대에 따른 붙임새의 변화양상이 대마디대장단에서 리듬의 신축이나 리듬꼴이 변화하는 방향으로의 일방적 변화를 보이고 있지 않음을 보여주기도 한다.

2) 리듬집합의 양상

판소리의 사설과 음악이 대응하는 관계는 가사붙임새를 통해 사설의 표면구조와 장단의 대응관계를 통해 리듬의 신축과 변화양상을 살펴볼 수 있고, 장단 내에서 사설의 이면에 따른 리듬집합의 양상을 함께 고려해 볼 수 있다. 즉 리듬집합의 양상은 한 장단에 사설이 대응하여 나타내는 소리의 특징과 교섭관계를 비교하는 하나의 방법이 될 수 있는 것이다.

여기서 사용한 '리듬집합'은 리듬의 신축과 변화양상을 가창자별로 상호비교하기 위한 개념으로, 중모리 한 장단 내에서 사설과 리듬이 대응하는 관계를 기호화한 것이다. 그 내용은 장단의 표면구조가 심층구조와 동일한가, 동일하지 않은 경우 리듬집합의 제약단위가 무엇인가를 살피고 가창자별로 차이점을 비교하는 것이다. 리듬집합의 구분은 다음과 같이 크게 세 가지로 하위분류했다.

① 중모리 한 장단의 심층구조와 사설의 묘사하는 표면구조가 동일한 33,33 구조.
② 대박 단위의 제약을 넘어서지만 대대박단위의 제약 내에서 리듬집합이 이루어지는 33,222나 222,33 또는 222,222 구조
③ 대대박단위의 제약을 뛰어넘는 기타구조(32223, 32232, 23222, 4323 등).

이상의 용례를 들면 다음과 같다.

<표 2> 리듬집합의 용례

| 박 구분 | 대대박 | | | | | | 대대박 | | | | | | 리듬집합 구분 | 비고 |
| | 대박 | | | 대박 | | | 대박 | | | 대박 | | | | |
	1	2	3	4	5	6	7	8	9	10	11	12		
사설내용	이	때	여	△	△	△	오	나	라	주유	는	─	33,33	표면구조와 동일
	진	세	를	가만	─	히	살	펴	보	니	△	△	33,222	
	광	풍	이	─	홀	기	하야	△	△	조	채	─	222,33	대대박 내에서 변화
	황	기	는	△	강	중으	떨어	─	─	─	지고	─	222,222	
	지난	─	─	─	─	─	─	달	빛	비	겼	난	4323	대대박 제약 벗어남

중모리 한 장단 내에서 사설의 이면에 대응하는 리듬집합의 양상을 대목별로 구분해본 결과, 대체로 임방울의 경우 가장 다양한 변화를 보인 반면, 박봉술과 강도근의 경우는 유사하지만 강도근이 조금 더 단순하다. 비교 대목 가운데 '조조도망' 대목의 리듬집합 양상은 거의 동일하게 나타난다. 그러나 나머지 대목에서의 리듬집합 양상은 임방울이 가장 다양하게 분화되어 있으며, 강도근이 가장 단순하다. 하지만 구체적으로 보면 대박단위의 제약을 넘어서는 '222,33 또는 33,222 또는 222,222'구조의 경우 강도근이 가장 많으며, 대대박 단위의 제약을 넘어서는 '기타'구조의 경우 임방울이 가장 많고, 강도근은 아예 없다. 따라서 임방울이 가장 다양한 리듬변화를 방식을 취하고 있으며, 강도근은 리듬변화를 추구하되 대대박 내에서의 리듬변화를 선호했음을 볼 수 있다.

송만갑과 정광수의 소리가 남아있는 새타령과 비교했을 때는 송만갑과 박봉술의 소리에서 리듬집합의 양상이 가장 다양하게 분화되어 있고, 강도근·임방울·정광수의 경우는 상대적으로 단순하며 리듬집합꼴 각각의 비율도 유사하다. 여기서 강도근의 경우 송만갑 바디 보다 오히려 유성준 바디에 가까운 특징을 보여 주목을 끈다.

이상과 같이 사설의 이면에 따른 리듬집합의 양상은 가창자와 대목에 따라 다양한 경향을 보인다. 가창자별 특징을 보면, 임방울이 가장 다양한 리듬변화

방식을 추구한 반면, 강도근은 상대적으로 단순한 면모를 보인다. 그렇지만 강도근은 대대박 내의 리듬변화를 통해 음악적 변화를 추구하고 있다. 대목별로 보면 '조조도망' 대목은 거의 동일한 리듬구조를 보여 매우 고정적인 전승의 양상을 보여준다. 반면 '새타령'의 경우는 송만갑과 박봉술이 가장 다양한 리듬변화를 추구했으며, 임방울과 정광수는 상대적으로 단순한 경향을 보인다. 그리고 강도근은 송만갑 바디 보다는 유성준 바디와 유사한 경향을 보인다.

2. 음폭(Range)과 음역(Register)

판소리의 이면을 그리는 중요한 수단으로 흔히 '성음'을 들며, 여기에는 청·음색·기교 등의 개념이 포함되어 쓰인다. 성음이 포괄하는 하위의 의미로서 '청' 즉, 음의 높낮이는 판소리 창자들의 특징을 변별하는 방법 중 하나이며, 판소리의 아름다움에 대한 평가기준이기도 하다. 예를 들면 '낮고 성량이 큰 정정렬의 소리는 한짐된다고 평가를 받으며 전라도 북부지역에서 선호되었다'든지, 박초월의 소리를 '애원성 있는 고음으로 서슬있다'라 했던 것처럼 판소리 창자들의 소리에 대한 평은 무수히 많다. 이렇듯 판소리 창자가 구사하는 음폭과 음역은 수용자에게 소리의 특징을 규정하는 중요한 방법으로 활용되는 것이다.

음폭이나 음역의 비교는 판소리의 전승과정에서 나타나는 유파나 바디의 특성을 고찰하는 것보다는 개인적인 특성에 따른 표현범위, 즉 차별성에 중심을 둘 수밖에 없다. 판소리 창자들의 '목'은 아무리 많은 수련의 과정을 거친다 해도 선천적으로 타고난 특징과 개인의 지향에 전적으로 의존하는 것이 당연하다 하겠다. 흔히 '목이 궂었다', '상청이 없다' 또는 '하성, 시시 상성 가릴 것 없이 능수능란하게 구사한다'라고 했을 때 이는 판소리 창자의 음폭이 넓거나 좁은 것 또는 주로 가창하는 음역이 상대적으로 높거나 낮은 것을 의미하는 것이다. 그러나 특정 창자에 대한 이러한 평가는 주관적이며 다분히 객관적이지 못한 경우가 있다. 일례로 기존의 연구를 보면 박봉술과 강도근의 소리를 비교했을 때, '박봉술은 궂은 목이며 목이 괄렸다' 또는 '강도근은 철성으로 소리를 되게 짰다'라고 하지만 그것은 가창 음역의 상대적인 차이였을 뿐, 음폭에서는 강도근보다 박봉술이 더 넓은 양상을 보였다.

동편제 〈적벽가〉 전승자들의 음역이나 음폭에 관한 기존의 평을 열거하면 다음과 같다. 기존의 송만갑은 '어떻게나 상청이 잘 나는지 상청을 질러대면 앵벌 날아가는 소리가 에–엥, 에–엥 허고 나와 사람을 환장하게 만든다'는 평을 받았다. 또한 박봉술은 상청으로 올라갈 때에는 가늘게 뽑는 가성인 암성으로 들릴 듯 말 듯 불렀고, 아랫소리인 하성의 웅장함이 매력이었다고 하며, 강도근은 소리를 되게 짜서 4관청(f) 정도로 소리를 했다고 한다. 그리고 임방울은 수리성과 높은소리 낮은소리를 자유롭게 구사하는 청구성을 가졌으며 지르는 대로 올라가는 소리를 잘 구사한다고 했고, 정광수는 중앙성이 많은 음조의 수성을 가졌다고 했다. 이와같은 내용을 고려하면 송만갑과 강도근은 상대적으로 높은 음역으로, 박봉술은 낮은음역으로, 임방울은 음역의 고저를 막론한 넓은 음폭으로, 정광수는 중간음역을 중심으로 가창할 것으로 보인다.

〈적벽가〉에 나타나는 음폭을 대목별로 보면 박봉술이 가장 넓은 음폭으로 가창하는 경우가 많으며, 강도근은 중간, 임방울이 상대적으로 좁은 음폭으로 가창하는 경우가 많다. 전체적으로 보았을 때 역시 박봉술의 음폭이 가장 넓고, 송만갑·정광수가 그 다음이며 강도근, 임방울, 정광수의 순으로 좁은 음폭을 보인다. 물론 송만갑과 정광수의 경우는 새타령에 한정되어 비교했기 때문에 객관적인 비교가 어렵다. 송만갑 창 〈흥보가〉 박타령의 경우 최저음은 'E'음으로 송만갑이 '새타령' 외 〈적벽가〉의 다른 대목에서 새타령의 최저음인 'F#'보다 낮은 음을 사용할 가능성을 충분히 고려할 수 있기 때문이다. 그럼에도 불구하고 〈적벽가〉에 나타나는 음만을 고려했을 때 박봉술이 가장 넓은 음폭으로, 임방울과 정광수는 상대적으로 좁은 음역으로 가창함을 볼 수 있다.

　음역의 상대적인 높낮이를 본다면 송만갑이 가장 높고, 박봉술이 가장 낮으며, 강도근 · 임방울 · 정광수는 대동소이하다. 보다 개관적인 비교를 위해 중심음 즉 청의 높이를 고려하면, 역시 송만갑이 가장 높은 음역으로 가창하며, 임방울〉정광수〉강도근〉박봉술의 순으로 음역이 낮다.

〈악보 1〉 전체 대목에서 나타나는 가창자별 음폭 비교

　음폭의 좁고 넓음과 음역의 높고 낮음은 일관성있게 모든 대목에서 동일한 양상을 보이지는 않는다. 음폭만을 보면, 박봉술의 음폭이 가장 넓고, 송만갑=강도근〉임방울〉정광수의 순으로 좁은 경향을 보인다. 그러나 출현음과 청의 높이를 고려할 때 가창음역은 송만갑이 가장 높고 임방울〉정광수〉강도근〉박봉술의 순으로 낮다. 특히 송만갑은 박봉술보다 완전4도나 높은 청으로 가창하고 있어서 가창 음역의 차이가 크다.

　이러한 특징을 가창자별로 정리해보면 다음과 같다. 먼저 송만갑은 높은 청을 사용하여 폭넓은 음폭과 음역으로 가창하며, 박봉술은 낮은 청을 사용하여 낮은 음역을 중심으로 가창하지만, 가성을 사용한 높은 음역의 음까지 사용하여 넓은 음폭을 보인다. 강도근 역시 임방울에 비해 청이 낮지만 타 창자들에 비해 상대적으로 높은 음역의 음까지 넓은 음폭으로 가창하는 특징을 보인다. 그리고 임방울은 구사하는 음폭이 상대적으로 좁지만 높은 청을 사용하며, 저음에서 고음에 이르기까지 자연스러운 발성으로 유연하게 소리하는 경향을 보인다. 마지막으로 정광수는 가장 좁은 음폭으로 소리하며 청의 높이도 비교대상 중 중간에 위치에 중간음역의 소리에 강점을 두고 있음을 볼 수 있다.

3. 선법과 선율

동편제 판소리가 서편제 판소리에 비해 우조를 많이 쓰고, 동편제에서는 송만갑 바디보다 이선유·유성준 바디가 우조를 많이 쓰며, 송만갑 바디에서도 그 후대의 전승자에 따라 조의 쓰임이 다르다고 했다. 이렇게 보면 현대 판소리에서 가창자에 따라 나타나는 조의 쓰임은 충분히 다를 수 있으며, 나아가 개인적 차이가 심화된다고 가정했을 때 유파에 따른 우조와 계면조의 쓰임에 대한 일반화는 이미 큰 의미를 갖지 않는다.

기존의 연구에서 동편제 〈적벽가〉 송만갑바디 내에서도 박봉술에 비해 강도근은 계면조선법의 선율이 상대적으로 많아 가창자에 따라 조의 쓰임이 달라지는 상황이 언급된 바 있다. 또한 송만갑바디 〈적벽가〉가 우조 중심의 소리였으며 후대로 올수록 우조의 비중이 줄어든다고 가정했을 때, 상대적으로 후대의 소리는 우조보다는 계면조의 비중이 강화될 것이며 유사한 시기의 것이라도 개인적인 지향과 선택, 다른 창자와의 교섭, 수용자들의 지향 등 여러 동기로 인해 그 양상은 더욱 다양화 될 것으로 보인다. 그래서 이 절에서는 우조와 계면조, 그리고 반드름으로 구분하여 각각의 선법이 차지하는 비중을 정리해 보았다.[2]

---

2) 반드름과 관련하여 이보형은 '우조나 평조선율에 계면조성음을 집어넣거나 계면조선율에 우조나 평조성음을 집어넣은 것이며, 강도근·정광수·임방울 등이 반드름을 잘 사용했다'라 했다 (2006년 5월 12일 전주대학교에서 개최된 판소리학회 제52회 학술회의 "판소리 다섯바탕의 전승과 재창조(5) : 〈적벽가〉"의 토론과정에서 지적해주셨다).

또한 장휘주는 반드름을 '우조와 계면조를 섞어 부르는 것으로 소리의 이면으로 보아 우조로 불러야할 대목에 계면을 잠깐 삽입하여 소리에 변화를 주는 것을 말하며, 반드름으로 부르는 계면조의 시김새는 전형적인 육자배기 토리와 시김새와 차이가 있어 단계면이나 평계면 정도의 시김새를 보인다'고 했다(장휘주, 「판소리 반드름에 관한 연구」, 『한국음반학』 제6호, 한국고음반연구회, 1996, 249~272쪽 참고).

이 글에서는 우조와 계면조의 음계나 시김새 등이 혼합되어 있어서 우조나 계면조 중 특정 선법으로 구분하기 힘든 경우를 '반드름'으로 구분하였다. 예를 들자면 'mi−sol−la−si−do'−re'의 음구성을 가지며, 시김새에 있어서는 최저음 mi를 떨지 않거나 떨더라도 그 정도가 약하며, 꺽는음의 사용이 자제되거나 do'음과 si음이 분리되어 나타나거나 si음의 사용이 자제되는 경우, 'mi', re', do'' 등 높은 음역에서 la음으로 하행할 때 다리 역할을 하는 si음이 사용되지 않고 단3도 이상의 음폭으로 하행하는 경향이 강한 경우 등이다. 이러한 경우는 계면조적인 비교 대목 가운데 '주유 토혈기색'부터 '황개화선 출현'까지의 선법에서 보이는 양상과 '조조도망' 및 '새타령'대목에서 보이는 양상은 사뭇 다르다. 전자는 가창자에 따라 나타나는 선법의 비율이 다른 경우이며, 후자는 같은 경우다.

특정대목에서 가창자에 따라 각각 다른 선법 비율을 보여 가창자의 소리특성을 변별적으로 보여주는 대목이 있는 반면, 대목내의 선법이 고정되어 있는 경우가 있다. 비교 대목 중 선법이 고정적인 경우는 '조조도망' 및 '새타령' 대목이다. 이 경우는 가창자마다 계면조 선율이 압도적이어서 '조조도망' 대목에서는 계면조 100%, '새타령' 대목에서는 대부분 계면조선율이 주를 이루되, 강도근을 제외한 송만갑·정광수·임방울·박봉술의 경우 부분적으로 우조선율이 나타난다. 그 비율을 보면 송만갑의 경우 32장단 중 2장단 3박(7%), 정광수의 경우 27장단 중 1장단 3박(4%)으로 매우 적다. 이와 같이 동편제 〈적벽가〉의 선법은 고정적인 경향이 강한 대목, 그리고 가창자의 음악적 선택이 강화된 대목으로 양분되어 나타난다.

선법이 변화한다거나 동일 선법 내에서 중심음이 바뀌는 변조와 변청의 양상은 박봉술의 경우 매우 빈번한 반면, 임방울과 강도근은 박봉술에 비해 적다. 변조 변청이 나타나는 대목 수만을 놓고 보면 박봉술은 '주유 토혈기색'부터 '황개화선 출현'까지 비교한 모든 대목에서 나타나 가장 많고, 임방울은 3대목에서

음구성과 시김새, 선율진행이라 하기 어렵고, 역시 우조적이라고 말하기 어렵다. 물론 이와 같은 선율을 우조—계면조—반드름으로 명확하게 나누는 기준이 다분히 주관적일 수 있다.

그러나 '4도+3도' 또는 '4도+2도'의 음을 주요음으로 하여 그 중간에 나타나는 유동적인 음에 따라 계면조적이거나 우조적인 구성음을 보이는 선율을 우조 또는 계면조의 선율로 한정하기 곤란하다. 또한 이러한 선율은 우조나 계면조와 같은 판소리의 악조 외에 특정 창자의 더늠으로 분류되어 온 경드름, 설렁제, 추천목 등의 특징과도 다른 것이다.

이러한 선율은 반드름에 대한 기존의 연구에서 언급된 평조성음과 계면조성음이 공존하는 성음상의 특징으로서 반드름, 또는 선율진행에 있어서 우조와 계면조의 시김새가 혼재하는 선법상의 특징으로서 반드름의 의미와 다르지 않다. 나아가 가창자별로 이러한 특징이 차이가 분명히 존재하고 있기 때문에 이와 같은 특정한 소리제의 전승과정에서 나타난 변별요소가 될 수 있다고 보았다. 참고로 필자는 박봉술과 강도근의 〈적벽가〉를 비교하면서 이를 계면조 선법에 포함시킨 후 이를 다시 '계면경향의 선율'로 하위분류한 적이 있다(명 현, 「박봉술과 강도근의 적벽가 비교」, 앞의 글, 52~54쪽).

나타나며, 강도근은 2대목으로 가장 적다. 이러한 길바꿈과 청의 변화가 일어나는 대목 내에서 변화양상 역시 박봉술이 가장 다양해 선법적인 면으로 본다면 박봉술이 가장 다양한 음악적 표현방식을 취하고 있음을 볼 수 있다.

변조나 변청기법을 활용한 음악적 변화는 사설의 이면을 효과적으로 묘사하기 위한 가창자들의 적극적인 선택에 의해서 나타난 것이다. 그래서 가창자별로 차이가 있지만, 가장 다양한 변조 변청이 보이는 '주유 공명 제장배치' 대목은 음악적 선택이 다양할 수 있는 조건을 잘 보여주며 '조조도망 · 새타령' 대목은 그 반대의 여건을 보여주는 실례가 될 것이다.

다양한 음악적 변화를 보이는 '주유 공명 제장배치' 대목은 '감녕, 태사자, 한당, 주태, 서성, 정봉, 황개' 등 매우 많은 인물이 등장하며, 대목에서 묘사하는 상황 역시, 주유의 명령, 공명의 도착, 군례, 공명의 명령 등으로, 대목 내에서 묘사하는 인물과 상황이 매우 다각적이다. 때문에 음악적 내용 역시 변화의 여지를 다분히 많이 가지고 있는 대목이다. 박봉술은 이 대목을 명령의 대상에 따라 또는 인용한 말과 직접적인 명령 등을 세부적으로 구분하여 다른 음악적 표현 방식, 즉 변조와 변청을 통해 다각적으로 그리고 있다. 반면 강도근은 장면이나 상황이 굵직하게 변화는 부분에서만 변조와 변청이 나타나며, 임방울은 박봉술이나 강도근과 동일한 부분의 사설에서는 일관되게 고정된 청의 반드름으로 가창하다 독자적인 사설이 보이는 후반부에 청을 바꿔 부른다.

가창자에 따라 사용된 선법은 그 비율에 있어 엄연한 차이가 존재하고, 한 대목 내에서 변조 변청을 사용하여 음악적 변화를 추구한 사례 역시 가창자에 따라 다른 경향을 보인다. 뿐만 아니라 선법의 사용양상은 가창자는 물론 대목에 따라 분화되는 경향을 보였다. 이상의 내용을 정리해보면 다음과 같다.

먼저 가창자별 특징을 논하면 박봉술은 우조선법의 비중이 가장 크고 반드름 역시 많은 대목에서 보이지만, 계면조의 선율은 많지 않다. 그리고 각각의 선법은 1장단 내의 짧은 단위를 포함한 다양한 변조 변청의 기법과 함께 구사된다. 반면 강도근은 계면조 선율이 많고 우조 선율이 매우 적은 경향을 보이며, 변조 변청이 나타나는 대목도 가장 적어 선법적인 면에서 단순한 짜임을 보인다. 그리고 임방울은 반드름을 위주로 가창하되 계면조선율은 비교 대목에서는 보이지 않으며, 변조 변청의 양상이 나타나는 대목 수는 박봉술과 강도근의 중간정도이다. 그러나 강도근의 경우 변조 변청이 나타나는 대목 수는 적지만, 변조 변청이 나타나는 대목 내에서의 횟수는 임방울 보다 상대적으로 많아 단순한 짜임을 추구했지만 여전히 박봉술과 유사한 다양한 변조 변청의 기법의 특징이 그 소리에 담겨있음을 볼 수 있다.

대목에 따른 특징을 보면 '주유 토혈기색'부터 '황개화선 출현' 대목 까지는 가창자별로 서로 다른 특징을 보이지만, '조조도망'과 '새타령'대목은 고정적인 경향이 강하다. 즉, '조조도망' 대목과 '새타령' 대목은 변조 변청이 없고, 모든 가창자가 계면조 위주로 가창하고 있어서 매우 고정적인 경향을 보인다. 다만 '새타령'의 경우 강도근을 제외한 나머지 가창자들의 소리에서 계면조 중심의 선율에 우조적 느낌을 주는 선율이 사용되고 있다.

Ⅳ. 사설과 음악의 전승 양상

지금까지 동편제 〈적벽가〉의 전승양상을 사설의 내용 및 장단구성과 음악적 특징으로 크게 나누어 살펴보았고, 음악적 특징은 가사붙임새 및 리듬집합의 양상·음폭·선법과 선율로 세분하여 각각의 내용을 비교했다. 이러한 비교내용은 대목별 특징과 가창자별 특징으로 구분했을 때 전승의 과정에서 고정적인 것과 변화의 경향이 강한 것으로 다시 구분할 수 있다.

1. 사설과 장단구성 비교

동편제 〈적벽가〉의 사설과 장단구성에 나타나는 특징을 대목별로 비교해 보면 송만갑 바디와 유성준 바디를 통틀어 유사한 경향을 보이는 대목이 가장 많았고, 동일 바디 간에 유사한 경향을 보이는 대목은 상대적으로 적었으며, 개인적인 변화의 결과로 보이는 독자적인 사설이 사용되거나 장단구성을 갖는 경우는 아주 적다. 바디간의 변화 경향을 비교하면 유성준 바디를 전승한 가창자들의 소리가 송만갑바디를 전승한 가창자들에 비해 변화 경향이 상대적으로 강한 면을 보이기도 한다. 비교의 편의상 음악적 특징을 비교한 대목에 준하여 대목별 사설의 내용과 장단구성에서 나타나는 특징을 정리해보면 아래 표와 같다.

〈표 3〉 대목별 사설과 장단구성 비교

구분	사설	장단구성
주유 토혈기색	바디간 유사, 임방울 독자적 사설 삽입	바디간 동일
공명 동남풍빌다	전체 유사	전체 동일
주유 공명 제장배치	임방울 독자적 사설 삽입	임방울 다양하게 분화 임방울·강도근, 박봉술·정광수 유사
정욱 동남풍염려	바디간 유사	바디간 동일
황개화선 출현	전체 유사	전체 동일
조조도망	전체 유사	전체 동일
새타령	후반부 사설 첨가 (강)박)정·임)송)	전체 동일

이러한 특징 가운데 독자적인 사설이 사용되거나 장단구성을 갖는 대목은 가창자의 음악적 지향에 의한 결과로 나타나는 것이다. 가창자별로는 임방울이 상대적으로 많은 음악적 변화를 추구하고 있고, 정광수가 그 다음이며, 박봉술

과 강도근은 고정적인 경향이 강하다. 위의 표에서 정리한 바와 같이 유파의 특징을 주로 유지하지만, 일부 대목에서는 바디간의 독자적인 특징이 보이고, 또 특정대목에서는 개인적 변화의 결과로 독자적인 사설이 보이거나 동일 유파의 소리에 나타나지 않는 장단구성을 갖기도 한다. 특히, '새타령'의 경우는 녹음 시기가 오래된 것일수록 사설의 길이가 짧은 결과를 보이고 있어, 현재에 가까울수록 사설이 첨가되는 양상을 확인할 수 있었다.

2. 음악적 특징 비교

동편제 〈적벽가〉의 전승과정에서 가창자별로 나타나는 음악적인 특징은 판소리 전승의 과정에서 나타나는 다양한 스펙트럼의 단면을 보여준다. 이 글에서 살펴본 동편제 명창들의 〈적벽가〉에 보이는 음악적 특징을 요약하면 다음과 같다.

〈표 4〉 가창자별 음악적 특징 비교

가창자별	가사붙임새	리듬집합유형	음폭	음역	선법
박봉술	당겨붙임	변화방법 다양	가장 넓음	낮음	우조 많음 변조·변청 가장 많음
강도근	주서붙임	변화방법 단순, 대박내 변화 추구	넓음	중간	계면조 위주 변조·변청 수 많고 대목적음
임방울	밀붙임, 주서붙임	가장 다양한 변화	좁음	높음	반드름 위주 변조·변청 가장 적음
송만갑	엇붙임	가장 다양한 변화	넓음	가장 높음	계면조 중심·변조(새타령)
정광수	대마디대장단	대박내 변화 추구	가장좁음	중간	

박봉술은 뻗음과 당겨붙임을 주로 쓰며, 리듬집합유형의 변화양상도 다양하다. 음폭은 가장 넓지만, 음역은 낮은 음역에서 주로 가창한다. 그리고 우조 선

율이 상대적으로 많고, 변조 변청이 가장 많이 나타난다. 또한 계면조 중심의 새타령에서 우조적인 선율진행을 보이는 선율이 나타나기도 한다.

박봉술의 소리에 대해 김명곤은 '가늘게 뽑는 암성의 상청, 하성의 웅장함과 걸걸함, 남성다운 소리길, 변화무쌍한 장단의 변화'를 보인다고 했다. 〈적벽가〉의 경우 역시 박봉술은 낮은 음역에 강점을 두고 높은 음역의 음은 가성으로 소화하며 오히려 가장 넓은 음폭을 보였고, 강도근이나 임방울에 비해 우조중심의 선율을 중심으로 소리한다. 그 와중에 뻗음과 당겨붙임과 같은 붙임새의 변화와 다양한 리듬집합유형, 사설의 이면에 따른 변조 변청을 빈번하게 활용하여 음악적 변화를 추구했던 것이다.

강도근은 주서붙임을 주로 쓰며, 리듬집합 유형의 변화양상은 상대적으로 단순하고 대대박구조를 벗어나는 구조는 없어 대박 내에서 변화를 추구한 경향이 보인단. 음폭은 임방울보다는 넓지만 박봉술보다 좁으며, 중간음역을 위주로 소리를 한다. 특히 대부분의 소리를 계면조 위주로 진행하며, 변조 변청의 경향도 상대적으로 적다.

강도근의 소리에서 보이는 이러한 특징은 계면길을 중심으로 가창하되, 다른 동편제 창자들에 비해 상대적으로 단출한 음악구성을 가지고 있음을 보여준다. 그러나 기존의 연구에서 지적된 바와 같이 강도근은 '계면길 위주의 소리를 짜더라도 통성발성 위주의 성음을 사용하여' 목을 중심으로 소리를 했던 동편제적 소리의 느낌을 잘 유지한다. 또한 붙임새, 리듬집합유형, 음폭, 음역 등에서 보이는 상대적인 단순함은 강도근의 소리가 갖는 투박함을 강화하는 요소로 생각할 수 있다.

임방울은 밀붙임과 주서붙임을 많이 쓰며, 리듬집합유형은 가장 다양한 경향을 보인다. 박봉술이나 강도근에 비해 높은 음역으로 가창하지만 음폭은 상대적으로 좁은 편이다. 그리고 선법은 반드름 위주로 가창하는 특징이 있으며, 변조 변청이 나타나는 대목은 가장 적다. 그리고 '새타령'에서 우조적 느낌의 선율의 간혹 사용되기도 한다.

임방울의 소리에 대해 기존의 연구에서는 '일관된 통성, 넓은 음역, 음계의 혼합과 반드름적 선율진행, 단조로운 붙임새, 음을 툭툭 쳐내는 끊어내는 옛 명창들의 창법'의 특징을 보인다고 지적된 바 있다. 〈적벽가〉의 경우 역시 높은 음역으로 가창하지만 상대적으로 음폭의 좁아 소리가 거뜬거뜬한 느낌을 준다. 또한 리듬집합의 다양한 활용을 통해 음악적 표현을 풍부하게 하며 특히 주서붙임이나 밀붙임과 같은 리듬의 오밀조밀한 변화를 통해 자신의 독자적인 소리특징을 강화한다. 그리고 '계면조에 장기가 있었고, 계면조를 좋아한 나머지 우조나 평조도 계면목을 섞어 맛있게 소리하는 반드름에 가까운 소리를 했다'는 것처럼 〈적벽가〉에서도 역시 반드름 위주로 소리를 구사하고 있다.

송만갑은 '새타령'에서 엇붙임을 많이 사용하고 리듬집합의 유형은 매우 다양한 변화양상을 보인다. 또한 높은 음역을 중심으로 가창하며 음폭 역시 아주 넓다. 선법을 보면 계면조 중심의 '새타령'에서 우조적 진행의 선율이 부분적으로 나타나기도 한다.

이는 기존의 연구에서 송만갑의 음악어법에 대해 '통성으로 우겨대는 발성, 철성의 성음, 구성음의 질서는 바뀌지 않으나 선율골격을 달리함으로써 질에 변화를 주는 변조기법을 보인다 했던 것과 큰 차이를 보이지 않는다. 그러나 '새타령'에서 대마디대장단에 비해 엇붙임이 훨씬 많은 비중을 보이는 경향은 가장 동편제적인 명창의 특징으로 단순한 붙임새와 소리꼬리, 성음 등을 들었던 것과는 사뭇 다르다. 이는 특정한 가창자의 소리특징을 어느 대목 혹은 어떤 바탕소리에 일관성 있게 적용하는 것은 보다 신중해야 할 필요가 있음을 보여준다. 최난경은 이선유에 비해 송만갑이 동일대목에서 계면조선율의 비율이 훨씬 많은 상황과, 송만갑의 유성기 음반 녹음이 계면조 대목에 집중되었던 경향을 지적한 바 있다. 그렇다면 붙임새에서 나타나는 이와 같은 경향은 송만갑이 대중적 기호를 적극적으로 수용한 결과로 해석하는 것이 설득력이 있다고 본다.

정광수 역시 '새타령'에서 대마디 대장단의 붙임새를 많이 사용하고 리듬집합 유형은 가장 단순한데, 강도근의 경우처럼 대박 내에서의 변화방법을 주로 사용한다. 그리고 가장 낮은 음역과 가장 좁은 음폭으로 가창하며, 선법에 있어서는 송만갑의 경우처럼 계면조 중심의 '새타령'에서 우조적 진행의 선율이 부분적으로 나타난다.

정광수의 소리에 대한 기존의 연구 내용을 보면 '〈수궁가〉의 경우 계면조의 사용이 상대적으로 적고, 이론적인 면에 상당한 식견이 있었으며, 우조가 상대적으로 만은 소리 특징은 이러한 배경에서 우조로 해야 하는 부분에 계면성을 절대 섞지 않으려는 의도가 있었다'라 했다. 이 글에서 비교한 정광수의 〈적벽가〉는 비록 '새타령' 한 대목이었고, 그 음원은 1939년에 녹음된 것으로 이른 시기의 것이다. 그러나 계면조 중심의 '새타령'에서 우조 중심의 선율이 보이는 경향이 후대에 녹음된 〈수궁가〉에서 우조의 비중이 상대적으로 많은 경향과 일치하며, '새타령'에서 대마디 대장단의 비율이 상당히 높다는 점(27장단 중 9장단)을 고려할 때, 정광수는 우조 중심의 선율과 단순한 붙임새로 요약되는 동편제적 특징과 함께 낮은 음역 좁은 음폭, 단순한 리듬집합을 활용하여 〈적벽가〉 한바탕을 가창했을 가능성이 높다. 다만 이에 대한 검증은 추후 음원자료를 통해 확인할 필요가 있다.

동편제 〈적벽가〉는 송우룡을 필두로 송만갑바디와 유성준바디로 분화된 이후 현재 전승되고 있다. 이 글에서는 그 전승양상을 음원 및 사설자료를 통해 비교했다. 그 결과 유파 내에서 공통적인 특징을 보이는 경우, 바디 내에서 공통적인 특징을 보이는 경우, 개인별로 독자적인 특징이 부각되는 경우, 동일 바디가 아니지만 유사점이 발견되는 경우가 있었다. 즉, 송만갑바디와 유성준바디의 소리에서 공통적으로 보이는 특징은 유파 내에서의 공통점으로 볼 수 있다. 그리고 박봉술과 강도근, 임방울과 정광수의 공통된 특징을 각각 송만갑 바디와 유성준

바디의 특징으로 간주할 수 있다. 그리고 가창자만의 독자적인 특징은 자기화의 과정에서 나타난 음악적 면모로 볼 수 있다. 이외 임방울과 강도근의 공통점은 〈수궁가〉를 유성준에게 함께 배웠던 영향으로 나타나는 음악적 교섭관계의 영향으로 볼 수 있다.

이상에서 열거한바, 동편제 〈적벽가〉의 사설 및 음악적인 면에서 나타나는 양상을 종합하여 정리하면 세가지로 요약된다.

첫째, 유파 내에서 공통된 특징은 사설의 내용과 장단구성에서 가장 많이 나타나는데, 이에 해당하는 예로는 '조조 도망' 대목의 음악적 내용과 '주유 공명 제장배치' 대목의 특정 붙임새, 그리고 공통적으로 많이 나타나는 가사붙임새 '뻗음'이 해당한.

다음으로, 바디간의 공통된 특징은 역시 사설의 내용과 장단구성이 동일한 부분, 그리고 '주유 토혈기색' 대목의 리듬집합 유형과 '정욱 동남풍 염려' 대목의 음폭에서도 그 면모를 볼 수 있다. 반면 동일 바디가 아닌 강도근과 임방울의 경우 '주유 공명 제장배치' 대목의 장단구성과, '주유 토혈기색'부터 '주유 공명 제장배치' 대목까지의 음폭에서 유사한 경향을 보인다.

마지막으로, 사설의 내용 및 장단구성에서 유파나 바디간의 친연성과는 달리 음악적인 면에서는 가창자의 개인적 특성이 강화되는 경향을 확인할 수 있었다.

V. 나오는 글

동편제 〈적벽가〉의 전승과정에서 나타나는 특징은 사설과 음악적 비교요소에 따라 유파와 바디의 특성, 판소리 학습 환경에 따른 바디 밖의 영향, 개인화의 면모 등의 다각적인 전승 양상이 나타난다. 하지만 이러한 경향이 특정 대목이나 가창자에 따라 일관성 있게 나타나지는 않는다. 예를 들면 '새타령'은 선법에 있어서는 모두 공통적인 경향을 보이지만 리듬집합 유형은 유성준바디와 강도근의 경우에서 유사하며, 음폭은 가창자마다 다르다. 그리고 장단구성은 같으나 사설의 내용은 녹음시기가 오래된 것일수록 양이 적다. 즉 한 대목에서 유파의 공통점, 바디간의 특징, 창자별 독자적인 특징이 모두 공존하는 것이다.

또한 유파나 바디의 특징을 잘 간직하고 있다 하더라도 특정 창자의 소리특징은 상황에 따라 다양한 표현방법을 취할 수 있었다. 예를 들어 송만갑이 가장 동편제적인 소리를 구사하는 명창이라는 것은 재론의 여지가 없지만, '새타령'에서는 엇붙임을 매우 빈번하게 사용해서, 가사붙임새만을 기준으로 볼 때 자신의 소리를 전승한 박봉술이나 강도근보다 동편제성을 훌륭히 발휘했다고 말할 수 없다. 이는 단가나 다른 바탕소리의 녹음에서 나타나는 송만갑의 소리특징과는 사뭇 다른 것이다.

동편제 〈적벽가〉의 전승자들은 유사한 사설 내용과 장단구성의 토대 위에 자신의 소리특성과 취향에 따라 판소리의 이면을 그리는 개성 있는 방법을 추구했다. 이러한 선택으로 인해 '조조도망'을 제외한 나머지 대목처럼 음악적 변화가 능성의 여지가 충분한 대목에서 자기화의 면모를 여실히 드러내는 것이다. 그 내용을 보면 사설을 첨가하고 장단구성을 달리하거나, 가사붙임새·리듬집합 유형, 자신의 목에 맞는 음역, 선법의 변화 등 사설과 음악적 특징을 망라하고 있으며, 이것은 앞서 언급한 것처럼 한 바탕의 소리에 일관성있게 적용할 수 없을 정도로 대목별로 세분화되어 있다. 그 결과 각각의 가창자마다 동일한 뿌리를 두고 있음에도 불구하고 개성있고 독특한 멋을 가진 소리를 구사할 수 있었던 것이다.

동편제 〈적벽가〉 전승자들의 소리를 두고 상대적 우위를 논하는 것은 무의미한 일이다. 그것은 유파나 바디의 특성을 전승하는 동시에 자신의 장점을 극대화하고 단점을 보완하여 구사하는 가창자들 마다의 아름다움이 존재하기 때문이다. 반면, 현재 전승되는 판소리에서 이와 같은 경향이 축소되었고, 스승의 소리를 답습하는 것은 바람직한 상황이라 보기 어렵다.

무엇을 표목으로 삼고, 무엇을 자신만의 멋으로 나타낼 것인가는 가창자들의 개인적인 선택과 지향이며 수용자들의 객관적 판단과 그 상호작용에 있을 것이다. 이를 위해서는 무엇보다 과거 판소리 전승의 흐름을 면밀히 분석하고 그 양상을 보다 폭넓게 오늘에 재적용하여 검증하는 과정이 필요할 것이다. 자신의 바디에는 없던 '삼고초려 · 박망파전투 · 장판교대전' 대목을 정광수는 이동백제에서 수용했고, 박봉술은 김동준으로부터 김채만제, '도원결의 · 삼고초려' 대목을 따왔다고 했다. 이렇듯 가창자의 필요에 의한 소리의 변화는 적극적 선택의 결과이며, 어쩌면 판소리가 동안 긍정적이든 부정적이든 정체가 아닌 변화의 양상을 거듭해 왔던 동력이었던 것이다.

제4부 현대사회와 판소리의 지평

판소리 춘향가의 현대적 재창조에 관한 연구

이진원

1. 머리말

춘향전은 소설로 판소리로 전해져 내려오다 20세기 초에 '연극'이라는 당시로서는 충격적인 공연예술양식을 받아들인다. 그 결과 창극이라는 새로운 공연양식으로 정착한 춘향전은 근·현대적 재창조의 길을 걷게 된다. 즉 청각예술 혹 문자로 읽히는 시각예술만을 벗어나 종합적인 시청각 예술로 변화·변용되는 과정을 겪게 되는 것이다. 이러한 창극과 같은 공연예술은 또 다른 창극, 즉 여성국극을 낳았다. 이는 출연자들의 신분의 변화로서 이루어진 결과였다.

이후 창극은 또 한번의 변화를 시도하는데, 서양의 음악양식은 가극 양식과 결합하여 전통적인 음악을 벗어던진 예술 가극 춘향전이 만들어지고, 유러피안 아트 뮤직과는 구별되는 뮤지컬 형식의 춘향전이 만들어지기도 하였다. 이와 더불어 연극과 결합한 춘향전은 그 사적 존재 양식이었던 음악적 요소를 배재하고 순수한 문학양식의 무대화인 연극으로서 존재해오고 있기도 하다. 이렇듯 창극, 뮤지칼, 연극과 같은 서양의 대표 예술 양식으로서 춘향전은 새롭게 재창조되었는데, 이외에도 80년대 불기시작한 해학과 웃음을 준다는 새로운 형식의 마당놀이극 형태로도 춘향전이 만들어지기도 했다. 이와 함께 내용은 살리면서 문학적인 구조를 잃어버린 무용극 형식의 춘향전이 등장한 것도 주목할 만하다.

춘향전은 20세기 들어서 발달한 영화산업과도 춘향전이 융합되어 여러 편의 춘향전이 제작되기도 하였다. 또한 영화와 함께 방송극으로서의 춘향전도 제작되었는데, 영상예술로서 거듭 태어난 춘향전은 꾸준히 당시 사회상을 반영하여 제작되는 등 춘향전 재해석에 중요한 모습을 담고 있다고 할 수 있다.

이처럼 공연예술 형태와 결합한 춘향전도 있지만 시각예술 방면의 소재로도 춘향전은 많은 사랑을 받아왔다. 춘향의 초상이 김은호 화백의 작품으로 남아 있기도 하며, 이를 소재로 하는 많은 한국화들이 제작되었고, 최근에는 키치미술에서도 춘향전을 패러디하는 작업들이 시도되고 있다.[1] 미술분야에서의 춘향전의 패러디는 상업적인 예술로 볼 수 있는 우표 도안에까지 그 범위를 확장시켜다.[2] 또 다른 예술 장르인 만화 및 애니메이션에서도 춘향전은 중요한 소재로 다루어졌다.[3] 초기 신문만화에서 시작된 정치·시사 풍자만화에서도 춘향전을 소재로 하는 많은 패러디 작품들이 나왔으며, 춘향전 자체를 극화하여 제작된 연재 만화, 단행본 만화 등이 계속적으로 발표되었다. 이와 같이 춘향전은 고전으로서 현대 한국문화에서 주목할 수밖에 없는 예술적 소재로 자리매김하고 있다.[4]

필자는 본고에서 이처럼 다양한 예술 장르에서 계속적으로 현대적으로 수용되고 있는 춘향전의 현대적 수용 양상에 대하여 살펴보고자 하였다. 체계적인

---

1) 양계현, "춘향전을 패러디한 사진연구―키치형석을 중심으로,"(서울: 이화여자대학교 석사학위 논문, 2002).

2) 남·북한 공히 춘향전을 소재로한 우표를 발행하였다.

3) 본 논문의 "영화로의 재창조" 부분에서 만화영화로 제작된 작품을 소개한다.

4) 2003년에는 한국고연문화학회에서 '춘향예술의 양식 분화와 세계성"이라는 주제로 특집호를 발간한 바 있다. 이 논문에는 이미원, "특집 2: 춘향예술의 양식 분화와 세계성; 현대극의 〈춘향전〉 수용,"『공연문화연구』(서울: 한국공연문화학회, 2003), 6집; 이영미, "특집 2: 춘향예술의 양식 분화와 세계성; 북한 민족가극 〈춘향전〉의 공연사적 위치와 특징,"『공연문화연구』(서울: 한국공연문화학회, 2003), 6집; 정병헌, "특집 2: 춘향예술의 양식 분화와 세계성; 춘향전 서사의 성격과 역사적 전개,"『공연문화연구』(서울: 한국공연문화학회, 2003), 6집; 양희석, "특집 2: 춘향예술의 양식 분화와 세계성; 월극 〈춘향전〉 초탐,"『공연문화연구』(서울: 한국공연문화학회, 2003), 6집; 백현미, "특집 2: 춘향예술의 양식 분화와 세계성; 창극 〈춘향전〉의 공연사와 양식상의 특징,"『공연문화연구』(서울: 한국공연문화학회, 2003), 6집 등의 논문이 수록되었다.

점검을 위해 비공연예술과 공연예술(영화 분야 포함) 분야로 나누어 그 재창조 과정을 고찰하고자 하였다.

2. 춘향가를 소재로 한 비공연예술적 재창조

1) 현대시에서의 현대적 재창조

춘향가(春香歌)가 판소리로 불리고 소설로 정착하여 문학적 장르의 하나로 굳어지며 판소리라는 예술의 범위를 벗어나 새로운 예술로 변화한 것은 춘향가가 가지는 특성 때문일 것이다. 이러한 특성은 최근 춘향전이 패러디적 특성을 가지고 있기 때문에 주로 패러디되고 있다는 논문을 통해서도 확인된다. 춘향가·춘향전에 대한 패러디에 대한 연구는 주로 '춘향전의 현대적 변용'이라는 이름 하에 수행되어 왔다고 한다.

송숙자는 "춘향전의 현대적 변용과 그 의미"에서 춘향전의 현대시, 소설, 희곡, 뮤지컬, 시나리오 형식의 변용에 대한 연구를 발표하였고, 김덕근은 "현대시에 수용된 〈춘향전〉 양상"에서 춘향전의 현대시에서의 변용에 대하여 살펴본 바 있다. 김흥규는 "춘향─천의 얼굴: 현대시에 있어서의 〈춘향전〉 변용 심화 연구"라는 글에서 현대시에 반영된 춘향전의 여러 모습에 대하여 점검한 바 있다.[5] 이외에도 장금란은 "현대시에 나타난 〈춘향전〉의 변용 양상"이라는 논문을 통해서 춘향전의 현대시적 수용 의의를 고찰하기도 하였다. 또한 김주희는 "춘향전의 현대적 변용과 교육적 활용 ─패러디 작품을 중심으로─"라는 논문을 통해서 최근 일고 있는 춘향전이 왜 패러디되는가에 초점을 맞추어 그 이유에 대한 분석 및 패러디화된 작품에 대한 분석을 포함하여 이러한 논의를 문학교육

---

5) 현대시적 변용에 대한 연구상황에 대해서는 전적으로 본 宋淑子, "춘향전의 현대적 변용과 그 의미"(서울: 한양대학교 석사학위 논문, 1986) 논문을 참조하였음.

에 접목시키고자 하였다.

춘향전의 현대시적 변용을 살펴보기 위하여 춘향전을 소재로 사용하고 있는 시들이 어떠한 것들이 있는가 먼저 살펴보고자 한다.[6]

<표 1> 현대시에 반영된 춘향전 자료

발표연도	작가	제목	출전	특징
1925	김소월	춘향과 이도령	『진달래꽃』	춘향전의 보편적 주제 부각
1940	김영랑	춘향	『문장』	민족에 대한 사랑·지조·희생
1949	노천명	춘향		춘향의 열녀성 강조
1956	서정주	춘향유문	『서정주시선』	춘향의 사랑을 부각
1956	서정주	다시 밝은 날에	『서정주시선』	춘향의 이도령에 대한 그리움 강조
1956	전봉건	춘향연가	『춘향연가』	춘향의 사랑을 부각
1956	서정주	추천사	『서정주시선』	인간해장의 주제로 확장 인간의 상승에의 의지 제시
1962	박재삼	춘향의 마음 외	『춘향이 마음』	춘향의 원망 없는 사랑 강조 및 춘향이의 한을 통한 당대의 민족의 한 대변
1974	유성규	춘향사	『한국문학』	춘향의 사랑을 묘사
1974	최하림	춘향비가	『문학사상』	춘향전 소재를 통하여 자유를 억압하는 세력에 항거하고, 자유 속박에 비판을 가함.
1975	송수건	춘향이 생각	『문학사상』	춘향과 이도령의 정열적인 사랑
1983	송수건	남원유문	『꿈꾸는 섬』	춘향과 이도령의 정열적인 사랑

---

6) 아래 표는 呂知宣, "近現代時史와 〈春香傳〉," 『겨레어문학』(서울: 겨레어문학회, 2000)과 김주희, "춘향전의 현대적 변용과 교육적 활용 ―패러디 작품을 중심으로―"(서울: 이화여자대학교 교육대학원 국어교육전공 석사논문, 2000)을 참고하여 작성한 것이다.

1983	이시연	춘향의 마음		춘향의 이도령에 대한 그리움 강조
1983	김정환	사두개인들의 부활에 관한 질문에 답함	『황색예수전』	춘향의 혁명성 강조
1984	유성규	춘향사		춘향의 열녀성 강조
1988	오봉악	전과2범 춘향이		80년대 폭력적 정치세력과 민중적 자유 의지의 대립
1990	신경림	춘향전		민중의 고통스런 삶과 기대를 초월한 한
1990	권천학	춘향3. 아니라 춘향가		춘향의 고백을 통한 물질만능적, 세속적, 출세지향적 현대사회 비판 및 그에 영입되는 현대인의 속물성 비판
1990	권천학	춘향2. 춘향의 입덧		춘향의 이도령에 대한 그리움 강조
1990	권천학	춘향1. 그대오시려나		춘향의 이도령에 대한 그리움 강조

위 〈표 1〉에서 볼 수 있듯이 춘향전은 현대시에 적극적으로 수용되어 춘향전 본내용과 관련을 가지고 적극적으로 당시 정치사회적인 상황을 비판하거나 고발하기도 하였다. 이러한 경향은 20세기 말로 접어들수록 더 뚜렷한 특징으로 부각되고 있다.

2) 소설에서의 현대적 재창조

판소리 춘향가가 고대소설로 정착된 것을 우리는 판소리계 소설 춘향전이라 한다. 이러한 춘향전은 문장체 소설이나 한문본(漢文本)으로 바뀌기도 하였을 뿐더러 그 제목까지도 변화되어 다양한 형태로 나타난다.[7]

---

7) 현존본으로 이선유(李善有)본과 박기홍(朴基弘)조에 의한 이해조(李海朝)의 『옥중화(獄中花)』, 이동백(李東伯)본이 있는데 완판(完板)의 『열녀춘향수절가』와 문체상의 차이는 없다. 이본으로 는 경판본(京板本) 4종, 완판본(完板本) 3종, 안성판본(安城板本) 1종 등이 있다. 사본으로는 1754년(영조 30) 만화재(晩華齋) 유진한(柳振漢)의 한시 『춘향가』를 비롯하여 한문본 5종, 한글 본 30여종이 있으며, 번역본 16종이 영국·프랑스·독일·러시아·일본·중국 등에서 나왔다.

소설분야에서 현대적인 재창조의 하나로 등장한 춘향전을 든다면 신소설 춘향전이 있다. 대표적인 신소설 춘향전으로 이해조(李海朝)의 『옥중화』가 있는데[8] 이 옥중화는 1912년 『매일신보』에 연재되었고, 같은 해 단행본으로 출간되어 1913-1925년경까지 여러 이름으로 각기 다른 출판사에서 출판되었다. 이 신소설 『옥중화』가 주목되는 것은 복선을 이용한 새로운 문장기법을 도입하였다는 평가를 받고 있다.

이러한 『옥중화』 계열의 신소설 춘향전은 기존 춘향전의 기저에 숨어있는 내용적 요소의 변화함 없이 문장이나 그 구성이 조금씩 변화된 정도에 불과하므로 오늘날 의미로서의 현대적 재창조의 초기 모습이라 할 수 있다.

최근에는 이러한 현대적 재창조로 태어난 춘향전에 대한 연구들이 여럿 발표되었기에 먼저 이들 연구논문을 통해서 춘향전의 현대소설에서의 변용 등에 대하여 검토하려고 한다. 황혜진은 "춘향전 개작 텍스트의 서사 변형 구조"라는 논문을 통해서 개작된 춘향전의 생성 원리 및 상호텍스트적 서사변형과 이데올로기의 변화 형태를 신소설 『옥중화』를 시점으로 하여 『일설춘향전』, 『춘향뎐』 등의 작품을 통해 고찰하여 보았다. 『춘향뎐』에 대해서는 여러 편의 논문에서 그 패러디에 관련된 내용을 점검하기도 하였다. 이러한 논문들로 오승은의 "최인훈 소설의 상호텍스터성 연구 – 패러디 양상과 그 의미", 정봉곤의 "최인훈 패러디 소설 연구" 등이 있다. 앞서 현대시에서의 춘향전 변용의 과제를 다른 송숙자 또한 "춘향전의 현대적 변용과 그 의미"에서 최인훈의 『춘향뎐』 분석을 통해서 춘향전 의미의 새 관점을 제시하였다는 평가를 내리고 있다. 김주희는 "춘향전의 현대적 변용과 교육적 활용 – 패러디 작품을 중심으로 –"라는 논문에서 최인훈의 『춘향뎐』이외에도 임철우의 『옥중가』, 김주영의 『외설춘향전』 등의 춘향전 패러디 작품을 분석하여 그 표면적 구조와 내면적 구조를 분리 분석하였다. 이와같이 여러 논문에서 인용·연구된 춘향전의 현대적 수용의 결과로 재창

---

8) 『옥중화』(1912)는 박기홍조(朴起弘調)라 표시되어 있으니, 여기서도 또한 판소리와 신소설계의 넘나듦을 알 수 있다. 이는 『매일신보』에 1912년 1월 1일부터 동년 3월 16까지 연재된 것이다.

작된 작품들을 아래 표에 발표순서대로 정리하여 제시한다.[9]

<표 2> 신소설 및 현대소설에 반영된 춘향전 자료

발표연도	작가	제목	특징
1912	이해조	『옥중화』	원전과 유사성이 많은 개작. 기생아닌 춘향을 강조 전통윤리인 열에 의한 풍속교화를 주제로 함.
1924–5	이광수	『일설춘향전』	기생 춘향의 모습을 통해 전통윤리 부정으로서의 자유연애를 주제로 함.
1967	최인훈	『춘향뎐』	원전배경 생략·확장. 비평적 의도로 창조된 패러디 작품. 춘향전의 인물들은 모구 중세의 이데올로기와 정권의 희생자로 묘사. 현실세계에서의 환상적 결말을 거부하고 비현실세계에서의 환상적 결말을 제시함.
1990	임철우	『옥중가』	사리사욕·출세·명예를 위해 변절하고, 권력에 기생하는 부패한 정치현실에 대한 풍자
1994	김주영	『외설춘향전』	표면적으로 열과 민중의 항거를 주제로 삼고 있으나 확장적 의도의 패러디 작품으로 이면적으로 원전의 주인공들을 비하하고 희화시킴으로 조롱적 의도가 반영되어 나타나고 있다.

3. 춘향가를 소재로 한 공연예술적 재창조

1) 창극으로의 재창조

1902년 겨울 창극 춘향전은 탄생되었다.[10] 창극 탄생에는 고종어극40주년기념 행사 준비하기 위한 협률사 공연을 위해 전국에서 모인 판소리명창들의 힘이

---

9) 김주희, "춘향전의 현대적 변용과 교육적 활용 —패러디 작품을 중심으로—"(서울: 이화여자대학교 교육대학원 국어교육전공 석사논문, 2000)을 참고하여 작성한 것이다.
10) 백현미, "특집 2: 춘향예술의 양식 분화와 세계성; 창극 〈춘향전〉의 공연사와 양식상의 특징," 『공연문화연구』(서울: 한국공연문화학회, 2003), 6집 참조.

컸다. 하지만 1902년의 창극 춘향전은 고종어극40주년 행사를 기념하기 위해서 열린 것이 아니고, 이와는 별도로 서울로 모여든 명창들에 의해서 연출된 것으로 보인다.

이후 춘향전의 창극화는 계속 진행된다. 초기 창극은 입체창 정도의 것이었으며, 후대로 갈수록 외래극과 주변 국가의 전통적인 희극 양식의 영향을 받아 오늘날의 창극에 근접하는 발전을 가져온다. 춘향가의 창극으로의 재창조에 있어 흥미있는 점은 일제강점기에 새롭게 등장한 매체들에 그 흔적들이 남아있다는 것이다. 그것은 바로 유성기음반에 창극이 취입되면서 우리는 반대로 그 흔적들을 통해 당시 창극 공연의 모습을 짐작할 수 있게 된 것을 의미한다.

이러한 창극들을 보면 초기에는 몇 사람이 배역을 분담하여 1인 2역 혹은 다역을 맡아 노래를 하기도 하였는데, 철저하게 분창된 형태는 음반에는 나타나지 않는다. 이것은 아마도 유성기음반이라는 매체가 가지는 한계로 보인다. 또한 창극반주에 대한 일반적인 사항도 살펴볼 수 있는데 초기 창극에는 소리선율을 수성으로 반주하는 소위 창극반주가 시도되지 않았다가 1930년대 창극 유성기음반 등에서 볼 수 있듯이 본격적으로 시도되고 오늘날과 같이 다채로운 반주형태를 띠게 변화하였음을 말해준다.

1902년 처음으로 공연된 분창식의 창극 춘향전이후 창극 춘향전은 계속 공연되었다. 『만세보』 1906년 6월 28일자에 "협률사에 춘향이 이도령과 홍문연이 천연히 윗다 ㅎ지 아니하얏소(전사 선생)"라고 하여 협률사에서 창극 춘향전이 열렸음을 말해준다. 『매일신보』 1910년 10월 22일자에는 "연극장 악폐 장안사에셔는 所謂 春香歌와 沈淸歌로 연극을 每夜 設行홈으로 淫婦蕩子가 會同 觀覽ㅎ는디"라고 하여 춘향전이 창극으로 장안사에서 공연되었음을 알 수 있다. 1913년 『매일신보』 2월 15일자에 의하면 장안사와 광무대에서 구연극을 하는데 장안사에서는 송만갑이 광무대에는 채란과 옥엽이 소리를 한다는 광고가 보이므로 창극이 꾸준히 서울에서 공연되고 있음을 보여준다. 동년 『매일신보』 12월 28일자에는 광무대의 박승필 일행이 구연극 어사출도(御使出道) 등을 흥행한다는 기사가 보인다. 1914년의 『매일신보』 기사를 보면 광무대와 장안사의 구연극 공연 광고가 보이는데 1월 9일은 광무대에서 춘향가를 1월 14일에는 이별가를 소개하고 있다. 1915년 『매일신보』에는 1월 21일 광무대에서 구연극 산옥 옥엽의 사랑가가 열린다고 하고 있으며, 1월 22일에는 장안사에서 구연극 옥중화가 무대로 오른다고 하고 있다. 몇일 뒤 1월 27일 광무대에서는 박승필 일행의 구연극 춘향가가 공연되고 다음날 광무대에 옥중화가 무대에 오른다. 이와 같이 광무대와 장안사를 중심으로 춘향전은 계속 창극으로 공연되었는데, 아래 표에 1915년도 1월부터 4월까지 창극 춘향전 공연 상황을 정리하여 보았다.[11]

〈표 3〉 1915년도 1월부터 4월 사이의 창극 〈춘향전〉 공연

연출시기	제목	공연장	특징
1915.1.21	사랑가	광무대	산옥 옥엽 출연 구연극
1915.1.22	옥중화	장안사	구연극
1915.1.27	춘향가	광무대	박승필 일행 구연극
1915.1.28	옥중화	광무대	
1915.2.1	춘향가	장안사	
1915.2.3	옥중화	광무대	구연극
1915.2.8	옥중화	광무대	구연극
1915.2.13	어사출도	광무대	구극
1915.2.15 · 18	옥중화	광무대	구극
1915.2.19	춘향가	광무대	구극
1915.2.20	어사출도	광무대	구극
1915.2.21	옥중화	광무대	구극
1915.3.4 · 6 · 11 · 14 · 18	춘향가	광무대	구극
1915.3.18	옥중화타령	장안사	김재종 일행 구연극
1915.3.26 · 28	춘향가	단성사	구극

---

11) 본 문단의 기사와 아래 표는 안광희, 『한국근대연극사 자료집1 · 2』(서울: 도서출판 역락, 2001) 참조.

1915.4.3	춘향가	광무대	구극
1915.4.8	옥중화	광무대	구극
1915.4.10	옥중화	단성사	구극
1915.4.15 · 21	옥중화	광무대	구극
1915.4.22	어사출도	광무대	
1915.4.23	어사 순찰 광경	광무대	
1915.4.25	춘향가	장안사	
1915.4.26	어사출도	광무대	

이와같이 윗 표에서 알 수 있듯이 창극 춘향전은 꾸준히 광무대·장안사·단성사를 중심으로 공연되어졌다. 1916년 『매일신보』 3월 21일자 기사에는 "심정순(沈正淳) 일힝은 금월 십오일에 의쥬에 와셔 십칠일브터 신구연극을 흥힝ㅎ는듸 츈향가 심청가는 물론 효렬가(孝烈歌) 형뎨의례가(兄弟義禮歌) 부량갸히싱…" 이라 하여 심정순 일행의 창극 춘향전 공연이 의주에서 있었음을 말해준다.

1920년대 들어서면 창극 춘향전이 음반으로 발매되기도 하는데, 이동백·김추월·신금홍 등이 참여하여 취입한 창극 춘향전이 그것이다. 음반에는 고대소설극이라 하여 이름을 달았고, 1926년에 모두 18장으로 취입된 창극 춘향전은 최초의 분창을 확인할 수 있는 창극 춘향전 녹음이라는 점이 의미가 있으며, 창극에서 중요한 배역인 도창의 등장을 확인할 수 있다.[12]

---

12) "1926년 일본축음기상회(일축조선소리반)에서 이동백, 김추월, 신금홍이 취입한 창극 춘향전 유성기음반은 총 18장(약 2시간 가량)인데 이 복각반에는 그 가운데 14장 분량이 수록되어 있다. 이 '이동백 도창 창극 춘향전' 음반은 최초의 창극 음반이자 동시에 최초의 국악 전집물이다. 창극 춘향전을 2시간으로 축소하여 녹음하다 보니 이 음반에서는 생략되거나 줄어든 대목이 있다. 그리고 최소한의 인원만 동원하여 창극을 취입하다 보니 한 사람이 여러 배역을 맡았고 상황에 따라서 한 배역을 서로 번갈아 맡기도 했다. 이 음반에서 이동백은 도창, 어사, 춘향모, 신관사또, 농부 역을 맡았고 김추월은 이도령, 춘향, 춘향모, 농부 역을 했고 신금홍은 춘향, 방자, 농부 역을 맡아서 녹음하였다. 이도령과 어사는 같은 인물이지만 이도령일 때는 김추월이, 어사가 된 후에는 이동백이 맡아서 기품있게 변화된 어사의 면모를 살렸다. 고수도 이 음반에서는 절대적인 인원 부족으로 배역을 맡아 녹음했는데 이흥원이 〈기생점고〉에서 호장 역을, 〈십장가〉에서는 집장 사령 역을 맡아서 간단한 대사를 녹음하였다. 이 음반에서 고수가 쓴 반주악기는 특이하게 북이 아닌 장고이다. 이 복각반 해설지에는 고수가 이흥원이라고 돼있으

1910년대에는 기생들이 참여하여 춘향전을 춘향연희라 하여 창극으로 꾸민 공연이 나타난다.[13] 이러한 여성 창극 공연은 1910년대 호응을 얻기 시작하였으나 1920년대 이후에는 남녀혼창의 창극에 밀려 많이 공연되지 않았으나 1923년 5월 30일자『매일신보』에 네 개의 권번에서 합동으로 창극 공연을 꾸밀 정도의 수준에 이르기도 하였다. 이 광고에는 사권번(四券番)에서 총출연하여 연합으로 꾸민 연예대회에서 춘향연의 등 구극과 신극이 연출된다는 것이다. 권번에 소속되어 있던 기생들이 꾸민 극이라면 남자가 포함되지 않은 여성만의 창극이다.[14]

여성 국극은 창극의 한 갈래로서 일반적으로 1948년 박녹주(朴綠珠)·김소희(金素熙)·박귀희(朴貴姬) 등이 중심이 되어 조직한 여성국악동호회에서 〈옥

나 실제는 고수가 두사람이다. 〈어사 분발〉, 〈농부가〉, 〈어사 출도〉의 고수는 조진영이고 나머지 반주는 모두 이흥원이 맡았다. 음질이 썩 좋지 않은 것은 유성기시대 후기의 전기식 녹음이 아닌 초창기 기술인 기계식 녹음이기 때문이다. 그리고 유성기로 재생한 소리를 마이크로 받는 식으로 복각됐기 때문에 78회전 플레이어와 유성기음반 전용 카트리지로 복각하는 방법보다 잡음은 좀 덜하지만 재생속도가 일정치 않고 음이 선명하지 못하다."노재명의 국악음반박물관 사이트 해설 참조. 본 창극 춘향전의 음반은 아래와 같이 "일츅죠션소리반 K594-A 古代小說劇 春香傳 李夢龍廣寒樓求景歌(一) 京城李東伯 慶北金秋月 慶南申錦紅 鼓李興元"로부터 시작하여 "일츅죠션소리반 K611-A 古代小說劇 春香傳 再逢歌(五)(御使出道) 李東伯 金秋月 申錦紅 鼓李興元; 일츅죠션소리반 K611-B 古代小說劇 春香傳 再逢歌(六)(御使出道) 李東伯 金秋月 申錦紅 鼓李興元"음반으로 취입·발매되었다.

13) 백현미는『한국 창극사연구』(1997), 340쪽에 "여성국극단은 여자만으로 구성되어 여자들이 남자 역도 맡아하기에 남녀혼성 창극단과 다르다. 이런 경향은 1910년대 기생조합의 공연에서 이미 실현된 바 있다. 1910년대에는 각종 기생조합이 공연 주체로서 활동했으며, 기생도합의 고연에서는 여자들이 남자역을 맡아하면서 이례적인 호응을 얻었다. 1920년대 이후 기생조합의 창극고연이 시들해진 후, 1940년대 중반 무렵 다시 남자 역을 여배우가 맡아하는 공연이 제작되기 시작한다"고 하여 여성만의 창극이 1910년대 이미 구현되었음을 언급하고 있다. 이 내용은 동서 112쪽에 제시된 다동기생연주회에서 공연된 춘향연희 및 113쪽에 제시된 한남권번기생의 춘기연주회의 공연 기사로부터 확인할 수 있다.

14) 이『매일신보』기사는 다음과 같은 1923년 5월 29일자『동아일보』기사와 같다. "四券番 總出 聯合演藝大會 舊劇 及 新劇 一 鴻門宴歌 二回, 二 九雲夢 二回, 三 沈淸傳 五回 四, 玉樓夢 十回, 五 春香演戲 五回, 六 悲劇 孝子 烈女 全七幕 歌曲 及 舞 朝鮮舞 四十一種, 八 西洋舞蹈 十六節, 九 電氣胡蝶舞, 十 西道入唱, 十一 南道入唱, 十二 京畿坐唱, 十三 關西別曲, 十四 伽倻琴竝唱, 連擡四回活劇 〈經常한 光線〉 四卷 上場." 백현미,『한국 창극사연구』(서울: 태학사, 1997), 154쪽.

중화(獄中花) 〉를 공연한 것이 효시로 보고 있으나 이미 1910년대에 여성 국극의 모체가 될 수 있는 춘향연희의 공연이 상장된 것은 앞으로 여성 국극의 기원을 1910년대로 설정해야 할 것이다.

1934년에 발매된 김창룡 도창 창극 춘향전은 모두 18매의 유성기음반으로 녹음된 것으로 김창룡 계열 창극 춘향전의 모습을 보여주고 있다. 김창룡 도창 창극 춘향전은 콜럼비아 음반사에서 발매한 것으로 김창룡을 비롯하여 이화중선·오비취·권금주 등의 명창들이 출연하여 '이도령 음주 후 광한루 구경'에서부터 '춘향이 살아나자 춘향모가 춤추며 좋아하는데'로 끝나는 마지막 음반까지 앞의 이동백 도창의 춘향전과 같은 매수로 취입되어 있다.

같은 해에는 여러 형태의 춘향전이 유성기음반으로 발매되었는데 특이한 창극 춘향전으로 연극과 접목된 창극 춘향전이 보인다. 바로 동편제 명창인 김정문이 참여하여 녹음한 창극 춘향전으로 창의 비중이 크지만 심영·남궁선이 연극 대사를 삽입하여 춘향전을 구성하고 있어 당시 신연극과 창극의 결합이 이미 시도되고 있음을 알려준다. 아래는 시에론에서 발매된 연극대사 삽입 창극 춘향전 중의 일부 음반을 제시하여 본다.[15]

Chieron 504−A 春香傳全集(第四編) 紅淚惜別(上) 金正文 申錦紅
Chieron 504−B 春香傳全集(第四編) 紅淚惜別(下) 金正文 申錦紅

Chieron 506−A 春香傳全集(第六編) 피에젓는十杖歌(上) 金正文 申錦紅
Chieron 506−B 春香傳全集(第六編) 피에젓는十杖歌(下) 金正文 申錦紅

Chieron 511−A 春香傳全集(第十一編) 御史出道(上) 金正文 申錦紅
Chieron 511−B 春香傳全集(第十一編) 御史出道(下) 金正文 申錦紅[16]

---

15) 이와는 다르게 연극을 위주로 하고 사이사이에 소리를 넣은 형태의 춘향전도 유성기음반도 취입이 되었다. 뒷편 신연극·연극으로의 재창조 항에서 소개하고자 한다.
16) 유성기 음반 서지 사항은 한국정신문화연구원편, 『일제강점기 국악활동 자료집1 한국유성기음

이처럼 1934년에 춘향전에 대한 여러 가지 음반들이 발매된 것은 한국 전통성악의 공연 및 후진양성을 목적으로 창립한 단체인 조선성악연구회의 발족에 힘입은 바 크다. 1933년 5월 10일 서울에서 김창환(金昌煥)·이동백(李東伯)·송만갑(宋萬甲)·정정렬(丁貞烈)·김창룡(金昌龍) 등 이른바 근대명창 5명이 주축이 되어 조직된 뒤, 당대의 명고수·가야금병창명인·산조명인 등 130여 명이 참여하여 조직된 조선성악연구회가 체계적으로 성악운동을 펼치기 전이었지만 이러한 모임의 발족이 판소리와 관련된 분야에 많은 영향을 미치게 되었음은 더 중언할 필요가 없다.

창극으로서 춘향전이 본격적으로 궤도에 오른 것은 1930년대 후반에 조선성악연구회에서 창극개량운동을 대대적으로 벌인 후이다. 당시 개량된 모습은 우리가 당시 발매된 유성기음반들을 통해서 확인할 수 있는데, 빅타 및 오케에서 정정렬이 참여하여 제작한 창극 춘향전이 해당한다. 창극 반주까지 포함된 오케 음반을 본다면『조선일보』나『동아일보』에 창극 춘향전의 한 장면을 소개하고 있는 것을 보아 오늘날과 같은 창극의 틀이 이미 갖추어졌음을 알 수 있다. 아래는 조선성악연구회의 공연활동 중에서 춘향전을 공연한 것만을 추려 정리한 표이다.[17]

〈표 4〉 조선성악연구회 창극 〈춘향전〉 공연 자료

연출시기	제목	극장(장소)	내용
1934.6.12 – 14	춘향전	장곡천정 공회당	제1회 창립 공연
1936.9.24 – 28	춘향전	동양극장	
1936.12.18 – 20	춘향전	동양극장	심청전과 연속 상연
1936.12.24 – 28	춘향전	(영등포)	심청전과 연속 상연
1937.1.31 – 2.2	춘향전	금천대좌(평양)	심청전과 연속 상연 지방공연
1939.1.29 – 2.3	춘향전	동양극장	가극 '춘향전의 밤'

반총목록』(서울: 민속원, 1998) 및 김점도 편저, 『1907년부터 1943년까지 유성기음반총람자료집』(서울; 신나라뮤직, 2000) 참조.

17) 권하경, "일제시대(1910~1945년)의 창극연구"(서울: 이화여자대학교 석사학위 논문, 2001) 참조.

박황은 『판소리이백년사』에서 1935년 봄 조선성악연구회의 주체로 정정렬의 편극으로 된 춘향전의 창극을 가지고 서울 서대문에 있는 동양극장에서 창립 제1회 공연의 막이 올랐는데, 당시 창극 춘향전은 무대조건을 완전하게 갖추고 처음으로 기악인을 동원하여 음악 반주를 하였다고 설명하고 있지만[18], 『조선일보』의 관련 기사에 의하면 조선성악연구회에서 심혈을 기울여 처음으로 공연한 창극 춘향전은 1936년 9월 24일부터 5일간 열렸음을 알 수 있다.[19] 이 공연에서는 『조선일보』 9월 23일자 기사에 "다시 번외로 취악을 더하여 일층의 운치를 돋우려고 한다. 취악에 출연할 분은 해금: 지용구, 젓대: 방용현, 피리: 임학준, 장고: 정원섭."이라 하여 창극 반주가 사용되었을 가능성도 짚어볼 수 있다. 하지만 '번외'라고 하고, '일층의 운치를 돋운다는' 표현에 의한다면 창극 반주가 사용된 것이라 보기에는 무리가 있다. 조선성악연구회에서 숙영낭자전을 상연한다는 1937년 2월 18일자 『조선일보』 기사에 의하면 "효과: 한성준 · 정원섭"이라 하여 고수로 활동한 두명의 명인을 스텝에 포함하고 있는 것으로 보아 북 혹은 장고 장단 및 효과음의 사용은 짐작되지만 관현으로 된 창극 반주가 당시까지도 사용되었다고 보기는 힘든 면이 있다. 조선성악연구회의 이 창극 춘향전 공연은 이미 1937년 4월에 녹음을 시작한 정정렬 도창 창극 춘향전 녹음과 연관이 있다.[20] 빅타 음반사에서 취입한 정정렬 도창 창극 춘향전은 정정렬 · 임방울 · 이화중선 · 박녹주 · 김소희 등이 출현하여 당해연도 9월에 시연된 창극 춘향전의 예비편에 해당한다 할 수 있다. 이 음반에도 창극 반주는 등장하지 않으

---

18) 朴晃編, 『판소리 二百年史』(서울: 思社研, 1987), 205−9쪽.

19) 김성혜, "『朝鮮日報』의 國樂記事:1920−1940(Ⅱ)," 『韓國音樂史學報』(경주: 한국음악사학회, 1994), 205−268쪽. 이하 소개한 『조선일보』 기사는 윗 논문을 참조한 것임.

20) 이 창극 춘향전은 "Victor KJ−1111(KRE196) 春香傳 廣寒樓(上) 春香傳全篇(一) 丁貞烈·李花中仙·林芳蔚 鼓韓成俊; Victor KJ−1111(KRE197) 春香傳 廣寒樓(下) 春香傳全篇(二) 丁貞烈·林芳蔚 鼓韓成俊" 음반부터 시작해서 "Victor KJ−1129(KRE232) 春香傳 李花春風(上) 春香傳全篇(三十七) 丁貞烈·朴綠珠·金素姬 鼓韓成俊; Victor KJ−1129(KRE233) 春香傳 李花春風(下) 春香傳全篇(三十八) 丁貞烈·李花中仙·金素姬 鼓韓成俊" 음반으로 시작된 모두 19매의 음반으로 최근까지도 계속적으로 복각·발매된 창극 춘향전의 명 음반이다.

므로 본격적인 창극 반주는 이 후의 일임이 거의 확실하다.

위 표에서 살펴본 바와 같이 조선성악연구회에서 춘향전의 공연은 1939년까지 계속되었음을 알 수 있다. 이와 같이 춘향전이 공연되면서 분명 새로운 시도가 계속적으로 이루어졌음을 알 수 있는데, 그것은 다음과 같이 오케에서 앞서 빅터에서 발매한 춘향전의 음반과 같은 창극 춘향전에 기악이 추가된 음반이 발매된 사실에서 읽어낼 수 있다. 1938년 경 발매된 것으로 추정되는 오케 창극 춘향전은 빅타에서 발매한 창극 춘향전과 그 출연 인원이 같으나 오케-효과단 혹은 오케-고악단 등의 이름으로 반주 악대가 등장하고 있어서 흥미롭다. 이것은 조선성악연구회에 창극 반주가 본격적으로 도입된 시기를 설명하는데 매우 중요하다 하겠다. 아래는 처음 발매된 오케 창극 춘향전 첫 음반이다.

Okeh 12018(K660) 春香傳(唱劇) 李道令廣寒樓行(前編其一) 林芳蔚・丁
貞烈・李花中仙 鼓丁元燮
Okeh 12018(K661) 春香傳(唱劇) 廣寒樓景慨(前編其二) 林芳蔚・李花中
仙・愼淑・金素姬　奚琴池龍九・大琴朴宗基・鼓丁元
燮・玄琴申快童 오케-效果團

1940년대 들어서는 조선성악연구회의 직속단체였던 창극좌가 그 본연의 이름으로 공연활동을 벌였으며, 1943년 사실상 해체되고, 그를 이어 화랑창극단이 등장을 하는데, 화랑창극단에서도 춘향전을 창극으로 공연한 바 있었다고 한다. 화랑창극단에 이어 등장한 조선창극단에서는 1942년 동양극장에서 창립대회를 가진 후 춘향전을 공연하기도 하였고, 1944년 지방 창극을 주로 하는 조선이동창극단이라 이름을 변경하고 지방 활동에 열을 올렸다고 한다. 이 당시 거제도 출신의 하창운(河昌運)이 동일창극단을 만들어 1943년 9월 제일극장에서 춘향전과 남강의 풍운으로 창립공연을 갖는다. 또 반도창극단이 등장하여 춘향전과 심청전 등으로 지방 공연을 다녔다고 하였으니, 창극으로서 춘향전의 역할이

얼마나 중요했나를 알 수 있다.[21]

해방 후 함화진을 중심으로 모인 국악인들이 대한국악원을 만들고, 광주에서 창악인을 중심으로 광주성악연구회가 발족한 후 창극도 서서히 공연되기 시작하였는데 박황 각색의 대흥보전이 1945년 10월에 광주극장에서 공연되었고, 1946년 서울로 집결한 창악인들이 국악원 직속의 국극사 및 국극협회, 조선창극단, 김연수창극단의 네 개 단체가 합동으로 서울 국도극장에서 대춘향전을 공연하기도 한다. 1940년대 후반에는 여성국극단이 생겨 춘향전을 공연하기 시작했는데, 1948년 박록주, 김소희, 박귀희, 정유색, 임유앵, 김경희 등이 주동이 되어 여성국악동호회가 결성되고 서울 시공관에서 처음으로 옥중화라는 이름으로 춘향전을 공연하게 된다.[22] 이것은 1923년 시도된 바 있는 여성 창극의 재 공연이라는 점에서 그 의의가 있다 하겠다.

현대적인 창극이 해방 후에 본격적으로 시도된 것은 국립창극단의 창단과 깊은 관련이 있다. 1962년 창단이후 2000년대 까지 100여회가 넘는 창극 공연으로 창극을 주도적으로 이끌어 왔던 국립창극단의 첫 공연도 춘향전이었다. 아래 국립창극단에서 공연한 춘향전의 연보를 정리하여 제시한다.[23]

1962.3.22	재개관기념 예술제 개막. 국립국극단의 〈대춘향전〉(6막 11장) 공연
1963.6.14－17	국립국극단. 판소리 〈춘향가〉 공연
1970.9.15	국립국극단. 〈춘향전〉(20마당) 공연, 국립극장 창극 정립위원회 편극, 박진 연출
1971.9.29－10.14	국립국극단. 국립극장 창극 창극정립위원회 편극,

---

21) 이하 창극단의 활동상황은 국립중앙극장 엮음, 『세계화 시대의 창극』(서울: 국립극장, 2002)을 참고하여 정리하였음.

22) 초기 여성극극의 흔적을 살펴볼 수 있는 음반이 있다. "판소리 春香傳 李道令科擧・御使出道 唱:金素姬・金慶喜・金貞姬 新世紀레코오드株式會社 SLN－10637, LN－50127－50128(10인치 1LP/초판), 1960년대 초반 녹음 제작, 기악반주자들 성명 미상."

23) 국립중앙극장 엮음, 『세계화 시대의 창극』(서울: 국립극장, 2002), 247－356쪽.

	이진순 연출 〈춘향가〉 공연
1976.4.15-17	국립창극단, 이원경 각색 · 연출, 박동진 창편곡, 최희선 안무, 〈춘향전〉(11장) 공연
1978.10.18-22	국립창극단 허규 구성 · 연출로 삼대창극연창공연, 대극장 〈심청가〉〈흥보가〉〈춘향가〉
1980.8.30	판소리 감상회. 창극 〈춘향전〉 중 외 판소리 〈심청가〉〈흥보가〉 등
1980.9.27	판소리 연창회. 창극 〈흥보전〉 중 화초장 장면 외. 판소리 〈심청가〉〈춘향가〉 등
1981.9.8-14	허규 연출 〈춘향전〉 공연. 국립극장 소극장
1982.11.2-1	허규 연출 〈춘향전〉 공연, 국립극장 소극장
1987.5.7-14	허규 각색 · 연출 국립창극단 창단 25주년 기념 일본순회 공연에 초청 · '87 청소년 예술제'에 참가한 〈춘향전〉 전 14장 공연. 국립극장 대극장
1987.12.11-13	허규 각색 · 연출 〈춘향전〉 공연. 국립극장 대극장
1988.9.18-2	허규 각색 · 연출. 올림픽 문화예술축전 참가작 〈춘향전〉 공연. 국립극장 대극장
1988.11.12	〈춘향전〉 재공연. 국립극장 소극장
1993.2.25-3.6	강한영 대본, 김홍승 연출, 김소희 창작 제14대 대통령 취임 축하공연 〈춘향가〉 공연. 국립극장 대극장
1996.5.3-8	정일성 연출, 안숙선 작창. 〈대춘향전〉 공연. 국립극장 대극장
1997.9.9-14	박병도 연출, 안숙선의 창지도. 〈열녀춘향〉 공연
1998.2.14-16	임진택 연출, 김명곤 대본. 〈완판창극춘향전〉 공연. 국립극장 대극장
1999.	〈완판장막창극 춘향전〉〈광대가〉, 창작창극 〈백범 김구〉〈흥보가〉, 종합음악극 〈천명〉 공연
2000.10.19-22	ASEM 경축공연, 한 · 중 · 일 3국 합동공연 〈춘향전〉 대본 · 연출 : 신선희, 작 · 편곡 : 김대성

<table>
<tr><td>2001.12.1-2</td><td>송만갑의 달 기념 국립창극단 특별공연 〈두개의 창극 춘향전〉
1월 ① 봄의 향기.
　대본 : 조영규, 연출 : 주호정, 창지도 : 김경숙, 예술
　감독 : 안숙선
2월 ② 춘향, 옥중화.
　대본 : 한승석, 연출 : 왕기석, 창지도 : 임향님</td></tr>
</table>

　위에 제시한 국립창극단의 창극 춘향전 공연 기록을 살펴보면 특이한 공연이 하나 눈에 띄는데 바로 2000년 10월에 연출 공연된 한·중·일 3국 합동동연 춘향전이다. 일제강점기에 형성된 창극 춘향전이 가지는 국가적인 한계를 뛰어 넘는 새로운 스타일의 공연이 이루어질 수 있다는 가능성을 제시해준 공연이라 할 수 있다. 이 공연은 ASEM 경축 행사의 일환으로 춘향전을 3부로 나누어, 1부는 중국이 월극(越劇) 형식으로, 2부는 일본이 가부키(歌舞伎) 형식으로, 3부는 한국이 창극(唱劇) 형식으로 공연한 것으로 개별적으로 공연될 수 있는 서로 다른 형식의 춘향전을 한데 모은 것에 불과하지만 여러 다양한 현대적 공연예술 형태로 변화되어 있는 모습을 확인하게 해준다.[24]

---

24) "ASEM 경축, 한·중·일 합동공연 춘향전(春香傳); 〈춘향전〉의 합동공연이 결정된 후 한국, 중국, 일본 3국은 자국의 전통극 양식을 가장 잘 살릴 수 있는 장면을 연출하기 위해 경쟁 아닌 경쟁을 벌이기도 했지만, 결국 공연의 의의와 각국 공연양식의 장점을 최대한 부각할 수 있는 방향으로 장면을 구성하게 되었다. 결국, 1막「사랑」장면은 이미 〈춘향전〉을 월극으로 공연한 경험이 있고, 낭만적인 노래와 여성출연진들의 섬세한 연기가 돋보이는 중국의 대표적 월극단이 맡으며, 2막 「수난」의 옥중장면과 회상으로 처리되는 이별 장면은 가부키의 커다란 특성인 대사의 음악성과 온나가카(女方 여장 남자배우)배우의 연기술의 극치를 보여주는 일본 유일의 가부키 전문단체가 맡는다. 3막 「재회」의 어사출두 장면과 몽룡과 춘향의 재회 장면은 〈춘향전〉에 가장 정통한 한국의 창극이 맡아 극적인 연출로 춘향전의 하이라이트를 장식한다. 최고의 스탭, 최고의 배우가 한 자리에 이번 한중일 합동공연 춘향전은 각국의 내노라하는 최고의 스탭과 배우가 한자리에 모였다는 점에서도 흥미를 끈다. 우선, 중국의 샤오바이후아월극단(小百花越劇團). 상임연출이자 〈춘향전〉의 1막을 연출하는 양샤오칭(楊小靑 Yang Xiaoqing)은 국가1급 연출가이자 월극 연출로 중국의 각종 연극제의 화려한 수상경력을 자랑하는 명실공히 중국의 대표적인 연출가. 극단의 대표를 맡고 있는 마오웨이타오(茅威濤 Mao Weitao) 역시

창극 춘향전으로의 춘향전의 변화는 기존 창극이 가지는 여러 다양한 형태의 소리극으로 변모할 수 있는 기본을 마련하였으며, 최근에 경기소리를 중심으로 하여 패러디된 춘향전 공연을 양산하게 하였다. 2004년 7월 11일 세종문화회관 소극장에서 경기소리극 "맹인굿·춘양전"이 무대에 올려졌는데, 춘양전은 '로또 제비'를 잡으면 억만장자가 된다는 소문이 무성한 남원에서 월매와 그의 딸 춘양, 암행어사 이몽몽 사이의 야단법석을 다룬 소리극으로 최근 여러 고전들을 혼합하고 패러디하여 새로운 스토리의 소리극을 만들어 내는 경향을 반영하고 있다고 하겠다.[25]

2) 신연극·현대연극으로의 재창조

춘향가가 여러 공연예술 형태로 재창조된 것은 춘향가 그 자체가 공연예술이기 때문이기도 하다. 앞서 문학적으로 재창조된 춘향가·춘향전을 보더라도 그 재창조의 가능성은 무궁무진함을 알 수 있다. 원전자체를 다른 형태의 예술로 전화한 시도는 판소리 춘향가를 창극으로 변화시킨 예에서 찾아볼 수 있는데(다음 절에서 자세히 살펴본다), 일본을 비롯하여 주변 국가 및 기타 국가의 신연극의 도입으로 인해서 춘향가도 현대적 해석을 통한 새로운 연극으로 변화하게

국가 1급배우이자, 대표적인 소생(小生 남자역을 연기하는 여성연기자)으로 최고의 인기스타로 꼽힌다. 일본에서 이미 뮤지컬이나 오페라로 제작된 적이 있는 〈춘향전〉을 사상최초로 가부키로 제작하게 된 쇼치쿠 주식회사는 세계 유일의 가부키 전문공연 단체로, 연출자 이시자와 슈지(石澤秀二)는 일본연극평론가협회 회장직을 맡고 있기도 하다. 춘향역을 맡은 나카무라 시바자쿠(中村芝雀)는 젊고 아름다운 여성배역을 맡는 남자배우(女方 온나가타)로 첫손에 꼽히며, 일본 전통춤의 달인으로 불리는 가부키 전문배우. 3막을 맡은 한국의 창극은 전, 현직 국립단체장들이 대거 참여하여 〈춘향전〉의 본국으로서의 자존심을 건 무대를 꾸미게 된다. 연출에 손진책, 창지도 겸 부분작창과 도창에 국립창극단의 전임 단장이자, 현 예술감독인 안숙선 명창, 음악은 전 국립국악관현악단 단장 박범훈, 안무는 국수호 전 국립무용단 단장이 맡고 있다. 출연진은 극단 내 오디션을 통해 차세대를 이끌어갈 젊은 명창들이 맡게 됨으로써, 국가대표급 선배예술인들의 뒷받침 속에 신선한 무대를 꾸미게 될 것이다."
〈http://www.eratowomen.com/cu_dt_00010131.htm〉 참조.
25) "〈국악소식〉 경기소리극 맹인굿.춘양전 외,"『연합뉴스』2004년 7월 11일.

된다.

1930년대에 유치진은 〈춘향전〉을 각색하여 희곡 작품으로 발표하는데, 그 내용이 원본 춘향전에 충실하지만 일제의 탄압이 극심해지자 극복의 방법으로 역사와 고전을 소재로 삼아 현실을 우회적으로 표현하였다는 평가를 받고 있다. 새롭게 구성된 유치진의 〈춘향전〉은 춘향의 생명력을 가지고 그 시대의 부패한 권력과 싸워나가려는 의지에 매우 중점을 두고 있다고 한다. 이러한 유치진의 〈춘향전〉은 연출자의 의도에 따라서 현대에서도 얼마든지 다양한 각도에서 재창조될 수 있는 가능성이 존재한다. 송숙자는 "춘향전의 현대적 변용과 그 의미"에서 유치진의 〈춘향전〉이 "다른 어떠 작품보다도 표현미와 구조미를 작추었다는 점"이 돋보인다 하였다. 유치진의 희곡 〈춘향전〉은 전 4막 8장으로 이루어져 있으며 희곡화된 제일 빠른 작품으로 볼 수 있다.

박진의 〈춘향전〉은 전 5막으로 이루어진 희곡 작품이다. 유치진의 〈춘향전〉과 큰 차이가 없는 작품인데, 그 효과면에서 봄타령 부분에서 창을 사용한다든지, 김영랑의 시 "춘향"을 낭송한다든지, 상징적인 동작의 춤이 삽입되어 있어보다 다채로운 연출이 돋보이는 작품이다.

우리는 유성기음반을 통해서 당시 연극으로 변화된 춘향전의 모습을 짐작할수 있다. 토월회의 박승희[26]가 각색한 춘향전이 태양극장에서 공연이 되었는데

---

26) 박승희(朴勝喜 1901－1964); 극작가 · 신극운동가. 서울 출생. 장훈보통학교와 중앙고등보통학교를 졸업하고, 도쿄[東京] 메이지대학[明治大學] 영문과에 입학하였다. 일본의 신극운동에 관심을 갖고 연극공부에 전념하였다. 대학 재학중인 1923년 김기진(金基鎭) · 이서구(李瑞求) 등과 문학예술의 동호회인 토월회(土月會)를 조직하였다. 그 후 민중계몽을 위해 토월회를 신극단체로 만들었다. 23년 7월 제1회 공연에서 첫 희곡 《길식(吉植)》을 무대에 올리고, 제2회 공연후 창립동인 대부분이 탈퇴하자, 직업극단으로 개편하였다. 25년 광무대(光武臺)를 토월회의전속극장으로 계약하였고, 혼자서 창작 · 각색 · 번역 · 연출 · 자금 등을 맡았으나, 재정난으로26년 4월에 제56회 공연을 끝으로 해산하였다. 29년 토월회의 재기공연으로 《아리랑고개》를상연하였으나 일본경찰의 탄압으로 해산되었다. 32년 태양극장으로 개칭, 개편한 뒤 종래작품을 재상연하며 주로 지방순회를 하였다. 46년 옛 단원들을 모아 토월회를 재건하여 《사십년》등을 공연하였으나, 극단을 유지할 수 없어 해산하고 그 뒤 극계를 떠나 만년을 보냈다. 63년드라마센터가 주관한 제 1 회 한국연극상을 수상하였다. 그가 연출한 작품은 토월회만도 180여회나 되며, 번역 · 번안 · 창작 · 각색 등의 각본은 200여 편이나 된다. 그는 자금난에 시달렸으

그 공연에 참여한 태양극장원과 명창들이 합작하여 녹음한 음반이 발매되었다.[27]

Kirin C213−A(K279−1) 唱劇 春香傳(一) 廣寒樓篇 朴春崗脚色 · 指揮 太
陽劇場員一同 唱金南洙

Kirin C213−B(K280) 唱劇 春香傳(二) 廣寒樓篇 朴春崗脚色 · 指揮 太陽
劇場員一同 唱金南洙

Kirin C215−A(K283) 唱劇 春香傳(五) 離別篇 朴春崗脚色 · 指揮 太陽劇
場員一同 唱金南洙

Kirin C215−B(K284) 唱劇 春香傳(六) 離別篇 朴春崗脚色 · 指揮 太陽劇
場員一同 唱金南洙

Kirin C216−A(K285) 唱劇 春香傳(七) 獄中篇 朴春崗脚色 · 指揮 太陽劇
場員一同 唱金南洙

Kirin C216−B(K286) 唱劇 春香傳(八) 獄中篇 朴春崗脚色 · 指揮 太陽劇
場員一同 唱金南洙

Kirin C217−A(K287) 唱劇 春香傳(九) 出到篇 朴春崗脚色 · 指揮 太陽劇
場員一同 唱金南洙

Kirin C217−B(K288) 唱劇 春香傳(十) 出到篇 朴春崗脚色 · 指揮 太陽劇
場員一同 唱金南洙

이외에도 박승희각색 춘향전은 다시 한번 음반으로 발매되는데 바로 아래에

나 20년대에 대표적이고 지속적인 신극운동을 벌여, 신파극을 한국에 토착화시킨 첫번째 공로
자로 평가된다.

27) "신극을 표방하였던 토월회는 1925년 3월 광무대를 일년간 전속극장으로 계약하고 아마튜여
연극을 탈피하자, 그 해 9월 ,춘향전)을 전 10막으로 각색하여 상연하였는데, 명창 김창용의
창을 곁들였다 한다." 이두현, 『한국신극사연구』(서울: 서울대학교 출판부, 1966), 137쪽. 이러
한 사실을 볼 때 판소리를 삽입한 신극 〈춘향전〉의 흥행에 도움이 있었을 것이고 결국 본고에
서 제시한 바와 같이 판소리가 삽입된 〈춘향전〉 유성기음반을 취입하게 되었을 것이다.

제시된 다이헤이에서 출반한 춘향전 음반이다. 현재 기린과 다이헤이는 동일 계열의 음반회사이기 때문에 같은 음반이 다시 재발매되었다고 볼 수도 있다. 이것은 상호 음반을 비교하여 해결할 수 있을 것이나 현재로 필자가 기린의 것을 소장하고 있지 않으므로 후일의 연구를 기대한다.

Taihei GC-3027(K-287) 不朽의名劇 春香傳(九) 春岡朴勝喜先生脚色
土月會俳優總出演 唱付·朝鮮名唱網羅
Taihei GC-3027(K-288) 不朽의名劇 春香傳(十) 春岡朴勝喜先生脚色
土月會俳優總出演 唱付·朝鮮名唱網羅

유치진과 박진의 〈춘향전〉은 신연극적인 요소가 강한 작품으로 볼 수 있다. 그러나 최근의 연극으로 상연되는 춘향전은 내용에 있어서 원전과 차이가 많이 보인다. 김주희의 "춘향전의 현대적 변용과 교육적 활용—패러디 작품을 중심으로—"에서 지적한 바 현대적으로 변용된 춘향전의 연극작품으로는 김용락의 〈방자놀이〉(1984), 극단 우리네땅에서 공연한 박우춘의 〈방자전〉, 그리고 〈변학도는 향단에게 왜 삐삐를 쳤는가〉 등이 있다.[28] 이러한 최근의 연극 작품보다 앞서서 많은 작가들 춘향전을 소재로하여 각색을 시도했다. 즉, 이들 최근 연극 작품은 춘향전을 패러디하여 배경, 인물, 구성, 주제면에서 기존의 희곡 〈춘향전〉과 많은 차이를 보이는 것이다.

〈방자놀이〉는 과거와 현재를 넘나들며, 과거의 주인공 춘향과 이도령을 현재의 주인공 방자와 향단이 비판하고 풍자한다. 춘향과 이도령의 사랑, 방자와 향단의 사랑, 방자와 향단의 풍자와 비평 부분의 세가지 구성을 하고 있는데, 결국 그 주제는 양반의 허위성에 대한 비판과 현대 10대들의 탈선에 대한 풍자로 볼 수 있다. 〈방자전〉은 고전으로 이미 높은 가치를 획득한 춘향전을 위조된 진실이

---

28) 김주희, "춘향전의 현대적 변용과 교육적 활용 —패러디 작품을 중심으로—"(서울: 이화여자대학교 교육대학원 국어교육전공 석사논문, 2000) 참조.

라는 가정에서부터 출발하여 권력의 횡포를 고발하고 있다. 바로 거짓으로 가득 찬 현대 정치에 대한 풍자이며, 오염된 정치상황에 항거하는 민중의식의 각성이 〈방자전〉의 패러디 주제라 할 수 있다. 〈변학도는 향단에게 왜 삐삐를 쳤는가〉에서 "계략과 거래를 통해 이루어지는 춘향과 이몽룡, 춘향과 변학도의 관계는 물질적이고 속물적인 현대인의 사랑을 풍자"하고 있으며 "외부극의 등장인물 VIP의 횡포 또한 돈에 의해 모든 일을 해결하려는 세력들의 모습을 풍자"하고 있다. 본 작품에서는 순결과 사랑으로 대변할 수 있는 향단이를 주인공으로 내세워 원전이 가지고 있는 열이라는 주제를 심화·확장시키고 있기도 하다.[29]

이외에도 이미연의 "현대극의 〈춘향전〉 수용"에서는 장윤환의 〈여시아문〉(如是我聞)(1996), 이근삼의 〈춘향아, 춘향아〉(1996), 장소현의 〈춘향이 없는 춘향전〉(1996), 오태석의 〈기생비생 춘향전〉(2002) 등을 통해 현대극으로 수용된 춘향전의 모습을 살펴보고 있다. 그는 "〈여시아문〉은 우화적으로 권력과 비지배자의 관계를 보여주었으며, 〈춘향아, 춘향아〉는 권련 구조앞에서 무너지는 개인의 사랑을, 〈춘향이 없는 춘향전〉은 과거와 현대를 오가며 관리(사또)의 권력욕과 선거전을 그렸다. (중략) 새 천년에 들어와서는 정치보다 인간에 초점이 맞추어진 〈기생비생 춘향전〉이 나온다. 여성의 사회적 자각이 반영되었다 하겠다."고 하여 1990년대 이후 춘향전의 현대극으로의 수용을 적극적으로 검토한 바 있다.[30]

3) 마당놀이로의 재창조[31]

마당놀이가 탄생하게 된 것은 1980년 5월 문화방송 드라마센터에서 2주일에

---

29) 최근에는 춘향가의 사랑이야기를 현대로 옮겨 만든 코미디물인 〈펑키펑기〉가 명동 펑키하우스에서 공연되는 등 춘향가의 연극적 재창조가 활발하게 진행되고 있기도 하다.

30) 이미원, "특집 2: 춘향예술의 양식 분화와 세계성; 현대극의 〈춘향전〉 수용," 『공연문화연구』(서울: 한국공연문화학회, 2003), 6집.

31) 본 항에 인용된 문장 및 표는 『MBC마당놀이 20년사』(서울: MBC, 2000)에서 인용한 것이다.

걸쳐 안종관작 희곡『토선생전』을 이영윤 제작, 김지일 기획으로 〈토선생전〉이라는 동명의 극으로 올려진 것이 시발점이 되었다고 한다. 이후 이영윤과 김지일이 '마당기획'을 설립하고 세실극장을 인수하여 새로운 공연장르로서 마당놀이라는 명칭를 선택 결정 후 1981년 김지일 각색의 〈허생전〉을 공연하게 된다. 이 공연은 '한국적 코미디의 전형'을 제시하였다는 평을 받았으며, 공연지역을 확대 오늘날 인기있는 새로운 공연양식으로 자리매김을 하게 되었다.

춘향전도 1985년 김지일의 극본으로 마당놀이의 하나인 〈방자전〉로 연출되기에 이르렀는데, 당시에는 보수적인 방자, 진보적인 방자 두명을 진행자로 내세워 춘향전을 새롭게 조명해 보려는 의도로 제작되었다고 한다. 그러나 이러한 두 명의 방자를 내세운 것이 번거롭기만하며, 별로 효과적이지 못하였기 때문에 이후 1990년 〈춘향전〉으로 1999년 〈변학도뎐〉으로 조금씩 변화를 가지며 재공연되었을 때는 다시 한명의 방자로 회귀하였다고 한다. 아래 표에 마당놀이 〈방자전〉의 내용 및 구성을 인용하여 본다.

이러한 마당놀이의 인기에 힘입어서 서양식 뮤지컬에도 마당놀이라는 이름을 붙여 탄생한 공연물이 만들어지기 시작하였다. 정식으로 이름한 것이 '마당놀이 뮤지컬'인데 마당놀이적인 놀이성이 뮤지컬에 반영되었다는 뜻으로 해석된다. 이러한 공연으로 〈춘향전〉은 서양음악을 접목하고 줄거리를 탄탄히 구성하여 지나치게 놀이성을 강조한 마당놀이와의 차별화를 두었다고 하여 춘향전을 소재로 한 또 다른 형식의 공연예술의 새로운 시도로 의미를 둘 수 있다.[32]

---

32) "한국의 대표적인 전통극 「춘향전」이 서양음악과 접목되어 「마당놀이 뮤지컬」 이라는 새로운 양식의 극으로 선보인다. 한국연극배우협회(회장 최종원)와 KBS영상사업단 주최로 정동이벤트홀에서 공연되는 「춘향전」(10월1일~17일). 이 작품은 기존의 마당놀이에서 음악이 대부분 국악으로 이루어진 것과는 달리 서양음악으로 이루어진다. 미국의 작곡가 「윌리엄 클리어리」가 만든 30여편의 곡에 가사를 붙였다. 연출을 맡은 정진수 성균관대 교수는 『서양음악을 접목시키고 줄거리를 탄탄하게 구성해 지나치게 놀이성을 강조하는 기존마당놀이와 차별성을 추구했다』고 말했다. 공연도중 출연자가 관객을 극중에 끌어들이는 것을 시간을 줄이고 춘향이와 이몽룡의 사랑의 스토리를 충실하게 전달하도록 했다는 것. 춤도 고전무용뿐 아니라 발레 현대무용 등이 같이 보여진다."(신문 인용).

〈표 5〉 마당놀이 〈춘향전〉 마당 구성

부별	장별	마당명칭	내용
1	1	열음 마당	낭자하고 흐드러진 길놀이, 〈춘향전〉의 방자와 〈배비장전〉의 방자가 서로 만나 〈방자전〉의 방자를 서로 맡겠다고 싸우며 흥을 돋군다.
	2	방자, 향단이 마당	방자와 향단이가 오월 단옷날, 이도령과 춘향을 서로 만나게 해줄 계략을 짠다.
	3	사랑을 찾아가는 마당	춘향이 그네 타는 모습에 반해 버린 이도령이 방자를 앞세우고 춘향의 집을 찾아간다.
	4	춘향과 이도령 마당	이도령은 월매의 승낙을 받고 춘향과 백년가약을 맺는다.
	5	사랑가 마당	이도형과 춘향의 첫날 밤
	6	이별 마당	춘향과 어쩔 수 없이 이별하게 되는 이도령은 장원급제하여 춘향을 다시 데려갈 것을 약속한다.
2	1	변학도 도임 마당	제물 바쳐 남원사또 자리를 얻어낸 변학도가 신관사또 도임 절차를 무시한 체 기생점고부터 먼저하나 마음에 드는 기생이 없자 춘향이를 불러 들이라 명한다.
	2	십장가 마당	변사또는 춘향에서 수청을 요구하나 거절당하자 곤장을 치고 옥에 가둔다.
	3	어사출행 마당	한양간 이도령은 장원급제하여 전라도 암행어사로 명을 방아 암행길에 나서는데 변사또의 악정으로 백성들의 원성이 높다.
	4	옥중 마당	암행어사임을 숨긴 이도령은 변사또의 수청을 거절한 죄로 옥에 갇힌 춘향을 만난다.
	5	생일잔치 마당	이도령은 변사또의 생일잔치에 거지 차림으로 동석하여 변사또의 악정을 직접 목격한다.
	6	어사출도 마당	춘향의 목을 베려는 순간 어사출도하여 변사또를 벌하고 춘향이를 구한다.

4) 악극 · 뮤지컬로서의 재창조

우리나라에서 뮤지컬이 등장한 것을 살펴보면 1930년대 악극의 번성과 무관할 수 없다. 뮤지컬 코메디라는 서구식 음악극을 모방하여 당시 인기 있었던 가수들의 노래에 연기와 무용을 얹어 가극 혹은 악극이라는 이름으로 공연한 것이 그 시발점이겠다. 악극에 대해 최근 김호연(金瑚然)은 "한국 근대 악극 연구"에서 1920년대 본격적으로 악극의 단초가 발견되는데, 1927년 취성좌(聚星座)가 악극을 레퍼토리로 수용하여 그 후 대부분의 대중극단들이 악극을 하나의 공연양삭으로 활용하면서 악극이 정착되었다고 보고 있다.

악극이 비록 1920년대에 그 시작의 단초를 가지고 있다고 하더라도 춘향전이 악극에 담겨지기는 1930년대 말에 이르러서이다. 1937년 9월 18일자『동아일보』기사에는 '조선 고전의 오페라화, 악극 〈춘향전〉 공연 경성 오페라 스타디오 주최 동아일보 학예부 후원'이라는 제목으로 악극 춘향전이 1937년 공연되었음을 밝히고 있다. 이후 악극 춘향전이 본격적으로 공연된 것은 박구(朴九)가 1942년 반도가극단을 이끌면서 김승구(金承久)의 각색·연출, 이면상(李冕相)의 작곡으로 13경짜리 악극을 공연한 것을 필두로 계속적으로 춘향전을 레파토리 삼아 공연을 한 것에서 찾아볼 수 있다.

1943년에는 이러한 악극 춘향전의 영향아래에서 가요극 춘향전이 음반으로 발매되기도 하였다. 이 가요극 춘향전은 월북한 조명암이 각색하여 구성한 것으로 보이는데 박창환(朴昌煥)·유계선(柳桂仙)·강정애(姜貞愛)가 대사를 처리하고, 남인수(南仁樹)와 이화자(李花子)가 노래를 맡았으며, 이백수(李白水)가 설명을 맡은 형식이었다. 아래 음반을 제시한다.

Okeh 31119(K1991) 歌謠劇 春香傳(七) 趙鳴岩原作脚色 朴昌煥·柳桂
仙·姜貞愛 說明李白水
主題歌 南仁樹·李花子
Okeh 31119(K1992) 歌謠劇 春香傳(八) 趙鳴岩原作脚色 朴昌煥·柳桂
仙·姜貞愛 說明李白水
主題歌 南仁樹·李花子

Okeh 31120(K1993) 歌謠劇 春香傳(九) 趙鳴岩原作脚色 朴昌煥·柳桂
仙·姜貞愛 說明李白水
主題歌 南仁樹·李花子
Okeh 31120(K1994) 歌謠劇 春香傳(十) 趙鳴岩原作脚色 朴昌煥·柳桂
仙·姜貞愛 說明李白水
主題歌 南仁樹·李花子

악극이 창극 춘향전과 다른 것은 바로 그 음악적인 내용에 있다. 일제강점기 가요가 창극이나 신민요 형식과 크게 다르지 않게 창작되었을 당시이므로 가요극의 형식의 악극은 전통적인 판소리에 기반을 두고 발전하였던 창극과는 그 음악적인 내용이 다를 수 밖에 없었다. 이러한 악극은 오랜 수련 끝에 득음하여 창자가 될 수 있었던 창극 배우들과는 달리 유성기음반의 성공을 통해 인기인으로 발돋움한 몇몇 가수들과 배우들을 중심으로 보다 쉽게 이땅에 정착하게 된다.

현대적인 의미의 뮤지컬로 악극을 보기에는 음악과 무용의 요구에 적합하지 않는다. 일반적으로 현대적인 의미의 뮤지컬의 등장은 1962년에 예그린 악단이 창단되면서부터라고 하고 있다. 연극형태의 음악극을 공연하던 예그린 악단이 최창권 작곡의 〈살짜기 옵서예〉를 공연하면서 음악, 무용, 연극 등 각분야의 전문인과 인기배우들이 동원하여 큰 호응을 불러일으킨 것이 계기가 되었다. 〈살짜기 옵서예〉의 성공이후 1968년에는 춘향전을 뮤지컬로 각색 상연하게 된다. 예그린의 뮤지칼 춘향전은 1965년 행해진 의미있는 뮤지컬 실험과 관련지어 생각해 볼 필요가 있다. 김성희는 "한국 초창기 뮤지컬 운동 연구"에서 우리의 고전을 외국인이 브로드웨이 풍의 뮤지컬 코메디로 꾸며 공연한 사실이 한국 고전 뮤지컬화에 많은 영향을 미쳤다고 보고 있다. 그는 또 이러한 현상이 일제 말 일본인이 우리의 춘향전을 가극화하여 우리 악극계가 '향토가극운동'을 벌이도록 하는 촉매가 된 것처럼 비슷한 영향을 끼쳤다고 진단하고 있다. 바로 미국에서 온 퀴어리 신부가 서강대 학생들을 데리고 뮤지컬로 꾸민 춘향전이 그것인데, 현제명의 오페라 춘향전의 서곡을 사용하고, 중국풍이거나 미국풍의 노래로 구성한 퀴어리 신부의 뮤지칼 춘향전은 그 스스로 '아직까지는 실험적인 것'이라고 말한다는 것처럼 실험성이 강한 작품이었다.[33]

이러한 퀴어리 신부의 춘향전은 예그린 악단에서 '한국적 뮤지컬' 운동을 전개하게 된 동력이 되었다. 1963년 해산된 예그린 악단은 1966년 김종필이 후원회장을 맡고, 박용구 단장이 모든 운영을 맡은 2차 예그린 악단으로 재탄생하면서 일제말 라미라가극단에서 가극운동에 참여했던 박용구 단장체제로 개편되며 향토 가극운동을 계승화는 한국적 뮤지컬 제작 운동을 본격적으로 벌이게 된다. 재창단 후 바로 열린 제1회 심포지움에서 제1차 주제 발표자로 나선 사람이 퀴어리 신부인 것을 보면 그가 연출한 뮤지컬 춘향전이 예그린의 뮤지컬 운동에 어떠한 영향을 주었는지 능히 짐작할 수 있다.

'한국적 뮤지컬의 창조'라는 목표를 통해 창작된 〈대춘향전〉은 박용구 구성, 박만규·황성일 극본, 김희조 작곡, 최창권 지휘로 1968년 2월 23일부터 3월 3일까지 공연되었다. 이러한 대춘향전의 음악을 맡은 김희조는 우리의 전통적인 선율과 리듬을 살리면서도 극적표현과 연기적인 곳에서는 서양의 오페라식 음악을 도입하여 조화로운 뮤지컬 음악을 만들었다는 평을 들었다. 예그린 악단은 1977년 서울 시립가무단을 거쳐 현 서울뮤지컬단으로 이름을 바꾸면서 세종문화회회관을 주무대로 여러 작품을 상연하였는데, 최근까지도 〈2002 성춘향〉이라는 작품으로 관객의 현대적인 감각에 맞게 극적인 속도감을 높이고, 서정성과 역동성을 조화시키고자 노력하는 모습을 모여주고 있다.

2002년도에는 최근 퓨전이라는 코드에 맞추어 창극과 뮤지컬, 인형극, 마당놀이를 결합한 〈인당수 사랑가〉 공연이 열렸다. 공연예술 각 장르의 혼합적 성격의 이 공연은 공연이 지속되면서 새로운 음악을 시도하는 등 많은 수정을 더하

---

33) 본 문단과 다음 문단의 퀴어리 신부의 뮤지컬 제작에 관한 내용은 김성희, "한국 초창기 뮤지컬 운동 연구," 『한국국예술연구』(서울: 한국극예술학회, 2001), 14집, 71−85쪽 참조.

기도 하였다. 이 공연은 공연예술 장르 상의 퓨전이기도 하거니와, 내용상에서
도 강한 퓨전성을 가지는데, 바로 춘향전과 심청전을 섞어놓은 듯한 이야기를
중심 줄거리로 하고 있기 때문이다. 이러한 작품을 소위 '퓨전 뮤지컬'이라 언론
에서는 언급하고 있는데, 장르간의 하이브리드가 강조되는 최근 공연예술분야
의 경향을 말해주는 듯 하다.

5) 오페라(가극)으로의 재창조

춘향전의 현대적 수용에서 빼놓을 수 없는 것이 오페라로 작곡된 오페라 춘향
전이 창작된 것이다. 현제명의 오페라 〈춘향전〉은 한국 창작 오페라의 첫 작품
이라는 의의가 크다. 박충영이 "한국 창작오페라에 관한 연구-춘향전을 중심으
로-"라는 논문을 통해 조사 정리한 바에 의하면 현제명의 오페라 〈춘향전〉은
1948년 작곡된 이래 14회나 공연된 바 있으며, 한국 창작 오페라의 발전에도
많은 이바지를 한 작품이라 한다.[34]

오페라 분야에서 춘향전은 현제명 · 김동진 · 장일남 등의 작곡가에 의해서 여
러 번 작품화되었다. 아래에 오페라 〈춘향전〉의 한국 공연 기록을 윗 박충영의
논문에 의거하여 제시하여 본다.[35]

---

34) 朴忠英, "한국 창작오페라에 關한 硏究-春香傳을 中心으로-"(서울: 숙명여자대학교 대학원
성악학과 석사학위 논문, 1990).

35) 현제명의 오페라 〈춘향전〉은 2002년 4월 19일 · 21일 양일 국립극장 해오름극장에서 국립오페
라단의 연출로 공연되었다. 당시 스텝으로는 지휘에 김덕기, 연출에 김효경 등이 참여하였다고
한다. 또한 2004년 6월 20일에는 한국 창작오페라로는 처음 프랑스 파리에서 오페라 〈춘향전〉
이 공연되었는데, 유치진원작, 장일남 작곡의 오페라 〈춘향전〉이 었는데, 글로리아 오페라단은
95년 광복 50주년-한 · 일수교 30주년기념 및 96년 미국 애틀랜타올림픽 문화행사로 도쿄와
애틀랜타에서 〈춘향전〉을 공연했고, 파리무대는 세번째 해외무대가 된다고 한다. 이에 앞서
2001년도 현재명의 오페라 〈춘향전〉이 베세토 오페라단에 의해서 제일교포 성악가와 중국 조
선족 성악가와의 협동공연으로 세종문화회관 대강당에서 무대에 올려진 바 있다.

〈표 6〉 오페라 〈춘향전〉 자료

연출시기	작곡가	대본	연출	초연 장소	주최
1950. 5	현재명	이서구	유치진	부민관	서울음대
1966.10	장일남	유치진	김정옥	국립극장	국립극장
1986. 6	박준상	박준상		세종문화회관	서울시립오페라단
1997	김동진				김자경오페라단

현재명의 오페라 〈춘향전〉은 『남북한 공연예술의 대화—춘향전과 초기 교류 공연』에서 점검한 바에 의하면 문학적 · 연극적 측면에서 "판소리와 고소설로부터의 과감한 일탈과 화려한 아리아 위주로 작품을 만들고자 한 의도 덕분에, 현제명이 구사하는 비교적 단순한 서양음악 선율에 지나치게 부조화하지 않은 아리아 가사를 만들어냈고, 그것이 아리아의 노래다움을 만드는 데에 크게 기여했다고 보인다."라는 평가와 "춘향전의 기본 흐름과 작품 성격, 최소한의 개연성과 주제 등 연극적 측면을 완전히 무시한 채 매우 간략화된 내용만을 남기게 되고, 대신 노래다운 아리아를 만드는 데에만 치중한 것이라고 보이는 것이다."라는 평가를 받은 바 있다. 음악적으로도 서양오페라를 모방하는 데에 온 부조화와 레치타티보가 성격이 모호하게 되어 있거나, 가사의 엑센트가 고려되지 않은 문제점을 가지고 있으며, 서양음악에서 금기시 되는 병행5도와 병행8도 등의 진행이 나타나는 등의 여러 가지 서양음악어법에 대한 미숙함이 드러나기도 하였다고 한다.36)

장일남의 오페라 〈춘향전〉은 유치진의 희곡 〈춘향전〉을 중심으로 구성되어 연극적 대사로 리브레토의 흐름이 특징지어지기 때문에 전체적으로 익살과 풍자의 기법이 사용되는 특징을 나타내고 있으며, 현실적인 언어 구사가 돋보이는

---

36) 본 항에서는 한국예술종합학교 한국예술연구소 엮음, 『남북한 공연예술의 대화 —춘향전과 초기 교류 공연』(서울: 시공사, 2003), 한국예술종합학교 한국예술연구소 총서10, 215—274쪽에 소개되어 있는 현재명과 김동진의 오페라 〈춘향전〉의 평가를 요약하여 제시하였다.

작품이라 할 수 있다. 그 음악적 구성에서는 아리아의 비중이 줄어들고 오히려 레시타티보적 수법으로 극적 진행의 시도가 강화되어 본래 오페라의 양식적 특징인 아리아, 중창, 합창 등의 적절한 분포가 현실화되지 못한 점이 드러난다 할 수 있다.[37)]

박준상은 오페라 춘향전에서 직접 대본을 구성하였는데, 판소리 춘향전의 많은 사설들을 그대로 차용하고 있는 것으로 그 대본 구성의 특징을 알 수 있다. 그러므로 한문식 어투의 사용이 많이 나타나는데, 이를 다시 현대어로 풀이하는 내용이 대사에 삽입하여 가사 전달의 문제점을 해결하고자 하는 노력이 보인다. 때문에 아리아가 두르러지게 나타나지 않은 음악적인 특징을 가지며, 중창에서는 이중창만을 사용하는데 이를 단선율 진행으로 처리한 것 등이 주목된다. 박준상의 오페라 〈춘향가〉의 "사랑의 이중창"에서는 굿거리 장단의 리듬형이 나타나는 등 전통적인 음악 리듬을 사용하였고, 반주악기로서 국악기를 사용하는 등 새로운 시도가 엿보인다.

1997년 초연된 김동진의 오페라 〈춘향전〉은 앞서 소개한 세 작곡가의 오페라 〈춘향전〉과 다른 신창악이라는 기법을 사용하여 작곡되었다. 김동진에 의해서 주창된 신창악이란 "판소리의 정신과 창법을 올바르게 이어받아 현대에 적응할 수 있게 발전시켜 서양 음악 기법과 과학적인 발성법으로 노래할 수 있게 창작된 한국정신과 주체성이 있는 최고 수준의 성악음악이다."라고 스스로 설명하고 있다. 김동진이 주창하는 신창악은 평균율을 사용할 것, 과학적인 발성법과 한국적인 창법을 창안할 것, 현대악기를 사용할 것, 오선보를 사용할 것, 새로운 창작의 길을 개척할 것이라는 대전제하에서 판소리가 가지는 여러 발성적인 특징, 발음 시 군음을 많이 사용하여 멋을 내고, 음을 끌어올리기도 하고 내리기도 하는 토속적인 멋과 몸전체에서 나오는 엑센트를 구사하여야 하며, 목을 떨지 않다가 떠는 것이라든지, 꺽는 목 및 떠는 목, 그리고 농성(弄聲) 등을 구현하기

---

37) 장일남과 박준상의 오페라 〈춘향전〉은 朴忠英, "한국 창작오페라에 關한 研究—春香傳을 中心으로—"(서울: 숙명여자대학교 대학원 성악학과 석사학위 논문, 1990)에서 참고 정리하였다.

도 하고, 신들린 듯한 입신의 경지의 표현, 목소리로 자연을 묘사하여야 하며, 특이한 곡선의 음율들을 표현할 수 있어야 한다는 세부 방식을 도입하고자 한 것이다.[38] 이러한 신창악의 내용들은 김동진이 일제강점기에 발매된 창극 〈춘향전〉 등을 직접 채보하고 연구하여 찾아낸 판소리의 음악적 특징을 현대에 맞게 발전 · 수용한 결과로 여겨진다.

김동진의 오페라 〈춘향가〉는 문학적인 면에서 "판소리의 적극적 계승이라는 좋은 의도에도 불구하고, 판소리의 서사적 특성과 극적 특성을 구별하여 계승하는 데에 실패함으로써, 음악극다운 각색을 이루지 못했다."라는 평가를 받은 바 있으며, 음악적 면에도 "전통음악요소와 서양음악양식을 바탕으로 한 독특한 어법을 만들겠다는 김동진의 의도는 그다지 실효를 거두지 못하고 있다."는 문제점이 제기되기도 하였다. 하지만 한국의 전통적 성악인 판소리 발성을 전형적인 서양의 성악 작품인 오페라에 접목하여 새로운 창악을 시도하고자 한 것은 아주 중대한 의의가 있다고 할 수 있다.[39]

6) 북한의 민족가극으로의 재창조

북한에서 춘향전이 민족가극으로 초연된 것이 1989년이다. 해방 후 월북한 안기옥 · 박동실 · 정남희 · 조상선 · 류대복 등의 명인명창들이 국립민족예술극장을 중심으로 창극운동을 활발히 전개하였다. 창극 〈춘향전〉은 1948년 안기옥 작곡, 조성 작사, 마완영 연출로 공연되었지만, 이후 조상선 작곡, 김아부 작사, 주영섭 연출로 1952년 또 다른 6막 창극 〈춘향전〉이 발표되고, 2년 뒤 1954년에는 박동실 · 정남희 작곡, 김아부 작사, 김영희 연출로 6막 7장의 창극 〈춘향전〉

---

38) 김동진, 『金東振 韓國精神音樂 新唱樂曲集』(서울; 도서출판 主流, 1986), 387−411쪽.

39) 최근에는 춘향전을 단순화시켜 외국인들이나 어린이들이 쉽게 이해할 수 있도록 각색한 영어뮤지칼이 등장하기도 하였고, 악무극 형식으로 꾸며진 춘향전인 〈영원한 사랑 춘향이〉가 발표되기도 하였다.

이 발표되는 등 해방 후 북한에서 제일 활발하게 공연된 작품이다. 북한에서의 창극에는 남한의 창극에서는 그리 잘 사용되지 않는 구전민요 등의 음악적 요소가 활발히 도입되었는데, 1954년에 공연된 창극 〈춘향전〉에 김진명 등의 서도소리 명창들이 투입된 것을 보면 그 음악적 성격의 변화를 짐작해 볼 수도 있을 것이다.[40]

1965년 극장기구의 개편과 더불어 국립예술극장은 가극을 전문으로 하는 국립가극극장으로, 국립민족예술극장은 민족가극을 전문으로 하는 국립민족가극극장으로 변모하게 되었는데, 이를 계기로 전통적인 창극은 사라지게 되고, 민족가극이라는 이름으로 작품들이 창작되기에 이른다. 이러한 민족가극으로도 춘향전은 창작되는데, 조령출 작, 리면상·신영철 작곡, 김영희 연출, 서옥린 무대미술로서 무대에 올려진다. 이 민족가극 〈춘향전〉은 남한에서 1989년 초연된 민족가극 〈춘향전〉과는 다른 것으로 민요적인 특성을 포함하고 있다는 의미로 '민요적 민족가극'으로 지칭되기도 하였다. 이 이면상·신영철 작곡의 〈춘향전〉의 음악적 특징을 고찰하여 보면, 탁성으로 연주하는 판소리 발성을 제거하고, 역할에 맞도록 남녀성부를 분리하고, 개량된 민족관현악을 도입하였다는 것을 들 수 있다.

이후 또 다른 조직 개편에 의해서 1969년 기존의 국립민족가극극장과 국립가극극장이 통합되어 국립민족가극극장으로 개편됨에 따라 민족가극과 가극을 하나로 묶어 주체적인 혁명가극의 시대를 준비하게 되고, 1971년 국립가무단과 국립민족가극극장이 해체되며 피바다가극단을 조직하여 절가나 방창을 도입한 음악극 형태의 민족가극이 탄생하는데 기본을 마련하게 된다.

이렇게 탄생한 민족가극 〈춘향전〉은 문학적·연극적 측면에서 주체사상에 맞

---

40) 한국예술종합학교 한국예술연구소 엮음, 『남북한 공연예술의 대화 −춘향전과 초기 교류 공연』 (서울: 시공사, 2003), 한국예술종합학교 한국예술연구소 총서10에 소개되어 있는 북한 창극 관련 내용을 참조하였다. 본 저서에서는 1988년에 민족가극 〈춘향전〉이 초연되었다고 되어 있으나 1988년에 창작되고, 1989년 1월 1일에 초연된 것으로 보는 것이 합당하다.

도록 그 내용이 수정되거나 변화되었는데, 빈부귀천의 갈등이 중심 주제로 등장하였고, 기생이 나닌 상민으로서의 춘향과 월매가 강조되었으며, 월매와 방자의 희극성이 약화되어 나타나며, 합리성과 개연성을 강화한 특징을 보여주고 있다고 분석되고 있다. 음악적 측면에서는 쉬운음악을 목표로하는 북한음악의 특성상 일반화·평균화라는 시도로 만들어진 배합관현악이 사용되는 등 음악의 균질화 경향을 보여주고 있으며, 절가와 방창이라는 '피바다식 혁명가극'의 창작원리를 충실히 반영하고 있고, 민족가극 내에서 통일적 연관성을 보여주는 무한선율을 사용하고 있으며, 여러 가지 유도선율로서 극의 정서 전개를 돕고 있다고 한다.[41]

7) 영화로의 재창조

영화에서 춘향가는 가장 많이 작품화되었다. 영화 〈춘향전〉 제작을 살펴보면 1923년 조천고주라는 일본인 감독에 의해서 처음으로 발표되었는데, 이를 시발점으로 하여 2000년도까지 모두 16편이라는 극영화로 제작되었다고 한다. 아래 표는 김종식의 "영화 및 TV드라마 〈춘향전〉 비교 연구"에 소개된 15편의 영화 〈춘향전〉을 재인용한 것이다.[42]

---

41) "하나의 예로 대표적인 민족가극 「춘향전」은 당시까지 평양에서만 50여 차례 공연을 했다는 평양예술단에서 창작되어 1989년 정월 초이튿날 평양 만수대극장에서 초연 되었다. 이 연극은 모두 7장 22경으로 구성되어 있다. 이렇게 많은 장면은 관객들이 오직 무대에서 전개되는 몰입 할 수 있도록 많은 장면들이 빠르게 전환되면서 펼쳐진다. 이때 복잡한 기술이 요구되는 '흐름식 무대장치'가 사용되며 극중인물의 내면세계와 사건의 전개 등을 설명하는 방창 식의 노래와 연주가 도입된다. 제1장 제1경 「광한루의 봄」에서 시작하여 2장 「부용당의 봄밤」,3장 「부용당의 가을」, 6장 「눈물의 부용당」 7장2경 「고생 끝에 낙이 왔네」로 끝나는데, 전체적 줄거리와 장면설정은 우리의 춘향전과 크게 다를 바가 없다." 이강렬, "집중기획 / 김일성 사후 북한의 문화예술, 그 변동의 예측 정치선동을 위한 압도적 군중예술 —민족가극 「춘향전」, 혁명가극 창작과 김정일," 〈http://www.kcaf.or.kr/zine/artspaper94_10/19941006.htm〉 참조.

42) 김종식, "영화 및 TV드라마 〈춘향전〉 비교 연구"(서울: 중앙대학교 예술대학원 석사학위 논문, 2000).

〈표 7〉 영화 〈춘향전〉 자료

연도	제목	감독	시나리오	제작사	출연자	특기사항	비고
1923	춘향전	早川孤舟	早川孤舟	동아문화협회	김조성(변사) 한룡·최영완		
1935	춘향전	이명우	원작:이기세 각본:이구영	경성촬영소	문예봉·한일송 김연실·노재신	최초 발성영화	음악:홍난파 촬영:이필우
1955	춘향전	이규환	이규환	동명영화사	이민·조미령 노경희·전택이 김금룡·석금성		
1957	대춘향전	김향	김향		박옥진·박옥란	창극	음악:조백봉
1958	춘향전	안종화	정초전	서울칼라라보	최현·고유미 전옥		음악:김성태
1960	탈선 춘향전	이경춘	이주홍	우주영화사	박복남·복원규 김해연	희극	음악:백영호
1961	춘향전	홍성기	유두연	홍성기 프로덕션	김지미·신귀식 김동원·양미희 최남현·유규선	최초 천연색 시네마스 코프	음악:이혜구
1961	성춘향	신상옥	임희재	신필림	김진규·최은희 도금봉·한은진 허장강·이혜춘		
1963	한양에서 온 성춘향	이동훈	한장봉	동성영화사	신영균·서양희 조미령		
1958	춘향	김수용	임희재	세기상사	홍세미·신성일 태혀실·윤인자 허장강·박노식		
1971	춘향전	이성구	이어령	태창영화	문희·신성일 박노식·여운개 도금봉·허장강	국내최초 70밀리 영화	
1976	성춘향전	박태원	이문웅	우성사	장미희·이덕화 장욱재·최미나 도금봉·신구		
1978	성춘향	한상훈	김용진	화풍흥업	김성수·이나성 사미자·김성찬 연규진·곽은경		
1999	성춘향전	앤디킴 (Andy Kim)	김연옥 박양옥 홍재호	투너신서울		만화영화	
2000	춘향뎐	임권택	김명곤	태흥영화	조승우·이효정 김성녀·이혜은 김학용·이정헌		원안:조상현 창본 춘향가

위 표에 의하면 최초로 춘향전이 일인에 의해서 영화화되고 나서 한참 후 1935년에 춘향전이 우리의 최초의 발성영화로 재창작되었다고 하나, 『실록 한국 영화총서(상)』에 소개된 바 1923년 한해 전 1922년 4월 18일부터 이틀간 단성사에서 김소랑(金小浪) 일파가 연쇄극(連鎖劇) 〈춘향가〉를 제작하여 상연한 사실을 소개하고 있다. 그러므로 최초의 영화 〈춘향가〉는 1922년에 등장하였다고 해야 할 것이다.[43] 이후 1923년의 조천고주의 영화 〈춘향전〉 이후 고전의 영화화가 많이 제작되기도 하였다.

1935년 한국 최초의 발성영화 〈춘향전〉이 등장하기 전에 춘향전 영화의 내용을 담은 유성기음반이 발매된다. 바로 박록주(창) · 김영환(설명/호방 · 춘향모 대사) · 이애리수(춘향 · 향단 대사) · 윤혁(이도령 · 변사또 대사) 등이 참여한 영화극 〈춘향전〉 음반이다. 1930년 콜럼비아 음반회사에서 발매한 이 음반은 두장으로 발매되었는데 박녹주 창으로 "기생점고" · "군로사령나가는데", "어사와 장모" 등의 대목을 수록하고 있다. 이로부터 1935년 발성영화가 나오기 전에 춘향전이 어떠한 식으로 상연되었는지를 짐작케 해준다. 아래에 영화극 〈춘향전〉 음반을 제시한다.

Columbia 40146-A(21333) 劇 春香傳(一) 金永煥 李애리스 尹赫 朴綠珠
Columbia 40146-B(21334) 劇 春香傳(二) 金永煥 李애리스 尹赫 朴綠珠

Columbia 40147-A(21335) 劇 春香傳(三) 金永煥 李애리스 尹赫 朴綠珠
Columbia 40147-B(21336) 劇 春香傳(四) 金永煥 李애리스 尹赫 朴綠珠

윗 표에 보이는 대부분의 영화 〈춘향전〉이 원전과 흡사한 내용을 가지고 제작된 반면 1960년에는 이경춘 감독이 〈탈선춘향전〉을 제작하여 영화 〈춘향전〉의 패러디화의 실험작이 되었다는 평가를 받았다.[44] 또 한가지 주목할 만한 춘향전

---

43) 김종욱 편저, 『실록 한국영화총서(상) 제1집(1903~1945.8)』(서울: 국학자료원, 2002), 149쪽.

으로 1957년도에 창작된 〈춘향전〉이 있다. 이는 창극을 영화로 담아내어 주목을 끈다. 2000년도에 중요 내용을 판소리로 처리란 임권택 감독의 〈춘향뎐〉도 새로운 시도로서 주목을 받았다.

북한에서도 춘향전은 적극적으로 영화화 되었다. 북한에서 춘향전은 앞서 민족가극 〈춘향전〉의 소개부분에서 언급한 바와 같이 북한의 춘향전은 원작과 그 내용의 강조 부분이 조금 다르게 나타난다. 북한에서도 춘향전은 여러번 영화화 되었는데 신상옥 감독이 북에 있을 때 제작된 선전성 없는 북한 영화 〈사랑 사랑 내사랑〉이 바로 춘향전을 소재로 제작된 영화이다.

8) 무용으로의 재창조

춘향전이 앞서 소개된 바 여러 장르의 공연예술로 변모하는 과정에서 무용극으로의 변화도 초래하게 된다. 해방후 1946년 5월 8일 · 9일 이틀간 국제극장에서는 선방무용연구소(仙芳舞踊硏究所) · 삼화무용연구소(三和舞踊硏究所)에서 개최하고 대동신문사(大同新聞社)에서 후원한 "朝鮮이나흔 天才的舞姬 仙芳 · 三和 第3回藝術舞踊發表會"에서는 〈춤추는 春香傳〉을 포함하여 10여 편의 무용을 선보인 기록이 있다. 이 공연의 선전전단에는 춤을 추는 춘향이의 모습이 그려져 있으므로 〈춤추는 춘향전〉이라는 작품을 부각시키고 있음을 알 수 있고, 해방후 무용극으로 춘향전이 재창조되었음을 알려준다.

춘향전이 무용의 소재로 사용된 것은 일제강점기에도 이미 존재하였던 사실이다. 발레의 거장 포킨이 1936년 춘향전을 안무한 사실이 있기 때문이다. 그는 러시아 발레단이 고국에서 혁명이 일어나자 망명지 몬테카를로에서 제2의 중흥기를 구가할 때 우리의 춘향전을 대본으로 한 발레극을 창작하여 무대에 올렸다

---

44) 설성경, "특별기획 프로그램 한국의 기층문화를 총점검한다 춘향전 72종을 대비 분석한다 − 춘향전은 왜 영원한 고전인가−," 〈http://www.kcaf.or.kr/zine/artspaper86_01/19860106.htm〉 참조.

는 기록이 있기 때문이다.[45]

  춘향전의 무용화가 언제 처음 시도되었는지 그 기록을 더듬기는 어려운 면이 있다. 하지만 일제강점기 1913년부터 1914년 7월까지 광무대에서 공연한 몇 가지 프로그램에서 춘향전의 무용으로의 재창조의 예를 찾아볼 수 있다. 광무대 공연에 보이는 옥엽의 방자놀음, 산옥의 이도령노름 등은 기생들이 몸동작을 표현매개로 삼아 방자나 이도령을 흉내낸 것으로 보이는데 이를 순수한 무용으로 해석하기는 그 실체에 대한 증언이나 자료가 없어 힘든 면이 있으나, 분명 노래나 기악은 아닐 것으로 추정된다. 그 이유는 극장 공연 프로그램 광고에 나타나는 바 노래와 기악은 분명히 명기되어 있기 때문이다.[46] 1914년 『매일신보』에 실린 "예단일백인"(藝壇一百人) 기사에도 각 기생들의 특장으로 방자노름과 춘향가, 이도령노름 등이 나타나는데 수원 출생의 산옥의 특장 종목이 춘향가, 이도령노름, 사랑가, 판소리, 시조, 가사, 잡가, 해주난봉가, 양금인 것을 보면 이러한 '~놀음' 형식의 공연은 춘향전을 소재로 하여 춘향전이 무용으로 재창조된 기록으로 볼 수 있다.[47]

  해방 후 본격적인 무용 춘향전이 공연된 것은 국립무용단에 의해서다. 국립무용단은 국립극장에 소속된 전속 무용단으로 62년 2월 6일 발단식을 한 후 지금까지도 꾸준하게 한국 전통무용에 기반을 둔 무용을 발표해오고 있다. 국립무용단은 정기공연 형식으로 새로운 창작 무용 작품을 매해 발표하고 있는데 춘향전을 모본으로 하여 1977년 "국립무용단 제19회 정기공연"의 일환으로 무용극 〈춘향전〉을 발표하였다. 당시 극본에는 김지일이, 작곡에는 김희조, 안무에는 송범, 연출에는 이진순 등이 참여하였고, 홍금산·백영순(춘향), 국수호(도령), 박정목(변학도) 등이 출연하였다고 한다.[48]

---

45) 최정호, "[최정호칼럼]모스크바 한 겨울밤의 꿈," 2003월 12월 24일 참조.

46) 백현미, 『한국 창극사 연구』(서울 : 태학사, 1997), 99쪽.

47) "예단일백인"의 기사 분석은 2004년 한국예술종합학교 전통예술원 예술사 학술대회 논문집에 수록된 임태경의 "『매일신보』 '藝壇一百人' 기사를 통해 본 1910년대 기생의 음악활동 연구" 참조.

춘향전은 이후 꾸준히 창작무용으로 재창작되었는데 2000년 1월 1일에 공연된 대전문화예술의전당 공동제작 창작무용 〈춘향유문〉도 그와 같은 작품에 해당한다. 이 작품의 안무자의 의도를 인용하면 다음과 같다.[49] "이러한 춘향전은 문학에서도 다양한 방법과 관점으로 접근하여 나름의 해석을 하고 있는데, 작품 〈춘향유문〉은 그런 문학사적 관점을 motive로 하여 다시 재구성을 하였다. 이 작품에서는 서정주의 〈춘향유문〉과 임철우의 〈옥중가〉의 관점을 도입, 옥중에서의 춘향의 시점에 따라 작품의 흐름을 진행하였으며, 김영랑의 〈춘향〉과 서정주의 〈추천사〉, 유진환의 漢詩 〈춘향전〉의 재해석을 작품의 코드로 풀어가도록 하였다. 우리에게 너무 익숙하게 알려져 있는 고전소설을 토대로 좀더 새롭고, 보다 가치 있는 문화.예술 컨텐츠의 개발을 위해 각각의 캐릭터들과 여러 상황들, 다양한 시점들에 어울리는 동작 개발을 위주로 하였으며, 참신한 동선과 구성 등의 고민을 통해 이 시대 새로운 무대 어법을 펼치고자 한다." 이처럼 〈춘향유문〉 현재까지 발표된 여러 현대시의 춘향전의 해석을 도입하여 그 내용을 무용에 도입한 작품으로 해석된다. 이 작품은 6인의 안무자가 모두 3장의 여섯 가지 이미지를 형상화하여 그 무용극적 구조를 이루었다.

국립무용단이 제81회 정기공연의 일환으로 2002년 공연한 무용극 〈춘향전―춘당춘색고금동〉에서는 고전적인 춘향전의 줄거리를 관객들이 모두 안다는 전제조건하에서 그 순서를 바꾸고, 입체화 시켜 새로운 전개방식을 만들었고, 모든 동작을 춤으로 처리하여 36가지 창작춤을 만들어 내었다고 한다.[50] 새롭게

---

48) 『國立劇場30年』(서울: 國立劇場, 1980) 참조.

49) 이 작품의 안무를 담당한 안무자로 이정애(이정애 무용단 대표) · 정은혜(충남대학교 무용학과 교수) · 임현선(대전대학교 무용학과 교수) · 배주옥(중부대학교 무용학과 교수) · 최영란(목원대학교 사회체육과 교수) · 엄정자(대덕대학교 무용과 교수 역임) 등이 있다.

50) "첫 장면은 춘향의 옥살이에서의 회상장면. 3쌍의 춘향(장현수 김미애 옹경일)과 이몽룡(윤상진 우재현 김윤수)이 등장해 봄, 여름, 가을, 겨울 등 계절에 따라 다른 색깔로 선보인다. 2막은 남성군무가 돋보인다. 장원급제한 이몽룡이 어사화를 받았을 때의 각오를 표현한 장쾌한 남성군무 '목화춤'과 탐관오리를 처벌하는 장면에서의 '발바닥 춤'이 볼 만하다. 3막은 '역할 바꾸기'가 시도된다. 변학도는 기생만 보면 '눈이 뒤집히는' 인물. 그러나 춘향을 고문하는 사람은 변학도가 아니라 그로부터 퇴짜당해 시기심만 가득한 다른 기생들이다." 이강미, "풍성한 춤판 어깨춤이

안무된 춤 명으로 계절을 암시하는 "눈보라춤"을 비롯하여 "부채춤", "낙엽춤", "바구니춤", "물동이춤" 및 지방색을 보여주는 "경기춤", "전라도춤", "충청도춤" 등이 있다. 이 작품의 공연의 연출은 오태석이 맡았다.

국립무용단이 제82회 정기공연으로 마련한 공연도 춘향전이었다. 월드컵이라는 국제적 행사를 준비하는 일환으로 춘향전의 사전지식이 없어도 감상할 수 있는 무용극 춘향전을 만든다는 기획아래 '신분차를 극복한 사랑'이라는 주제로 배정혜(단장)의 안무, 김태근의 작곡으로 〈춤, 춘향〉이 상연되었다.[51] 이외에도 2003년에는 3월 28일부터 사흘간 LG아트센터에서 〈안은미 춘향〉 공연이 있었는데, 기존의 무용극 〈춘향전〉과는 다르게 내용에서 전폭적인 변화를 가져온 작품이라는 평가를 받았다.[52]

절로…'어떤 춤을 볼까?'," 〈스투닷컴;http://www.stoo.com〉, 2002년 5월 27일자 기사.

51) "[국립무용단 '춤, 춘향'] 외국인 위한 춤추는 춘향전," 〈http://www.artcenter.co.kr/webzine/ArtNews〉 참조. "단오 풍습인 머리감기, 여인들이 우물가에서 바가지를 두드리며 놀던 수부희 등을 춤과 음악이 융합된 움직임으로 재구성하고, 달빛 아래 우물가 여인들의 관능적인 아름다움을 무대 위에 재현한다. 사또 잔칫날 장면은 발레의 디베르티스망처럼 다양한 춤의 향연으로 구성했다. 장구, 꽹과리, 소고 등을 이용한 춤과 사또의 독무 등을 선보인다."

52) 문애령, "안은미 춘향,"『중앙일보』, 2003년 4월 1일자 기사 참조. "모든 춤이 자연스럽게 뒤섞일 수 있었던 원인은 안무자인 안은미씨가 여러 극적인 상황을 환각 속의 몽롱한 상태처럼 묘사했기 때문이다. 따라서 기존의 춘향을 주제로 한 무용극과 달리 춘향과 이도령의 2인무가 한번도 없이 결혼을 했다거나 칼을 쓰고 옥에 갇힌 춘향이가 보이지 않은 것은 극의 전개에서 전혀 중요한 문제가 되지 않았다.""강렬한 붉은 색조의 무대, 바닥에 나체로 엎드린 군무, 계단에 앉아 노래하는 소리꾼의 모습은 현실과 비 현실의 구분이 어려운 요정들의 공간이었다. 한 손에 부채를 든 월매가 전통 기방 춤을 추고 나면 일사불란하면서도 정신없이 보여준 빠른 군무가 흥미를 더했다. 2장에서는 두 명의 춘향이 주역이었다. 안은미가 직접 춘 춘향의 독무는 보디 페인팅을 한 몸에서도 한국적인 고전미가 표출될 수 있다는 사실을 알려준 다소 놀라운 장면이었다. 현실의 춘향과 교체된 꿈속의 춘향은 가냘프고 아름다운 발레로 환상을 증폭시켰다. 꿈에서 깨어난 춘향은 결국 어사가 된 몽룡과 결혼하는데, 안은미 식으로 재미있게 옷을 입힌 고전극으로 완성도가 높았다. 그러나 '안은미 춘향'은 뭔가 더 큰 변화를 기대했던 관객들에게는 아쉬움을 남겼다. 예를 들면 춘향의 꿈에 변학도와 이몽룡이 동성애적인 관계로 등장하지만 그 결과에 대한 정리 단계가 없었기 때문에 구성 면에서 오히려 사족이 됐다. 춘향의 역할에 변화를 줘 새로운 줄거리를 만들어내는 파격적인 뒤집기에는 결국 도달하지 못한 셈이다."

4. 맺음말

이상에서 춘향전·춘향가가 현대적으로 재창조되어 창작된 작품들에 대하여 간략하게 살펴보았다. 춘향전은 그 자체가 훌륭한 내용적 구조를 가지는 작품이며, 판소리 춘향가로서 대중들에게 많은 인기를 받았던 고전이기 때문에 오늘날까지도 가장 주목을 많이 받는 영원한 재창조·재창작의 소재가 되고 있다.

본고에서 살펴본 바 비공연예술 분야의 시·소설뿐만 아니라 회화·만화·사진 등에서도 적극적으로 분석되어 활용되고 있으며, 공연예술 분야의 창극·연극·뮤지컬·오페라·가극·영화·무용 등에서도 지속적으로 현대적 수용의 길을 걷고 있음을 알 수 있었다.

필자는 본문을 통해서 기존의 관련 연구 성과를 정리하고 그 수용 양상을 살펴본 결과 내용상 변화없이 원전을 그대로 사용하면서 새로운 공연예술 혹은 비공연예술 형태로 수용된 경우와 내용상 변이가 일어난 경우가 있음을 알 수 있었다. 대체로 처음 새로운 예술 형태로 수용될 경우 거의 내용의 변화없이 수용되지만 현대로 올수록 내용상의 패러디나 변화가 많이 동반되어 예술작품화되는 경향도 나타나고 있었다.

최근 공연예술계에서 춘향전을 적극적으로 활용하여 작품의 소재로 활용하는 것은 아마도 춘향전이 시대를 초월하는 보편적인 예술성이 내제되어 있기 때문이라 볼 수 있다. 그것은 춘향전 속에서 우리가 찾아낼 수 있는 인간 삶의 여러 가지 모순들을 극적으로 해결함으로 인해서 우리에게 보편적인 진리를 찾아주는 방법을 간직하고 있기 때문이기도 하다.

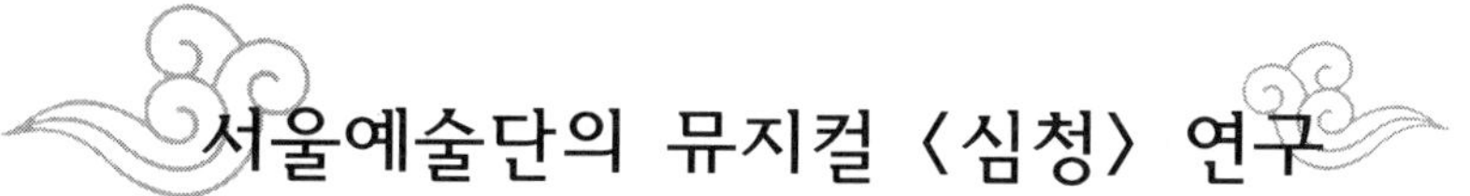

서울예술단의 뮤지컬 〈심청〉 연구

최승연

1. 머리말

연극계에서 〈심청가〉의 재창조 문제는 매우 활발하게 제기되어 왔다. '효'에 대한 신화적 존재인 심청이를 재해석하는 작업이 극작가들의 지속적인 관심의 대상이 되었기 때문이다. 1920년대 중반 박승희의 〈심청전〉에서 시작하여, 채만식의 〈沈봉사〉(1936년, 1947년 두 번에 걸쳐 창작되었다), 최인훈의 〈달아 달아 밝은 달아〉(1978년), 오태석의 〈심청이는 왜 두 번 인당수에 몸을 던졌는가〉(1989)에 이르러 고전 속의 심청이는 각기 개별적인 주체로 탄생되기에 이르렀다.[1] 이 변모의 과정 속에는 당대를 바라보는 작가의 시선과 냉혹한 현실을 살아나가는 근대적 주체에 대한 비극적 인식이 고스란히 담겨있다. 그러므로 위의 작품들에서 심청이는 더 이상 유토피아를 향한 낙관주의를 표방하는 신화적 인물로 다루어지지 않는다.[2]

---

[1] 김현철, 「판소리 〈심청가(沈淸歌)〉의 패로디 연구」, 『한국극예술연구』 11집, 한국극예술학회, 2000, 293-347쪽 참조.

[2] 선행연구에서 '〈심청가〉의 희곡화'를 다룬 주요 성과물들은 다음과 같다.
김숙현, 「채만식 희곡 연구」, 경남대 박사학위논문, 1990.
김유미, 「판소리 '심청가'의 현대적 계승에 관한 일고찰」, 고려대 석사학위논문, 1991.
김현철, 「판소리 〈심청가(沈淸歌)〉의 패로디 연구」, 『한국극예술연구』 11집, 한국극예술학회, 2000.

이 논문에서 다루는 음악극으로의 재창조 문제는 이에 반해 활발하게 연구되지 못했다.[3] 연극에 비해 음악극으로 변형된 사례가 상대적으로 적은 것에 근본적인 원인이 있겠으나, 음악극에 대한 논의가 연극에 비해 활성화되지 못한 것도 그 이유가 된다.[4]

우리나라에서는 '음악극'의 개념이 정확히 정리되지 않은 채 어떠한 장르의 음악이든지 그것이 극을 이끌어가는 형식의 드라마를 통칭해오고 있다. 서양의 경우 음악극(music drama)은 음악이 텍스트의 중심에 서는 것이 아니라, 공연에 대해 언급하거나 묘사하거나 공연의 즐거움을 배가시키는 역할 정도로 축소된 형태를 말한다. 존 게이(John Gay)의 〈거지 오페라(Beggar's Opera)〉가 대표적인 예로 꼽히는데, 여기에서 플롯은 노래와 독립하여 존재하고 노래는 서사를 '이야기'한다.[5] 음악극은 이러한 점에서 레뷔와 양극단에 서 있는 뮤지컬의 한 지류가 된다. 그러나 전술한 바와 같이, 우리나라에서 음악극은 뮤지컬을 포함하는 상위개념으로 사용된다. 이러한 개념상의 차이는 뮤지컬이 '수입된' 공연물이므로, '한국적' 혹은 '창작' 뮤지컬을 생산해야 한다는 강박증적 인식의 결과로 보인다. 가무악극이라는 장르는 창극의 현대화가 이루어지고 있을 즈음, "전통적인 음악구조와 방법에 의한 관현악곡이 전체의 기조가 되고, 배우의 가창과

사진실, 「〈달아 달아 밝은 달아〉의 구조와 의미」, 『한국연극사연구』, 태학사, 1997.
장혜전, 「'심청전'을 변용한 현대희곡 연구」, 『한국연극학』 7집, 한국연극학회, 1995.
홍진석, 「〈달아 달아 밝은 달아〉의 주제의식 고찰」, 『한국언어문학』 제31권, 1993.
3) 음악극 관련 논의는 주로 〈심청가〉의 '창극/오페라로의 재창작'에 쏠려 있다. 주요 성과물은 다음과 같다.
김정희, 「오페라 심청과 창극 심청전」, 『낭만음악』 44, 1999년 9월.
백현미, 「심청전을 읽는 두 가지 독법」, 『연극평론』 28호, 2003.
안선희, 「윤이상의 오페라 「심청」에 대한 고찰」, 한양대학교 석사논문, 2000.
최윤정, 「윤이상의 작곡기법에 관한 고찰」, 서울대학교 석사논문, 2003.
4) 우리나라에서 음악극이란 창극, 악극, 가무악극, 서구식 뮤지컬, 오페라를 전부 포괄하는 개념으로 인식되고 있으나, 이 논문에서는 창극을 제외한 장르로 한정한다. 〈심청가〉의 창극으로의 재창조는 다른 양식에 비해 많이 이루어져서 독립된 글로 다루어져야 하기 때문이다.
5) 맥클린턴, 「뮤지컬의 문화적 기여와 매력」, 『연극의 이론과 비평』, 한국예술종합학교 연극원 연극학과, 2003, 60쪽.

무용과 연기를 통해 구성되는 한국적인 뮤지컬을 개발하려는 시도"[6]하에 성립된 것이다. 극단 민예와 서울예술단(88서울예술단의 후신)이 가무악극을 실험하는 대표적인 극단으로 꼽힌다. 이러한 상황 하에 우리의 음악극이란 서구적 의미의 뮤지컬과 "전통적인 뮤직 드라마"[7]를 모두 포괄하는 개념으로 사용되고 있다.

〈심청가〉의 음악극으로 변모는 창극에 비하여 그리 빈번하지는 않았다. 처음 음악극으로 재창작된 것은 1941년 4월 아세아악극단의 악극 〈심청전〉이며 이후 서항석 대본으로 반도가극단에서 가극 〈심청전〉(1943년)을 공연하였다.[8] 악(가)극의 특성상 현재 대본 구득이 어려워 이 두 작품에 대한 본격적인 논의는 불가능하다. 이러한 난점은 악극이 활발하게 논의되지 못하는 근본적인 한계로 작용한다. 이후 〈심청전〉은 윤이상에 의하여 오페라 〈심청전〉(1972)으로 변모한다. 또한 민족음악의 수립을 원했던 김동진에 의하여 한국식 오페라(가극) 〈심청전〉(1978)으로도 재탄생된다.[9] 1997년에는 서울예술단에 의하여 뮤지컬 〈심청〉으로 재창작되어, 제4회 뮤지컬 대상(1998년)에서 음악상(최창권), 남우주연상(유희성), 기술상(이상봉)을 수상한다. 뮤지컬 대상에서의 수상이 작품의 질을 판가름할 수 있는 기준이 되는 것은 아니지만, 이 작품에 대한 당시의 관심이 반영된 결과이므로 주목할 필요가 있다. 또한 수상의 여부를 떠나 서울예술단의 작업이 유의미한 것은 이것이 서구식 뮤지컬로 〈심청가〉를 재창작한 첫 시도였다는 점 때문이다. 전술한 바와 같이 〈심청가〉는 연극, 악(가)극, 오페라, 창극으로 재창작되었으며 또한 영화, 발레로도 선을 보였지만 뮤지컬로의 재창작은 이때가 처음이었다. 그러므로 한국적 뮤지컬의 지속적인 창작

---

6) 서연호, 『한국현대희곡사』, 고려대학교 출판부, 2004, 279쪽.

7) 서연호, 위의 책, 279쪽.

8) 박노홍, 「한국악극사②~③」, 『한국연극』, 1978년 7월호~8월호; 황문평, 『한국대중연예사』, 부루칸모로, 1989, 263쪽 참조.

9) 김동진의 음악어법과 한국식 오페라 〈심청전〉에 대한 논의는 신인선의 논문 「김동진」(『음악과 민족』 26, 민족음악학회, 2003, 17-64쪽)을 참조할 것.

을 목표로 하고 있는 서울예술단의 뮤지컬 〈심청〉을 분석하는 것은 '음악극'이라는 용어를 우리의 상황에 맞게 생산해 낸 공연계의 지형도를 부분적으로 이해하는데 도움을 줄 것이며 동시에 '한국적 뮤지컬'의 일례를 조명할 수 있는 기회가 될 것이다.

2. 공연사와 제작 경위

1) 음악극 〈심청(전)〉의 공연사

〈심청가〉가 처음으로 창극 이외의 음악극으로 공연된 것은 1941년 아세아악극단에 의해서였다. 아세아악극단은 김용환을 중심으로 1941년 4월에 창립된 악극단체로서 창립공연으로 악극 〈심청전〉을 올렸다. 평양에서 가장 큰 극장이었던 금천대좌(金千大座)에서 첫 공연을 하고 서울 부민관에서 〈심청전〉 공연을 지속하였다. 이 때 작곡은 김교성이 하였으나 사실 가수이자 연기자, 작곡가였던 김용환의 음악도 포함되어 있었으며 전체적으로 김용환의 음악이 훨씬 훌륭하다는 평을 받았다. 이 둘에 의하여 악극 전체는 창작곡으로 꾸며졌다. 따라서 아세아악극단의 〈심청전〉은 "악극으로 〈심청전〉을 제대로 완전히 한 첫 작품"10), "본격적인 뮤지컬 드라마를 시도했던 작품"11)이라는 평가를 받는다. 이러한 평가가 중요한 이유는 당시의 악극이 진행되던 형태를 상기했을 때 설명될 수 있다. 일반적으로 당시의 악극단은 "무대공연 레퍼터리를 대개 1, 2부로 나누어 제1부에서는 애정물 혹은 코믹터치의 경연극 내용에 가요곡 형태의 노래나 효과음악을 사용한 드라마 중심의 연극을 상연하고 제2부에서는 경음악단이 무대를 꾸미고 가수, 무용, 개그, 원맨쇼 등을 뒤섞은 소위 '버라이어티쇼'라는 형

---

10) 박노홍, 「한국악극사②」, 66쪽.
11) 황문평, 앞의 책, 263쪽.

식 공연물을 위주로 하는 단체"였다.[12] 악극이 성립되던 1920년대 후반과 30년대에는 '가극'이 당시 음악극의 전 양식을 포괄하는 명칭으로 사용되었기 때문에, 악극과 가극의 구분이 선명하지 않았다. 1940년대에 들어서자 악극과 가극이 구분되어, 악극은 위의 형태로 구성된 공연물로, 가극은 오페라 형식의 대본과 '수준 높은' 창작곡을 보유하며 다양한 악단으로 편성된 반주가 곁들여진 형태로 분화되었다. 오페라 형식의 대본이 존재한다는 것은 가극이 내러티브를 보유하고 있으며 그 안에서 음악과 무용이 하나로 통합되어 있다는 것을 의미한다. 이에 반하여 악극은, 희극성과 멜로드라마적 요소가 내재된 짧막한 드라마가 가요곡 형태의 음악과 결합된 형식이었다. 이에 더하여 다양한 쇼의 양식이 같이 공연됨으로써 전체적으로 버라이어티쇼의 모습을 하고 있었던 것이다.[13]

그런데 아세아악극단의 악극 〈심청전〉은 버라이어티쇼가 아니라, 익숙한 내러티브에 창작곡을 맥락에 맞게 편성한 '가극'의 형태에 가까운 공연이었다. "흔히 있는 악극단의 무대공연 형식과는 달리 〈심청전〉 하나만 가지고 엮어가는 대작물"[14]이었다는 황문평의 언급은 악극 〈심청전〉이 당시 악극의 일반적인 수준보다 높았다는 것을 상상할 수 있게 한다. 요컨대 악극 〈심청전〉은 당시 가극과 유사한 공연물이었으며 현재적 시점으로 보았을 때 미약하게나마 뮤지컬적 구성을 취했던 첫 시도라고 평가될 수 있다.

이후 악극 〈심청전〉은 반도가극단에 의하여 다시 재창작된다. 반도가극단은 1943년 5월 16일에 제목을 〈심청〉으로 바꾸고 서항석의 각색과 연출로 '서선'에서 첫 공연을 갖는다. 이후, 〈심청〉은 반도가극단의 레퍼토리가 되어 해방 전까지 지속적으로 공연된다.

---

12) 황문평, 「내일을 지향하는 대중예술의 가치관 성립」, 『문화예술』 제119호, 1988, 57쪽.

13) 악극이 성립되던 시기의 악극과 가극에 대한 개념 구분은 최승연, 「악극(樂劇) 성립에 관한 연구」(『어문논집』 49호, 민족어문학회, 2004) 392-402쪽을 참조할 것.

14) 황문평, 『한국대중연예사』, 부루칸모로, 1989, 263쪽.

1943년 7월 24일: 가극〈심청〉(12경, 서항석 작 · 연출) 제일극장
1944년 1월 8일~10일: 〈심청〉(서항석 각색 · 연출, 12경) 부민관
1944년 2월 12일~15일: 〈심청〉 부민관
1945년 2월 2일~11일: 〈심청〉(서항석 각색 · 연출, 형석기(刑奭基)작곡, 문호
월(文湖月)편곡, 김정환(金貞桓)장치, 김해성(金海星)
안무, 동미도치(東尾道治)조명, 신정구십구(新井九十
九)기획, 12경) 중앙극장
1945년 3월 28일: 〈심청〉 중앙극장[15]

특기할 것은 반도가극단의 〈심청〉에 정확히 '가극'이라는 장르명칭이 붙어 있
다는 점이다. 반도가극단이 고전에 바탕을 둔 작품을 창작하면서 '민족 정체성'
을 고취할 것을 목적으로 삼았고, 특히 가극운동을 했던 극단이었기 때문에[16]
〈심청〉의 장르적 특성을 이와 같이 규정하고 있는 것이다. 반도가극단은 빅터
(Victor)레코드의 전속 단체로 출발하여 원래 '빅터가극단'이라는 이름으로 활동
하던 극단이다. 이후 일본이 일체의 외래어를 '적성국의 말'이라고 하여 정책적
으로 금지하자 '빅터가극단'을 '반도가극단'으로 개명하고[17] 서민호의 운영체제
아래 계속적인 활동을 벌였다. 그러나 운영을 맡던 서민호가 1942년 조선어학회
사건으로 투옥되자 박구(朴九)가 운영을 이어 받아 반도가극단을 이끌게 된다.
박구의 운영체제 아래에서 반도가극단은 "순수한 무대예술 운동만을 고집하였
으며 서항석, 안기영의 작품을 주로 공연함으로써 쇼적인 무대를 물리쳐 악극이
하나의 공연예술로 발전하는 계기"[18]를 만들었다고 평가된다.
반도가극단의 〈심청〉은 아세아악극단의 〈심청전〉에서 진일보한 것이었다.
악극이라는 명칭아래 가극의 형태로 공연된 〈심청전〉과 달리, 형석기 혼자 60여

---

15) 김호연, 「한국 근대 악극 연구」, 단국대학교 박사논문, 2003, 70−71쪽 참조.
16) 김호연, 「한국 근대 악극 연구−레코드사 소속 악극단을 중심으로」, 『동양학』 제32호, 단국대학
교 동양학연구소, 2002, 61쪽 참조.
17) 황문평, 앞의 책, 264쪽.
18) 김호연, 위의 논문, 61쪽.

곡의 창작곡을 만들며 '본격적인 가극'으로 구성됐기 때문에 작품의 가치를 한 층 높일 수 있었다. 박노홍은 당시 공연을 다음과 같이 회상한다.

> 형석기의 작곡은 60여 곡을 통하여 뛰어났다. 더우기 심봉사와 심청이 이별하는 장면에서는 주고받는 노래가 상당히 많았는데 그 곡조들이 좋았다. 근 20분간을 음악과 노래로서 보는 이로 하여금 눈시울을 적시는 호장면(好場面)을 이루게 작곡과 연출이 좋았다.[19]

이를 통해 가극 〈심청〉에는 장면의 의미를 강조하는 음악이 사용되고 있으며 내러티브 안에 노래와 음악이 통합된 형식으로 배치되어 있었음을 알 수 있다. 중요한 전환을 이루는 시점에 감정을 고조시키는 음악을 집중적으로 배치하여 관객의 집단적 감정체험을 강조하고 있었다. 그러나 이러한 양상의 이면에는, 감상주의적 요소가 내재되어 있으며 '부녀간의 생이별'이 지닌 비극적 정서를 강조하여 '눈물'을 자아내는 극적 전략이 존재했다. 이것은 당시 대중극의 주류 양식이었던 신파극에서 '대중성'을 만들기 위해 즐겨 사용하던 전략으로서, 당시 신파극의 영향력을 짐작하게 하는 대목이다.[20] 이렇듯 〈심청〉은 감상주의적 정조를 자아내는 창작곡으로 구성된 가극이었던 것이다.

악극과 가극 이후 〈심청가〉는 윤이상의 오페라와 김동진의 한국식 오페라를 거쳐, 1997년 서울예술단의 뮤지컬 〈심청〉으로 각색된다. 전술했듯이 이 작품은 뮤지컬로서의 첫 시도였다. 서울예술단의 〈심청〉은 1997년 3월 19일부터 23일까지 예술의 전당 오페라극장에서 공연되었다. 이 후 지방순회공연을 떠나, 대전, 광양, 진주, 전주, 청주, 군산, 원주, 삼척, 구미 등 9개 지역에서 총 20회 공연을 갖는다.[21] 이 작품이 제작된 경위는 다음 장에서 서술될 것이다.

---

19) 박노홍, 「한국악극사③」, 53쪽.

20) 그러나 이러한 분석이 정합성을 더욱 획득하기 위해서는 실제 악보와 많은 자료가 덧붙여져야 한다. 최근 형석기의 신민요 악보가 발견되어 그의 가극 창작의 실제를 확인할 수 있는 실마리가 보인다. 이에 대하여는 별도의 논의가 필요하다.

2) 뮤지컬 〈심청〉의 제작 경위

뮤지컬 〈심청〉은 애초에 '우리 것을 통한 세계화'를 목표로 제작된 작품이었다. 이러한 기본 목표는 서울예술단의 정체성을 설명해준다. 서울예술단은 원래 1988년 8월 한국방송공사 산하에 '88예술단'이라는 이름으로 창단되어 운영되어 오다가 1991년 1월부터 별도의 재단법인으로 독립, 운영되고 있는 음악극 전문 단체이다. 창립초기에는 주로 국가적 차원의 대규모 행사와 공연을 맡았다.[22] '88예술단'에서 '서울예술단'이라는 재단법인으로 독립한 이후, 서울예술단은 서울시뮤지컬단과 함께 뮤지컬을 전문적으로 공연하는 관립 단체로 활동하기 시작했다.[23] 관의 지원을 받는 만큼 흥행과 별도로 한국적 뮤지컬 양식의 개발을 도모했던 것이다.[24] 이 단체는 21세기를 맞아 두 가지 목표를 내세우고 있는데, 그것은 '한국문화의 정통성에 닿아 있는 예술성'과 '대중성'을 겸비하는 것이다. 이를 통해 한국을 대표하는 세계적인 예술단으로 성장하는 것을 궁극적인 귀착점으로 삼고 있다. 그러므로 〈심청가〉는 우리 고유의 공연예술인 판소리가 원전이기 때문에 어렵지 않게 공연 레퍼토리로 선정될 수 있었다. 또한 대중에게 익숙한 내러티브는 기본적으로 매체를 전환할 때 작용하는 '창작 태도'에 관심을 집중시키게 마련인데, 뮤지컬 〈심청〉의 전략은 낯익음을 전제로 '대중성'을 발

---

21) 구체적인 공연지역과 그 관련 정보는 다음과 같다.
　　대전: 3월 29일(토) 대전 과학문화센터 대덕전문연구단지 관리본부 주관
　　광양: 4월 18일(금) 백운 아트홀 광양제철소 주관
　　진주: 4월 20일(일) 경상남도
　　전주: 4월 23일(수), 24일(목) 전북대학교/삼성문화회관 전북 도민일보 주관
　　청주: 4월 26일(토) 청주 예술의전당 청주시 주관
　　군산: 4월 29일(화) 군산 시민문화회관 군산시/군산 예총 주관
　　원주: 5월 4일(일) 치악예술관 원주시 주관
　　삼척: 5월 6일(화) 삼척 문화예술회관 삼척시 주관
　　구미: 5월 10일(토), 11일(일) 구미 문화예술회관 구미시 주관
22) 서연호 · 이상우, 『우리 연극100년』, 현암사, 2000, 336쪽.
23) 김성희, 「서울시뮤지컬단 연구」, 『한국연극연구』 5집, 한국연극사학회, 2003, 201쪽.
24) 서연호 · 이상우, 위의 책, 337쪽.

현하는 것이었다. 신화적 존재인 심청 이야기는 이미 여러 장르를 거쳐 정착된 만큼, 뮤지컬만이 고유하게 발휘할 수 있는 정서를 전달하는 것이 서울예술단의 목표였다. 이를 위하여 연출은 음악의 비중을 높이는 데 초점을 맞추었고[25] 다양한 장르의 음악을 맥락에 맞게 구성하여 관객의 관심을 지속적으로 유지하려고 했다.

음악의 비중을 높이기 위해서는 작곡가 선택의 문제가 중요할 수밖에 없다. 서울예술단은 최귀섭에게 작곡을 맡기기로 결정하였다. 이러한 선택은 작품의 기본 방향 설정에 결정적인 역할을 하게 된다. 〈사랑은 비를 타고〉, 〈쇼 코메디〉를 통하여 뮤지컬 전문 작곡가로 급부상한 최귀섭이 추구하는 뮤지컬 음악 스타일이 전형적인 브로드웨이식의 감각을 갖고 있기 때문이다.

아직 젊기 때문에 브로드웨이 스타일이 좋아요. 화려하고 쇼적인 음악을 추구할 것입니다. 그러나 나중에 나이가 들면 한국적 양식을 찾는 작업을 꼭 해야죠.[26]

한국적 뮤지컬을 만들라는 주문은 솔직히 부담스럽습니다. 나는 뮤지컬을 판소리나 마당놀이 스타일로 만들 생각이 없습니다. 뮤지컬다운 뮤지컬. 그건 이미 국적을 떠난 개념입니다. 우리 사회를 이야기하되 뮤지컬만이 지닐 수 있는 풍부한 음악성, 거기에 역동적인 춤과 연기가 이루어져 가슴에 고동치는 울림을 주어야 한다고 생각합니다.[27]

"처음 〈심청〉 작곡 제안을 받고 솔직히 놀랐습니다. 제 스타일은 아니었거든요." 최귀섭씨는 "고전을 바탕으로 하지만 「젊은 뮤지컬」로 만들자는 제작방침이 좋아 수락했다"며(후략).[28]

---

25) 유경환, 「인사말(연출/유경환)」, 『뮤지컬 심청』, 1997년 3월 19일~23일 공연 프로그램.
26) 「최귀섭, 첫 작품으로 관객의 귀를 매료시킨 뮤지컬 작곡가」, 『한국연극』, 1996년 3월호, 68쪽.
27) 「음악 속으로 들어간 29살의 열정/ 뮤지컬 전문작곡가 최귀섭」, 『경향신문』, 1996년 11월 30일자, 25면.

최귀섭의 뮤지컬 음악은 전통음악을 재료로 가무악극을 공연하는 서울예술단의 작업스타일과 거리가 먼 것이 사실이다. 그는 뮤지컬을 철저하게 브로드웨이식 공연물로 인식하고 있으며 그것이 곧 세계적인 가치를 갖고 있다고 생각한다. 음악과 춤이 적극적으로 사용되는 뮤지컬은 그 자체로 보편적인 울림을 줄 수 있다는 믿음을 갖고 있기 때문이다. 판소리를 뮤지컬로 전환하는 작업은 그에게 매우 낯선 것이었지만, '젊은 뮤지컬'을 만든다는 제작방침을 받아들여 뮤지컬 〈심청〉을 작곡하게 되었다는 언급은 시사하는 바가 크다. 최귀섭의 뮤지컬 음악 인식태도에 따라 〈심청〉에는 전형적인 브로드웨이식의 음악이 주도적으로 사용되었고 음악의 대중성을 환기하게 되었다.

최귀섭의 작곡과 함께 주목되는 것은 그의 아버지인 최창권이 편곡을 맡았으며 형인 최명섭이 작사를 맡았다는 사실이다. 이것은 최귀섭이 작곡을 수락하면서 소위 '패키지 음악'을 제안한 데 따른 것이다. 주지하다시피 최창권은 우리나라의 1세대 뮤지컬 작곡가이다. 창작 뮤지컬의 효시로 거론되는 예그린악단의 〈살짜기 옵서예〉(1966년 10월 26일 초연)[29]를 작곡하고 지휘했던 사람이 바로 최창권이며, 그 이후 예그린악단이 국립가무단과 서울시립가무단을 거쳐 서울시뮤지컬단으로 전환되는 전 과정 속에서도 최창권은 함께 작업했다. 또한 서울예술단의 작품들도 다수 작곡했다. 최창권은 이와 같은 관립뿐만 아니라, 민간단체로서 뮤지컬을 주로 공연했던 현대극장의 창작 뮤지컬도 작곡한 바 있다.[30] 최창권은 김희조와 함께 한국 창작뮤지컬 1세대를 이끌고 갔던 인물로

---

28) 「최씨 3부자 「심청」일 내겠네」, 『동아일보』, 1997년 3월 4일자, 27면.

29) 예그린악단의 〈살짜기 옵서예〉에 대한 분석은 유인경의 「예그린악단의 뮤지컬 〈살짜기 옵서예〉 연구」(『한국연극학』 20호, 한국연극학회, 2003)을 참조할 수 있다. 유인경은 이어지는 논문 「1960년대 '제3극장'의 뮤지컬 운동 연구」(『한국연극학』 21호, 한국연극학회, 2003, 85–129쪽)에서 〈살짜기 옵서예〉를 '본격 창작 뮤지컬의 효시'로 보는 기존의 논의에 회의를 품고 전세권의 〈카니발 수첩〉(1966년 7월)이야말로 〈살짜기 옵서예〉 이전 한국 뮤지컬 창출에 중요한 발판이 된 작품이라는 논지를 전개하고 있다.

30) 예그린악단과 현대극장 그리고 서울예술단을 중심으로 한 최창권의 작업을 정리하면 다음과 같다.
　〈예그린악단〉

1. 추석놀이(1962. 9. 13~9. 16) 김희조, 김동진, 최창권 작곡, 시민회관
2. 흥부와 놀부(1963. 1. 1~1. 5) 김희조, 김동진, 최창권 작곡, 시민회관
   - 이후 1963년 5월 30일 예그린악단은 1차 해산을 한다. 소위 2차예그린악단이 1966년 4월에 창단된다.
3. 살짜기 옵서예(1967. 10. 26~10. 29) 최창권 작곡, 시민회관
4. 꽃님이 꽃님이(1967. 11. 19~11. 26) 최창권 작곡, 시민회관
5. 바다여 말하라(1971. 9. 22~9. 26) 최창권 작곡, 시민회관
   -1973년에 예그린악단은 국립극장 산하 '국립가무단'으로 명칭이 바뀌고 초대단장으로 김희조가 취임한다.
6. 이 화창한 아침에(1975. 5. 6~5. 11) 최창권 작곡·지휘, 국립극장 대극장
   - 1977년 국립가무단이라는 명칭을 '국립예그린예술단'으로 바꾼다.
7. 이런 사람(1977. 6. 10~6. 14) 최창권 작곡, 국립극장 대극장
   - 1977년 세종문화회관이 준공되면서 국립극장에서 세종문화회관 전속산하 단체로 바뀌면서 '서울시립가무단'으로 명칭이 변경된다.
8. 우리들의 축제(1981. 6. 17~6. 19) 최창권 작곡, 세종문화회관 소극장
9. 나 어딨소?(1982. 7. 12~7. 14) 최창권 작곡, 세종문화회관 소극장
10. 사랑은 물이랑 타고(1983. 7. 5~7. 7) 최창권 작곡. 세종문화회관 대극장
11. 바다를 내 품에(1988. 4. 15~4. 18) 최창권 작곡, 세종문화회관 10주년 기념공연 대극장
12. 땅짚고 무너지시다(1990. 6. 14~6. 19) 최창권 작곡, 세종문화회관 소극장
13. 한네(1997. 12. 8~12. 13) 최창권 작곡, 세종문화회관 대극장
   - 1998년 '서울시립뮤지컬단'으로 개칭되고, 세종문화회관이 1999년 7월 1일부터 재단법인으로 독립하면서 '서울 시뮤지컬단'으로 또 다시 변경된다. 이 명칭이 현재까지 지속되고 있다.

〈현대극장〉
14. 빠담, 빠담, 빠담(1977. 5. 19~5. 23) 최창권 작곡, 류관순 기념관
15. 보물섬(1977. 8. 5~8. 10) 최창권 작곡, 시민회관
16. 백설공주(1978. 2. 22~2. 28) 최창권, 김희조 작곡, 드라마 센터
17. 프란다스의 개(1978. 7. 22~7. 30) 최창권 작곡, 무지개극장
18. 피터팬(1979. 3. 22~7. 24) 안길웅, 최창권 작곡, 세종문화회관 대극장
19. 요술피리(1986. 5. 1~5. 4) 최창권 작곡, 세종문화회관 대극장
20. 화랑 원술(1987. 8. 9~8. 10) 최창권 작곡, 지방순회공연
21. 들풀의 노래(1989. 8. 7~8. 10) 최창권 작곡, 지방순회공연
22. 장보고 열리는 바다(1992. 5. 22) 최창권 작곡, 지방순회공연
23. 마의 태자(1994. 4) 최창권 작곡, 세종문화회관 대극장
24. 다시 피는 꽃(1997. 5. 9~7. 9) 최창권 작곡, 지방순회공연
25. 장보고의 꿈(1999. 2. 25~3. 7) 최창권 작곡, 에술의 전당 오페라극장
26. 해상왕 장보고(2000. 3. 11~3. 12) 최창권 작곡, 세종문화회관 대극장

〈서울예술단〉
27. 지하철연가(1988. 2. 27~2. 29) 최창권 작곡, 국립극장 대극장

손꼽힌다.[31] 따라서 이들의 합작은 오랫동안 축적된 경험을 바탕으로 한국 창작 뮤지컬의 어법을 만들어낸 노련함과, 버클리음대 편곡과에서 작곡을 공부하면서 서양식 음악어법에 익숙한 (당시로서는) 참신함의 조화라는 상징적인 의미를 지니고 있다. 뮤지컬 〈심청〉이 내세우고 있는 '전통적 내용과 서구 대중예술의 적극적인 결합'은 이와 같은 음악적 선택을 견인했다.

최창권의 세 아들 중 맏이인 최명섭은 처음부터 작사가의 길을 선택한 것은 아니었다. 대학에서 건축학을 전공한 뒤 건축사무실에서 일하면서 음악의 길을 외면하였지만, 1992년에 선거로고송을 담당하는 음악사무실 TMC를 차리고 결국 작사가의 길을 걷게 되었다. 처음 서울예술단에서 뮤지컬 〈심청〉을 제작한다고 발표하였을 때는 별반 관심을 끌지 못했지만, 이렇게 최창권 3부자가 음악을 담당한다는 것이 알려지자 분위기가 반전되어 각종 일간지에서 관련 기사를 보도할 만큼 이들 셋의 결합은 세간의 관심을 끌기에 충분했다. 〈심청〉 공연과 때를 맞춰 1997년 3월 4일에서 19일(개막일)에 걸쳐 이들의 이야기는 동아일보, 국민일보, 문화일보, 조선일보, 세계일보, 한국일보, 경향신문의 문화면을 장식했고, 일제히 '3부자의 합작품'이라는 면이 강조되었다. 그만큼 이들의 합작은 당시 문화계에서 주목할 만한 뉴스거리였으며, 작품 자체의 질을 예단(叡斷)할 수 있는 지표처럼 인식되었다.

전술했듯이 이 작품은 처음부터 "우리 뮤지컬의 세계시장 진출에 대한 방향을 제시하고자 실험"된 것이었다.[32] 이러한 계획은 〈심청〉의 무대가 대형화되고

---

28. 영혼의 노래(1991. 11. 13~11. 16) 최창권 작곡, 국립극장 대극장
29. 갈길은 먼데(1992. 6. 2~6. 4) 최창권 작곡, 국립극장 대극장
30. 꿈꾸는 철마(1992. 11. 19~11. 22) 최창권 작곡, 국립극장 대극장
31. 징게명개 너른들(1994. 5. 19~5. 22) 최창권 작곡, 예술의 전당 오페라극장
32. 꽃전차(1995. 6. 24~6, 29) 최창권·최종혁 작곡, 예술의 전당 오페라극장
33. 애랑과 배비장(1996. 1. 31~2. 4) 최창권 작곡, 예술의 전당 오페라극장
    (이상의 목록은 서울시뮤지컬단, 서울예술단 홈페이지와 이미성, 「한국 뮤지컬사 연구」, 동국대학교 석사학위논문, 2001, 121−136쪽, 김성희, 「서울시뮤지컬단 연구」, 『한국연극연구』 5집, 한국연극사학회, 2003, 201−248쪽을 참고하여 작성하였다.)

31) 유민영, 「국내 뮤지컬사: 30여년만에 프로페셔널 수준으로」, 『조선일보』, 1997년 11월 13일자.

자동화된 동기로 작용한다. 서울예술단의 〈애랑과 배비장〉(1996. 1. 31~2. 4)에서
도 무대미술을 맡았던 송관우는 〈심청〉의 무대를 기획하면서 카메론 매킨토시
(Cameron Mckintosh)가 제작한 〈미스사이공〉을 염두에 두고 있었다고 한다.
직접 헬리콥터가 등장하는 장면으로 유명한 〈미스사이공〉의 무대를 〈심청〉 무대
에 벤치마킹한다는 것이 그의 생각이었다. 따라서 화려한 스펙터클이 강조되기
위해 심청이가 인당수에 몸을 던져 물에 빠져 유영하는 모습을 암크레인을 이용하
여 직접 표현하였다. 〈미스사이공〉에서 헬리콥터 장면이 가능했던 것도 암크레인
을 이용했기 때문이었고, 송관우는 여기에서 아이디어를 착안한 것이었다.

　뮤지컬 〈심청〉의 캐스팅은 서울예술단 배우들로 구성되었다. 특기할 것은 서
울예술단에서 오랫동안 일했던 간판배우들이 조역을 맡고 그 대신에 신예들에
게 주역을 맡겼다는 사실이다. 심청역에 진선희, 이초은이 더블 캐스팅되었는데
이들은 1994년에 서울예술단에 입단한 당시로서는 신예배우들이었다. 심청 어
머니인 곽씨부인역도 신인 신동희에게 돌아갔다. 그 대신 서울예술단의 간판스
타인 이정화는 뺑덕어멈으로 분하였으며, 이러한 캐스팅의 특성상 뺑덕어멈이
적극적으로 재해석될 여지가 애초부터 다분했다. 심봉사에는 유희성, 화주승에
는 송용태, 왕에는 김철호가 각각 캐스팅되었는데 이들도 모두 뮤지컬 무대에서
오랫동안 경력을 쌓은 배우들이었다. 이러한 캐스팅의 면면에도 뮤지컬 〈심청〉
을 '젊은 뮤지컬'로 새롭게 전환할 것이라는 서울예술단의 의지가 엿보인다.

3. 작품분석과 무대형상화

1) 대사의 삭제와 전형화된 뮤지컬 구조의 사용

뮤지컬 〈심청〉을 제작할 때 가장 중요한 것은 익숙한 내용을 '어떻게' 전달할

---

32) 『한국연극』 1997년 3월호, 91쪽.

것인가의 문제였다. 예술총감독인 표재순과 연출 유경환은 〈심청가〉의 핵심을 '효'로 파악했으며 심청이에 의하여 구현되는 불변적인 효의 가치를 쉽게 전달할 것을 목표로 삼았다.[33] 일반적으로 〈심청가(전)〉의 주제를 파악할 때는, '주인공을 누구로 결정하는가'에 따라 태도가 달라진다. 심청이를 주인공으로 내세울 경우에는 주제가 '효'로 부각될 수 있지만, 심봉사로 보는 경우에는 심봉사의 개안에 초점을 맞추어 주제가 결정된다. 그런데 심청이를 주인공으로 볼 경우에도 주제를 효로 보지 않고, 심청의 자기실현이나 성장의 과정으로 보는 견해가 제기되기도 했다.[34] 한편 주인공을 어느 한 사람에게 한정하지 않으면 주제가 '효'나 '심봉사의 개안' 그리고 '자기실현'이 아니라, '현실과 유교 이념의 괴리' (조동일), '한의 성취/삭임의 과정'(천이두), '인간 의식의 각성'(설중환), '계층 대립의 해소를 염원하는 민중의 막연한 꿈'(황패강), '여성을 죽음으로까지 몰아넣는 봉건 윤리의 모순성에 대한 깨달음'(최동현) 등 다양한 결론을 얻을 수 있다. 이렇듯 〈심청가(전)〉의 주제는 하나로 집약된다기보다 인물에 대한 관점에 따라 다양하게 열려있다. 뮤지컬 〈심청〉은 심청이를 주인공으로 보고 '효'를 불변적인 가치로 내세워 일반적인 주제인식의 경향을 반영한다. 이와 같은 인식 태도에 따라 작품의 내러티브는 〈심청가〉의 내러티브를 그대로 따른다. 〈심청가〉는 이야기의 맥락과 가락의 짜임새를 기준으로 하여 다섯 단락으로 구분되는데 그 구조는 다음과 같다.

    a. 심청이 태어나는 대목~심청 어머니 출상하는 대목
    b. 심봉사가 젖 동냥하는 대목~몽은사 화주승에게 공양미 삼백석을 약속하

---

33) "심청의 주제는 효인 것이다. 우리는 영원히 변치 않는 가치, 효를 관객에게 묻고 싶은 것이다."(표재순, 「인사말(예술총감독/표재순)」, 『뮤지컬 심청』, 1997년 3월 19~23일 공연 프로그램) "효심 깊은 심청의 일생을 그린 애절한 스토리와 장면을 이미지로 이어지는 구성을 함으로써 누구나 쉽게 작품의 주제를 이해할 수 있도록 하였다."(유경환, 「인사말(연출/유경환)」, 『뮤지컬 심청』, 1997년 3월 19~23일 공연 프로그램)

34) 최동현, 「「심청전」의 주제에 관하여」, 『심청전연구』, 태학사, 1999, 391−416쪽.

는 대목

c. 심청이가 후원에서 기도하는 대목~인당수에 빠지는 대목

d. 심청이 용궁으로 진입하는 대목~황후가 되었으나 아버지 걱정에 탄식하
는 대목

e. 심봉사가 맹인잔치 참석을 위하여 황성으로 가는 대목~눈을 뜨는 대목[35]

위와 같이 구분된 대목들의 내용을 집약해 보면, a는 심청의 출생, b는 심청의 성장, c는 심청의 효행과 죽음, d는 심청의 재생, e는 부녀 상봉과 개안으로 정리된다. 이러한 〈심청가〉의 구조는 뮤지컬 〈심청〉의 구조에 그대로 반영되어 있다. 뮤지컬 〈심청〉은 총 2부11장으로 되어 있는데, 1부는 심청이가 인당수에 빠지는 대목까지(a~c) 진행되고, 2부는 그 나머지(d~e)로 채워져 있다. 각 장의 제목을 추출하면 다음과 같다.

제1부	제2부
1장: 기원	1장: 용궁(용궁)
2장: 탄생과 죽음	2장: 뺑덕어멈(동네)
3장: 자라나는 심청	3장: 왕궁(궁궐 안)
4장: 공양미 삼백석	4장: 서울 가는 길(심봉사 집 앞)
5장: 떠나는 날	5장: 부친 상봉(궁궐 안)[36]
6장: 인당수	

뮤지컬 〈심청〉과 판소리 〈심청가〉의 구조를 비교하면 1부의 1장과 2장—a,

---

35) 『브리태니커 판소리 심청가』, 한국브리태니커회사, 2000, 13쪽.

36) 「뮤지컬 "심청"」에는 대본이 따로 존재하지 않는다. 대사는 일체 배제된 채 완전히 노래와 음악으로만 뮤지컬이 진행되었기 때문이다(배우 유희성(심봉사역)과 필자와의 개별인터뷰, 백제예술대학교 연극학과 사무실, 2005년 1월 5일). 그러므로 노래 전체가 실려 있는 성악보가 대본을 대신할 수 있다. 이 성악보에는 2부의 각 장 제목 옆에다 극이 진행되는 '장소'를 병기하고 있다. 1부에서는 이러한 표기를 발견할 수 없다. 따라서 균형을 잃은 감이 있으나 텍스트를 그대로 다루기 위하여 이 논문에서도 2부의 '장소'를 괄호 안에 표기하기로 한다.

3장과 4장-b, 5장과 6장-c, 2부의 1, 2, 3장-d, 4장과 5장-e가 정확히 대응되고 있음을 알 수 있다. 내러티브의 순서와 내용에 변개가 일어나지 않은 것이다. 이와 같이 뮤지컬 〈심청〉은 '효'라는 주제를 내세우고 〈심청가〉의 내러티브를 근간으로 변이를 모색하고 있다. 내용상의 고정은 형식상의 새로움을 모색하게 했는데 그 해결점이 대사를 완전히 제거하고 작품 전체를 노래와 음악으로 구성하는 것이었다. 따라서 오페라와 형식상 비슷하지만 그 내용은 다르다. 즉, 오페라처럼 인물이 대사를 노래로 모두 대신하지만 "뮤지컬은 클래식음악의 복잡한 양식 및 기법의 문제로부터 자유롭기 때문에 얼마든지 다양한 유형의 음악을 사용할 수 있으므로, 가령 팝송뿐 아니라 클래식 음악 혹은 프랑스 샹송이나 제3세계의 월드뮤직 민속음악 등이 다양하게 쓰일 수 있고 심지어 이것들이 한 뮤지컬 작품 속에 섞여 사용될 수도 있다"는 점을 이용해 노래의 질감을 다르게 만들었다.[37] 이는 뮤지컬 안에 극의 양식뿐만이 아니라 음악의 양식에서도 다양한 유형이 자유롭게 배치될 수 있다는 원칙을 설명한다. 이에 따라 뮤지컬 〈심청〉은 내러티브 전체가 노래와 음악으로 꾸며지면서 그 안에 록, 발라드, 왈츠, 재즈 왈츠, 탱고, 폴카 등의 다양한 음악 양식들이 들어가 있다. 이 다양한 음악들은 전형화된 뮤지컬 구조 안에서 일정한 순서로 구성되어 있다. 뮤지컬 〈심청〉의 새로운 형식은 이러한 틀로 설명될 수 있다.

① '긴장과 이완' 구조의 반복

뮤지컬을 제작할 때 핵심이 되는 것은 '관객을 끊임없이 압도해야 한다는 것'이다. 이를 위하여 작품에 관객이 집중하고 몰두할 수 있도록 몇 가지 기본 원칙들을 지켜야 한다.[38] '뮤지컬'이라는 장르가 성립될 수 있는 전형화된 구조는 관객의 지속적인 집중을 위하여 정착된 것이라 할 수 있다. 그 구조는 다음의

---

37) 김학민, 「뮤지컬 특징은 다양한 장르의 결합」, 『동아일보』, 2003년 10월 4일자, 7면.
38) 스티븐 시트론, 『뮤지컬』, 정재왈·정명주 역, 열린책들, 2001, 191–192쪽. 이후 뮤지컬의 전형화된 구조를 설명하는 부분은 이 책의 191–340쪽을 주로 참고하도록 한다.

순간들을 강조하는 것을 기본 골격으로 한다.

    a. 막이 오르는 시작 부분
    b. 1막의 종결
    c. 2막의 시작 부분
    d. 클라이막스
    e. 피날레[39]

뮤지컬의 시작 부분(a)은 대개 시대 배경, 전체적 분위기, 등장인물, 장소, 플롯 등을 한꺼번에 짐작할 수 있도록 꾸며진다. 서곡(Overture)이 작품 전체의 분위기를 제시해 놓으면, 시작 부분에서 제공되어야 하는 정보가 강렬하게 압축적으로 제시되는 것이 보통이다. 이것은 뮤지컬의 오프닝넘버(Opening Number)로 성취된다. 오프닝넘버는 일반적으로 전체 코러스가 등장하여 화려한 첫 장면을 선사함으로써 관객을 극 속으로 빠르게 몰입하도록 도와주는 기능을 한다. 극이 시작되고 사건이 전개되면서(익스포지션(Exposition)), 전형적인 뮤지컬에서는 서브플롯(sub−plot)과 복선이 사용된다. 서브플롯은 부차적 인물들이 만들어 가는데 이들은 대개 희극적 인물로 설정되어 있다. 이들의 기능은 극의 사건에 휴식을 주는 '희극적 휴지(comic relief)'를 마련하는 것이다. 그러므로 이들이 부르는 뮤지컬 넘버는 쇼 스토퍼(Show Stopper)라고 불린다. 이 순간이 지나면 1막이 종결되는 지점(b)을 맞이하는데, 이 때 사건은 어느 정도 해결되는 방향으로 진행된다. 일순간에 모든 것이 해결되는 것이 아니라 해결되어야 할 사건을 남겨둔 채 일단락을 짓는다. 남겨진 사건들은 2막 종결 부분에 마무리된다. 1막 종결의 뮤지컬 넘버는 프로덕션 넘버(Production Number)라고 불린다. 최대의 볼거리를 제공하여 관객들에게 인상적인 순간을 선사하기 위함이다. 이렇게 1막이 종결되면 대개 중간 휴식 시간으로 들어간다.

---

39) 스티븐 시트론, 위의 책, 191쪽.

2막은 1막보다 긴장감이 훨씬 더하도록 구성된다. 클라이막스에 이르기까지 긴장감을 최고조로 이르게 하는 것이 2막의 사명감이기 때문이다. 중간 휴식 이후에 끊어졌던 긴장감과 감정의 맥락을 한순간에 올려놓기 위하여 2막의 시작 (c) 오프닝 넘버(Opening Number)는 매우 중요하다. 사건이 점점 극적인 지점으로 도달하면서 뮤지컬 넘버는 리프라이즈(Reprise)를 사용하거나 '11시곡'이라고 불리는 순간으로 향한다. 이것은 모두 클라이막스로 가는 과정 중에 배치되어 있다. 그러므로 이 안에 배치되는 노래는 극을 절정으로 몰고 가면서 주제를 말하게 된다. 이후 클라이막스(d)를 지나 피날레(e)로 가면서 다시 프로덕션 넘버가 사용된다. 조용하게 끝을 맺는 뮤지컬은 거의 없을 정도로 이 마지막 프로덕션 넘버는 매우 화려한 군중 장면으로 구성된다. 사건은 끝을 맺고 관객에게 당연하고도 논리적인 극의 귀결이라는 느낌을 선사해야 한다.

이상의 구성방식이 바로 전형화된 뮤지컬에서 일반적으로 사용되는 것이다. 전술했듯이 관객을 압도하면서 지속적인 집중도를 유지하기 위하여, 전체를 놓고 보았을 때 긴장과 이완의 구조로 압축된다. 1막이 시작되고 극이 전개되면 관객은 서서히 긴장하게 되는데 쇼 스토퍼에 의하여 '희극적 휴지기'가 마련되면 잠시 이완되는 순간을 맞는다. 사건이 일단락되는 1막의 종결은 다시 관객에게 긴장감을 선사하고 이후 휴식을 통하여 이완의 과정이 진행된다. 2막은 전체적으로 긴장이 고조되면서 지속되는 과정이며 마지막의 화려한 피날레를 통하여 이 긴장감이 한꺼번에 해소되는 메커니즘을 갖고 있다. 뮤지컬 〈심청〉의 구조도 이러한 틀을 정확히 따르고 있다. 특히 2막에서 뺑덕어멈과 생원, 동네사람들, 맹인들에 의하여 희극적 휴지기의 순간이 마련됨으로써 긴장과 이완의 구조를 2막 안에서 한 번 더 반복한다.

뮤지컬 〈심청〉은 위와 같은 틀을 가지고 〈심청가〉를 재구성하기 위하여 상황을 강조하고 부차적 인물을 새롭게 해석한다. 앞에서 설명한 다섯 지점을 강조하기 위하여 1부와 2부[40]는 심청이가 인당수에 빠지는 순간을 기점으로 나뉜다.

즉, 1부의 종결에서 프로덕션 넘버를 사용하면서 제공했던 볼거리를 인당수에서 심청이가 빠지는 장면으로 성취하려 한 것이다. 따라서 이 장면에 〈심청〉에서 내세우는 화려한 스펙터클이 집중적으로 사용되었다. 중간 휴식 후의 2부를 용궁장면으로 시작한 것은, 상상의 세계가 발현하는 환상성에 의거하여 집중도를 끌어올리려는 전략에 의한 것이었다. 특히 이 장면에서 초반부에 사망했던 곽씨 부인을 재등장시켜 심청이의 희생에도 불구하고 심봉사는 눈을 뜨지 못했다는 정보가 전달되고, 이어서 "다시 세상으로 나가 부모님 공경하는 마음을 세상의 모든 아들 딸 들에게 가르쳐 주"[41]어야 한다는 심청이의 운명이 제시된다. 곽씨 부인은 전지적 입장에서 심청이의 예정된 행보를 전달하기 위하여 '정령'과도 같은 이미지로 표현된다. 이와 같은 2부의 시작은 1부에서 사건이 완결되지 못했음을 알려주며, 갈등이 심화되는 계기를 마련한다. 뮤지컬 2부의 본래적 기능을 충실히 수행하고 있는 것이다.

1부의 1장은 '기원'으로 시작한다. 〈심청가〉에서 비교적 간략하게 처리되어 있는 이 부분[42]을 하나의 장면으로 확대한 것은 전체 코러스가 등장하는 오프닝 넘버를 넣기 위함이다. 1장의 오프닝넘버에 해당하는 '기원의 노래―자식을 주소서'는 심봉사와 곽씨 부인 그리고 남녀 전체 코러스가 번갈아 가며 멜로디를 부르다가 마지막 22마디를 대위법적 진행으로 합창하도록 되어 있다. 각 파트는 서로 다른 가사를 부르면서 기원의 심정을 고조시키다가 마지막 가사인 '비나이다'를 유니즌(unison)으로 불러 장면의 의미를 강조한다. 일반적으로 1막의 시작에서 오프닝넘버는 짧은 시간에 등장인물을 소개하고 플롯을 짐작할 수 있도록

---

40) 뮤지컬 〈심청〉에는 '막과 장'이 '부와 장'으로 대치되어 있다.

41) 『뮤지컬 "심청"』 성악보, 55쪽.

42) 아이를 낳기 위하여 곽씨 부인이 기원하는 모습은 〈심청가〉에서 다음과 같이 묘사되어 있다. "명산대찰 영신당과 고묘, 총사, 석왕사며 제불 제천, 보살, 미륵, 나한 불공, 신중맞이, 칠성불공, 가사시주, 창호시조, 인등시조. 집에 들어 있는 날도 성주, 조왕, 당산, 천륭, 구능제를 다 드리니, 공든 탑이 무너지며, 심든 남기가 꺾어질까?"(김진영·김현주·김영수·김지영 편저, 「한애순 창본 심청가」, 『심청전 전집2』, 박이정, 1999, 190쪽.)

많은 정보를 함축하지만, 〈심청〉의 경우에는 '정보 제시'에 대한 고려가 필요하지 않으므로 단순히 '기원'하는 것으로 구성될 수 있었던 것이다.

심청이가 성장하고, 물에 빠진 심봉사가 화주승에게 공양미 삼백석을 바칠 것을 약속하면서 1막의 긴장이 고조된다. 이 때 긴장의 이완을 위하여 '희극적 휴지'를 제공하는 인물은 화주승과 청국의 선주·선원들이다. 뮤지컬 〈심청〉에서 새로운 해석을 거친 인물들이 바로 이들인데, 이렇게 작품의 근본 갈등관계를 주도하는 인물에게 희극적 요소를 부여함으로써 일차적으로는 뮤지컬의 전형화된 구조를 이끌게 하고, 심층적으로는 이들을 풍자의 대상으로 전락시킨다. 화주승을 희극적 인물로 묘사하기 위하여 그에게 뒤뚱거리는 걸음걸이를 부여하고, 이러한 움직임을 음악적으로 부각시키기 위하여 ('공양미 삼백석만 시주하면'에서) ¾박자의 한 마디에 점8분음표와 16분음표의 결합을 세 번 반복하여 놓았다(♪ ♪ ♪ ♪ ♪ ♪). 이렇듯 화주승이 풍자의 대상으로 전락된 것은 〈심청가〉에서 보이는 반불교적 경향을 강조한 것으로 보인다. "공양미 3백석은 어떠한 효험도 나타내주지 않았고, 몽은사의 화주승은 혹세무민의 비방의 대상이 되었다"[43]는 측면을 강조한 것이다. 또한 청국의 선주와 선원들을 풍자한 것은 그들에게 감정적인 측면이 거세되어 있음을 말하기 위함이다. 특히 선주는 공연에서 뼈의 관절을 이용한 절제된 움직임을 통해 인형처럼 묘사되었다. 인당수의 물결을 잠재울 제물로 젊은 처녀를 사서 그 꽃다운 죽음을 조장하는 그들의 비인간성이, 풍자를 통하여 드러나고 있다.

그런데 화주승과 청국의 선원들은 진정한 '쇼 스토퍼'의 기능을 하고 있지는 않다. 이들은 사건의 진행에 핵심적인 역할을 수행하는 부차적 인물이기 때문이다. 다시 말하여, 부차적 인물로서 서브플롯을 엮어 나가는 것이 아니라 주 플롯의 사건을 담당하고 있으므로 극의 진행을 멈추지 않고 오히려 급박하게 진행되도록 돕는다. 이에 비하여 2막의 뺑덕어멈은 희극적 휴지기를 마련하면서도 '쇼

---

43) 장덕순, 「심청전연구」, 『국문학통론』, 신구문화사, 1960, 166쪽.

스토퍼'의 기능을 하는 인물이다. 뺑덕어멈은 작품의 내러티브에 필수적인 인물이 아니라 삭제되어도 내러티브 전개에 큰 무리가 따르지 않는다. 그녀의 존재 여부는 심봉사가 환생한 심청이를 만나 개안한다는 결말에 결정적인 영향을 미치지 않는다. 그러므로 뺑덕어멈의 등장은 〈심청가〉의 오락성을 강조하고 판소리판의 긴장과 이완의 흐름을 돕는다는 것이 일반적인 견해이다. 뺑덕어멈 화소가 경판본 〈심청전〉에는 누락되어 있고 완판본에만 삽입되어 있다는 것은 작품이 후대로 전승되면서 개작되는 과정에서 삽입되었다는 증거이며[44], 이 자체로 뺑덕어멈의 주변성이 설명된다. 그러므로 뮤지컬 〈심청〉에서 뺑덕어멈 장면은 잠시 주 플롯 진행을 멈추고 극대화된 오락성, 이완의 순간으로 접어들게 한다.

작품은 '쇼 스토퍼'로서의 뺑덕어멈의 기능을 강조하기 위하여, 뺑덕어멈을 판소리에서와 정반대로 묘사한다. 1막의 화주승, 선원들과 마찬가지로 새로운 인물해석이 가미된 부분이다. 주지하다시피 〈심청가〉의 뺑덕어멈은 전형적인 악인에 추녀로 묘사되어 있다. "본촌 사는 뺑덕어미라 하는 홀어미가 있는데 생긴 모양 행동이 만고사기 다 보아도 이런 추물이 없것다 얼굴형 용뿐을 보면 말총같은 노란머리 뒷박이마 횃 눈썹에 움푹눈 주먹코 메주볼 송곳턱에 써랫니 드문 드문 입은 큰메기 입 귀밑까지 찢어졌것다"[45], "재 너머 아랫마을 뺑덕이네라 하는 계집 키 크고 설멋지고 얼금얼금 얽은 것이 그 중에 본 바 없이 방정맞고 재수 없고 요괴하고 간사하다"[46], "그 마을에 사는 묘한 여자가 하나 있으되 호가 뺑파것다"[47] 등에서 묘사되는 뺑덕어멈은 엄청난 추물에 행실까지 좋지 않은 전형적인 악인이다. 이러한 묘사법은 외모와 성격이 일치한다는 관념에

---

44) 정하영, 「「심청전」에 나타난 악인상」, 『심청전 연구』, 태학사, 1999, 345쪽.

45) 김진영·김현주·김영수·김지영 편저, 「정광수 창본 심청가」, 『심청전 전집2』, 박이정, 1999, 115쪽.

46) 김진영·김현주·김영수·김지영 편저, 「김소희 창본 심청가」, 『심청전 전집2』, 박이정, 1999, 174쪽.

47) 김진영·김현주·김영수·김지영 편저, 「정권진 창본 심청가」, 『심청전 전집2』, 박이정, 1999, 266쪽.

바탕을 두고 외모를 통해서 인물의 내면세계를 그려내려는 고전적 성격창조에 근거한다.[48] 그러나 뮤지컬 〈심청〉의 뺑덕어멈은 추물이 아닌 미인이며 심청이가 남기고 간 심봉사의 재력에 탐을 내는 요부로 변화되어 있다. 심청이를 잃은 심봉사가 상심하여 정상적인 생활을 하지 못하자, 뺑덕어멈은 자신과 같은 여자만이 심봉사를 고칠 수 있다고 단언한다. 뺑덕어멈의 독창곡인 '이 몸이 백 번 낫지'의 가사는 변모된 뺑덕어멈의 인물형을 드러낸다. "이봐요 슬픔에 젖은 심봉사 나리, 나를 데리고 살아 보는 것이 어때요. 저런 상심의 병은 내가 잘 알지. 여자만이 고칠 수가 있어. 가슴 깊은 상처 까맣게 잊게 해 줄 여자가 필요하네. 그저 살림이나 잘 하는 그런 여자론 위로가 될 수 없어. 잘 빠진 몸매에 고운 목소리. 누가 보아도 반하는 뺑덕네. 남자 녹이는 일은 내게 맡기는 게 골 백 번 낫지."[49] 요부로 변모한 뺑덕어멈으로 인하여 무대 위에는 오락성이 한 층 강화된다. 관객들은 클라이막스로 향해 가던 내러티브 진행을 잠시 잊고 배우(이정화)에 의하여 현현되는 요부 이미지에 집중하게 되는 것이다. 이렇듯 극은 희극적 휴지를 사용하여 긴장과 이완의 구조를 반복하고 있는데, 이러한 과정은 "성숙한 뮤지컬 코미디라면 작품의 모든 요소들을 풍요로우면서도 완성된 극적 세계로 통합하기 마련이다"라는 리차드 키슬란의 언급을 상기시킨다.[50]

이제 극은 클라이막스로 집중된다. 2부의 클라이막스는 심봉사의 개안 장면이다. 뮤지컬의 구조에 의하여 강조되어야 할 지점이므로 리프라이즈(Reprise)와 무대를 특별하게 사용한다. 심봉사가 심청이의 지극한 효도로 눈을 뜨는 클라이막스를 지나면 맹인잔치에 왔던 맹인들이 다함께 개안하여 자연스럽게 피날레로 넘어간다. 그러므로 뮤지컬 〈심청〉은 〈심청가〉의 내러티브에서 강조되어야 할 다섯 지점(a, b, c, d, e)을 선택하여 기본 틀을 만들고 그 안에 희극적 인물을 첨가하여 긴장과 이완의 구조를 적절하게 적용하고 있다. 전형화된 뮤지

---

48) 정하영, 위의 논문, 357쪽.
49) 「뮤지컬 "심청"」(성악보), 62쪽.
50) Richard Kislan, *The Musical*, New York: Applause, 1995, p. 186.

컬 구조를 적극적으로 이용한 결과였다.

② 텍스트와 음악의 결합[51]

뮤지컬을 뮤지컬답게 만드는 것은 음악의 힘이다. 뮤지컬의 음악은 음악 단독으로 연주될 때와 그 기능이 완전히 다르다. 뮤지컬 안에는 드라마가 있다. 음악은 드라마와 결합되어야 한다. 그렇다고 해서 단순히 대사를 보조하는 것도 아니고, 혹은 대사의 의미를 강조하는 것으로 그쳐서도 안 된다. 그렇다면 뮤지컬 음악의 기능은 무엇인가. 리차드 키슬란은 이에 대하여 일곱 가지로 정리하여 놓고 있다.

a. 음악은 언어 단독으로 복사될 수 없는 방식으로 드라마 내의 감정을 강화해준다.
b. 음악은 극 행위를 보강하기 위하여 사용된다. 배우의 행위와 음악은 하나인 것이다.
c. 음악은 한 작품의 극 분위기에 알맞는 정조(tone)를 만들고 지속시킨다.
d. 음악은 특히 작곡가가 오페라의 테크닉이라고 알려진 주도동기(leitmotif), 즉 등장인물과 사건 그리고 감정을 재현하기 위하여 설정된 짧은 음악적 진술에 의지할 때 상징하고, 예견하고, 예언한다.
e. 음악은 극의 분위기를 만들고 지속한다.
f. 음악은 뮤지컬 작품의 각 장들 사이에서 만족할만한 장면 전환의 기제로 기능한다.

---

51) 뮤지컬을 '텍스트와 음악의 결합'이라는 포즈로 분석한 글은 현재까지도 그리 많지 않다. 이것은 우리나라뿐만이 아니라 뮤지컬의 본고장인 미국도 예외가 아니다. 뮤지컬에 관련된 책들은 거의 역사주의적 방법이 적용되어 있다. 그러나 뮤지컬에서 음악은 가장 핵심적 요소이므로 앞으로 이러한 방향에서의 새로운 방법론이 개발되고 정착되어야 한다. 이러한 시각에서 씌어진 글로, 김광선의 「음악극의 관점에서 본 「명성황후」」(『계간 한국연극저널』, 1996년 봄호)와 노영해의 일련의 작업들을 참조할 수 있으며 외국의 경우, Geoffrey Block의 *Enchanted Evenings: The Broadway Musical from Show Boat to Sondheim* (Oxford: Oxford University Press, 1997)를 거론할 수 있다. 이 장의 분석은 음악과 극을 결합해보려는 하나의 시도이다.

g. 음악은 춤을 조종한다.[52]

음악이 스스로 존재하는 것이 아니라 작품의 분위기나 배우의 행위·춤과 긴밀하게 연합되어 있다는 설명이다. 이 중 d는 뮤지컬을 음악적으로 읽는 데 매우 중요한 단서를 제공한다. 특히 〈심청〉은 작품 전체가 노래로 되어 있기 때문에 각 인물에 배정된 음악적 동기(motif)의 위치를 분석하여 전체 맥락 속에서의 극적 기능을 추출하는 것이 필수적이다. 여기에 더하여 뮤지컬에서 익숙하게 쓰이는 리프라이즈의 사용도 분석되어야 한다. 그러므로 〈심청〉의 전체 넘버 58개는 각각 독립적인 넘버로 존재하는 것이 아니라, 음악적 동기와 리프라이즈의 안배를 기준으로 범주화될 수 있다.

판소리 〈심청가〉에는 다른 마당에 비하여 유난히 계면조로 된 슬픈 소리가 많다. 죽음과 이별로 이어지는 슬픈 내용이 많기 때문이다. 〈심청〉의 뮤지컬 넘버도 이러한 정조를 전달해주는 발라드곡이 다수를 차지한다. 희극적 인물을 제외한 주인물들의 넘버는 대부분 발라드곡으로 되어 있어 계면을 대신할 서정성을 전달하고 있다. 그러나 희극적 인물들에게는 주로 탱고나 폴카로 된 넘버가 배정되어 있어, 주인물들의 음악과 매우 대비적이다. 특히 뺑덕어멈의 넘버 '이 몸이 백 번 낫지'는 탱고음악의 틀을 그대로 가져오고 있다. 이 결합은 매우 효과적이라 할 수 있다. 라틴아메리카 음악의 한 형식인 탱고는 그 발생이 '보카'라는 항구를 배경으로 하고 있어 하층민들의 애환이 음악에 고스란히 묻어 있다. '보카'는 부에노스아이레스의 동남쪽에 위치한 지저분한 항구인데 여기에 주로 이탈리아 남부 지방에서 이민 온 저소득층 이탈리아계 주민들이 모여 있어서, 온갖 카바레, 바, 레스토랑 등지에 보헤미안풍의 항만 노동자와 도살장의 백정들, 뱃사람들, 밀수꾼과 여인들로 법석거린다. 그러므로 그들의 권태감, 체념적 인생관이 바로 탱고의 모태인 것이다.[53] 뺑덕어멈의 변모된 인물형은 보카

---

52) Richard Kislan, *The Musical*, New York: Applause, 1995, pp. 214−217.
53) 성주현, 「A. 피아졸라의 클래식 탱고: Le Grand Tango를 중심으로」, 동아대학교 석사논문,

에 머물고 있는 인간군상과 거의 다를 바가 없다. 성을 무기로 해서 심봉사의 경제력을 약탈하려는 것이 뺑덕어멈의 목적인 것이다. 하층민들의 질펀한 삶을 음악으로 담아냈던 탱고의 모태와 뺑덕어멈의 인물형은 이러한 점에서, 음악과 인물의 결합을 일구어낸다.

이렇게 주인물과 부차적 인물들에게 배정된 넘버를 제외하고 남은 넘버들은 코러스를 위한 곡이다. 코러스는 마을사람들 혹은 정령들로 구성되어 있는데, 이들은 '반전'의 지점이나 시간이 비약하는 지점에 등장하여 사건에 대하여 성찰하거나 관객에게 직접적인 주석을 달아준다. 이러한 기능의 코러스 넘버는 총 네 곡이다. 1부의 시작인 '기원의 노래―자식을 주소서'라는 넘버와, 심청이가 소녀로 자라나는 장면(3장)에서 부르는 '세월은 물 같이 흘러―하늘이 내린 효녀', 심청이의 죽음이 예고되는 5장에서 부르는 '불쌍한 심청이', 그리고 2부 1장에서 용궁에 온 심청이에게 이별을 고하는 '송별의 노래'의 총 네 곡으로 되어 있다. '기원의 노래―자식을 주소서'의 코러스는 심봉사·곽씨부인과 함께 자식이 없음을 한탄하고 소원이 이루어지기를 빈다. 이 때 코러스는 신당의 정령과도 같은 이미지를 갖고 있다. 이들에 의하여 환상적인 분위기가 조성되는데, 이 분위기를 코러스 넘버의 음악 양식이 더욱 강화하고 있다. 여기에 동원된 음악 양식은 '볼레로'이다. 볼레로란 $\frac{3}{4}$박자의 스페인 민속무곡을 뜻한다. 춤곡의 리듬을 바탕으로 한 반음이 연속적으로 이어지는 멜로디는, 화성적인 아름다움 보다는 멜로디에서 풍기는 감각을 중시한다. 그러므로 Cm―C°7―Cm―C°7를 기본으로 하는 코드진행이 넘버의 앞과 뒤에 반복적으로 사용되고 있다. 가운데 부분은 반음진행에서 벗어나 멜로디의 화성이 주는 아름다움에 중점을 두고 만들어 졌으며, 이 부분은 심봉사와 곽씨부인의 간절한 기원을 내용으로 하고 있다.

그런데 이 가운데 부분의 멜로디가 코러스의 세 번째 넘버 '불쌍한 심청이'에 그대로 쓰인다는 점이 주목된다. 이 넘버는 코러스가 적극적으로 극 중 사건을

2002, 4―5쪽 참조.

성찰하는 곡이다. 첫 넘버와 마찬가지로 볼레로의 리듬 진행 안에서 멜로디가 전개되는데 역시 앞뒤에는 반음진행의 멜로디가 사용되고 있다. 넘버의 내용상 가운데 부분에서 코러스의 적극적인 개입이 이루어지는데, 이 부분에 음악적 동기의 반복이 일어난다. 팔려가는 심청이가 불쌍하면서도, '효'의 본질이란 인신공희를 통한 소원성취에 있는 것이 아님("너는 모른다 참된 효를 부모님의 바램을. 당신 살아계실 동안 자식의 행복을 지켜보고 싶은 마음을"[54])을 음악적 동기의 반복으로 강조하고 있는 것이다. 그러므로 반음진행의 선율로는 환상적 분위기를, 선율의 화성적 진행으로는 중심내용을 강조한다. 애초에 강조한 〈심청〉의 주제는 이러한 방식으로 직접적으로 제시된다.

코러스 넘버에 사용된 동기의 반복 외에 효과적인 극적 장치로 사용된 음악적 동기들은 다음과 같다. 첫째, 1부 2장의 '곽씨부인 유언(전반부)-잘 가시오 부인'과 4장의 '어이할꼬' 그리고 2부 1장의 '청아 내 딸아(후반부)'의 동기가 서로 일치한다는 점이다. 각 장면은 모두 '죽음'과 연관되어 있다. 심봉사 부부의 이별, 공양미 삼백석 시주에 대한 약속, 두고 온 아버지를 걱정하는 심청이 묘사되는 장면은 모두 '죽음'이 원인 내지는 결과로 자리하고 있는 것이다. 그러므로 이 장면을 묶어주는 동기는 비극적 정조를 재현하는데 효과적으로 기능한다.

둘째, '곽씨부인 유언(후반부)'과 4장의 '우는 사연' 그리고 2부 1장의 '청아 내 딸아(전반부)-송별의 노래'에서 동기의 상동성이 발견된다. 각 넘버는 첫 번째 항목에서 설명한 넘버들을 바로 잇는다. 여기서의 반복은 첫 번째 넘버를 분석하면 자연스럽게 설명된다. 곽씨부인은 '곽씨부인 유언'의 전반부에서 죽음이 다가왔음을 직감하고 심봉사에게 알린 후, 후반부에서는 유언을 한다. 이 때 전조가 되어 Am에서 E로 옮겨가는데, 이러한 분위기의 전환은 유언의 내용을 재현하기 위함이다. 곽씨부인은 죽음이 다가오자 꿈꾸었던 행복한 삶을 심봉사에게 고백한다. "눈이 녹는 어느 봄날 오후 따스한 햇살 아래 셋이 모여 진정한

---

54) 『뮤지컬 "심청"』(성악보), 39쪽.

행복이란 이런 거라 느끼고 싶었"다는 마음을 털어놓는다. 그리고 이어 하늘에서 보내주신 딸에게 청이라는 이름을 지어달라고 한다. 비록 실현되지는 못했지만 죽음의 순간과 대비되는 행복의 순간이 $\frac{3}{4}$박자에 맞추어 꿈꾸듯 제시되고 있는 것이다. 나머지 넘버의 동기 반복은 이와 같은 정조의 영향 아래서 진행된다. 즉, 심봉사가 시주를 약속한 후 괴로워하자 심청이가 하늘이 도울 것이라며 희망적인 미래를 말하는 부분, 용궁에서 곽씨부인과 상봉하고 대의적 운명을 지시받는 부분이 같은 동기의 반복으로 노래된다. 동기 출현 이전의 비극적인 정조에서 급격하게 변화하여 희망과 행복을 노래하는 순간으로 진입하는 것이다. 그러므로 첫 번째 동기와 두 번째 동기는 짝으로 묶여져 있으며 단조(minor)와 장조(major)의 교체가 각 시점의 비극/행복을 설명해 준다.

동기 반복 외에도 〈심청〉에서는 리프라이즈(reprise)의 사용이 두드러진다. 전술한 바와 같이, 전형화된 뮤지컬에서는 2부에 들어서 두 세 곡의 리프라이즈를 전략적으로 사용한다. 리프라이즈란 "주인공들의 주제곡이나 일관된 무대 배경을 유지하기 위하여 반복되는 곡, 같은 멜로디로 편곡만 달리해 연주하는 것"을 전부 포함한다.[55] 이것은 뮤지컬이 대중극의 한 양식이므로 관객에 대한 배려의 차원에서 굳어진 관습과도 같은 것이다. 관객은 2부에 반복되는 음악을 들으면서 그 순간에 쉽게 몰입할 수 있고, 작품의 대표 넘버로 오랫동안 기억할 수 있기 때문이다. 대개 뮤지컬의 제작자들은 관객이 공연이 끝나고 극장을 나오면서 리프라이즈된 뮤지컬 넘버의 멜로디를 흥얼거린다면 그 공연은 성공적이고, 그렇지 않다면 실패한 것이라고 단정할 정도로 리프라이즈의 적절한 사용은 매우 중요하다.[56]

---

55) 손정섭, 『뮤지컬 oh! 뮤지컬』, 북스토리, 2002, 170쪽.

56) 그러나 리프라이즈를 사용하게 되면 균형감각을 상실할 수 있는 가능성이 매우 농후하다. 따라서 브로드웨이의 현대 뮤지컬에서는 리프라이즈가 점차로 사장되고 있는 추세이다. 영향력있는 뮤지컬 작곡가인 스티븐 손하임의 고충을 잠시 언급하면, 리프라이즈 사용의 어려움이 감지된다. "리프라이즈를 평가 절하하는 게 아니라, 관객들의 집중력을 깨뜨리지 않도록 공연에 충실하면서, 그들이 브로드웨이 극장에 와서 리프라이즈 곡을 듣고 있다는 걸 상기시키지 않고

내러티브 진행에서 가장 큰 극적 의미를 획득하는 것은 1부 2장 '귀여운 내 딸아'의 리프라이즈이다. 이 넘버는 왈츠로 된 심봉사의 독창곡으로, 갓 태어난 심청이가 한없이 사랑스러워서 불러주는 자장가이다. 심청이는 자라면서 이 자장가를 반복적으로 듣는다. 1부 3장의 '둥둥 내 딸이야'에서도 마을사람들에게 젖을 동냥하는 와중에 심봉사는 이 자장가를 부른다. 모성대신 심봉사의 부성이 조명되는 지점으로서 이것은 심청이에게 부성과의 내밀한 유대를 품게 하는 장치와도 같다. 이것이 2부의 클라이막스에서 리프라이즈된다. 뺑덕어멈과 헤어진 후 심봉사는 맹인 잔치에 와서 극적으로 심청이를 만났지만, 여전히 눈을 감고 있기에 바로 옆에서 들려오는 딸의 목소리를 인식하지 못한다. 이 때 심청이는 자신의 정체를 확인시키기 위하여 '소녀 심청이에요'를 부르는데, 이 넘버에 자장가가 리프라이즈되고 있는 것이다. 심봉사와의 근원적 유대감을 상기시키는 자장가가 들려오자, 심봉사는 이 마술적 순간을 직접 확인하려는 강렬한 욕망으로 결국 '눈을 뜨게' 된다. 이 극적인 순간에 대한 연출의 전략은 객석의 조명을 전부 밝히는 것으로 나아가, 모든 맹인이 눈을 뜬 것처럼 극장 전체가 환한 빛을 발하도록 하였다.

나머지는 심청이의 독창곡을 리프라이즈한 것이다. 위의 경우가 맥락 속에서 극적 의미를 강조하기 위하여 반복한 것이라면, 이 부분의 반복은 뮤지컬 〈심청〉을 대표하는 넘버로 부각시키기 위함이다. 팝 발라드 '비나이다'(1부 4장)는 2부 5장의 '아버님 어디 계세요'로, 1부 5장의 '닭아 닭아 우지마라'는 2부 3장의 '아버님 생각'으로 각각 리프라이즈되었는데 두 경우 전부 같은 멜로디를 사용하면서 가사만 바꾸어 놓았다. 특히 '닭아 닭아 우지마라'는 커튼콜에서 록 버전(version)으로 편곡되어 다시 연주되면서 관객에게 리프라이즈의 의도를 정확히 전달하고 있다.

공연의 분위기를 유지해 나가면서 리프라이즈를 할 수 있는 방법을 찾는다는 게 너무 힘들다는 말입니다. 정말이지 그건 너무 어렵습니다."(스티븐 시트론, 앞의 책, 316쪽에서 재인용)

2) 환상성이 극대화된 무대표현

뮤지컬 〈심청〉의 무대는 텅 비어 있다. 작품 속의 공간이 신전, 심봉사의 집, 장지, 마을, 냇가, 인당수, 용궁, 궁궐 등으로 다양하게 설정되어 있음에도 불구하고, 이와 같은 공간을 묘사하는 사실적인 세트가 전혀 사용되지 않는다. 이러한 전략은 〈심청〉의 무대가 애초에 유동성을 전제하고 있음을 보여준다. 다양한 도구에 의하여 한 공간은 순간적으로 펼쳐지고 사라지며 다시 텅 빈 무대를 남겨놓는다. 그리고 이어서 그 텅 빈 무대는 배우와 도구들에 의하여 다른 공간으로 의미화된다. 그러므로 〈심청〉의 무대는 사실적으로 사용되지 않는다. 고정적인 세트나 구체적 장소를 상징하는 움직이는 거대한 조형물이 공간을 묘사하는 것이 아니라, 천이나 스크린에 의하여 공간이 설정된다. 또한 특정한 역을 연기하는 배우의 등퇴장으로 공간의 변화가 암시될 뿐이다. 이러한 무대표현은 우리 전통극의 무대표현 방식을 일정 부분 공유한다. 사실주의 무대로 대표되는 서양 연극은 무대 위의 배우들이 마치 일상을 살아나가는 것처럼 보이게 하기 위하여 무대 위의 환영(illusion)을 극대화한다. 이것은 연기의 측면뿐 아니라, 세트의 정교함과 사실성을 담보로 성취된다. 그러나 우리의 전통극은 현장성과 즉흥성이 생명이므로[57] 공간을 사실적으로 묘사하지 않는다. 공간은 소도구에 의하여 즉시적으로 변화하고 가정될 뿐이다. 따라서 관객은 눈앞에 벌어지고 있는 것이 연극적인 상황이라는 것을 끊임없이 인식하고 그 안에 적절하게 개입하기도 한다. 이것은 우리의 전통극이 서구식 환영주의(illusionism)와 거리가 멀다는 것을 보여준다. 뮤지컬 〈심청〉은 이렇듯 꽉 짜인 사실적인 무대표현을 거부하고 전통극의 무대표현을 참고하여 비어 있는 무대를 선호한다. 그러나 프로시니엄 무대가 근본적으로 환영을 창출하므로, 무대와 관객과의 거리두기가 실현된 전통극의 메커니즘이 완벽하게 발현되지는 않는다. 대신 이 메커니즘에 의한 유동적인 무대표현이 적절하게 구현된다.

---

57) 서연호, 『한국전승연희의 원리와 방법』, 집문당, 1997, 12-33쪽.

〈심청〉에서 무대의 유동성은 결국 무대에 환상적인 감각을 불어넣는 데 기여한다. 〈심청〉의 공간이 일상적 공간과 상상적 공간을 넘나들기 때문에 관객의 상상의 여지를 남겨두는 빈 무대가 훨씬 효과적일 수 있기 때문이다. 기원의 장면이라든지 인당수에 빠지는 장면, 그리고 용궁과 환생의 장면은, 〈심청〉의 주제를 선명하게 보여 주기 위하여 강조되어야 할 부분이다. 이 장면들은 전부 극 속의 일상적 궤도에서 벗어나 있으므로 최대한의 스펙터클로 장면의 환상성이 부각된다.

각 장면의 환상성을 형상화하기 위하여 공간의 '수직성'이 이용된다. 이 장면에 배치되어 있는 인물들은 비현실적인 공간에 속해있으므로, 땅 위를 밟지 않고 자유롭게 무대 위를 부유한다는 관념을 형상화한 것이다. 이를 위하여 암크레인, 수평과 수직으로 움직이는 부분 무대가 동원되었다. 용궁 장면에서 용왕과 곽씨부인의 연기공간은 지상에서 떨어진 무대의 천장에 가까운 곳이다. 이들은 시종일관 그 공간에 머물러 있고, 이와 대조적으로 심청이는 지상에 발을 딛고 있다. 이러한 공간점유는 이들의 전지성과 초월성을 전달하고 심청이의 불완전성을 대비적으로 강조한다. '위'에서 심청이의 모든 행보를 지켜보던 이들과, 효의 완성을 위해서 다시 지상으로 올라가야 하는 심청이의 운명이 대조되는 것이다. 그러나 이러한 공간대비를 통한 환상성의 창출은 그 진부함 때문에 큰 효과를 거두지는 못한다. 그러나 심청이가 인당수에 빠지는 장면은 '수직성'을 이용하여 효과적으로 공간을 사용한 예로 평가될 수 있다. 일반적으로 무대에서 '뛰어 내리는 장면'은 무대 전면에 표현되기 보다는 관객의 시선이 미치지 못하는 곳에서 펼쳐진다. 무대의 높은 곳에서 뒤쪽으로 뛰어내린다거나, 뛰어내리는 순간 암전이 되어 그 이후의 상황을 상상하도록 만드는 방법을 취한다. 그러나 〈심청〉에서는 인당수에 투신하는 장면을 기계장치를 사용하여 무대 전면에 묘사하였다. 선원들과 심청이는 무대 위쪽의 장치에 올라가 있고 30명이 넘는 코러스들이 3줄로 늘어서서 3개의 스크린을 붙잡고 밀고 당긴다. 이 와중에 스크린 위로 푸른색 조명이 쏟아지고 이 둘의 조화로 거친 파도가 표현된다. 심청이가 바다에 빠지면, 수평으로 늘어서 있던 스크린이 '수직'으로 펴져서 깊은 바다가 순식간에 만들어 지고 암크레인에 서 있는 심청이가 스크린 뒤 허공에서 전후좌우로 흔들린다. 이것은 바다에 빠져 깊은 물 속으로 잠기듯 유영하는 심청이를 형상화한 것이다. 그러므로 관객은 푸른색의 스크린 뒤에서 떠도는 심청이를 그림자로 마주하게 된다.

이러한 환상적 무대표현은 인당수의 전체 내러티브 내의 위치를 또한 잘 설명해준다. 인당수(바다)는 일종의 '관문'이다. 일상적 세계에서 비일상적 세계로 진입하는 '문'이며 죽은 곽씨부인을 만나 운명을 알게 되는 '통로'이다. "다수의 환상담에서는 지리적인 두 극점이나 두 측면이 설정되어 있고, 이 사이에는 경계선이 존재한다."[58) 인당수는 두 세계(현실－용궁)를 나누는 경계이며 문이며 통로이다. 그러므로 내러티브 내에 위치한 '인당수'의 본래적 환상성은 무대의 환상적 표현으로 더욱 강조되고 있다.

4. 맺음말

뮤지컬 〈심청〉은 전형적 뮤지컬 구조와 음악어법을 채택한 작품이다. 〈심청가〉의 내러티브를 뮤지컬 구조 안으로 위치시키고 강조되어야 할 지점에 맞추어 '구조화'하였으며, 음악적 동기의 반복으로 인물과 상황을 강조하고 음악으로 극적인 효과를 창출하였다. 이러한 변모를 추동한 원리는 소위 브로드웨이식 뮤지컬의 요소에 자리하고 있다. 이것은 궁극적으로 작곡을 맡은 최귀섭의 뮤지컬 장르개념이 브로드웨이 뮤지컬을 겨냥한 데에 기인한다. 진부함을 피하기 위한 변모의 전략으로 내세운 것이, 대사를 없애고 음악으로 작품 전체를 구성하는

---

58) 장 루이 뢰트라, 『영화의 환상성』, 김경온·오일환 역, 동문선, 2002, 81-85쪽 참조.

것이었으므로 음악의 비중은 그만큼 높아졌고 그에 따라 최귀섭의 접근 방식이 작품의 색깔을 결정짓게 된 것이다.

우리의 뮤지컬 지형도는 수입 뮤지컬이 대세를 이루고 창작 뮤지컬은 위축되어 있는 상태로 상당시간 지속되어 왔다. 고수익을 보장하는 수입 뮤지컬 공연이 우리 뮤지컬계의 핵심으로 자리하고 있고 뮤지컬 장르 개념도 '브로드웨이 뮤지컬'에 고착되어 있는 것이 사실이므로, 창작 뮤지컬을 고집하는 것은 일종의 민족주의의 발로로 비춰질 가능성도 있다. 그러나 장르의 수입이 곧 작품의 수입은 아니다. 가무악 전통의 기반 하에 우리 정서에 맞는 뮤지컬 양식의 발전이 장르의 생명력을 위하여 필수적으로 요청된다. 이러한 의식 위에서 현재까지 진행된 창작 뮤지컬은 외국의 작품을 번안하여 완전히 우리 정서적 기반 위에서 재탄생시킨 것, 내용은 우리의 전통적 이야기나 역사에서 찾고 서구적 음악어법을 사용한 것, 내용과 음악어법이 전부 우리의 전통 위에 기반하고 있는 것, 내용이나 음악을 브로드웨이식으로 꾸민 것 등으로 나눌 수 있다. 〈심청〉은 두 번째 항목에 적용된다. 내용이나 의상 등은 한국적인 미감을 살리면서 음악적인 부분을 전형적인 뮤지컬 어법으로 구성한 경우이다. 대체로 긍정적인 시도였다고 평가할 수 있다.

그렇다면 이럼에도 불구하고 이 공연이 단발성으로 그친 이유는 무엇인가. 서울예술단의 주요 레퍼토리로 정착하지 못하고 애초에 지향했던 세계적 뮤지컬로서의 발전이 좌절된 이유는 무엇인가. 〈심청〉은 서울예술단의 특성 상 관의 경제적 지원이 가능했던 작품이었으므로, 배우들의 개런티와 홍보 관련 비용을 제한 제작비만 총 6억7천 여 만 원이 소요되었다. 그러나 장기간에 걸친 공연이 성사되지 못했으며 정기 공연도 이루어지지 못했다. 그 대신 지방순회 공연을 통하여 제작비를 충당하려 했다. 이러한 결과는 〈심청〉이 뮤지컬의 생명인 '대중성'에 대한 정교한 배치보다는, '효'라는 주제를 전면에 내세워 재해석의 과정을 거치지 않은 효의 실천과 개안 모티프에 줄곧 초점을 맞추고 있기 때문이라 생각된다.[59] 또한 배우의 연기적 측면이 수많은 노래를 불러야 하는 부담으로 가려져 있어서 특히 심청이의 경우에는 연기에 무용적 요소가 거의 들어 있지 않다는 것이 지적될 수 있다. 작품의 안무를 맡은 정재만은 무용을 최대한 절제하여 배우들의 몸짓에 필요한 것만 부여하는 방법을 사용하였다고 말한다.[60] 이것은 인물의 특징적인 면모를 압축적으로 보여주기 위한 전략이었으나, 결과적으로 효과적이지 못했다. 그러므로 〈심청〉의 짧은 생명력은 상투적 주제를 감상적으로 처리하고 관객의 의표를 찌르는 재미를 창출하지 못한 연출의 측면에 원인을 두고 있는 것이다.

뮤지컬 〈심청〉의 예는 결국 뮤지컬이라는 장르의 근본적인 속성을 상기시킨다. 뮤지컬은 드라마와 음악이 조화롭게 통합을 이루어야 한다는 원론으로 돌아가 그 의미를 자세히 따져볼 일이다.

---

59) 이상일의 리뷰에서도 재해석의 과정보다는 대형 무대 위에 펼쳐지는 이미지에 주로 초점을 맞춘 것을 지적하고 있다(이상일, 「리뷰: 서울예술단 뮤지컬 '심청'」, 『객석』, 1997년 4월호, 246쪽).

60) A&C 코오롱, 『심청』(비디오 자료), 1997년 4월 18일 방영분.

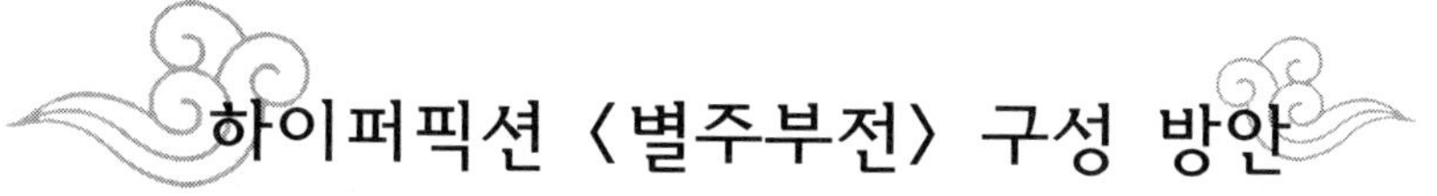

하이퍼픽션 〈별주부전〉 구성 방안

류수열

1. 로그인

이 글은 이본(異本)이 매우 다양한 판소리 및 판소리계 소설 〈별주부전〉(〈토끼전〉, 〈수궁가〉 포함)을 최근 새로운 장르로 부상하고 있는 하이퍼픽션(hyper–fiction)으로 구축하는 원리와 방안을 탐구하는 데 목적을 둔다. 이는 하이퍼픽션을 실험적으로 실현하는 바탕이 될 것이다.

이러한 목적은 고전 문학의 교육적 체험을 위해서는 무엇보다 학습자의 취향을 존중하고 이에 따라 매체적 여건을 개선해야 할 필요에서 출발한다. 고전 문학 교육의 당위성은 민족문화의 전수, 개인적 삶의 성장, 공동체적 문화 공유 등등의 측면에서 두루 인정받고 있는 바이므로 새삼스럽게 논할 필요가 없다. 문제는 이런 당위가 실제의 교수—학습 과정에서도 그대로 승인되지 않는다는 데 있다. 이런 상황이 초래된 이유는 다각도로 밝혀져야 하겠지만, 그 중의 하나는 비주얼(visual) 세대 혹은 이미지 세대라 일컫는 학습자들의 취향과 고풍스러운 고전 문학의 아우라(aura) 사이에 존재하는 거리감일 것이다. 이 거리를 조금이라도 줄이기 위한 방법으로서, 우리는 고전 문학 작품을 실현하는 물리적 조건으로서 매체의 변환을 상정해 볼 수 있다. 이 경우 자연스럽게 웹(web) 공간에서 실현되고 있는 하이퍼텍스트, 특히 하이퍼픽션 혹은 디지털 스토리텔링의 가능성에 주목하게 된다.

널리 알려진 대로, 월드와이드웹(world wide web)은 인터넷상의 광대한 시스템을 간단하고 체계적인 인터페이스를 이용하여 그물처럼 상호 연결시킨 것이다. 문자와 그림, 동영상 등을 포함한 멀티미디어 매체를 활용하여 하이퍼미디어 환경을 제공한다. 하이퍼텍스트는 HTML(Hyper Text Markup Language)로 이루어진 웹문서 형식으로서, 하이퍼텍스트는 웹에서 이용되는 언어 혹은 문서 중에서 가장 큰 비중을 차지한다. 하이퍼텍스트는 엄밀하게 보면 컴퓨터 기술과 연관된 개념으로, 비연속적으로 서로 연결될 수 있는 노드(node)들로 구성된 전자적 텍스트이다. 노드는 정보의 구성단위를 뜻하는데, 이 노드의 내용 안의 한 영역을 앵커(anchor)라고 한다. 앵커는 강조된 부분으로서 마우스로 클릭할 수 있는 부분이다. 그리고 앵커와 앵커 사이의 연결을 링크라고 한다. 따라서 웹은 링크들에 의해 상호 연결된 일련의 노드들을 뜻한다.

하이퍼텍스트는 소리, 그래픽, 동영상 등을 포용함으로써 단순히 교육 자료의 다각적인 정리와 수록을 위한 수단에 그치지 않고, 하이퍼미디어가 되어 입체적이고 역동적인 문화 콘텐츠 생산의 도구로서 새로운 가능성을 보여주고 있다. 특히 하이퍼텍스트 픽션 혹은 하이퍼픽션은 기존의 활자매체로 구성된 문학, 즉 단선적이고 선조적인 진행 방향에 토대를 둔 문학 형식들에 대한 일종의 도전이 되고 있다.

하이퍼텍스트로 구현된 문학 환경에서는 이야기의 단위들이 비선형적으로 연결된다. 수용자 입장에서는 기계적 조작과 수행에 따라 텍스트 및 미디어를 새롭게 변화시키는 경험을 통해 또 다른 미적 체험이 가능하다. 따라서 하이퍼텍스트라는 용어의 개념 안에는 '상호 텍스트'라는 의미가 내재할 수밖에 없게 된다.

인터넷을 이용하는 사람들은 정보를 찾아갈 때 적절히 자신이 필요한 앵커를 찾아 새로운 링크를 시도하는 방식, 즉 하이퍼링크에 의해 문서를 읽는다. 마찬가지로 하이퍼텍스트를 기반으로 하는 사이버 문학의 독자들 역시 하이퍼링크에 의해 작품을 선택해가며 읽는다. 또 창작을 할 경우에도 하이퍼텍스트 기능을 이용하여 자신의 의식의 흐름에 따라 한 주제에서 다른 주제로 링크를 이용하여 자연스럽게 넘어가는 글쓰기를 할 수 있다.

하이퍼텍스트는 모니터라는 공간에서 실현되는데, 형식적인 면에서 문자언어가 활자화되어 지면에 인쇄된 기존의 문서와 흡사해 보인다. 그러나 하이퍼텍스트는 지면에 인쇄된 텍스트와 현격한 차이를 보여준다. 하이퍼텍스트는 종이라는 물리적 대상에 고형적으로 부착된 문자 텍스트와 달리, 끊임없이 자신의 정체를 변화시키고 모습을 변형시키는 가소성(可塑性) 혹은 유동성을 지니는 한편, 스스로 다른 텍스트와 소통하는 자가 확장성 혹은 상호 의존성을 가진다.

하이퍼텍스트의 출현으로 인간의 언어 활동은 여러 모로 변화를 겪고 있다. 지면 위의 문자 텍스트를 인지하는 유일한 감각의 창이 시각이었다면, 하이퍼텍스트는 시각과 청각의 동시적 발동에 의해 인지되며, 여기에 촉각까지 동원되는 경우도 있다. 문자 텍스트는 시작 지점과 끝 지점이 고정되어 있고, 그것을 읽는 행위가 시작 지점에서 끝 지점에 이르기까지 선적으로 연속되는 시선의 이동이라면, 하이퍼텍스트에서는 시작과 끝의 개념이 아예 성립되지 않고, 그것을 읽고 듣는 시각과 청각은 비선형적이고 다방향적인 동선을 그린다. 그런가 하면 쓰기 활동에도 커다란 변화가 초래되었다. 문자 텍스트에서의 쓰기가 작가의 고독한 창조 행위였다면, 하이퍼텍스트를 만드는 일은 차라리 제작 행위로 간주된다.

하이퍼텍스트가 등장한 후 이에 대한 교육적 관심사의 상당 부분은 그것을 활용하여 교육의 효율을 높이기 위한 방책에 기울어져 있었다. 이를 일러 교육공학적 관심사로 일컬어도 무방할 것이다. 그러나 이것이 새로운 의사소통의 유력한 통로로 자리를 잡은 이상 적어도 문학교육의 관심사는 새로운 차원으로 도약할 필요가 있다고 본다. 문학이 무수히 많은 텍스트 중의 하나이고 하이퍼텍스트의 출현 또한 문학의 존재 방식에 급격한 변화를 초래하고 있기 때문이다. 따라서 그 새로운 차원이란 자연스럽게 문학의 존재 방식이라는 차원을 뜻하게 된다. 물론 이것이 교육공학적 관심사와 동떨어진 별도의 문제는 아니며, 오히려 가르치는 대상 혹은 자료와 그것을 가르치는 방법이 하나로 결합되어 있는 구도라 할 수 있다.

이러한 문제의식을 바탕에 깔고 본 연구는 고전문학을 하이퍼텍스트로 실현하는 한 방안으로, 이본이 다양한 〈별주부전〉을 하이퍼픽션으로 구축하는 실험에 필요한 자료를 정리하고 원리를 탐색해 보고자 한다. 〈별주부전〉은 판소리 〈수궁가〉에서 파생되어 문자로 정착된 판소리계 소설이지만, 다른 판소리계 소설에 비해 이본간 스토리 라인이 뚜렷이 구별되는 특성을 지니고 있다.[1] 바로 이 특성이 〈별주부전〉이 하이퍼픽션으로 전환될 수 있는 가능성을 직접적으로 보여준다.

2. 하이퍼픽션과 〈별주부전〉 이본군의 상동성

하이퍼텍스트는 크게 구성적(constructive) 하이퍼텍스트와 탐색적(explorative) 하이퍼텍스트로 나누어진다. 구성적 하이퍼텍스트는 독자가 자율적으로 텍스트를 선택하고 기존 텍스트를 독자 자신의 활동으로 변형하고 가공하는 하이퍼텍스트이고, 탐색적 하이퍼텍스트는 제작자(작가)가 미리 정해놓은 몇 가지 가능성 중의 하나를 독자가 선택해서 읽어나가는 하이퍼텍스트이다.

하이퍼픽션은 하이퍼텍스트 픽션의 약칭으로, 당연히 탐색적 하이퍼텍스트 전형적인 보기이다. 이는 곧 하이퍼텍스트로 구현된 서사 양식을 뜻한다.[2] 각각의

---

1) 이 글에서는 각각이 판소리 사설인지 소설인지의 구별이 중요하지 않으므로, 이하에서는 판소리와 판소리계 소설을 혼용해서 쓰기로 한다. 경우에 따라서는 판소리 서사로 통칭하기도 하겠다. 〈별주부전〉이라는 작품 명칭 또한 판소리 〈수궁가〉와 그 계열의 소설을 대표하는 이름으로 쓴다.

2) 사이버텍스트 소설(cybertext fiction), 상호 작용 서사(interactive narrative), 나무 구조 소설(tree novel), 디지털 서사(digital narrative), 모자이크 서사(mosaic narrative), 짜깁기 서사(patching (piecing) together narrative), 비연속적 글쓰기(non-sequential writing) 등이 유사한 의미를 지닌 용어로 쓰이고 있다.

서사 단락은 다중적으로 구성되어 있으며, 그 연결 또한 다중적인 경로로 이루어질 수 있다. 결말 부분도 여러 가지로 나누어져 있을 수 있고(multi-ending), 심지어 결말 부분이 생략되어 있는 구조를 취하기도 한다(open ending). 독자는 프로그래밍되어 있는 다수의 가능성 중에서 분절마다 어느 한 경로를 선택하면서 서사 전개를 따라 가게 된다. 이를 일러 비선형적(nonlinear) 읽기라 할 수 있을 것이며, 경우에 따라서 이는 다선형적(multi-linear) 읽기를 가능하게 하는 구조로 전환될 수 있다.

그러나 텍스트(지면)로 구현된 서사와 하이퍼텍스트로 구현된 서사의 차이는 단지 그 매체의 차이에 국한되지 않는다. 앞에서 잠깐 언급한 대로, 하이퍼텍스트는 다른 텍스트와의 링크를 통해 끊임없이 자신의 몸을 바꾸어 가는 가소성(可塑性) 텍스트이다. 하이퍼텍스트 문학 또한 마찬가지이다. 새로운 이야기 단위가 첨가 혹은 탈락되기도 하고, 특정한 이야기 단위에서 다른 양식의 하이퍼텍스트로 탈선해 나가기도 하며, 특정한 단락에서는 멀티미디어로 변신하기도 한다. 이처럼 하이퍼텍스트 문학은 그 존재 양식에서도 커다란 변화를 보여준다. 매체(media)의 차이가 양식(mode)의 차이[3]로 이어진 것이다.

이러한 차이가 나타나게 된 것이 디지털 기술의 진화에 바탕을 두고 있다는 점은 분명해 보인다. 그러나 엄밀하게 말해 디지털 기술의 진화 그 자체가 하이퍼텍스트를 탄생시킨 것은 아니다. 이미 소설의 위기를 감지한 포스트모더니즘 소설가들이, 소설의 가능성을 부단히 모색하던 과정에서 종이 위에 하이퍼텍스트적인 내러티브를 실험한 역사가 있기 때문이다. 그것이 전면적으로 현실화되어 뿌리를 깊이 내리지는 못했을지언정, 서사는 선형적이라는 상식에 균열을 가했다는 역사적 의의는 충분히 인정할 수 있을 것이다. 더 거슬러 올라가면 기억에 의존하여 문학이 향유되었던 구술 문화 시대의 서사 텍스트도 하이퍼텍스트성(hypertextuality)을 이미 갖추고 있었다. 개별 구비 서사 텍스트의 형성과 전승이 하이퍼텍스트적 운동 과정을 밟아가고 있었던 것이다. 어떤 면에서 포스

---

3) 매체는 주로 물리적 성질을 기준으로, 양식은 주로 속성이나 본질을 기준으로 구별된다. 가령 말을 하듯이 쓴 글은 매체로서는 문자 언어에 속하나 양식으로는 음성 언어에 속하게 된다.

트모더니즘 소설가들의 실험은 기껏해야 고대인들의 구술 문화 향유 양식을 모방했을 따름이지, 그 자체가 새로운 발명은 아니었던 셈이다. 말하자면, 하이퍼텍스트는 이른바 '오래된 미래'인 셈이다.

이처럼 구술문화 시대에서부터 인쇄문화 시대를 거쳐 디지털 문화 시대에 이르기까지 존재 양식의 차이에도 불구하고 하이퍼텍스트성이 지속적으로 존속했다면, 그것을 꿰뚫는 하이퍼텍스트 서사의 핵심적인 속성은 무엇이겠는가? 그것은 당연히 스토리텔링이라 할 수 있다. 스토리텔링은 구술문화 시대의 서사시(epic)에서부터 문자문화 시대의 소설(novel)을 거쳐 현대의 하이퍼픽션으로 그 생명을 이어가고 있는 것이다. 최근의 하이퍼픽션은 스토리텔링이 디지털 방식으로 전개되면서, 그 생태가 이전 시대에 비해 훨씬 더 입체적이고 다면적으로 활성화되고 있는 것이다.

이제 구술문화의 한 사례인 판소리 및 판소리계 소설과 최근의 디지털 기술에 기반한 하이퍼픽션의 생리적 상동성을 간략하게 비교해 보기로 한다.

탐색적 하이퍼텍스트의 기본적인 속성은 서사적 경로가 단일하지 않고 다중적인 구조를 취하고 있다는 점이다. 이를 가장 적실하게 보여주는 사례가 어드벤처(adventure)나 아케이드(arcade) 게임이다. 이런 게임에서는 목표 지점에 이르는 다양한 경로가 미리 제시되어 있고, 게이머(gamer)는 자신의 선택에 따라 행로를 개척해 나가는 것이다. 이 점은 물론 탐색적 하이퍼텍스트가 서사적인 양식을 취하고 있다는 사실과 깊은 연관을 맺고 있다. 각각의 서사 단락이 다중적인 구조를 지님으로 인해, 하이퍼텍스트의 독자는 단지 작가에 의해 주어진 경로를 선형적으로 좇을 수밖에 없는 문자 문화 시대의 소설 독자와는 다른 역할을 수행하게 된다. '오로지 독자'로서의 역할에서 벗어나 자신의 역할을 스스로 조절하게 되는 일종의 게이머가 되는 것이다.

이본이 100편을 넘는 춘향전군(春香傳群)을 비롯하여 모든 판소리 서사물은 전승 과정에서 각편이 매우 다채롭게 파생되었다. 이들 각 이본군들은 나름대로 고유한 서사적 질서를 유지하고 있으며, 그 질서의 유사성과 근친성을 근거로 계열화되기도 한다. 바로 이 점이 판소리 서사를 하이퍼픽션으로 구성할 수 있는 단서이다. 근원설화를 핵심적인 서사 구조로 삼되, 세부적인 사건의 연쇄에 있어서는 각각의 고유한 행로를 가지고 있는 것이다. 사건의 행로만이 아니라, 결말의 단위도 넓은 편차를 보여준다. 특정한 사건이 마무리되면서 서사 전체가 끝나는 경우가 있는가 하면, 이 사건을 이어서 새로운 사건이 지속적으로 전개되기도 하는 것이다.

이를 가장 전형적으로 보여주는 것이 〈별주부전〉이다. 〈별주부전〉군은 특히 각편에 따른 결말 구조의 차이가 다른 판소리 서사에 비해 훨씬 두드러진다. 다음 장에서 이를 상세히 다루겠지만, 토끼의 생환 이후 벌어지는 사건만 해도 매우 다채로운 변이를 보여준다. 크게는 용왕이 결국 죽게 되는 이본과 살아나는 이본으로 크게 나누어지고, 그 각각의 이본들도 죽게 되는 이유와 살게 되는 이유가 천차만별로 다르게 제시된다. 뿐만 아니라 토끼가 육지로 생환한 후 그물에 걸리거나 독수리를 만나 위기에 처하는 계열도 있고, 수궁의 기획에 의해 다시 포획되는 계열도 있다. 적어도 결말 구조만 놓고 본다면 여타의 판소리 서사는 오히려 단일하다고 할 만큼 단조롭다. 이 점에서 〈별주부전〉 서사는 다선형 구조를 취하는 하이퍼픽션의 생리에 가장 잘 부합하는 작품군이라 할 수 있겠다.

3. 단락별 스토리 라인의 구조화

이제 〈별주부전〉 이본군의 계열별 정리를 통한 스토리 라인을 확정할 순서이다. 앞서 언급한 대로 〈별주부전〉의 이본군은 그 스토리 라인이 계열에 따라 달라지는 정도가 여타의 판소리계 소설 이본군보다 훨씬 두드러진다. 이처럼 다종다기한 스토리라인은 하이퍼픽션의 설계에서 필수적으로 요구되는 일종의 수형도로 구체화될 것이다. 수형도는 스토리라인의 전개를 한 눈에 보여주기 위해 제작되는 것으로, 하이퍼텍스트로 구성될 각 서사 단락과 서사적 경로를 나타낸다. 이를 위해 각종 이본에 대한 실증적인 선행 연구 결과를 취합하는 방법을 동원하되, 최종적으로는 4~5개 정도의 스토리 라인을 확정하게 될 것이다.

이를 위해 선행 연구의 결과를 먼저 일별해 보기로 한다. 일찍이 내용 대비와 성립 연대 추정을 통해 활자본 계열, 판소리본 계열, 소설본 계열, 기타 계열로 나눈 경우가 있었는가 하면,[4] 이후 결말 부분을 주된 기준으로 삼아 토생전계, 수궁가계, 별토가계, 한문본계로 계열을 구분한 경우도 있다.[5] 또한 결말 부분의 양상을 '용왕과 토끼의 맞섬과 성패', '용왕과 별주부의 어울림과 어긋남', '토끼와 별주부의 맞섬과 어울림'이라는 세 유형을 추려내기도 했다.[6] 그런가 하면 특정한 화소(motif)의 공유 여부에 따라 이본을 계열화하는 방법을 택하여 새로운 계열을 구축한 적도 있고,[7] 서사 단락 중에서 공통 단락과 고유 단락이라는 이원적 기준을 내세워 이본군을 치밀하게 분석한 결과, 가람본별토가 계열, 신재효토별가 계열, 수궁가 계열, 경판토생전 계열, 중산망월전 계열, 가람본토끼전 계열로 나누기도 했다.[8] 이에 더하여 '연행물/독서물'과 '육지 위기/토끼 포획'의 두 가지 계열 구분 기준을 설정하여, '연행물 – 육지 위기' 계열, '독서물 – 육지 위기' 계열, '독서물 – 토끼 포획' 계열, '독서물 – 토끼 포획' 계열로 나눈 경우도 있다.[9]

이들 연구들은 한결같이 〈별주부전〉의 이본들이 서사 단락의 유무에 따라 독자적인 구조를 가지고 있음을 전제로 하고 있다. 위의 연구 성과 중 이 글에서는

---

4) 인권환(1968), 「「토끼전」異本攷」, 아세아연구 29, 고려대 아세아문제연구소, 65-102면.
5) 인권환(1991), 「토끼傳群 결말부의 변화 양상과 의미」, 『정신문화연구』 44, 한국정신문화연구원, 163~185면.
6) 정출헌(1998), 「봉건 국가의 해체와 「토끼전」의 결말 구조」, 고전문학연구 13, 한국고전문학회, 153-185면.
7) 민 찬(1994), 『조선 후기 우화소설 연구』, 태학사.
8) 김동건(2003), 『토끼전 연구』, 민속원.
9) 최광석(2001), 「〈토끼전〉 異本 系列의 構造와 近代 志向 意識」, 경북대 대학원 박사논문.

최광석(2001)과 김동건(2003)을 토대로 몇 개의 서사 단락을 구성하기로 하겠다. 이를 위해 각 서사 단락별, 이본별 주요 사건을 구조화해 보기로 한다.

대단락	소단락 (주요 사건 수)	이본별 주요 사건					
1. 용왕이 병에 걸리다	①용왕 득병 (4)	▲영덕전 낙성연으로 인한 득병	▲우연 득병	▲황주 땅에 비 주러 갔다가 득병	▲주야 미색으로 즐기다가 득병		
	②용왕 탄식						
2. 토끼 간을 먹으라는 지시를 받다	③명의 등장 (4)	▲풍편에 용왕 득병 소식을 듣고 옴	▲북두성군의 지시를 받고 옴	▲광연왕에게 위중하다는 말을 듣고 옴	▲용왕의 초청으로 오게 됨		
	④명약 지시						
	⑤어족 회의 ⑥별 자원 (3)	▲천거, 자원, 지명		▲도사의 평가		▲문어와 별주부의 자원	
3. 주부가 토끼 간을 구하러 육지로 가다	⑦별주부 전송 (2)	▲노모/아내의 만류		▲노모/아내의 호응			
	⑧별주부 상륙 (3)	▲고고천변	▲명산가	▲육지 풍경			
	⑨모족 회의 (3)	▲두꺼비 상좌	▲호랑이 상좌	▲두더지 별좌			
	⑩산군 횡포						
	⑪별주부 호난 극복						
4. 주부가 토끼를 유혹하여 수궁으로 데려오다	⑫별주부 토끼 유혹						
	⑬방해자 등장 (2)	▲너구리의 만류		▲여우의 만류			
	⑭토끼 수궁행						
5. 토끼가 용왕을 속이다.	⑮토끼의 궤변과 수궁 위기 극복						
6. 토끼가 수궁에서 탈출하다.	⑯토끼 귀환 (2)	▲혼령상봉 + 소지노화		▲새타령			
7. 토끼 귀환 이후의 운명	⑰토끼 (5)	▲그물 위기 극복	▲독수리 위기 극복	▲월궁행	▲신선의 제자가 됨	▲죽음	
	⑱별주부 (4)	▲도사로부터 신약 입수	▲소상강 피신	▲자살		▲이비에게 원정 올림	
	⑲수궁과 용왕 (6)	▲자라 부인의 죽음과 열녀 표창	▲수궁의 토끼 포획론	▲수군의 육지 정벌과 실패	▲토끼 재생포	▲용왕의 죽음	▲용왕의 완쾌

이상의 표에서 '이본별 주요 사건'란에 소개된 여러 가지 이야기는 모든 이본을 취합한 것이 아니고, 유의미한 차이를 가졌다고 판정되는 장면만을 선정한 것이다. 위의 표에 따르면, 완성된 하이퍼픽션을 읽는 독자가 선택할 수 있는 서사적 경로의 개수는 산술적으로 각 서사 단락의 경우의 수를 모두 곱한 값, 즉 414,720개이다. 물론 각각의 경우의 수가 배타적인 선택이 아니라 계열적인 조합으로 이어질 수도 있으므로, 구성 가능한 서사적 경로는 훨씬 더 많아진다.

그런데 앞의 서사 단락과 뒤의 서사 단락이 자연스럽게 이어질 수 있는가 하는 문제가 제기된다. 가령 별주부가 약을 입수해야 하는 임무를 완수하지 못한 서사 단락을 선택한 경우, 이후에 이어질 용왕의 운명은 결국 죽음이어야 자연스럽다. 그러나 현실적으로는 다른 경우의 서사 단락을 선택할 수도 있다. 그러나 그렇다고 하더라도 유기적 인과 관계에 크게 구속되지 않는 것이 판소리 서사의 한 특징이므로, 이것이 큰 문제가 되지는 않는다. 이 점은 오히려 판소리 서사의 하이퍼픽션이 가지는 이점이라 하겠다.

4. 독자의 참여를 위한 교육적 배려

디지털 시스템에 기반하여 글을 읽고 쓰는 것이 교육적으로 유의미한 이유 중의 하나는 독자의 능동적인 개입을 촉진시킬 수 있다는 점에 있다. 디지털 스토리텔링 또한 기존의 스토리텔링과 구별되는 점은 독자가 스스로 능동적인 인지 작용을 통해 이야기를 선택해서 읽을 수 있다는 데 있다. 이에 따라 문학과 관련된 기존의 용어를 대체하는 신조어가 등장하기도 한다. 가령 작가(writer)와 독자(reader) 대신에 '作讀者(wrider/riter)'와 '讀作家(wreader)', '페이지' 대신에 '이야기 마디(node)' 또는 '렉시아(lexia)', '목차(table of contents)' 대신에 '지도(map)', 그리고 때로는 '읽기(reading)' 대신에 '항해(navigation)'이라는 용어를 쓴다.[10] 즉 독자가 목차를 보고 페이지의 순서에 따라 활자가 인쇄된 기존의 책을 읽는다면, 디지털 스토리텔링의 작독자는 지도를 보고 임의적인 선택에 따라 이야기 마디를 골라 항해해 나가는 것이다.

따라서 굳이 상호작용적 미디어를 선택해서 하이퍼픽션을 구현한다면, 이러한 요소들을 충분히 존중할 필요가 있다. 더욱이 이 연구는 교육용 콘텐츠로 활용될 가능성을 염두에 두기 때문에 이에 대한 배려는 필연적이다. 이에 그 몇 가지 방안을 서술하기로 한다.[11]

먼저 읽기의 자율성만을 존중할 뿐만 아니라 쓰기의 권한도 부여해야 한다. 즉 독자들이 읽어가면서 여러 가지 감상을 적을 수도 있고 자신이 만들어낸 새로운 스토리라인을 구축할 수 있도록 하는 것이다. 명실상부한 작독자로서 자기 주도적 학습을 수행할 수 있도록 배려하는 것이다. 가령 별주부가 육지로 출발하는 대목에서 기존 판본들은 대체로 용왕의 사자로서 왕명을 받드는 별주부의 기대와 희망을 전경화하는 데 초점을 맞추고 있으나, 오히려 낯선 땅으로 향하는 별주부의 두려움이나 임무 완수에 대한 부담감을 부각시킬 수도 있다. 이는 별주부와 같은 상황에서라면 당연히 가졌음직한 심리적 동향이다. 이와 같은 식으로 특정한 서사 단락에서는 독자가 자신의 서사를 스스로 창안해 낼 수 있도록 배려할 필요가 있다.

이와 관련하여 학습 독자들이 수행할 수 있는 몇 가지 과제를 제시하면 다음과 같다.

(1) 장면의 재구성 : 세부적인 묘사를 첨가하거나 확장하는 과제, 사건의 인과
    관계를 더욱 정치하게 구성하는 과제, 특정 인물을 새로 설정하는 과제

---

10) 한상수(2002), 「하이퍼텍스트 소설 : 문학의 새로운 가능성을 향하여」, 『영어영문학연구』 46권
    3호, 한국현대영어영문학회, 123–141면.
11) 이하의 서술 내용은 다음 책에서 시사를 받은 바 크다. 물론 각 항목들이 독창적인 것은 아니며,
    하이퍼텍스트에서는 이미 널리 실현되고 있다. Michael Korolenko(1997), *Writing for Multimedia,*
    Wadsworth Publishing Company.

등을 통해 특정 장면을 확대하는 것이다. 예컨대 모족 회의 대목에서 기존에 나온 동물들 외에 또 다른 동물을 등장시켜 자기 나름대로 나이를 밝히도록 하는 것이다.

(2) 사건의 재구성 : 플롯에 변화를 초래할 정도로 새로운 사건을 추가하는 것이다. 여기에는 또 다른 결말을 구성하는 과제나 뒷이야기를 쓰는 과제도 포함되며, 결말 이전의 어느 단계에서 새로운 사건이 추가될 수 있다. 가령 용궁의 생명 공학이 고도로 발달되어 있다는 가정 아래 토끼의 간을 공학적으로 재생시키는 사건이 추가될 수 있다. 이 경우 당연히 그 이후의 사건도 대폭 달라질 수밖에 없다.

(3) 비서사 장르 도입 : 작품의 특정 대목에서 여러 가지 장르의 글을 작성하는 과제이다. 예를 들어 바다를 떠나 육지에 다다른 별주부가 토끼를 만나고 돌아오는 과정을 여로의 형식으로 간주하고 일기 형식으로 작성한다든지, 토끼를 용궁으로 데리고 오는 데 성공한 별주부에게 용왕이 훈장을 준다는 가정 아래 상장의 문구를 작성하는 과제, 또는 토끼에게 속은 것이 탄로난 이후에 용궁에서 벌어진 사건을 사건 기사나 인터뷰 기사 등 신문 기사로 작성하는 과제가 포함될 수 있다. 뿐만 아니라 판소리 서사의 발전 과정에서 시가 장르의 차용이 빈번하게 일어난 것처럼, 특정 대목에 어울리는 대중 가요 등 다양한 장르의 노랫말을 찾거나 새로 짓는 과제도 가능하다.

(4) 인물에 대한 평가 : 〈별주부전〉에는 대중들의 기대를 표상하는 영웅적인 인물도 없고, 만인의 공분을 살 정도의 악한도 없다. 토끼와 별주부는 물론 용왕까지도 선과 악의 선명한 경계로 나눌 수 없는 인물들이다. 따라서 이들의 행위에 대한 정당성 평가는 엇갈릴 수 있다. 인물에 대한 평가는 글보다는 라이브 폴(live poll) 형식을 취하는 것이 웹의 특성을 살리는 방법이다.

또한 언어 감각이 현저하게 달라진 현대의 독자들에 대한 배려도 요구된다. 잘 모르는 단어나 구절에 대한 설명을 덧붙일 필요도 있겠는데, 이는 간편하게 '스크린 팁(screen tip)' 장치를 활용해서 제시할 수 있을 것이다. 나아가 판소리 및 판소리계 소설에 대한 일반적인 설명, '장면 극대화' 등 판소리 서사의 문법과 관련된 설명을 특정 대목에 배치하여 판소리 서사에 대한 이해를 돕는 것도 한 방편이다.

그리고 무엇보다 멀티미디어 시스템을 활용하여 시각 자료와 청각 자료를 적재적소에 배치할 필요도 있다. 가령 '소상팔경' 사설이 나오는 경우 지도를 동원하여 이동 경로를 표시해 줄 수 있고, 주요 더늠을 읽어갈 때에는 판소리 창자가 부르는 음악을 오디오 파일로 탑재하여 청각적인 감각을 자극해 줄 수도 있다. 이렇게 함으로써 하이퍼픽션이 드디어 하이퍼미디어로 구현되는 경지에 이르게 된다.

또 하나 이 하이퍼픽션이 교육을 목적으로 제작된다면, 어느 정도로 독서 행위를 강화시켰는가를 확인해 볼 필요가 있다. 이 경우 학습자에게 질문을 던지고 이에 학습자가 독자로서 반응하는 장치를 덧붙이는 방법을 동원할 수 있다. 학습자에게 던지는 질문은 단순히 읽은 내용을 확인하는 선택형 문항에서부터 빈칸을 채워 넣는 단답형 문항도 가능할 것이고, 필요하다면 수행 평가처럼 서술을 요구하는 문항도 구성할 수 있다.

한 가지 유념해야 할 것은 이러한 학습 장치와 정보들이 그 자체로 독서 경험을 완전하게 대체할 수는 없다는 점이다. 그럼에도 불구하고 이러한 콘텐츠웨어가 필요한 것은 이를 통해 학생들이 어휘력을 높이는 것은 물론, 역사, 민속, 예술, 음악에 대한 경험을 확장할 수 있는 기회를 얻을 수 있기 때문이다. 즉 문자로 조직된 소설을 읽는 과제는 그것대로 수행하도록 하되, 이러저러한 미디어 기술을 통해 학생들의 독서 과정을 더욱 강화시키고 촉진시켜야 하는 것이다.

5. 로그아웃

이 글에서 제시된 아이디어는 구상 단계의 수준이므로, 실제로 하이퍼픽션을 구성할 때에는 많은 변화가 있을 것으로 예상된다. 무엇보다 기술적 문제가 돌출하게 될 것이다. 그러나 위와 같은 구상이 실현된다면, 몇 가지 교육적 이점을 가질 수 있을 것으로 예상된다.

먼저 고전문학이 학습자에게 친숙하게 다가설 수 있는 가능성을 확인한다는 점을 들 수 있다. 오늘날의 이미지 세대에게 고전문학은 고색창연한 문헌이라는 이미지가 강하다. 그러나 학습자들의 취향에 어울리지 않는다는 이유로 이를 교육의 자료 혹은 내용에서 배제할 수는 없는 일이다. 이 연구는 이와 같은 난관을 극복할 수 있는 한 방법이 될 것이다.

특히 이 연구에서 다룬 하이퍼픽션 혹은 디지털 스토리텔링은 상호작용적 글쓰기의 방법론으로 활용될 수 있다. 기존의 하이퍼텍스트 문학이나 사이버서사 논의들이 이론 차원에서 풍성하게 이루어졌음에도 불구하고 아직 본격적으로 구현되지는 못한 상황이라 판단된다. 여기에는 컴퓨터를 비롯한 테크놀로지의 발달과 함께 그것을 향유하는 문화 주체들의 변화가 아직 이루어지지 않았다는 점이 원인으로 작용하고 있을 것이다. 그렇지만 디지털 스토리텔링은 기존의 하이퍼텍스트 이론을 기초로 하여 현실화될 기미를 보이고 있다. 이런 맥락에서 하이퍼픽션이 실현된다면 그것은 국어과 교수−학습 방법론의 하나로 자리하게 될 것이다. 이의 연장선상에서 교육공학적 연구를 통해 문학의 대중화·현대화를 추진하는 한 사례도 될 것이다.

또한 위와 같은 맥락에서 문화콘텐츠로서의 고전문학의 의의를 확인할 수 있다는 점에도 주목할 필요가 있다. 조상으로부터 물려받은 문화 유산을 현대인들이 향유할 수 있게 만드는 일은 문화 재창조의 기미를 제공한다는 점에서 가볍게 치부할 일이 아니다.

　다만 그렇게 되면 고전문학의 원전이 발휘하는 아우라에 대한 감각은 유보될 수밖에 없음을 인정해야 한다. 즉 문헌학적 정보들과 이본간의 미세한 차이 등은 이런 맥락에서 크게 다루어지기 어렵다. 그러나 고전문학이 역사적인 실체로 자리하고 있는 한 대중과 친숙해질 기회는 그만큼 줄어들고 말 것이다. 문학의 아우라에 대한 감각이 유보되는 만큼 문학 독서의 경험 확대라는 기회를 얻게 되는 것이다.

　이제 남은 일은 공학적 기술력의 뒷받침을 받아 실제로 하이퍼픽션을 만드는 일이다. 차후에는 실제의 하이퍼픽션을 구성한 과정과 그 결과를 다시 정리하여, 하이퍼텍스트를 통해 구현하는 구비문학 교육의 바람직한 한 모델을 제시하기로 하겠다. 이 과정에서 학습자가 작/독자(wreader)로서 향유에 참여할 수 있는 가능성도 검증될 수 있겠고, 이론적 탐색에서 산술적으로만 제시되었던 스토리라인의 선택 가능성이 현실화될 수 있는지 여부도 판단될 수 있을 것이다.

〈흥보가〉의 현대적 변용

김남석

1. 판소리 〈흥보가〉에서 공연 텍스트로

　판소리 〈흥보가〉는 유쾌한 재미와 교훈적 주제로 인해 오랫동안 사랑 받아 온 이야기이다. 과거에는 관련 설화(유사설화)로 세상에 떠돌다가 판소리의 정립과 함께 현재의 이야기 형태를 지니게 된 것으로 보고되고 있다. 그 이후 판소리계 소설로 변화되었고, 개화기에는 신소설의 형식으로 출판되기도 했다. 이러한 과정은 많은 학자들에 의해 깊고 다양하게 연구되고 있고, 최근까지 주목할 만한 성과를 내고 있다.

　하지만 〈흥보가〉가 현대적으로 변용된 사례에 대한 연구는 희박하다. 그것도 주로 소설 텍스트에 국한되었지, 공연 텍스트에 대한 분석과 연구는 거의 이루어지지 않았다. 이에 본고는 〈흥보가〉의 원전을 참고로 하여, 현대로 오면서 개작된 공연 텍스트에 대해 논구하려 한다. 〈흥보가〉는 다양한 장르로 변이되어 공연되었다. 희곡으로 변이되기도 했고, 마당극 대본으로 변이되기도 했으며, 한 방송사를 중심으로 이루어진 '마당놀이'의 주요 레퍼토리 가운데 하나로 변이 되기도 했다. 창극 대본으로의 변화도 일단 이 글의 대상 범위에 포함시키고자 했다. 아울러 이 글에서 전승된 판소리 〈흥보가〉를 지칭할 때는 〈흥보가〉라고 표기하기로 한다.

2. 〈흥보가〉의 다양한 실험과 현대적 변용

2.1. 김기팔의 〈놀부전〉(1970) : 〈흥보가〉 플롯의 현대적 해석

2.1.1. 장면의 비약과 플롯의 압축

〈흥보가〉는 놀보가 얼마나 심술궂은 인물인가를 보여준 다음, 놀보가 흥보를 내쫓는 사건으로 시작한다. 쫓겨난 흥보는 여기저기 유랑 걸식하다가 대개 복덕촌에 자리를 잡고 살아간다. 흥보가 사는 집은 초라하고, 흥보의 돈벌이 수단은 불안하다. 이에 흥보 내외는 놀보를 찾아가 구걸하기로 결정한다. 예전에 살던 '둘째 서방님'을 반기는 마당쇠와 달리, 놀보의 반응은 싸늘하다. 그는 자신이 '독자(獨子)'라고 하면서 동생의 존재를 부정하기까지 한다. 구걸에 대한 반응도 예상했던 대로 '매타작'이었다.

김기팔은 이러한 〈흥보가〉의 플롯을 활용했다. 작품의 배경은 현대적 분위기로 탈바꿈 된 놀보의 사장실이다. 경영자 놀보는 설 선물과 보너스를 줄이겠다고 공표한다. 판소리 〈흥보가〉에서 놀보가 얼마나 심술궂은 인물인가를 보여주었다면, 김기팔의 〈놀부전〉에서는 돈과 이익에 매몰된 경영인 놀보를 보여준 것이다. 뒤에 상술하겠지만, 이러한 놀보의 성품은 과거와는 달리, '악당' 놀보가 아닌 '현대인' 놀보에 더욱 가깝다는 차이를 보인다.

흥보가 방문하자 놀보는 난감해 한다. 흥보는 며칠 앞으로 다가 온 구정 설에 쓸 돈을 융통하러 왔다. 〈흥보가〉에서 가난에 떠는 가족들을 위해 놀보의 집을 방문한 흥보의 상황을 변용한 것이다. 그렇다면 김기팔은 〈흥보가〉의 초기 설정 장면들을 대거 비약해서 이야기를 전개한 것이다. 쫓겨나는 흥보와 가난한 가족들의 참상이 김기팔의 〈놀부전〉에서는 장면화되지 않았다.

대신 김기팔은 회상을 통해 과거의 특정 장면을 재현한다. 첫 번째 회상 씬(scene)은 흥보가 대학원에 가겠다는 결심을 보여준다. 아버지가 죽자 학교를 그만 두고 사업에 뛰어든 형 놀보에게, 홍보는 놀보가 대학원 학비를 대면 자신(동생)에 대한 의무를 다하는 것으로 여기겠다고 약속한다. 두 번째 회상 씬은 홍보의 결혼 과정이다. 놀보는 동생이 부유한 여자와 결혼하기를 은근히 바랐지만, 홍보는 자신의 뜻대로 가난하지만 사랑하는 여자와 결혼하겠다고 결정한다.

두 개의 회상 씬은 〈홍보가〉의 전사(前事)에 해당한다. 판소리 〈홍보가〉에서 홍보는 이미 결혼한 상태이며, 그것도 상당한 숫자의 자식을 두고 있다. 또 홍보는 놀보와는 달리 유식한 사람이다. 놀보 역시 '풍자 풀이'를 할 정도로 어느 정도 교육을 받은 흔적이 있지만, 홍보에 비할 바는 못된다. 김기팔은 홍보의 교육 수준을 현대적인 관점에서 해석하여, 대학원(석사)으로 상정하고 있다. 김기팔은 회상 신을 도용해서, 어떤 연유로 홍보가 놀보보다 공부를 많이 하게 되었는지, 어떻게 가난한 아내를 얻게 되었는지, 그리고 어떻게 해서 분가하게 되었는지를 간략하게 보여준다. 이것은 시간의 역전과 이야기의 비약을 활용한 장면 구성의 현대적 변용으로 인해 가능했다.

2.1.2. 박 사설의 생략과 변용

〈홍보가〉의 중반부는 홍보가 제비를 구해주고 박씨를 얻어 보은을 받는 이야기이다. 하지만 김기팔은 박에서 행운이 나온다는 설정을 철회했다. 대신 김기팔은 홍보가 쓴 희곡이 당선되어 큰돈을 얻도록 플롯을 바꾸었다. 우연에 의해 성취를 이룬다는 설정을 제거한 셈이다. 물론 놀보가 재앙의 박을 타서 패가망신하는 설정도 생략했다.

한편 홍보가 썼다는 희곡에, 전래의 박 사설을 일부 삽입했다. 홍보가 쓴 희곡은 〈제비의 보은〉으로 가난하고 착한 사람에게 제비가 행운을 주는 이야기이다. 홍보는 그 안에서 박씨가 자라 여러 개의 박이 자랐다고 설정했지만, 박을 타는 장면은 극도로 압축해서 "가을에 호박을 따다가 톱으로 짤랐죠. 아, 그랬더니 그 호박 속에서 금은보화가 쏟아져 나오는데……"로 간략히 처리하고 만다.

동생의 희곡 당선을 부러워한 형 놀보 역시 희곡을 쓰려고 한다. 그가 처음 쓰겠다는 희곡은 동생의 작품을 베낀 〈참새의 보은〉이다. 이야기의 뼈대는 그대로 두고, '제비'를 '참새'로 '가난한 이'를 '부유한 이'로 바꾸었다. 동생 흥보는 이것을 보고 문학은 독창성이 있어야 한다면서, 새로운 이야기를 만들어 준다. 그것이 〈제비의 복수〉이다. 그 이야기는 흥보의 행운을 전해들은 놀보가 제비 다리를 억지로 분질러서 행운을 얻으려 했다가 오히려 앙화만 얻는다는 이야기이다.

이것은 〈흥보가〉의 종반부에 해당하는 놀보의 보원담을 변용했다. 김기팔은 현대인 흥보와 놀보를 통해, 〈흥보가〉의 보은담과 보원담을 희곡화하도록 설정했는데, 여기서 흥미로운 것은 놀보의 '박 타령'이다. 〈제비의 복수〉에서는 세 개의 박이 열리지만, 세 개의 박을 타는 과정은 일일이 묘사되지 않는다. 박을 타니 제비 왕이 보냈다는 도깨비만 나타났다고 간략하게 언급하고 만다.

김기팔의 〈놀부전〉은 흥보와 박타는 이야기, 그리고 놀부와 박타는 이야기라는 전래 〈흥보가〉의 중반·종반부의 줄거리를 대거 생략하고 있다. 삽입 희곡의 내용(줄거리)으로 간략하게 소개한 정도이며, 장면을 재현하지 않고 등장인물의 대사로 처리한다. 서종문은 〈흥보가〉에서 '박 사설'의 위상과 특징을 논의하면서, 박 사설이 전체 〈흥보가〉에서 '비례 균형'을 무너뜨릴 정도로 팽창되었다고 주장하고 있고, 이러한 현상이 창본보다 필사본과 인쇄본에서 더욱 두드러진다고 결론지은 바 있다. 또한 놀보의 박 사설이 흥보의 박 사설에 비해 길고 다채롭고 더욱 흥미로우며, 박 사설 자체가 장면 전환의 구실을 하고 있다는 관찰을 내놓은 바 있다.

이러한 연구 결과와 비교했을 때, 김기팔의 작품에서 흥보 박 사설과 놀보 박 사설은 소략하다고 할 수 있다. 김기팔은 박 타는 설정 자체를 장면화하지도 않았고, 사설에 대한 언급도 극도로 축소했다. 이것은 〈흥보가〉의 줄거리를 이미 알고 있는 현대인을 고려했기 때문이다. 관객들에게 동일한 줄거리의 재현이

비효율적인 답습으로 그칠 가능성을 경계한 것이다.

또한 이러한 압축은 플롯의 합리성을 지키기 위한 의도에서 기인한다. 제비가 박을 물어오고, 그 박에서 재화(혹은 재앙)가 나온다는 것은 합리적인 이해 범위를 넘어선다. 김기팔은 〈흥보가〉를 현대적으로 변용하면서, 우연성이나 환상성을 배제하고 합리성을 강화하려 했다.

2.1.3. 형제들의 성격 변화

〈흥보가〉의 형제들은 선/악의 대비를 바탕으로 한다. 흥보는 세상이 알아주는 선인이고, 놀보는 자신의 하인마저 치를 떠는 심술궂은 인물이다. 김기팔은 두 형제의 성격을 변화시킨다. 우선 놀보는 '대책 없는 악당'에서 '인색한 사업가'로 변모된다. 〈흥보가〉의 놀보 심술을 보면, 놀보는 이유 없이 남을 괴롭히고 사회 질서를 파괴하는 행동을 거리낌 없이 자행하는 인물이다. 하지만 김기팔의 〈놀부전〉에서는 어느 정도 염치를 지킬 줄 아는 인물로 변화해 있다.

놀보는 대학원만 보내준다면 그 이상을 바라지 않겠다는 동생의 약속을 받고도, 형의 도리라면서 결혼 자금까지는 부담하겠다고 제의한다. 〈흥보가〉의 놀보가 찾아온 흥보에게 매타작을 내리고 문전박대했다면, 〈놀부전〉의 놀보는 약소한 금액일망정 돈을 빌려주며 아이들에게도 세배 돈을 주는 인물이다.

반면 〈놀보전〉의 흥보는 영악한 현대인으로 바뀌어 있다. 흥보는 놀보가 박대를 하면 뒤에서 안 좋은 이야기를 퍼뜨린 적이 있고, 자신이 돈 버는 재주가 없음을 알자 차라리 결백한 것처럼 살자고 작심할 정도로 이속이 빠르다. 또 상금으로 받은 1000만원을 저축해서 이후의 살림을 안정적으로 운영할 계획을 세울 줄 알며, 형에게 빌린 돈을 정확히 계산하여 약간의 이자와 함께 돌려주는 철저한 인물이다.

그는 〈흥보가〉에서 그려진 것처럼, 무한정 착하고 대책 없이 무능한 인물이 아니다. 그는 돈에 인색하다거나 이기적인 인상을 주지는 않지만, 자신의 것을 챙기고 미래를 대비하고 어떤 면에서는 실리를 계산할 줄 아는 영악한 현대인의 면모를 갖추었다. 그 자체로는 선하다고 말하기 힘들고, 악하다고 말하기도 힘든 인물이다.

그런 측면에서 흥보와 놀보는 일방적으로 착하지도 또 악하지도 않다. 김기팔은 흥보와 놀보에게 선/악의 대립을 구사하지 않았고 대신, 세상을 살아가면서 점점 영악해지는 현대인의 복잡한 심리 상태를 부여했다. 흥보나 놀보나 영악하고 이기적인 현대인인 점은 마찬가지이다.

2.1.4. 결말과 주제의 변형

〈흥보가〉의 결말은 대개, 놀보의 패가망신과 개과천선이다. 그리고 몇몇 예외적인 텍스트를 제외하면, 놀보와 흥보가 화해하는 구조를 취하고 있다. 그러한 작품들에서는, 흥보는 재산을 잃은 놀보에게 재산을 나누어주고, 놀보 역시 이러한 흥보의 태도에 감격해서 자신의 죄를 뉘우친다.

김기팔의 〈놀부전〉에는 놀보의 패가망신이 없다. 놀보는 흥보처럼 희곡을 쓴다고 한바탕 해프닝을 벌이기는 하지만, 그것으로 손해를 본 것은 아니다. 흥보 역시 1000만원의 상금을 받았지만, 놀보에게 나누어주지 않는다. 당연히 놀보의 개과천선이나 이로 인한 관계개선은 일어날 수 없다.

판소리 〈흥보가〉의 결말은 현대인에게 하나의 이상적인 결말에 불과하다. 박에서 재앙이 나온다는 설정도 그러하지만, 그러한 재앙으로 인해 놀보가 변하는 것도 자연스럽지 못하다. 김기팔의 〈놀부전〉은 흥보는 흥보대로 살아가고, 놀보는 놀보의 천성대로 살아가는 결말을 고집하여, 인성이 쉽게 변하지 않는다는 작금의 통념을 반영한다.

당연히 주제 역시 달라진다. 판소리 〈흥보가〉의 주제는 선행을 권하고 우애를 강조하는 것이다. 그러나 〈놀부전〉의 주제는 혼종된다. 배금주의에 대한 비판도 어느 정도 나타나고 있고, 현대인의 이기적인 성품에 대한 지적도 역시 어느 정도 나타나고 있다. 또한 인간의 본성이 쉽게 변화하지 않으며, 선한 성품과 악한 성품이 한 인간의 내면에 뒤섞여 있다는 전언도 담고 있다. 이러한 측면에서 현대화 된 텍스트 〈놀부전〉은 현대 희곡의 특성을 상당 부분 취하고 있다고 해야겠다.

2.2. 최인훈의 〈놀부뎐〉과 그 변용 텍스트(1972, 73, 77, 79)
: 환상의 제거

2.2.1. 선악형제담에서의 이탈

최인훈의 〈놀부뎐〉은 놀보의 시점으로 서술된 작품이다. 놀보라는 특정 인물의 내면적 심회를 드러낼 수 있는 시점을 취한다는 점에서, 이 작품은 일인칭 주인공 시점에 해당한다. 그렇다면 장르상으로는 소설에 가장 가깝다고 해야하겠다. 이 작품이 놀보의 심정을 대변하게 된 것은, 전래 〈흥보가〉의 형식과 관련이 깊다. 기존의 〈흥보가〉는 전지적 시점으로 흥보와 놀보의 상황과 사건을 서술하고 있다. 즉, 착한 흥보와 악한 놀보의 대립을 중심으로, 이야기를 이원적으로 전개시킨다.

최인훈의 〈놀부뎐〉은 놀보의 입장을 대변한다. 최인훈은 놀보의 심술과 행동에 이유가 있다고 상정하고, 놀보가 흥보를 박정하게 대하고 세상에 대해 심술 궂은 행동을 할 수밖에 없는 이유를 열거한다.

남의 빚 못 갚은 신세에 상감국상 치르듯 초상난데 춤추기 미역 꼬투리 하나 없어도 괴기한답시고 개보살 꼬꼬 신주모시는 해산한데 개닭잡기 아는 체면 등을 대고 속임흥정 얕은 수작에 탁버티기 십대조상 제삿날에도 몸보신하기 없는 부모 조르는 아해 볼기치기 홍역하는 아이 돼지똥물 먹이는 집에 똥퍼붇기 싸움말리지 않는 건달놈들 뺨치기 빚값에 계집디미는 놈 골려주기 억지사설

이나 자랑하는 영감 덜미잡기 가난한 서방 버리고 한량놈의 애 밴 계집 배차기
염병담은 우물 헐 셈으로 우물 밑에 똥누기

기존의 〈흥보가〉에서 놀보는 이유 없이 초상난데 춤추고, 해산한데 개닭잡고, 우는 아해 볼기치고, 애밴 여자 배차고, 우물 밑에 똥 누는 인물로 상정되었다. 흔히 놀보는 심술보가 하나 더 있어, '오장칠보'라고 놀림을 받기도 했다. 그러나 최인훈은 놀보의 심술이라고 믿었던 행위들에 대해 알려지지 않은 이유를 제시하고 있다. 놀보는 분수를 모르고, 상황을 파악하지 못하고, 나쁜 의도를 가지고 있고, 도덕적으로 지탄할만하고, 나름대로 이유가 있는 일에 나섰던 것으로 간주된다.

놀보의 과격한 행동으로 인해 그의 논리는 세상에서 제대로 이해받지 못했고, 놀보 역시 이러한 논리를 설명할 만큼 상냥한 성격은 아니었다. 하지만 〈놀보뎐〉에서 놀보의 심성은 기본적으로 정당하다. 문제가 있다면, 그 심성을 표현하는 방법에 있어 무뚝뚝하고 요령부득이었기 때문이다. 이러한 놀보의 행동과 심리는, 흥보와의 관계에서 잘 드러난다. 놀보는 부모가 물려준 가산을 활용하여 열심히 노력한 결과 거대한 부를 쌓았다. 그러나 흥보는 인심을 쓰고 다른 사람들에게 지나치게 많은 것을 베풀고 시세를 살피지 않고 일확천금을 노리는 바람에 가지고 있던 재산을 잃어버렸다.

이러한 흥보를 보면서 놀보는 화를 내고 있다. 동생이 세상을 사는 방식이 잘못 되었음을 깨닫게 해주고 싶었지만, 세상 사람들과 심지어는 동생까지 이러한 놀보의 심정을 제대로 알아주지 못했다. 최인훈은 흥보가 놀보에게 양식을 꾸러 갔다가 매만 맞고 돌아가는 장면을 삽입했다. 그러나 기존의 통념과는 달리 흥보를 때리고, 더욱 마음 아파하며 몸져눕는 놀보의 모습도 함께 설정하고 있다. 놀보의 가치관에 따르면, 흥보의 대책 없는 행동은 세상의 이치를 벗어나는 무모한 선택일 따름이었기에 야단맞아 마땅한 것이었다. 놀보에 대한 최인훈의 독자적 해석은 선악형제담 혹은 악형선제담의 이야기 구조를 무너뜨렸고 그 결

과 〈놀부뎐〉은 자립적인 형과 어리석은 동생이라는 새로운 구조를 취하게 된다.

2.2.2. 사실적인 플롯으로의 변모

〈흥보가〉를 이루는 또 하나의 중요한 구조는 동물보은담과 무한재보담이다. 다리를 다친 박씨를 흥보가 구해줌으로써, 흥보가 제비국의 보은을 입는다는 설정은 〈흥보가〉를 흥미롭게 꾸미는 중요 요소였다. 하지만 최인훈은 이러한 설정을 거부한다. 흥보가 거부(巨富)가 된 사실을 알고 놀보가 찾아와 그 연유를 묻자, 흥보가 '박씨의 기적'이라는 황당한 답변으로 상황을 모면하려 한다. 놀보가 화를 내며 사실을 다그치고, 흥보는 할 수 없이 산속에 묻힌 보물 상자를 발견했다고 실토한다. 흥보의 답변은 초자연적인 설정을 거부하는 최인훈의 입장을 드러낸다. 최인훈은 흥보가 재물을 얻게 되는 계기도 제비나 박씨 같은 환상적 설정이 아니라, 보물 발견이라는 납득할 이유로 대체한다.

동물보은담이 차단되면서 동시에 무한재보담 역시 사라진다. 최인훈의 이야기는 보물 주인과의 만남 그리고 액운으로 이어진다. 놀보는 흥보의 이야기를 듣고, 동생을 야단치며, 임자 있는 물건을 함부로 건드릴 경우 재액을 맞을 수 있다고 경고한다. 그리고 보물 상자를 본래의 위치로 옮기려 한다. 결과적으로 두 형제가 보물 상자를 돌려주다가, 그들은 보물 상자의 주인에게 발각되어 더욱 큰 횡액을 겪게 된다. 특히 놀보가 상당한 자산가임을 알아 본 주인(높은 관리)은, 놀보의 재산을 빼앗기 위해 형제를 고문하게 된다.

고문장에서 놀보는 흥보와 고통을 같이 겪으면서, 그 동안의 오해를 푼다. 〈흥보가〉에서는 놀보가 박을 타다 횡액을 당해 가진 것을 잃게 되고, 흥보가 그러한 형을 조건 없이 용서하면서 우애 있는 형제 사이로 돌아간다. 하지만 최인훈의 이야기는 놀보의 잘못을 용서하는 화해가 아니라, 서로의 오해를 푸는 화해를 보여준다.

놀보는 동생을 진심으로 아꼈지만 선도 방법이 잘못되었음을 뉘우쳤고, 흥보는 그러한 형을 제대로 이해하지 못한 점을 반성했다. 두 사람의 화해는 자연스럽다. 전래의 〈흥보가〉가 마지막까지 '착한 흥보'의 이미지에 의거했다면, 최인훈의 〈놀부뎐〉은 일상적 인물의 성향에 의지했다고 할 수 있다. 누구도 무한히 착하지 않고 누구도 무한히 나쁘지 않다는 현대 인물로서의 형제를 창조한 셈이다.

그러다 보니 두 인물의 결말도 보다 현실적으로 변모했다. 〈흥보가〉에서 흥보가 놀보의 위기를 구해주는 결말은 활용되지 않는다. 두 형제는 현실의 가혹한 힘(고문, 수탈, 착취)에 눌려 감옥 안에서 죽고 만다. 한 가지 위안이 있다면, 두 형제가 진심으로 서로에 대해 이해했다는 점이다.

2.2.3. 공연대본으로의 일차 변화

실험극장은 최인훈 작 〈놀부뎐〉을 공연 대본으로 변환하여 제명을 〈놀부전〉으로 각색하고 김영렬 연출로 1972년 5월 카페 데아뜨르에서 초연하였다. 최인훈이 긍정적으로 해석한 놀부가 지혜로운 현실주의자로 표현되었고, 게으르고 무능한 흥부는 무기력한 인물로 표현되었다. 즉, 원작의 골자가 거의 그대로 반영되었다.

서연호는 "놀부와 흥부라는 소시민을 통해 현실의 구조적 모순을 고발하며, 아울러 현실에 대한 날카로운 풍자보다 세태의 변화를 희화하는 해학을 창출하였다"고 초연을 평가하였다. 반면 김문환은 "독백이라는 형식을 통해 창작집으로 뒤집어 본 원작자의 단편 소설은 소시민적인 가치관을 고집하는 놀부를 빙자해서 역설적으로 긍정될 소지가 있었으나 각색과 공연과정에서 그러한 비판의식은 상당히 애매해지고 둔화된 채, 경험 적은 연기자들의 경직되고 부자연스러운 연기로 인해 무척 서먹서먹한 것이 되"었다고 평가했다.

아쉬운 것은 당시의 대본이 남아 있지 않아 그 실체를 분석하기 어렵다는 점이다. 당시 공연 상황을 참조하면, 해설자가 무당 역을 맡고 무당이 놀보의 혼을 불러들이는 의식이 첫 장면이었다. 놀보·흥보·형리가 등장했고, 탈을 쓰고 가면극의 과장된 연기를 구현했으며, 판소리는 장단만 취했다고 한다.

2.2.4. 공연 대본으로의 재창작(재공연)

1973년에 최인훈의 〈놀부뎐〉은 허규에 의해 각색, 연출되어 새롭게 공연되었고, 이후 1977, 79년에도 재공연되었다. 제목은 〈놀부뎐〉이었으며, 민예극단에서 공연했다. 출연 인물은 놀보와 흥보 그리고 형리와 해설(자)로 분화되었다. 원작 〈놀부뎐〉이 놀보의 내면 고백 같은 문체를 선보였다면, 각색된 〈놀부뎐〉은 인물과 대사를 갖춘 공연 대본의 성격을 띠게 되었다.

각색의 초점은 놀보의 개성을 살리고 사실적인 설정을 강화하는 것에 맞추어지지 않았다. 오히려 희극적인 것을 강조하는 방향으로 나아갔다. 흥보와 놀보는 함께 붙들렸지만, 그 죄는 놀보에게 전가되었다. 흥보가 자신이 보물 상자를 훔친 장본인이라고 고백해도, 세상에 평판이 좋은 흥보의 말은 형의 잘못을 감싸려는 희생행위로 받아들여질 따름이었다.

반면 놀보는 정당한 가치관을 흥보에게 심어주려고 했지만, 잘못된 평판으로 인해 오해를 사게 되고 비극적으로 생애를 끝마치게 된다. 허규의 각색은 놀보의 개성을 증가시키는 것이 아니라, 놀보의 잘못된 행적을 심판하는 방향으로 나아갔다. 흥보는 착함으로 인해 그 죄를 사하게 되고, 놀보는 좋지 못한 평판으로 인해 그 죄를 부담하게 된다는 논리인 셈이다.

하지만 이러한 관점은 새로운 창작의 관점일 수는 있지만, 최인훈의 작품을 온전히 이해한 것으로는 보기 힘들다. 어쩌면 이러한 허규의 각색은 대중의 기호와 관련이 있을지도 모른다.

〈흥보가〉의 흥보와 놀보는 평면적 인물이고, 전형적 인물이다. 확고한 믿음을 가지고 있는 대중들에게, 흥보가 실제로는 현실적인 능력을 갖추지 못한 무능력자이고 그의 가치관은 현실에 걸맞지 않는 것이라는 논리는 부담스러울 수 있다. 특히 놀보의 복잡한 심회 속에서 세상을 살아가는 성실함과 정당성을 발견한다면 크게 당황할 수도 있다. 또 그러한 놀보가 세상의 편견과 압력에 굴복해서 압사당하는 존재라면, 대중의 혼란은 더욱 가중될 것이다.

허규의 각색이 최인훈의 작품과 달라진 것은, 놀보의 인물형과 그 말로가 상념을 요구하기 때문이다. 허규는 대중의 기호에 맞게 놀보의 인물형과 그 말로를 굴절시켰다. 흥보는 착한 일을 했음으로 살아남고, 놀보는 복잡한 논리를 가지고 있지만 세상의 인심을 얻지 못했기 때문에 죽을 수밖에 없다는 논리를 따른 셈이다.

2.3. 1983년 마당놀이 〈놀부전〉 : 전통의 재창조

2.3.1. 사회자의 등장과 역할

1983년 마당놀이 〈놀부전〉은 그 시작에서 기존의 텍스트나 전통적인 〈흥보가〉와 차이를 보인다. 이 작품의 공식적인 시작은 '제1장, 열음마당'이다. 이 열음마당은 길놀이, 고사, 도창자의 등장, 도창자의 아니리 등의 순서로 이어진다. 도창자는 극이 진행되는 동안에는 놀보 처를 연기하고, 극의 진행이 멈춘 상황에서는 관객과 극을 잇는 사회자 역할을 한다.

또 하나 주목되는 인물이 마당쇠이다. 본래 마당쇠는 놀보의 영리한 하인으로, 악한 놀보를 미워할 줄 아는(선악을 구분할 수 있는) 인물이다. 마당놀이 〈놀부전〉은 마당쇠를 또 하나의 도창자로 배치하였다. 두 사람은 극의 전반적인 내용을 관객에게 설명하고, 필요한 장면을 유도하거나 삭제하며, 작품의 의의를 부연하면서 연기를 겸하는 기능을 맡는다. 열음마당에서는 주로 과거의 판소리를 현재의 '문화방송본 마당놀이제' 〈놀부전〉으로 각색한 이유를 설명한다. 이러한 설명은 앞에서 언급한 대로, 개작의 이유와 현대화의 중요성을 역설하기 위함이다.

두 도창자는 이러한 현대적 역할 이외에도, 장면을 편집하고 플롯을 진행시키는 기능도 담당한다. 전통적인 판소리에서 〈흥보가〉의 시작은 '놀보의 심술'을 고발하는 대목부터이다(허두가를 제외하면). 마당놀이 〈놀부전〉도 도창자(놀보처)가 등장한 이후에 하는 것이 '놀보의 심술타령'을 자진모리 장단으로 노래하는 것이다.

전래의 방식을 참조하면, 이러한 심술타령은 놀보의 성격을 정의하기 위함이다. 그런데 관례처럼 이어져 오던 이러한 심술타령은 마당쇠의 이의 제기로 변형된다. 마당쇠는 과거의 것을 답습하는 것은 더 이상 중요하지 않다고 말한다. 그러면서 놀보의 심술을 현대적인 관점으로 바꾼 '신 심술타령'을 제시한다. 신 심술타령은 놀보의 악한 행실을 당시의 상황으로 표현한 것이다. 신 심술타령 속의 놀보는 현대의 사기꾼이자, 사회 파탄의 주범이다. 이 작품의 주제가 현대의 놀보는 누구인가라고 언급한 바 있는데, 이 작품에서 놀보는 현대 사회를 살아가면서 자신의 이익을 위해 남과 사회를 돌보지 않는 이기적인 인간을 표상한다.

2.3.2. 장면의 편집과 조율

도창자는 놀보 심술을 전달하는 장면 이후에, 흔히 나타나는 흥보가 놀보에게 쫓겨나는 장면을 생략한다. 흥보가 놀보에게 쫓겨나서 고생을 하다가 행운의 박씨를 얻게 된다는 것은 이미 상식에 속하는 줄거리이다. 따라서 줄거리 전달이 목적이 아니라면, 굳이 재현할 필요가 없다고 해야 옳다. 또한 관객들의 지루함과 공연 시간의 단축도 염두에 두어야 한다. 현대 연극은 공연 시간(약 2시간 전후)에서 일정한 관습을 따르고 있다. 마당놀이 〈놀부전〉 역시 무대극이 요구하는 일정한 공연 시간을 따를 필요가 있다.

사회자는 불필요하거나 굳이 강조할 이유가 없는 장면을 편집한다. 그들은 어떤 장면을 빼고, 다른 것으로 대체하고, 어떤 의미에서는 해설하는 기능을 통해 작품과 관객을 연결시키는 역할을 수행한다. 이것은 서사극의 내레이터와 흡사하다. 또한 사회자의 역할 중에는 관객과의 호흡을 강조하는 기능도 들어 있다. 도창자와 마당쇠는 관객과 직접 대화를 나누기도 하고, 관객을 위해 작품을 정리하기도 한다. 이러한 수법은 일반 대중의 호응을 크게 불러일으키게 된다. 또한 관객들이 함께 참여하는 공연을 촉발시키게 된다. 이것은 과거 판소리 〈흥보가〉의 공연 마당에서 민중들이 추임새를 넣고 자기만의 몸짓으로 끼어들던 전통의 습관을 현대적으로 살려낸 기법이라고 할 수도 있다.

2.3.3. '새것'과 '옛것'의 공존

조동일은 판소리의 각 부분이 "부분대로 첨가되고 변모되어 왔기 때문에, 각 부분은 전체적인 유기성(有機性)에 엄격히 구성됨이 없다"고 주장했다. 이러한 '부분의 독자성'은 김흥규에 의해 서사 분석의 중요한 인식틀이 되었다. 부분의 독자성이란, 서사적 구조에서 부분이 전체의 통일성을 위해 존재하지 않음을 뜻한다. 김흥규는 이러한 부분의 자립성이 서양의 플롯과는 다른 특색이라고 지적한다. '유기적 통일'이나 '예상의 연쇄'를 통해 결론을 향해 움직이는 플롯이 아니라, 우리의 서사구조는 긴장/이완, 몰입/해방의 미학적 양상을 끊임없이 반복하는 구조라는 것이다. 이를 위해서는 최대한의 긴장, 최대한의 이완을 가져와야 하는데, 이를 위해 필요하다면 전체의 구조와 조응되지 않는 설정도 가능하다고 말하고 있다.

부분의 자립성은 과거의 판소리뿐만 아니라, 현대적으로 변용된 텍스트에서도 확인된다. 현대판 텍스트에서 놀보가 사는 집은 대단히 현대적인 집으로 묘사된다. 20년이 지난 오늘까지도 좀처럼 찾아보기 어려운 현대적 시설이다. 반면 흥보의 집은 다 낡은 초가집이다. 두 집을 비교하면 빈부의 격차를 느낄 수 있다. 이것은 판소리 〈흥보가〉부터 두 형제의 경제적 차이와 현재의 처지를 보여주기 위한 의도적인 대비였다.

하지만 현대적인 텍스트로 변화되면서, 그 이상의 의미를 담기 시작한다. 놀보의 집이 현대식 생활 즉 서구 문명 이후에 변화된 도시 문명을 대표한다면, 흥보의 집은 전통적 생활양식 즉 농경문화를 중심으로 하던 조선후기 생활양식에 머물고 있다. 이 차이는 한 텍스트 내에서 두 개의 시대, 두 개의 문명, 두 개의 양식을 공존하게 만든다.

이러한 공존은 포스트모더니즘에서 말하는 하이브리드적인 현상에 비견된다. 마치 '갓 쓰고 자전거 타는 것'처럼 어울리지 않는 두 개의 문화 양식이 공존하고 있는 셈이다. 마당놀이 텍스트는 이러한 공존을 용인한다. 놀보의 집은 현대적이지만, 전근대적 사회의 유물인 하인을 두고 있고, 흥보는 갓을 쓰고 도포를 입었지만 놀보는 평소 곁에 두던 골프채로 흥보를 때리고 있다.

이러한 현상은 박 타는 장면에서 절정에 달한다. 놀보는 박을 세 개 타게 되는데, 첫 번째는 각설이와 초란이가 나오고, 두 번째는 도둑이 나오고, 세 번째는 세금조사원(세리)이 나온다. 각설이와 초란이는 고전 〈흥보가〉의 영향이다. 도둑 역시 판소리 〈흥보가〉에서 용인될 수 있는 것인데, 그들이 찾는 것은 밀수된 금괴이다. 이 밖에도 로렉스 시계 등과 같은 당시 사회에서 물의를 일으키는 고가품을 찾고 있다. 다시 말해서 조선후기 사회를 배경으로 하는 고전 〈흥보가〉의 도둑은 아닌 셈이다. 세 번째 세금조사원은 명백하게 현대적 산물이다.

놀보의 집과 흥보의 집이 그러하고, 놀보의 라이프스타일과 흥보의 복장이 그러하듯, 박 속에서 나타나는 재앙의 양식도 고전과 현대가 뒤섞여 있다. 옛것을 용인하면서도 현대적인 것으로 대체하고, 그러면서도 두 문화 양상을 자유롭게 뒤섞어 놓은 이러한 형식은, 전체적인 완결성을 추구하기보다는 부분의 자립성을 긍정하는 작가 창작 의도 혹은 대본의 성향을 보여준다. 전체를 위해 봉사하는 부분의 역할보다는, 부분의 독자성을 강조하는 작품의 성향이 강조된 것이다.

이러한 성향은 그 자체로 과거의 것을 이어받은 결과이기도 하고, 옛것과 새 것의 자유로운 공존을 긍정하는 현대 문화 양상을 반영한 결과이기도 하다. 마 당놀이 연출을 도맡아 한 손진책은 자신의 연극 정신이 '마당 정신'이며, 여기 서 마당은 "공간적으로는 여기, 시간적으로는 지금, 정신적으로는 인간다운 삶 을 의미한다"고 밝힌 바 있다. 그가 말한 지금—여기의 정신은, 옛것을 가져오 되 어떻게 가져와야 하는지에 대한 지침이다. 그는 마당놀이를 통해 과거의 형 식을 재현하고, 오늘의 정신을 투여하는 공연을 이룩하려고 했고, 이것은 현재 의 인간이 살아가는 삶의 스타일을 보여주려는 작가 정신으로 귀결된다고 하 겠다.

2.3.4. 놀보의 항변과 결말의 미세한 변화

판소리 〈흥보가〉의 결말은 대개 놀보의 패가망신과 개과천선, 흥보의 재산반 분과 형제 간 우애회복이다. 놀보는 박을 타다가 보원(報怨)의 해를 입지만, 흥 보의 아량과 이해로 다시 재산을 회복하고 우애 또한 되찾는다. 이러한 결말은 대개의 텍스트에서 반복되고 있다. 하지만 변형도 나타난다. 최인훈은 이러한 결말이 아닌, 두 사람의 죽음을 배치하고 있다. 비록 흥보와 놀보가 우애를 획득 하지만 현실의 가혹한 힘에 밀려 죽음을 당한다.

최인훈 텍스트에서 가장 창의적인 부분은 놀보의 성격이다. 최인훈은 놀보를 자수성가한 인물이자 근면노력형의 인물로 그려낸 바 있다. 그래서 놀보의 반성 은 원작과는 다른 의미를 지니게 된다. 김지일의 〈놀부전〉에서도 이러한 놀보의 성격이 잠시 나타나고 있다. 마지막 박을 타고 패가망신하기 일보 직전에, 놀보 는 관객들에게 이의를 제기한다. 그 대목은 최인훈이 그려냈던 놀보 행실(논리) 과 흡사하다. 놀보의 논리를 보면, 놀보 스스로 자신의 죄에 나름대로 이유가 있었다는 논리를 펴고 있다. 또 놀보는 자신의 죄가 중하다고 말하지만, 죄짓지 않은 자가 누구 있느냐는 논리도 편다. 놀보의 논리는 나름대로 일리가 있다.

그리고 놀보의 항변 이후, 놀보는 자신을 구하러 온 흥보의 언쟁을 시작한다. 흥보는 놀보가 잘못을 뉘우치지 않고 텍스트를 왜곡해서 궤변을 늘어놓는 것이라고 반론했다.

놀보는 흥보가 제기한 전통 텍스트의 변용이 잘못이라는 견해에 대해 창조적인 계승이라고 맞서고 있고, 놀보는 거꾸로 흥보의 게으름과 무책임함에 대해 비난하고 있다. 더구나 놀보는 흥보가 그 많던 재산을 다 잃고, 대책 없이 자식들을 낳아 길렀다고 야단치고 있다. "둘만 낳아 잘 기르자"는 표어가 유행하던 시기였기에 놀보의 비판은 시의성을 확보한다. 놀보는 현실적인 관점과 행동을 주장하는 현대인의 실리와 비판적 태도를 견지한다. 반면 흥보는 비논리적인 이유로 맞선다(동물의 세계). 또한 놀보는 보은표 박씨에 의존해서 부귀를 되찾은 흥보의 행동(요행심과 사행심)에 대해 이성적으로 잘못임을 설파한다.

그 뒤 텍스트에서 논리적이고 합리적인 비판을 제기하던 놀보의 주장은 갑작스럽게 철회되고, 흥보의 의해 구원을 받는 나약한 놀보로 돌아가고 만다. 손진책의 연출가적 소견을 참조하면, 이 작품은 놀보의 품성을 따지는 것이 아니라 현대의 놀보 그러니까 현재의 '악당'을 제시하는 것에 목적이 있었다. 그러므로 흥보에 대한 놀보의 비판적 논조가 강조되는 것은 바람직하지 않다는 입장이다. 이러한 연출가의 관점은 작가의 관점과 다소 상이했던 것으로 보인다. 왜냐하면 흥보에 대한 놀보의 비판과, 세태에 대한 항변이 슬그머니 사라졌기 때문이다.

이러한 변화는 현재의 텍스트로서는 쉽게 납득되지 않는 사항이다. 따라서 놀보가 보여주었던 흥보에 대한 비판으로부터 문제를 다시 제기하자. 항변에서 엿보이는 놀보의 태도는 최인훈이 창작한 놀보와 흡사하다. 놀보는 부정적인 인물이 아니라 내적인 이유와 개성을 지닌 인물이다. 무조건 악을 행하는 인물이기보다는 현실 논리를 따르고 현실을 살아가는 인물로 그려졌다. 이러한 변화는 선/악의 대결, 즉 평면적 인물 간의 대립에서 인물들에 입체성을 더하는 역할을 한다. 즉, 흥보와 달리 놀보는, 비록 일부이고 느닷없기는 하지만, 살아있는 인간의 체취를 지니는 인물로 탄생한 것이다.

2.4. 1991 문화방송 마당놀이 〈흥보전〉 : 관객과의 호흡

2.4.1. 마당쇠의 역할 강화

1983년 마당놀이 〈놀부전〉은 1991년 〈흥보전〉으로 제목이 바뀌고 플롯과 구성 역시 다소 변화되어 재공연되었다. 마당놀이 〈흥보전〉에서는 마당쇠의 기능을 강화하여, 관객들과 공연을 중재하는 역할을 맡기고 있다. 이것은 1983년 마당놀이 〈놀부전〉에서 도창자(놀보 처)를 별도로 설정하고, 마당쇠를 제 2의 진행자(제 2의 도창자)로 설정한 점과 비교해도 차이를 보인다. 정리하면 마당쇠는 제 1 도창자로 격상되어 역할이 증대되고, 작품 전체를 조율하고 진행시키는 사회자의 기능도 독점하게 되었다.

〈흥보가〉에서 흥보는 희화화의 대상이 아니다. 흥보는 관객들에게 연민과 정의의 대상이다. 흥보는 놀보에게 쫓겨나거나 매를 맞아도, 악한 마음을 먹거나 놀보에게 원망을 품어서는 안 된다. 그러나 놀보는 다르다. 놀보는 심술궂고, 욕심 많고, 이기적인 인간으로 그려져 있다. 그래서 놀보는 흔히 희화화의 대상으로 처리된다. 놀보가 오장칠보를 가지고 있고, 놀보가 온갖 악행을 한다는 사설은 이러한 대표적인 예이다.

마당쇠는 이러한 놀보를 놀려주는 인물인데, 마당놀이 〈흥보전〉은 이러한 마당쇠의 역할을 초반부터 강화하여 놀보의 희화화와 작품의 웃음을 배가시키려 했다. 실제로 이 작품의 전반부는 마당쇠의 재담과 재치로 주도된다.

2.4.2. 놀보 성격의 평면화

놀보의 심술타령을 참조하면, 이 작품이 전작(前作)을 그대로 재현하는 것에 얽매이지 않음을 알 수 있다. 이 작품에서 놀보는 이 시대, 이 시간에 한국 사회를 살아가는 무수히 많은 사람들의 대표 명칭으로 기능한다. 마당놀이 판본은 놀보의 인물형을 정치가, 재벌, 사이비 기자, 파렴치한 등에서 취재하고 있다.

1983년에 놀보가 저지른(혹은 저지를 것으로 추정하는) 악행과 1991년에 놀보가 저지른(혹은 저지를 것으로 추정하는) 악행은 차이를 보인다. 그 차이는 시대적 이슈와 당대 현실의 관심사에서 비롯되었을 것이다. 즉 관객들이 피부로 체감하는 악행의 질과 방향이 달라졌다는 것이다. 마당놀이는 이러한 변화와 관객의 성향을 감안하여 대본을 수정하고 있다.

마당놀이 대본은 과거의 이야기를 재현하는 것이 아니라, 그것을 현재의 문제적 상황에 대입하여 관객들이 지금—여기의 이야기로 들을 수 있도록 배려하고 있다. 이러한 배려는 관객들의 참여를 유도할 것이다. 이러한 변용은 곳곳에서 나타나고 있다. 가령 배고파하는 흥보 자식들과 흥보 처의 대화를 보면 "태국산 코브라 값이 좀 나간다하나 마구 씨 마를까 걱정이니 천년에 한 마리로 영화로운 백사되어라" 등과 같이 당대의 풍조를 인용하기도 한다.

대중의 감수성을 고려하여 〈흥보전〉의 중심 플롯을 변화시키지 않고, 그 안에서 일어나는 다양한 세부를 현대적이고 동시대적인 삽화로 변화시킨 것이다. 이것은 이 텍스트가 부분적인 변용을 거친 것임을 확인시킨다. 최인훈의 〈놀부뎐〉처럼 기존의 〈흥보전〉에 구조적인 변용을 가해 새롭게 창작했다기보다는, 부분적인 변화와 재치 있는 설정을 삽입하여 현대화하려는 의도를 보인 경우이다. 하지만 이 작품의 미학은 다분히 대중적인 측면에 초점을 맞추고 있어, 정교하고 계산된 구조의 아름다움에는 도달하지 못했다.

1991년 마당놀이 대본은 1983년 마당놀이 대본이 담고 있었던 놀보의 항변을 삭제하고 있다. 놀보는 일방적으로 자신의 잘못을 뉘우치고, 흥보는 착한 성품으로 인해 긍정적인 인물로 자리 매겨지며, 결말과 주제는 고전의 방식대로 놀보의 개과천선 혹은 형제애의 회복으로 귀결된다. 이러한 변화는 판소리 〈흥보가〉의 주제의식으로의 의도적인 회귀이고, 고정적인 것으로 후퇴이다. 결국 놀보를 평면적인 인물로 만드는 약점을 감출 수 없었다.

2.5. 1994년 국립창극단 〈흥보가〉
: 흥보 처의 개성과 박 타는 장면의 구성 의도

2.5.1. 흥보 처의 성격 강화

국립창극단 제 83회 정기공연이었던 창극 〈흥보가〉는 1994년 2월 25일~3월 3일까지 국립중앙극장 대극장에서 열렸다. 국극정립위원회 극본, 강한영 구성, 심회만 연출로 공연되었다. 이 대본은 흥보가 쫓겨나는 장면부터 시작된다.

하지만 신재효 판본이나, 이선유 판본, 그리고 김연수 판본과 같은 판소리 창본과는 그 시작에서 차이를 보인다. 강용권은 이 세 판본을 비교하면서, "허두/놀보의 심술/흥보의 어짊"이 작품의 시작으로 공통된다는 점을 밝혀내었다. 그 다음에는 이선유 판본에만 '놀보의 농사치레'가 들어있다.

반면 국립창극단의 〈흥보가〉는 전래의 이러한 시작을 삭제하고, '흥보가 쫓겨나는 장면'부터 시작한다. 이러한 시작은 놀보의 심술이나 흥보의 어짊 등을 말(사설)로 설명하려는 서술보다는, 그들의 행동(장면화)을 통해 자연스럽게 드러내는 것이 적합하다는 구성자의 의도로 파악된다.

또 하나 이러한 시작에서의 변화는 놀보나 흥보와 같은 중심인물의 비중을 지나치게 확대하지 않으려는 의도로 보인다. 판소리 〈흥보가〉는 보통 세 부분으로 나누어진다. 초반부는 "쫓겨난 흥보가 천신만고하는 내용"이고, 중반부는 "도승의 도움으로 명당터에 집을 짓고 보은(報恩) 박을 심어 거부가 되는 내용"이며, 종반부는 "놀보가 보원(報怨) 박 때문에 패가망신하고 개과천선하는 내용"이다.

전래의 구성은 흥보와 놀보를 부각시키는 것에 초점이 맞추어져 있다. 따라서 상대적으로 다른 인물들은 그 비중이 매우 낮다. 강한영 구성의 〈흥보가〉도 일차적으로는 이러한 구성 방식을 따르고 있다. 1막은 흥보가 고생하다가 부자가 되는 내용이고, 2막은 놀보가 흥보의 방법을 알아내어 자신도 부자가 되려고 획책하는 내용이다. 따라서 전반부는 흥보, 후반부는 놀보의 극중 위상이 두드러진다.

그러나 강한영 구성의 〈흥보가〉는 '흥보 처'와 같은 인물을 상대적으로 강화하고 있다. 이것은 다른 현대적 텍스트와 비교하면 더욱 두드러진다. 흥보 처의 강화는 분량 면에서의 강화라기보다는, 성격 구축이라는 질적 측면에서의 강화라고 할 수 있다.

흥보와 흥보 처는 착한 인물이다. 대개의 판본에서 그들은 시숙인 놀보를 원망하지 않는다. 가령 흥보 처는 놀보집에 갔다가 매를 맞고 돌아온 흥보의 모습을 보면서, 놀보에 대한 야속한 마음을 품어보기는 하지만, 대부분 큰 재산을 얻고 난 이후에는 놀보와 놀보의 처에 대해 인의(仁義)로 대한다.

그러나 강한영 구성의 흥보 처는 놀보에 대한 원한을 잊지 않고 있다. 놀보가 권주가를 강요하는 장면은 많은 텍스트에서 나오는 삽화이지만, 대개 흥보가 놀보에게 인륜과 가법의 예를 들어 그럴 수 없음을 설파하고 상황을 부드럽게 마무리 짓는다. 흥보 처가 거절의 의사를 표현하는 경우도 없지는 않지만, 그러한 경우에도 시숙에 대한 강한 반감보다는 상황을 모면하려는 의도를 더욱 강하게 드러낸다.

반면 강한영 구성에서 엿보이는 흥보 처는 놀보에 대해 강한 반감을 드러낸다. 흥보 처는 '보기 싫소'라는 거친 말과, '어서 가시오'라는 축객령을 내리면서 시숙 놀보에 대한 강한 반발을 표현하고 있다. 이러한 성격 구축은 선/악의 이분법적 대립보다는, 한 인간의 내면에 도사리고 있는 원망과 분노 등의 감정을 보여주기 위함이다. 아무리 선인인 흥보 처라고 해도 원망과 분노마저 없을 수 없다는 구성자의 견해로 파악된다.

2.5.2. 놀보 박타는 장면의 구성

작품의 종반부에 해당하는 놀보가 제비를 잡아 보원 박씨를 심고 박을 타서 패가 망신하는 대목은 〈흥보가〉의 결말 부분으로 이어진다. 본래 〈흥보가〉의 별칭이 〈박타령〉이라고 할 때, 놀보 박타는 장면은 주요 볼거리 가운데 하나이다.

하지만 놀보가 박타는 대목은 이본마다 그 격차가 크다. 김창진은 「흥부전의 이본과 그 계열」이라는 논문에서 박타는 장면의 차이를 5가지로 나누어서 설명한 바 있다. 그 중에서 이선유본형(c형)을 보면, 양반→상여→돈이 쏟아짐→솔대패, 사당·거사, 초라니→장비의 순서로 내용물이 나온다. 강한영이 구성한 〈흥보가〉에서는 양반→상여→사당·거사, 초란이, 각설이→금이 쏟아짐→장비가 등장하고 있다. 김창진이 분류한 방식을 따르면 이선유본형을 사용한 것으로 보여진다. 다만 돈이 쏟아지는 박과, 사당·거사들이 등장하는 박의 순서가 바뀐 것이 특징이다.

이선유본형 놀보 박타는 장면 구성은 숫자상으로 중간 정도이다. a형이 13개까지 되기 때문에 지나치게 많다는 인상을 줄 수 있는 반면에, e형은 볼거리를 삭제한 허전함을 남길 수 있다. 이선유본형은 이러한 다소의 중간 정도로, 타는 박의 개수도 5개 정도로 제약을 가하고 있다.

이선유본형이 특이한 것은 가져다 버린 박에서 '금이 쏟아짐'에 있다. 다른 본형들(a와 b형)은 놀보에게 재앙을 가져다주는 인물들만 등장하고 있는데 비하여, 이선유본형은 놀보에게 이로울 수도 있었던 물건이 나오는 장면을 포함하고 있어(놀보는 이것을 재앙으로 여기고 미리 버림으로서 행운을 놓치게 된다), 놀보를 더욱 희화화하는 효과를 유도하고 있다. 강한영 구성의 〈흥보가〉는 이러한 반전을 의식하고 있으며, 반전을 강하게 만들기 위해서 끝에서 두 번째 박으로

'금이 쏟아지는' 박을 위치시켰다.

전반적으로 강한영 구성 창극 〈흥보가〉를 전래의 텍스트와 비교하면 변화의 폭이 좁다고 할 수 있다. 창극이 판소리의 분창으로부터 시작된 장르로, 둘 사이의 연관성이 높기 때문일 것이다. 이러한 두 양식 간의 밀착성이 창극의 변화와 발전에 정체 요인으로 작용하기도 한다.

2.6. 박세환의 마당극 〈흥부네 박 터졌네〉 : 흥보와 놀보의 상징

2.6.1. 〈흥보가〉의 후편

작가 박세환은 '작품의도'에서 이 작품에서 남과 북의 통일 이야기를 넘어 우리 사회의 정치·경제·사회에 대한 풍자를 아울러 담고자 했다고 밝히고 있다. 일단 남북 통일 이야기의 요소부터 보자. 남한 경제의 졸속 성장은 흥보의 돈벼락과 닮았고, 북한 사회의 폐쇄성은 놀보의 고집과 유사하다. 작가는 흥보의 마을을 '남남골'로, 놀보의 마을을 '북녀골'로 설정해서 서로 대치한 상황으로 그려낸다.

두 마을과 두 인물의 대치는 박으로 표현된다. 극의 초입에서는 서로 박을 가져다주려고 하지만, 누군가(외세)의 농간으로 인해 두 사람은 서로 박을 갖겠다고 싸우게 된다. 그러는 사이에 박은 허공으로 올라가, 공중에 걸려 있게 되고 흥보와 놀보는 서로 반목하며 살게 된다.

놀보의 아들인 '몽룡'이 와서 북한 사회를 살리는 길은, 박을 타는 것 밖에 없다고 말하는 대목이 있다. 따라서 박은 북한 사회와 병든 남한 사회를 한꺼번에 살리는 정책이나 정신으로 상정된 셈이다. 따라서 박을 함께 타는 행위는, 개방, 화해, 통일과 같은 실천적 행위에 해당된다고 할 수 있다.

흥보와 놀보의 대립은 남남골의 정치적 지배자 변사또에 의해 끊임없이 조장된다. 변사또는 이른 바 '북풍'이라는 안보 이데올로기를 작동시켜, 남한 사회에서 자신의 지배권을 확대 유지하려고 한다. 또한 변사또는 〈춘향가〉의 설정대로, 춘향을 강제로 소유하려고 한다. 변사또는 위정자의 모습을 상징하는데, 이데올로기의 불안정성을 이용해서 정치적 실익을 찾고, 개인적으로는 재산과 여자를 탐내는 '탐관오리' 즉 '부패한 정치인'의 표상이다.

문제는 이러한 변사또가 다스리는 남남골의 풍경이다. 변사또는 선거를 앞둔 상황에서 분열과 분단을 다시 획책한다. 북녀골과의 대립 이외에, 좌와 우의 대립도 조장한다. 경상도 사투리와 전라도 사투리가 대립하는 것으로 보아, 우리의 현실 문제인 지역감정을 표현한 것이다.

홍보는 이러한 위정자의 정책에 일조하고 있다. 그는 정치 자금과 뇌물을 헌납하고 있고, 사회 불안을 야기하는 행동(재산 매각)을 일삼고 있다. 이른바 정경유착의 잘못된 사례를 보여주는 경제인의 표상이다. 뿐만 아니라, 위정자의 정책에 속고 쉽게 동조하는 어리석은 민중의 모습을 대변하기도 한다.

작가 박세환은 졸부 홍보와 위정자 변사또를 통해 잘못된 남한 사회의 풍경을 야유하고 있다. 그의 야유는 현란한 말장난으로 인해 더욱 해학적으로 느껴진다. 가령 "조만간 빚쟁이덜이 몰려와. 그것이 소위 아이 맴 아퍼 한파야"라든가, "이제까지 들었던 정은 과감히 뒤로 하구 헤어지는 거야. 이 굿이 소위 굿 바이야", 혹은 "이 굿의 제목인 바이에다. 자네 꼴이야 어찌되든 머리가 아니고 나는 꼬리야 하는 뜻으루다 바이 꼬리야 하면 돼 알겠나 바이 꼬리야 굿?" 등이 그것이다.

박세환은 우리 사회를 뒤흔들었던 경제 한파를 말장난으로 바꾸어 상기시키고 있다. 이영미가 지적했듯이 박세환의 입심은 그의 작품을 활기차고 재미있게 만드는 근원적 동력이다. 박세환은 이러한 말장난을 통해, 관중들의 흥미를 야기하면서도, 날카로운 현실 풍자의 시각을 잃지 않는다.

박세환이 〈흥보가〉의 개작 내지는 후편을 쓰려고 했던 이유는, 〈흥보가〉의 설정을 빌려 현실 비판을 이루기 위해서였다. 남과 북의 통일 문제, 남한 사회의 지역 갈등, 정치와 경제의 유착, 비리 정치인과 졸부들의 현황을 다각적으로 살펴기 위함이었다. 이러한 심각한 비판 의식은 통렬한 언어유희와, 고전의 재치 있는 패러디로 인해 경직되지 않는 공연 미학으로 거듭나게 된다.

2.6.2. 고전의 차용과 현대적 변용

〈흥부네 박 터졌네〉는 2002년 9월 11일~15일까지 과천마당극제 초청공연으로 초연되었다. 이영미도 지적한 대로, 이 작품의 장르는 마당극이다. 마당극은 정치적 풍자를 앞세운 1970~80년대 대학가 문화의 소산이다. 억압적인 정치 체제에 맞서, 민중의 고통과 사회의 정의를 구현하려는 다소 주제의식이 강한 연극적 장르였으나, 이로 인해 양식적 세련미는 아직 확립되지 않은 상태라고 할 수 있다.

박세환은 이러한 시기에서 마당극의 정립과 양식적 세련미를 위해 노력한 젊은 작가로, 판소리 〈흥보가〉의 플롯과 설정에 구애받지 않고 전래의 〈흥보가〉가 아닌 '그 이후'를 쓴 것이다. 고전 〈춘향가〉와 〈심청가〉의 설정을 끌어들여 변용시킨 점도 주목된다. 흥보의 처는 월매이고, 월매의 딸은 춘향이다. 위정자 변학도는 춘향과 원조 교제를 맺으려 하고, 이를 거부하자 춘향을 처벌하려고 한다. 이러한 설정은 〈춘향가〉의 그것에서 응용했다.

〈춘향가〉의 설정 중에서 가장 중요한 것은 변학도의 퇴진(처벌)과 춘향과의 결합이다. 이 작품에 변학도의 처벌은 위정자에 대한 민중의 처벌로 처리되었다. 이몽룡과 춘향이의 결합은 나누어졌던 남과 북, 남남골과 북녀골, 흥보 집과 놀보 집의 결합을 뜻한다. 이것은 반목의 청산이고, 대립의 해소이며, 분단의 극복이다.

이 작품에는 심청이와 심봉사도 등장한다. 심봉사는 점술인으로 흥보 같은 부자나, 변학도 같은 정치인을 상대로 영업하고 있다. 심봉사는 극의 흐름을 바꾸고, 인물들의 관계를 이어주는 역할을 한다. 심봉사의 지시대로 흥보는 재산을 처분하고, 변사또는 정치 운동을 벌인다. 심봉사의 딸이 심청이고 심청은 놀보의 처로, 홍보의 형수가 된다.

고전 〈홍보가〉의 줄거리(후편)에, 〈춘향가〉와 〈심청가〉의 홍미로운 설정을 이어붙인 점은 주목된다. 그것은 일단 고전의 자유로운 패러디를 통해, 하고 싶은 이야기를 전개하는 박세환의 작품 구성 능력을 증명하기 때문이다. 그러나 한편으로는 재치 있는 설정을 위해 불필요한 삽화들을 만들어 내기도 했다. 가령 월매가 술집을 경영하는 설정을 이어나가, 변학도와 홍보가 룸싸롱에 들어가는 장면을 만든 것은 단순한 홍미로 전락할 여지가 농후하다. 뺑덕어멈의 등장도 정리되어야 할 필요가 있다. 또 고전과는 직접적인 관련이 없지만, 텔레비전 프로그램 '우정의 무대'를 재현한 것도 그리 요긴해 보이지는 않는다.

박세환은 고전과 이미 변용된 작품들을 참고했다. 이것은 고전의 재창조, 앞선 것의 재검토라는 점에서 상찬될 요소이다. 하지만 홍미만을 위해서 작품을 삽입하고 불필요한 장면을 남발하는 것은 형식적 집중력을 상실시킬 것이다. 이 점은 이 작품의 부인할 수 없는 단점이다.

3. 현대적 텍스트의 특징 및 개작 방향

3.1. 변모하는 놀보의 성격

〈홍보가〉에서 놀보는 부정적인 인물로 그려져 있다. 놀보는 평범한 사람으로서는 상상하기도 힘든 심술을 부리는 인물이다. 하지만 현대적으로 변용되는 텍스트 속에서 그의 악행은 나름대로 이유를 동반한 행위로 변용되거나 개성적인 행위로 격상되었다.

먼저 최인훈의 텍스트를 보자. 최인훈은 놀보에 대한 기존의 평가를 뒤집었다. 놀보는 홍보의 무능함을 일깨우고 고쳐주는 형의 심리를 드러낸다. 놀보에 대한 세인의 악담은 놀보가 자수성가하고 근면성실하게 일하는 것에 대한 부당한 평가라는 입장도 포함되어 있다.

김기팔의 〈놀부전〉에서도 놀보의 모습이 변화되어 있다. 이 작품에서 놀보는 동생을 걱정하는 인물은 아니다. 그러나 나름대로 형의 도리를 다하고 인간으로서의 염치를 지키는 인물이다. 직원들에게 보너스를 주지 않거나 조카들에게 인색한 것은 사실이지만, 부정과 비리를 저지르거나 사회에 해악을 끼치는 악당은 아니다. 그는 다소 이기적인 사업가의 경영 마인드를 따르는 인물이라고 할 수 있다.

마당놀이 대본에서 놀보는 기존의 성격과 크게 달라지지는 않는다. 하지만 1983년 마당놀이 대본의 결말에는 놀보의 항변이 실려 있다. 놀보는 자신이 근면성실하게 일하는 사람으로, 누구처럼 요행을 바라는 사람이 아니라고 항변한다. 놀보의 항변은 앞에서 행한 그의 행실에 비추었을 때 이율배반적이지만, 놀보 전체의 인물 평가와 관련지을 때 긍정적으로 검토할 부분도 적지 않다. 흥보의 요행과 놀보의 노력 중에 긍정적인 평가를 받아야 할 것은 놀보의 노력이라고 말하고 있는 것은 분명하다.

놀보의 개성과 성격적 입체화는, 관객들과 공연자로부터 일찍부터 관심을 끌었다. 그에 따라 놀보에 대한 판단 변화(인물형에 대한 평가)도 꽤 이른 시기부터 진행되었다. 경우에 따라서는 신재효 〈흥보가〉부터 이러한 시도가 나타났다고도 볼 수 있다. 그럼에도 〈흥보가〉가 현대 희곡으로 변모되면서 놀보의 성격 변화가 두드러진 것은 부인할 수 없는 사실이다. 더구나 놀보의 성격 변화는 예외적이고 조심스러운 모색이 아니라, 〈흥보가〉를 개작 변형하는 극작가들의 공통된 입지점으로 작용했다는 점이 특히 주목을 끈다.

3.2. 대체로 고정된 흥보의 성격

놀보의 성격이 심술궂은 인간에서 복잡한 심회를 간직한 현대인으로 변화된 반면, 흥보의 성격은 그 변화의 폭이 미약하다. 변화가 두드러진 텍스트는 김기팔의 〈놀부전〉과 박세환의 〈흥부네 박 터졌네〉이다. 김기팔의 〈놀부전〉에서 흥보는 영악한 인물로 설정된다. 겉으로는 형에게 재산을 양보하고 돈과 관련 없이 사는 것처럼 보이지만, 내심으로는 상당한 계산력을 가지고 있는 인물이다.

흥보는 형이 돈 버는 재주가 뛰어남을 알고 자신은 반대로 너그러움을 갖추려고 노력하고, 형에게 부탁을 해서 자신이 바라는 인생을 위해 공부를 지원해달라고 부탁한다. 상금 1000만원을 받은 이후에는, 놀보에게 나주어 주는 법이 없이(〈흥보가〉의 결말에서 흥보는 재산을 반분한다) 자신의 장래를 위해 은행에 예치하는 치밀함을 보인다. 이러한 성격적 변모로 인해, 무한히 착하기만 한 흥보가 아니라, 시세에 따라 계산하고 실리를 따질 줄 아는 영악한 흥보가 만들어졌다.

박세환의 〈흥부네 박 터졌네〉에서는 흥보를 졸부로 설정했다. 흥보의 재산 축재 과정에 대해서도 부정적인 시선을 가하고 있다. 한 번의 선행으로 졸부가 된 흥보는 룸싸롱을 경영하고 더 큰 이익을 위해 경제에 해가 되는 행동을 저지른다. 뿐만 아니라, 정경 유착과 정치인 매수 등의 좋지 않은 사례에 가담하기도 한다.

선한 성품으로 삶의 긍정적인 지표로 추앙되던 흥보는 사라지고, 경제적·사회적·정치적으로 해로운 존재로 그려진 셈이다. 그 중에서도 흥보의 가장 커다란 실책은 이간질하는 사람에게 속아, 형 놀보와 불화한 것이다. 흥보는 놀보와의 우애를 돌보지 않기 때문에, 민족적인 반역자의 형상으로 비하된다. 이것은 남한 경제의 졸속적인 성장과 북한에 대한 비인도적인 대우를 뜻한다. 다시 말해서 박세환의 작품에서 흥보는 인간적인 품성을 상실한 인물로 그려진다.

나머지 작품들 중에서 국립극단 창극 대본은 주목된다. 비록 이 작품에서 흥보의 성격 변화는 두드러지지 않지만, 흥보 처의 성격 변화가 나타나기 때문이다. 비록 제한적이기는 하지만 흥보 처는 놀보에 대한 미움과 반발을 표현한다. 착하기만 한 흥보 식구들에게서 이러한 원망이 나타나는 점은 특이하다. 흥보 처의 반발은 흥보의 마음 속 반발을 표현했다고 볼 수 있다.

3.3. 우연적인 설정의 거부

〈흥보가〉는 제비가 박씨를 물어다 주면서부터 환상적인 요소가 깊게 개입된다. 제비의 힘으로 흥보는 부자가 되고, 놀보는 그것 때문에 재앙을 맞는다. 이것은 초자연적인 힘의 개입으로 여겨져서, 리얼리즘 관점을 취하는 작가들에게는 나름대로 고려의 대상이 될 수 있다.

최인훈은 박씨에 의해 부자가 되었다는 이야기를 흥보가 꾸며낸 이야기로 전환하고, 〈흥보가〉에서 놀보가 제기하는 주장, 그러니까 흥보가 돈을 훔쳤다는 설정을 확대해서 흥보가 보물상자를 발견했다는 식으로 플롯을 합리화했다. 그 결과 보물상자를 돌려주게 되고, 그러다가 본래 임자에게 들켜 횡액을 맞는 보다 합리적인 이야기를 설계할 수 있었다.

김기팔은 〈놀부전〉에서 박씨와 보은, 그리고 박씨와 재앙의 문제를, 문학(희곡)의 한 설정으로 바꾸었다. 김기팔은 현대를 살아가는 놀보와 흥보로 인물을 바꾸었기 때문에, 박씨와 환상이라는 고전적인 요소는 작품 내에 삽입하기 어려웠을 것으로 보인다.

무엇보다 이러한 장면(박 타령은 그 자체로 장면의 이동을 동반한다)이 가져오는 미적 반감이다. 과거의 텍스트들은 흥보가 박을 타고, 놀보가 박을 타는 설정을 확대해서 독자들의 독서감(관람 욕구)을 증폭시켰지만, 이러한 설정은 현대의 독자들에게는 식상하다고 할 수 있다. 따라서 변화가 요구되었다.

박세환의 텍스트는 흥보가 횡재한 이후부터 이야기를 이어간다. 흥보는 이미 졸부가 되어 있다. 왜냐하면 박세환의 텍스트에서 흥보가 졸부가 된 것이 중요한 사항이지, 어떻게 해서 졸부가 되었는지는 중요하지 않기 때문이다. 게다가 박은 의외로 흥보가 남들(특히 놀보)에게 베풀어야 할 어떤 정신 상태로 표현된다.

3.4. 결말의 변화

〈흥보가〉의 결말은 놀보의 패가망신, 흥보의 재산반분, 그리고 우애의 회복이었다. 세부적으로는 다양한 이야기가 존재하지만 결말은 이러한 권선징악과, 해피엔딩의 구조를 따른다고 해야 한다. 그러나 현대적으로 변용된 텍스트들은 이러한 구조를 변혁시켰다.

먼저 김기팔의 〈놀부전〉은 놀보의 패가망신이 없다. 흥보의 재산반분도 없고, 우애의 회복도 없다. 흥보는 놀보가 배 아파하다가 곧 나아질 것이라고 예언했다. 놀보의 침통함을 보는 흥보의 시선은, 형의 불행을 바라보는 동생의 안타까운 심정이 담겨 있지 않다. 그는 현대인이 보이는 무관심을 드러내며, 형의 불행과 안타까움을 타인의 아픔으로 간주하고 멀리서 지켜볼 따름이다.

최인훈의 작품에는 놀보의 패가망신과 우애의 회복은 존재한다. 놀보는 흥보의 횡재가 횡액이 되지 않도록 충고하다가, 그만 도둑의 누명을 쓰고 수감된다. 놀보는 가진 재산이 많았음으로 탐관오리의 착취 대상이 되고, 더 많은 것을 얻어내려는 탐관오리의 고문으로 죽고 만다. 흥보 역시 놀보와의 화해를 이루지만, 감옥에서 죽게 된다.

최인훈의 텍스트는 형제애의 회복이 억압적 권력 체계에 의해 무산되는 결말을 제기했다. 다시 말해서 이 텍스트는 대사회적인 측면에서 주제를 설정하고 있다. 정치적 권력에 패배하는 민중의 모습을 보여주고 있는데, 흥보와 놀보는 그러한 민중의 일원이었다.

박세환의 작품에는 놀보의 패가망신은 나타나지 않지만, 흥보와 놀보의 화해는 존재한다. 흥보와 놀보의 화해는 반목하는 국가, 가정, 친족, 이웃들 사이의 화해를 뜻한다. 특히 그들의 아들과 딸인, 이몽룡과 춘향이 결합함으로써 화해의 의미는 한층 상징적으로 구현된다. 이러한 변화는 흥보와 놀보의 고전적인 화해를 보다 상징적으로 그려내려 한 의도로 판단된다.

국립극장 창극 대본의 경우, 화해로운 결말을 유지한다는 점에서 기존의 〈흥보가〉와 차이가 없다. 하지만 그토록 놀보를 싫어하던 흥보 처가 놀보를 긍휼히 여겨 구원하러 온다는 것은 비약이 아닐 수 없다. 또 1983년 마당놀이 대본에서 놀보가 이의를 제기했음에도 불구하고, 흥보와 화해하면서 자신의 잘못을 인정하는 설정도 문제가 있다.

이것은 전통의 결말을 답습하기 위해서 만들어진 인위적인 결말이다. 갈등을 합리적으로 해결하거나, 장면을 통해 짜임새 있게 증폭 내지는 해소시키지 못했기 때문에 결말을 위해 무리하게 설정했다는 비판에서 벗어날 수 없다.

3.5. 관객들과 소통하는 연극 추구

판소리 〈흥보가〉는 주로 마당극 형태로 변용되었다. 이것은 관객과 보다 적극적으로 교감하는 연극을 만들려는 의도 때문이다. 서구의 연극은 제 4의 벽을 염두에 두고 만들어졌다. 관객과 무대는 분리되고, 관객들은 무대에서 일어나는 일을 기척을 내지 않고 엿보는 관찰자여야 했다. 김기팔의 〈놀부전〉이 그러한 양식을 따른 예이다.

하지만 마당놀이(혹은 마당극)의 구조는 무대와 객석의 이원적 가름을 허물려고 한다. 마당놀이는 객석에 앉은 관객들과의 의사소통을 강조한다. 가령 시사적인 대사와 현대적인 플롯을 삽입한다거나, 관객들과 이야기할 수 있는 도창자를 배치한다거나, 놀보의 항변이나 놀보의 고초를 현실적인 시각으로 표현한다거나 하는 노력이 그것이다.

과거의 〈흥보가〉는 현대에 와서 관객들의 기호와 감각 그리고 미학을 중시하는 텍스트들로 거듭나기 위해서 변용되었다. 이러한 변화는 〈흥보가〉가 지닌 해학성에 기인할 것이다. 간단하고 단순한 구조임에도 교훈적인 주제를 가지고 있는 측면도 이러한 열린 무대의 텍스트로 재구성되는 중요한 요인이었을 것이다.

반면 김기팔의 〈놀부전〉은 서구적 양식을 강하게 담지한 텍스트로, 다른 작품들에 비하면 예외적이다. 하지만 김기팔의 텍스트에서도 박 타는 장면을 지루하게 끌지 않는다거나, 현대적인 관점으로 두 형제의 입장을 변모시킨 것은, 〈흥보가〉를 단순히 과거의 이야기로 머물지 않도록 한 작가의 의도이다. 즉, 김기팔의 〈놀부전〉 역시 현대화된 관객들의 기호를 어느 정도 염두에 두었다고 할 수 있다.

관객과의 소통을 중시여기는 연극은 판소리 〈흥보가〉의 내재적 특징에서 발현되었다. 판소리 〈흥보가〉는 관객들의 기호와 습관 그리고 해독에 의해 다듬어진 연행 장르였다. 관객들이 듣고 좋아할 만한 이야기 구조를 가지고 있고, 그들(민중)의 삶과 처지를 반영한 인물형을 등장시키고 있다. 권선징악 구조나 해피엔딩은 피곤한 삶에 위안을 주는 요소였다.

그런데 이러한 〈흥보가〉가 어느 시점부터는 옛 이야기의 정형화된 틀 속에서 고착화되었다. 다시 말해서 20세기의 민중들과 관객들은 〈흥보가〉를 고전이라는 정해진 정전 속에서 듣고 보려고 했다. 〈흥보가〉의 현대적 변용은 이러한 고착화된 관극 현상에 대한 일종의 도전이고 실험이다. 〈흥보가〉를 당대의 민중들의 기호에 맞게 바꾸는 것은 고정된 인식에 대한 저항이었기 때문이다.

그러나 〈흥보가〉의 현대적 변용은 단순히 개혁이나 파격은 아니다. 그것은 〈흥보가〉의 전통 가운데 이미 관객들과의 상호 의사소통을 중시 여겼던 정신이 녹아 있기 때문이다. 서구식 드라마가 수입된 이래 망각되었던 관객과의 소통성을 중시 여기게 된 것도 따지고 보면, 과거의 유산에 자극 받은 바가 크다고 할 수 있다.

4. 놀보의 성격 변화에 따른 텍스트들의 변용 양상

판소리 〈흥보가〉는 공연 텍스트로 변화를 겪어 왔다. 우선 판소리가 창극으로 분화 발전되면서 자연스럽게 〈흥보가〉는 창극 대본으로 변용되었다. 한편 〈흥보가〉는 마당극의 형식으로 주로 변화되어 공연되었다. 최인훈이 소설로 창작한 〈놀부뎐〉 역시 마당극의 형식으로 각색 공연되었고, 처음부터 마당극으로 쓰여진 공연 텍스트도 적지 않다. 문화방송(MBC)의 마당놀이 역시 변환된 마당극의 양식으로 볼 수 있다면, 마당극 텍스트로의 변용이 가장 빈번했다고 할 수 있다.

이러한 현상은 〈흥보가〉가 지닌 서민성과 해학 그리고 주제의식 때문이다. 〈흥보가〉는 놀보라는 해학적인 인물로 인해, 비판과 야유 그리고 희화화에 능동적으로 대처할 수 있다. 또 시대가 바뀌면서 놀보에 대한 가치관이 달라지고, 이로 인해 놀보를 비판의 대상에서 칭찬의 대상으로 탈바꿈 시키려는 욕구도 생겨났다.

놀보는 문제적 성격을 지닌 인물이다. 그는 고전소설이나 옛 이야기 속에 등장하는 악한 인물의 계보에 속하지만, 그 자체로는 반드시 악하다고만 할 수는 없다. 그는 심술을 가지고 있지만 악행을 저질러 만인의 공분을 살 정도로 악하지는 않다. 가령 〈홍길동전〉의 자객이나, 〈운영전〉의 궁복처럼 이야기를 듣는 사람들에게 무조건적인 혐오감과 미움을 불러일으키는 인물은 아니라는 것이다.

놀보의 심술은 인간적인 측면을 지니고 있다. 놀보의 심술에는 보통 사람이라면 조금씩 갖게 마련인 이기심이나 질투 같은 것들이 동시에 들어 있다. 따라서 놀보를 바라보는 인물은 자신의 마음속에서 놀보의 성격과 비슷한 측면을 발견할 수 있다. 이러한 발견은 놀보의 성격을 입체적으로 만든다.

반면 흥보는 착하고 정직하고 모범적인 성격을 지닌 인물이다. 고전소설이나 옛 이야기 속에 전형적으로 등장하는 '선인'의 성격이라 할 수 있다. 하지만 이러한 선함은 흥보를 개성적이지 못한 인물로 만든다. 많은 이야기 속의 주인공처럼 정형화된 인물로 창조되어 이야기를 듣는 보통 사람들에게 '동일시'를 불러일으키기 힘들다. 이상적일 정도로 선한 성격은 흥보의 행동을 제약하고 정형화시킨다.

이러한 차이는 흥보의 개성보다는 놀보의 개성이 보다 입체적이고 역동적일 수 있음을 알려준다. 다시 말해서 '고정된 착한 흥보' 보다는 '심술궂지만 생동감 있는 놀보'에 더욱 많은 관심을 가지게 된다. 뿐만 아니라 놀보는 다양한 변화가능성으로 인해 플롯을 풍부하게 하고 이야기 제작자의 의도를 다채롭게 구현할 수 있다.

이처럼 〈흥보가〉를 주목하게 하고 변용하게 만드는 중요한 요인은 흥보가 아닌 놀보이다. 놀보의 문제적 성격으로 인해 〈흥보가〉는 다양한 형태로 변용될 수 있었다. 최인훈이 궁극적으로 그려내려고 했던 점도 놀보의 현대성이고, 민예나 마당놀이에서 구현한 놀보도 문제적인 소지(논란거리)를 지닌 문제적 개인으로서의 놀보였다. 물론 리얼리즘 양식으로 구성된 김기팔의 〈놀부전〉에서도 놀보의 위상 변화는 관찰된다.

놀보에 대한 해석적 관점은 크게 두 가지로 나뉜다. 하나는 긍정적인 인물로의 변화이다. 놀보는 과거의 악한에서 현대인의 심성을 갖춘 인물로 변화한다. 놀보는 착하다고는 할 수 없지만, 그렇다고 악하다고도 쉽게 비난받을 수도 없는 인물로 그려진다. 다른 하나는 과거 놀보의 답습이다. 마당놀이 1991년 공연 대본을 보면, 변화했던 놀보가 과거의 놀보로 되돌아가 있다. 문제는 이러한 놀보 성격의 복귀도, 나름대로 현대화된 놀보를 염두에 둔 상태에서 일어났다는 것이다. 다시 말해서 이제 놀보를 재창조하려는 사람은 놀보의 변화된 인물형에 대해 어떠한 방식으로든 검토하지 않을 수 없다.

따라서 〈흥보가〉를 현대적으로 변용하여 새로운 공연 텍스트를 구현하려는 이들은, 놀보의 문제적 성격을 감안하는 것 이외에도 새로운 변화를 궁리해야 한다. 놀보의 문제적 성격이 공연 당대의 문제적 요소 혹은 현실적 여건 등을 감안한 측면이 크다면, 더욱 새로운 공연(텍스트)을 준비하기 위해서는 그 당대의 요구들을 살펴야 하며 이를 놀보의 문제적 성격과 접목시켜야 한다. 예를 들어 상대적으로 미약했던 흥보의 위상도 점검할 필요가 있고, 흥보와 놀보의 관계를 재정립할 필요가 있다. 박세환의 작품은 그 단초를 보여준 사례라 할 수 있다.

지금까지 가장 개성적인 놀보는 최인훈의 것이었다. 그러나 최인훈의 놀보가, 이후 놀보의 무분별한 전범은 될 수 없을 것이다. 새로운 창작 의지로 〈흥보가〉의 새로운 변용을 기대해 본다. 그러한 변화는 대중의 요구와 함께 고전의 현대적 의의를 살피는 작업과 관련될 것이다. 판소리 〈흥보가〉 역시 이러한 작업이 지속될 때, 보다 지혜로운 고전으로 남을 수 있을 것이다.

〈적벽가〉의 장르 변용을 통한 재창조와 창작소재로의 활용양상

김기형

1. 머리말

〈적벽가〉는 중국소설 〈삼국지연의〉를 바탕으로 하여 짜여졌지만, 기존 인물의 변용과 새로운 인물의 설정 등을 통해 원본 〈삼국지연의〉와는 전혀 다른 새로운 세계를 구현한 작품이다. 〈적벽가〉는 〈춘향가〉나 〈심청가〉 등 여타 판소리 작품보다 다소 후대에 성립된 것으로 추정되는 바, 기존 판소리 작품의 사설 구성방식이나 음악어법 등을 수용·변용·활용하여 새로운 작품 세계를 구축해 나갔다. 그러니까 〈적벽가〉는 그 자체가 재창조의 산물인 것이다. 전통사회에서 〈적벽가〉는 〈춘향가〉 못지 않은 인기를 누렸던 작품이었다. 〈적벽가〉를 얼마나 잘 부르는가의 여부가 명창의 역량을 가늠하는 잣대가 되기도 했으며, 식자층에게는 그 어느 작품보다도 인기 있는 레퍼터리였던 것이다. 그런데 20세기에 들어와 〈적벽가〉의 위상은 전대에 비해 현저하게 약화된다.

그렇지만 동아시아의 보편적인 문화권 속에서 매우 친숙하게 향유되었던 〈삼국지연의〉는 현대에도 여전히 폭넓은 독자층을 형성한 채 고전으로 자리매김하고 있으며, 판소리 〈적벽가〉의 가치 또한 새롭게 재평가되면서 소리꾼이나 청중층의 관심의 대상이 되고 있다.[1] 웅장하고 호방한 소리, 〈삼국지연의〉와 구별되는 〈적벽가〉만의 독자적인 세계, 시대에 따라 늘 재해석될 수 있는 깊이 있는 주제의식 등이 〈적벽가〉가 지니고 있는 매력이라고 생각한다.

〈적벽가〉가 장르 변용을 통해 재창조되었거나 창작 소재로 활용되는 사례가 여타의 전승 판소리 작품과 비교하여 그다지 많다고 할 수는 없다. 그렇지만 지금까지 이루어진 성과를 점검하고 앞으로의 가능성을 점검해 보는 일은 매우 긴요한 작업이라고 생각한다.

2. 장르 변용을 통한 재창조

그동안 〈적벽가〉는 창극, 마당놀이, 창작극 등의 갈래로 거듭 재창조되면서 새로운 의미 영역을 개척해 왔다. 그렇지만 질적으로나 양적으로나 〈적벽가〉의 장르 변용을 통한 재창조 작업이 활발하게 이루어졌다고 보기는 어렵다. 여기서는 지금까지 이루어진 사례들을 정리해 보고 그 특징적인 양상을 개관해 보고자한다.[2]

(1) 창극 〈적벽가〉

지금까지 〈적벽가〉의 창극 공연은 그다지 많다고 할 수 없다. 그렇지만 기록

---

1) 〈적벽가〉는 웅장하면서 호방한 소릿조가 많아서 여간한 공력이 뒷받침 되지 않고서는 제대로 잘 부르기가 쉽지 않다. 그런데 오히려 그런 점을 〈적벽가〉의 매력으로 인식하고, 〈적벽가〉를 학습하거나 무대에서 부르는 사례가 전에 비해 증가하고 있는 것으로 보인다.

2) 경기 12잡가 중 〈적벽가〉, 서도좌창 중 〈공명가〉, 〈사설공명가〉 등도 〈적벽가〉와 밀접한 연관이 있는 인접 갈래이다. 따라서 장르변용의 문제를 다루는 데 있어서 이들 작품까지 포함하여 논의하는 것도 생각해 볼 수 있다. 그러나 경기잡가와 서도소리를 논의의 대상으로 삼기 이전에 형성경로나 시기 등의 문제를 먼저 해명할 필요가 있다. 판소리 〈적벽가〉와 이들 갈래 사이의 선후관계가 명확하게 밝혀지지 않은 상태에서 장르 변용의 문제를 다루기는 어렵기 때문이다.

에 의하면, 〈적벽가〉의 창극 공연은 아주 이른 시기에 시도된 것으로 보인다. 1908년 한 극장에서 공연 종목의 확장을 도모하는 가운데 〈화용도〉를 무대에 올리려고 했다는 기사가 그 점을 잘 보여 준다.

[華容演戲] 寺동 演興寺에서 각種演藝를 擴張ᄒᄂᆫ 中인대 爲先 華容道를 實施하기 爲ᄒ야 該社員 壹名을 日昨에 三남等地로 派送ᄒ야 唱夫 三十名을 募集ᄒ다ᄂᆫ디 所入經費ᄂᆫ 紙貨 八百圜 假量이라더라(〈대한매일신보〉 1908.5.6)

〈은세계〉가 1908년 11월 15일 원각사에서 공연되었고, 창극 〈춘향가〉가 1909년 7월 3일 원각사에서 공연된 것에 비추어 볼 때, 1908년에 〈화용도〉의 창극 공연이 시도되었다는 것은 다소 이례적인 것으로 판단된다. '各種演藝를 확장'하는 과정에서 〈화용도〉를 무대에 올리려고 했다는 언급만으로는 구체적인 공연 양식을 알기는 어려우나, 수십명의 창자를 동원하고자 한 것으로 보아 창극의 형태가 아니었을까 추측해 볼 수 있다.

창극 〈적벽가〉는 1935년 음반으로도 제작이 되었다. 〈폴리돌(Polydor) 판 적벽가〉(음반 번호 : 19260~19277)가 그것인데, 김창룡, 이동백, 정정렬, 조학진, 임소향 등이 출연한 이 음반은 모두 18매로 구성되었다.

이후 해방이 될 때까지 〈적벽가〉가 창극으로 공연된 대표적인 사례는 다음과 같다.

○ 〈화용도〉 : 3막 5장. 1941년 8월 13일~8월 28일. 창극좌 공연
○ 〈삼국지〉 : 1941년 9월 28일~12월 18일. 4막 11장. 이운방 각색
○ 〈삼국지〉 : 1942년 2월 2일~2월 6일. 4막 14장. 이운방 각색. 박진 연출.
　　　　　　동양극장 공연

그렇지만 이 시기 창극 공연의 대본이나 공연 관련 기록이 거의 남아있지 않아 그 구체적인 공연 내용이나 방식에 대해 알 수가 없다.

1962년 국립창극단(처음에는 국립국극단으로 출발하여 1970년 개명)이 창단된 이래 지금까지 112회에 걸쳐 창극 공연을 하였다. 그런데 그 가운데 〈적벽가〉가 공연된 사례는 2회에 불과하다. 이는 그 동안 〈춘향가〉가 제1회 공연 작품으로 무대에 올려진 이후 19회나 공연된 것과 비교하여 현저하게 차이가 나는 것이다.

창극 〈적벽가〉는 1985년 국립극장 소극장에서 허규의 연출로 무대에 올려졌다.3) 허규는 1982년 11월 2일~11월 13일 창극 〈춘향전〉 공연을 시작으로 판소리 전승 5가를 창극화 하는 작업을 지속적으로 해오고 있었던바,4) 그 다섯번째로 창극 〈적벽가〉를 무대에 올린 것이다. 이처럼 〈적벽가〉가 창극으로 공연된 사례가 드물고, 전승 5가의 창극화 작업 속에서 마지막으로 무대에 올려지게 된 이유는 〈적벽가〉가 지니고 있는 작품적 특성에서 기인하는 것이다. 당시 연출자 허규는 〈적벽가〉의 완판 창극화의 어려움을 다음과 같이 토로한 바 있다.

> 첫째, 그 내용이 우리가 너무도 잘 알고 있는 중국의 고전소설 〈삼국지〉의 일부인 적벽강에서의 한, 위, 오 삼국의 치열한 전쟁을 판소리화한 것이기에 수많은 영웅, 간웅, 명신들의 파란만장한 내용을 무대화하기가 매우 어려웠으며 둘째, 그 소리 성질에 있어서는 통성, 호령조, 우조를 주로 쓰기 때문에 판소리 가객들이 가장 힘들어하는 판소리 〈적벽가〉이기에 감당하기 힘들며 셋째, 등장 인물, 장소 등이 고대 중국을 무대로 펼치지만 그 인물들의 사상, 성격, 감정 등은 거의 한국화(판소리적) 되었기에 연기는 물론 장치, 의상, 소품에 이르기 까지 고증과 물량을 감당하기가 어려웠다.

---

3) 4일~8일 그리고 5월 9일~13일 공연되었는데, 이는 46회와 47회 정기 공연에 해당하는 것이다. 김동준 외 3인이 반주를 맡았다.

4) 1983년 4월 6일~29일과 5월 28일~6월 2일 〈토생원과 별주부〉, 1984년 4월 4일~4월 12일 〈심청가〉, 1984년 9월 27일~9월 30일 〈흥보가〉가 공연되었다.

이와 같은 난점을 극복하기 위해 허규는 연출의 기본 방향을 "소리(판소리제)를 최대한 살리면서 간소한 공간 처리로서 극적 효과를 얻어보려 했고, 삼국진영의 규모나 전쟁 상황 등을 관객과의 약속, 또는 표징적으로 처리하면서 전쟁의 무상함을 창극적으로 표현"하는 것으로 설정하였다. 실제 작품도 이러한 연출 의도에 부합하는 방향으로 짜여졌는데, 무엇보다도 두드러진 특징 가운데 하나는 도창을 적극적으로 활용했다는 점이다. 도창은 창극의 양식적 특징을 잘 보여주는 대표적인 표현 기법 가운데 하나인데,5) 도창으로 불린 대목은 다음과 같다.

> ○ 서두, ○ "유관장 3인 형제결의 하는데", ○ "그 때는 건안 3년", ○ "공명이 그제야 놀랜 체 하고", ○ "와룡강을 하직하고", ○ "박망파 전투", ○ "동산월색은 여동백이요", ○ "노래 불러 춤도 추고", ○ "떴다 보아라", ○ "그때여 오나라 주유는", ○ "주유 듣고 반겨 듣고", ○ "머리 풀고 발 벗고", ○ "서성은 배를 타고", ○ "관우, 청도기 행렬사설", ○ "허무적이가 들어온다"

근래에 들어와 창극에서 도창은 점차 그 비중이 낮아지는 대신 제창의 활용 빈도가 많아지는 추세인데, 이 작품에서는 "당당한 유현주"와 "뜻밖에 광풍이" 대목이 제창으로 불려졌다.

김동준 외 3인의 악사가 담당한 반주는 비교적 단출한 편이라 할 수 있다. 간혹 중국적 색채가 드러나는 반주 음악이 있었으며, "군사점고대목"에서 한 군사가 등장할 때 탈춤에서 쓰이는 "덩더쿵 덩덩" 장단이 쓰이기도 하였다. 무엇보다도 이번 작품의 가장 큰 특징은 조조의 골계화 · 희화화가 두드러졌다는 점

---

5) 1968년 국극정립위원회(1970년 창극정립위원회로 개칭)에서 창극의 정립 방향에 대한 의견을 개진한 바 있는데, 그 내용은 다음과 같다.
　① 고수나 악사를 무대에 노출시켜 추임새도 하고 극의 일부가 되도록 한다.
　② 판소리의 설명 부분을 도창이라는 이름으로 무대 한 편에서 판소리식으로 부르도록 한다.
　③ 연출 대신 導演이라는 용어를 사용한다.

이다. 화용도에서 관우를 만난 조조가 투구와 갑옷을 벗고 목숨을 애걸하는 장면에서 특히 그 점이 잘 드러난다. 관우가 호통을 치자 조조가 옷깃으로 목을 가리는 형상을 하는가 하면, 관우는 조조에게 하대를 하며 압박을 가한다.

국립창극단에서 두 번째로 창극 〈적벽가〉를 공연한 것은 2003년에 와서이다.[6] 첫 번째 〈적벽가〉 공연과 비교하여 여러 가지 측면에서 변화된 모습을 보여주었는데, 두드러진 특징 가운데 하나는 도창이 사라지고 제창으로 부르는 대목이 많아졌다는 점이다. "당당한 유현주", "신야로 돌아오니" "주유, 제장 배치", "공명, 동남풍 비는 대목" 등이 제창으로 불려졌다. 또한 소리뿐만 아니라 다양한 표현 기법을 활용하여 극적 효과를 높이려 하였는데, 몇몇 특징적인 면을 제시하면 다음과 같다.

① 무용적 요소의 강화 : 조조 호기를 부리는 대목에서 여성들이 군무를 춤. 박망파 전투에서 군사들이 깃발을 들고 무대 양편을 오가는 것으로 싸움 장면 묘사. 공명이 축문을 읽을 때 한 사람이 칼춤을 춤.
② 한 무대에서 두 장면을 연출 : 군사설움 장면에서 조조가 무대의 한편에 등장.
③ 조명을 적극적으로 활용 : 박망파 전투에서 무기(칼, 창 등)를 빛나게 함. 적벽싸움에서 붉은 조명을 활용하여 전쟁분위기 강조.
④ 관현악 반주를 통해 극적인 효과를 더욱 부각시킴.

이 작품에서는 〈적벽가〉에 등장하는 영웅을 중심으로 이야기를 전개하고 군사들의 형상을 적극적으로 부각시키지 않았다. 영웅에 주목하면 장중한 분위기가 강화되는 것은 필연적이다. 또한 도창을 두지 않고 다양한 기법을 통하여 속도감 있게 극을 진행하였다. 물론 도창을 두지 않고 극을 진행하는 수법은 여타의 창극 공연에서도 빈번하게 시도해 오던 방식이어서 이 공연에서만 보이

---

6) 국립창극단 제 108회 정기 공연으로, 당해연도 9월 26일~10월 5일 국립극장 해오름극장 무대에 올려진 것이다.

는 새로운 특징이라고 하기는 어렵다. 창극 〈적벽가〉는 극의 내용을 장면화하기가 여타의 작품에 비해 상대적으로 쉽지 않은 작품이다. 그래서 도창을 활용한다면 여러모로 수월하게 극을 이끌어 나갈 수 있는 장점이 있다. 그럼에도 불구하고 도창을 두지 않은 이유는, 극적 요소를 강화하여 속도감 있게 극을 진행하고자 했기 때문인 것으로 보인다. 연출의 어려움은 있었겠지만 이런 방식으로 공연함으로 해서 청중들은 지루함을 느끼지 않고 창극의 새로운 묘미를 맛볼 수 있게 된 셈인데, 이 점에서 이번 공연의 의의를 찾을 수 있겠다.

2006년에 들어와 남원 국립민속국악원에서 창극 〈적벽가〉를 공연하였는바,[7] 도창을 등장시키지 않고 제창을 적극적으로 활용하였다는 점, 전체적으로 영웅 중심으로 판을 짰다는 점, 조조는 끝까지 영웅적 면모를 잃지 않는 인물로 형상화 된다는 점 등에서 2003년 국립창극단 공연과 크게 다르지 않은 모습을 보여 주었다. 그런데 일종의 '역할 바꾸기'를 통해 극적 표현 영역을 넓힌 경우도 있었는데, "군사설움대목"에서 군사 중 한사람이 수염을 단 채 전장터로 나서는 군사의 아내 역할을 수행하는 장면이 이에 해당한다. 그동안 창극 공연에 관현악 반주가 수반될 경우, 수성가락으로 연주하는 것이 일반적이었다. 그런데 이번 창극 〈적벽가〉 공연에서는 수성가락으로 연주하지 않고, 미리 곡을 짜서 약속된 연주를 하였다는 점도 주목할만한 특징이다.

지금까지 공연된 창극 〈적벽가〉를 보면, 판소리 〈적벽가〉의 음악어법을 거의 그대로 수용하여 소리를 짰다. 물론 창극소리화 되는 과정에서 극적인 요소가 강화되기는 했으나, 새로운 소리대목이 첨가되지 않은 것은 물론 소릿길의 변용을 통한 창작적 요소는 보이지 않는다. 창극이 판소리에서 배태된 갈래이고 기존의 판소리의 수준을 뛰어넘을 수 있는 작창을 하기가 어렵기 때문에, 어쩌면 이는 당연한 현상이라고 생각한다.

창극 〈적벽가〉에서는 공명이나 조조 그리고 관우와 같은 영웅적 인물이 작품

---

7) 2006년 3월 30일~4월 2일 국립민속국악원 예원당에서, 2006년 4월 13일~4월 14일 진도에 있는 국립남도국악원 진악당에서 공연하였다.

의 중심축을 이루고 있다. 〈적벽가〉가 비록 〈삼국지연의〉를 모태로 하여 생성되었기 때문에 영웅적 인물이 매우 중요한 비중을 차지하고 있는 것은 사실이지만, 군사들을 비롯하여 방자형 인물로 변용된 정욱의 존재야말로 〈적벽가〉의 독자성을 잘 보여주는 개성적인 인물들이라 할 수 있다. 따라서 작품 내에서 이들의 역할이나 비중을 높여 극을 짜보는 것도 창극 〈적벽가〉 재창조의 한 방식이라고 본다.

창극은 아직까지도 독자적인 극작술을 정립하기 위해 다양한 실험적인 모색을 하고 있는 현재진행형의 공연양식이다. 〈적벽가〉는 무대화하기가 무척 난해한 것으로 정평이 났다. 하지만 그렇기 때문에 어떻게 어떤 방식으로 〈적벽가〉를 창극화할 것인가 하는 문제는 창극 양식의 정체성을 확립해 나가기 위해 무엇을 어떻게 해야 할 것인가 하는 문제와 직결되어 있고, 이는 앞으로 우리가 풀어가야 할 과제인 것이다.

(2) 마당놀이 〈삼국지〉

2005년 극단 미추 마당놀이에서 공연된 〈삼국지〉는[8] 배삼식이 극본을 쓰고 손진책이 연출을 맡았으며,. 윤문식, 김종엽, 김성녀 등 마당놀이 전문배우들이 출연한 작품이다. 극본을 쓴 배삼식은 대본을 작성하는 과정을 다음과 같이 밝히고 있다.

> 이 대본은 판소리 사설 〈적벽가〉를 바탕으로 한 것입니다. 이 대본을 쓰는 데에는 선학들의 도움이 컸습니다. 판소리 사설로는 임방울 선생과 김연수 선생의 창본, 소설에서는 이문열 선생과 황석영 선생의 평역, 만화로는 고우영 선생의 〈삼국지〉를 참고하였으며, 이 분들의 작품 중 주옥같은 부분들은 빌어 쓰기도 했습니다. 또 영화 〈황산벌〉의 욕싸움 장면도 참고하였습니다. 그 출처

---

8) 1월 21일~2월 23일, 상암월드컵 경기장 북측광장 마당놀이 전용극장에서 공연되었다.

를 일일이 밝히지 못하는 점, 너그러이 양해해 주시기 바랍니다.

판소리 〈적벽가〉에 기반을 두고 있다고 밝힌 사실에서 알 수 있듯이, 제목을 〈삼국지〉라고 했다 하더라도 중국 소설의 그것은 아니다. 서두와 뒷풀이를 제외하고 모두 12장으로 구성되었는데, 기본적으로 판소리 〈적벽가〉에 해당하는 부분으로 이루어져 있다. 다만 11장 '화용도, 관우가 조조 놓아주는 마당'에 이어진 12장 '제갈공명 탄식마당'이 덧붙어 있는 점이 다르다. 공명이 죽은 영혼들을 위무하는 내용의 만두에 얽힌 고사를 삽입한 후에, 이승에서는 치열하게 싸우던 유비, 관우, 장비, 조조, 주유가 혼령이 되어서는 함께 알까기를 하면서 화해하는 모습으로 결말을 맺고 있는 것이다.

〈삼국지〉의 가장 큰 특징은 현실에 대한 풍자가 강렬하게 드러난다는 점인데, 작중 상황과 현실의 넘나듦은 다양한 방식으로 구현되어 있다. 삼국을 형성하고 있는 유비, 조조, 손권은 사투리를 통해 지금 이곳의 정치현실을 반영하고 있다.

- ○ 유비 – 충청도 사투리
- ○ 조조 – 전라도 사투리
- ○ 손권 – 경상도 사투리

영화 〈황산벌〉에서도 신라와 백제를 표상하는 수법으로 사투리를 활용한 바 있는데, 이러한 방식을 마당놀이에 차용한 것으로 보인다. 특히 조조, 정욱, 조조 군사 등이 자주 사용하는 '거시기'라는 표현은 영화 〈황산벌〉의 영향을 직접적으로 보여주는 대표적인 사례이다.

꼭두쇠가 등장하여 마치 도창처럼 극을 진행하는 역할을 수행하는 점도 특징적이다. 처음에는 꼭두쇠 대신 곰뱅이쇠가 진행하는데, 이는 2003년 당시 대통령 탄핵과 관련하여 정치 상황을 풍자하기 위해 설정한 것이다. 꼭두쇠는 극의 진행을 원활하게 돕는 역할 뿐만 아니라 자신의 목소리로 현실에 대해 발언하기도 한다. 동남풍을 빌고 조자룡과 함께 도망가는 제갈공명에 대해 꼭두쇠는 다음과 같이 말한다.

> 허! 먹물들, 소위 배웠다는 엘리트란 놈들은 다 저 모양이지요! 순진한 사람들 꼬드겨서 죽을 구덩이에 몰아넣고는, 꼭 중요한 순간에는 제 혼자만 몸을 빼서 달아나거든요! 에이, 순!

꼭두쇠와 더불어 마당놀이에서 극의 진행에 일조하며 청중과의 정서적 공감대를 높이는 데 기여하는 요소가 바로 관현악 반주를 동반한 제창이다. 사설은 판소리 〈적벽가〉에 기반한 것이 대부분이지만 곡은 박범훈이 작곡한 국악풍의 창작곡이다.

〈적벽가〉에 들어있는 내용을 살짝 비틀어 웃음을 자아내는 수법도 자주 등장한다. 가령, '삼고초려' 대목에서 유비가 공명을 세 번 부르고 그때마다 공명은 '싫소'라고 대답함으로써 삼고초려한 것으로 간주한다. 동남풍을 빈 제갈공명을 구하러 온 조자룡은 날짜를 잘못 알고 하루 전에 옴으로써 웃음을 유발한다. 〈적벽가〉에서는 점잖으면서 후덕한 인물로 형상화된 유비가 여자 관객에게 추근대는 등의 행동을 보임으로써 골계미를 자아낸다.

현대적인 요소의 수용, 조명이나 음악 등 다양한 표현 수단의 활용을 통해 극중 현실과 실제 현실의 접맥을 시도하고 극적 효과의 극대화를 도모하려는 점도 눈여겨 볼만한데, 조조와 손권이 핫라인으로 통화하는 장면, 조조군과 손권군이 탐색전을 벌일 때 영화 007주제음악을 사용하고 조조가 '오작가'를 읊조릴 때 피리로 '마이웨이'를 연주하는 것 등에서 그러한 점을 확인할 수 있다.

〈적벽가〉의 전반부는 상대적으로 비장미 혹은 장중미가 큰 비중을 차지하는 데 비해, '적벽대전' 이후 조조가 화용도로 패주하는 후반부에서는 상대적으로 골계미가 우세하다. 마당놀이 〈삼국지〉에서는 '조조 화용도 패주 대목'에 '조자룡 복병', '장비 복병', '메초리사설', '군사점고사설', '원조타령' 등이 배치되어 있는데, 조조의 골계화가 잘 드러난 대목을 비교적 충실하게 수용함으로써 웃음을 더해 주고 있다. 한문투는 되도록 쓰지 않고 국문체로 표현한 점도 청중들과의 교감을 높이는 데 기여한 것으로 본다.

(3) 창작극 〈난세 영웅 조조〉

2003년 11월 29일 국립극장 별오름극장에서 공연. 한양대 연극영화학과에서 박사과정을 수료한 신동인이 연출을 맡고 국립창극단 단원 우지용이 작품을 쓴 것이다.

정사에서와는 달리, 소설 〈삼국지연의〉는 '촉정통론'에 입각하여 촉한을 중심에 놓고 영웅들간의 쟁패를 그리고 있다. '治世之能臣 亂世之奸雄'이라는 표현에서 볼 수 있는 것처럼, 위나라 조조가 난세의 간웅으로서 유비와는 대척점에 놓인 부정적인 인물로 형상화된 것도 이 때문이다. 이러한 시각은 판소리 〈적벽가〉에도 그대로 이어져 조조의 비속화는 더욱 심화되어 나타난다. 〈난세 영웅 조조〉는 조조에 대한 이와 같은 기존의 시각을 수용하지 않고 새로운 각도에서 조명하고자 한 것으로, 작품 의도를 다음과 같이 제시하고 있다.

> 역사적인 인물은 시대의 흐름에 따라 평가가 달라진다. 중국의 과거 역사원, 명 시대에 그들 나름대로 치국의 이념을 세울 수 있는 인물은 유비였다. 그래서 유비는 지나치게 미화되었고, 조조는 유비의 역사관에 희생될 수밖에 없는 간웅으로 묘사되었다. 이번 작품은 판소리 적벽가 주인공인 난세 영웅 조조를 새롭게 접근하고 우리가 몰랐던 당대 최고의 詩仙인 조조의 시세계를 통하여 그의 젊은 천하통일 의지와 삼국통일의 의지가 담긴 시, 적벽대전 前의 마음... 적벽대전 後의 패배를 창작판소리로 만든 작품이다. 아울러 판소리와 함께 한국의 전통무예, 춤, 大鼓 등이 하나가 되어 장대한 전쟁 장면을 연출하고, 조조의 천하통일 의지를 시창과 검무로, 조조의 적벽대전 패배를 대고와

무용수의 춤으로 표현한 작품이다.[9]

모두 7장으로 구성되어 있는 이 작품은[10] 소리 뿐만 아니라 전통무예, 춤, 大鼓 등을 활용하여 일종의 퍼포먼스를 펼쳐 보인 것이다. 작품에 대한 새로운 해석을 시도하였다는 점, 공연의 입체화를 통해 다양한 볼거리를 제공하였다는 점 등에서 작품의 의의를 찾을 수 있겠으나, 이러한 류의 공연이 하나의 새로운 양식으로 정립될 수 있기 위해서는 앞으로 지속적인 작업이 뒤따라야 할 것이다. 그렇지 않을 경우, 이 공연은 일회적인 실험 작업으로서만 의미를 갖게 될 것이다.

3. 창작소재로의 활용양상

〈적벽가〉가 창작의 소재로 활용되는 경우는 여러 가지로 상정해 볼 수 있다.

  o 사설의 짜임 : 문맥에 맞게 차용하거나 부분적으로 변용하여 수용
  o 음악어법 : 남성적이고 웅건한 창법의 활용
  o 작품 구성 : 전쟁(싸움) 이야기. 단일 주인공이 아닌 구조

(1) 〈오월 광주〉의 경우

〈적벽가〉 사설을 직간접적으로 활용한 사례는 확인되지 않는다. 그렇지만 〈오월광주〉는 민주주의를 염원하는 시민군과 이를 진압하는 계엄군간의 싸움을 다룬 것으로, 〈적벽가〉와 상통하는 부분이 있다. 무엇보다도 특정한 주인공을

---

9) 창작극 "난세영웅 조조" 팜플렛에서.
10) 1장 : 조조의 호연지기/2장 : 삼국의 분리와 삼고초려/3장 : 공명의 동남풍과 조조의 대립/4장
 : 조조의 천하통일/5장 : 적벽대전/6장 : 죽은 조조군사가 새가 되었네/7장 : 조조의 자탄

설정하지 않고 사건 중심으로 이야기가 전개되는 '싸움의 구조'로 되어 있다는 점에서 공통점을 발견할 수 있다. 다만, '계엄사령관 — 조조'로 대비해 볼 때, 계엄군은 〈적벽가〉의 조조에 상응하는 모습을 보일 법도 하나 작품에서 그러한 형상은 나타나지 않는다. 그런데 이는 광주민주화운동의 상처가 여전히 살아있는 상황에서 쉽지 않은 일일 것이다.[11] 조조는 악인형 인물이면서도 동시에 해학적인 일면을 지니고 있다. 〈오월 광주〉에서 계엄사령관을 조조에게서 볼 수 있는 바와 같은 해학적인 인물로 형상화할 수 있기 위해서는 역사적 사건을 객관적으로 조망해 볼 수 있는 여유가 있어야 하며, 그렇게 되기 까지에는 좀 더 시간이 필요할 것으로 보인다.

(2) 〈스타크래프트 초반대전〉의 경우

컴퓨터 게임을 소재로 한 작품으로, 한국 피씨방 주인과 일본인 간의 게임의 대결이 이야기 중심을 이루고 있다. 다음은 〈적벽가〉의 '죽고타령' 대목을 수용한 경우이다.

> 하릴없는 저글링들 꾸역꾸역 들어가 캐논에게 맞아 죽는디 가다 맞고 오다 맞고 기다 맞고 서서 맞고 서성대다 맞고 참말로 맞고 거짓말로 맞고 뒤로 우루루루 도망가다 맞고 실없이 맞고 어이없이 맞고 이리저리 뛰다 맞고 어떤 놈은 그냥 죽은 척 하고 있다가도 맞고 아이고 장군님 나는 생긴 지 2분도 아니 되었소 이러다 맞고 그 중의 장군놈은 아이고 이놈 일꾼들아 목이 나올랑가는 모르겠습니다만은 한 번 해보겠는데 목이 약간 쉬었는가벼 비켜봐라 비켜봐 (관중들 박수) 캐논 좀 깨부수자~~~으아~~~꾸나 (관중들 "아이고 잘한다" "그놈 참 잘하네")

---

11) 이 점에 대해서는 판소리학회 발표(2006. 5.13) 때 토론을 맡아주신 서인화 선생님께서 지적해 주셨다.

스타크래프트 게임에서 죽어가는 저글링의 모습을 묘사하는 데 있어, 〈적벽가〉 '죽고타령'의 사설 구성방식이 적절하게 활용되고 있는 것이다. 이 작품은 〈적벽가〉 소재 사설뿐만 아니라 음악어법을 적절하게 활용하여 창작함으로써 전체적으로 '싸움의 이야기'에 걸맞는 표현 형식을 갖추고 있다.

(3) 〈대고구려〉의 경우

〈대고구려〉는 현재 국립창극단 단원으로 활동하고 있는 박성환이 기왕에 불렀던 〈대고구려 안시성가〉를 좀 더 다듬고 보태어 부른 것이다. 안시성 전투에서 중국 당태종의 대군을 무찌른 양만춘 장군의 무공을 노래하고 있는 이 작품은, 중국이 고구려를 그네들 역사의 일부로 편입시키려는 도발에 대해 강하게 문제를 제기하며 민족의 자존의식을 높이려는 의도에서 창작된 것이다. 일반적으로 민족의식을 고취하려는 목적의식이 강하게 노출될수록 비장미 내지는 장중미가 작품 전반을 지배하게 되고 상대적으로 골계미는 위축되기 마련이다. 그런데 이 작품은 자칫 무거워질 수 있는 주제를 다루면서도 웃음을 잃지 않는 미덕을 겸비하고 있다. 이는 전통 판소리의 창법, 장단, 선율 등을 자양분으로 삼아 소리를 짰기 때문인 것으로 보인다. 특히 전통판소리 가운데서도 〈적벽가〉에 기반하여 재창조된 부분이 작품 곳곳에서 확인된다.

① (중모리) 당군 진영 살펴보니, 허기진 장정들이 서로 기대어 설움 섞어 잠자는 디, 나이 어린 병졸들 고향생각 부모생각 두고 온 애인 생각, 친구 벗님, 각시 생각, 청춘 심사가 가련하다. 자포자기 야반도주 싸우는 척 항복하고 아픈 척 꾀병 늘고, 다친 척 후송하니, 서로 죽고 죽이는 일, 사람 잡는 전쟁터에 긴 한 숨 땅 꺼지고, 설움만이 북받친다. 원수로다, 원수로다. 전쟁 살인이 원수로다. 아이고 아이고 설히 울 제, 그 때여 한 쪽에는 칼 맞고 창 맞고 병들고 다친 여러 군사들 눕고 앉아 울다 지쳐 죽어갈 제 앳된 군사 하나 병신 부자

되었는 디 팔다리 잘리고 머리 터져 신음하며 생사고비 외치는 디 아이고 어머니, 아이고 어머니, 애태우는 저 울음 끝에 절컥 숨을 거두는구나.

　－중략－

(아니리) 이렇다 슬피 울 제 눈이 옆으로 쫙 찢어진 놈이 잽싸게 입을 틀어막으며 "쉿, 야 이 놈아 장수들이 들을라. 반전 반전 하다가 니 생목아지 뚝 떨어진다. 이 놈아. 쉿" 이럴 적에 그중 늙은 병졸 하나 일어서서 "이놈아 내버려두라 저놈들 당제국 으름장에 약소돌궐 동맹맺고 제 백성 파병보낸 돌궐국 군사들이 다 타국땅 개죽음 억울하니 울음이나 울게 두어라. 그리고 이 놈들아 죽는 놈은 죽더라도 내 신세 야속타령이나 들어보아라."

(중모리) 에고 에고 설운지고, 야속타 안시성아, 너는 어히 버티고 서서 백만대병 막고 있느냐. 야속타 이내 신세, 늙어 노년 쉬자하니, 야속타 우리 폐하, 무슨 호사 더 하려고, 걸핏하면 침략전쟁 이해득실 패권지배 약소국가 도륙하니 야속타 전쟁이야, 전쟁마다 자식 잃고 손주까지 잡혀가니 야속타 우리 손주, 금지옥엽 오대독자 열댓살 솜털수염 고추자지가 덜 여물어 장가 맛도 못 본 것을 상을 주마 등 떠미니 속절없이 요절이라. 야속타 이내신세, 백발수염 늙은 몸이, 고구려 정벌 가자 꼬치 꿰 듯 잡혀오니 언제나 내가 고향 가서 환갑 진갑 하여볼까, 아이고 아이고 내 신세야.

(아니리) 이 말 듣던 젊은 병사 하나. 살집 좋고 얼굴이 깨끗하니 개기름이 번지르르르해서 전장 근처에도 안 가 본 것 같은 놈이 썩 나서는디 "그 영감님, 야속타령 섧소 그려, 그런데 내가 전장서 살아나갈 좋은 꾀 하나 일러줄깝쇼?" "아이고, 무슨 꾀인가, 그 말 듣고 살아 가면 내 환갑날 술고기 많이 주마." "예 그럼 들어보시오. 이런 기막힌 꽤가 손자병법에 나올 것이요?"

(중중모리) 이내 말을 들어보소. 좋은 꾀 하나 들어봐. 머리가 나쁘면 수족이 고생이라. 옛부터 일렀으니 공격 나발 길게 불면 싸우는 척 달려가다 뒤로 슬쩍 빠졌다가 소나무 바위틈에 꼭꼭 숨어 기다리다 전투가 끝나거든 얼른 나와 피 묻히고 아이고 아이고 아이고 날 살려라 숨을 씩씩 외치면서 후퇴 군중에 파묻히면 죽을 리 만무하고, 털끝 하나 까딱없으니 이 아니 묘법인가. 이내 꾀가 어떠하오.

(아니리) 혹시나 하고 듣던 병사들이 역시나 하며 달려들어 "너 요놈, 남이사

죽든 말든 너 혼자만 잘 살자는 네 놈 마음 괘씸하다.” 위아래로 잡아채니 그 놈이 성을 와락 내며 하는 말이 “야 이 놈들아, 내말이 어찌 불충이냐? 사람 잡는 이 전쟁에 제 좋아서 제 발로 자원한 놈 어디 하나 있것느냐? 끌려오기 일반이니 더 이상은 사람백정 안 할란다.” 그럴 듯 당돌하게 말을 뱉고는 도망병 틈에 슬쩍 끼여 야반도주를 하는구나. 또 한 놈 일어서 훈계조로 말을 하는데

(중모리/세마치) 그 중에 한 병사 투구 벗어 내던지고 갑옷 끌러 땅에 깔고 창칼 모두 부러뜨려 한탄석어 말을 한다. 천지만물 생겨날 제 사랑으로 인연 맺어 평화로운 정성 속에 곱게 곱게 자라나니 이 세상에 어느 하나 헤칠 것이 있것느냐. 하물며 인명이야 재천이라 하였거늘. 인류 역사 수억 이래 전쟁 살인 후회로다. 위정자들 책략으로 대의명분 말 뿐이요, 약육강식 인명살상 문명파 괴 허다하니 참사 비극 피해당해 억울한 이 백성이라, 그 때여 한 병사 일어서더 니 이놈이 서울 경기 출신인지 경드름으로 말을 헌다 (경드름으로) 창칼 갑옷 벋고 전쟁일랑 그만 하고 우리 모두 고향 가서 부모 봉양 하여보세. 여우같은 마누라와 토끼 같은 자식들과 우정어린 친구 벗님 사이좋게 모여 앉아 한 잔 더 먹소. 덜 먹게 허여 가며 알뜰살뜰 살아보면 그 아니 좋을손가. 그만 두자. 그만 두자. 전쟁 살인을 그만두자.

② (빠른 엇모리) 양장군 거동 봐라. 야장군 거동보아. 비정 비팔 두 다리는 기둥같이 버텨서고 왼 손에 활들고 오른손 엄지검지 화살 잡아 힘을 주고 들숨 날숨 가만히 골라 단전에 힘주더니 날카로운 화살촉이 표독스레 목표 찾아 토 성 정면 당 태종을 겨누자마자 한 눈 질끈 활시위를 귀밑까지 바싹 당겨 따르르 르르. 잡은 손을 뚝 떼니,

③ (자진모리) 화살이 번뜻 피르르르르르르. 번개같이 빠른 화살, 공중을 가르 고 그대로 날아가 눈도 깜짝 할 새 없이 피르르르르르. 당 태종 한 쪽 눈에 그저 절컥. 백마가 놀래서 허공 박차고 피 철철 당 태종 말 아래 뚝 떨어져서 뽑던 칼 놓치고 흙 속에 그저 대굴 대굴 대굴 좌우 장수들이 기절초풍하여 “아 이고 하늘님 우리는 죄가 없소, 제발 덕분 살려주시오.” 당 태종 얼굴에 선혈이 낭자하니 당군들 모두 사색지경이 되어 벌벌벌벌 떠는구나.

①은 〈적벽가〉 중 '군사설움타령'의 사설구성방식과 매우 유사하며, ②는 관우나 장비 그리고 조자룡 등과 같이 날랜 장수를 묘사한 대목과 흡사하다. 그리고 ③은 '적벽대전'에서 죽어가는 조조군사들을 묘사한 대목과 닮아있다.

이렇듯 〈대 고구려〉는 주제의식의 측면이나 전쟁을 소재로 한 이야기라는 점 등에서 〈적벽가〉와 상통하는 점이 많기 때문에, 창작 과정에서 〈적벽가〉의 표현 수법을 다각도로 활용한 것은 무척 적절한 것이라 생각한다.

(4) 공통주제에 의한 변주, 〈광시적벽가(狂詩赤壁歌)〉의 경우

이 작품은 인쇄물로 간행된 것은 아니고 인터넷을 통해 소통되고 있는 작품이다. 아이디가 달걀버섯(eggdegul)이고 필명이 황당무계라고 되어 있으며 실명은 알 수가 없는데, 이메일로 문의한 결과 국문학 고전소설 전공자라는 사실만 확인할 수 있었다. '황당무계'는 자신의 블로그에 공통주제에 의한 변주 씨리즈 글을 올려놓았는데, 〈광시적벽가〉는 그 가운데 하나이다. 주소는 http://blog.naver.com /eggdegul /60007845881로, 2004년 11월 22일~24일에 기록한 것이다. 옴니버스 환타지 형식으로 되어 있는 이 작품에 대해 필자는 〈스타크래프트 초반대전〉에 영향을 받아 쓰게 된 것이라고 밝히고 있다. 장단을 제시하고 〈적벽가〉사설을 패로디하여 작품을 쓴 것이지만, 주제의식이 명료하게 드러나 있지는 않다. 〈적벽가〉를 환타지 소설의 소재로 활용한 사례를 보여주었다는 점에서 의의를 찾을 수 있겠으나, 그 작품적 성과에 대해서는 좀 더 면밀하게 따져볼 필요가 있겠다.

4. 마무리

〈적벽가〉의 재창조와 관련된 문제는 두가지 층위로 나누어 생각해 볼 수 있다. 〈적벽가〉 자체의 장르변용을 재창조에 관한 것과 〈적벽가〉가 새로운 작품의 창작에 활용될 가능성에 관한 것이 그것이다.

장르 변용을 통한 〈적벽가〉의 재창조가 지속적으로 이루어진다는 것은 결국 〈적벽가〉가 우리 시대에도 여전히 의미 있는 텍스트로 통용될 수 있다는 사실을 보여주는 것이다. 그런데 실상 지금까지 장르 변용을 통한 〈적벽가〉의 재창조 작업이 그렇게 활발하게 이루어졌다고 보기는 어렵다. 그렇지만 〈적벽가〉는 시대를 넘어서서 재해석될 수 있는 고전으로서의 가치를 지니고 있다. 이 작품의 저본이 된 중국소설 〈삼국지연의〉가 이미 동아시아 고전으로서의 보편성을 획득하고 있으며, 이를 바탕으로 하여 재창조된 〈적벽가〉 또한 〈삼국지연의〉의 그러한 보편적인 가치의 자장 안에서 구현된 새로운 창조물로 이해할 수 있는 것이다. 앞으로 〈적벽가〉의 재창조 작업에 있어서 중요하게 생각해 보아야 할 것은 작품의 주제를 어떻게 해석하느냐에 관련된 문제라고 본다. 해석의 시각은 다음과 같이 세 가지 관점에서 정리해 볼 수 있겠다.

① 영웅에 초점을 맞출 것인가?
② 조조를 어떻게 형상화 할 것인가?
③ 군사들의 비중을 어느 정도 둘 것인가?

그런데 이 세 가지 관점은 서로 별개의 것이 아니라, 마치 동전의 양면처럼 서로 밀접한 연관을 맺고 있다. 어느 한 관점을 취하게 되면 다른 쪽의 비중은 약화되는 식으로 말이다.

판소리 〈적벽가〉 뿐만 아니라 〈적벽가〉 이본군 가운데 창작의 소재로 활용할 수 있는 사설도 많이 있을 것으로 생각된다. 특히 조조를 비속화하는 대목이나 군사들의 목소리를 보여주고 있는 대목 등을 적극적으로 활용할 필요가 있다.

전통예술 – 특히 판소리에 기반하여 새로운 예술 작품을 창작할 때 〈적벽가〉는 창작의 소재로 긴요하게 활용될 수 있다. 전승 5가 가운데 가장 웅장하고 호방한 소리로 짜여져 있으며 전쟁담을 다루고 있는 작품이 바로 〈적벽가〉이다. 따라서 전쟁과 관련된 작품 혹은 음악적으로 호방하고 웅장한 소릿조가 필요할 때, 〈적벽가〉는 창작의 원천으로서 중요한 소재가 될 수 있다.

창극 〈춘향전〉의 공연사와 양식상의 특징*

백현미

1. 들어가는 글

2002년은 창극사 100년이 되는 해이다. 100년 동안 셀 수 없이 많은 창극이 공연되었지만, 그 중에서도 〈춘향전〉은 남녀의 사랑 이야기라는 탈시대적 보편성을 지닌 소재와 그 소재의 극적 구성력으로 창극의 대표적인 레퍼토리가 되어왔다. 1902년 극장 협률사에서 공연된 '춘향이 놀이'에서 창극 성립기의 모습을 엿볼 수 있다면, 2002년에 공연된 국립창극단의 〈성춘향〉(국립창극단 정기공연 제105회)을 통해서 100년의 역사를 경과한 창극의 오늘을 확인할 수 있다.

창극은 판소리창을 위주로 한 음악극이라는 점에서 다른 공연양식들과 구별된다. 그러나 극장구조나 무대이용방법, 대사 및 몸짓 연기법, 관현악 작곡과 수성반주의 활용 등은 시대마다 달라져왔다. '정립'을 앞세운 공연과 논의가 있었지만, 그 역시 '사례'로서의 개별적인 공연이거나 논의였을 뿐이다.

본 논문에서는 〈춘향전〉의 공연사를 최초의 실내극장이자 창극의 첫 무대였던 협률사, 전막창극의 전통을 세운 조선성악연구회, 그리고 1962년 창단된 국립창극단의 경우를 중심으로 재구성해보고자 한다. 이들 공연의 대체적인 조망

---

* 이 논문은 같은 제목으로 『고전희곡연구』6집(한국고전희곡학회, 2003. 2.)에 수록된 바 있다.

을 바탕으로, 창극의 양식과 관련된 제반 사항을 정리할 것이다.

2. 창극 〈춘향전〉의 공연사

1) 1902년 협률사의 개장과 '춘향이 놀이' (1902년 – 1933년)

개화와 더불어 새로운 문명과 제도가 봇물 터지듯 경성 시내에 전염되기 시작하던 1902년, 한국 최초의 실내극장인 협률사가 세워졌다. 철도, 전화기, 전기, 사진기, 영사기 등의 놀라운 발명품들이 선망의 대상으로 떠오르고, 서구적 학교와 교회 건물이 경성의 스카이라인을 변화시키던 때였다. 협률사는 김창환, 송만갑, 이동백, 강용환, 염덕준, 유공렬, 허금파 등의 남녀 판소리 명창과 이정화, 홍도, 보패, 문영수 등의 경서도 명창 170여명을 전속단원으로 두고 있었다. 벽돌로 지어진 '서양식' 극장인 협률사에서는, 폐쇄된 실내공간에 입장료를 낸 남자와 여자 관객을 동시에 수용한 채, 활동사진 시사회와 더불어 여러 공연물들을 흥행했다. 협률사는 근대적인 새로운 공연문화의 출발을 상징하는 공간이었던 것이다.

창극은 이 협률사의 건축과 더불어 시작되었다. 창극의 첫 모습은 어떠했을까. 당시의 신문 기사를 잠시 엿보자.

> 협률이라 하는 것은 풍악을 갖추어 노래하는 회사라 함이니 **마치 청인의 창시와 같은 것이라 외국에도 이런 놀이가 많이 있나니** 외국에서 하는 본의는 장차 말하려니와 이 회사에서는 통히 팔로에 광대와 탈꾼과 소리꾼 춤꾼 소리패 남사당 땅재주꾼 등류를 모아 합이 팔십여명이 한집에서 숙식하고 논다는데 **집은 벽돌반 양제로 짓고 그 안에 구경하는 좌처를 삼등에 분하야** 상등 자리에 일원이오 중등에는 칠십전이오 하등은 오십전 가량이라 **매일 여섯시에 시작하여 밤 열한시에 그친다 하는 놀음**인즉…(중략)…**춘향이 놀이에 이르러는 어사**

출도하는 거동과 남녀 만나 노는 형상 일판을 다각각 제 복색을 차려 놀며 남원
일읍이 흡사히 온 듯 하더라
(『뎨국신문』, 1902. 12. 16. 현행 맞춤법에 따라 인용)

1902년 당시의 경성부민들은 2002년의 서울시민 못지 않게 놀이를 즐겼다.
위 기사는 협률사가 오후 6시부터 밤 11시까지 문을 열고 각종 연희를 공연하는
중에, '제 복색을 차려'입은 판소리 창자들이 어사출도하는 거동을 여실하게 꾸
며 보여주는 일명 '춘향이 놀이'가 함께 공연되었음을 보여준다. 1인극 판소리의
질적 변화는 이렇게 새로운 문화의 용광로 속에서 시작되었던 것이다.

이런 공연은 이후 인기를 끌며 꾸준히 지속되었다. 1906년 이후 설립된 연흥
사와 단성사, 장안사, 원각사는 앞다투어 판소리명창과 전속으로 계약하고 판소
리 및 창극을 공연했다. 협률사 개장과 더불어 서울로 몰려들었던 명창들은
1910년 한일합방을 전후해서 각종 '협률사'를 조직해 지방으로 내려가 공연했다.
'협률사'는 전통연희 공연단체에 대한 보통명사처럼 쓰였다. 그리고 1910년대
후반에는 각종 기생조합이 기생조합연주회라는 이름으로 공연을 했으며, 경성
구파배우조합(京城舊派俳優組合)이라는 단체가 있어 창극을 공연하기도 했다.

1902년 이후 1930년대 초반 무렵까지의 창극은 일명 토막창극의 형식으로,
다른 전통연희 혹은 일본을 통해 유입된 새로운 공연양식들(무용, 신파극 등)과
함께 공연되었다. 특히 희극적인 장면구성을 강조하는 신파희극과의 교류가 빈
번해지면서, 이 당시 토막창극 춘향전의 공연에서도 한 작품 전체의 일관된 해
석이나 표현성은 흐트러진 반면, 희극적인 장면 구성이 확대되었다.[1]

---

1) 이 시기 창극 공연의 자세한 현황에 대해서는 백현미, 『한국창극사연구』, 태학사, 1997, 29-197
쪽 참고.

2) 조선성악연구회와 전막창극 〈춘향전〉(1934년 – 1945년)

1934년 발족한 조선성악연구회는 한 작품을 하루에 다 공연하는 이른바 전막 창극의 전통을 수립했으며, 옛 소리를 복원하기 위해 실전 판소리로 알려진 〈숙영낭자전〉 〈배비장전〉 〈옹고집전〉 등을 공연했고, 창과 대사의 표현방법을 여러 방식으로 실험하면서 창극 연행의 전형화를 꾀했다. 그중 〈춘향전〉 공연만을 정리해보자.

 1936. 9. 24−9. 28 〈춘향전〉 7막 11장, 김용승 각색 정정렬 연출, 최초의
  동양극장 공연 작.
 1937. 6. 23−6. 26 〈춘향전〉 6막 6장, 김용승 각색, 동양극장.
 1937. 9. 16−9. 21 〈춘향전〉 6막 12장, 김용승 각색 · 연출, 동양극장
 1938. 10. 7−10. 9 〈춘향전〉 7막 16장, 김용승 각색, 동양극장
 1939. 1. 29−2. 5 〈춘향전〉 9막 19장, 김용승 각색, 박생남 연출, 동양극장
 1939. 10. 7 − 10. 17 〈춘향전〉 7막 13장, 〈심청전〉 6막 9장, 동양극장

〈춘향전〉의 막과 장을 놓고 볼 때 이 공연들은 토막창극이 아니라 장막창극을 지향했음을 알 수 있다. 실제로 1936년의 공연은 일주일 동안 아침 10시와 오후 3시에 두 차례에 걸쳐, 장장 5시간씩 공연되었다. 박록주의 「나의 이력서 21」(『한국일보』, 1974. 1. 5.)에 따르면, 조선성악연구회 창극 〈춘향전〉 공연의 배역은 춘향−박록주, 이도령−정남희, 방자−오태석, 변사또−김창룡, 운봉영장−이동백, 고성원님역−송만갑, 임실현감역−정정렬 등으로 짜여졌으며, 송만갑 김창룡 정정렬 이동백은 농부역도 맡아서 농부가를 합창했다.

3) 창극단의 조직과 여성국극(1945년 – 1950년대)

일제는 중일전쟁 발발을 기점으로 전국가적 전시체제를 정비하면서 국민들을 전시체제에 동원하기 위한 이른바 국민운동을 전개하는 각종 조직을 구축했으며, 순회공연을 권장했다. 그래서 이 시기에는 조선성악연구회뿐 아니라 창극좌, 화랑창극단, 조선창극단, 동일창극단, 조선이동창극단, 한양창극단 등 각종 창극단이 경향 각지를 순회하며 공연했다. 창극단의 공연은 해방 이후에도 활발하여, 1950년대에는 여성국극으로 일대 전성기를 구가하기에 이른다.

〈춘향전〉의 공연으로서는 국극사의 〈대춘향전〉과 여성국악동호회의 〈옥중화〉를 눈여겨볼 수 있다. 대한국악원 산하단체였던 국극사는 1946년 1월 창립기념공연으로 창극인을 총망라한 〈대춘향전〉을 박진 연출로 공연하였다. 주요 배역은 춘향−신숙, 이도령−정남희 · 임방울, 향단−임수, 방자−오태석, 사또−조상선, 월매−임소향 · 임유앵 등이었다.

1948년 9월 여성국악동호회가 박록주의 주도로 결성되었다. 박록주는 회고의 글에서 "해방이 돼서 처음 한 일이 여성국악동호회의 결성이다. 그때 서울에는 국극사, 조선창극단 등 남자들이 이끄는 예술단체가 있었다. 그런데 이들은 모든 게 남성위주였고 여성들은 퍽 푸대접받는 편이었다. 이에 항시 불만을 품고 있다가 내가 주동이 돼서 순전한 여성단체를 만든 것이다."[2]라고 했다. 이 여성국악동호회의 조직 부서는 회장−박록주, 부회장−김연수 · 임유앵, 총무−조유색, 재무외교부−박귀희, 연구부−김소희 · 한영숙, 감찰부−김농주 외, 서무부−성추월 외, 선전부−신숙 외[3]로 구성되었다. 그리고 1948년 10월에 창극 〈옥중화〉(춘향전, 김아부 각색)가 시공관(1970년대 당시 명동예술극장)에서 공연되었다. 춘향 역은 김소희, 이도령 역은 임춘앵, 사또 역은 정유색이 맡았다.

---

2) 박록주, 「나의 이력서 26」, 『한국일보』, 1974. 2. 12.
3) 성경린, 「현대창극사」, 『국립극장 30년사』, 국립극장, 1980, 341쪽.

4) 국립창극단의 창극 〈춘향전〉(1962년 – 2002년)

1962년 국립국극단 창단 당시의 상황은 1902년 협률사에 명창들이 몰려들었을 때의 상황과는 사뭇 달랐다. 전통문화는 국가적인 보호와 지원이 필요할 정도로 위축되었고, 일제와 한국전쟁을 겪으면서 전통문화 전수에 종사한 사람들 사이의 내분도 만만치 않았다. 민족문화유산의 보호와 육성이 필요하다는 공감대를 바탕으로 국립극장 산하 전속단체의 하나로서 국립국극단이 창단되었지만, 결단식에는 김연수 단장과 박초월·김득수·박봉선 등 네 명만이 참가했을 뿐이었다.[4]

국립창극단	극본/각색	연출	일자	비고
1회 춘향전(25장)	박황 각색	김연수	1962. 3.22 –	명동극장
15회 춘향가(20마당)	창극정립위원회 편극	박진	1970. 9.15 – 20	명동극장
16회 춘향전(1부 6장, 2부 8장)	창극정립위원회 편극	이진순	1971. 9.29 – 10.4	명동극장
24회 춘향전(4막 21장)	이원경 각색	이원경	1976, 4.15 – 17	국립극장 대
32회 대춘향전(5막 10장)	이원경 각색	이원경	1980. 4.9 – 13	국립극장 대
35회 춘향전(14장)	허규 각색	허규	1981. 9.8 – 14	국립극장 소
38회 춘향전(완판창극)	원본정리위원회	허규	1982. 11.2 – 13	국립극장 소
58회 춘향전(14장)	허규 각색	허규	1987. 5.7 – 14	국립극장 대
60회(재) 춘향전(14장)	허규 각색	허규	1987. 12.11 – 13	국립극장 대
65회(재) 춘향전(14장)	허규 각색	허규	1988. 9.18 – 21	국립극장 대
66회(재) 춘향전(14장)	허규 각색	허규	1988. 11.12	국립극장 대
80회 춘향가(2막 11장)	강한영 각색	김홍승	1993. 2.25 – 3.6	국립극장 대
89회 대춘향전(7막 11장)	전황 구성	정일성	1996. 5.3 – 8	국립극장 대
93회 열녀춘향(2부 17장)	전황 구성	박병도	1997. 9.9 – 9.14	국립극장 소
95회 춘향전(2막 31경)	김명곤 대본	임진택	1998. 2.14 – 26	국립극장 대
105회 성춘향(10장)	김아라 극본	김아라	2002. 5.3 – 12	국립극장 대

---

4) 「어제 국립극극단 결단 – 민속예술진흥을 다짐」, 『민국일보』, 1962. 2. 22.

국립창극단은 2002년 9월 현재까지 105회의 정기공연을 올렸다. 1960년대에는 판소리 공연으로 정기공연이 꾸며지기도 했지만, 1970년대부터는 창극만으로 정기공연이 이뤄졌다. 정기공연 중 창극 〈춘향전〉은 총 16회 공연되었다.

3. 창극 공연의 제 양상

1) 창극의 공연 대본

초창기 창극 즉 1934년 조선성악연구회가 결성되기 이전까지의 창극과 관련된 공연 대본은 남아 있지 않다. 판소리가 대본으로서의 판소리 사설을 바탕으로 공연되지 않았던 것처럼, 창극은 대본 없이, 대본이 꼭 있어야 한다는 전제 없이 공연되었던 듯하다. 대본작가에 대한 개념, 창극 대본을 쓰는 작가가 등장했을 가능성은 있다. 춘향전을 각색한 것은 아니지만, 이인직이 전문적인 대본작가로서 활약했음은 기억할 필요가 있다. 판소리 전통에 대한 경험을 바탕으로 한 창작대본작가의 등장은 창극의 당대성과 근대성을 증거하기 때문이다. 그러나 그의 활동은 단발로 끝났고, 창극은 오랫동안 신파극이나 신극과 비교해 '구파'로 여겨졌다.

조선성악연구회 공연의 경우 각색자가 김용승으로 밝혀져 있어, 각색자의 역할이 중요하게 부각되었음을 알 수 있다. 증언에 따르면 김용승의 각색본은 기존 판소리의 창이나 아니리 사설에는 없는 새로운 대사가 대거 삽입되는 특성을 띠었던 것으로 보인다.[5] 해방 이후 1950년대에는 창극, 국극이 셀 수 없을 정도로 많이 공연되었고, 이 경우 대본작가의 이름이 명시적으로 밝혀졌다.

국립창극단 공연에서는 대본 구성의 주체로서 박황, 창극정립위원회, 이원경, 허규, 강한영, 전황, 김명곤 등이 참가하였다. 허규 각색본 중 14장으로 구성된

---

5) 박록주, 「나의 이력서 22」, 『한국일보』, 1974. 2. 6.

것들(35회, 58회, 60회, 65회, 66회)은 대체로 비슷하지만, 창극정립위원회본의 경우는 제각기 다르다. 그래서 비교 가능한 창극 대본은 12개에 달한다.

① 대본의 변이 원인

전막창극이냐 아니냐 하는 것은 대본 구성에 중요한 영향을 끼친다. 1936년 조선성악연구회의 공연시간이 5시간이었고, 국립창극단 16회 공연은 전편과 후편을 나누어 이틀에 걸쳐 공연했으며, 국립창극단 38회 공연은 창극정립위원회본을 "창극의 원형을 보존한다는 새롭고 대담한 시도의 일환으로 미세한 부분까지도 생략없이 장장 5시간에 걸쳐"(국립창극단 38회 〈춘향전〉 팜플렛 중 연출자의 글) 공연했다. 국립창극단 95회 〈춘향전〉은 중간의 휴식시간을 포함하여 6시간 공연되었고, 국립창극단 105회 〈성춘향〉도 5시간 공연되었다. 이런 공연들은 1시간 30분 혹은 2시간 정도의 공연시간을 예상하고 구성된 대본에 비해, 판소리의 다양한 더늠들이 창극의 소리부분으로 들어올 수 있고, 장면 구성도 다양해질 수 있다.

누구제의 판을 짜느냐, 어느 판소리 사설을 토대로 하느냐 하는 것도 대본 구성에 영향을 끼친다. 사설에 따라서 등장인물의 성격, 신분 등이 크게 달라진다. 국립창극단 15회 창극정립위원회본은 신재효의 남창 동창을 주축으로 84장본 〈열녀춘향수절가〉와 이해조의 〈옥중화〉, 그리고 박록주·김연수·정광수의 창본과 옛 명창의 더늠을 강한영이 정리한 대본이다. 이 대본은 여러 판소리 창본을 참작했기에 장면 사이에 당착현상이 일어나기도 하였다. 반면 국립창극단 35회 허규본은 김세종판 〈춘향가〉를 바탕으로 대본을 다시 쓰고 소리의 줄기를 잡았고,[6] 국립창극단 105회 〈성춘향〉은 김소희제 〈춘향가〉를 바탕으로 짜여졌다.

도창의 존재를 설정할 것인가 여부도 대본 구성에 있어 중요한 결정사항이다.

---

6) 「소리로만 장장 2시간반」, 『일간스포츠』, 1981. 9. 6.

서사물인 판소리 사설은 시공간의 이동이 자유롭지만, 극장예술물인 창극은 시공간의 표현에 있어 제약을 받을 수밖에 없다. 도창은 창극에서 시공간적 제약을 극복하는 방법으로서, 연기는 서툴지만 소리기량은 훌륭한 판소리명창의 소리를 듣는 방식으로서 설정되기 시작했다. 도창자는 조선성악연구회의 공연에서 '무대에 등장하지 않은 채 옆가림막이 있는 곳에서 소리하는 창자'[7]의 존재를 통해 그 이른 시기의 모습을 확인할 수 있다. 물론 그 이전부터 있었을 가능성도 있다.

도창은 연극성을 헤친다고 하여 거부되기도 하였고,[8] 판소리의 중요 소리대목을 창극에 살려내는 장치로서 옹호되기도 하였다.[9] 한편 도창은 작품에 따라 설명적인 사설을 노래하는 창자로서 등장하기도 했고, 연극적 장치로서 적극적으로 활용되기도 하였다. 국립창극단 15회와 16회 창극정립위원회본에서는 서술자의 입장에서 읊어지는 설명이나 묘사 등을 고스란히 도창이 도맡아했고, 국립창극단 24회〈춘향전〉에서는 도창자가 2명으로 설정되어 길게 이어지는 서술을 나눠 부르거나 역할을 나눠 대화를 주고받도록 했다. 국립창극단 32회〈대춘향전〉에서는 도창이 등장인물의 대사를 되받거나 등장인물의 창을 대신 불러주도록 했다. 한편, 국립창극단 95회〈춘향전〉의 연출자인 임진택은 무대 한쪽 편에서 따로 도창을 하는 것은 자칫 무대에서 벌어지는 극의 긴장감을 떨어뜨릴 우려가 있다고 보고, 도창을 극중인물의 몫으로 전환시켰다. 극중인물 중 사건

---

7) 백현미, 『한국창극사연구』, 앞의 책, 219쪽.

8) 예를 들어, 홍종인의 「고전 가곡의 재출발 창극 춘향전 평(3)」(『조선일보』, 1936. 10. 8)에서는 "이 창극의 창자에는 막 뒤의 창자와 무대의 연자의 두 종류가 있다. 막 뒤의 창자도 물론 좋다. 이것이 무용한 연극상 대화나 說示를 略할 수 있는 좋은 것이다.……무대의 힘을 빌어서 상연되어야 할 것임에는 본래부터 무대 중심으로 창곡을 개편하는 것이 중요한 것이다."라고 했다. 국립창극단 80회〈춘향전〉각색자 강한영은 "도창을 극중으로 끌어들였다. 이는 극의 중단 또는 극중의 또 하나 별개의 극적 형태를 제거하려는 의도에서다."(팜플렛 중 각색자의 말)라고 했다.

9) 이혜구는 「국극의 갈길」(『동아일보』, 1962. 3. 25)에서 도창의 소리가 기생현신과 집장사령의 무언의 거동을 살리고 사랑장면과 이별장면의 시간경과를 표시하여 준 점이 좋았다고 평하면서 도창의 활용 가능성에 대한 기대를 표명했다.

의 목격자나 사건 담당자가 독창이나 합창의 방식으로 도창의 기능을 담당케
했으며, 도창으로 일일이 처리될 수 없는 짧은 서사 대목들은 관현악과 타악으
로 대체하였다.

이러한 요인들이 다 대본작가의 작업 과정에서 고려되는 사항이지만, 그 외에
도 대본작가는 등장인물의 성격화 방향과 주제의 초점을 드러내기 위해 장면의
'선택'과 '재구성' 과정을 거치게 된다. 판소리식 더늠을 많이 차용할 것인가 장
면의 유기적 연결에 치중할 것인가, 등장인물의 성격을 어떻게 형상화할 것인가,
구성상의 새로운 시도를 할 것인가, 골계적인 장면을 확대할 것인가 아닌가, 마
지막 장면은 어떻게 꾸밀 것인가 등에 따라 대본이 달라진다.

국립창극단 32회에서 이원경은 종래의 시간순서를 역적시킴으로써 이야기 구
성상 새로운 시도를 했다. 1막 1장은 이어사가 농부들에게 봉변당하는 대목으로
농부 일동이 "아니 저 놈이 도대체 어떤 놈이여! 그 놈 아가리를 찢어버리세"라
며 끝을 맺으면, 1막 2장에서 도창이 "그 놈이 어떤 놈이냐 하며는"이라고 되받
아 춘향이와 이도령이 처음 만나는 대목부터 순차적으로 이야기를 진행시킨다.
그러니까 1막 2장부터 3막까지는 춘향과 이도령이 처음 만났다가 이별을 하게
되고, 춘향이가 변사또 수청을 거부했다가 하옥되는 동안 이도령이 어사가 되는
이야기들이 순차적으로 펼쳐지는 것이다. 그러다 4막 1장에서 1막 1장의 마지막
장면을 보여주고 도창이 "이 사람이 바로 춘향과 이별한 이도령이었것다"라고
하며, 이도령이 어사가 되어 남원으로 내려오는 장면을 다시 순차적으로 진행한
다. 이는 이도령이 어사가 되어 내려오다가 농부를 만나는 장면을 극의 현재진
행시간으로 설정하고, 그 이전에 일어난 사건은 이른바 플래쉬 백의 방식으로
극의 현재 속에 끼어 넣은 것이다.

국립창극단 95회 〈춘향전〉의 대본을 쓴 김명곤은 공연 팜플렛에서 다음과 같
이 취사선택의 기준을 제시하기도 했다. "①춘향의 성격설정에서 예의와 정절을
지닌 여성으로서 일관성 있게 표현하기 위해 광한루에서 이도령이 부를 때 바로

정자로 올라가 이도령과 대화를 나누는 창본이나 이도령이 찾아왔을 때 어머니 몰래 먼저 정을 통하는 창본 등은 부자연스러워 선택하지 않았다. ②춘향과 이도령이 헤어지고 난 뒤 변사도가 부임하기까지의 사이 기간을 한 사람의 부사가 도임했다가 떠난 뒤로 설정했다. ③천자뒤풀이·사랑가·이별가·십장가·옥중가 등은 춘향전에서 언제나 독립적으로 연창되는 중요한 더늠들이다. 이 더늠들을 생략없이 정리된 사설로 복원해서 삽입했다. ④단오놀이·신연맞이·과거장면·어전장면·농부장면·춘향의 꿈·어사출도 등의 군중장면을 무대화하기 위해 종래의 도창으로 표현했던 부분을 무대상의 등장인물들이 나누어 부를 수 있도록 배려했다."

② 토막창극의 전통

토막창극은 말 그대로 전막을 다 공연하지 않고 그중 일부분만 공연하는 것으로, 1900년대−1920년대까지 형성기의 창극이 대체로 이러했다. 이들 토막창극은, 판소리의 더늠처럼, 어떤 장면이 자주 공연되면서 배우의 독특한 대사연기나 몸짓연기 등이 덧붙어지면서 확장되었고, 다양한 공연물이 동시에 공연되던 당시의 관행에 따라 일반화되었다.

조선성악연구회 공연과 더불어 토막창극의 전통은 전막창극의 형태로 바뀌었다. 그러나 한 작품으로서의 완결성은 약하지만, 1시간 30분 남짓의 시간 동안 창극의 특성을 압축해서 보여줄 수 있다는 장점 때문에 국립창극단은 정기공연으로 토막창극을 공연하기도 했다. 국립창극단의 정기공연 중 29회 '3대창극연창' 공연, 51회 '창극 중 유명대목' 공연, 91회 '송년대향연 춘향전 흥보전 심청전' 공연 등은 이른바 토막창극을 이어놓는 식으로 기획된 것이다. 또한 2001년 국립창극단 단원들이 대본구성과 연출을 맡아 공연한 작품 중 〈춘향, 옥중화〉(한승석 작, 왕기석 연출)는 토막창극이라 할 수 있다. 이 공연은 전체의 압축이 아닌 부분의 확대라는 방식으로, 춘향의 수난에서부터 몽룡과의 옥중재회까지를 극화했다.

2) 연출

창극의 준비과정에서 배우들의 소리 훈련이나 공연 기획에 관여하는 사람의 존재는 1900년대부터 확인된다. 『만세보』 1907년 5월 21자에는 "근일에 전기철도회사 임원 이상필 정한승 곽한영 제씨 등이 아국에 유래하는 제반 연희등절을 일신 개량하기 위하야 영남에서 상래한 창가 여아 연화(13세)와 계화(11세)를 고용하야 각항 타령을 연습케하는데…(중략)… 또 아국 명창으로 칭도하는 김창환 송만갑 양인을 교사로 정하여 해 여아 등의 타령을 교수하야 장단절주를 조정하는데"라는 기사가 나온다. 여기서 전기철도회사 임원인 이상필·정한승·곽한영 등은 제작 및 기획, 공연방식에 대한 생각들을 개진하는 존재로서 부각되었을 것이다. 또한 원각사 공연과 관련해서는, 대본작가로서뿐 아니라 극장 공연 전체에 대한 기획자의 역할을 했을 것으로 보이는 이인직과 판소리 명창으로서 판소리의 창극화 과정에 주도적으로 참여했을 것으로 보이는 강용환의 활동이 두드러진다.

연출자는 1934년 조선성악연구회의 공연활동과 더불어 표면화되기 시작했다. 판소리명창이기도 한 정정렬은 조선성악연구회의 연출을 거의 전담하다시피 했다. 정광수에 의하면 조선성악연구회에서 〈구운몽〉 〈유충렬전〉 〈배비장전〉 등을 창극으로 공연할 때 정정렬이 도맡아서 작곡을 했다고 한다. 정정렬은 그 외에도 〈숙영낭자전〉을 작곡해서 1937년에 창극으로 공연했다. 정정렬은 작곡자로서의 능력을 바탕으로 창극 공연에 대한 주도력을 발휘한 판소리명창 출신의 창극 연출가였다.

1960년대 국립창극단의 〈춘향전〉 공연은 김연수와 박진이 맡았는데, 이는 이 시기 창극이 1940년대와 1950년대 창극의 연장선상에서 이뤄졌음을 의미한다.

김연수는 조선성악연구회 시절부터 창극 공연에 참여, 해방 이후 1950년대에는 김연수창극단, 우리국극단 등을 이끌었다. 김연수는 판소리 명창이면서 뛰어난 창극 연기자로서, 정정렬의 뒤를 이어 '판소리명창 출신의 창극 연출가'가 되었고, 판소리 사설의 기록화에도 앞장섰다. 동양극장 전속 연출가였던 박진도 1940년대 초반부터 창극 연출에 관여, 기사 등을 통해 확인 가능한 1940년대 전반기에 공연한 창극 중 1/3 정도의 연출을 맡았다. 그가 1960년대 국립창극단에서 연출한 〈배비장전〉(3회), 〈백운랑〉(5회), 〈서라벌의 별〉(6회) 등은 막연한 상고사를 배경으로, 창극에 대한 독자적 자의식 없이 공연되었다는 점에서 1950년대 여성국극단의 레퍼토리와 일맥상통하는 것이었다.

1970년대 연출을 한 이진순과 이원경은 일반 연극 연출가 출신이다. 특히 이진순은 1970년대 국립창극단의 창극 연출을 도맡다시피 했다. 이진순은 이 당시 국립극장의 운영위원 중 한 명이었고, 국립극단의 공연 연출도 여러 차례 하였으며, 1968년 국극정립위원회가 결성될 당시 위원 중의 한 명이었다. 그는 팜플렛에 쓴 연출론을 통해 창극에 대한 자신의 견해를 밝힌 적이 있다. 그는 '창극 특유의 형식과 방법론'의 개발 필요성을 역설하면서, '아니리'의 극성과 '부채를 사용한 발림'의 연극적 표현성을 살리는 방식을 강조했으며, "탈춤, 남사당, 꼭두각시놀음 기타 우리의 민속예술을 최대한으로 끌어들여 고유의 새로운 형식으로 고착시켜야"(국립창극단 27회, 〈흥보가〉 공연 팜플렛 중 연출자의 글)할 것이라고 했다. 그의 연출 방향은 민속예술의 가면, 몸짓, 공간운용 방식 등을 적극적으로 끌어들이는 창극을 지향했고, 이는 '민속예술을 응용한 무대극으로서의 창극'이라 할 수 있다.

이원경의 연출변은 여러 연출 경향의 부정적 측면을 지적하는 일종의 부정어법으로 이뤄져 있다. 부정의 대상은 크게 세 가지이다. 그 하나는 서양무대극식 방법. 그는 자신의 연출이 서양연극에 바탕을 두고 있다고 지적하면서, 서양연극화한 창극은 판소리창 고유의 흥과 멋을 잃은 채 앙상하게 이야기와 줄거리만을 무대 위에 펼쳐놓는다고 그 문제점을 지적한다. 둘째는 오페라식 무대. 이야기와 줄거리를 전개시키는 대사를 창으로 바꾸는 과정에서 서양식 오페라와 비슷해진다고 지적한다. 셋째는 탈춤 등의 민속예술과 창극을 결합하려는 시도. 이 셋째 방식은 이진순의 연출방식에 대한 부정으로, 남도창과 탈춤은 그 근원이 다른 이질적인 것이므로 혼합될 수 없다고 했다.(국립창극단 32회 〈대춘향전〉 팜플렛 중 연출자의 글)

1980년대 허규는 국립창극단에서 〈춘향전〉만 총 6회 연출했다. 35회 춘향전 공연은 1981년 제6회 아시아 민속예술제 출품작으로 기획되었고, 이후 이 공연 형태는 58회, 60회, 65회, 65회에 비슷한 방식으로 공연되었다. 그는 판소리를 토대로 한 창극 공연방식의 재발견을 지향, 판소리의 더늠을 적극적으로 끌어들이는 대본을 바탕으로, 판소리 발림식 동작, 판소리 무대 같은 간소한 무대장치를 실험했다.

1990년대 창극 연출은 김홍승 · 정일성 · 박병도 · 임진택 · 김아라 등이 맡았다. 이들 중 박병도 · 임진택 · 김아라는 자신의 연출방향을 직간접적으로 피력한 바 있다. 박병도는 '긴밀한 연극적 통일성의 추구'[10]에 주력했다. 임진택은 창극의 정체를 "①창극은 판소리 창법을 음악어법으로 하는 일종의 가극(오페라, 뮤지컬)이다. ②창극은 판소리가 그리는 이면(裏面)의 구체적인 시각화이자 입체화이다. ③창극은 1인 연행의 소리판을 집단의 소리판으로 확장하는 총체음악극이다" 라고 하면서, 자신의 연출 방향에 대해 대본구성, 청의 문제, 무대장치의 문제 등 창극과 관련된 제반 문제에 대해 긴 글을 남겼다.(국립창극단 95회 〈춘향전〉 팜플렛 중 연출자의 글) 국립창극단 105회 〈성춘향〉을 연출한 김아라는 대본 맨 앞에 기록된 연출메모에서, "무대는 누각을 연상케하는 다층형의 마루가 입체적이다. 극이 이루어지는 중앙무대를 중심으로 도창과 고수, 연주단1(삼현육각), 연주단2(김규형과 북주자들), 연주단3(창극단 창악부 및 기악부)

---

10) 서연호, 「희비극의 조화, 판소리의 여백이 상실」, 『객석』, 1997. 10.

등 50여명의 연희단이 상주하여 서로 주거니 받거니 한 판을 연출한다. 일인다역의 분창구조를 도입하고, 탈이나 악기 의상 소품 등을 활용한 연극놀이식 무대"를 지향한다고 했다.[11]

3) 무대장치와 무대구조

무대와 객석이 분리되면서, 무대장치가 필요해진다. 판소리 공연이 특별한 무대를 필요로 하지 않은 반면 창극은 무대의 표현이 중요했다. 창극 형성기부터 창극에 대한 홍보는 명창들의 소리 기량과 '신출귀몰'한 무대장치에 초점이 맞춰졌다. 조선성악연구회는 연극전용극장으로 개장한 동양극장에서 주로 공연되면서, 무대장치나 의상, 분장, 소도구 등에서 장식적 화려함을 추구했다.

국립창극단의 1회 〈춘향전〉 공연은 당시 신문에 실린 공연사진을 참고하면 액자를 무대 뒤에 배경화를 세워놓는 식으로 무대가 꾸며졌고, 무대 가운데에 마이크가 세워져 있었다. 국립창극단의 창극은 주로 프로시니엄 무대에서 공연되었기에 대체로 사실적인 혹은 시각적인 볼거리가 충만한 무대 표현을 주로 했지만, 프로시니엄 무대구조를 유지하면서도 간결하고 추상화된 무대장치를 통해 사실적 재현을 넘어서는 무대를 구현하려는 시도가 있어왔다. 다양한 높이의 덧마루를 설치하여 공간을 분할하고 상황변화에 따라 발, 그림, 병풍을 이용하는 공간표현 방식이 가장 자주 사용되었다. 예를 들어 국립창극단 35회 허규 연출 공연 무대는 실내를 상징할 수 잇는 8각의 덧마루와 악사석의 덧마루를 연결시켰고 그 위에 나지막하고 소박한 모양새의 난간 몇 개를 썼다. 좌우에 병풍을 치고, 뒷배경은 여닫이로 장면을 바꿀 수 있는 그림 휘장을 두었다.[12] 김아라 연출의 국립창극단 105회 무대는 크게 셋으로 나뉘어, 본무대 양옆으로

---

11) 이 연출메모의 지향성대로 실제 공연이 이뤄지지는 않았다. 실제 공연의 양상은 백현미의 「판소리의 내재적인 퍼포먼스를 찾아서」(『연극평론』5호, 2002년 5월) 참고.

12) 구희서, 「판소리의 음악성을 전개시킨 무대」, 『공간』, 1981. 10.

악사석과 고수석이 날개처럼 붙어있다. 무대 전면은 높낮이를 조금씩 달리한 채 단이 놓여 있고 듬성듬성 난간이 있어 단순하지만 입체적이다. 특히 가운데 단은 오케스트라석을 덮은 채 객석 쪽으로 돌출되어 있어 돌출무대의 효과를 내도록 되어 있다.

창극 무대구조에 대한 논의는 연주단의 위치와도 밀접한 연관이 있다. 연주단을 오케스트라 피트에 둘 것인가, 뒷벽 가까이 보이지 않는 곳에 둘 것인가, 무대 옆가림막 뒤에 둘 것인가, 아니면 무대 위에 둘 것인가.[13] 이런 질문들은 창극에서 기악의 기능 및 효과를 어떻게 설정할 것인가 하는 문제와도 연관된다.

4) 반주음악

창극에 반주음악이 사용되기 시작한 것은 1936년 정정렬 연출의 〈춘향전〉부터이다. 이때 반주음악을 강화해, 해금－지용구, 젓대－방용현, 피리－임학준, 장고－정원섭 등이 출연했다. 이렇게 3－5인의 악사가 수성 위주의 반주를 하는 것은 1950년대까지, 그리고 국립창극단의 18회(1974년) 공연까지 계속되었다.

관현악 편성으로 작곡자의 개입이 이루어진 것은 국립창극단의 19회 〈수궁가〉(박범훈 작곡, 편곡)부터이다. 이 공연에서는 동물들의 움직임을 춤으로 꾸미는 데 필요한 음악이 새로 작곡되었고, 30인조 악기 편성의 생음악이 연주되었다. 32회 〈대춘향전〉은 김영동이 작곡하고 김동준 외 9인이 대금 피리 해금 아쟁 가야금 장고 북 등을 연주했다. 1987년부터는 국립창극단 기악부가 반주를 담당했고, 95회 〈춘향전〉은 김영재가 다시 작곡에 참여하여, 서곡과 휘날레 장면, 합창이나 막간, 중간 브릿지 등에 관현악곡을 사용했고, 같은 곡 연창 부분에서 관현악 연주와 수성반주가 서로 주고받는 형식을 취했다.

수성가락 중심의 반주 위주로 갈 것인가, 관현악 작곡을 바탕으로 음악을 재

---

13) 국립창극단 105회 〈성춘향〉에서는 악사석이 무대 위에 설정되었다.

구성할 것인가 하는 것은 첨예한 논쟁대상이다. 93회 〈열녀춘향〉 연출가인 박병도는 "관현악의 대단위 편성은 웅장하고도 화려하며 다양한 음악을 창출하고, 장중한 비장미를 전달하며, 창자의 소리 전후에 볼륨감을 증폭시킬 수 있어 극적인 감흥을 고조시키고, 계산된 틀에 의해 극적 감흥을 주도할 수 있어서 '전체를 보고 부분을 구축하는 힘'이 보다 분명해진다고 지적하면서, 관현악곡은 악기 편성에 변화를 줌으로써 청에 대한 쟁점을 극복할 수 있는 대안이 될 것이라고 했다.[14] 임진택은 "관현악곡이 먼저 작곡되어 마치 오페라나 뮤지컬처럼 관현악에 맞추어 노래하는 방식 대신 수성가락 중심으로, 이를테면 악기라는 물체의 소리가 사람의 몸으로 내는 목소리를 도와 흥과 한을 더욱 증폭시킬 수 있도록 배치하였다"고 하면서, 청의 문제는 전조기법을 차용(춘향가 초반의 나귀 안장 짓는 대목이나 적성가에서는 남자청을 따르고 이별하는 대목에서는 여자청을 따르는 식)함으로써 해결을 시도했다.(국립창극단 95회 〈춘향전〉 팜플렛 중 연출자의 글)

5) 연기

등장인물의 대사가 많아지고 연기의 필요성이 증대하자, 연기의 정도가 평가의 대상이 되곤 했다. 1936년 〈춘향전〉 공연에 대해 "전막을 통하여 수개 장면을 제하고서는 무대와 배우와 극 내용에 있어서 종래의 어느 신극에서보다도 못하지 않은 열연된 것을 발견할 수"[15] 있다거나, 1939년 〈춘향전〉 공연에 대해 "액순이라든지 제스츄어에 잇서서는 연극적 훈련이 적어서 통일되지 못한 점이 만히 보이며 때로는 지나친 몸짓을 하야 보는 사람에게 불쾌한 폭소를 살려는

---

14) 관현악 반주 및 작곡의 중요성에 대해서는 박범훈의 「창극에 있어서 작창과 반주음악에 관한 문제」, 1997년 국립창극단 주최 학술연찬 '장막창극 〈춘향전〉 제작을 위한 포럼'의 발표원고 참고.
15) 홍종인, 「고전 가곡의 재출발, 창극 춘향전 평(1)」, 『조선일보』, 1936. 10. 3.

태도는 더욱 조심해야 할 일이다"[16]라거나 "연기는 모두 교묘할 정도로 썩 좋았다. 특히 춘향모로 분장한 임소향이 좋았고, 방자 오태석과 이몽룡으로 분장한 정남희가 좋았다. 말하자면 이 극의 푸리마돈나격인 박록주는 그 우수한 소리에 비해서 연기는 아직 익숙지 못한 점이 많았다. 또 후반의 이도령은 너무 진정치 못한 태도를 보여서 농후한 정서 대신에 이 극을 한 소극으로 만들어버린 느낌이 없지 않았다[17]는 논의가 그 예이다. 이들 논의는 대개 서구 사실주의극적 무대 연기를 기준으로 제기되었다.

한편 여자배우의 남성 역 연기가 꽤 오랫동안 지속되었다. 1910년대 기생조합 연주회의 공연에서부터 시작된 이 전통은 1948년 여성국악동호회의 결성과 더불어 폭발적으로 확대되었으며, 국립국극단 1회 공연까지 이어졌다. 1회 〈춘향전〉 공연의 배역은 성춘향-김소희·박봉선, 이몽룡-장영찬·김정희, 월매-박초월, 향단-남해성·박초선, 방자-김준섭·김경희, 변학또-안태식, 김번수-한승호, 박번수-정권진 등이었다. 이몽룡을 연기한 김정희와 방자 역의 김경희는 1950년대 여성국극에서 남자 역으로 인기가 높았던 배우이다. 또한 32회 〈대춘향전〉에서도 김동애가 소년 이도령 역을 맡아 연기한 바 있다.(어사 이몽룡 역은 조상현이, 춘향역은 김성녀가 맡음)

배우의 표현과 관련해서는 화술과 연기술이 문제가 된다. 창극의 대사를 판소리 창법의 음률이 베인 아니리조 화술로 할 것인가[18] 화술의 변화를 꾀할 것인가,[19] 몸짓연기를 어떻게 양식화시킬 것인가, 인물의 성격에 따라 유형화된 연

---

16) 『조선일보』, 1939. 2. 2.

17) 『조선일보』, 1939. 10. 4.

18) 유기룡(판소리보존연구회 대표)은 「음악적 전승 정립에 기대감」(『동아일보』, 1970. 9. 17.)에서, "국립창극단의 〈춘향가〉는 정립의 목표에서 상당한 거리감을 느끼게 하였다. 첫째 무대면에서 소리를 뒷받침할 만한 장치적 요소가 결여되어 있다. 대사에서는 상당한 부분에서 신파조가 있는데 이것은 본래 가지고 있는 방언과 아니리조를 활용시키는 방향으로 정립되어야 할 것이다. 또한 도창은 연결시키는 부분에서 그쳐야 할 것이다...창극은 판소리의 연창이 아닌 만큼 극적 요약성에 비추어 3시간을 넘는 것은 무리다. 반주음악은 창극에 따라 일정한 고정반주악이 작곡되어야 할 것이고 현재처럼 즉흥적이어서는 안 되는 것이며 반주단의 위치와 처리문제도 크게 고려되어야 한다."고 했다.

기 곧 판소리식 발림에만 머무르지 않으면서 인물을 표현해내는 연기는 어떻게 가능할 것인가 등이 논란거리이다. 특별한 배역 없이 합창을 주로 하는 배우들의 몸짓을 어떻게 구성할 것인가도 문제이고, 무용만을 위해 무대에 등장하는 무용단의 몸짓은 어떠해야 하는가도 문제이다. 이진순은 탈춤이나 농악대의 몸짓연기를 응용하려 했고, 허규는 발림을 적극 응용하고자 했고, 이보형은 창우의 공연문법을 따라야 한다고 했다.

4. 나가는 글

본고는 창극 〈춘향전〉에 대한 개별적인 분석이나 평가보다는 100년에 걸친 창극 〈춘향전〉 공연을 통해서 창극 공연양식의 다양한 변모 및 그와 관련된 논의의 초점들을 드러내는 식으로 씌어졌다. 창극은 근대 시기에 판소리창을 근간으로 형성된 음악극 양식이라고 그 외연을 포괄적으로 설정할 수 있지만, 실제 공연과 관련된 제 분야(극장, 무대구조, 연기, 반주, 대본 등)는 유동적으로 개방되어 있기 때문에 창극 〈춘향전〉의 양식상 특성을 규정적으로 논의하기 어렵다.

비교연극학적 방법을 취한다면 창극의 외연 및 내포를 달리 논의할 수 있다. 남한에서의 연극 〈춘향전〉이나 마당놀이 〈춘향전〉, 북한의 민족가극 〈춘향전〉, 더 나아가 중국 월극(越劇)으로 공연된 〈춘향전〉 등과 비교할 때 창극 〈춘향전〉이 지니는 일반적인 경향성 추출이 가능할 것이기 때문이다. 비교연극학적 방법론의 활용이 자명한 차이들을 단순히 늘어놓는 식으로 귀결되지 않기 위해서는, 양식적 특성을 드러낼 수 있는 비교의 기준을 효과적으로 설정하는 한편 그러한 기준들을 각 양식의 역사적 변모와의 관계 속에서 살필 필요가 있다. 필자는

---

19) 박병도는 「창극의 무대화에 관한 연구」(앞의 논문)에서, 아니리조 화술은 사실적 대화의 느낌보다는 음악적 선율의 연장처럼 경험된다. 아니리조 화술의 약점은 감정이입의 영역이 한정되어 있기 때문에 다양한 삶의 느낌을 표현하는 데 한계가 있다고 했다.

창극의 도창을 중국 전통극의 방강(幇腔) 및 북한 민족가극의 방창과 비교함으로써, 창극의 음악극적 특성의 중요한 일 측면을 밝힐 수 있다고 생각한다. 이는 앞으로의 과제로 남긴다.

21세기 사회 변화와 판소리 문화

김대행

21세기를 말하는 까닭

예언은 황당한 노릇이요, 예측은 난감한 일이다. 이미 몸으로 겪은 어제라는 것도 보는 데 따라 그 뜻이 달라질 정도로 다면적이고, 지금 당장 우리가 꾸려 내는 오늘의 모습조차도 우리의 인지나 설명의 능력을 훨씬 넘어설 만큼 거대하고 복합적이다. 과거와 오늘이 이러하거늘 내일을 말한다는 것은 범상한 사람에게 가당치도 않을 일이다. 그런데도 21세기를 내다보며 판소리의 내일을 짐작해 보는 이 일을 감히 시도하고자 한다.

그것이 필요한 까닭은 세상이 급격하게 변하고 있음을 몸으로 느끼기 때문이다. 변화의 속도가 워낙 빠른 나머지 머리가 어지러울 정도의 당혹감마저 지니고 살아야 하는 시점에서 내일에 대한 짐작이라도 있어야 우리를 지탱할 수 있지 않을까 한다. 또 사람은 언제고 변화 속에서 살아가는 것이기에 미래에 대한 예견을 나름대로 하게 마련인 측면도 있다. 그것이 잘 맞아떨어지면 행복을 말할 수 있을 것이고, 그렇지 못하면 그 반대가 될 것이다.

21세기를 말하는 또 다른 까닭은 우리가 나아가야 할 길에 대한 우리 사회의 총체적 대비가 미흡하다고 느끼기 때문이다. 우리의 새 천년에 대한 준비는 광화문 일대에서 벌어진 하루 밤의 깜짝 쇼 정도에 그쳤을 뿐이고 그 이상의 아무런 미래 지표도 실감하기 어렵다. 그보다는 "비가 올 때는 우산을 준비하라."는 세속적이고 정략적인 지혜에 냉소적으로 공감하는 정도가 미래에 대비하는 태세가 아닌가 생각될 정도이다.

이런 사회 분위기를 넘어서면서 판소리 문화를 중심으로 미래를 생각하는 것은 필요한 일이자 동시에 우리의 임무가 아닐까 싶다. 특히 오늘날의 학문이 요구받고 있는 질문과 의의가 '그것은 무엇인가'를 넘어서서 '그것이 우리에게 무엇인가'로 바뀌고 있는 점에서 그 필요성이 절실해진다.

사정이 이러하므로 '판소리란 무엇인가'라는 문제보다는 21세기의 사회에서는 '어떤 판소리가 요구되는가' 하는 문제에 관심을 집중하기로 한다. 판소리는 이 부문에 참여하는 사람의 관점이나 모형에 따라 얼마든지 달라질 수 있다. 또 획일적으로 규정되고 강제되는 것은 문화의 본질에 어긋나는 것이어서 실패로 달려가기 십상이다. 이 점을 염두에 두면서 사회 변화가 판소리에 어떤 요구를 제기하고 있으며 그에 대응하는 길이 무엇인가를 생각해 보고자 한다.

21세기 사회 변화의 방향

세상이 변한다는 일반적 전제를 앞세우고 보면 판소리 문화의 전개 방향은 '판소리다운 본질의 견지'와 미래의 '사회 변화에 적절한 대응'이라는 두 가지 축에서 예견되고 추구되어 마땅할 것이다. 따라서 21세기의 판소리 문화는 '과거의 보존'과 '미래의 창조'라는 이중적 지향이 필연적이 된다. 그리고 그것은 언제나 그러하였다. 다를 것이 있다면 21세기 사회의 성격이 과거의 그것과는 상이할 것이 분명하므로 그에 합당한 창조가 필요하다는 점일 따름이다.

세상이 어떻게 변하더라도 판소리는 판소리다움을 유지해야 한다. 그 첫 번째 방향이 보존이다. 새삼스러운 말이지만 보존이 필요한 까닭은 과거의 그것이 우리의 문화적 정체성(正體性)의 그루터기이기 때문이다. 우리가 과거의 판소리를 대상으로 삼아 학문적 천착을 거듭하는 것도 그러한 이유 때문이며, 가변적인 구전(口傳) 예술인 판소리를 과거의 모습으로 재현하고 보존하려는 것도 바로 문화적 정체성으로서의 의의를 중시하기 때문이다.

외래 문화의 과감한 수용을 통하여 변모를 거듭하면서도 옛것을 온전히 지키고 줄기차게 이어 감으로써 저다운 정체성을 확보하는 이웃나라의 사례를 보더라도 이 점은 분명하다. 응당 정책적 배려가 있어야 그 일이 가능하다는 문제점이 없지는 않지만 문화적 정체성의 확보를 위해서도 판소리의 보존은 필연적인 일이다. 또 어떤 환경에서도 옛것의 애호가는 있어서 꼭 비관만 할 일은 아니라고 본다.

그러나 삶의 본질이 그러하듯이 판소리도 옛것으로 머물러 있기만 할 수는 없다. 구전 예술로서의 본질에 비추어서도 그러하거니와 새로운 삶은 새로운 문화를 요구하고 또 생성해 내기 때문에 변화를 필연으로 하게 된다. 판소리의 역사 속에서 그런 증거를 찾는다면 20세기에 들어오면서 공연 환경의 변화가 창극이라는 새로운 양식을 태동시킨 것도 창조적 변화의 예가 된다. 그러니 판소리다움을 유지하면서 새로운 시대의 삶에 맞도록 변화할 것을 숙명으로 한다.

그렇다면 다가올 사회는 어떻게 변모할 것인가? 대통령 자문 정책기회위원회는 새 천년의 종합적인 국가 비전으로 '세계 일류의 한국'을 내걸고 우리 조국이 물질적으로만이 아니라 정신적으로도 세계 일류의 반열에 올라설 것을 목표로 하여 논의를 벌였다고 한다. 그리고 이 목표를 위한 부문별 비전으로 다원적 민주주의, 역동적 시장 경제, 창조적 지식 정보 국가, 협력적 공동체 사회, 아시아 중추 국가 등의 다섯 항목을 제시한 바 있다.

이 밖에도 미래에 대한 예측과 그 함의는 관점과 관심에 따라 매우 다양하지만 그것들을 포괄하는 대표적인 핵심어는 대체로 '세계화'와 '정보화'로 요약되고 여기에 화제가 집중됨을 보게 된다. 그 밖에 다양한 양상을 미래 사회의 예측으로 지적할 수 있겠지만 그 많은 항목들도 이 두 가지 방향에 수렴되거나 연관되는 성격의 것들로 짐작된다.

‘세계화’는 국경을 넘는 지구촌 공동체적 삶이 필연적임을 예고한다. 세계가 삶의 무대요 시장이 될 것이다. 그러나 동시에 인간의 사회적 삶은 국가 또는 지역 등 국지적 공동체에 소속될 것을 요구하게 된다. 이렇게 되면 세계적 보편성과 국지적 정체성은 갈등적 이중성을 띠게 될 것임이 분명하다.

‘정보화’는 과학의 발전에 힘입은 정보 기술의 발전에 따른 생활 방식의 변화를 예고함과 동시에 그러한 생활 방식의 변화 결과 개인화된 행동 양식을 극대화하는 쪽으로 전개될 것임을 짐작하게 해 준다.

그러고 보면 판소리가 개척해야 할 새로운 시대의 장은 세계 시장, 공동체, 정보화, 개인 중심 — 이 네 가지 특징으로 요약될 수 있고 판소리는 이러한 시대적 특성과 관련하여 창조적 변화를 추구해야 할 것으로 보인다.

여기서 중요한 것은 창조의 본질을 확연히 인식하는 일이다. 흔히 창조라 하면 무(無)에서 유(有)를 생산하는 것을 떠올리는 경향이 있는데 이는 어떤 분야에서도 불가능한 일이다. 고로 창조란 변형의 동의어로 이해하는 것이 정당하다. 우리가 17세기 발생설에 동의하는 판소리의 생성만 하더라도 무에서 유를 창조한 것이라고 하기는 어렵다. 판소리의 연원을 찾고, 음악 문법을 탐구하고 또 근원설화를 논하는 것은 창조가 곧 변형임을 확인하게 해 준다. 창조를 이렇게 이해하고 보면 새로운 시대에 전개될 판소리의 변화가 지향할 방향은 분명해진다. 그것은 판소리의 본질에 기반한 새로운 변형을 추구하는 일이다.

그러기에 판소리의 본질은 무엇이며, 판소리는 우리에게 어떤 의미를 지닌 것인가가 매우 중요해진다. 이 점에 대한 확인이 없는 미래의 예측은 사회에 대한 예측이 정확하더라도 판소리와는 무관한 논의로 번져가기 쉽게 된다.

삶의 방식으로서의 판소리 문화

판소리를 지적 세련 또는 그 성취물인 예술로 보기를 잠시 미뤄 두고 문화로 보기로 한다. 또 문화를 이데올로기나 헤게모니의 역학으로 보는 의미 작용의 관점을 잠깐 덮어 두고 삶의 방식으로 보기로 한다. 관점을 이렇게 정하고 보면 판소리가 우리 민족의 삶에 근거하여 이루어진 문화로서의 특성을 내장하고 있음이 드러난다.

판소리에는 악인이 없다는 것이 특이하다. 변사또도 춘향을 고난에 빠뜨리는 악인이라기보다는 이미 운명적으로 예정된 이별 상황에 고난을 가중시키는 부가적 장치에 지나지 않는 조역이므로 본질적 반동 인물이 못 된다. 놀부에게조차도 악인형이라는 명명은 적절해 보이지 않으며 토끼나 조조 또한 그러하다. 악인이 부재하는 가장 확실한 〈심청가〉가 비극의 최고봉에 있음을 보면 이 점이 더욱 두드러진다.

판소리에 악인이 등장하지 않는다는 특성은 고전소설 일반에까지 확대 적용할 수 있을 정도로 우리 이야기 문화의 한 보편적인 현상이라고 할 수 있는데, 이는 삶에 대한 관점의 특이성을 반영한다고 할 수 있다. 그래서 서양의 서사 이론과 맞아떨어지지 않는 고민을 빚어 냈던 적도 있었지만, 그것은 세계를 이항 대립적인 구조로 보기보다는 상호 연관되고 동화되어야 할 범주로 보는 관점의 소산으로 이해해서 별 무리가 없을 듯하다.

판소리의 이러한 특성은 '인지 체계로서의 문화'라는 명제를 떠올리게 한다. 세계를 인식하고 그것을 약호화하는 방식으로 전개된 판소리의 지향을 확인할 수 있기 때문이다. 이것이 서양의 그것과는 다르다는 점 때문에 '비극적인 안정감 운운' 하는 평가에 해당한다고 보기도 하지만, 그보다는 판소리가 지닌 인간관과 자연관의 표상화로 보고자 한다.

이런 관점에서 볼 때 판소리의 또다른 특징인 '장면 극대화' 또한 인지 체계로서의 문화임을 알 수 있게 된다. 동일한 토끼가 자라의 꼬임에 빠질 때는 지극히 우둔하다가 용왕을 속일 때는 계교가 출중해지는 것은 일관성의 결여가 아니라 인간의 행위에 대한 인식의 틀을 보여주는 것이라 할 수 있다. 인간의 행위를 일관된 가치의 발현으로만 이해하는 것은 우리의 경험에만 비추어 보더라도 적절하지 않음을 알 수 있고, 성인(聖人)에게서도 이 점은 동일하다는 것을 우리는 확인할 수 있다. 이런 점에서 장면 극대화는 그러한 실상의 표상화라 할 수 있다.

판소리가 비애를 웃음으로 극복하는 특성을 지닌 점은 '적응 체계로서의 문화'라는 명제를 떠올리게 한다. 자연 환경에 못지 않게 삶의 모든 것이 환경으로 작용한다는 점을 받아들이고 보면, 비애의 극복이 눈물보다는 웃음으로 가능하다는 삶의 태도가 얼마나 효율적이며 적절한지를 생각하게 된다.

판소리의 도막소리에서도 비애의 상황을 웃음으로 마무리하는 일이 흔하다든지, 도막소리를 공연하는 창자조차도 웃음 대목을 섞어서 판을 짜는 현상은 이러한 적응 체계가 거의 공식화의 수준에 이른 것임을 확인해 준다. 그것은 삶의 비애에 대한 해결의 방식이며 이러한 문화가 치상(治喪) 등 민속의 여러 분야에서 널리 보편화한 것이기도 하다.

적응 체계로서의 판소리가 지닌 이중적 구조라는 특성은 정보 지향과 오락 지향의 이중성을 보이는 '판짜기의 이원성'으로도 발전하고, '아정(雅正)과 비속(卑俗)의 교차'라는 문체적 특성으로 확장되기도 하며, '터무니 없음'을 동력으로 하는 해학 추구로도 나아간 것으로 이해된다. 이 모두는 삶의 애환에 대한 적응 방식으로 이해해서 큰 무리가 없을 것이다.

〈춘향가〉의 주제가 열(烈)이고 〈심청가〉의 주제가 효(孝)이며 〈수궁가〉가 충(忠), 〈흥부가〉가 우애(友愛)를 주제로 하는 것으로 이해됨은 '상징 체계로서의 문화'로서의 면모를 보여 준다. 다중의 참여와 시대를 이어 오며 이루어진 이 주제들은 집단 표상으로 이해될 수 있고, 이러한 표상을 통하여 공동의 가치를 추구한 증거가 된다.

판소리를 '구조 체계로서의 문화'라는 관점에서 접근할 수도 있을 듯하다. 신재효의 〈남창 춘향가〉 사설 중에 "한 귀로 몽그리되 안짝은 제 글자요 밧짝은 육담이라"는 표현이 나오는데, 여기서 보듯이 안짝과 밧짝은 둘이 한데 어울려 하나의 말을 만들게 된다.

이렇듯이 안짝과 밧짝의 결합으로 말을 이루어내는 방식은 인간 심성의 구조에 대한 이해를 반영한다고 볼 수 있다. "삼강이 중하기로 삼가히 본받았소."에서 보듯이 여기서 안짝 밧짝은 이항 대립적 요소가 아니라 서로 연합하여 생각이 전개되는 별개의 요소이다. 생각은 단서를 근거로 하여 전개되며, 그 단서와 전개된 생각 사이에는 유기적 관계가 성립하는 구조를 보여준다.

구조 체계로서의 문화라는 명제는 본디 하나의 문화보다는 문화 일반을 통틀어 꿰뚫고자 수립된 관점이다. 그러나 판소리만이 아니라 우리 사유 일반이 자연 친화적 발상을 견지한다든가 삶의 이치를 간직한 전범으로 자연을 생각하는 인지적 보편성의 체계를 구체화하고 있는 점과 관련지어 보더라도 이러한 구조적 성향이 확인된다.

여기서 생각해 본 인지, 적응, 상징, 구조의 네 관점은 문화에 접근하는 학문적 시각에 따라 명명된 것이므로 서로 배타적인 분류가 아니라 상관적이고 상보적인 네 성향으로 보는 것이 옳다. 그러나 판소리를 예술로만 보는 관점이 시야를 제한하는 점을 고려한다면 판소리를 문화로 보는 일이 필요해지고 판소리가 부등켜안고 있는 문화적 정체성의 근거로 이런 측면들을 생각할 수 있게 된다.

21세기는 문화의 시대라고도 한다. 이렇게 말하는 데는 부가가치에 대한 관심이 주조를 이루는 것이지만 그러한 부가가치의 전망이 가능한 근거도 새 시대에 전개될 삶의 질이 산업화시대의 그것과는 다르리라는 데 있다. 따라서 새로운 시대의 사회 변화에 대응하기 위한 판소리의 창조적 변형을 생각하는 방향도 이러한 판소리의 문화적 본질에 근거해야 할 것임은 물론이다. 여기서 과거의

결과로서 현재가 있으며 현재는 미래의 원인이 된다는 점을 재삼 확인하고자
한다.

세계 시장과 인류적 표상 창조

'세계화'를 '서양 따라잡기'로 오해했던 것은 한국의 19세기적 또는 20세기적
현상이었다. 진화론적 문화관에 세뇌된 식민지적 낙후성을 면치 못한 관점 때문
에 오랜 동안 그 진정한 의미를 파악하는 데 혼란이 있었음이 사실이다.

'세계화'의 진정한 의미가 국경을 넘나드는 세계 시장의 형성이라는 점을 비로
소 이해하게 된 것은 외환 위기로 인한 경제의 파탄이라는 곤욕의 경험을 통해
서였다. 그것은 값을 많이 치러야 하는 경험이었지만 그만큼 절실하게 체감하게
되었다는 점에서 다행한 측면도 없지는 않다고 하겠다. 그러기에 21세기는 세계
시장에서의 각축을 필연적인 생존 조건으로 한다는 점에 이의를 달 사람이 이제
더는 없을 듯하다.

그러면서도 우리 사회 전반의 미래에 대한 대응에서 아직껏 문제가 되는 것은
세계 시장을 국가주의 또는 민족주의적 경쟁의 장으로만 생각하려는 경향이다.
뉴스 시간마다 등장하는 박찬호 열풍이나 박세리 신드롬이 이런 경향을 말해
준다. 그들은 태극 마크를 가슴에 단 한국의 대표로서가 아니라 능력 있는 개인
으로서 세계를 무대로 시장에 뛰어들고 있을 따름이라는 이해가 21세기에는 필
요해진다.

판소리의 문화 상품적 측면을 생각할 때에도 "한국 차의 자존심!"이라는 광고
문구와 같은 국가주의 혹은 민족주의적 관점을 넘어서는 것이 필요하다. 문화
시장은 태극기를 휘날리는 올림픽 경기장이 아니라 사람들의 삶의 방식에 영향
을 미치는 과정이기 때문이다. 판소리가 세계의 문화시장에 선다면 그것은 한국

문화의 세계 제패가 아니라 판소리의 부가가치 증대로 해석되어야 하고, 그 길을 추구해야 한다.

그러기 위해서는 판소리의 세계적 보편화를 일차적으로 추구하는 일이 중요하다. 서양 음악이 이른바 무력적 식민주의와 연합한 문화 지배의 성격을 띠고 세계를 제압한 것은 분명하지만 앞으로도 그런 국면이 재현되기는 어려울 것이다. 청바지와 맥도날드 햄버거 또는 아파트의 보편화는 문화식민주의라기보다 경제성과 효율성의 성과라고 보는 것이 정확하기 때문이다.

그러나 의식주에 관련되는 상품은 경제성과 효율성이 우선적으로 중시되지만 문화 상품은 세계적 보편성을 지닐 때 비로소 상품으로서의 가치를 지니게 된다. 판소리는 이야기로서, 음악으로서, 그리고 공연물로서의 세계적 보편성을 갖추고 있음에 틀림없다. 더구나 판소리는 그것이 인간에 대한 이야기이며 인간다움의 추구라는 점에서 미래 지향적인 가치를 지니고 있음이 분명하다. 언제 어느 곳에서도 인간과 인간다움의 추구는 가장 중핵적인 문화 요소이고 앞으로 전개될 문화의 시대에는 그 의의가 더욱 증대될 것이기 때문이다.

판소리의 세계 시장 진출은 이러한 보편성에 일차적 근거를 두어야 할 것이므로 우리만의 인물, 우리만의 세계관을 고집하는 것은 세계 시장 진출에 장애가 될 수밖에 없다. 〈돈키호테〉나 〈햄릿〉을 주목하는 것이 단순히 제국주의나 식민주의만의 산물이라고 할 수 있을는지는 의문이고, 만화 영화 〈뮬란〉의 흥행 성공이 단순히 제작기술만의 문제일 것인지는 생각해 볼 문제가 된다. 그 무대와 의상이 어떠하건 간에 그러한 인물상의 창조는 인간적 보편성에 뿌리를 박고 있어서 그러한 세계성을 획득했다고 할 수 있다. 영화 〈서편제〉에 쏟아졌던 국내의 찬사에도 불구하고 '예술을 위해 눈까지 멀게 하는 행위는 엽기적'이라는 평을 들어야 했던 세계 시장의 반응은 음미할 만한 대목이다.

고로 판소리의 세계 시장 진출을 위해서는 일차적으로 범세계적 보편성 또는 시대를 초월하는 본질성에 근거한 인간상의 창조가 일차적이라 할 수 있다. 춘향의 열(烈)이나 심청의 효(孝) 또는 별주부의 충(忠)이 세계 시장에서 어떻게 받아들여질 것인지를 냉정하고 객관적인 안목으로 헤아릴 필요가 있다.

여기서 새 시대의 판소리 창작이 필요하다는 주장이 성립된다. 그것도 민족주의 또는 국가주의적 깃발을 거두고 인류 보편의 가치를 추구하는 방향으로 창작이 이루어져야 함이 필수 조건이다. 그것은 전인류적 표상의 창조라고 요약할 수 있을 것이다.

공동체적 가치의 표상화

세계화 시대는 '문명의 충돌'로 나아갈 것이라고도 하고 '문명의 공존'으로 나아갈 것이라고도 한다. 문명의 충돌이라고 해서 십자군 전쟁과 같은 혼란이나 일방적인 억압을 뜻하는 것도 아니고 문명의 공존이라 해서 이질적 문화의 고립적인 정돈을 뜻하는 것은 아니다. 그러나 미래의 세계가 과연 그 어느 쪽에 서게 될 것인가는 쉽사리 단정할 수 없다.

이런 틈새에서 '영어 공용화론' 같은 것이 불거져 나오는 것이 우리 주변의 형편이다. 세계화가 곧 서구화라는 등식을 설정한 것처럼 보이는 이런 주장은 일찍이 조선 후기에 중국어를 공용어로 하자는 선비가 있었음을 회상하게 한다. 그만큼 불안정한 추수주의가 우리를 짓누르고 있다는 뜻도 될 것이다.

그러나 세계화 시대라 해서 개인의 이익만을 추구하는 것으로 족한 삶의 양태는 전개되지 않으리라는 전망이 유력하다. 인간이 사회적 존재인 한은 어떤 경우에도 국지적인 공동체에 속해서 그 구성원으로 살아갈 수밖에 없다는 생활의 조건이 이러한 판단의 근거가 된다. 또 지금도 이합집산과 분쟁을 거듭하고 있는 아프리카나 동구의 여러 국가들이 국지적 공동체의 필연성을 입증하기도 한다.

이런 전제에서 바라보더라도 우리의 공동체적 의식에는 문제가 많음이 지적된다. 우리의 현대사가 식민지 생활, 전쟁, 군사 독재로 얼룩지고 왜곡되는 동안에 오로지 가족 중심 또는 개인 중심의 가치만이 횡행하였고 공동체적 가치의 추구는 등한시되었다는 것이다. 그 결과 사회 규범은 실종되고 불건전한 경쟁과 정경 유착과 부정부패가 판을 치는 사회가 되었다는 것이다. 그래서 사회 통합의 필요성이 주장되기도 한다.

사회 통합을 위하여 정치학자는 정치적 처방으로 다원화된 민주사회의 형성을 외치고, 사회학자는 신뢰 사회와 시민 사회의 전개를 말하는가 하면 경제학자는 계층간의 갈등을 해소하는 처방이 필요하다고 한다. 이익 공동체, 이념 공동체, 정치 공동체 등의 말이 있는 것으로 보아 이 모두는 필요한 일일 것이다.

우리의 관심은 문화 공동체의 형성에 있다. 우리의 현대사가 지닌 정치, 사회, 경제적 특징은 문화적 정체성의 상실로 집약된다. 문화란 밥 먹고 난 뒤의 일이 아니라 삶의 방식 그 자체이므로 문화적 정체성은 삶의 모든 국면을 지배하는 영향력을 발휘하게 된다.

이런 점에서 세대간의 갈등이나 계층간의 갈등은 그 주된 요인이 문화적 정체성의 혼란에서 비롯되는 것으로 볼 수 있다. 문화를 인지 체계, 적응 체계, 구조 체계, 상징 체계 그 어느 것으로 보건 간에 문화는 삶의 방식이므로 문화적 정체성은 곧 가치의 합의를 뜻하게 된다. 한 공동체가 지닌 문화적 정체성은 공동의 가치로부터 도출된 것이기 때문이다.

판소리는 이런 점에서 우리 공동의 가치를 표상화한 상징으로서의 문화로 이해된다. 판소리 전승 5가가 우리의 집단 표상이라는 점은 〈변강쇠가〉의 전승이 멈추어 버린 데서도 확인할 수 있다. 〈변강쇠가〉는 '세서' 여성 창자들이 부르기를 꺼린다고도 하는데 세다는 것은 외설적 표현을 두고 한 말로 볼 수도 있다. 그러나 만약 심한 외설 때문에만 여성 창자가 부르기를 꺼렸다면 남성 창자에 의해서라도 전승은 되었을 법한데 그렇지도 못하다.

그렇다면 그 까닭은 딴 데 있다고 보아야 한다. 〈변강쇠가〉가 비록 본능적 흥미는 자극할 수 있을지라도 공동의 가치라고 할 집단 표상으로서는 부적절하기 때문이라는 데서 그 까닭을 찾을 수 있다. 특히 이 작품의 미적 특질이 기괴미로 규정된다는 점에서 이 점은 확인된다. 〈적벽가〉의 주제가 시대에 따라 변모했다는 해석도 상징으로서의 문화라는 성격과 관련이 깊다.

이처럼 전승 5가는 공동체적 가치관의 표상이지만 그것이 지난날 창작된 것이라는 점에 유의할 필요가 있다. 인간의 가치 척도가 쉽사리 변하는 것도 아니고 인간의 본질이 크게 달라지는 것은 아니라 할지라도 무엇이 보다 중요한 가치라야 하는가는 시대에 따라서 달라질 수도 있다. 판소리가 표상했던 충(忠)이나 효(孝) 또는 열(烈)을 중요한 가치로 인정하되 새로운 사회의 공동체적 정체성 확보를 위해 또다른 가치는 없는 것인지를 탐구해야 한다.

이런 점에서도 판소리는 문화로서 우리 사회가 지녀야 할 공동체적 가치를 새로이 형상화할 필요가 있다. 그것은 21세기가 개인화의 시대로 나아가리라는 전망과도 관계가 깊으며, 판소리가 공동체적 정체성의 중심에서 제 구실을 하기 위해서도 반드시 수행해야 할 책무라고 할 수 있다. 문화적 정체성을 상실한 공동체가 국제 사회에서 어떤 처지에 놓이는가 하는 것은 유럽의 전쟁사가 말해 준다.

또 가족 공동체의 파괴, 인간다움의 중심으로서의 문화, 정신의 아노미 상태에 이른 사회 현실, 반성을 전제로 하는 자서전 문화가 없는 사회 전통, 재벌들의 무용담이나 세속적 출세자들의 자화자찬이 활개를 치는 세상 — 이러한 현실에서 새로운 영웅상의 창조는 공동체적 표상으로서 중요해진다.

춘향을 능가하는 아름다운 여인상이, 심청을 넘어서는 따뜻한 가족상이, 별주부와는 성격이 다른 새로운 국민상이 창조되어야 한다. 오늘날 우리가 그 빈곤과 그에 따른 폐해를 절감하고 있는 '더불어 살기' 같은 것도 그 한 예가 될 것인데, 이런 인간상의 창조는 천재적 작가의 소관이라고 치부해 버릴 수도 있지만 판소리의 적층예술적 본질은 그런 개인성에만 기댈 수 없다고 본다.

판소리는 본디 모든 사람들이 지니고 있던 설화를 바탕으로 형성되고 전개되었던 것이다. 기록문학이 개별성과 차별성을 전제로 한다면 구비문학이 보편성과 일반성을 기반으로 하는 본질이 그러한 지향을 가능하게 하였다. 따라서 판소리는 이 시대의 구비문학이 될 필요가 있다. 〈무궁화꽃이 피었습니다〉나 〈아버지〉라는 소설이 판매 부수를 늘릴 수 있었던 배경이 이 시대의 관심과 고뇌를 다룬 공감성에 있었다는 점에 착안한다면 이 문제에 대한 해결의 실마리가 찾아질 것이다. 물론 이것은 두 소설이 형상화한 가치에 동의한다는 것과는 별개의 뜻이다.

정보화 시대의 판소리 문법

정보화 시대는 생활 방식의 변화를 몰고 오는데 디지털 기술의 발달이 재택근무를 보편화하리라는 전망이 보편적이다. 멀티미디어 기술의 발달이 원거리에서도 면대(面對)하여 대화하듯 하는 환경을 조성할 것이므로 인간 관계를 회복하는 국면으로 나아갈 것이라는 전망도 있기는 하지만 정보의 홍수 속에 휩쓸리게 될 것만은 분명하다.

정보의 홍수는 사람들을 편리하게 해 주는 측면이 있지만 그러한 정보의 풍부화가 오히려 긴장의 증대를 초래하는 측면도 있다. 긴장이 가속화하면 할수록 사람들은 긴장 해소의 방법을 모색하는 데 적극적이 될 것임은 분명하다. 오늘날 방송의 개그화나 「딴지일보」의 성공에서 이 점을 확인할 수 있다. 이러한 사회 변화에 판소리가 대응할 수 있고 또 중요한 몫을 할 수 있는 자질로 판소리의 웃음을 거론할 수 있다.

판소리가 비애를 웃음으로 해소하는 이야기 문법을 지니고 있다는 것은 매체가 무엇이든지 간에 긴장 속에서 살아가는 시대의 총아가 될 수 있는 자질을 갖췄다는 뜻도 된다. 그 동안 많은 창극 공연이 판소리의 이러한 해학성에 투철하지 못했던 것은 창극으로 하여금 고민에 빠지게 했던 중요한 원인이라고 본다. 따라서 새로운 판소리의 창작은 판소리가 지닌 웃음 유발의 기제를 더욱 활성화하는 문법을 개발할 필요가 있다.

나아가 정보의 홍수 가운데 판소리가 당대의 문화로서 중요성을 가지려면 노랫말의 현대화가 필연일 것이다. 우리가 보존하고 있는 판소리의 사설이 한문 표현을 가득히 지니고 있는 까닭에 대해서는 많은 관심이 주어졌지만 그 문체의 이중성에만 초점을 맞춘 나머지 그 한문 표현이 당대의 언어였다는 점에 대해서는 별로 주목하지 않은 감이 있다. 판소리만은 못하지만 탈춤이나 꼭두각시놀음 또는 광대 재담에서조차 한문 표현을 흔히 접하게 된다는 점을 근거로 이런 짐작이 가능해진다.

그렇다면 전승 판소리가 그 시대의 언어이듯 새로운 시대의 판소리는 새로운 시대의 언어로 사설을 짜야 할 것이 필연적으로 요구된다. 안짝+밧짝이라든가, 반복 또는 병렬과 같은 판소리 사설의 문법에 기반을 두되, 동원되는 어휘와 조어법은 당대의 언어 또는 그것을 앞서 가는 것으로 표현되는 사설 창작이 중요한 의미를 가질 것이다.

음악도 변화할 것이 요구되고 그 방향은 대중화를 가능케 하는 용이성에 유념하는 것이 중요해질 것이다. 이런 전망이 가능한 것은 북한이 인민성의 기준을 앞세워 판소리를 없앤 데서 근거를 찾을 수 있기 때문이다. 북한의 인민성을 우리의 대중성에 해당하는 것으로 바꾸어 생각해 보면 습득 자체가 난감한 판소리는 대중의 것이 되기 어렵다. 오늘날 젊은층의 대중음악이 구어형의 일상어 문체를 채용하고 있는 것도 이런 판단에 도움이 된다.

이러한 전망은 일본의 엥까(演歌)가 저들의 전통음악을 변형한 것이라는 분석 결과를 근거로 정당화될 수 있다. 과거의 것을 묵수(墨守)하는 것이 아름다다. 또 아리아와의 친화가 오페라에 대한 관심을 불러 일으키듯이 판소리 음악의 문법을 바탕으로 창작된 단가가 판소리에 대한 애정을 불러 일으킬 수도 있을 것이다.

단가의 창작이 가능하고 또 효율적일 수 있다는 진단은 판소리가 지닌 기본적인 자질에서도 입증될 수 있을 것이다. 모든 짧은 노래, 즉 사람들 입에 오르내리는 가곡의 노랫말은 '장면 극대화'적 성향을 보인다는 점에서 쉽게 친화력을 발휘하여 보편성을 획득할 수 있으리라는 판단도 선다. "진주라 천리길을 내 어이 왔던가"가 앞뒤 상황의 고려보다는 집약적 상황 극대화에 치중한 노랫말이고, "기억해 줘 널 위해 준비한 오늘 이별이 힘들었단 걸 잊지 마" 역시 그러하다.

판소리의 문법으로 창작된 짧은 노래들이 독창으로 혹은 합창으로 회자되기 시작한다면 그 과정을 넘어서서 〈오솔레미오〉를 이태리어로 부르고 〈보리수〉를 독일어로 부르듯이 우리말로 그것을 노래부르는 세계 시장을 예상해도 좋을 것이다. 〈사물놀이〉의 세계화를 단서로 삼아 자신 있게 이런 예견을 해도 좋을 듯하다.

판소리의 변화와 연구자의 몫

판소리가 새롭게 창조되어야 한다는 관점을 견지하고 있는 이런 전망은 그 나름의 문제 또한 만만치 않게 지니고 있다. 남도 음악에서 판소리가 나왔다고 하지만 육자배기는 육자배기이고 판소리는 판소리이듯이 새롭게 변형되고 창조되는 판소리를 판소리라 할 수 있겠는가 하는 문제가 필연적으로 제기될 것이다.

그 점에 대해서는 보존과 변화의 두 갈래라고 앞세웠던 전제를 들어 합리화하고자 한다. 옛것을 보존하는 일은 매우 중요한 문화적 전통의 확보이지만 새로운 것을 만들어 내는 일 또한 문화적 자산의 창출이라는 점에서 중요하다. 선인들이 당대의 문화를 바탕으로 판소리를 만들어 냈듯이 우리 또한 새 시대의 문화로서 새로운 것을 만들어 내야 할 책무가 있다.

다만 새로운 창조이되 그것이 판소리다움을 유지하기 위해서는 인지, 적응, 상징, 구조 체계로서의 판소리가 지닌 문화적 본질을 바탕에 깔고 있어야 할 것이다. 그러기 위해 판소리 연구자가 담당해야 할 일은 판소리의 문법을 지금보다 훨씬 더 정교하게 체계화하는 일이다. 다 같이 판소리를 연구하더라도 과거의 것을 과거의 것으로 놓고 연구하는 일과 미래의 근원으로 보면서 연구하는 일은 그 결과가 함축하는 의미에서 차이가 있다.

오늘날 우리 주변에서 소리 높은 부가가치라는 용어를 다만 천박한 시장주의만으로 외면만 하는 일이 능사일 수는 없다. 이제 필요한 것은 판소리를 예술로만 바라보는 시각을 확대하여 우리 삶을 지탱하는 문화로 보는 일이다. '판소리는 무엇인가'라는 질문을 '판소리는 우리에게 무엇이며 무엇이라야 하는가'로 바꾸어 놓으면 미래로 가는 길이 보일 것이다.